Martina Richter

Mopshimmel/Mopswinter

Die Autorin
Geboren wurde ich 1966 in Bielefeld, wuchs aber in Baden-Württemberg auf, wo meine Eltern eine Jugendherberge leiteten. Nach meinem Studium der Geographie in Tübingen begann ich ebenfalls in der Jugendherberge zu arbeiten. Bis heute lebe ich mit meinen beiden Töchtern und vielen Tieren in einem Bauernhaus in Sonnenbühl auf der Schwäbischen Alb. Nach dem Tod meines Sohnes im Jahre 2000 begann ich mit dem Schreiben. Mein erster Roman »Die Schimmelreiterin« wurde im Herbst 2015 beim Verlag Oertel und Spörer veröffentlicht. Meine eigentliche Liebe gilt aber dem klassischen Kriminalroman. Mein Detektiv ist ein junger Mops namens Holmes.

Mopshimmel
Knieslingen, ein beschauliches Dorf auf der Schwäbischen Alb, wird von einer Reihe von Verbrechen erschüttert. Eine bösartige Nachbarin, verschwundener Familienschmuck und zwei Tote lassen den Ermittlern die Köpfe qualmen. Erschwerend kommt hinzu, dass einer der beiden Detektive ein Kommunikationsproblem hat: Er ist ein Mops. Holmes ermittelt mit ausgesprochen unkonventionellen Methoden. An seiner Seite steht Johannes Waterson, Kommissar und bester Kumpel von Holmes. Gemeinsam lüften sie die dunklen Geheimnisse, die sich hinter den sauber gekehrten Eingangstreppen der Provinz verbergen.

Mopswinter
Ein außergewöhnlich schneereicher Winter hat Knieslingen fest im Griff. Die Tourismusbranche freut sich, denn die Loipen des kleinen Ortes werden ausgiebig genutzt. Doch dann wird die Idylle jäh zerstört: Ein Langläufer wird erschossen. Ausgerechnet der kluge Mopsdetektiv Holmes findet mit seiner Familie die Leiche und nimmt sofort die Ermittlungen auf. Gut, dass die Försterhündin Mathilda ihm dieses Mal zur Seite steht, denn nach einer kurzen Tauwetterperiode bringt ein erneuter Wintereinbruch alle Langlauf-Fans in große Gefahr.

Martina Richter

Mopshimmel

Der erste Fall für Holmes und Waterson

Kriminalroman

MIDNIGHT

- 1 -

Vom »Licht der Welt erblicken« kann man als Hund nicht wirklich sprechen. Hören tut man auch nix. Man hört erst mal auf zu schwimmen, es wird eng, dann kalt, dann wird man ordentlich durchgeschüttelt, wenn Mama einen abschleckt. Dadurch wird es erfreulicherweise aber auch wieder wärmer. Das erste wirkliche Gefühl, an das ich mich erinnere, ist eines der wichtigsten für einen Mops: Hunger. Ich spürte eine Hand – da wusste ich aber natürlich noch nicht, dass das warme Ding so heißt. Hände, das muss ein guter Mops auch schnell lernen, sind echt abgefahrene Dinger. Sie können alles Mögliche, manchmal sind sie liebevoll und manchmal erschreckend, manchmal hart (weg so schnell es geht, falls es zu spät ist, alternativ auf den Rücken werfen), manchmal weich (ranschmeißen, ranschmeißen, ranschmeißen). Aber zurück zu meiner Geburt! Die Hand nahm mich vorsichtig hoch und legte mich vor ein Ding, das duftete so himmlisch, da musste ich einfach nuckeln. Herrlich, mein erstes Essen. Essen ist einfach toll. Meine Mama war wohl noch etwas erstaunt über mich, ich war ihr erstes Baby. Aber sie ließ mich machen und erst als mein Geschwisterchen kam, war ich abgemeldet. Ich wurde meinem Papa vorgestellt, auch er war erstaunt, aber im Laufe der Zeit bemerkte ich, dass mein Papa immer wieder etwas vergaß, in diesem Falle auch, dass er schon Vater von mehr als einem Dutzend Möpschen war, mit anderen Mopsmüttern, aber das sehen wir ja nicht so eng wie Menschen. Ich habe den Verdacht, dass er nicht so schlau ist wie Mama, aber er ist ein echt lieber Papa, er riecht lecker. Allerdings habe ich im Laufe der Zeit festgestellt, dass auch in diesem Bereich Menschen ab und zu anderer Meinung sind, vor allem seine legendären Pupse sind echt beeindruckend. Die Menschen, vor allem Frauchen, mögen die gar nicht. Herrchen ist da nicht ganz so streng. Ich nehme an, weil er als Mann einfach zu Papa hält. Aber Frauen pupsen auch. Ich weiß das ganz genau aus eigener Erfahrung. Sie denkt, dass wir das nicht merken, aber eine Mopsnase ist fein. Wir machen nur einfach nicht so ein Theater wegen so einem bisschen Duft.

Ich bin also das älteste von vier Mopsgeschwistern aus dem ersten Wurf meiner bezaubernden schwarzen Mama. Mein Name ist Holmes. Ich war sehr geehrt, als ich erfuhr, dass mein Frauchen mich nach einer berühmten Romanfigur benannt hat, die sie sehr mag. Ein Detektiv trägt diesen Namen. Ich glaube, Frauchen kann hellsehen, aber dazu später mehr.

Von den ersten Tagen weiß ich nur noch, dass es meistens total gemütlich bei uns war. Mama war immer da, es war weich und kuschelig, es gab genug zu essen, was will man mehr. Nur einmal am Tag wurde die Idylle gestört, da kam Frauchen – ich erkannte schnell ihren Geruch – und legte uns auf eine echt widerlich kalte Schale zum Wiegen. Mit meinem Gewicht war sie zufrieden, aber sie zog immer so an meinen Hinterbeinen. Warum erfuhr ich erst später. Ich muss wohl im Bauch irgendwie falsch gelegen haben, denn meine Hinterbeine waren ein wenig verbogen. Frauchen hatte sogar Angst, dass ich nie laufen würde. Aber ich kann laufen. Wenn ich will. Und ich finde es einfach wunderbar, dass ich krumme Beine habe, denn ich wurde nicht verkauft, sondern durfte bleiben. Ein Schelm, der denkt, ich hätte das mit Absicht gemacht. Aber ich greife schon wieder vor. Nach ein paar Tagen veränderte sich meine Welt: es wurde hell, nur Mama nicht, die blieb natürlich dunkel. Erst gab es einen winzigen Schlitz, aber schnell wurde er größer, und wir vier Welpenkinder lernten sehen. Wahnsinn! Wieder nach ein paar Tagen war es dann aber schon normal und unsere Kiste total langweilig, wir wollten Abenteuer. Frauchen legte eine große Decke auf den Wohnzimmerboden und setzte uns drauf. Am Anfang wussten wir alle nicht, was wir da sollten, und machten erst mal Pipi. Meine Brüder und ich lernten dann laufen, meine Schwester, die Memme, auch, aber sie hatte immer Angst vor diesem und jenem und blieb lieber sitzen. Ich war der Erste, das gehört sich so, wenn man der Älteste ist. Das Tollste am Laufen ist nämlich, dass wir nicht mehr warten mussten, bis Mama zu uns kam, sondern ihr hinterherwetzen konnten. Milch so viel wir wollten, außer für die Memme, die jammerte immer rum.

Bei Papa gab's keine Milch, aber er lehrte uns eines der wichtigsten Dinge, die ein Mops können muss: Moppern. Nur ignorante Laien verwechseln dieses wunderbare Geräusch mit gewöhnlichem Schnarchen. Auch wir tun das, wenn wir schlafen, das gehört sich so für alle Hunde. Aber Moppern, das ist die hohe Kunst des Mops-Seins, und unser Vater ist ein Großmeister darin, ein stimmgewaltiger Virtuose. Täglich unterrichtete er uns geduldig – wann moppere ich wie. Er erklärte uns, dass die Menschen auf diese mopseigene Musik angewiesen seien, weil es sie durch die tiefe Frequenz entspanne. Er vertritt die Theorie, dass wir dazu gezüchtet werden, Menschen glücklich zu machen und ihre Füße warmzuhalten. Der Mopskodex wurde von uns allen erlernt und wir haben ihn beherzigt. Neben dem Moppern gehören dazu gekonnte Hüpfer, am besten völlig unvermittelt, das Verteilen unserer Haare in der ganzen Wohnung und auf den Kleidern der Menschen (hier bin ich nicht so ganz sicher, ob Papa diesen Teil richtig verstanden hat), komische Grimassen und die ständige Bereitschaft, sich auf die Füße seines Menschen zu legen. Diese Bereitschaft demonstriert man am besten dadurch, immer seine Laufwege zu optimieren. Auch hier ist Papa ein wahrer Künstler. Stets taucht er unvermittelt vor den Füßen von Frauchen auf, bereit sich sofort darauf zu werfen, wenn sie stehen bleibt. Sie weiß das auch wirklich zu schätzen. Sie redet ständig mit ihm. Ihr dankbares und liebevolles »Du stehst mir im Weg, Dicker« oder ein herzliches »Ich fall über dich, wenn du nicht weggehst«, zeigt uns, wie eng die beiden zusammen arbeiten – sagt Papa. Wie ihr seht, hatte ich eine wunderbare Zeit. Dann kamen Fremde, die uns hochnahmen, begeisterte Laute ausstießen und von Frauchen kritisch beäugt und befragt wurden. Eines Tages war dann Mycroft plötzlich weg, ein paar Tage später konnte ich Sherlock nirgends mehr finden und nur noch die kleine Memme Mrs. Watson und ich waren da. Aber auch sie verschwand und ich war mit meinen Eltern, Marlon, Maurice und Murpsel – meinen drei Katzenfreunden – Herrchen, Frauchen und den beiden Welpen (sie nennt sie Kinder) von Frauchen allein. Mmh, wenn ich so recht bedenke, »allein« ist eigentlich anders definiert.

Schwierige Aufgaben verdrängten schnell das Vermissen meiner Geschwister. Frauchen verkündete nämlich, ich müsse stubenrein werden. Was ist das denn? Erst dachte ich, man ist stubenrein, wenn man so ein komisches Ding über den Kopf gezogen kriegt, aber das heißt wohl Geschirr. Es hat aber damit zu tun. Ich war noch damit beschäftigt, das unbequeme Ding um meinen Hals und meinen Bauch wieder loszuwerden, da passierte etwas Merkwürdiges. Frauchen nahm mich auf den Arm und trug mich einen Abgrund hinunter. Okay, jetzt weiß ich auch, dass das eine Treppe ist. Dann öffnete sich die Welt, Wahnsinn! Allerdings passierte mir ein kleines Malheur, vor lauter Aufregung machte ich Pipi. Ja, da hättet ihr mal die Begeisterung von Frauchen sehen sollen. Geknuddelt und gelobt wurde ich, auch ein kluger Mops wie ich muss nicht alles verstehen. Bis jetzt war die Zeitung auf dem Wohnzimmerboden der Ort meiner Wahl, aber so eine Reaktion gab's da nie. Ich habe sofort den Gegenversuch gestartet – hat nicht geklappt, kein Knuddeln. Aha. Langsam bekam ich eine Idee, was sie mir sagen wollte. Aber dass ich jetzt immer nachts bei Eiseskälte von Mama und Papa weg sollte und auf die feuchte Wiese gesetzt wurde, fand ich nicht komisch. Da machte ich nichts. Tagsüber war das ja schon okay, da ließ ich mit mir reden. Frauchen meinte aber, das würde noch. Die Welt vor der Tür war zwar aufregend, aber nicht so schön bunt wie unsere Kinderstube und kalt wie Sau. Ich musste immer zittern und fühlte mich nach kurzer Zeit jämmerlich. Frauchen tröstete mich und sagte, dass sei nur der Winter, und steckte mich dann in ihren Mantel, da war es schön warm. Dabei ist es draußen schon richtig spannend, Mama und Papa freuen sich immer wie verrückt, wenn es raus geht. Es gibt ein Zauberwort, das Frauchen und Herrchen kennen, es macht aus meinen gemütlich moppernden Eltern wilde Tiere: Gassi. Unsere Menschen haben mal ausprobiert, wie schlau Mama und Papa sind, und haben das Wort buchstabiert. Ha, das haben die zwei sofort gelernt, beim »A« waren sie schon unten an der Treppe und haben sich liebevoll gebalgt. Aber Frauchen wäre nicht Frauchen, wenn sie nicht eine Lösung für mein Zitterproblem gehabt hätte. Ein Pulli, den sie mal für ihre eigenen »Welpen« gestrickt hat, passte mir. Der war warm an meinem nackigen Bauch. Da war es dann so richtig toll draußen. Rennen. So schnell meine krummen Füße konnten. Wenn ich groß bin, will ich so schnell wie meine wunderbare Mama werden. Sogar Papa kann nicht mit ihr mithalten, sie ist eine echte Rakete. Papa sagt, es sei unter seiner Würde, sich so zu verausgaben, aber ich glaube, er ist einfach nicht so schnell – er will es nur nicht zugeben. Ein weiteres Manko bei Papa ist, dass er schallhörig ist. Er weiß also nie genau, aus welcher Richtung er gerufen wird. Daher hat er sich angewöhnt, sich einfach hinzusetzen, wenn er seinen Namen hört, dann braucht er sich diese Blöße nicht geben. Leider habe ich dieses Problem von ihm geerbt. Und damit beginnt meine Geschichte …

- 2 -

Ich war inzwischen neun Monate alt, es war ein herrlicher Sommer, mein erster. Unsere Familie lebt in einem alten Bauernhaus, das Herrchen und Frauchen liebevoll renoviert haben. Es steht an einer steilen Straße in dem Dorf Knieslingen auf der Schwäbischen Alb. Wie bei diesen Häusern üblich, ist unten der Stall – bei uns voller Hühner – und über eine steile Holztreppe kommt man in den Wohnbereich. Durch die Küche kann man dann über eine kleine Steintreppe an der Rückseite des Hauses hinaus in den Garten. In der hinteren Küchentür ist eine Katzenklappe eingebaut, durch die auch wir Möpse hinaus können, so oft wir wollen. Der Garten ist sehr groß mit vielen Obstbäumen, geheimnisvollen Büschen und einem Rasen, auf dem man wunderbar Fangen spielen kann. Ein schöner Holzzaun grenzt ihn von den Nachbarn ab. Für uns Hunde ist er ein echtes Hindernis, für die Katzen ein Kinderspiel. Im Gewächshaus baut Frauchen Tomaten, Paprika und Kräuter an. Ein besonders tolles Spiel ist es, den Rasenmäher zu jagen, Mama hat es mir beigebracht. Dabei muss man versuchen, in die Räder zu beißen, ohne dem lauten Ding länger als nötig nahezukommen. Wir quietschen dabei vor Vergnügen. Frauchen findet das auch immer sehr lustig und passt auf, dass wir uns nicht wehtun. Wir erleichtern ihr so die schwere Arbeit, denn mit Spaß geht alles besser, das wissen wir Möpse schon seit tausenden von Jahren.

Wir waren sogar mal im Urlaub. Das ging so: Frauchen packte alles Mögliche in große schwarze Kisten, Koffer genannt. Unsere Aufgabe bestand nun darin, aufzupassen, dass wir nicht vergessen wurden. Wir mussten uns dazu auf die Koffer setzen, denn die nahmen sie auf jeden Fall mit. Mama und Papa sind immer sehr aufgeregt deswegen, anscheinend wurden sie schon einmal vergessen und mussten dann eine ganze Woche mit den Kindern von Frauchen (wahrscheinlich wurden die ebenfalls vergessen) alleine zuhause bleiben. Die Kinder saßen mit Sicherheit nicht auf den Koffern, also selbst Schuld. Herrchen packte dann irgendwann alles ins Auto und die Stimmung wurde bei Mama und Papa immer angespannter, bis dann der erlösende Satz kam – meist in einer wirklich dummen Frage verpackt, so wie »wollt ihr mit?«. Das ist dann so was wie ein Super-Gassi. Es machte uns dann auch überhaupt nichts aus, stundenlang in einer Box zu schlafen, eng zusammengedrängt. Das Geräusch des Motors und der Stress der letzten Stunden machten uns müde, die Erleichterung, dabei zu sein, tat ihr Übriges. Alle paar Stunden hielten wir dann irgendwo an, damit wir Pipi machen konnten, und bekamen was zu trinken. Meist rochen diese Orte absolut irre toll. Mama und Papa schnüffelten dann gerne ewig herum. Damit sie auch genügend Zeit dazu hatten, versuchten sie so lange wie möglich nicht zu pinkeln, denn danach ging es ja dann sofort weiter. Mein erstes Super-Gassi war in dem Land Frankreich, in dem wir Möpse »carlin« heißen. Franzosen waren sehr nett zu uns, die mochten kleine Hunde. Nicht so wie in Deutschland: dort werden wir ständig nachgeäfft oder verspottet. Als ob es die Deutschen toll fänden, dass man sich ständig über die Ös, Üs und sonstigen komischen Laute lustig macht. Wir grunzen und moppern eben. Die Franzosen waren da legerer. Wir wurden da regelrecht angehimmelt, geknuddelt und bewundert. Ich liebte dieses Land, die hatten echt Geschmack. Und die hatten da noch etwas Besonderes: Mamas Lieblingsspielzeug, das Meer. Mama liebte es, vor allem die Wellen. Papa fand die nicht so gut, er mochte es nicht so sehr, Wasser in die Nase zu kriegen. Mama war das egal. Sie biss wild in jede Welle, bis sich diese zurückzog – Sieg für Mama.

Dann die nächste Welle, Mama kämpfte, gewann, die Welle haute ab. Mama war unermüdlich und ich glaube, sie hatte eine echte Chance, aber Frauchen sammelte sie irgendwann ein und unterband den Kampf. Mama murrte dann erst ein bisschen, aber resignierte bald und folgte Frauchen aufs Handtuch, wo sie dann auf der Stelle tief und fest einschlief. Papa bewachte währenddessen alles und kühlte sich höchstens mal die Füße ab. Das änderte er nur, wenn Frauchen ins Meer ging. Dann seufzte er tief, rappelte sich auf und begleitete sie, auch wenn er dann schwimmen musste und Wasser in die Nase bekam. Aber es musste einfach sein. Ich traute mich beides noch nicht. Musste ich ja auch nicht. Ich blieb bei Herrchen. Herrchen hatte ein Problem, bei dem ich ihm beistehen musste. Er verspürte wohl den Zwang, irgendetwas wegzuwerfen. Sogar Sachen, die er eigentlich noch brauchte. Merkwürdig, aber er hatte ja mich. Geduldig brachte ich alles zurück und er freute sich jedes Mal riesig darüber. Er sollte sich ja auch erholen, es war mir eine Freude, ihm zu helfen, auch wenn das in dem heißen Sand ganz schön anstrengend war. Abends waren dann alle müde und glücklich. Mama, weil sie gewonnen hatte und das Meer sich verzogen hatte (Frauchen nennt das Ebbe), Papa, weil er Frauchen vor dem sicheren Ertrinken gerettet hatte, Herrchen, weil er alles wieder bekommen hatte, was er weggeworfen hatte, und ich war glücklich, dass ich Herrchens Sachen gefunden hatte. Das Super-Gassi ist herrlich. An einem Tag war Papa so begeistert, wie ich ihn selten erlebt hatte. Wir sind in ein riesiges weißes Auto gestiegen, das konnte sogar über das Meer fahren, ein Schiff. Frauchen war ein wenig in Sorge wegen Mama, denn so ein Schiff macht viele Wellen und Mama wollte immer ins Wasser springen. Das wäre aber ganz schön gefährlich. Papa liebte es ganz vorne auf der Spitze zu stehen und völlig unbeweglich die Nase in den Wind zu stecken. Elegant hob er seine rechte Vorderpfote, selten habe ich so einen erhabenen Mops gesehen, ein Bild voller Eleganz und Grazie. Er sehe aus wie ein

Gallionsmops, sagte Herrchen, und alle freuten sich, denn so ein Gallionsmops bringt Glück bei einer Schiffsreise. Ich war sehr stolz auf meinen Papa.

An diesem Tag nahm ich mir vor, auch jemand Besonderes zu werden. Lange dachte ich darüber nach, was ich wohl dafür tun könnte. Herrchen hat mich dann auf die Idee gebracht. Er hatte nämlich eines Tages dieses zwanghafte Wegwerfen überwunden und lag entspannt am Strand. Das wurde mir aber langweilig und so lief ich herum und brachte alles, was ich tragen konnte, zu Herrchen. Der hat sich vielleicht gefreut! Besonders wurde ich für eine große glänzende Muschel gelobt. Der tote Fisch kam nicht so gut an, Frauchen hat ihn im hohen Bogen ins Meer geworfen. Manchmal bin ich mir nicht sicher, ob sie es nicht übertreibt mit ihrer Tierliebe. Tot ist tot, da hilft es auch nichts mehr, ihn wieder ins Wasser zu werfen. Wir Möpse hätten eine bessere Verwendung dafür gehabt. Ich spezialisierte mich also auf glänzende Muscheln und am Abend hatte ich einen ganzen Korb davon zusammengetragen. So kam es, dass ich ein Schatzsuchermops wurde. Wer konnte in diesen herrlichen, sonnigen Tagen schon ahnen, dass ich uns damit ganz schön in Schwierigkeiten bringen würde …

- 3 -

Aber auch der schönste Urlaub ist einmal zu Ende und wir fuhren wieder nach Hause. Die Welt wurde kunterbunt und kälter, aber jetzt fror ich nicht mehr so. Ich war schon fast erwachsen und bekam ein dichtes Fell, auch am Bauch. Apropos Bauch: Mama hätte mehr Sport machen sollen, sie wurde immer dicker und lief gar nicht mehr gerne so schnell wie früher. Sie lachte nur, wenn ich mit ihr um die Wette rennen wollte und schickte mich zum Spielen zu Papa. Frauchen und Herrchen machten jeden Tag einen Spaziergang mit uns durch den bunten Wald und eines Tages nahm Frauchen einen Korb mit und verkündete, dass es jetzt Pilzsammelzeit sei. Dabei musste man lecker riechende braune Dinger finden und Frauchen freute sich, sie wollte aber nicht alle haben. Normalerweise blieben wir immer auf den breiten bequemen Wegen, aber da wuchsen keine Pilze, also ging es diesmal mitten durch den Wald. Da war es dunkel und es gab Wurzeln, Steine und kleine Höhlen in alten Baumstämmen. Es duftete nach herrlich vielen spannenden Sachen, nach fremdartigen Tieren und Pflanzen, und die Geräusche klangen anders durch den weichen Boden und das federnde Moos. Ich schnüffelte und suchte Pilze, sog die vielen Düfte in meine Nase und untersuchte alles, suchte und fand und auf einmal war ich ganz allein. Der Wind rauschte immer heftiger in den Bäumen und es war unheimlich – ich war noch nie in meinem Leben alleine gewesen. Da, aus der Ferne hörte ich Stimmen, Frauchen und Herrchen riefen mich, erleichtert sauste ich los. Aber ich fand sie nicht, aus welcher Richtung kamen denn die Rufe? Frauchen klang ängstlich, das war nicht gut, ich hatte auch richtig Angst. Mama hörte ich auch, aber sie konnte wegen ihrer Wampe nicht durch das Unterholz, Papa kläffte verwirrt, weil er auch nicht wusste, aus welcher Richtung mein Gejammer kam. Alle waren in Aufruhr. Ich rannte und rannte hierhin, dorthin und immer wieder hörte ich die Stimmen, aber ich fand nicht heraus, wo die anderen waren. Was sollte ich bloß machen? Nach einer Weile war ich total erschöpft, meine krummen Beine taten mir weh, ich konnte keinen Schritt mehr weiter. Blöder Wald, so groß, so dunkel, so laut und dann auch noch kalt und nass. Es fing an zu regnen, auch das noch. Jetzt war ich wirklich verzweifelt, ich fing an, leise vor mich hin zu weinen. Ich konnte die anderen nicht mehr hören.

Aber auch in einem Mops steckt ein bisschen Wolf. Wir können, wenn auch nur kurz, in der Wildnis überleben. Mein Instinkt sagte mir, dass das Rumsitzen und Jammern mich nicht weiterbringen würde. Ich raffte mich auf und überlegte. Ich war hungrig, aber so viel Wolf, dass ich jetzt etwas erjagen könnte, war nun auch wieder nicht da. Nächster Punkt: Ich war pitschnass. Daran konnte ich was ändern, ich musste einen Unterschlupf finden. Als meine Welt noch in Ordnung gewesen war, also so ungefähr zwei Stunden zuvor, war ich doch an einer kleinen Höhle unter einem Baumstamm vorbeigekommen. Vielleicht fand ich wenigstens die wieder. Ich schnüffelte und suchte, okay, unsere Nase ist nicht besonders groß, aber ich konzentrierte mich so fest ich konnte. Und tatsächlich, da vorne war der morsche Baum. Ich drückte mich unter der Wurzel durch und rutschte auf meinem Popo in den kleinen Hohlraum. Hier war es trocken, der Boden weich mit dürrem Moos und es roch, hm, ja es roch nach Mensch. Komisch, die passten hier doch gar nicht rein? Doch allmählich fielen mir die Augen zu.

Als ich wieder aufwachte, knurrte etwas sehr laut. Mein Bauch. Ich hatte Hunger wie verrückt. Die Morgensonne schien in meinen Unterschlupf und gab mir neuen Mut. Ich musste zurück zu meiner Familie. Wieder stieg mir der Geruch von Mensch in die Nase. Gab es da was zu essen? Ich kroch noch ein kleines Stückchen tiefer in die Höhle. Was war das? Da glitzerte etwas. Ein ganzer Beutel voll Schmuck war in das hinterste Eckchen der Höhle gedrückt worden. Der schwarze Stoff war an einer Stelle offen und ich konnte den Inhalt im Sonnenlicht funkeln sehen. Als Schatzsuchermops war ich für solche Sachen ja zuständig, also schnappte ich mir eins von den Glitzerdingern und robbte aus dem Loch wieder an die Oberfläche. Es hatte aufgehört zu regnen, die bunten Blätter leuchteten vor einem tiefblauen Himmel. Wunderschön, ich hatte wohl die ganze Nacht in der kleinen Höhle verbracht und bis auf den mörderischen Appetit war ich wieder fit. Nur wo ging es bloß nach Hause? Frauchen hatte mich doch nach einem Detektiv benannt, ich musste nachdenken, kombinieren und nicht mehr panisch herumrennen. Also, als ich die Höhle gestern Abend gesucht hatte, wie hatte ich die gefunden? Ich war meiner eigenen Spur rückwärts gefolgt. Da ging mir ein Licht auf. Die Spur ging ja auch noch weiter, leider war ich furchtbar viel hin und her und im Kreis gelaufen, aber ich fand sie. Und ich fand tatsächlich den Weg. Und da war Frauchen. Sie rannte auf mich zu und hob mich hoch, schüttelte und knuddelte mich. Ups, da hab ich vor lauter Freude das Glitzerdings verschluckt. Egal, jetzt konnte ich wenigstens auch mitteilen, wie glücklich ich war. Ich quietschte und bellte, winselte und japste vor lauter Wiedersehensfreude. Papa war auch dabei und mopperte würdevoll, dass sein Sohn selbstverständlich durch die fundierte Ausbildung seines Vaters auf jede Eventualität bestens vorbereitet sei. Er war sehr stolz auf mich, das war nur seine Art seine Freude zu zeigen. Er sagte, dass er mir auch von Mama etwas moppern solle. Ich hatte ein wenig Angst, dass sie mit mir schimpfen würde, weil ich nicht aufgepasst hatte, aber Papa meinte geheimnisvoll, dass sie gerade andere Sorgen habe. Er wusste aber auch nichts Genaueres. Er erzählte, dass Herrchen und Frauchen sich die ganze Nacht mit der Suche nach mir abgewechselt hatten und vor Sorge außer sich gewesen seien. Ich hatte das gar nicht mitbekommen, ich hatte bei dem Schatz eigentlich recht gut geschlafen. Zuhause angekommen kriegte ich erst einmal eine große Portion Essen, herrlich. Aber leider blieb nicht viel Zeit für die Wiedersehensfreude.

- 4 -

Das nächste Unheil nahte schon, angekündigt durch ein herzerweichendes Mauzen. Frauchen rannte zur Küchentür hinaus in unseren Garten und da lag Maurice, mein Katzenfreund. Ein grausamer Anblick, der uns allen durch Mark und Bein fuhr. Er war blut- und schlammverkrustet und völlig erschöpft. Mit letzter Kraft hat er sich einzig auf seinen Vorderpfoten nach Hause geschleppt. Frauchen weinte, machte ihn sauber und wickelte ihn in eine warme Decke. Er konnte seine Hinterbeine nicht mehr bewegen und hatte eine klaffende Wunde auf dem Rücken, seine wunderschönen grünen Augen waren vor Schmerz und Müdigkeit halb geschlossen. Wir hatten alle furchtbare Angst um ihn. Frauchen und Herrchen packten ihn vorsichtig ins Auto und fuhren zu unserem Tierarzt. Er ist ja eigentlich ganz nett, aber keiner von uns kann ihn wirklich leiden. Man muss da auf einen eklig kalten und rutschigen Tisch und wird festgehalten, muss das Maul aufmachen, wird überall gedrückt und am Schluss pikst es meistens ganz fürchterlich. Da musste nun der arme Maurice hin, als ob es ihm nicht schon dreckig genug ginge. Wir Möpse und die beiden anderen Katzen blieben verwirrt und besorgt zurück. Was war bloß passiert? Murpsel erzählte uns, dass Maurice sein Geschäft bei unserer Nachbarin im Gemüsebeet hatte machen wollen, da war der Boden schön locker und deshalb für Katzen sehr angenehm. Dieses Mal hatte ihn die Nachbarin erwischt und ihn mit der Gartenhacke auf den Rücken geschlagen. Wir waren außer uns vor Wut. Das sollte sie büßen, schworen wir uns. Als ob er viel Schaden anrichten könnte, die Mäuse darf er ihr wegfangen, aber den Rest wollte sie nicht haben? Wenn ihr die Mäuse und die Vögel den Salat wegfressen, war es auch nicht recht. Unfassbar, so ein brutales Weib. Das war eine neue Erfahrung, dass Menschen auch böse sein konnten – bisher hatte ich nur nette kennengelernt. Die Minuten und Stunden verrannen, wir lagen alle still zusammengedrückt auf dem Sofa, warteten und dachten an den sonst so stolzen Kater. Endlich kamen unsere Menschen zurück – ohne Maurice. Uns schnürte es das Herz zu. Frauchen setzte sich zu uns auf Sofa und sah erschöpft aus.

»Er wird es schaffen«, sagte sie, »aber es steht ihm eine harte Zeit bevor. Er muss viele Wochen in einer engen Katzenkiste bleiben und darf sich nicht bewegen, sein Rückenmark ist geprellt«, erzählte sie. »Die Platzwunde ist genäht. Das dauert alles.«

Sie hatten ihn zu einer Freundin von Frauchen gebracht, zu Jacqueline. Die hat eine Katzenpension und ist Tierarzthelferin. Sie wollte ihm seine Medikamente spritzen, die Wunde versorgen, damit er er nicht immer Auto fahren musste. Das mochte er sowieso nicht und tat ihm jetzt besonders weh.

»Wer macht so etwas nur?« Frauchen schüttelte verzweifelt den Kopf. Wir gaben alles, um ihr zu erzählen, was wir von Murpsel wussten, aber sie verstand uns nicht. Sie dachte, dass wir nur aufgeregt seien, und versuchte uns zu trösten. Wir mussten die Rache also in die eigenen Pfoten nehmen.

Aber heute gab es genug Aufregungen, wir wollten uns morgen treffen und planen, wie wir Maurice rächen könnten.

Ich war noch völlig erschlagen von meinem Waldausflug und schlief gleich ein, endlich zuhause.

Am nächsten Tag waren alle immer noch völlig durch den Wind. Wir trafen uns im Garten. Eigentlich musste ich mal, aber irgendwas drückte mich und ich konnte nicht so wie sonst. Aber das war jetzt erst mal nicht so wichtig. Rache war unser Ziel. Mama war für nervtötendes Dauergebell, aber wir waren ja nicht alles Hunde. Murpsel und Marlon wollten ja auch was machen. Papa machte den Vorschlag, dass wir beide im Garten alle Krautköpfe mit Pipi markieren könnten. Nicht schlecht, die wirklich beste Idee hatte aber Marlon: Murpsel und er würden Mäuse fangen und bei der Nachbarin freilassen. Das war eine echte Bedrohung für den Hausfrieden, denn Marlon war der beste Mäusefänger im Dorf und Murpsel seine Musterschülerin. Ein wirklich guter Plan, wir waren begeistert. Murpsel und Marlon machten sich an Werk und fingen eine riesige Menge Mäuse, die ziemlich verblüfft darüber waren, dass sie einfach wieder freigelassen wurden. Die Katzen fanden ein offenes Kellerfenster, dort ließen sie die kleinen Plagegeister los. Die flitzten dann erleichtert in das sichere Haus.

Papa und ich kämpften erst einmal mit dem Problem, dass unser Garten eingezäunt war. Wir kamen nicht so leicht in den Nachbarsgarten wie die Katzen. Aber wir Möpse können sehr hartnäckig sein. Wir suchten sorgfältig den Zaun ab, den wir sonst nie infrage stellten, und nach langem Stöbern fanden wir tatsächlich eine morsche Wurzel, die sich auf die Seite schieben ließ. Wir schnauften und schoben, zogen und zerrten und dann war es geschafft, ein kleiner Durchschlupf lag offen. Mama wollte sowieso nicht mit, sie passte nicht mehr hindurch und wollte nur rumliegen. Sie konnte sich immer noch zum Bellen aufraffen, das tat sie laut und kräftig, sobald die Nachbarin nahte. Damit warnte sie die Mäusefänger und uns immer rechtzeitig. Die blöde Kuh von nebenan grummelte zwar rum, dass der Dreckschöter (die wagt es so von meiner Mama zu sprechen!) heute besonders nerve, hatte aber noch keinen Verdacht geschöpft. Hihi, die würde sich wundern.

Nur mein Bäuchlein drückte und drückte, jetzt wurde es doch Zeit, dass ich mal ein Häuflein von mir gab. Auch das klappte mit einiger Hartnäckigkeit. Als ich es endlich geschafft hatte, wurde mir auch klar, warum ich Probleme hatte: Das große Glitzerdings war schuld. Ich hatte da schon gar nicht mehr dran gedacht. Aber diesmal brachte ich es lieber noch nicht zu Frauchen. Sie hat erfahrungsgemäß ziemliche Aversionen gegen alles, was bei uns hinten und unten rauskommt. Ich ließ es erst mal liegen, versteckt im Gebüsch, unsichtbar für alle anderen, das war mein Lieblingsplatz. Frauchen sauste zwar immer mit einer Plastiktüte auf dem Rasen herum und sammelte alles auf, meinen Platz hatte sie aber bisher noch nicht gefunden, so gut habe ich den ausgesucht.

- 5 -

Ein paar Tage später durften Papa und ich Maurice besuchen. Er lag in einer kleinen Kiste und freute sich über unseren Besuch. Er wollte mit nach Hause und war sehr traurig, dass er nicht durfte. Wir erzählten ihm von unserer Rache, um ihn aufzuheitern, und es funktionierte, er lachte herzhaft. Es tat ihm noch weh und er fing an zu jammern. Sofort wurden wir rausgejagt. Frauchen meinte, dass wir ihn noch zu sehr aufregen würden. Sie nahm uns aber noch mit zum Kaffeetrinken bei ihrer Freundin.

Dort legten wir uns brav auf die Füße von Frauchen und hörten zu, was die beiden Freundinnen beredeten. Jacqueline war ziemlich aufgeregt, aber nicht wegen Maurice. Sie erzählte, dass gleich die Polizei komme, weil ihr ganzer Schmuck verschwunden sei. Sie hatte ihn von ihrer Mutter geerbt.

»Meine Mutter hat alles schätzen lassen und dann ganz gerecht zwischen mir und meiner Schwester aufgeteilt.« Ich horchte auf: schätzen? Hatte das was mit einem Schatz zu tun? Dann fiel es eindeutig in meinen Zuständigkeitsbereich. Jetzt musste ich genau aufpassen, was sie erzählte.

»Manchmal möchte ich einfach nur den Schmuck anschauen und denke dabei an meine Mutter. Wie schön sie mit den Ohrringen aussah und wie elegant die Brosche an ihrem Schal aussah. Sie fehlt mir so.« Jacqueline weinte ein bisschen. Frauchen nahm sie in den Arm, wir purzelten dabei ziemlich unelegant von ihren Füßen, aber das war jetzt egal. Ich wollte wissen, wie die Geschichte weiterging, und spitzte die Ohren.

»Ich habe die Schatulle nur kurz auf dem Esstisch stehen lassen. Es hat geklingelt, weil Frau Gerst ihre Katze abholen wollte. Wir haben ihre Diva, eine dicke Perserkatze geholt, kurz geredet, und als ich wieder nach oben kam, war alles weg. Ich sollte mir wirklich abgewöhnen, immer die Tür offen zu lassen. Jeder kann einfach rein.«

»Oh Jackie, das tut mir so leid. War der Schmuck wertvoll, natürlich davon abgesehen, dass er von deiner Mutter war?«, mochte Frauchen wissen. »Aber ja«, schluchzte Jackie, »über 70.000 Euro. Das Erbe wollte ich auch an meine Töchter weitergeben.«

Die Tür ging auf und eine weitere Frau kam ins Zimmer. »Das ist Claudia, meine Schwester. Sie ist zu Besuch aus Wiesbaden. Ausgerechnet jetzt passiert hier so etwas«, stellte Jackie sie vor. Sie schüttelte Frauchen die Hand und tätschelte uns ein wenig herablassend den Kopf. Eigenartig, ihr Geruch kam mir bekannt vor, dabei hatte ich sie noch nie vorher gesehen. Ich musste nachdenken. »Der Kleine hat aber viele Falten, soll das so sein?«, fragte Claudia. Frauchen schaute mich prüfend an. »Ich glaube, er denkt über irgendwas nach«, meinte sie. Da lachte die blöde Claudia höhnisch: »Das ist doch bloß ein Mops, die können doch nur bis zum nächsten Futternapf denken.« Was bildete die sich eigentlich ein. Okay, als ich allein im Wald war, konnte ich nach einer Weile wirklich nur übers Fressen nachdenken, aber das war ja wohl eine Ausnahme. Im Wald. Hmm. Da … Jetzt wusste ich wieder, woher ich den Geruch kannte. Ich sprang aufgeregt auf. Das Glitzerdings im Wald hatte so gerochen, der ganze Schatz unter dem Baum hatte nach Claudia gerochen. Natürlich, daher kannte ich den Duft. Aufgeregt sprang ich an Frauchen hoch. »Die da hat den Schatz angefasst. Bestimmt hat sie ihn ihrer Schwester geklaut«, bellte ich laut. »Jetzt hast du ihn beleidigt«, lachte Frauchen. Grrr, es war zum Verrücktwerden. »Das Vieh knurrt mich an«, quietschte Claudia empört. Klar knurrte ich, ich war schließlich Detektiv, ich hatte den Fall gelöst, aber keiner verstand mich. Nur Papa, aber der versuchte nur, mich zu beruhigen. »Du kannst da nichts machen, wir verstehen zwar die Menschen, aber die sind nicht so sprachbegabt wie wir, die kapieren selten, was wir ihnen sagen wollen. Deshalb arbeiten wir bei Menschen immer mit einfachsten Mitteln. Zum Beispiel Futternapf auf dem Boden herumschieben heißt *Mops will Futter*. Zeichensprache verstehen sie meistens besser.« Na toll, das half mir jetzt aber gar nicht. Wieder bellte ich so laut ich konnte. »Sie hat der Jackie den Schmuck geklaut, hört doch zu! Versteht mich doch, ich weiß, wo der Schmuck ist! Wir holen ihn und dann ist Jackie wieder froh.« Ich mochte Frauchens Freundin nämlich sehr, weil sie sich so toll um Maurice kümmerte. Für ihre Schwester konnte sie ja nichts. Frauchen nahm mich auf den Schoß und versuchte mich zu beruhigen. »Ich weiß nicht, was er hat«, jetzt entschuldigte sie sich auch noch für mich. Ich legte noch eins drauf und fing an zu jaulen, half aber auch nicht. Dann eben doch Zeichensprache: Ich sprang von Frauchens Schoß auf den Tisch und stupste gegen die leere Schatulle, sprang wieder auf Frauchen, von dort zu Claudia und dann zur Tür. »Ich glaube, er muss dringend raus, er ist echt ein Schatz«. Das durfte doch nicht wahr sein. Das hieß: Der Schmuck aus der Schatulle ist mit der Claudia zur Tür hinaus. Ich gab auf, ich musste mir was Besseres ausdenken. Es klingelte erneut an der Tür, die drei Frauen standen auf. »Das ist sicher die Polizei«, sagte Jackie. Sie führte die beiden Beamten in ihr gemütliches Esszimmer. »Grüß Gott, mein Name ist Gerlach und das ist mein Kollege Waterson«, stellten sich die beiden Herren vor. »Wir wollen Ihre Aussage … Waterson, was machen Sie denn da?« Herr Waterson hatte mich entdeckt und hockte vor mir auf dem Boden. Der sah nett aus. Ein junger Kerl, schlank, mit wachen, braunen Augen. »Wer bist du denn? Darf ich dich streicheln?« Der hatte aber Manieren, das gefiel einem gut erzogenen Mops wie mir natürlich sehr. Gnädig wedelte ich mit meinem Schwänzchen und ließ mich hinter den Ohren kraulen. Herr Waterson hatte es aber drauf. Ich fing an genüsslich zu moppern und vergaß für einen Moment die Welt um mich herum – offensichtlich so wie er auch. Frauchen stellte mich vor: »Das ist Holmes, unser Nachwuchsmops, und er mag Sie offenbar.« Dann fing sie an zu kichern. Die anderen schauten sie verständnislos an. »Holmes und Waterson, entschuldigen Sie, Herr Waterson, aber das ist wirklich ein komischer Zufall, klingt beinahe wie Holmes und Watson«, lachte sie. Herr Gerlach beäugte sie streng, doch Herr Waterson nahm meine Vorderpfote und schüttelte sie vorsichtig: »Ich freue mich sehr, Ihre Bekanntschaft zu machen, vielleicht lösen wir mal einen Fall zusammen.« Er zwinkerte Frauchen freundlich zu. Herrn Gerlach reichte es offenbar mit den Nettigkeiten: »Wenn Sie nichts zur Aufklärung des Diebstahls beitragen können, würde ich jetzt gerne die Aussage von Frau Seger (er meinte natürlich Jackie) aufnehmen.« Von wegen nichts beitragen, ich rannte wieder zwischen Claudia und der Tür hin und her. Und wurde – oh Wunder – wieder einmal missverstanden.

»Wir müssen ja eh mit Holmes raus, ich melde mich morgen bei dir.« Frauchen drückte Jackie fest und herzlich, nickte der diebischen Claudia und den beiden Polizisten zu und fuhr mit uns heim. Natürlich nicht ohne unterwegs auf einer Wiese anzuhalten, sie dachte ja, dass ich dringend musste. Ich tat ihr den Gefallen, sie konnte ja schließlich nichts dafür, dass sie nicht so sprachbegabt war.

- 6 -

In den nächsten Tagen blieb Frauchen die meiste Zeit bei Mama. Herrchen machte mit uns täglich seine Männerrunde. Keiner erklärte mir, was mit Mama los war. Herrchen redete nicht so viel mit uns und Papa meinte sich dunkel zu erinnern, dass das hin und wieder vorkomme, aber nicht schlimm sei. Eines Tages war die große Kiste, in der ich geboren wurde, wieder im Wohnzimmer. Im Gegensatz zu Papa kombinierte ich messerscharf: Ich bekam neue Geschwister. Papa war sich da nicht so sicher, aber in mancher Beziehung war er einfach nicht der Hellste. Und eines Morgens waren sie da, fünf winzige neue Möpse lagen bei meiner stolzen Mama. Papa war ein wenig erstaunt, wo die wohl hergekommen seien. Winzig klein und blind schliefen oder nuckelten sie die meiste Zeit. Kleine Würmchen, drei schwarz wie die Mama und zwei beige wie der Papa. Aber dieses Mal hatten sie keine Detektivnamen, sondern die von Göttern: Odin, Thor, Freya, Frigga und Rigani. Leider durfte ich nicht mit den Kleinen spielen. Mama hat mich angeknurrt und mir klipp und klar gesagt, dass ich sie kaputt machen würde, und warf mich raus. Ich müsse warten, bis sie größer seien. Nach der ersten Freude wurde es eine richtig langweilige Zeit. Mama war vollauf beschäftigt und kümmerte sich gar nicht mehr um mich. Die meiste Zeit gammelten Papa und ich im Garten herum. Maurice ging es zwar besser, aber er war immer noch bei Jackie. Aber es kam noch schlimmer.

- 7 -

Da es jeden Tag kälter wurde, brannte im Küchenofen ein warmes und gemütliches Feuer. Es duftete herrlich und wir lagen gerne am Ofen, bis es uns fast das Fell versengte. Damit es nicht ausging, holten Frauchen und Herrchen körbeweise Holz aus dem Schuppen hoch. Eines Morgens krachte es fürchterlich und ein Schrei von Frauchen erschreckte uns alle. Sie lag unten an der Treppe zusammen mit dem Holzkorb auf dem Boden und ihr Fuß war merkwürdig verdreht. Herrchen nahm sie vorsichtig hoch und versuchte sie zu stützen, aber da war nichts zu machen. Sie hatte starke Schmerzen, ein Krankenwagen nahm sie mit ins Krankenhaus. Ich hoffte, die Menschenärzte piksten sie nicht so viel wie unser Tierarzt.

Frauchen war mittlerweile schon ein paar Tage weg und wir vermissten sie schrecklich. Leider dürfen, warum auch immer, Hunde nicht ins Krankenhaus und so waren Papa und ich, Murpsel und Marlon die meiste Zeit auf uns gestellt. Maurice konnten wir auch nicht mehr besuchen. Herrchen hatte keine Zeit, weil er sich um alles kümmern musste. Die Kinder, die Hühner, die Katzen, die Hundekinder, den Haushalt und Papa, Mama und mich, da blieb dafür einfach keine Zeit. Der arme Maurice, so allein und verletzt.

Herrchen nahm sich trotzdem jeden Tag ein bisschen Zeit für ein kurzes Gassi, aber ohne die Mama und Frauchen war es einfach nicht dasselbe. Bis wir eines Tages wieder an dem Pilzewald vorbeikamen. Das war meine Chance, vielleicht war der Schatz noch da? Ich hoffte, dass Herrchen ein bisschen besser mopsisch verstand als Frauchen und rannte immer wieder zwischen Waldrand und Herrchen hin und her. Er lachte und kraulte mich freundlich hinter den Ohren. »Du hast es wiedererkannt, hier haben wir dich verloren.« Jaja, das wusste ich doch, oh, es war zum In-den-Schwanz-beißen. Kein Mensch kapierte, was ich sagen wollte. Also jetzt noch mal für Begriffsstutzige: *Du und ich in Wald Schatz suchen!* Klappte nicht. Herrchen dachte, ich drehe durch, weil ich mich hier mal verlaufen hatte. In gewisser Weise stimmte das zwar, aber das war ja nicht der Punkt. Also Holmes, denk nach! Was machen Menschen, wenn sie möchten, dass wir in eine bestimmte Richtung laufen? Na klar, die Hundeleine. Jetzt eben mal anders herum. Ich schnappte mir das Ende der Leine und fing an, so fest ich konnte, daran zu zerren. Erst dachte Herrchen, dass ich spielen wollte, aber ich gab nicht auf. Und dann begann er tatsächlich, mir zu folgen. Yippie! Jetzt hieß es höchste Konzentration. Ich erkannte die Einzelheiten des Waldes wieder, das dicke Moospolster, die besondere Form der Wurzeln, der Stein in der Form eines kaputten Fußballs (ja ich kenne die Form, ich habe selbst schon solche Bälle verformt, war toll) und tatsächlich, da war der knorrige Baum mit dem Hohlraum darunter. Jetzt musste ich nur noch den Eingang finden. Ich winselte vor Aufregung und steckte nun auch Herrchen an. Er legte sich auf den Bauch und robbte mit mir gemeinsam auf dem weichen Waldboden herum. Papa verstand nicht, worum es ging, freute sich aber über das neue Spiel und robbte einfach mal mit. Wir müssen ein komisches Bild abgegeben haben. Da, ich hatte das Loch gefunden. Es roch immer noch nach Claudia. Herrchen wunderte sich, dass ich auf einmal verschwunden war und rief mich. Ich konnte kaum antworten, es war schon eng hier unten. Aber der kleine Hohlraum war leer. Die Enttäuschung war groß, der Schatz weg. Das durfte doch nicht wahr sein. Aber ich gab nicht so schnell auf. Ich fing an zu buddeln und schnüffelte herum. Irgendetwas musste doch noch da sein, ich hatte so einen starken

Claudia-Duft in der Nase. Tatsächlich, da glitzerte noch was, ein kleines goldenes Armkettchen hatte sich an einer Wurzel verfangen. Ich nahm es vorsichtig zwischen die Zähne – ich wollte ja nicht schon wieder so ein Dings verschlucken – und kroch mit Herrchens Hilfe rückwärts hinaus. Er war sehr beeindruckt von mir, ich wurde gelobt und geknuddelt und war sehr stolz auf mich, Holmes den Schatzsuchermops.

- 8 -

Stolz, völlig verdreckt und glücklich kehrten wir nach Hause zurück und vor der Haustür stand Frauchen. Wir freuten uns wie verrückt und hüpften um sie herum. Herrchen hüpfte natürlich nicht, aber ich glaube, er war kurz davor. Sogar Mama machte mal kurz eine »Götterpause« und quietschte vor Glück. Der Vater von Frauchen hat sie wieder aus dem Krankenhaus geholt, sie hatte einen dicken Klumpfuß und zwei weitere Beine bekommen. Vor diesen Dingern musste man sich ganz schön in Acht nehmen, damit hatte sie eine gewaltige Reichweite und sie mochte es gar nicht, wenn man in die Gummiknubbel unten reinbiss. Herrchen umarmte sie stürmisch, aber sie wollte erst einmal, dass wir uns sauber machten. Wir waren immer noch voller Tannennadeln, dürren Zweigen und Moos. Sie klopfte Herrchens Jacke liebevoll ab und dabei fiel das Kettchen aus der Tasche. Oje, sie glaubte, Herrchen hatte es ihr als Willkommen-Zurück-Geschenk gekauft. Das verdutzte Herrchen wusste nicht, was er sagen sollte, und schmückte sich tatsächlich mit meinem Erfolg. Er legte Frauchen das hübsche Kettchen um den Arm, sie küsste ihn zärtlich. Da war ich jetzt aber froh, dass es ihn erwischte. Ich mag das gar nicht. Knuddeln ist besser. Allerdings hing Frauchen jetzt ein Teil des geklauten Schmucks am Arm. Ein bisschen mulmig war mir da schon, wie sollte ich das bloß den Menschen erklären. Die verstanden mich ja nie …

Den Hühnern unten im Stall war es egal, ob Frauchen da war. Hauptsache, sie wurden gefüttert. Hühner sind zwar praktisch wegen der leckeren Eier und schmecken tun sie auch, aber die sind nicht sehr schlau. Frauchen liebte sie aber trotzdem sehr und wollte sehen, ob alles in Ordnung war. Klar doch, war es. Wir Männer hatten alles im Griff.

Nachdem Frauchen sich mühsam die Treppe hoch geschleppt hatte, wurden die kleinen »Götter« besichtigt. Sie hatten inzwischen die Augen offen und konnten schon ein bisschen laufen. Alle purzelten übereinander und wollten aus der Wurfbox heraus, so wie wir damals. Sie sahen jetzt auch nicht mehr wie kleine Fledermäuse aus, sondern waren unglaublich süß. Mama hatte versprochen, dass ich bald mit meinen Geschwistern spielen durfte. Sie ließ mich schnuppern und ich schaute mal nach, ob noch einer so krumme Beine hatte wie ich und demzufolge auch bei uns bleiben würde. Aber die sahen alle normal aus, schade.

Murpsel und Marlon mauzten Frauchen voll und erzählten ihr von ihren Abenteuern und sogar von ihrer Rache an der Nachbarin. Diesmal war ich froh, dass die Menschen uns nicht verstanden. Ich hatte so ein Gefühl, dass Frauchen nicht so begeistert wäre. Sie schnurrten und strichen um die neuen und alten Beine und Frauchen war gerührt über so viel Wiedersehensfreude. »Jetzt fehlt nur noch Maurice«, seufzte sie. Da wusste Herrchen Gutes zu berichten: »Jackie bringt ihn nachher. Er kann wieder laufen und sie will dich sowieso besuchen.« »Gibt es was Neues vom verschwundenen Schmuck?« Herrchen schüttelte den Kopf. »Nichts. Die Polizei hat keine Spuren von Fremden gefunden. Jackie ist wieder allein. Ihre Schwester musste ganz plötzlich wieder nach Hause.«

Frauchen machte es sich auf dem Sofa so bequem wie möglich und wurde mit Tee und Plätzchen versorgt. Die Kinder hatten schon Weihnachtsgebäck gemacht, das duftete herrlich, aber wir bekamen mal wieder gar nichts.

- 9 -

Es klingelte und Jackie stand mit einer Katzenbox vor der Tür. Ich hatte keine Ahnung, dass eine Katze so laut miauen konnte. Maurice war außer sich und schrie, was seine Lunge hergab. Er hasste das Autofahren und in einer Kiste eingesperrt zu sein, freute sich gleichzeitig, wieder daheim zu sein. Alle Emotionen äußerten sich in seinem infernalischen Gebrüll. Er bekam auf jeden Fall kein Magengeschwür wegen unterdrückter Gefühle. Jackie war sichtlich erleichtert, ihn wieder loszuwerden. »Er ist ein lieber Kerl, aber laut«, grinste sie. Sie trug die Kiste in die Küche und machte das Türchen der Box auf. Wie eine Rakete schoss der schöne Kater aus seinem Gefängnis und jagte durch die Katzenklappe nach draußen. »Na, der muss sich erst mal austoben, aber beim ersten Regen oder Schnee ist er wieder da. Dann werden wir ihn ausgiebig begrüßen.« Frauchen war glücklich. »Komm Jackie, ich muss wieder auf mein Sofa und den Fuß hochlegen. Es gibt Kaffee und Plätzchen«. Die Freundinnen plauderten gemütlich und langsam keimte in mir die Hoffnung, dass Jackie das Kettchen nicht sehen würde. Zu früh gefreut, irgendwann musste nämlich Frauchen damit angeben und hielt ihrer Freundin den frisch geschmückten Arm unter die Nase. Jackie lächelte erst erwartungsvoll, aber erstarrte dann plötzlich und griff sich Frauchens Arm. »Wo hast du das her, wo hat dein Mann das her?«, wollte sie aufgeregt wissen. Frauchen war verwirrt: »Keine Ahnung, es fiel aus seiner Tasche. Was ist denn los?« »Schau auf dem Verschluss innen nach, da sind die Initialen meiner Mutter eingraviert.« Frauchen wurde blass. »Da sind sie. Du hast Recht. Wie kann das sein? Mein Miro ist doch kein Dieb.« Ratlos saßen die Frauen auf dem Sofa, als Herrchen hereinkam. »Wo hast du das Armkettchen her, Miro? Es gehört Jacqueline!«, wollte Frauchen aufgebracht wissen. »Ähm, Marlene, wir haben noch mehr Besuch«, stammelte Herrchen. Vor lauter Aufregung hatte niemand die Türklingel gehört. Ich konnte kaum glauben, wen ich da sah: Die blöde Nachbarin drängte sich am breiten Rücken des Hausherrn vorbei, hinter dem die kleine Frau bisher nicht zu sehen gewesen war, und fing an herumzukeifen. »Frau Schuster, Ihre Tigerkatze war schon wieder bei mir im Garten.« Maurice wollte es aber auch wissen. Gleich sein erster Weg führte ihn wieder in Feindesland. »Soso, nicht nur Ihre Viecher taugen nichts und treiben sich auf fremden Grundstücken herum. Ihr Mann schenkt Ihnen auch noch geklauten Schmuck. Was heißt da »Mann«. Sie sollten sich sowieso schämen, ein halber Ausländer und er ist ja nicht mal mit Ihnen verheiratet.« Weiter kam sie allerdings nicht. Frauchen konnte sich nicht mehr beherrschen. »Raus mit Ihnen! Sofort!« Papa stand von seinem Sofakissen auf, er konnte wirklich tief und drohend knurren. Er tat das sehr selten, wir Möpse sind im Grunde sehr friedfertig. Mama stellte ihre schwarzen Nackenhaare auf und tat es ihm gleich. Frauchen versuchte sich aufzurappeln, aber ihr gebrochener Fuß behinderte sie. Da hatte ich eine Eingebung. Ich sauste hinter Herrchens Rücken aus der Tür und wetzte die Treppe runter. Sollten alle denken, ich wäre feige davongerannt. Frauchens Fuß hatte mich auf eine, ich gebe es zu, heimtückische Idee gebracht. Auch diese Eigenschaft gehört eigentlich nicht zu einem guten Mops. Diese Frau schien in uns allen das Schlimmste zu wecken. Auf der vorletzten Stufe drücke ich mich flach hin. Die alte Hexe trampelte die Treppe herunter. Wie ich gehofft hatte, drehte sie sich noch einmal nach oben um und rief: »Sorgen Sie gefälligst dafür, dass Ihre Viecher von meinem Grundstück fernbleiben.« Ich sprang genau im richtigen Moment auf und machte mich möglichst steif. Man sollte in einem Haushalt mit sechs Tieren immer aufpassen, wo man hintritt. Sie hatte da wohl keine Erfahrung und, hoppla, sie stolperte über mich und rumste gegen die Haustür. Sie holte mit ihrem Fuß aus und trat mir in die Seite, dass ich vor Schmerz aufschrie. Dann war sie endlich weg, nur ihr säuerlicher Altweibergeruch hing noch in der Luft. Mit drei Sätzen war Herrchen bei mir und nahm mich vorsichtig hoch. Er drückte sein Gesicht in mein Fell und murmelte: »Du bist ein ganz Schlauer, ich hab gesehen, was du gemacht hast. Aber lass das in Zukunft. Das ist gefährlich für dich.« Er trug mich ins Wohnzimmer hoch, in dem die beiden Frauen immer noch völlig verdattert auf dem Sofa saßen. »Okay, jetzt beruhigen wir uns erst mal alle«, meint Frauchen, »als Erstes, mein Schatz *(Anmerkung des Mopsverfassers: wenn sie »Schatz« sagt, ist das gefährlich für denjenigen)*, möchten wir gern wissen, wo du das Kettchen her hast.« Die beiden Frauen funkelten das arme Herrchen mit verschränkten Armen erbost an. »Ich, ähm, ich habe es gefunden.« »Wo?« Herrchen schaute mich hilfesuchend an. Ich konnte ihn jetzt nicht im Stich lassen, und kläffe trotz Schmerzen in der Rippengegend einmal kurz auf. Vielleicht kapierten die jetzt mal, was ich sagen wollte. »Also, genauer gesagt, Holmes hat das Kettchen im Wald unter einem Baumstamm gefunden. Ungefähr in der Gegend, in der wir ihn neulich verloren haben. Er wusste genau, wo er suchen musste, in einem Hohlraum unter einem Baum. Ich schätze, er hat das Versteck bei seinem unfreiwilligen Ausflug entdeckt. Er schleppt doch seit unserem Urlaub ständig glänzende Sachen an. Ein richtiger Schatzsucher« – ha, endlich hatte das mal jemand erkannt. »Ich hab das Ding dann einfach in meine Tasche gesteckt und vor lauter Freude, dass du wieder da bist, erst einmal vergessen. Dann hast du dich so gefreut und ich wusste nicht, wie ich aus der Nummer herauskommen konnte, ohne dass du enttäuscht wärst.« Den folgenden Augenaufschlag von Herrchen hatte er sich sicher bei uns abgeschaut. Er schaute die beiden treuherzig an und es klappte.

Frauchen seufzte und nahm Herrchens Hand. »Also gut«, mit einem Seitenblick auf Jackie, die zustimmend nickte, entspannte Frauchen die Stimmung. »Wie ist das Kettchen bloß in ein Loch im Wald geraten? Und warum nur das Kettchen? Aber zuerst einmal: Hier Jackie, da ist der erste Teil deines Schatzes. Den Rest werden wir auch noch finden!« Sie nahm mich vorsichtig von Herrchens Schoß und streichelte meinen Kopf. »Wenn du doch nur reden könntest. Ich würde vorschlagen, Jackie und du schauen erst mal nach, ob da noch mehr zu finden ist. Warum hat er das erste Mal denn nichts mitgebracht?« Oh Mann, das Glitzerdings liegt noch immer unter dem Busch. Hab ich total vergessen. Frauchen drückte mich an sich, da musste ich ein bisschen jammern. »Was hat er denn?« Herrchen erzählte ihr, dass ich einen Tritt kassiert hatte, weil die Nachbarin über mich gestolpert sei.

»So eine Hexe. Ich verstehe gar nicht, was sie gegen uns hat. Auf dem Land leben nun mal Tiere. Und die Sache mit dem »in Sünde leben« ist ja wohl auch hierzulande vorbei. So was von unfreundlich, aber jeden Sonntag in die Kirche rennen.« Und armen Katzen beinahe den Rücken brechen, aber das weiß ja Frauchen nicht. Immerhin haben wir uns gerächt.

- 10 -

Jackie und Herrchen zogen sich warme Sachen an und machten sich nochmal auf in den Wald. Ich hätte ihnen ja sagen können, dass es umsonst war, aber ich war sicher, die hörten eh mal wieder nicht auf mich. Das Luftholen tat mir immer noch weh, deshalb wollte ich auch nicht noch einmal mit. Ich mochte lieber mit Frauchen kuscheln, sie hatte mir ganz schön gefehlt. Ich durfte mich auf ihrem Bauch zusammenrollen und wurde liebevoll gekrault. Die Katzenklappe klapperte laut und ein fröhlicher Maurice sprang herein. Ein merkwürdiger, mir fremder Geruch wehte mit ihm ins Zimmer herein. Er war ein bisschen außer Atem und nahm sich nun Zeit, Frauchen zu begrüßen. Sie nahm auch ihn auf ihren Bauch hoch und so kuschelten wir gemütlich. Frauchen dachte laut nach: »Manchmal frage ich mich …, so eine böse Frau. Vielleicht war sie es damals.« Erschöpft von den ganzen Aufregungen fielen ihr die Augen zu und sie fing leise an zu schnarchen. Ich legte verwirrt den Kopf schief. »Was meint sie?«, wollte ich vom Kater wissen. Er schloss die Augen zu schmalen Schlitzen. »Es gab vor deiner Mama schon mal eine Mopsmama hier im Haus. Ihr Name war Babette. Sie war meine Ersatz-Mama, ich durfte zusammen mit ihren Kindern nuckeln, als meine Katzenmama mich verlassen hat. Sie war weich und warmherzig, wunderschön. Ich habe sie sehr geliebt. Sie hat mich zusammen mit den fünf eigenen Kindern aufgezogen und sogar zum Gassi durfte ich mit.« »Was ist mit ihr geschehen?« »Sie wurde vergiftet. Plötzlich begann sie abzumagern und das Fell fiel ihr büschelweise aus. Sie hatte am Schluss überall kahle Stellen. Die Tierärztin, Frauchen und Herrchen haben zwei Wochen lang alles für sie getan. Sie starb hier an einem sonnigen Aprilmorgen im Wohnzimmer. Es ging am Schluss ganz schnell, wir waren alle dabei … Sie liegt unterhalb des großes Steins im Garten begraben. Wir verdächtigten seit jeher die Nachbarin. Sie hat von Anfang an so ein Theater wegen uns gemacht. Dein Papa hat einmal an ihre Birke gepinkelt, weil das jüngere Kind von Frauchen nicht aufgepasst hat. Sie hat ein Riesengeschrei deswegen gemacht. Ein paar Tage später lag vergifteter Käse bei uns im Garten. Babette hat davon gefressen, bevor ich sie warnen konnte. Wir Katzen merken das gleich, meistens zumindest. Es war zu spät. Sie ist jetzt im Mopshimmel. Das Grausame ist, dass ich sie nie wiedersehen werde, denn wenn ich einmal tot bin, komm ich ja in den Katzenhimmel.« Er schwieg eine Weile, ich traute mich kaum, mich zu rühren, es war eine traurige Geschichte. Nachdem er sich wieder gesammelt hatte, erzählte er weiter: »Nach ihrem Tod hat unser Nachbar von gegenüber, der Holger, uns diesen schönen Holzzaun gebaut, um die Hunde zu schützen. Auch er hatte wohl den Verdacht, dass sie es war, aber niemand konnte etwas beweisen. Aber ich weiß es jetzt. Als sie mich mit dem Rechen durch den Garten gejagt hat, schrie sie immer wieder, ich solle froh sein, mit mir würde sie kürzeren Prozess machen als mit dem fetten Mops. Ich glaube, Frauchen wird sich jetzt auch immer sicherer.« Ein seltsamer Ausdruck flammte kurz in seinen grünen Augen auf. Bevor ich richtig erkennen konnte, was er bedeutete, schlossen sich seine Lider.

Wie wenig ich bisher von meiner Familie wusste, fiel mir da jetzt erst auf. Bisher waren sie für mich einfach dagewesen. Was vor meiner Geburt hier im Haus passiert war, interessierte mich bislang nicht. Ein schöner Detektiv war ich, wo doch Hintergrundwissen so wichtig ist. »Erzähle mir, woher ihr alle kommt. Du bist hier nicht geboren, so wie ich, und auch die anderen nicht. Fang bitte bei dir an! Was ist mit deiner Mutter passiert?«

Erst dachte ich, auch er wäre eingeschlafen, aber dann begann er mit geschlossenen Augen zu erzählen:

»Ich bin auf einem Bauernhof hier im Dorf geboren. Meine Mutter war schon recht alt und ein bisschen taub. Der Bauer hat seine Katzen nie gefüttert, damit sie viele Mäuse fangen. Du musst wissen, dass wir vor allem die Ohren zum Anpirschen brauchen. Mutter, Lissy war ihr Name, bekam zwei Mal im Jahr Junge und fing immer weniger Mäuse. Der Hunger wurde immer schlimmer für sie. Sie brauchte dringend was zu fressen. Ihr ist nie Gutes durch Menschen widerfahren. Die einzigen Berührungen fanden durch die Gummistiefel des Bauern statt, wenn sie nicht schnell genug wegsprang. Oft hat sie ihn einfach nicht kommen hören und flog dann durch die Luft, schmerzhaft getroffen. Sie war immer eine liebe und warmherzige Mutter, vor Menschen jedoch hatte sie große Angst und schlug nach jedem, der sich ihr näherte. Verständlich, wie ich finde. Deshalb fand sie lange keine Ersatzfamilie. Bis sie zufällig hier vorbeikam und auf Frauchen traf. Sie versuchte ihr Glück und schrie ihren Hunger heraus. Frauchen sprach leise mit ihr und streckte ihr die Hand entgegen. Aber Lissy hatte zu viel Angst und wich fauchend zurück. Alle anderen hatten sich weggedreht und sind einfach gegangen. Niemand wollte eine Katze füttern, die sich nicht streicheln lässt, schnurrt und um die Beine streicht. Aber nicht so unser Frauchen. Sie respektierte Lissys Bedürfnis nach Abstand und ab diesem Tag war meine Mama immer satt. Aber sie war auch bald wieder trächtig. Sie bekam uns, mich und meine drei Geschwister, auf dem Heuboden des Bauern. Sie trug uns immer zu neuen Verstecken, denn alle früheren Kinder endeten im Bach. Der Bauer warf sie einfach hinein, sie ertranken dort jämmerlich. Lissy schaffte es nicht, sie zu retten, sie wusste nicht wohin. Aber dieses Mal wollte sie uns in Sicherheit bringen und als wir groß genug waren, um einen weiteren Weg zu überstehen, packte sie mich im Genick und trug mich hierher. Sie versteckte mich hinter der blauen Gartentruhe und lief den weiten Weg zurück. Aber dort fand sie meine Geschwister nicht mehr lebendig. Sie waren unruhig geworden und hatten laut nach ihr gerufen. Der Bauer hatte sie gehört und erbarmungslos in den Bach geworfen. Mama kam zu spät. So war ich durch Zufall das einzige Kind, das Mama jemals aufwachsen sah.«

Seine grünen Augen blickten durch mich hindurch in weit entfernte Zeiten. Ich war nicht sicher, ob er die Geschichte zu Ende erzählen würde, und hoffte gespannt darauf. Ein tiefer Seufzer ging durch seinen Körper. Es fiel ihm sichtlich schwer, aber er sprach weiter.

»Es war wohl die schönste Zeit ihres Lebens. Sie hatte mich, ein Zuhause und genug zu essen. Sie wurde respektiert und geliebt. In diesen sorglosen Tagen verbrachte sie ihre Zeit damit, mit mir zu spielen und mir die Mäusejagd beizubringen. Ich wurde ihr Gehör und sie zeigte mir, wie lange man mit ihnen spielen durfte und wann es genug war. Wir wurden ein wunderbares Team. Aber dann, eines Tages, kam sie nicht wieder zurück. Wir gingen sie suchen. Sie hatte das Auto wohl nicht kommen hören, immerhin ging es wohl schnell.« Ich wagte kaum noch zu atmen. »Frauchen nahm mich das erste Mal auf den Arm und ich ließ es geschehen. Sie weinte mit mir um meine Mutter und brachte mich wieder nach Hause. Sie redete mit Babette und sie verstand. Ich war erst ein paar Wochen alt. Ich brauchte noch dringend eine Mutter. Babette nahm mich zu ihren fünf eigenen Kindern, so wurde ich eine Mopskatze. Sie sorgte so gut wie meine eigene Mutter für mich und tröstete mich, wenn ich traurig war. Ich hatte auf einmal fünf Schwestern und das war herrlich. Nur Mäusefangen konnten sie nicht. Es war schrecklich, auch meine zweite Mama sterben zu sehen.«

- 11 -

Eine Weile sagte keiner von uns beiden etwas. Wäre es nicht besser, die Möpse, über die sich die Menschen so gerne lustig machten, hätten das Sagen auf dieser Welt? Wir treten, vergiften, verletzen und überfahren definitiv niemanden. Okay, zumindest niemanden, der es nicht wirklich verdient hat. Doch meine Neugierde war bereits geweckt. Ich wollte mehr wissen.

»Wie kam Murpsel zu uns? Du warst doch die erste Katze hier, du kennst doch sicher ihre Geschichte.« Maurice entspannte sich wieder und ich meinte, sogar ein kleines Lächeln um seine Schnurrhaare spielen zu sehen.

»Murpsels Geschichte beginnt auch tragisch, aber entscheide selbst, welche dramatischer ist. Die kleine Murpsel ist deshalb so klein geblieben, weil sie eine Herbstkatze ist. Sie ist in einem kalten Oktober geboren, ihre Mutter hatte auch kein Zuhause. Eigentlich eine teure Rassekatze, eine Main Coon, aber sie hatte einen Dachschaden. Sie war sehr sprunghaft und bildete sich viel auf ihre Abstammung ein. In einem Moment war sie lieb und anschmiegsam, im nächsten Augenblick kratzte sie einem die Augen aus. Deshalb hatten ihre Menschen sie einfach mitten im Wald ausgesetzt. Sie hatte Glück und fand einen Stall voll warmer Schafe und Mäuse. Der Besitzer des Stalles war freundlich und froh, ein wenig Hilfe gegen die Plagegeister zu bekommen. Er ließ Murpsels Mutter bleiben, sie bekam vier Babys: zwei rote und zwei schwarze Katzenkinder. Aber der Winter kam früh in diesem Jahr, mit aller Gewalt brach er schon im Oktober, kurz nach der Geburt der vier, herein. Schon bald hatte Murpsels

Mutter keine Lust mehr auf den Stress des Jagens, Säugens und Kindererziehens und ging einfach weg. Sie kann sehr charmant sein, wenn sie will, und fand eine alte Dame, die sich von ihr verführen ließ. Was aus ihren Kindern wurde, war ihr einfach egal. Der Schäfer fand die vier Kleinen halbtot vor Hunger und Kälte. Er brachte sie zu Frauchen, weil sie ihm leidtaten. Es gibt also auch nette Bauern. Aber er fand sie zu spät. Eins von den roten war bereits tot, als er an unserer Haustür klingelte. Auch in den drei anderen steckte nicht mehr viel Leben. Frauchen wusste nicht so recht, wie sie sie wieder warm kriegen konnte und als gute Hausfrau heizte sie einfach den Backofen in der Küche ein, wickelte die Zwerge in ein Handtuch und steckte sie ins warme Ofenrohr. Nie werde ich den Anblick vergessen, als Murpsel aus ihrem Kältekoma erwachte und ein Paar leuchtend grüne Augen durch die Scheibe des Backofens starrten. Ein merkwürdiges Bild. Als Frauchen die Ofentür aufklappte, hat sich das andere arme rote Ding zu Tode erschreckt, geschwächt wie es war. So blieben die beiden Schwarzen übrig. Murpsels Bruder Bernd lebt drüben bei unserem netten Nachbarn. Der, der den Zaun gebaut hat. Von Murpsel konnte sich Frauchen nicht mehr trennen. Marlon hat sie in der Mäusejagd ausgebildet und das hat er gut gemacht. So klein und flauschig sie auch ist, in ihr steckt eine richtige Killerin.«

»Und Marlon, wie kam er hierher?«

»Das ist schnell erzählt. Marlon ist bei echten Katzenliebhabern geboren worden und die haben ein gutes Zuhause für ihn gesucht. Wir haben ihn im Alter von drei Monaten gekriegt. In seinem Leben ist noch nicht viel Dramatischeres als ein verknackster Fuß vorgekommen. Aber er war ein richtiger Musterschüler von mir, er übertrifft mich sogar inzwischen bei der Mäusejagd. Ich bin sehr stolz auf ihn. Er könnte nur etwas reinlicher sein. Gerade als weiße Katze mit so wenig farbigen Stellen wie er sollte man doch sehr auf sein Äußeres achten. Aber er ist schon in Ordnung. Auch wenn er manchmal angibt wie eine

Tüte Mücken, weil er aus so gutem Hause kommt. Wichtiger ist mir, jetzt in einem solchen zu leben. Meine Mütter waren ebenso lieb wie seine und Murpsel kann ja schließlich nichts dafür, dass ihre Mutter so sprunghaft war. Aber jetzt bin ich müde, will mich ausruhen. Deinen Vater und deine Mutter kannst du ja selber fragen, wie sie zu uns gekommen sind«, sprach er und schlief ein.

- 12 -

Auch ich döste ein und wachte erst wieder auf, als Herrchen und Jackie zurückkamen. »Sonst ist nichts mehr da. Meinst du, wir sollten der Polizei sagen, wo Holmes das Kettchen gefunden hat?«, polterte Herrchen zur Tür herein. Jackie folgte ihm mit enttäuschtem Gesicht.

Au ja, dann kommt wieder der nette Waterson, dachte ich mir. Dann will ich auch wieder mit und ihm alles zeigen. Er hat so gute Manieren. Tatsächlich klingelten Herr Gerlach und Waterson ein wenig später bei uns und dieses Mal machte ich ein derartiges Theater, dass ich mit durfte. Herr Gerlach murmelte zwar etwas von verwischten Spuren, aber Waterson nahm mich, nachdem er mich höflich um Erlaubnis gebeten hatte, auf den Arm und verkündete, dass er auf mich aufpassen würde, wenn er durfte. Durfte er. Und ich durfte im Polizeiauto fahren. Jackie kam nicht mehr mit, sie musste sich um ihre Katzenpension kümmern. Waterson schien ein wenig enttäuscht deswegen und versprach ihr noch, sie sofort anzurufen, sobald es was Neues gab. Sie lächelte ihn dankbar an und er schien wieder froh.

Herrchen erzählte den beiden, wie ich das Kettchen gesucht und gefunden hatte, und dass er zunächst gar nicht an den Schmuckdiebstahl gedacht habe. Er glaubte anfangs, dass jemand das Schmuckstück im Wald verloren habe. Er erzählte, dass ich seit unserem Urlaub immer auf der Suche nach glänzenden Dingen war. »Ein Schatzsucher bist du also«, bemerkte Waterson und kraulte mich hinter den Ohren. So ein kluger Mann. Ich mochte ihn immer mehr.

Über die unglückliche Geschichte mit dem Missverständnis bei Frauchen schwieg er sich aus. War ja schon ein bisschen peinlich. Aber ihm fällt sicher was ein, wie er die Scharte wieder auswetzen kann.

Wieder suchte und fand ich das Versteck, inzwischen dauerte es nicht mehr so lange, ich kannte den Weg ja schon beinahe im Schlaf. Interessiert wurde alles untersucht und nichts gefunden. Obwohl es schon auf Weihnachten zuging, war es immer noch mild und die Sonne malte goldene Muster durch die kahlen Äste auf den Waldboden. Ich langweilte mich ein wenig. Die brauchten ja ewig mit der Sucherei, gähnte ich. Wir Hunde sind da viel besser und vor allem schneller fertig. Niemand achtete auf mich, als ich durch das feuchte Moos tappte. Wieder einmal hatte ich den Geruch von Claudia in der Nase. Wieso? Hier war doch kein Schatz mehr. Ich konzentrierte mich auf meine Nase. Um mich herum wurde alles undeutlich, ich sah und hörte nur noch verschwommen. Meine Welt bestand nur noch aus einem Wirrwarr von Düften, wie ein Knäuel bunter Fäden. Nun suchte ich den richtigen Faden heraus und folge ihm. Und da fand ich zwischen den verrottenden Blättern versteckt, kaum zu sehen in dem goldenen Licht, ein weiteres Glitzerdings. Aber das war kein Schmuckstück. Was war es dann? Vorsichtig stupste ich es mit der Schnauze an. Da hörte ich Schritte hinter mir, Waterson suchte mich. Ich wedelte ihn begeistert an, da bräuchte ich das Ding ja nicht selber schleppen. »Hey kleiner Mann, da bist du ja. Was hast du denn gefunden?« Er holte eine kleine Plastiktüte aus seiner Tasche und packte meinen Fund vorsichtig ein. »Einen Lippenstift hast du gefunden. Das könnte uns jetzt endlich mal weiterhelfen, gut gemacht!« Er nahm mich übermütig hoch und knuddelt mich. Leider tat mir das immer noch weh. Ich quietschte vor Schmerzen. Erschrocken setzte er mich wieder ab. »Was hat er denn? Mag er das nicht?« Waterson schaute erschrocken zu Herrchen und Herrn Gerlach, die inzwischen auch zu uns gestoßen waren. »Er hat heute schon ganz schön was einstecken müssen. Er ist auf der Treppe eingeschlafen und die Nachbarin ist über ihn gefallen, wurde wütend und hat ihn getreten.« Herrchen hatte es heute wohl nicht ganz so mit der Wahrheit. Aber sehr lieb von ihm, meinen boshaften Ausrutscher zu vertuschen. Ich wedelte ihn dankbar an, Waterson beugte sich zu mir herunter und schüttelt meine Vorderpfote. »Entschuldige, das wusste ich nicht. Also jetzt nochmal: Vielen Dank für deine Mitarbeit.« Sogar Herr Gerlach blickte schon nicht mehr ganz so verkniffen auf mich herunter. »Das kann eine wichtige Spur sein. Wir geben den Lippenstift ins Labor, vielleicht finden wir Fingerabdrücke darauf.«

- 13 -

Zurück zu Hause reichte es für mich wirklich an Aufregungen. Mir tat jeder Knochen im Leib weh und die Augen fielen mir zu. Ich schaffte es gerade noch zu Papa auf die Couch. Ich kuschelte mich an seinen warmen, weichen Bauch und konnte irgendwie doch noch nicht richtig abschalten. »Papa, kannst du mir eine Geschichte erzählen?« »Gerne, was möchtest du hören?« »Erzähl mir, wie du hierhergekommen bist, Papa!« Papa drehte sich auf den Rücken und streckte seine Beine wohlig in die Luft. Er dehnte sich kräftig, nieste einmal ordentlich und dann erzählt auch er mir seine Geschichte.

»Ich wurde in Slowenien geboren, weit weg von hier. In einem stinkenden Keller, von einer liebevollen, aber erschöpften Mutter. Ich kenne nicht einmal ihren Namen. Als ich sechs Wochen alt war, kam ein Mann, der mich und meine Geschwister in ein Auto packte. Wir fuhren eine Ewigkeit. Ohne Mama. Wir hatten Angst und waren traurig. Kein guter Start ins Leben. In Deutschland angekommen, wurden wir alle an verschiedene Menschen verkauft. Ich habe keine Ahnung, was aus den anderen geworden ist. Ich jedenfalls kam zu einer Familie nach Bayern. Die sprachen Russisch mit mir, ein ganz schönes Sprachgewirr für mich. Dort lebte ein hübsches Mopsmädchen, meine erste Freundin. Aber dort war es nicht so toll wie hier. Wir waren nur in der Wohnung, ganz oben in einem großen Haus. Bei Wind wackelte das Haus ekelhaft hin und her. Da wurde mir immer schlecht, aber die Menschen haben es nicht gemerkt. Wir, meine Freundin und ich, wurden drei Mal am

Tag mit dem Aufzug nach unten gefahren. Der Mann lief einmal mit uns um das Haus herum und dann ging es wieder zurück. Die beiden Kinder spielten viel mit uns, sonst wäre es wirklich zu langweilig gewesen. Dann kamen irgendwann Mopsbabys, woher auch immer, und ich wurde in eine kleine Kammer gesperrt. Als ob ich jemals einem Baby was zu Leide getan hätte. Da saß ich nun den ganzen Tag auf meinem Sessel und durfte drei Mal am Tag raus. Ein Tag glich dem anderen, immer so weiter. Endlich, eines Tages, waren die Mopsbabys weg und ich durfte wieder zu den anderen. Dann wurde die Frau dick und dicker und immer öfter redeten die Menschen darüber, uns zu verkaufen, weil es zu wenig Platz wäre, wenn das Kind komme. Zuerst kamen Leute, die meine Freundin abholten. Auch an ihren Namen kann ich mich nicht mehr erinnern. Ich war sehr unglücklich und wollte nichts mehr fressen. Da war ich gerade erst etwas über ein Jahr alt. Ja, und dann kamen Frauchen und Herrchen zusammen mit ihren Kindern und Babette. Ich habe kein Wort verstanden, ich konnte ja nur russisch und ein bisschen Slowenisch. Aber ich wollte auf jeden Fall mit, ich wollte nicht länger alleine sein und die erschienen mir alle sehr nett. Schlimmer und trostloser konnte es ja nicht mehr werden. Ich zeigte mich von meiner besten Seite und mopperte und hüpfte so schön ich konnte. Es wirkte, ich durfte mit, ich sprang zu Babette hinten in den Kofferraum und warf keinen Blick zurück. Dann fuhren wir wieder stundenlang im Auto und so kam ich aus Bayern hierher auf die Schwäbische Alb. Vor allem die erste Zeit war es sehr aufregend hier. Du musst dir vorstellen, ich hatte in meinem ganzen Leben noch keinen Baum gesehen, keinen Bach, nicht mal eine Wiese. Nur Häuser, nein sogar nur dieses eine hässliche graue Haus. Ich war noch nie zuvor ohne Leine gelaufen und wusste am Anfang gar nicht, wohin mit meiner ganzen Energie. Autos, Radfahrer, Pferde, Jogger, allem bin ich hinterhergejagt und habe alle angebellt. Aber Frauchen war geduldig, brachte mir Deutsch bei, übte mit mir »Sitz« und

Pfote geben und mit der Zeit wurde ich gelassen und zufrieden. Ich lebe in Freiheit und liebe meine Familie.« Er seufzte tief, schloss genüsslich die Augen und gähnte herzhaft. Jetzt musste ich auch gähnen und endlich konnte auch ich einschlafen.

- 14 -

Am nächsten Morgen ging Herrchen mit uns früh raus, wir trafen vor dem Haus unseren netten Nachbarn Holger Treder mit seinem Hund Frieda. Holger lebte seit dem frühen Tod seiner Frau allein in einem schmucken Bauernhaus. Alles hatten die beiden mit viel Liebe zum Detail renoviert. Laut Frauchen hatten unsere Nachbarn aus einer völligen Bruchbude ein richtiges Kleinod gemacht. Sogar ein Birnbaum wuchs an einem Spalier an der Hauswand. Den durften wir nicht anpinkeln. Frauchen hatte es uns verboten. Ich nehme an, dass Holger ihn selber markiert hat. Das ist in Ordnung, der Baum steht ja in seinem Revier. Holger und seine Frau hatten nicht lange die Zweisamkeit in dem hübschen Haus genießen können. Holgers Frau Saphira hatte an irgendeiner merkwürdigen Krankheit gelitten und war gestorben, kurz bevor ich geboren wurde. Frauchen hatte es der Mutter von Miro mal erzählt, als sie uns besucht hatte. Sie hatte sich gewundert, dass so ein netter und junger Mann ganz alleine in so einem großen Haus lebte. Eine traurige Geschichte. Saphira war auf einmal immer dünner geworden. Nachdem sie ein paar Wochen im Krankenhaus gewesen war, sah sie fürchterlich aus. Ihr waren fast alle Haare ausgefallen. Danach wollte sie nie wieder in eine Klinik gehen Den Nachbarn erzählte sie, dass es nur vom Hausumbau-Stress sei. Und dann hatte sie eines Morgens tot im Bett gelegen. Seither lebte Holger allein. Er ging auch nicht mehr arbeiten, die Lebensversicherung seiner Frau und ihr Erbe reichten ihm aus. Sie stammte aus einer reichen amerikanischen Familie. Nun erledigte er kleinere Reparaturen in der Nachbarschaft und bastelte weiter an seinem Haus herum. Die Hündin Frieda und Bernd, Murpsels Bruder, leisteten ihm Gesellschaft. Wie üblich, blieben wir beieinander stehen und begrüßten uns ausführlich, die beiden Männer taten es uns gleich. »Sagt mal, habt ihr auch so eine Mäuseplage bei euch im Haus?«, wollte Holger wissen.

»Nö, ihr etwa? Hat euer Bernd eine Mäusefangkrise?«

»Bei uns ist alles bestens, aber ein Haus weiter unten, bei Frau Bächle, ist es wohl ganz schlimm. Da wimmelt der ganze Keller.« Wir drei Möpse grinsten uns an. Frieda bemerkte das natürlich und wollte wissen, ob wir was damit zu tun hätten. Einträchtig schüttelten wir die Köpfe. Das lenkte jetzt Herrchens Aufmerksamkeit auf uns. »Habt ihr Flöhe?« Jetzt schüttelten wir lieber nicht noch mal den Kopf, treuherzig unschuldig gucken war jetzt angesagt. Wir hatten ja alle nichts gegen Wasser, aber so ein Flohschutzbad war eklig. Da durfte jetzt kein falscher Verdacht aufkommen. Immerhin war Frieda jetzt abgelenkt und um das Bad würden wir wohl auch herumkommen, denn die Unterhaltung war zu dem Thema der kleinen Plagegeister zurückgekehrt. »Sie hat schon alles Mögliche versucht«, wusste Holger zu berichten, »aber es sind zu viele für die Fallen und auch diese Elektro-Vertreiber schaffen es nicht mehr. Sie meint, die Viecher quellen schier aus dem Boden. Sie überlegt nun, Gift einzusetzen.« Geschah ihr recht. Die Katzen würden sich über den Erfolg des Racheaktes freuen. Und Maurice sollte hoffentlich für die Qualen entschädigt werden, die er hatte erdulden müssen. Wir werden es ihm nachher gleich erzählen, plante ich.

»Ach, noch was …« Holger kam jetzt richtig in Fahrt: »Frau Bächle erzählt überall im Dorf herum, dass du was mit dem Schmuckdiebstahl zu tun hast, weil du Geld brauchst. Sie sagt, sie war Zeugin, als du von der Schmuckbesitzerin erwischt wurdest. Für deine Freundin hattest du nur ein kleines Kettchen übrig, den Rest hast du schon verkauft. Die Polizei sei dir schon auf der Spur.« Herrchen wurde ganz blass. »Das gibt es doch nicht, tatsächlich haben wir ein gestohlenes Kettchen im Wald gefunden, aber wir haben es doch der Jackie zurückgegeben, und natürlich haben wir es der Polizei gesagt. Die waren dann auch mit uns am Fundort. Die alte Schachtel kann einen echt zur Verzweiflung treiben. Die ruiniert uns noch unseren Ruf hier im Flecken. Der sollte man echt mal einen Denkzettel verpassen, damit sie endlich ihr loses Mundwerk hält.« Herrchen wurde richtig wütend, das kommt nicht oft vor. Meistens ist er gut gelaunt und lustig. Er liebt es, mit uns zu spielen und zu schmusen, und wir lieben ihn. Aber wenn er sauer wird, ist es am besten, weit weg zu sein – oder unsichtbar oder gut versteckt.

Nun war es genug des Geplauders, wir begannen, an den Leinen zu zerren. Mama mochte nicht so lange von den »Götterkindern« wegbleiben und Papa und ich mussten einfach mal wieder rennen. Herrchen unterdrückte seinen Zorn und fügte sich der geballten Mopspower. Es ging endlich los. Wir mussten nur ein kurzes Stück durch das Dorf an der Leine bleiben, dann führte uns der Weg zwischen weiten Wiesen und umgepflügten Feldern hindurch. Herrchen ließ uns los und ab ging die Post. Die kalte Luft pfiff uns um die Ohren und alle Kümmernisse der letzten Zeit waren wie weggeblasen. Wir tobten und wühlten, schnüffelten und rannten bis unsere rosafarbenen Zungen weit aus dem Maul hingen. Herrlich!

Als wir nach über einer Stunde wieder zurückkamen, waren wir müde und glücklich. Mama konnte jetzt endlich mal für längere Zeit mit nach draußen, aber allmählich drückte sie doch die Milch. Sie musste mir jetzt noch als letzte unserer Familie erzählen, wie sie hierhergekommen war. Als wir in unsere Straße einbogen, stand ein Krankenwagen vor Frau Bächles Haus. Ob sie wohl über eine Maus gestolpert sei, mutmaßte ich. Mit einem Riesengetöse sauste der Wagen die Straße hinunter. Wir hörten noch lange die Sirene durch das Tal schallen. Herrchen sagte, dass es etwas Ernstes sein musste, wenn die so einen Lärm machten. Alle Nachbarn hatten sich vor dem Haus versammelt und fragten, was passiert sei. Mitten drin Frau Bächle Senior, die Auskunft erteilte, dass ihre Tochter mit starken Leibschmerzen auf dem Weg ins Krankenhaus sei. Sie habe zum Frühstück einen starken Kaffee getrunken und kurze Zeit später habe es angefangen. Die alte Frau lächelte verschlagen. »Jetzt kann ich endlich mal machen, was ich will, ohne dass die mir ständig reinschwätzt«, schien sie sich zu freuen. Das fanden nun alle ziemlich herzlos, nur wir Möpse hatten Verständnis. Welch ein Gedanke, Tag und Nacht mit so einer brutalen Person zusammen unter einem Dach leben zu müssen. Wir hatten richtig Mitleid mit der alten Dame und wedelten sie freundlich an. Wieder einmal interpretierten die Menschen unser Verhalten falsch. »Schau nur, wie klug die Kleinen sind, jetzt wollen sie dich trösten, weil du alleine bist«, erklärte unser ahnungsloses Herrchen. Naja, ganz daneben lag er ja doch nicht, wir sind klug und trösten wollten wir sie auch, allerdings weil sie so eine furchtbare Tochter hatte. Mama reichte es mit dem Herumstehen auf der Straße, sie jammerte ein bisschen herum. Herrchen begriff endlich und wir verließen die Menschentraube, um ins warme Haus zu gehen.

- 15 -

Die »Götter« tobten durch das Wohnzimmer und waren begeistert, dass Mama wieder da war. Sie rannten, so schnell die kleinen Beinchen sie trugen, auf uns zu und ich war schon in Sorge, dass sie Mama aussaugen würden. Aber die legte sich gemütlich auf die Seite und ließ es stoisch über sich ergehen. Nachdem alle satt und zufrieden im Körbchen lagen und Mama ihren Milchdruck los hatte, kuschelte ich mich dazu. »Mama, erzähle mir, wie du hierherkamst.«, bat ich sie. Sie öffnete die Augen kurz zu einem schmalen Spalt und überlegte wohl, ob sie sich dazu noch aufraffen konnte. »Bitte, ich weiß es von allen, nur von dir nicht«, bettelte ich jetzt. Sie raffte sich auf. »Also gut. Ich stamme aus dem Schwarzwald, aus einer großen Zucht. Frauchen kam zu uns mit Marquez, beide waren sehr traurig, weil Babette kurz vorher gestorben war. Frauchen hatte gelesen, dass dort eine erwachsene Mopsdame ein neues Zuhause suchte, Molly war ihr Name. Sie war eine ganz Nette, ein bisschen zu dick vielleicht. Aber Frauchen und Marquez konnten sie nicht nehmen, sie sah Babette einfach zu ähnlich. Frauchen war deprimiert. Die Züchterin hatte daraufhin die Idee, statt einem ausgewachsenen beigefarbenen Mops könnte es doch auch ein schwarzes Mopsbaby sein. Sie holte mich und eine meiner Schwestern aus dem Zwinger und stellte uns vor. Da wir so viele waren, hatten wir nicht einmal Namen, nur Nummern, aber wir hatten immer viel Spaß in unserer großen Familie. Frauchen nahm mich auf den Arm und ich bin – warum auch immer – sofort eingeschlafen. Das fand sie süß und nahm fälschlicherweise an, dass ich ein eher ruhiger Hund wäre. So kann man sich irren. Hier angekommen, habe ich es allen gezeigt. Marquez hat sich schon bald ganz schön anstrengen müssen, um mit mir mitzuhalten. Allerdings muss ich gestehen, dass ich es lange nicht verstanden habe, was Frauchen mit diesem »stubenrein« hat. In unserem Zwinger war das kein Problem, aber hier gab es schon ziemlich Stress deswegen. Ich war so jung und hatte lauter Flausen im Kopf, das hat Frauchen ganz schön Nerven gekostet. Irgendwann hab ich es auch begriffen. Du warst da schneller, mein Schatz.« Liebevoll schleckte sie mir über den Kopf. »Ja, so bin ich hierhergekommen, eigentlich vor allem, weil ich schwarz bin und im richtigen Moment einschlief. Ach ja, ab morgen darfst du mit deinen Geschwistern spielen, wenn du mir versprichst, vorsichtig zu sein.« Endlich, ich konnte es kaum abwarten.

- 16 -

Mama hielt ihr Versprechen und als Frauchen am nächsten Morgen die Kleinen aus der Wurfbox holte und im Wohnzimmer auf den Boden setzte, knurrte sie mich nicht an, als ich dazukam. Frauchen wunderte sich, sie hielt sich aber raus und legte sich wieder auf das Sofa. Sie konnte noch nicht lange stehen. Ich kann nur sagen, es wurde wild und es war ein Riesenspaß. Mama guckte zwar ab und zu ein bisschen streng, mischte sich aber nicht ein. Nach etwas über einer Stunde waren wir alle fix und fertig und japsten nach Luft. Papa und Mama saßen währenddessen bei Frauchen auf dem Sofa in sicherer Entfernung vor ihrer tobenden Brut. Herrchen kam, um nach uns zu sehen, da klingelte es an der Haustür. Edeltraud von gegenüber war ganz aus dem Häuschen. »Stellt euch vor, die Frau Bächle ist tot«, flüsterte sie. »Das kommt jetzt aber plötzlich«, Frauchen setzte sich stöhnend auf. »An was ist sie denn gestorben?« »Keine Ahnung. Du kannst ja nicht mit rüber zu ihrer Mutter, oder?« »Das schaffe ich schon, ist ja nicht so weit. Wenn du gemächlich läufst, komme ich mit.« Frauchen sammelte ihre Extrabeine auf und humpelte mit Herrchens Hilfe die Treppe runter und weiter zum Nachbarhaus. Wir mussten, wie so oft, wenn es spannend wurde, zuhause bleiben.

Die Katzenklappe knallte laut und Maurice sprang mit einem gewaltigen Satz in die Küche. Er rannte die Treppe zum oberen Stockwerk hinauf und wieder runter, jagte in den Keller und wieder hoch in die Küche. »Was hat dich denn gebissen?«, murrte Mama ihn an. »Schau mal, ich kann wieder rennen!«, sprach's und sauste wieder los. Als er an mir vorbeirauschte, erkannte ich einen merkwürdigen Ausdruck in seinem Gesicht. »Halt mal an, du Rennkatze!« Ich stellte mich ihm in den Weg. »Was willst du? Schau, mein Rücken ist wieder in Ordnung.« Zum Beweis machte er einen gewaltigen Katzenbuckel. »Hast du mitgekriegt, was mit Frau Bächle passiert ist?« Maurice drehte den Kopf zur Seite, so, dass ich seine Augen nicht sehen konnte. Seine Schwanzspitze begann hektisch zu zucken. »Ich weiß gar nichts«, wieder diese Kopfbewegung und weg war er. Zurück blieb ein fremder Geruch. Woher kenne ich den bloß wieder, überlegte ich. Ich musste einfach besser aufpassen und mir merken, welcher Duft wohin gehörte. Mein Gedankengang wurde durch die Türklingel unterbrochen. Jackie wollte Frauchen besuchen. Die war aber noch drüben bei der alten Frau Bächle. Wie bei uns üblich, ließ sich Jackie selbst herein, Frauchen konnte ja zurzeit eh nur langsam und mühsam die Treppe runter. Papa und ich stürmten ihr freudig entgegen, Maurice haute ab, so schnell es ging. Er wusste wohl nicht zu schätzen, dass sie sich so lange um ihn gekümmert hatte. Mama war bei den Babys in der Wurfbox. Also lag es an uns, Jackie zum Nachbarhaus zu geleiten. »Na, seid ihr allein zuhause? Wo ist denn euer Frauchen?« Wir sausten zur Tür und bellten. Jackie überlegte: »Wisst ihr nun, wohin die beiden sind, oder wollt ihr mich doch bloß austricksen und euch aus dem Staub machen?« Papa und ich setzten uns vor ihre Füße und schauten sie vorwurfsvoll an. Da will man helfen und es werden nur niedere Beweggründe unterstellt. Unser gekonnt tragischer Blick tat seine Wirkung. »Okay, ich werde euch notfalls schon wieder kriegen. Dann bringt mich mal zu Herrchen und Frauchen.« Sie öffnete die Tür und wir wiesen den Weg, höflich und gut erzogen, wie wir sind. In Menschentempo, also furchtbar langsam, zuckelten wir los und führten sie zum Nachbarhaus. Die Tür stand offen und die Nachbarn und Freunde der alten Frau Bächle gingen ein und aus. Holger Treder hatte sich in einen schwarzen Anzug geworfen. Eine Mischung aus Mitgefühl, Hilfsbereitschaft und Neugierde trieb die Leute ins Trauerhaus. Jackie wusste ja noch von nichts, wurde aber gleich aufgeklärt. »Hallo, Jacqueline, hast du es auch schon gehört?« »Nein, was ist denn hier los?«

»Die *junge* Frau Bächle ist ganz plötzlich gestorben.« Die Bäckerin kam uns mit roten Backen entgegen und legte sofort los. Das interessierte uns jetzt nicht und wir schlüpften unbemerkt hinter den beiden ins Haus, um unsere Besitzer zu suchen. Niemand achtete auf uns und so konnten wir uns ganz in Ruhe umschauen. Das Wohnzimmer war dunkel und muffig, es standen künstliche Orchideen an den kleinen Fenstern und nahmen das letzte Licht. Gruselig. Alte Möbel mit Plastikschonern standen lieblos herum. Die dunkelbraunen Vorhänge hingen schwer auf den Boden und hier und da lag etwas Mäusedreck. Woher bloß, fragte ich mich geheimniskrämerisch. Überall hingen Kruzifixe, der einzige »Schmuck« an den Wänden, Dutzende davon. Eine aufgeschlagene Bibel lag auf einem Tischchen, ihrem Zustand nach zu urteilen viel und oft gelesen. Sonst gab es keine Bücher. Hier unten hatte also unsere Nachbarin gelebt. Kein Wunder, dass die immer schlechte Laune gehabt hatte. Alles hier verströmte den Gestank von Frust und Langeweile. Der säuerliche Geruch, den ich bei ihrem Fußtritt kurz wahrgenommen hatte, hing noch post mortem in der Luft. Der Geruch nach ungelüfteten Zimmern und verkochtem Essen, gepaart mit mangelnder Körperpflege. Moment mal … weiter kam ich nicht. Eine laute Stimme ließ uns zusammenfahren.

»Was zum Teufel macht ihr denn hier?«, Herrchen schaute völlig entgeistert auf uns herunter. Wir machten das Einzige, was in so einer Situation angebracht erschien: wir freuten uns wie doof, als ob wir ihn seit Jahren schmerzlich vermisst hätten. Funktioniert immer. Er beugte sich nun wieder freundlich gestimmt zu uns herunter und tätschelte uns den Kopf. »Egal, wir gehen jetzt Frauchen holen und dann wieder heim. Die Krücken habe ich schon unten, jetzt muss ich noch mal rauf. Ihr kommt besser mit, bevor ihr noch was anrichtet.« Wir hüpften die Treppe rauf und waren auf einmal in einer anderen Welt. Alles hier duftete frisch nach Tannenzweigen, Kerzenwachs und ganz köstlich nach Plätzchen. Zarte rosa Vorhänge ließen viel Licht in das geschmackvoll eingerichtete Wohnzimmer. Viele schöne Bilder und Fotos schmückten die hellen Wände, der Fußboden glänzte frisch gebohnert. Ein flauschiger weißer Teppich lud zum Reinkuscheln ein – wir konnten nicht widerstehen, die Vorderbeine eingeknickt, den Kopf auf die Seite, das Ohr auf den Boden und der Heckantrieb eingeschaltet und los ging's. Dazu möglichst laut moppern. »Hört ihr wohl auf damit.« Frauchen war empört. »Lass die beiden ruhig«, lachte die alte Frau Bächle. Die sah erstaunlich gefasst aus. Nein, eigentlich eher vergnügt. Merkwürdig, müsste die jetzt nicht furchtbar traurig sein? Auch Frauchen schien irritiert zu sein. »Geht es dir gut? Soll ich den Arzt holen?« Offensichtlich befürchtete sie einen hysterischen Anfall. »Ich sag dir jetzt mal was, nein, euch allen.« Frau Bächle war auf einmal sehr ernst. »Ich weiß, dass ihr alle hier denkt, ich bin herzlos.« Sie wedelte unbestimmt in die Richtung der anwesenden Kondolierenden. »Ich habe eine Tochter verloren, das ist mir durchaus bewusst. Was ihr aber alle nicht wisst: ich musste täglich unter ihren Launen leiden. Sie war verkniffen, bigott und gehässig. Ich war ihr zu fröhlich, zu aufgeschlossen, das fand sie unwürdig für mein Alter. Sie schämte sich für mein Lachen und sperrte mich ein. Wollte mir all ihre verqueren Moralvorstellungen aufzwingen und setzte ihren Willen auch mit Gewalt durch, falls ich ihr mal wieder entwischen konnte.« Sie schob den Ärmel ihrer weiten Bluse hoch und alle zogen erschrocken die Luft ein. Der Arm war übersät mit schwarzen und blauen Flecken, halb verheilten Brandwunden und Narben. Niemand traute sich auch nur ein Wort zu sagen. »Der Winter war immer besonders schmerzhaft für mich. Der Schürhaken war dann immer so heiß … Im Sommer holte sie damit aus, im Winter, wenn der Ofen brannte, stach sie mich damit, am liebsten wenn der Haken schon fast glühte.« »Mein Gott, warum hast du nie was gesagt?« Alle waren blass vor Entsetzen. Papa und ich wagten kaum zu atmen. »Das hätte doch alles nur noch schlimmer für mich gemacht. Ich war doch von ihr abhängig. Das hier ist ihr Haus. Ich habe kaum Rente, ich kann nicht mal in ein anständiges Altersheim. Aber jetzt bin ich endlich frei. Spät im Leben, aber noch kann ich es genießen.« Alle waren ganz still, da rutschte Papa ein lautes Moppern raus. Und er rettete damit die Situation. Möpse sind einfach in dieser Beziehung Naturtalente. Es schien, dass auf einmal alle wieder ausreichend Luft bekamen, man vernahm sogar ein leichtes Kichern aus dem Hintergrund. Frauchen warf ihrem Marquez einen dankbaren Blick zu, seufzte und rappelte sich hoch. »Martha, wir hatten alle keine Ahnung, es tut uns so leid, was du erdulden musstest. Hoffentlich passen wir in Zukunft besser auf, was um uns herum passiert. Ich denke, ich spreche für alle. Wir sind da, wenn du Hilfe brauchst. Möchtest du vielleicht in die untere Wohnung ziehen? Da hättest du es leichter wegen der Treppen. Wir würden dir alle beim Renovieren helfen.«

Martha Bächle schüttelte lächelnd den Kopf. »Da müssen aber erst die Mäuse weg. Ich habe vor nichts auf der Welt mehr Angst als vor diesen kleinen Biestern. Ich war seit Tagen nicht mehr unten, weil es dort nur so wimmelt. Ich lebe in der ständigen Angst, dass sie die Treppe hochkommen, aber bisher geben die sich mit dem Keller und den Vorräten in der unteren Küche zufrieden. Ich überlege, mir endlich ein paar Katzen anzuschaffen. Wundervolle Tiere und vor allem so nützlich, wenn man unter einer Mäusephobie leidet. Vielleicht komme ich später auf euer liebes Angebot zurück, wenn ich nicht mehr so gut zu Fuß bin. Bis dahin bleib ich erst mal hier oben.«

Frauchen warf Herrchen einen Blick zu, er verstand und half ihr hoch. Sie verabschiedeten sich und riefen uns zu sich. Mühsam hüpfte sie an seinem Arm die Treppe hinunter. An der

Haustür angekommen, befreiten wir dann noch die arme Jackie von der immer noch wild plappernden Bäckerin und gingen gemeinsam nach Hause. Was für ein Tag.

- 17 -

In den nächsten Tagen kehrte ein wenig Ruhe ein. Ab und zu kamen Fremde, die meine Geschwister anschauten. Frauchen quetschte die zukünftigen Mopseltern nach Strich und Faden aus, schickte weg, wer ihr ungeeignet erschien. Sonst geschah erst mal nichts weiter und alles schien seinen normalen Lauf zu nehmen.

Als wir eines Morgens mit Herrchen zum Gassi raus wollten, stand das Auto von Waterson und Gerlach bei Frau Bächle vor der Haustür. Mit ernstem Gesicht stiegen die beiden Beamten gerade aus der Tür. Ich wollte meinen Freund begrüßen und zerrte Herrchen zum Nachbarhaus. Ehrlich gesagt war ich etwas verwundert, wie leicht das ging. Ich sprang an Watersons Hosenbein hoch und wedelte, was mein Schwänzchen hergab. »Schön dich zu sehen, mein junger Freund. Wir wollten gerade zu euch rüberkommen. Ist Ihre Frau zuhause?«, wendete er sich an Herrchen. Der nickte. »Sie kann Ihnen nicht die Tür aufmachen, aber kommen Sie doch mit, wir können auch später noch gehen.« Mit uns kann man es ja machen. Ausnahmsweise ging das in Ordnung, ich wollte ja schon wissen, was die beiden hier zu tun hatten. Wir trabten also wieder nach Hause, das war wohl das kürzeste Gassi aller Zeiten. Wie zurzeit üblich, lag Frauchen auf dem Sofa, den kaputten Fuß auf einem Berg von Kissen gebettet. »Nanu, gibt es was Neues vom Schmuckdiebstahl?« Frauchen setzte sich ein bisschen hoch und schüttelte den beiden Herren die Hand. »Setzen Sie sich. Möchten Sie Kaffee?« »Ja gerne, mit Milch, wenn möglich.«

Herrchen zog sich grummelnd in die Küche zurück. Er beeilte sich, damit er nichts verpasste. Die beiden Ermittler setzten sich auf das zweite Sofa und erkundigten sich nach Frauchens Befinden. Nach Austausch der üblichen Höflichkeiten kam Herr Gerlach zur Sache: »Trotz Ihres Handikaps haben Sie ja sicher vom plötzlichen Tod Ihrer Nachbarin gehört.« Was glaubte der eigentlich, über was das Dorf in den letzten Tagen gesprochen hatte? »Wir haben soeben erfahren, dass Frau Bächle keines natürlichen Todes gestorben ist.« Kunstpause – alles hielt die Luft an. »Sie wurde vermutlich vergiftet.« »Vergiftet? Hab ich das richtig verstanden?«, Herrchen balancierte ein Tablett mit dem gewünschten Kaffee und Tassen durch die Tür. »Ja, wir sind noch nicht sicher, mit welcher Substanz. Wir warten noch auf die endgültigen Ergebnisse. Fakt ist, sie verstarb an massiven inneren Blutungen. Wäre typisch für Rattengift. Die Spurensicherung ist drüben in der Wohnung und durchsucht alles. Danach wird der Tatort erst einmal abgesperrt.«

Frauchen warf Herrchen einen alarmierten Blick zu. Der verstand sie prompt, sie wollte keinen auch noch so vagen Verdacht auf die alte Frau Bächle lenken. Unglaublich, wie die beiden sich ohne Worte verständigen können. Herrchen reagierte prompt in ihrem Sinne. »Sie hat in letzter Zeit große Probleme mit einer Mäuseplage gehabt. Ich weiß von unserem Nachbarn Holger Treder, dass Sie überlegt hat, Gift einzusetzen. Offensichtlich ist da was schief gegangen, sicher ein Unfall.«

»Wir haben Reste eines Giftes im Kaffee gefunden.« Alle schauten betreten auf die dampfenden Tassen in ihren Händen. »Keine Sorge«, lachte Herrchen, »wir brauchen kein Gift, wir haben drei Katzen.«

»Schmeckt man das nicht?« wollte Frauchen wissen.

»Nein, der Kaffee war stark und mit viel Zucker. Das Gift schmeckt süßlich, damit es auch die Ratten fressen. Mir ist nicht klar, wie das Gift versehentlich in den Kaffee geraten kann.

Auch dachte ich, dass Rattengift nur sehr zeitverzögert wirkt. Wie sind Sie dann auf den Kaffee gekommen?«

»Wir untersuchen routinemäßig bei plötzlichen Todesfällen die letzte Nahrung der Opfer. Früher hat das Gift schnell gewirkt. Wir haben eine uralte, aufgerissene Packung in der Küche gefunden. Man ist erst später drauf gekommen, wie schlau Ratten sind. Wenn eines ihrer Rudelmitglieder direkt, nachdem es etwas gefressen hat, stirbt, gehen die anderen nicht mehr dran. Deshalb benutzt man heute welches mit verzögerter Wirkung. Die alten schlagen gleich zu. Es ist kein schöner Tod, nicht für die Tiere und schon gar nicht für einen Menschen.« Herr Gerlach schüttelte sich angewidert. Sein Handy klingelte, er entschuldigte und erhob sich stöhnend vom bequemen Sofa und verließ das Wohnzimmer. Wir blieben schockiert zurück. Waterson klopfte sich auf die Schenkel und ich sprang mit einem gewaltigen Satz auf seinen Schoß. Frauchen lächelte dem jungen Beamten zu: »Da haben Sie ja einen neuen Freund gefunden, das macht er sonst nicht bei Fremden.« »Meinen Sie, er würde mich mal auf einem Spaziergang begleiten?« »Fragen Sie ihn einfach, er wird Ihnen schon antworten.« Waterson nahm meinen Kopf in seine großen Hände. »Was hältst du davon, kleiner Freund? Sollen wir beide mal um die Häuser ziehen.« Kann man eigentlich noch dümmere Fragen stellen-? Klar wollte ich. Ich sprang von seinem Schoß und sauste zur Tür. Und krachte dagegen, denn genau in diesem Augenblick öffnete sie sich. Herr Gerlach trat wieder herein, autsch! Waterson nahm mich sofort wieder hoch und rieb mir die Stelle am Kopf, die demnächst eine Beule zieren würde. Gerlach brummte nur kurz in meine Richtung etwas wie, er könne ja schließlich nicht durch die Tür gucken. Nachdem das geklärt war, setzte er sich wieder und nahm seinen mittlerweile kalten Kaffee in die Hand und blies hinein. Die drei anderen Menschen schauten irritiert und Herr Gerlach bemerkte, dass er sich auffällig verhielt. Er lenkte ab. »Der Anruf gerade kam von der Gerichtsmedizin.

Nun ist es bestätigt. Frau Bächle ist an den Folgen einer Rattengift-Vergiftung gestorben. Es handelt sich um dasselbe Gift, dass wir in der Küche gefunden haben. Jetzt sieht es also nach Mord aus.«

- 18 -

Mord. Das Wort schien bedrohlich über unseren Köpfen wie eine giftige Wolke zu schweben. Herr Gerlach wurde sehr amtlich: »Können Sie uns sagen, wer etwas gegen Frau Bächle hatte. War sie beliebt im Dorf?«

Jetzt muss man wissen, dass Menschen oft denken, dass wir niesen, wenn wir verächtlich lachen. Wir niesten alle drei gleichzeitig. »Sind die drei erkältet?« Waterson schaute uns besorgt an. Frauchen schüttelte nur den Kopf. »Das kommt schon mal vor. Und ehrlich gesagt, nein, Frau Bächle war nicht sehr beliebt. Ihre Mutter schon, eine liebe alte Dame. Wie auch immer sie an so eine Tochter geraten ist.« »Wie meinen Sie das?«, Gerlach merkte auf. Frauchen druckste jetzt ein bisschen herum, es war ihr sichtlich unwohl. Was sollte sie auch sagen? Sie wusste ja nicht, was wir alles über die Grausamkeiten der Nachbarin wussten. Sie kannte aber die Geschichte von der alten Frau Bächle. Hilfesuchend schaute sie zu Herrchen rüber, der jedoch schaute sehr aufmerksam auf seine Füße. Was war denn mit denen nicht in Ordnung? Ich sprang schwungvoll von Watersons Schoß, besorgt um Herrchens Füße. Papa war schon vor mir da, leider konnte ich meinen Schwung nicht mehr bremsen und boxte gegen Papas weichen Bauch. Es kam, wie es kommen musste, wir fielen beide um. Trotz der eigentlich dramatischen Stimmung fingen alle an zu lachen, außer Herr Gerlach natürlich. »Mord ist eine ernste Angelegenheit. Können Sie Ihre Hunde bitte, solange wir uns unterhalten, nach draußen bringen, damit wir alle bei der Sache bleiben können?«, wies er uns zurecht. Wir schauten erschrocken zu Frauchen, die Füße waren kurz vergessen. Bloß nicht, jetzt wo es gerade so spannend war. Wie auf Kommando schalteten Papa und ich den Mandelaugen-Blick ein, Frauchen kann da immer schlecht widerstehen. Vorsichtshalber winselte ich noch ganz leise. »Verstehen die Köter eigentlich jedes Wort?«, grollte Gerlach. Aber war da nicht doch ein kleines Lächeln unter seinem beeindruckenden Schnurrbart? Stolz lächelte Frauchen auf uns herunter. »Ja natürlich, wir reden doch den ganzen Tag mit ihnen. Das Wort *Köter* schätzen wir übrigens nicht.« Das war unser Stichwort, einträchtig knurrten wir drohend. Und unterschätzen Sie bloß nicht, wie drohend wir klingen können, wenn es sein muss. Das genügte, Herr Gerlach musste jetzt doch herzhaft lachen. »Okay, ihr habt gewonnen, euch kann man ja tatsächlich nicht böse sein. Aber jetzt einfach mal keinen Quatsch mehr machen, okay?« Er konnte ja ganz nett sein, aber nur ganz kurz, er wurde wieder ernst, dem Thema und Anlass gerecht werdend. »Wir waren bei dem Ruf von Frau Gundula Bächle im Dorf stehen geblieben. Was wollten Sie uns gerade darüber erzählen?«, wandte er sich an Frauchen.

»Sie war jeden Sonntag in der Kirche, ansonsten war sie die meiste Zeit zuhause. Sie hatte kein Auto und hat ihre Einkäufe hier im Ort erledigt. Sie hat sich viel um ihren Gemüsegarten gekümmert, das war, glaube ich, ihr Lebensinhalt. Deshalb hatten wir manchmal Ärger. Sie hat sich des Öfteren über unsere Tiere beschwert, vor allem die Katzen hat sie gehasst. Sie wurde sehr wütend, wenn sie bei ihr im Garten waren.

Ich hatte immer den Eindruck, dass Sie eher isoliert war. Soviel ich weiß, hatte sie selten oder nie Besuch. Aber wir waren, wie gesagt, nicht befreundet, daher kann ich nicht viel mehr über sie sagen.«

»Und wie war das Verhältnis zu ihrer Mutter?«

»Wir haben Martha selten gesehen. Ehrlich gesagt, dachte ich, sie sei pflegebedürftig und deshalb hätte ihre Tochter das

Haus so selten verlassen. Als wir jetzt drüben waren, habe ich erst gemerkt, dass Martha recht fit ist für ihr Alter. Das wäre kein Grund für die Zurückgezogenheit gewesen. Martha ist in jüngeren Jahren eine sehr beliebte Frau im Dorf gewesen, fröhlich und immer zu Späßen aufgelegt. Seit einiger Zeit hat man sie nicht mehr gesehen. Alle sind davon ausgegangen, dass sie krank und bettlägerig sei. Gundula, ich meine Frau Bächle, hat immer bei Nachfragen Andeutungen in dieser Richtung gemacht. Umso größer war unsere Überraschung, als wir sie neulich besucht haben, um ihr unser Beileid auszusprechen. Ich verstehe das nicht.«

Frauchen schüttelte den Kopf. Wirklich elegant, wie sie sich aus der Affäre gezogen hatte. Kein Hinweis auf die Qualen und das Motiv der Alten und das alles ganz ohne zu schwindeln.

»Können Sie sich diese wahnsinnige Mäuseplage im Haus erklären? Sonst scheint niemand davon betroffen zu sein. Daher hat sie wohl das alte Rattengift aus dem Gartenschuppen gekramt«, mischte sich Waterson ein. »Die grauen Plagegeister springen einem überall über die Füße. In der oberen Wohnung ist es noch erträglich, aber unten und im Keller ist es wirklich heftig. Ein Kammerjäger ist da wohl unumgänglich. Ein komischer Zufall, dass sie als erklärte Katzenfeindin so unter Mäusen zu leiden hatte. Und dass sie ausgerechnet mit dem Gegenmittel vergiftet wurde. Sie wird es sich wohl nicht selbst in den Kaffee geschüttet haben. Aber wer hatte Zutritt zum Haus, wenn niemand zu Besuch kam? Einbruchspuren gibt es keine.« Oh je, dass sah nicht gut aus für die alte Frau Bächle, Frauchen hatte es nicht verhindern können.

»Nein, wir wissen nicht, wieso die ganzen Viecher in ihrem Haus waren. Die einzige Erklärung wäre, dass die Mäuse irgendwann gemerkt haben, dass sie dort vor Katzen sicher waren. Genau kann ich es aber nicht sagen.«

Die beiden Kriminalbeamten erhoben sich. »Das war's fürs Erste. Wenn wir noch Fragen haben, kommen wir noch einmal auf Sie zu. Weiterhin gute Besserung«, knapp wie immer der Herr Gerlach. Waterson kraulte mich noch einmal hinter den Ohren und nickte Frauchen und Herrchen freundlich zu: »Ich komme morgen mal vorbei und leihe in mir aus, wenn's recht ist?« »Gerne, ich werde da sein«, Frauchen klopfte sich mit diesen Worten auf ihren Verband. Man kann wirklich nicht behaupten, sie hätte keinen Humor.

- 19 -

Wie versprochen kam Herr Waterson am nächsten Tag bei uns vorbei und holte mich ab. Ich war sehr aufgeregt, das erste Mal durfte ich mit jemand anderem, ganz ohne Mama und Papa, ausgehen. Als wir das Dorf hinter uns gelassen und die Hochfläche erreicht hatten, beugte er sich zu mir herunter und sah mich prüfend an. »Dein Frauchen hat mir erlaubt, die Leine loszumachen, und hat mir versprochen, du gehorchst aufs Wort. Ich hoffe, du machst ihr alle Ehre?« Also wirklich! Was für eine dumme Frage. Ein Mops weiß schließlich, was sich gehört. Damit er sich ein wenig beruhigen konnte, setzte ich mich brav hin und machte die berühmten Mandelaugen. Er machte die Leine ab und ich blieb sitzen. Er musste ja erst mal Vertrauen zu mir aufbauen. Erst auf sein Kommando sauste ich los wie der Wind und zu meiner Begeisterung rannte er mit. Wir rannten um die Wette, spielten Fangen, der Wind pfiff uns um die Ohren und wir vergaßen alle Mord- und Diebstahlgedanken. Die bleiche Wintersonne tauchte alles in ein klares Licht, die Ebene lag fast unendlich vor uns. Es war eine Stunde voller Freiheit und Spaß. Als er mich nach Hause brachte, hing mir die Zunge weit aus dem Maul und ich war erschöpft und unglaublich glücklich. Glücklich, einen neuen Freund zu haben, glücklich, in ein so tolles Zuhause zurückzukehren. »Das machen wir jetzt öfter«, versprach er, während er mich, auch ein wenig außer Puste, Herrchen zurückgab. »Wenn ich darf?« Ich kläffte einmal laut und Herrchen grinste. »Das sollte wohl *Ja* heißen. Von uns aus gerne. Ich bin froh, wenn ich in diesen Tagen ein wenig entlastet werde. Der kleine Mann braucht ein wenig mehr Bewegung als seine Eltern. Ich hoffe, er war brav?« »Ein vorbildlicher Mops, ohne Zweifel.« Ich wuchs vermutlich mehrere Zentimeter durch dieses Lob. Waterson beugte sich zum Abschied zu mir herunter und kraulte mich wie inzwischen gewohnt hinter den Ohren, da, wo mein Fell samtweich ist. »Bis bald, kleiner Freund. Ich muss jetzt leider wieder meinen Job machen, manchmal hasse ich, was ich da tun muss.« Er war jetzt sehr ernst, fast ein wenig traurig. Ich drückte meinen Kopf in seine Hand und mopperte ihm aufmunternd zu. In diesem Moment fuhr Gerlach mit dem Dienstwagen die Straße herauf, wendete und parkte vor dem Nachbarhaus. »Kommen Sie, Kollege? Es wird Zeit.« »Du wirst gleich sehen, was ich meine, Holmes.« Er nickte Herrchen zum Abschied zu und ging auf einmal wie um Jahre gealtert mit müden Schritten die paar Meter zum Haus von Frau Bächle. Da Herrchen nicht vor Neugierde zurückschreckte, blieb er vor der Haustür stehen und tat so, als ob er mich saubermachen müsste. Das muss man übrigens bei uns sehr selten, da wir ein schmutz- und wasserabweisendes Fell haben. Nur die Pfoten sind ab und zu ein wenig betroffen. An denen schrubbte nun Herrchen ausdauernd herum – ich muss nicht erwähnen, dass sie danach so sauber wie bei meiner Geburt waren. Er wurde mit neuen Entwicklungen des Falles belohnt. Wie befürchtet, führten Gerlach und Waterson kurze Zeit später die alte Frau zum Polizeiauto, offensichtlich wurde sie verhaftet. Sie hatte nicht lange Zeit genießen können, dass sie der Herrschaft ihrer Tochter entkommen war. Nun wurde ein Gefängnis mit dem anderen eingetauscht. Sie warf vor dem Einsteigen einen verzweifelten Blick zu uns hoch. »Ich war es nicht, ich war nie bei ihr unten. Sie ließ mich doch gar nicht die Treppe runter.« »Jetzt steigen Sie schon ein, es hilft ja nichts.« Herr Gerlach schob die alte Dame sanft aber nachdrücklich in den Wagen. »Tu doch was, Nachbar«, rief sie noch verzweifelt, dann schlug die Autotür hinter ihr zu. Ich verstand jetzt, warum Waterson keine Lust auf seine Aufgabe an diesem Nachmittag hatte. Frau Bächle war sicher nicht die typische grausame Giftmörderin, im Gegenteil, sie war eigentlich das Opfer. Auch Herrchen war bestürzt und eilte nun mit mir die Treppe hoch, um Frauchen auf den letzten Stand der Dinge zu bringen.

- 20 -

Frauchen war fassungslos. »Ich kann es nicht glauben. Sie ist doch so eine nette Person. Klar, Sie hat ein Motiv und die Gelegenheit, aber wie passen die Mäuse in das Bild? Das muss doch etwas zu bedeuten haben.« »Du immer mit deinen Mäusen. Vielleicht war es einfach Zufall, die Mäuse und das greifbare Gift haben sie nur auf die Idee gebracht«, gab Herrchen zu bedenken. »So ein Quatsch. Sie war es nicht, das weiß ich genau. Die Polizei kann wahrscheinlich gar nichts beweisen. Nur weil sie im selben Haus wohnt, muss sie doch nicht automatisch die Täterin sein. Das wäre ja so, als ob die Claudia die Schmuckdiebin war, nur weil sie derzeit bei Jackie wohnte.« Sofort horchte ich auf. Auch ein blindes Huhn findet Mal ein Korn. Ich bellte meine Zustimmung heraus: *Du hat es erraten! Sie war es! Sie war es!* Wie üblich, verstanden meine Menschen wieder mal nichts. Es war zum Durchdrehen. »Was machst du denn immer für einen Lärm, wenn es um die Claudia geht? Du kannst sie wohl nicht leiden?« Ich knurrte so tief und drohend, wie ich konnte. Frauchen schüttelte nur den Kopf und ging nicht mehr auf mich ein. »Wir haben doch alle die meiste Zeit die Türen nicht abgeschlossen, wenn wir kurz mal in den Garten gehen oder schnell mal was aus der Garage holen, kann doch jeder rein«, überlegte Frauchen weiter. »Sogar wenn wir mal schnell zum Bäcker huschen, lehnen viele die Tür nur an.« »Wer hat denn sonst noch ein Motiv?«, knüpfte Herrchen an. »Keiner schüttet doch einfach nur zum Spaß Gift in den Kaffee. Außerdem wollte Gundula sicher den Kaffee nicht kalt trinken, sie hat ihn sich doch nicht erst gekocht, um dann zum Bäcker zu rennen. Sehr unwahrscheinlich. Es tut mir leid um Martha, aber es sieht wirklich nicht gut für sie aus.« »Und wenn sie jemand weggelockt hat, zum Beispiel zum Telefon, und ein Komplize ist dann in die Küche geschlichen?« »Jetzt hör aber auf, du liest zu viele Krimis.« »Alles erscheint mir aber plausibler, als mir Martha als kaltblütige Giftkillerin vorzustellen.« Frauchen konnte sehr stur sein. Es klingelte an der Tür und damit war das Thema erst einmal abgehakt. Es kamen die neuen Besitzer von der kleinen Rigani, um sie zu besuchen. Meine kleine Schwester erkannte ihre neue Familie, die schon zum vierten Mal hier war, wieder und freute sich über die liebevolle Zuwendung. Frauchen war offensichtlich zufrieden mit der Wahl der zukünftigen Mopseltern und plauderte mit den Gästen über die Haltung und Pflege unserer Rasse. Bald würde es wieder still werden in unserem Wohnzimmer. Auf der einen Seite war ich traurig, dass meine kleinen Spielkameraden weg mussten, auf der anderen Seite hatte ich dann endlich meine Mama wieder. Sie fehlte mir sehr, Papa kümmerte sich toll um mich, aber mit Mama konnte ich viel besser reden. Sie war einfach ein bisschen schlauer. Papa war dafür würdevoller und mopperte besser. Papa wollte jetzt auch den Besuch überwachen, damit nichts schiefgehen konnte. Das machte er, indem er aufrecht auf dem Sofa saß und alles mit seinen großen Augen beobachtete. Mir war das zu langweilig. Nach meinem herrlichen Spaziergang mit meinem Freund Waterson war ich müde und fröstelte ein wenig. Ich zog mich in unser Körbchen in der Küche zurück, um ein Nickerchen zu machen. Das Holzfeuer im Ofen knisterte fröhlich und hell. Herrchen hatte für reichlich Holz gesorgt. Im Halbschlaf hörte ich die Rigani-Leute wieder die Treppe heruntergehen, dann klapperte die Katzenklappe an der Hintertür zum Garten und mit seinem üblichen Schwung sprang Maurice in die Küche. Er zögerte kurz und legte sich dann zu mir. Kaum hatte er es sich neben mir bequem gemacht, begann er mit seinem tiefen Bass zu schnurren. Kurze Zeit später klapperte es erneut und Murpsel gesellte sich zu uns. Ihr feines und zartes Schnurren umspielte das tiefe Brummen des schönen Tigerkaters. Dieses Duett ergab ein wunderbares Schlaflied. Warm eingemummelt zwischen zwei weichen, singenden Katzen schlief ich bald tief und fest ein. Mein letzter Gedanke bevor ich ins Traumland reiste, galt noch kurz dem merkwürdigen Geruch, der mir immer wieder begegnete. Dieser flüchtige Hauch, den ich einfach nicht greifen konnte, war das Letzte, woran ich mich erinnern konnte.

- 21 -

Als ich wieder aufwachte, fühlte ich mich wie zerschlagen. Meine Nase lief und ich bekam ganz schlecht Luft. Ein explosionsartiges Niesen brach aus mir heraus und erschütterte das ganze Körbchen. Meine beiden Schlafgefährten schossen erschreckt aus ihrem Nickerchen auf und die vier weit aufgerissenen, grünen Augen musterten mich vorwurfsvoll. »Es tut mir leid, ich wollte euch nicht erschrecken«, nuschelte ich. Murpsels Blick wurde mitfühlend. »Dich hat's aber ganz schön erwischt, deine Augen sind ja ganz verklebt und deine Nase rotzt.« »Ja, und dazu tut mir mein Kopf weh und mir ist kalt und ich kann kaum schlucken und ich bin ganz wackelig und ...« »Ich geh mal Frauchen und Herrchen holen.« Murpsel hatte nicht viel Geduld mit jammernden Möpsen. Sie lief schnurstracks ins Wohnzimmer und mauzte laut. Herrchen kam mit in die Küche, weil er glaubte, sie wolle was zu fressen haben. Sie führte ihn mit steil erhobenem Schwanz zu mir und ich begann zu winseln. Ihr dürft nicht vergessen, dass ich noch nie krank war. Das erste Mal ist sehr beängstigend. Meine Welt hatte sich völlig verändert. Ich sah nur noch verschwommen, die vertrauten Geräusche klangen dumpfer als sonst und alle Gerüche waren verschwunden. Das ist für einen Hund wirklich schlimm. Wir leben in einer bunten Wolke aus Düften, die uns helfen, uns zurechtzufinden. Sie erzählt uns, wer vor kurzem hier war und wer bald kommen wird, was Frauchen kocht und was die Katzen zuletzt gefressen haben. Die wohlvertraute Wolke war weg. »Ach du liebes bisschen, was hast du denn?« Herrchen nahm mich vorsichtig hoch und trug mich zu Frauchen. »Oh, mein armer, kleiner Mann, leider musst du sofort wieder in die Küche.« Sie scheuchte Herrchen mit mir auf dem Arm energisch aus dem Wohnzimmer, nahm ihre Zusatzbeine und humpelte hinter uns her.« Sie füllte eine wabbelige Gummiflasche mit heißem Wasser wickelte sie in ein Handtuch und setzte mich darauf. Ich fühlte mich schon ein bisschen besser. Sie holte Tropfen aus dem großen weißen Küchenschrank und träufelte mir etwas davon in meine Augen, holte ein Taschentuch hervor und wischte sie sauber. Sofort konnte ich besser sehen. Dann putzte sie mir noch meine Nase, was neuerliches Niesen zur Folge hatte. Dadurch bekam ich zwar besser Luft, nur riechen konnte ich immer noch nichts. »Da kommst du noch mal davon«, tröstete sie mich, »du hast dich wohl ein bisschen erkältet.« Ein bisschen? Die hatte ja keine Ahnung, wie schlecht es mir ging. »Aus dem Wohnzimmer musst du erst mal draußen bleiben, damit du deine Geschwister nicht ansteckst. Das heißt für dich jetzt erst mal Küchenarrest. Es tut mir leid. Ich werde Marquez bitten, bei dir zu bleiben, damit du heute Nacht nicht alleine bist. Wenn es dir morgen nicht besser geht, musst du zum Tierarzt.« Nein, da wird es mir sicher besser gehen, alles bloß das nicht! Eigentlich geht es mir jetzt schon wieder prima, dachte ich. Um das zu beweisen, sprang ich von der Wabbelflasche und taumelte über den glatten Küchenboden, bis ein neuer Nieser mich bis ins Mark durchschüttelte. War wohl nichts. Ich fing wieder an zu winseln. Jaja, ich weiß, dass jetzt alle Frauen denken werden, dass wir (Mops-)Männer bei Erkältungen echte Memmen sind, aber ich gebe zu bedenken, dass ich ja gerade erst mal ein Jahr alt war. Im Nachhinein bin ich auch nicht stolz auf mich.

Die Nacht war fürchterlich und ich möchte alles, was ich je an Überheblichkeiten über meinen Papa gesagt habe, zurücknehmen. Er hat nicht ein einziges Mal gemurrt, obwohl ich ihn nicht schlafen ließ. Geduldig schleckte er mir die Nase frei, damit ich atmen konnte, und mopperte mir Schlaflieder, damit ich zwischen den gewaltigen Niesattacken ein bisschen dösen konnte. Zweimal kam Herrchen in die Küche, füllte die Gummiflasche wieder voll mit warmem Wasser und legte Holz in den Ofen. Normalerweise brannte er nur tagsüber, aber Frauchen hatte Sorge, dass es dann zu kalt für mich sein würde. Auch die Katzen kamen kurz vorbei und erkundigten sich nach meinem Befinden. Marlon brachte mir sogar eine tote Maus zur Stärkung mit. War lieb gemeint, aber ich hatte keinen Appetit, schon gar nicht auf die widerlichen Mäuse. Er zuckte ein wenig pikiert mit den Schnurrhaaren und ließ die Maus liegen – falls ich es mir doch noch anders überlegen würde. Herrchen trat dann beim Ofenschüren drauf und grummelte angeekelt vor sich hin, als er sie entsorgte.

Als der Morgen graute fiel ich endlich in einen unruhigen Schlaf. Ich träumte von Mäusen, tausenden von Mäusen, die überall herumliefen. Es wurden immer mehr und mehr, die Katzen brachten immer neue und die, die schon da waren, bekamen Babymäuse und bald war kein Fußboden mehr zu sehen. Ein graues Mäusemeer wogte durch das Haus und schwappte zur Tür heraus, die Straße herunter und verschwand im Bächle-Haus. Unser Haus war von der Plage befreit. Bevor ich erleichtert sein konnte, fing Martha Bächle an zu schreien und erschien am oberen Fenster. Sie rief immer wieder: »Ich kann nicht mehr raus, ich ertrinke, ich kann nicht mehr raus«. Ich stürmte los, um sie zu retten, und fiel von der dicken Wärmflasche mit einem lauten Platsch auf den Küchenfußboden.

- 22 -

Sofort war ich hellwach. Es ging mir etwas besser, mein Gehirn sprang wieder an und lief nach kurzer Zeit wieder auf den gewohnten Hochtouren. Der Traum wollte mir etwas sagen: Martha konnte es gar nicht gewesen sein. Sie wäre nie freiwillig in die untere Wohnung gegangen. Unwahrscheinlich, dass sie die verseuchte Küche betreten und dort zufällig das Rattengift gefunden hätte. Sie hatte es uns doch selber erzählt, als wir dort unseren Trauerbesuch gemacht hatten. Sie hatte panische Angst vor Mäusen und die untere Wohnung war dank unserer fleißigen Katzen voll davon. Sie war es tatsächlich nicht gewesen. Aber schon wieder holte mich mein Problem ein. Wie sage ich es den Menschen? Und wer war es dann? Ich brauchte Rat von einem erfahrenen Mops. Papa schlief nach der durchwachten Nacht völlig erschöpft auf dem Rücken. Er sah dabei aus wie ein Brathähnchen. Ich musste kurz grinsen, dann fiel mir wieder ein, wie aufopfernd er sich die ganze Nacht klaglos um mich gekümmert hatte. Er durfte herumliegen wie ein Hähnchen, ich hatte den größten Respekt vor meinem Vater. Ich brachte es nicht übers Herz ihn zu wecken. Also auf zu Mama. Mist, die war im Wohnzimmer, da durfte ich nicht hin. Schon wieder musste ich niesen. Mit dem üblichen Knall der Katzenklappe erschien Maurice in der Küche. Houdini wäre neidisch gewesen. Der Kater war so schnell da, dass es schien, als tauche er aus dem Nichts auf. Da ich immer noch nichts riechen konnte, war ich nicht gewarnt und zuckte vor Schreck zusammen. »Na Kleiner, geht's dir besser?« Er strich freundlich schnurrend um meinen Kopf, seine Haare kitzelten mich in der Nase, schon wieder musste ich niesen. »Na, das klingt aber noch nicht gesund. Kann ich was für dich tun?« Ich überlegte. Maurice war ein kluger Kater, vielleicht konnte er mir helfen, die alte Frau Bächle zu entlasten. Ich erzählte ihm also, was ich wusste, und von meinen Schlussfolgerungen. Er hörte mir aufmerksam zu und zuckte dabei angespannt mit seiner Schwanzspitze. »Was soll ich deiner Ansicht nach tun? Die arme alte Dame hat so viel erdulden müssen und jetzt auch noch das. Niemandem ist es aufgefallen, dass sie vor den Mäusen unsägliche Angst hatte. Sie kann doch nichts dafür.« »Bist du sicher, dass sie wirklich Angst hat, oder will sie uns das nur weismachen?«, prüfte Maurice. »Es könnte doch sein, dass sie darauf spekuliert hat, dass das jemand der Polizei sagt und sie damit entlastet wird.« »Aber sie wusste doch nicht, dass die Polizei sie verdächtigen würde, als sie uns das erzählt hat. Das war, als wir den Trauerbesuch gemacht haben.« »Wenn sie ihre Tochter getötet hat, konnte das zu ihrem Plan gehört haben, um von sich abzulenken. Das beweist noch gar nichts.« »Jetzt mal ehrlich, Maurice, kannst du dir vorstellen, dass Martha so raffiniert einen Mord geplant hat? Einen Mord, der durch unsere Mithilfe überhaupt erst möglich gemacht wurde?« Ich schüttelte meinen Kopf, ein Fehler, denn sofort wurde mir wieder schwindelig und ich sank stöhnend auf meine Wabbelflasche. So ganz fit war ich wohl tatsächlich noch nicht. »Was machen wir denn jetzt, Maurice? Wie finden wir heraus, ob sie gelogen hat mit ihrer Mäuseangst oder nicht?« »Solange sie zum Verhör bei der Polizei ist, können wir gar nichts tun. Sollte sie wieder nach Hause dürfen, lasse ich mir was einfallen. Verlass dich darauf. Jetzt denk nicht mehr nach und ruh dich lieber noch aus. Dann wirst du bald wieder der alte sein.« Er hatte Recht, ich brauchte noch eine Mütze voll Schlaf und konnte im Moment sowieso nichts unternehmen.

- 23 -

Als ich das nächste Mal aufwachte, stand auf dem Tisch ein üppiges Frühstück für die Menschen und gut gefüllte Näpfe auf dem Boden für unsereins. Ich hatte Hunger und torkelte immer noch auf wackeligen Beinen zu meinem Napf. Wir bekommen immer Trockenfutter. Frauchen meint, dass sei besser für unsere Zähne und für ihre Nase. Vom Dosenfutter müssten wir immer saumäßig pupsen, behauptet sie. Eigentlich schmeckte das Trockenfutter ja auch sehr lecker, aber ich konnte es nicht schlucken, mein Hals tat immer noch weh. Ich musste husten und spuckte ein Futterkügelchen wieder auf den Boden. Was für eine Verschwendung. Ich probierte es nochmal, aber keine Chance. Das Schlucken tat einfach zu sehr weh. Frauchen runzelte die Stirn und bat Herrchen, mir eine Fleischbrühe zu machen. Papa, der inzwischen aufgewacht war, fing nun auch an zu husten und spuckte einen Futterbrocken aus. Eigentlich sah er doch ganz gesund aus. »Hab ich dich angesteckt?« Papa zwinkerte mir zu. »Keine Sorge, mir geht's prima, aber Fleischbrühe ist super lecker, die bekommen wir, wenn wir krank sind. Frauchen macht die extra für uns aus Rinderknochen mit ganz wenig Salz und friert sie portionsweise ein. Du wirst gleich schmecken, was ich meine.« Die Mikrowelle machte ihr Pling und eine warme Köstlichkeit ergoss sich über mein Futter. Das wurde nun sofort weich und matschig. Ich konnte es fast schlürfen. Papas Plan funktionierte und auch er bekam einen Schwapp von der Brühe über sein Futter. Allerdings hatte Frauchen ihn wie üblich durchschaut und lächelte ihn freundlich an: »Du braucht nicht zu schauspielern, mein Dicker. Das hast du dir mit deiner Nachtwache redlich verdient.« Als alle außer Mama – die frühstückte mit den kleinen Göttern – am Tisch saßen, klingelte es an der Haustür. »Bin ich froh, wenn du endlich wieder laufen kannst«, murrte Herrchen. Er schätzt es gar nicht, wenn man ihn vor dem Frühstück schon die ganze Zeit herumschickt.« Das hält dich fit und schlank, mein Liebster«, gurrte Frauchen hinter ihm her. Einen Augenblick später kam Waterson in die Küche. Ich begrüßte ihn ein wenig matt. Frauchen bot ihm an, mit uns zu frühstücken. Er setzte sich dankbar zu uns. Herrchen holte ein Gedeck und ließ sich seufzend auf seinen Stuhl fallen. »Jetzt brauche ich aber wirklich einen Kaffee.« »Störe ich? Ich wollte Holmes abholen.« »Tut mir leid, das wird heute leider nichts, er hat eine dicke Erkältung. Daher bin ich auch so müde, ich musste ein paar Mal aufstehen und nach ihm sehen. Aber Sie stören keineswegs. Gibt es was Neues?« »Ich habe gerade Frau Bächle wieder nach Hause gebracht. Es besteht ja keine Fluchtgefahr und wir haben außer den Indizien nichts in der Hand. Wir können ihr bisher nichts nachweisen und sie bestreitet rigoros, etwas mit dem Tod ihrer Tochter zu tun zu haben. Es sind auch tatsächlich keinerlei Spuren von ihr in der unteren Wohnung zu finden. Gerade so, als ob sie sie schon länger nicht mehr betreten hätte. Nicht mal ein Fussel von ihr ist aufzutreiben. Es ist nur so, dass sie sich jederzeit Zutritt verschaffen konnte. Ein kniffliger Fall. Aber was ist denn mit Holmes los?« Ich war bei seinen Worten aufgeregt aufgesprungen und musste nun wieder husten und japsen. Er war auf der richtigen Spur, das wollte ich ihm sagen, aber es kam nur ein einziges Geröchel heraus. Frauchen sah nun doch ein bisschen besorgt aus. »Unser Tierarzt Dr. Ecker ist leider im Urlaub. Ich habe schon versucht, ihn zu erreichen. Wir bringen ihn nachher zu Jackie, die kann ihm erst mal was Homöopathisches geben, um seinen Husten zu lösen und seine Nase frei zu machen. Ich habe vorhin mit ihr telefoniert. Wir sind in einer halben Stunde verabredet.«

Bei dem Namen von Frauchens Freundin sah Waterson erfreut aus. »Kann ich das für Sie übernehmen? Ich muss sowieso zu ihr, weil ich sie noch wegen des gefundenen Lippenstifts befragen muss. Und Sie haben ja sowieso genug zu tun. Es ist ja leider wohl auch meine Schuld, dass Holmes krank ist. Wir haben es gestern wohl übertrieben.« Frauchen und Herrchen wechselten einen Blick und Frauchen nickte leicht. »Das wäre sehr nett von Ihnen, Jackie weiß ja schon, was dem jungen Mann hier fehlt.« Sie lächelte verschmitzt und ließ offen, wen von uns beiden sie damit meinte.

- 24 -

Ich wurde warm in eine weiche Kuscheldecke eingemummelt und Waterson nahm mich auf den Arm. Vorsichtig trug er mich die Treppe hinunter und ich durfte ganz ausnahmsweise vorne sitzen. »Da ist es wärmer als im Kofferraum, mein Freund. Ich werde ja nicht von der Polizei angehalten«, grinste er. Dann bedankte er sich noch höflich für das Frühstück und versprach, mich möglichst bald wieder zurückzubringen. Stolz saß ich auf dem Beifahrersitz und konnte das erste Mal in meinem Leben sehen, wohin wir fuhren. Kein Wunder, dass Frauchens Kinder immer vorne sitzen wollten. Das machte viel mehr Spaß, als zur Seite oder hinten raus zu schauen. Der Weg zu Jackies Haus war viel zu schnell vorbei und Waterson nahm mich wieder auf den Arm. Jetzt übertrieb er aber. Als ob ich mich plötzlich in einen zerbrechlichen Porzellanhund verwandelt hätte. Ich begann zu zappeln, ich wollte lieber laufen. Nicht dass Jackie noch dachte, ich wäre ernsthaft krank und womöglich auf die Idee käme, mich zu piksen. Waterson gab nach und setzte mich runter. Ich hoppelte die Treppe hoch und begrüßte Jackie begeistert. Sie freute sich wohl auch, mich zu sehen. Sie hatte sich extra für mich sehr hübsch gemacht und roch ganz toll. »Holmes und Sie wurden mir schon von Marlene angekündigt.« Sie lächelte uns entgegen: »Kommt rein, ihr zwei. Ich habe Plätzchen und Kaffee gemacht.« Sie hatte nicht übertrieben, sogar Hundeplätzchen standen auf einem kleinen Teller auf dem Boden. Weiche Plätzchen für Halswehmöpse. Sie hatte wirklich an alles gedacht. Was für eine Frau! Waterson erwähnte aus lauter Höflichkeit nicht, dass er erst vor ein paar Minuten vom Frühstückstisch aufgestanden war. Er langte ordentlich zu und plauderte mit Jackie. Beide schienen mich völlig vergessen zu haben. Ihre Augen glänzten und ihre Wangen waren leicht rosa. Zu viel Kaffee bekam denen wohl nicht. Ich kaute zufrieden an meinen Plätzchen und fühlte mich jede Minute besser. Fressen ist eben unverzichtbar, um gesund zu werden. Wie bei uns zuhause prasselte auch hier ein munteres Feuer im Kamin. Ich rollte mich zufrieden davor zusammen und schlief ein. Ein plötzliches Türknallen ließ mich auffahren. Auch Jackie und Waterson zuckten aus ihrer trauten Zweisamkeit. Claudia stand im Zimmer und ich begann zu knurren. Das sollte man bei Halsschmerzen besser bleiben lassen, ich musste husten und lenkte dabei leider die Aufmerksamkeit auf mich und meine Erkältung. Jackie schnappte mich und setzte mich auf ihren Schoß, während Claudia und Waterson sich förmlich begrüßten. Jackie wurde nun professionell, zog ein Paar Latex-Handschuhe an und untersuchte mich gründlich. Sie schaute mir ins Maul, leuchtete mir in die Ohren und hörte meine Lunge mit einem Stethoskop ab. »Claudia, kannst du mir bitte meinen Medikamentenkoffer aus dem Keller holen, ich will noch seine Temperatur messen«, bat sie ihre Schwester. Diese machte ein unwilliges Geräusch, verließ aber wunschgemäß das Zimmer. Jackie steckte mir ein Thermometer in den Popo. Das war unangenehm, ich quietschte unwillig. »Ist es schlimm?« Soso, jetzt erinnerte sich Waterson wieder an mich. »Nein, er kriegt von mir ein bisschen Schleimlöser und was gegen die Halsschmerzen. Der Husten kommt nur vom rauen Hals, die Lunge hat nichts. Fieber hat er auch keines, das wird bis morgen schon wieder fast vergessen sein. Aber du …«

Nanu, seit wann duzten sich die beiden? Ich hätte nicht einschlafen dürfen. Verflixte Erkältung.

»Warum bist du eigentlich hier? Doch nicht nur wegen Holmes?«

»Hätte ich beinahe vergessen.« Jetzt wurde er tatsächlich ein bisschen rot. »Wir, genauer gesagt Holmes, hat einen Lippenstift im Wald gefunden. Ganz in der Nähe von der Erdhöhle, in der er dein Kettchen gefunden hat. Den wollte ich dir zeigen.« Mit diesen Worten holte er einen kleinen Beutel aus seiner Jackentasche und legte ihn auf den Tisch. »So kann ich ja gar nichts sehen, kannst du ihn nicht rausholen?« »Klar, du trägst ja Handschuhe. Die Fingerabdrücke da drauf haben wir gesichert. Leider keine, die uns bekannt sind. Hast du den schon mal gesehen?« Jackie nahm die goldene Hülle vorsichtig in die Hand und zog sie auseinander. »Nicht meine Farbe«, grinste sie, »aber Spaß beiseite, ich erkenne ihn nicht. Obwohl, irgendwie kommt er mir bekannt vor.« Sie legte ihn wieder auf den Tisch zurück und zog ihre Handschuhe aus. Es rumpelte an der Tür und Claudia kam mit dem gewünschten Koffer zurück. Sie knallte ihn auf den Tisch und starrte auf den Lippenstift. »Da ist er ja, ich hab ihn schon überall gesucht. Du hättest mir ruhig sagen können, dass du ihn dir geborgt hast.« Jackie und Waterson sahen sich erstaunt an. In meinem Gehirn purzelten die Puzzleteile zu einem großen Ganzen zusammen. Blitzschnell erkannte ich die Chance, endlich den Verdacht auf Claudia zu lenken. Sie musste nur den Lippenstift anfassen, dann wären ihre Fingerabdrücke darauf. Dann könnte sie hinterher nicht mehr behaupten, dass es nicht ihrer sei. Jetzt musste ich schnell sein, denn Waterson wollte ihr gerade in den Arm fallen. »Nicht ohne Handsch…«, weiter kam er nicht. Voller Körpereinsatz war jetzt angesagt. Mit einem gewaltigen Satz – ich möchte betonen, dass ich eigentlich immer noch geschwächt war – sprang ich auf seinen Schoß und dann mit aller Kraft gegen seinen Arm. Er war nicht darauf vorbereitet und erschrak wunschgemäß. Damit ich nicht auf den Boden klatschte, fing er mich auf und hielt mich fest. Auf ihn war einfach Verlass, das hätte sonst echt wehgetan. »Was war denn das, kleiner Freund?« Waterson schüttelte irritiert den Kopf. Geklappt! Claudia hielt den Lippenstift in der Hand und wollte ihn gerade in die Tasche stecken. »Bitte, legen Sie ihn wieder hin, wir haben ihn ganz in der Nähe des gestohlenen Kettchens gefunden.« »Oh! Na, dann ist er ja nicht meiner. Es gibt ja tausende von der Sorte.« Sie ließ ihn wie eine heiße Kartoffel fallen. Ha, genau wie ich erwartet hatte. Hoffentlich ließ Waterson die neuen Fingerabdrücke noch einmal checken. Ich war da ziemlich sicher, denn er schaute schon ein wenig misstrauisch, als Claudia sich Hals über Kopf wieder verabschiedete. Er nahm den Lippenstift mit der Tüte auf und steckte ihn wieder ein. Jackie suchte inzwischen die richtigen homöopathischen Kügelchen für mich aus ihrem Koffer und füllte sie in kleine Röhrchen. Diese wurden dann sorgfältig beschriftet und Waterson zu treuen Händen übergeben. Jackie war auffallend still. Ich glaube, sie hat es damals gleich gewusst. Vorerst verabschiedeten sich die beiden mit einem ernsten Blick. Waterson strich Jackie leicht über den Arm.« Du weißt, dass ich es nachprüfen muss.« Jajajaja, er muss es prüfen! Ich hüpfte begeistert auf der Stelle auf und ab. Und wurde total ignoriert.

Jackie nickte und sah ihn mit traurigen Augen an. »Natürlich verstehe ich das. Aber ich kann mir nicht vorstellen, dass sie etwas damit zu tun hat. Sie ist meine Schwester. Falls Sie Geld brauchte, hätte Sie einfach von ihrem Anteil verkaufen oder mich um Hilfe bitten können. Warum sollte sie mir das antun?« Sie schüttelte energisch ihren Kopf.

Waterson konnte nicht widerstehen und nahm sie in den Arm. Sie lehnte sich kurz an seine Schulter, straffte aber gleich wieder die eigenen und rückte ein wenig von ihm ab. Von unten herauf grinste sie ihn frech an. Sie ist schon eine ganz besondere Frau. »Jetzt kläre erst einmal deine Fälle. Du hast im Moment keine Zeit für Romantik.« »Das kannst du getrost mir überlassen.« Er legte seine Hand unter ihr Kinn und schaute ihr tief in die Augen. Jetzt reichte es mir, ich war ja auch noch da. Ich fing an zu husten und zu niesen. Sofort wandten die beiden ihre Aufmerksamkeit wieder auf mich. »Hey, jetzt musst du aber wieder ins warme Körbchen.« Er wickelte mich wieder in die Kuscheldecke und nahm mich auf den Arm. Jackie bedachte ihn mit einem wohlwollenden Blick. Ihr imponierte die Fürsorge, die Waterson ganz selbstverständlich für mich entwickelte. »Halt mich auf dem Laufenden, egal, was dabei herauskommt. Ich werde das schon aushalten.« Sie hauchte ihm noch einen Kuss auf die Wange und schob uns energisch zur Tür hinaus.

- 25 -

Waterson setzte mich wieder auf den Beifahrersitz, fuhr aber nicht sofort los. Er starrte mich durchdringend an. »Was war das vorhin für eine Aktion?« Seine Stimme klang streng. Ich zog meine stets griffbereite Geheimwaffe: Mandelaugen, groß, dunkel, unschuldig. Klappt fast immer. Auch dieses Mal. Er schrubbte mir kumpelhaft über den Kopf. »Du kleiner Schlauberger hast mich vor einer Riesendummheit bewahrt. Ich bin fast sicher, dass sie was damit zu tun hat. Durch deinen Einsatz haben wir jetzt Claudias Fingerabdrücke. Wenn das stimmt, dann muss sie uns erklären, wie ihr Lippenstift neben dem Fundort vom Kettchen in den Wald geraten ist. Durch deinen Hechtsprung kommen wir vielleicht endlich einen Schritt weiter. Aber jetzt bringe ich dich nach Hause, bevor dein Frauchen noch die Polizei ruft.« Er lachte vergnügt über seinen eigenen Witz und startete den Motor. Menschen haben schon einen merkwürdigen Humor. Er erwartete immerhin nicht, dass ich lachte. Wir fuhren wieder nach Hause und ich wurde erneut die Treppe hinauf getragen. Daran könnte ich mich durchaus gewöhnen. In der warmen Küche setzte mich Waterson wieder in mein vorgewärmtes Körbchen. Er erklärte Frauchen vorsichtshalber noch einmal, wann ich wie oft welche Kügelchen einnehmen sollte und wollte sich schon wieder verabschieden. An der Tür zögerte er aber noch einmal und zeigte auf mich. »Wissen Sie eigentlich, wie schlau er ist? Ich meine nicht schlau wie ein guter Hund, ich meine wirklich intelligent?« Herrchen und Frauchen nickten einträchtig. »Wir wissen es. Wir erwarten jeden Moment, dass er anfängt zu sprechen! Kein Witz.« »Darf ich mich noch kurz setzen, ich möchte Ihnen was erzählen.« »Aber gerne, Kaffee?« Frauchen nickte Herrchen zu und der verdrehte die Augen. Schon wieder musste er Kaffee machen und verpasste womöglich etwas. Unsere Kaffeemaschine ist nämlich sehr laut, zischt und stottert. Waterson setzte sich umständlich auf unsere Eckbank und nickte dankbar, als Frauchen die Dose mit Weihnachtsplätzchen vor ihm auf den Tisch stellte. Der hatte ja fast so einen Appetit wie ich. Nachdem er es sich gemütlich gemacht hatte und der Kaffee dampfend vor ihm stand, langte er noch einmal kräftig bei den frischen Plätzchen zu. Frauchen und Herrchen rutschten unruhig auf ihren Plätzen hin und her und platzten fast vor Neugierde. Ich machte es mir im Körbchen bequem, ich wusste ja schon, was er zu berichten hatte. Mit vollen Backen begann er dann auch von den neuesten Entwicklungen zu erzählen. »Leider reicht das – selbst wenn es ihr Lippenstift ist – noch nicht als Beweis aus.« Das durfte doch nicht wahr sein! Ich begann zu knurren. »Egal ob dir das nun passt oder nicht«, wandte er sich mir zu. »Es würde nur beweisen, dass sie im Wald war und ein kleiner Teil des gestohlenen Schmucks ebenfalls dort lag. Mehr nicht.« Er hatte ja Recht. Ich legte frustriert meine Ohren an und schnaubte genervt. Waterson entging das nicht. Er zeigte mit dem Finger auf mich. »Sehen Sie, was ich meine? Ich fange schon an, mich mit ihm ganz normal zu unterhalten und den Fall zu besprechen. Er reagiert so, als ob er mich verstünde. Das gibt's doch nicht! Er hat es vorhin ermöglicht, dass Claudia Seger den Lippenstift anfasst und ihre Fingerabdrücke darauf hinterlässt. Ich wollte es eigentlich nicht zulassen, weil ich im Gegensatz zu ihm überhaupt nicht geschaltet habe. Ich erfahre zwar erst nachher, ob die neuen Abdrücke mit den ursprünglichen Spuren übereinstimmen, aber sie ist definitiv verdächtig, wenn es sich bestätigt. Ich bin inzwischen fast sicher, dass es Holmes schon weiß, aber er ist doch nur ein Mops! Können Sie mir das mal …« Er brach ab, weil Frauchen und Herrchen lauthals lachten. »Nur ein Mops? Sie haben ja keine Ahnung, wie schlau die sind. Glauben Sie mir, wir sind da einiges gewohnt. Und er hat zusätzlich eine ungewöhnliche Kombinationsgabe, das muss sein Name ausmachen.« Frauchen kicherte. Sie erzählten ihm, wie ich lernte, Glitzerdinger zu sammeln. »Wir wissen seit dem Urlaub, dass er kein durchschnittlicher Hund ist. Er bringt sich alles selber bei. Wir reden immer mit unseren Tieren, daher lernen sie von klein auf, uns zu verstehen. Marquez ist einfach ein bisschen spät dazu gekommen, er ist da nicht ganz so fit. Leider können sie nicht antworten, also nicht mit Worten. Aber wer sie genau kennt, versteht doch das ein oder andere.« Jaja, schön wär's. Sie treiben mich regelmäßig in den Wahnsinn, weil sie fast gar nichts kapieren.

»Sie meinen, er weiß wirklich, wer den Schmuck gestohlen hat?« Frauchen und Herrchen wechselten einen Blick. Herrchen zuckte mit den Schultern. »Schon möglich. Er hat ja auch eine gute Nase, er hat sicher die Witterung von dem Kettchen mit dem Geruch von Claudia und dem Lippenstift abgeglichen. Er kann sie überhaupt nicht leiden.« Mein Einsatz: Ich kläffte einmal laut. Waterson schaute mich an. »Okay, ich glaube auch, dass sie es war. Die Gelegenheit hatte sie jedenfalls. Jetzt rede ich schon wieder mit ihm …« Er schüttelte irritiert den Kopf und stopfte sich noch ein paar Plätzchen in den Mund. Eines fiel ihm *versehentlich* in mein Körbchen. Hatte ich schon erwähnt, wie toll ich Waterson finde?

Nachdem er sich verabschiedet hatte, begann ich nachzudenken. Mein Kumpel Waterson wusste jetzt zwar, wer es war, aber wie er es beweisen sollte, wusste er noch nicht. Frauchen störte mich bei meinen Grübeleien. »Jetzt musst du aber mal raus. Ab mit dir in den Garten.« Ich hatte gar keine Lust, es regnete mittlerweile wie verrückt. Aber Frauchen ist unerbittlich, wenn es um Sauberkeit geht. »Du musst ja nur kurz, ich rubble dich auch ganz schnell trocken, damit du nicht noch schlimmer krank wirst. Was muss, das muss eben.« Also lief ich so schnell ich konnte unter meinen Lieblingsbusch und da lag es, vom Regen sauber gewaschen und glitzernd schön. Mein Fund aus dem Wald, den ich verschluckt hatte. Das Glitzerdings hatte ich total vergessen. Eine Idee begann in meinem Kopf Gestalt anzunehmen. Aber dazu später. Jetzt wollte ich erst mal schnell fertig werden und in das weiche Handtuch gewickelt werden. Das Glitzerdings blieb gut versteckt unter dem Busch liegen. Vorerst einmal.

Als ich wieder ins Haus kam, wurde ich wie versprochen trockengerubbelt. Das ist einfach herrlich und man ist ruckzuck wieder warm.

Frauchen setzte sich wieder an den Esstisch. »Soso, der Herr Waterson und Jackie. Ist dir aufgefallen, dass er immer ganz glänzende Augen bekommt, wenn er von ihr spricht. Die zwei sind aber auch ein hübsches Paar. Er so groß und dunkel, sie so zart und blond. Ich würde es ihr ja gönnen, dass sie endlich jemanden findet. Sie ist schon so lange allein. Sie hat schon über so eine Partnervermittlung nachgedacht, um jemanden kennenzulernen.« Frauchen stütze ihr Kinn auf ihre Hand und dachte weiter nach. »Du hast doch bald Geburtstag, mein Lieber. Wir könnten doch die beiden einladen, damit sie mal außerdienstlich ein bisschen Zeit miteinander verbringen können. Was meinst du?«

»Ich meine, du hast zu viel Langeweile. Bei so was mischt man sich doch nicht ein.«

Frauchen schüttelte den Kopf. »Typisch Mann, natürlich mischt man sich da ein. Ich kenne doch meine Jackie besser als ein Computer bei so einer Partnervermittlung, also kann ich das auch besser beurteilen. Diese Vermittlungen haben ja oft Erfolg, warum nicht das Geld sparen? Jetzt komm schon, du kannst doch Waterson auch gut leiden, oder?«

Herrchen gab erwartungsgemäß nach. Er mochte ihn tatsächlich und er kann Frauchen sowieso selten etwas abschlagen.

»Okay, ich frag ihn bei Gelegenheit, aber das dauert ja noch ein bisschen bis zu meinem Geburtstag. Hab noch ein wenig Geduld. Zufrieden?«

- 26 -

Es ging mir jeden Tag ein bisschen besser und schon bald war ich wieder völlig hergestellt – bis auf meinen Geruchssinn. Der war immer noch nicht auf meinem Vorerkältungsstand. Immerhin ein wenig konnte ich wieder schnüffeln. Dann kam der traurige Tag, an dem Rigani abgeholt wurde. Papa schien mir ein wenig erleichtert. Er schätzte seine Ruhe schon sehr und davon hatte es in den letzten Wochen sehr wenig gegeben. Die neue Familie von Rigani versprach, sich immer wieder zu melden und Bilder zu schicken. Die beiden Söhne drückten die Kleine immer wieder mit glänzenden Augen zärtlich an ihre Gesichter. Frauchen verdrückte ein paar Tränen und dann verschwand Rigani in einem großen Auto, fürsorglich in eine warme Decke gewickelt. Die Söhne winkten uns noch fröhlich zu, dann war sie weg. Ich ließ den Kopf hängen. Mama wirkte gefasst. »Macht es dir gar nichts aus?«, wunderte ich mich. Sie seufzte und ich sah in ihren Augen die Wehmut. »Ich liebe alle meine Kinder, aber meine Aufgabe ist hier zu Ende. Außer bei dir mein Schatz. Ich habe die Kleinen so gut wie möglich auf ihr Leben in der Welt vorbereitet. Der Rest liegt nicht mehr in meiner Hand. Es bedeutet viel Arbeit, aus einem kleinen Mops einen würdigen Vertreter unserer Art zu machen. Das übernehmen die neuen Familien ab heute. Wünsch deinen Geschwistern einfach viel Glück. Mehr können wir nicht tun.« Sie hatte Recht. Frauchen suchte die Familien immer sorgfältig aus, das tröstete mich etwas.

Auch Freya und Frigga verließen uns zwei Tage später. Sie kamen zu einer jungen Frau, die sie beide zusammen haben wollte. Sie würden sich leicht in ihrem neuen Zuhause einleben. Laut Mama ist die erste Nacht ohne die gewohnte Umgebung und allein die schlimmste. Sie war froh, die beiden gemeinsam zu verabschieden. Odin und Thor waren die beiden letzten und auch sie kamen wie Rigani in Familien mit Kindern. Das war schön, da wir Möpse Kinder sehr lieben. Wir spielen gerne und ausdauernd mit den Menschenwelpen. So würden sie uns hoffentlich bald nicht mehr vermissen. Ich war trotzdem wieder einmal für meine krummen Hinterbeine dankbar. Ich wollte nirgends anders auf der Welt leben als hier.

Dann war es still. An Stelle der Wurfbox stand nun ein Tannenbaum bei uns im Wohnzimmer und überall verteilte Frauchen humpelnd Kerzen. An den Abenden leuchtete unser Haus in gemütlichem warmem Licht. Es war Weihnachten. Waterson kam mit einem Päckchen für mich vorbei. Ich wedelte vor Aufregung so schnell ich konnte mit meinem Schwänzchen. Ich hatte noch nie zuvor ein Geschenk bekommen. Ich war sehr gespannt. Ich durfte beim Auspacken helfen und zerrte und riss so fest ich konnte an der Verpackung. Es roch lecker und ich grub zwischen dem ganzen Papier eine Tüte mit Leckerlis heraus. Meine Eltern saßen plötzlich neben mir und schauten mich großen Mandelaugen an. Selbstverständlich teilte ich mit ihnen. Waterson gab uns allen etwas von den Köstlichkeiten. Dann stupste er mich an. »Da ist aber noch was drin. Nur für dich.« Er half mir, eine weitere Verpackung aus der Schachtel zu ziehen. Er hielt das Geschenk hoch und Frauchen und Herrchen fingen an zu lachen. Es war ein Hundegeschirr, so ein ganz bequemes mit breiten Riemen. Aber da stand noch was drauf. Auf beiden Seiten des blauen Geschirrs prangte in großen Buchstaben das Wort »Polizeimops.« Ich war begeistert und hüpfte wie verrückt, Waterson schaffte es kaum, es mir anzuziehen. Es passte wie für mich gemacht. Ich sprang auf seinen Schoß und schleckte sein Gesicht ab. Er wehrte sich freundlich, aber bestimmt. »Ist ja gut. Ich hoffe, du wirst mir bei den Ermittlungen weiterhin helfen.

Der Lippenstift war tatsächlich von Claudia. Die Ergebnisse liegen inzwischen vor. Aber wie beweise ich das nur? Ich hätte so gerne Jackie ihren Schmuck wieder zurückgegeben.« Er wandte sich an meine Besitzer. »Im Bächle-Fall sind wir auch noch keinen Schritt weiter.« Er wirkte auf einmal sehr niedergeschlagen. Herrchen legte ihm die Hand auf die Schulter. »Wie wäre es, wenn wir ein paar Schritte gehen? Holmes möchte sicher sein neues Geschirr herumzeigen.« Waterson nickte und wir Möpse rannten die Treppe runter. Waterson ließ uns in den Kofferraum springen und öffnete die Beifahrertür für Herrchen. Holger kam aus seiner Tür und schaute erschreckt auf Herrchen. »Mein Gott, wirst du jetzt zum Verhör geholt? Du hast doch nicht etwa …, nur wegen der Katze …, und den Gerüchten, die sie über euch verbreitet hat. Du weißt schon, wegen des Schmucks und so. Du hast doch auch Freunde hier im Dorf. Nicht jeder hat der Alten Gehör geschenkt.« Waterson starrte mein Herrchen irritiert an. »Was soll das bedeuten, Herr Dobric? Was meint Herr Treder damit?« Oh nein, jetzt wurde er misstrauisch. Ein bisschen nervte es schon, dass so ein richtiger Polizist immer im Dienst war. Herrchen funkelte Holger wütend an. »Was redest du da für einen Unsinn? Wir wollen mit den Hunden eine Runde drehen. Ich stehe, oder stand bis gerade eben, nicht unter Verdacht!« Holger wurde sehr rot. »Oh, na war ja nur Spaß. Ist wohl nicht so gut angekommen.« Er flüchtete Hals über Kopf wieder ins Haus. »Sollen wir?«, nickte Waterson Herrchen zu. Der schnaufte erleichtert und stieg ins Auto. Ich war mir nicht so sicher, ob er da schon aus dem Schneider war.

Im Auto sagte keiner etwas. Wir fuhren ein kurzes Stück aus dem Dorf heraus. Waterson öffnete den Kofferraum und wie üblich sausten wir so schnell wir konnten los. Egal wohin, Hauptsache schnell. Meine Rennrunde fiel dieses Mal allerdings etwas kürzer aus. Die Neugierde siegte über den Bewegungsdrang. Ich schnüffelte unauffällig in der Nähe der beiden auf dem Boden herum und spitzte die Ohren. Typisch Mann, erst mal sagte keiner was. Herrchen fasste sich zuerst ein Herz. »Also das Ganze ist natürlich Blödsinn. Ich gebe allerdings zu, dass ich die Frau Bächle nicht leiden konnte. Sie war richtig bösartig. Nicht nur, dass sie unsere Tiere bei jeder Gelegenheit verprügelt hat, wir vermuten auch, dass sie unsere Mopshündin Babette vergiftet hat. Klar sagt man da mal unbedacht *ich könnte sie umbringen,* wir waren sehr traurig und wütend über den Verlust. Dazu kommt, dass sie überall herumerzählt hat, dass ich den Schmuck geklaut habe. Sie konnte uns nicht leiden, weil wir unverheiratet sind und ich halber Ausländer bin. Sie fiel bei jeder Gelegenheit über uns her. Solange sie unsere Tiere in Ruhe ließ, war uns das aber herzlich egal. Wir sind nicht darauf angewiesen, dass uns hier jeder leiden kann.«

»Muss ja wirklich eine unangenehme Person gewesen sein. Wie kam sie darauf, dass Sie was mit den Diebstahl zu tun hatten?«

»Sie kam ausgerechnet in dem Moment dazu, als Jackie ihr Kettchen, das ich blöderweise Marlene mehr oder weniger geschenkt habe, wiedererkannt hat. Das Timing war absolut perfekt«, grollte Herrchen. »Sie hatte nichts Besseres zu tun, als überall herumzuerzählen, dass ich den Schmuck geklaut und als geiziger Ausländer meiner Freundin nur das schnöde Kettchen geschenkt habe. Eigentlich zum Lachen.«

»Na, das mit Schmuck ist ja inzwischen klar. Leider nur noch nicht bewiesen. Das macht mich wahnsinnig. Aber im Fall Bächle kommen wir einfach nicht weiter. Die alte Dame ist leider immer noch unsere Hauptverdächtige. Obwohl, Sie kommen jetzt ja auch in Betracht.«

»Nicht im Ernst, oder? Ich tue keiner Fliege was zuleide. Schon gar nicht mit so einem grausamen Gift.« Im Gegensatz zu mir war Herrchen das Zucken um Watersons Mundwinkel entgangen. Er war wirklich in Sorge um seine Freiheit. Waterson ließ ihn ein wenig zappeln. Dann klopfte er ihm kameradschaftlich auf die Schulter. »Nein, Sie sind nicht akut verdächtig. Es wäre sonst die Hälfte aller Dorfbewohner verdächtig. Fast jeder hatte unter ihrer Art zu leiden. Es sind keinerlei Fremdspuren in ihrer Wohnung zu finden gewesen, nur ein paar Katzenhaare. Das ist insofern bemerkenswert, als dass sie ja bekanntermaßen keine Katzen mochte. Wahrscheinlich war die Verlockung der vielen Mäuse zu groß für irgendeinen Streuner. Es ist auch möglich, dass sie die Wohnung kurz vor ihrem Tod noch geputzt hat, zum Beispiel, weil es ihr schlecht geworden war. Vielleicht musste sie sich von dem Gift übergeben. Alles war blitzeblank, frisch gewischt. Ein echt schwieriges Rätsel. Ich denke, es sieht für Frau Bächle Senior einfach nicht gut aus. Sie hatte Gelegenheit und Motiv.«

»Motiv? Was für ein Motiv?« Herrchen wusste es doch ganz genau. Vor Waterson kann er doch nichts verheimlichen.

»Ich weiß, dass Sie es auch wissen. Sie wurde von ihrer Tochter brutal misshandelt und teilweise sogar eingesperrt. Wir haben die Narben am Arm gesehen. Da kann man schon mal Mordgedanken entwickeln.«

»Was passiert jetzt mit ihr?« Herrchen kickte einen kleinen Stein mit dem Fuß weg. Die Versuchung hinterherzurennen war groß, aber ich blieb standhaft.

»Sie wird wohl mit einer Mordanklage rechnen müssen. Indizienprozesse sind immer unbefriedigend, aber der Staatsanwalt ist nicht zu bremsen. Außer wir könnten sie entlasten. Ich glaube nicht, dass sie es war. *Arsen und Spitzenhäubchen* gibt es in Wirklichkeit selten. Sie ist eine liebenswürdige alte Dame, die viel erdulden musste. Ich sähe sie ungern von einem Gefängnis in das nächste wechseln. Mein Job ist nicht immer nur spannend und aufregend. Manchmal auch unglaublich frustrierend.«

Ich hatte genug gehört. Schließlich musste ich als Mops stets auf meine Figur achten. Mama und Papa waren schon ein gutes Stück voraus und ich rannte hinterher so schnell ich konnte.

- 27 -

Ja, das sah wirklich nicht gut für die nette Nachbarin aus. Ob Maurice inzwischen etwas eingefallen war? Hoffentlich hatte er sein Versprechen nicht vergessen. Der Kater war in letzter Zeit noch launischer als sonst. Als wir nach Hause kamen, war Frauchen sehr böse auf ihn. Das war ziemlich selten, er musste also wirklich etwas ausgefressen haben. »Er hat erst Murpsel verhauen und als ich ihn ausgeschimpft habe, hat er auch noch das Katzenklo umgeworfen. Was ist bloß in ihn gefahren? Die arme Murpsel wusste gar nicht, wie ihr geschah. Er hat sie am Rücken so arg gekratzt, dass überall Fellbüschel herumliegen. Hier sieht's aus wie auf einem Schlachtfeld.« Sie kochte immer noch vor Wut und stampfte mit ihren Extrabeinen heftig auf den Boden. In der Tat war das Wohnzimmer in einem besseren Zustand gewesen, als wir das Haus verlassen hatten. Nun lag alles voller schwarzer Fellbüschel und weißen Katzenstreu-Krümeln, der Teppich war verrutscht und unter dem Weihnachtsbaum saß eine zitternde und ziemlich zerrupfte Murpsel. Herrchen lief und holte den Besen. Waterson verzog sich schnellstmöglich und murmelte was von unerledigter Arbeit.

Ich legte mich flach vor den Christbaum und lugte unter den Zweigen durch. »Magst du nicht wieder rauskommen?«

»Ist er weg?«

»Ja, Herrchen hat ihn rausgeschickt. Er soll sich draußen ein wenig abreagieren. Was war denn los?«

»Wir haben uns über die tote Nachbarin unterhalten. Ich habe eigentlich nur gesagt, dass wir irgendwie auch ein bisschen schuld sind, dass die arme alte Frau nun unter Verdacht steht. Du weißt schon, ohne unsere Mäuseaktion hätte das Rattengift ja gar nicht in der Küche gestanden und wäre daher gar nicht in den Kaffee gefallen. Aber Maurice ist völlig ausgeflippt und hat mich getatzt. Er fauchte immer wieder, dass er damit gar nichts zu tun hätte. Ich solle nicht so einen Blödsinn reden. Er hat mich wohl völlig falsch verstanden. Ich meinte ihn doch gar nicht. Ich weiß doch selbst, dass er damit nichts zu tun hat. Er hätte mich nicht so behandeln dürfen. Das verzeihe ich ihm nie.« Sie schniefte beleidigt, kam aber trotzdem unter dem Baum vor.

Aus dem Garten ertönte erneutes Fauchen und Geschrei. Herrchen eilte raus und kam mit einem völlig verdatterten Marlon auf dem Arm wieder herein. »Er hat auch 'ne Abreibung gekriegt. Maurice ist heute richtig auf Krawall gebürstet. Was hat der bloß?«

Normalerweise verstanden wir uns ziemlich gut. Wie in jeder Familie gab es mal Streit, aber für gewöhnlich verprügelten wir uns nicht gegenseitig. Sehr merkwürdiges Benehmen, wahrscheinlich hatte ihn die Hacke nicht nur am Rücken erwischt. Anders konnte ich mir sein Benehmen nicht erklären.

An diesem Abend begann es endlich zu schneien. Schnee ist toll, falls nicht zu tief. Man kann wunderbar darin wühlen, sich wälzen und wenn ich friere, darf ich bei Herrchen unter die Jacke. Wir gruben uns Wege durch den Garten und nach ein paar Tagen hatten wir ein wunderbares Labyrinth angelegt. Durch ständiges Hin- und Hersausen konnten wir die Wege auch noch benutzen, als der Schnee schon höher lag. Wie Mäuse rannten wir durch diese Gassen. Über die Ränder schauen konnten wir nur noch, wenn wir uns auf die Hinterbeine stellten. Normalerweise sind bei Schnee, Regen, Kälte und Sturm alle Tiere abends im Haus versammelt. Trotz kräftigen Schneefalls blieb Maurice an diesem Abend aber verschwunden. Wir machten uns alle ein bisschen Sorgen, nur Murpsel war froh, ihre Ruhe zu haben. Sie war echt sauer auf ihn.

Ich sah den großen Kater erst am nächsten Morgen wieder. Es hatte aufgehört zu schneien und Herrchen wollte mit uns einen Schneespaziergang machen. Unser Dorf hat ein paar Wanderwege, die im Winter geräumt werden, da können wir selbst bei meterhohem Schnee richtig rennen. Vor der Haustür trafen wir auf Frau Bächle. Sie schaufelte den Schnee auf einen großen Haufen und schnaufte heftig.

»Lass das doch. Ich helfe dir gleich, ich lauf erst unsere Runde, dann mach ich den Rest.«

»Das ist lieb von dir. Mir tun die Arme schon recht weh. Ich stell dir die Schaufel dort hin. Ich krieg eh gleich wieder Besuch von der Polizei. Die wollen schon wieder was von mir. Da sind sie schon.« Sie seufzte. »Schon wieder. Hat das denn nie ein Ende?«

Herr Gerlach und mein Kumpel Waterson stiegen aus ihrem Wagen. Sie winkten zu uns rüber und begrüßten dann Frau Bächle. Als alle gerade ins Haus gehen wollten, tauchte Maurice auf. In seinem Maul trug er eine zappelnde Maus. Er ließ das verletzte Tierchen direkt auf Frau Bächles Füße fallen und war schon wieder weg. Als nächstes ertönte ein schriller Schrei und Frau Bächle sank halb ohnmächtig in ihren frisch aufgetürmten Schneehaufen. Die beiden Beamten sprangen hinzu und halfen ihr wieder auf. Das war also sein Plan. Raffiniert, das musste man ihm lassen.

»Geht's wieder?« Herr Gerlach klopfte vorsichtig den Schnee von Frau Bächles Mantel. Sie zitterte immer noch vor Angst. »Es tut mir leid, bitte tun sie das Ding weg.« Sie deutete mit dem Finger auf die Maus, die immer noch im Schnee zuckte. Herr Gerlach schob mit seinem Schuh Schnee über das sterbende Tier. Sie war jetzt immerhin nicht mehr zu sehen. Das beruhigte die alte Dame ein wenig. Die beiden Beamten wechselten einen Blick. »Sie haben ja tatsächlich panische Angst vor Mäusen. Das war definitiv nicht gespielt. Sie können die untere Wohnung wirklich nicht betreten haben. Sie hätten das vor lauter Angst nicht geschafft, hab ich Recht?« Herr Gerlach wirkte verwirrt. »Wie kam dann bloß das verdammte Gift in den Kaffee? Doch ein Unfall? Oder haben Sie vielleicht ein Beruhigungsmittel genommen, um das zu schaffen?« Frau Bächle, Waterson und Herrchen rollten genervt mit den Augen. »Jetzt hören Sie aber auf, das ist lächerlich. Frau Bächle ist über achtzig. Glauben Sie wirklich, Sie sei so verschlagen und raffiniert?« Waterson war auf meiner Seite. Er hatte verstanden. Gut gemacht Maurice. Der blieb aber nach seinem Blitzauftritt wieder tagelang verschwunden.

- 28 -

Nach der gemütlichen Weihnachtszeit folgte eine für uns Tiere sehr unangenehme Nacht: Silvester. Laut und beängstigend für die Katzen, ein Kinderspiel für so nervenstarke Tiere wie uns Möpse. Weh tut uns der Lärm trotzdem, aber wir sind tapfer und lassen uns nichts anmerken. Wir täuschen äußerst glaubwürdig ein gemütliches Sofanickerchen vor. Mir gelang es sogar, tatsächlich dabei einzuschlafen. Ich war wirklich stolz auf mich, als ich wieder aufwachte. Der Morgen graute und das Dorf war in einen späten, friedlichen Schlaf gefallen. Das neue Jahr hatte begonnen und bald schon sollte ein weiterer Todesfall unsere Idylle erschüttern.

Es dauerte noch ein paar Tage, bis Maurice wieder nach Hause kam. Er war deutlich abgemagert und fraß erst einmal zwei komplette Näpfe leer. Danach begab er sich ins Wohnzimmer. Murpsel sträubte das Fell und machte einen gewaltigen Buckel. Sie war immer noch so richtig sauer auf ihn. Das ließ ihn aber ziemlich kalt. Er schnurrte sie freundlich an. Sein Schnurren war fast unwiderstehlich. Es brummte so kräftig, dass man das Vibrieren im eigenen Bauch spüren konnte. Gemächlich näherte er sich der kleinen schwarzen Katze und strich ihr fast zärtlich um ihr hübsches Köpfchen. Sie fauchte ihn ein wenig halbherzig an, ließ es aber geschehen. »Ich weiß, was du für die alte Frau Bächle getan hast. Das entschuldigt allerdings nicht deine Prügelattacke.« Sie hob ihre kleine flauschige Tatze. Es sollte wohl drohend aussehen, aber sie vergaß dabei, die Krallen auszufahren. Sie ist schon süß, wenn sie wütend ist.

Es klingelte an der Haustür und Waterson kam mich abholen. Inzwischen war es Routine für uns beide, dass er die Entwicklungen der Fälle mit mir besprach. Nach außen hin beteuerte er stets, dass er das nur für die eigene Reflexion der Gedanken brauchte. Tatsächlich wusste er genau, dass wir mittlerweile ein Team geworden waren, ein ungewöhnliches zwar, aber trotzdem ein Team. Es war ihm klar, dass ich ihn verstand. Er konnte es sich nur noch nicht vollständig eingestehen. Wir waren gerade mitten im Wald, da klingelte sein Handy. Gerlach war dran. Ein neuer Einsatz im Dorf, ein weiterer merkwürdiger Todesfall. Er packte mich ins Auto und sauste los. Mitten im Dorf hielten wir an. Ein großer Bauernhof lag vor uns, eine gewaltige Scheune ragte neben dem Wohnhaus auf. »Komm mit, aber bleib unauffällig.« Waterson hielt mir die Beifahrertür auf. Ich sprang heraus und hielt mich hinter ihm. Wir betraten das muffige Haus, es roch fast so säuerlich wie in der Wohnung von der toten Frau Bächle. Ungewaschene Menschen, alte Menschen, die noch nie von Deo oder Duschgel gehört und dazu noch eine tiefe Abneigung gegen offene Fenster entwickelt hatten. Widerlich. Gut, dass sie wenigsten keinen Hund hatten, der arme hätte echt was ertragen müssen. Dazu kam ein neuer Geruch, der Gestank des Todes. Die Leiche lag auf der Couch. Ein alter Mann, grauenhaft zusammengekrümmt. Seine Hände waren wie Klauen in eine alte Decke verkrallt, die ihn halb bedeckte. Das war auch gut so, denn darunter war eine Wolke noch übleren Gestankes gefangen. Er hatte wohl in seinem Todeskampf nicht mehr alles unter Kontrolle gehabt. Puh, ich hoffte, sie ließen die Decke noch ein bisschen da, wo sie war. Seine trüben, blauen Augen starrten ins Leere, der zahnlose Mund weit aufgerissen. Ein wirklich grauenhafter Anblick. Wir Tiere sind da hart im Nehmen, aber mein Kumpel tat mir leid. Er war inzwischen fast so weiß wie die Leiche. Das furchtbare Stillleben wurde durch lauter schwarze Krümel abgerundet: Mäusedreck, wohin man schaute. Schon wieder Mäuse? Das fand ich merkwürdig und nicht nur ich. Gerlach kam aus der Küche auf uns zu. »Was macht der denn hier? Egal, er darf aber nichts anfassen, ich meine, ach Sie wissen schon, was ich meine. Also wir haben hier Herrn Erwin Lorenz, 74 Jahre, Rentner und Nebenerwerbslandwirt. Die Nachbarn haben bemerkt, dass die vier Kühe im Stall schrien, da sie nicht mehr gemolken wurden, und riefen uns. Der Tod muss laut unserem Doc gestern gegen morgen eingetreten sein. Es sieht nach Gift aus, wir haben in der Küche eine Tasse Kaffee und, Sie werden es nicht glauben, ein uralte Schachtel Rattengift gefunden. Die Packung stand auf einem Bord über der Arbeitsplatte, war umgefallen und so wie es aussieht, ist eine gehörige Portion davon in den Kaffee gefallen. Es ist dieselbe Marke, also das Gift, nicht der Kaffee, wie bei Frau Bächle. Süßer Geschmack, schnell tödlich. Kein schöner Tod, wie man sieht. Er hat sich noch aufs Sofa geschleppt, mehr war da nicht mehr drin. Eine weitere Parallele ist, dass es hier nur so von Mäusen wimmelt. Er hatte wohl eine alte Katze, aber die wurde vor einiger Zeit überfahren. Die konnte eh nichts mehr ausrichten, laut Nachbarin war die fast taub. Die Nachbarin war fast mehr über die Behandlung der alten Katze empört als über den Tod von Herrn Lorenz. Er hatte der Katze wohl immer die Jungen weggenommen und in den Bach hinterm Haus geworfen. Brutale Methode.« Nanu, Herr Gerlach hatte ein Herz für Katzen? Er steckte voller Überraschungen. Aber der Bericht ging noch weiter: »Die Spurensicherung hat die Arbeit gerade erst aufgenommen. Bitte bringen Sie den *Polizeimops* ins Auto. Und wenn wir hier fertig sind, bringen Sie ihn nach Hause zurück. Oder besser gleich. Nicht, dass er wieder krank wird. Sonst jammern sie mich wieder die ganze Zeit voll.« Sprach's und drehte sich zu dem Gerichtsmediziner um, der gerade die Decke anheben wollte. Zeit zu gehen. Fand Waterson wohl auch, denn er war schon zur Tür hinaus. Bei mir daheim angekommen klingelte er hektisch und als Herrchen öffnete, drückte er ihm meine Leine in die Hand. »Was ist passiert?«, wollte der wissen.

»Ein neuer Todesfall. Ich muss mich beeilen, zurück zum Tatort.«

»Tatort, schon wieder hier im Dorf?«

»Ich erzähl's euch später, ich muss los.«

Von oben rief Frauchen: »Miro los, jetzt frag ihn schon, das ist doch schon nächste Woche …«

»Warten Sie, wir würden Sie gerne zu meinem Geburtstag eingeladen …«

Das wirkte, Waterson stoppte abrupt. »Oh, ja gerne.« Er zögerte kurz. »Wird Jackie auch kommen?« Herrchen nickte grinsend. Waterson wurde wieder einmal rot. »Ach, wir reden ein anderes Mal darüber. Darf ich später noch einmal vorbeikommen?«

»Klar, wir freuen uns!«

»Heute Abend? Ich bringe eine Flasche Wein mit und Pizza vom Sportheim.« Er winkte nochmal, sprang ins Auto und raste die Straße herunter.

Herrchen hüpfte aufgeregt die Treppe herauf. »Marlene, es gibt Neuigkeiten.«

Frauchen lag immer noch viel auf dem Sofa, ihr Fuß heilte nur sehr langsam. Das nervte sie unheimlich. Daher war sie froh über jede Ablenkung. Als sie hörte, dass es schon wieder ein Verbrechen im Dorf gab, war sie allerdings bestürzt. »Weißt du gar nichts Genaueres?«

»Keine Sorge, heute Abend kommt Waterson vorbei und bringt sogar Abendessen mit. Pizza und Wein. Da werden wir Genaueres erfahren und außerdem ein kostenloses Essen bekommen. Jetzt rede ich schon wie ein Schwabe. Es fängt an …«, er lachte und kitzelte Frauchen liebevoll im Nacken. »Sieh nur, was du aus mir gemacht hast. Ich fange an, mich anzupassen.« Er stammte nicht von hier, Frauchen zwar auch nicht, aber sie kam schon als Kind auf die Alb, Miro lebte erst seit 6 Jahren hier. Zu Beginn hat er wohl viel gefroren, so wie ich am Anfang. Ich nehme an, dass Frauchen ihm auch was gestrickt hat. Dann kann man es hier echt aushalten. Die Winter sind oft schneereich und die Sommer erträglicher als im Tal unten. Wir Möpse schätzen Hitze nicht so sehr. Also ideales Klima für uns.

Aber ich schweife ab. Ein paar Stunden später klingelte Waterson wie versprochen an unserer Tür und balancierte einen Stapel Pizzaschachteln die Treppe herauf. Wohl erzogen wartete ich mit der obligatorischen Begrüßung, bis das Abendessen unversehrt auf dem Tisch stand. Herrchen öffnete den Wein und half Frauchen, sich hinter unseren großen Esstisch zu quetschen. Die Pizza dampfte und roch herrlich, es verlangte große Selbstbeherrschung, nicht allzu sehr zu betteln. Es ein bisschen zu versuchen, ist aber dank meiner Jugend noch erlaubt. Half aber nichts. Ich wurde ignoriert und bevor Frauchen auf die Idee käme, mich aus dem Esszimmer wegen ungebührlichen Betragens zu verbannen, zog ich mich lieber in unser Gemeinschaftskörbchen in der Ecke zurück. Mama und Papa mopperten dort schon zufrieden. Ich kuschelte mich dazu und wurde liebevoll begrüßt. Wir lieben diese gemütlichen Abende, wenn Besuch im Haus ist. Der Wein funkelte rot in den Gläsern, die Kerzen verbreiteten ein gemütliches Licht, der Ofen verbreitete wohlige Wärme. Ganz schön schwer, da die Augen offen zu halten. Ich kannte die Eckdaten ja schon. Aber ein guter Detektiv muss da durch und aufmerksam bleiben. Es gab sicherlich noch neue Informationen. Aber das Gespräch nahm erst einmal eine für mich uninteressante Richtung.

Frauchen hob das Glas. »Da ich die älteste hier bin, darf ich auch das Du anbieten. Da Miro ja nicht mehr tatverdächtig ist«, sie zwinkerte Herrchen verschmitzt zu, »sehe ich da keine Probleme. Da du unseren Holmes ja inzwischen schon fast adoptiert hast, gehörst du ja sowieso schon zur Familie.« Waterson bekam vor Freude ganz rote Ohren.

»Das freut mich. Ich bin der Johannes. Marlene, Miro, zum Wohl!«

Gläser klirrten und die drei prosteten sich zu. Ich kläffte kurz, denn auch ich war begeistert, dass er nun zur Familie gehörte. Waterson erhob sein Glas in meine Richtung und lachte. »Es ist mir eine Ehre, kleiner Schlauberger. Wenn du sprechen könntest, wären vermutlich alle drei Fälle schon gelöst.« Wieder kläffte ich. Der Diebstahl schon, bei den beiden anderen tappte ich genauso im Dunkeln wie die Ermittler. Ich war nur sicher, dass es nicht Martha Bächle war. Es fiel mir schwer, mich zu konzentrieren. Meine Gedanken schweiften ab, ich fiel in einen Halbschlaf, hörte mit einem Ohr aber noch dem Tischgespräch zu. Die Pizza duftete verführerisch, mein Geruchssinn funktionierte offensichtlich endlich wieder gewohnt zuverlässig. Es klickte in meinem Gehirn. Geruch, da war doch was. Immer wieder begegnete mir ein spezieller Geruch, den ich nicht richtig zuordnen konnte. Hatte das überhaupt was zu bedeuten oder war er völlig belanglos?

»Holmes!« Ich schreckte aus meinen Gedanken. »Du schnarchst so laut, wir können uns kaum noch unterhalten!«

Verflixt noch mal, immer wenn ich den Gedanken fast zu fassen bekam, der irgendwo in meinem Kopf auf mich wartete, kam mir etwas dazwischen und er huschte wieder in sein Versteck zurück. Wunschgemäß legte ich meinen Kopf oben auf dem Rand des Körbchens. Meistens atme ich dann leiser. Wieder glitt ich in einen behaglichen Halbschlaf. Und wurde gleich geweckt. Das Telefon klingelte und Herrchen musste dran. Er redete kurz, brachte den Apparat ins Esszimmer und hielt ihn Frauchen hin. »Für dich, Jackie ist dran.« Er zwinkerte Waterson zu. »Sie kommt zu meinem Geburtstag am Samstag. Sie hat gerade zugesagt.«

Frauchen beendete das Gespräch. Sie sah ein wenig unbehaglich zu Waterson herüber. »Ja, sie kommt und sie bringt ihre Schwester mit. Jackie ist ziemlich unglücklich darüber. Sie weiß aber nicht, wie sie sich aus der Affäre ziehen soll. Claudia behauptet inzwischen, dass der Dieb den Lippenstift versehentlich auch hat mitgehen lassen, weil er neben dem Schmuck auf dem

Küchentisch gelegen hatte, und ihn dann im Wald weggeworfen hat. Jackie ist echt durcheinander deswegen. Sie weiß gar nicht mehr, was sie denken soll. Ich glaube, sie hat sich von ihrer Schwester ein bisschen gegen Johannes aufwiegeln lassen. Ausgerechnet an diesem Wochenende hat Claudia einen Termin in Tübingen und will bei Jackie übernachten. Scheinbar möchte sie sich ein dort Haus anschauen. Sie will aus Wiesbaden wieder hierhin zurückkommen. Jackie möchte sie nicht allein bei sich zuhause lassen.«

»Kann ich verstehen. Ich räume dann vorsichtshalber dein Schmuckkästchen unters Bett.« Herrchen hat manchmal wirklich schlaue Ideen.

Waterson zuckte mit den Schultern. »Ich werde trotzdem kommen, auch wenn es eine merkwürdige Situation ist, mit einer Tatverdächtigen Kaffee zu trinken.« Er schaute auf mich herunter und grinste mich an. »Vielleicht fällt dir ja was ein. Wenn du es schaffst, sie zu einem Geständnis zu bewegen, kann Jackie ja nicht sauer auf mich sein, wenn ich ihre Schwester verhafte.«

Das war jetzt aber echt mal eine Herausforderung. Diese Gelegenheit wollte ich mir nicht entgehen lassen. Ich musste mir etwas einfallen lassen, um die diebische Claudia bloßzustellen. In meinem Kopf begann sich eine Idee zu formen.

- 29 -

Am nächsten Morgen stand der Wagen eines Kammerjägers vor dem Haus von Frau Bächle. Wie üblich trafen wir Holger vor der Haustür, als wir zu unserem Morgenspaziergang aufbrachen, und Herrchen blieb neben ihm stehen, um ein wenig zu plaudern.

»Martha muss für ein paar Tage ausziehen, dann wird ihr Haus mäusefrei sein.«

»Wo wird sie denn wohnen?«, wollte Herrchen wissen.

»Ich habe ihr mein Gästezimmer angeboten. In ihrem Alter kann man das Angebot von einem alleinstehenden Nachbarn bedenkenlos annehmen.« Holger grinste.

»Ich helfe ihr gleich mit den Koffern, sie packt noch.«

Schön, dass er die nette Frau Bächle ein paar Tage umsorgen konnte. Die beiden verstanden sich prima. Aus alter Gewohnheit schnüffelte ich gelangweilt an den Hosenbeinen seiner alten Arbeiterhose. Da traf es mich wie der Schlag. Die rochen merkwürdig. Dieser Geruch. Jetzt endlich wusste ich, woher ich ihn kannte: Maurice hatte so gerochen an dem Tag, als Gundula Bächle starb. Er war die Tage davor verschwunden gewesen. In Gundula Bächles Wohnzimmer roch es so. Ich konnte mich kaum bewegen aus Sorge, der Gedanke verschwand wie schon so oft wieder in seinem Versteck. Diesmal griff ich ihn mir und hielt ihn fest. Ich konzentrierte mich: Holgers Hose – er hatte sie oft an und wusch sie selten, Frauchen meinte, da fehle eine Frau im Haus. Der »Altweibergeruch« hing schon lange im groben Stoff, das konnte ich riechen. Wir Hunde können Gerüche noch sehr lange aufspüren und wiedererkennen. Dieser ekelhafte Gestank nach ungelüftetem Zimmer und verkochtem Essen, seltenen Duschbädern. So wie das Fell von Maurice, als er von seinem ersten Ausflug nach seiner Verletzung zurückkam. Beide, Holger und Maurice müssen in der Wohnung gewesen sein. Warum? Maurice musste mir da einiges erklären. Hatte er sich womöglich gerächt, für den Tod seiner beiden *Mütter*, für die brutalen Schläge?

»Hast du einen Geist gesehen?« Herrchen schaute besorgt auf mich herunter. Er zupfte leicht an der Leine und löste meine Erstarrung. Da hatte ich ja einiges zu bedenken.

»Ich hoffe sehr, dass Martha bald den Verdacht loswird. So wie sie erzählt hat, sieht es ganz gut für sie aus. Es wird wohl doch ein unglücklicher Unfall gewesen sein. Ich bin sehr erleichtert und werde die nächsten Tage sehr genießen. Ich bin zu viel allein.« Holger strahlte vor Glück, er ist so ein netter Kerl.

Was hatte Holger bei der ungeliebten Nachbarin in der Wohnung gemacht? Wann war er dort? Als wir den Trauerbesuch machten, hatte er jedenfalls seinen schwarzen Anzug an, nicht die schmuddeligen Arbeitshosen. Danach hat die Polizei die Wohnung erst einmal abgesperrt, niemand hatte das Siegel der Spurensicherung aufgebrochen. Jetzt war der Kammerjäger drin, vorher war es niemandem erlaubt, die Wohnung zu betreten. Wann war er also mit seiner Schmuddelhose drin gewesen?

Was, wenn nicht nur Martha, sondern auch Maurice und Holger für den Mord in Betracht kämen? Ich machte mir in meinem Kopf eine Liste:

Martha: Motiv und Gelegenheit, für ihre Unschuld spricht allerdings ihre Mäusephobie.

Maurice: Motiv und Gelegenheit, aber kann eine Katze Rattengift in einen Kaffeebecher schütten?

Holger: kein bekanntes Motiv, keine bekannte Gelegenheit, aber er war in der Wohnung, nach meinen Berechnungen kurz vor dem Tod von Frau Bächle.

Ob ich das alles Waterson mitteilen konnte? Vor allem wie? Schon wieder meldete sich ein kleiner Gedanke, ein Piksen wie ein Dorn im Fuß. Irgendetwas war mir aufgefallen, irgendetwas hatte ich gehört. Ich konnte es nur wieder mal nicht greifen. Ich musste dringend nachdenken.

Herrchen hatte seinen Plausch mit Holger beendet und endlich ging es los. Meine Probleme konnte ich ja später noch lösen, jetzt musste ich erst einmal mit Mama und Papa um die Wette rennen. Unser Gassi ist uns heilig.

Zurück vom Spaziergang traf ich Maurice in der Küche vor dem warmen Ofen. Ich beschloss, ihn direkt auf meine Beobachtungen anzusprechen.

»Maurice, was hast du in der Wohnung von Frau Bächle gemacht?«

»Woher willst du wissen, dass ich dort war?«, murrte er ungehalten.

»Ich habe es gerochen. Bei Frau Bächle roch es ziemlich speziell und dieser Geruch hing bei dir im Fell, als du von deinem ersten Ausflug nach deiner Verletzung zurückgekommen bist. Wir lagen auf Frauchens Bauch und du hast mir erzählt, wie du hierherkamst. Da fiel es mir auf, ich wusste nur damals noch nicht, woher der Gestank kam. Ich bin erst später wieder auf ihn gestoßen, als wir den Trauerbesuch gemacht haben. Ich gebe zu, es hat eine Weile gedauert, bis ich den Zusammenhang erkannt habe, aber ich bin mir ganz sicher. Du warst dort, erkläre mir doch einfach, was du da gemacht hast! Oder hast du was zu verbergen?«

»Du hängst zu viel mit deinem Polizisten rum. Ich muss dir gar nichts erklären«, fauchte er. Wütend wollte er aufstehen und verschwinden. Da trat ihm mein wunderbarer Papa in den Weg.

»Du bleibst hier und gibst Antwort, sonst kannst du was erleben. Es würde mich jetzt auch interessieren, was du dort zu suchen hattest und warum du in letzter Zeit so aggressiv bist.« Er baute sich aufrecht und mit gesträubtem Fell vor der Katzenklappe auf. Maurice kam nicht an ihm vorbei. Papa kann wirklich sehr groß und beeindruckend aussehen und er verfehlte seine Wirkung nicht. Maurice legte die Ohren flach an den Kopf und drückte sich flach auf den Boden. Er hatte großen Respekt vor seinem Ziehvater.

»Ist ja gut, ich bin nur nicht stolz darauf. Ich erzähle es euch.«

»Dann lass mal hören.« Papa blieb vorsichtshalber vor der Katzenklappe sitzen.

»Ich war drüben, um ihr in einen ihrer hässlichen Plastikblumentöpfe zu pinkeln. Das riecht, wie ihr wisst, schön lange und intensiv. Ich wollte auch ein bisschen Rache üben. Das Fenster unten stand immer noch offen und sie hatte die Kellertür offen gelassen. So kam ich in die Wohnung. Da fiel mir auf, dass in der Wohnung keine Maus war. Ihr habt die Mäuse alle durch das Kellerfenster gelassen. Die fanden es da so toll, die sind gar nicht in die Wohnung hoch. Da ließ ich das mit dem Pinkeln sein und jagte stattdessen die Mäuse in Rudeln die Treppe hoch. Frau Bächle war in der oberen Wohnung bei ihrer Mutter, sie hat nichts gemerkt. Irgendetwas war kaputt – ich glaube, ein Wasserhahn – und sie stritten sich laut über das Geld für die Reparatur. Ich hatte viel Zeit und konnte meinen neuen Plan in aller Ruhe in die Tat umsetzen. Solange ich oben das Geschrei hörte, konnte mir nichts passieren. Als die Mäuse erst einmal oben waren, gefiel es ihnen auch dort prima und sie liefen nicht in den Keller zurück.«

»Warum hast du mir das nicht einfach erzählt?«, wollte ich wissen.

»Überleg doch mal, du Meisterdetektiv. Wenn ich das nicht gemacht hätte, wären die Plagegeister im Keller geblieben. Das Gift hätte nicht in der Küche, sondern im Keller gestanden und wäre demzufolge auch nicht im Kaffee gelandet. Nicht, dass es mir um die junge Frau Bächle wäre, ich hasste sie abgrundtief. Dass sie tot ist, macht mir nichts aus. Aber die alte Frau Bächle ist immer sehr lieb zu mir gewesen, sie mag Katzen und hat mir immer, wenn es ihre schreckliche Tochter nicht gesehen hat, ein Schüsselchen Sahne in den Garten gestellt. Ihr wisst, wie sehr ich Sahne liebe. Wenn sie jetzt womöglich ins Gefängnis kommt, bin ich daran schuld. Das ist einfach schrecklich. Ich kann mit dieser Schuld nicht leben. Deshalb hoffe ich, dass sie den richtigen Täter finden.« Die Schnurrhaare hingen nun schlaff nach unten, der stolze Kater war ein Bild des Jammers.

Papa stand auf und ging zu ihm rüber. Er leckte ihm zärtlich das Ohr. »Das kriegen wir schon wieder hin. Holmes arbeitet daran. Es ist gut, dass wir jetzt wissen, was mit dir los war.«

»Du hast Recht. Ich fühle mich jetzt besser.« Er schnurrte und rieb seinen Kopf an Papa. »Sorry, Holmes, wegen vorhin. Ich fühle mich einfach furchtbar deswegen, das habe ich auch an euch allen rausgelassen. Ich glaube, ich gehe jetzt mal ein paar Mäuse töten. Darf ich vorbei?«

Papa nickte und ging zur Seite. »Viel Erfolg.«

- 30 -

Der Samstag kam und mit ihm eine unglaubliche Menge Schnee. Herrchen musste trotz seines Geburtstages schaufeln und wir halfen ihm natürlich dabei. Holger schippte nebenan, es dauerte nicht lange, da standen die Männer nebeneinander am Straßenrand und plauderten, die Arme lässig auf die Stiele der Schaufeln gestützt, die Mützen tief ins Gesicht gezogen.

»Jetzt ist Martha wieder in ihrem Haus, ganz mäusefrei«, erzählte Holger.

»Ich hätte sie gerne noch ein wenig bei mir behalten. Sie kann superlecker kochen.«

»Danke für das Kompliment.« Martha stand auf einmal neben uns, ebenfalls mit einer Schneeschaufel bewaffnet. »Du kannst gerne weiter bei mir essen, du hilfst mir halt ab und zu dafür, wenn was kaputt geht. Du kannst das so gut. Der Wasserhahn, den du gerichtet hast, ist wie neu.«

Aha, der Wasserhahn. Wieder rutschten ein paar Puzzleteile in meinem Kopf an ihren Platz. Maurice hatte erzählt, dass der Hahn kaputt war und dass sich die beiden Bächle Frauen um die Reparatur gestritten hatten. Offensichtlich haben sie sich geeinigt und Holger um Hilfe gebeten. Daher war er im Haus gewesen, der Hahn musste in der unteren Wohnung gewesen sein. Daher stammte also auch der üble Geruch an der Hose. Ich hatte das Gefühl, dass mein Kopf schon qualmte vor lauter Nachdenken. Warum hätte der immer hilfsbereite und freundliche Holger der Nachbarin Gift in den Kaffee schütten sollen? Das ergab gar keinen Sinn. Und wie passte der zweite Todesfall dazu? Die Gemeinsamkeiten waren fast unheimlich: Mäuseplage, Kaffee und uraltes Rattengift, beide Tote waren nicht gerade Sympathieträger, hatten zumindest ein Tierleben auf dem Gewissen. Und ich musste ja auch noch Claudia überführen. Ganz schön viel Arbeit für einen kleinen Mops mit Kommunikationsproblemen. Ich beschloss, mich erst einmal auf das Naheliegende zu konzentrieren. Heute war das Geburtstagsfest, Claudia würde hier sein. Meine einzige Chance, vielleicht meine letzte. Ich brauchte einen Plan, dringend.

Da Schwätzen den Schnee nicht auf die Seite schiebt, mussten sich die Männer dann doch noch aufraffen und schickten Martha wieder ins Haus. Gemeinsam machten sie auch den Bächle-Hof schneefrei und dampften anschließend in der kalten Winterluft. Wieder im warmen Haus zog ich mich ins Küchenkörbchen zurück, um nachzudenken. Dort hatte ich meine Ruhe, denn Herrchen ging erst einmal duschen und Frauchen lag wie üblich auf dem Sofa, um ihren Fuß zu schonen. Mama und Papa leisteten ihr Gesellschaft, die Katzen waren auf Mäusefang in der Scheune. Nachher würde hier der Trubel losbrechen, Frauchen hatte mit ihren Kindern in den letzten Tagen viele Kuchen gebacken und sich eine große Kaffeemaschine ausgeliehen. Für den Abend hatte sie ein riesiges Brot gebacken und köstlich duftende Salate, Wurst und Käseplatten vorbereitet. Im kühlen Treppenhaus stand alles voll Bier- und Sprudelkisten. Es herrschte die Ruhe vor dem Sturm. Die galt es nun für mich zu nutzen. Es dauerte nur kurz, da wusste ich, was zu tun war. Zufrieden rollte ich mich zusammen und schlief eine Runde, bis die Gäste kamen.

- 31 -

Der Abend kam und mit ihm die Gäste. Holger, Jackie und Claudia, Martha Bächle, Waterson und Edeltraud von gegenüber mit ihrem meist recht stillen Mann Markus. Zusammen mit Frauchens Geschwistern und Herrchens Eltern war unser Haus total überfüllt. Frauchen liebte es, so viele Gäste zu haben, und diesmal genoss sie es noch mehr, da sie einfach sitzen bleiben durfte und von allen bedient wurde. Damit alle an unseren Tisch passten, musste Herrchen ein großes Brett aus dem Keller holen und in unseren Esstisch einsetzen. Trotzdem wurde es recht eng. Deshalb ließen die Frauen ihre Handtaschen im Flur auf dem Boden stehen, am Tisch war einfach zu wenig Platz. Darauf hatte ich spekuliert. Nach einer Weile war die Feier im vollen Gange und alle lachten und redeten vergnügt durcheinander. Waterson saß strahlend neben Jackie, nach meinem Eindruck etwas enger als die Platznot es verlangte. Claudia saß neben den beiden und sogar sie schien sich zu amüsieren, jedenfalls lachte sie über die Geschichten, die Edeltraud erzählte. Davon wusste sie recht viele, denn sie arbeitete als Postbotin und erlebte so einiges. Ihre Schilderungen waren immer hinreißend komisch, sie war auf jeder Party ein gern gesehener Gast. Gerade gab sie die Story zum Besten, in der sie einen Mann, dessen Namen sie nicht verriet, im Hinterhof dabei erwischte, wie er schnell aus dem Fenster seiner Geliebten klettern wollte. Er hatte sie kommen sehen und wollte verschwinden, nicht ahnend, dass der Briefkasten im Innenhof des Hauses angebracht war. Er sprang ihr sozusagen direkt in die Arme. Dann wollte er tatsächlich von Edeltraud wissen, ob dieser Vorfall unter das Postgeheimnis fallen würde, damit seine Frau nichts von seinen Eskapaden erfuhr. Als alle über die Geschichte lachten, war meine Chance gekommen, keiner achtete auf mich. Ich sprang durch die Klappe in den tiefverschneiten Garten und arbeitete mich schwer schnaufend zu meinem Lieblingsbusch vor. Ich hatte große Sorge, dass mir der Schnee einen Strich durch die Rechnung machen und ich das Glitzerdings nicht finden würde. Aber auf meinen Busch war Verlass, seine dichten Zweige hatten kaum Schnee durchgelassen und bildeten ein richtiges Schutzdach. Meine Nase funktionierte wieder einwandfrei und ich fand meinen Schatz trotz Dunkelheit schnell. Ein bisschen Überwindung kostete es mich schon, das Ding wieder ins Maul zu nehmen, aber es schmeckte nach gar nichts. Es lag schon lange genug draußen, da war ich froh. Vorsichtig trug ich es ins Haus zurück, sehr darauf konzentriert, es nicht wieder aus Versehen zu verschlucken. Wieder im Haus lief ich – immer noch unbeobachtet – zu dem Handtaschenberg im Flur. Claudias Tasche war schnell gefunden, einen Spalt weit mit der Pfote aufklappen, Glitzerding reinschieben und Teil Eins meines Planes war geschafft. Nun lief ich wieder ins Esszimmer und sprang an Waterson hoch. Teil Zwei meines Planes war noch ein wenig unausgegoren, wie ich zugeben muss. Ich war nun auf die Mithilfe des Zufalls angewiesen. Ich konnte dem nur nachhelfen, indem ich mich möglichst auffällig in Szene setzte und damit das Gespräch auf mich lenkte. Ich baute auf Frauchens Züchterstolz und ihre Angewohnheit, immer wieder über uns und unsere Fähigkeiten zu berichteten. Waterson war aber an diesem Abend nicht zu gebrauchen, er tätschelte mir zwar freundlich den Kopf, wandte aber die Augen nicht von Jackie, Männer, grrr. Offensichtlich war mir das Knurren tatsächlich laut herausgerutscht, denn Claudia zuckte zusammen und zeigte mit dem Finger empört auf mich. »Der Köter hat mich schon wieder angeknurrt!«

Ha, Dankeschön, du dumme Nuss, das sagt man keinesfalls in Frauchens Gegenwart ungestraft über uns.

»Erstens, das ist kein Köter, wenn ich bitten darf«, zischte Frauchen sie an. »Zweitens, Möpse moppern gerne mal freundlich, das kann man aber schon mit ein bisschen Gespür auseinanderhalten.« Frauchen redete sich jetzt richtig warm, egal, dass sie sich selbst gerade geirrt hatte. »Er würde niemals ohne Grund jemanden einfach anknurren, er liebt Waterson und bittet ihn nur höflich um ein wenig Aufmerksamkeit.«

Sie zwinkerte Waterson zu. »Er ist halt gerade ein wenig abgelenkt, gell? Holmes ist zudem ein besonders hochbegabter Mops, er findet Schätze.«

»Schätze, was für Schätze?«, will Edeltraud wissen.

»Na alles was glitzert und glänzt.« Frauchen erzählt nun stolz die Geschichten vom Urlaub, dem Armkettchen und dem Lippenstift. Erwartungsgemäß sind alle, die meine Heldentaten noch nicht kannten, sehr beeindruckt, nur Claudia sieht auf einmal sehr verkniffen aus.

»So habe ich wenigsten einen kleinen Teil von meinem Schmuck zurückbekommen, dank diesem kleinen Kerl hier.« Sie hielt ihren schlanken Arm hoch, an dem das Goldkettchen aus dem Wald glänzte.

So, nun war es soweit, alle schauten auf mich, jetzt musste es klappen. Ich kläffte einmal laut und sauste zu den Handtaschen. Dort zerrte ich Claudias Exemplar hervor und schleifte sie ins Esszimmer. Claudia war ziemlich gereizt deswegen, wollte aber nicht schon wieder Frauchens Zorn auf sich ziehen. Ich legte die Tasche vor Jackie ab und scharrte wie verrückt daran. »Darf ich mal reinschauen? Ich würde gerne wissen, was ihn so aufregt.« Jackie schaute ihre Schwester fragend an. Die ahnte ja nichts Böses und nickte gnädig mit dem Kopf. »Klar, wahrscheinlich sucht er wieder mal meinen Lippenstift. Bitte hol ihn raus, dann gibt er hoffentlich Ruhe.«

Ich hielt vor Anspannung den Atem an. Jackie öffnete die

Tasche und erstarrte. Sie wurde kreidebleich. Waterson merkte sofort, dass da was nicht stimmte und schaute über ihre Schulter in die Tasche.

»Was haben wir denn da?« Jackie griff hinein und hob das Glitzerdings hoch, so dass es alle sehen konnten. Es wurde auf einmal totenstill im Raum.

»Das kann nicht sein, ich hab doch alles danach abgesucht. Oh nein, ich …« Claudia schlug die Hände vor ihr Gesicht als ihr klar wurde, was sie da gerade gesagt hatte, und versuchte aus dem Zimmer zu stürmen. Das ging aber nicht so schnell, denn es zwar einfach zu eng. Frauchen hob blitzschnell eines ihrer Extrabeine und versperrte der Diebin den Weg. Claudia stolperte und landete ziemlich undamenhaft auf ihrem Hintern. Waterson griff nach ihrem Arm und zog sie hoch. »Nicht so hastig.«

»Kann mir jemand mal erklären, was hier los ist?«

Martha sah ziemlich ratlos von einem zum anderen.

Jackie holte tief Luft. »Nimm sie bitte mit, mir aus den Augen. Ich rufe deine Kollegen an.«

»Das kannst du doch nicht machen. Ich bin deine Schwester, ich gebe dir alles wieder. Ich wollte doch nur ein eigenes Haus haben, so wie du. Ich habe es dem Pfandleiher gegeben, ich kann es wieder holen«, kreischte sie.

»Kann ich mal dein Telefon benutzen, Marlene? Mein Handy hat hier keinen Empfang.« Jackies Gesicht sah aus wie versteinert.

»Klar doch, du weißt, wo es steht.«

Jackie rief auf der Polizeiwache an und ließ sich mit Herrn Gerlach verbinden. Der versprach gleich einen Streifenwagen zu schicken.

Waterson schnappte sich die jammernde Claudia und brachte sie zur Haustür. Alle Geburtstagsgäste drängten sich oben am Treppengeländer, um ja nichts zu verpassen.

»Wieso haben Sie den Schmuck im Wald versteckt?«, wollte Waterson wissen.

Sie schniefte. »Ich wollte nicht riskieren, dass ihn Jackie beim Aufräumen findet und es hätte blöd ausgesehen, wenn ich gleich nach dem Diebstahl abgereist wäre. Es sollte so wirken, als ob ich Jackie in ihrem Kummer beistehen würde. Ich kannte das Erdloch noch aus unseren Kindertagen. Erst als ich nach Wiesbaden zurückgefahren bin, habe ich auf dem Heimweg den Schmuck mitgenommen. Der Pfandleiher in Wiesbaden hatte noch keine Liste über die gestohlenen Stücke.« Es dauerte nicht mehr lange, bis Watersons Kollegen da waren und sie ins Polizeiauto luden. Sie weinte inzwischen haltlos. »Ich gebe dir alles wieder, ich versprech's.«

Jackie schien sie gar nicht zu hören.

»Ich brauche dringend einen Schnaps.« Sie lächelte tapfer. Waterson legte beschützend den Arm um ihre Schulter.

»Das lässt sich einrichten. Wir haben einen anständigen Brandy im Haus.« Herrchen sauste los. »Ich bring mal Gläser für alle und die Flasche mit.«

Wie auf Kommando erwachten alle aus ihrer Erstarrung und regten sich wieder. Die Gäste kehrten zum Tisch zurück und schauten mitleidig zu Jackie. Die lehnte sich mittlerweile zitternd an Waterson, der sie zu ihrem Platz zurückführte. Herrchen brachte das gewünschte Getränk und sie nahm einen großen Schluck. Sofort begann sie zu husten und die Farbe kehrte wieder in ihr Gesicht zurück. Ihre Augen suchten mich. Ich war von meinem ersten Ermittlungserfolg völlig erschlagen. Die Menschen hätten wahrscheinlich Bedenken, so eine Falle zu stellen, doch die hatte ich keineswegs. Der Erfolg gab ja mir Recht, nicht der falschen Moral. Wie ein guter Schachspieler hatte ich alle Züge im Voraus geplant und es hatte tatsächlich funktioniert! Das Ergebnis war überwältigend. Ich hatte Watersons Bitte erfüllt und die Schwester überführt, ohne Jackie gegen ihn aufzubringen.

Die beugte sich nun zu mir herunter und schaute mir sehr ernst ins Gesicht. Ich schaute ruhig zurück und hielt ihrem forschenden Blick stand. »Danke«, flüsterte sie, »das werde ich dir nie vergessen. Du bist einfach unvergleichlich.« Sie strich mir liebevoll über den Kopf. »Marlene, wenn du ihn irgendwann doch hergeben willst, gib mit Bescheid.« Ich erschrak bis ins Mark. Hier war mein Zuhause, ich wollte nicht weg, auf gar keinen Fall. Ich muss wohl ziemlich erschrocken ausgesehen haben, denn Waterson zeigte schon wieder mit dem Finger auf mich. »Das will er aber nicht. Du musst vorsichtig sein mit dem, was du sagst. Er versteht jedes Wort, schau ihn doch an.«

»Bevor ihr weiterredet: keine Chance. Er bleibt bei uns und fertig. Ihr könnt ihn aber gerne ausleihen, wenn ihr mal was verloren habt.« Frauchen grinste Jackie frech an. »Aber im nächsten Winter gibt es ja wieder neue Möpse, da reserviere ich euch gerne einen.«

»Uns?« Jackie zog fragend die Augenbrauen hoch.

»Ja, bist du denn die Letzte, die es bemerkt? Man muss doch kein Hellseher sein, um zu ahnen, dass du nicht mehr lange Single sein wirst.« Schon wieder gab es bei Jackie und Waterson rote Köpfe, dieses Mal war aber nicht der Brandy schuld. Frauchen konnte sehr direkt sein, nicht immer angenehm für die Beteiligten, aber dieses Mal waren alle froh, wieder was zu lachen zu haben. Die verbliebenee kicherten albern die letzte Spannung weg. Ich war einfach nur glücklich. Aber der Abend hatte gerade erst begonnen.

- 32 -

Martha wollte das Gespräch auf ein neues Thema lenken. »Ich war heute endlich mal wieder in der unteren Wohnung. Der Kammerjäger hat ganze Arbeit geleistet. Ich habe ordentlich gelüftet und angefangen, ihre Sachen wegzuwerfen. Der Wasserhahn, den du kurz vor ihrem Tod repariert hast, tropft auch nicht mehr, vielen Dank noch einmal.«

»Du warst kurz vor dem Tod in ihrer Wohnung? Das hast du noch nie erwähnt.« Sofort war der Ermittler in Waterson wieder wach.

»Muss ich wohl vergessen haben«, murmelte Holger.

Martha war verwundert. »Wir haben doch erst vor ein paar Tagen darüber gesprochen, du hast mich gefragt, ob die neue Dichtung hält, aber da war ich noch nicht unten gewesen.« Sie schüttelte den Kopf. »Ich habe dich doch auch gefragt, über was ihr euch damals so laut gestritten habt. So vergesslich kannst du doch nicht sein!«

Wieder einmal herrschte absolute Stille am Tisch. Edeltraud beugte sich mit leuchtenden Augen vor und hoffte auf die nächste Sensationsgeschichte für ihre Sammlung. Sie würde nicht enttäuscht werden. Der Abend versprach reiche Ausbeute für sie. Keiner wagte es, ein Geräusch zu machen.

Martha wurde immer verwirrter. »Was habt ihr denn alle?« Dann fiel der Groschen auch bei der alten Dame. Sie schlug die Hand vor den Mund und riss die Augen weit auf. »Ihr spinnt jetzt alle, es ist Holger, von dem wir hier reden. Das glaubt ihr ja selber nicht, dass unser Holger der Gundula Gift in den Kaffee geschüttet hat. So ein Blödsinn. Oh, hätte ich doch nur den Mund gehalten.« Sie war den Tränen nah.

Alle schauten auf Holger.

»Wie wäre es jetzt mit einer Erklärung?« Waterson sah jetzt dienstlich streng aus.

»Da komme ich wohl jetzt nicht mehr herum. Ich erzähle euch jetzt die Wahrheit über Gundulas Tod. Dazu muss ich ein bisschen ausholen. Wie die meisten von euch wissen, außer euch …«, er nickte kurz in Richtung Herrchens Eltern, die stumm dasaßen und sich weit weg wünschten.

»… doch, wir kennen die traurige Geschichte, Marlene hat sie uns erzählt.«

»Also, wie ihr wisst, hieß meine Frau Saphira. Sie starb sehr jung an einem heimtückischen Krebs. Als wir den Lymphdrüsenkrebs bemerkten, war es zu spät und sie wünschte sich nur noch, zuhause in Frieden zu sterben. Die Chemotherapie hat sie abgebrochen. Sie wollte nicht mit Glatze sterben. Da war sie sehr bestimmt. Wir haben auf ihren Wunsch hin niemandem etwas davon erzählt und so wie sie es wollte, starb sie bei uns im Haus. Ich bin seither allein und kann mich nicht mehr aufraffen, zur Arbeit zu gehen. Ich habe das Gefühl, dass sie noch immer überall im Haus ist, und möchte ihr nahe sein. Sie war meine große Liebe.« Tränen schimmerten in seinen Augen, aber er schniefte nur kurz und erzählte weiter.

»Damit ich nicht nur im Haus sitze, helfe ich hier im Dorf überall bei kleineren Reparaturen aus. Ich glaube, ich bin ganz geschickt.«

Einträchtig nickten an dieser Stelle alle Zuhörer. Jeder Knieslinger hatte seine Hilfe schon einmal in Anspruch genommen. Er nahm kein Geld an, nur die benötigten Teile musste man bezahlen.

»Deshalb hat mich Gundula gefragt, ob ich ihren tropfenden Wasserhahn in der Küche reparieren könnte. Ich konnte sie zwar nicht leiden, aber das Geld ist knapp gewesen bei den

Nachbarsdamen, da wollte ich nicht Nein sagen. Ich ging also mit meinem Werkzeugkoffer ins Nachbarhaus und begann, den Hahn auseinanderzubauen. Erst war sie auch ganz freundlich und bot mir Kaffee an. Ich wollte keinen und als ich den Hahn fertig hatte, fing sie plötzlich an, schlecht über Saphira zu reden. Sie sei eine jüdische Lügnerin gewesen und deshalb von Gott mit dem Tod bestraft worden. Unglaublich, welch krankhaftes Zeug sie geredet hat. Sie hielt mir ihre alte, zerfledderte Bibel unter die Nase und tippte wie besessen auf die Apostelgeschichte von Lukas, Kapitel 5.«

Ananias und Saphira

Ein Mann aber, mit Namen Ananias samt seinem Weibe Saphira verkaufte sein Gut und entwandte etwas vom Gelde mit Wissen seines Weibes und brachte einen Teil und legte ihn zu der Apostel Füßen. Petrus aber sprach: Ananias, warum hat der Satan dein Herz erfüllt, dass du dem heiligen Geist lögest und entwendetest etwas vom Gelde des Ackers? Hättest du ihn doch wohl mögen behalten, da du ihn hattest; und da er verkauft war, war es auch in deiner Gewalt. Warum hast du denn solches in einem Herzen vorgenommen? Du hast nicht Menschen, sondern Gott gelogen. Da Ananias aber diese Worte hörte, fiel er nieder und gab den Geist auf. Und es kam eine große Furcht über alle, die dies hörten. Es standen aber die Jünglinge auf und taten ihn beiseite und trugen ihn hinaus und begruben ihn. Und es begab sich über eine Weile, bei drei Stunden, dass sein Weib hineinkam und wusste nicht, was geschehen war. Aber Petrus antwortete ihr: Sage mir: Habt ihr den Acker so teuer verkauft? Sie sprach: Ja, so teuer. Petrus aber sprach zu ihr: Warum seid ihr denn eins geworden, zu versuchen den Geist des HERRN? Siehe, die Füße derer, die deinen Mann begraben haben, sind vor der Tür und werden dich hinaustragen. Und alsbald fiel sie zu seinen Füßen und gab den Geist auf. Da kamen die Jünglinge und fanden sie tot, trugen sie hinaus und begruben sie neben ihren Mann. Und es kam eine große Furcht über die ganze Gemeinde und über alle, die solches hörten.

»Ich wusste erst gar nicht, was ich darauf sagen sollte, und bat sie, ihren Mund zu halten. Ich wollte nur noch weg. Aber sie hörte nicht auf. Im Gegenteil. Sie packte mich am Ärmel und wiederholte immer wieder, dass alle Juden habgierig seien und Saphira nur ihre gerechte Strafe erhalten habe. Ich solle dankbar für die Befreiung von dieser Sünderin sein. Könnt ihr euch so etwas Krankes vorstellen? Dabei war Saphira nicht mal Jüdin, sie ist evangelisch gewesen. Ich wurde so wütend wie noch nie in meinem Leben. Ich stieß sie kräftig weg und schrie sie an. Sie stolperte ein paar Schritte rückwärts und suchte Halt an dem Bord, auf dem das Rattengift stand. Dabei muss wohl die Schachtel umgekippt sein. Ich fürchte, dabei ist eine ordentliche Portion davon im Kaffee gelandet, ihre Tasse stand direkt darunter. Ich habe es gesehen, war aber zu wütend, um es ihr zu sagen. Ich wollte in diesem Moment, dass sie auch leiden muss. Ich wollte nicht, dass sie stirbt, nur ordentliche Magenkrämpfe habe ich ihr gewünscht. Ich kann mir aber eigentlich nicht erklären, warum sie den Kaffee noch getrunken hat. Es lag ja alles voll Giftkrümel, rund um die Tasse verstreut. Sie muss es doch gesehen haben. Ich verstehe das nicht. Jedenfalls rannte ich einfach weg, ohne sie zu warnen, und fiel dabei noch beinah über euren Maurice. Ich fürchte, er hat einen gehörigen Tritt von mit kassiert.«

»Martha …«, er richtete sich auf und straffte seine Schultern, »Martha, du musst mir glauben, dass ich alles freiwillig der Polizei erzählt hätte, wenn sie dich wirklich verhaftet hätten, aber ich hoffte die ganze Zeit, dass es als Unfall durchgehen würde. Ich kann den Gedanken nicht ertragen, aus meinem Haus zu müssen, fort von ihr. Es tut mir so leid.«

Jetzt liefen seine Tränen und hinterließen glänzende Spuren

auf seinem Gesicht. Martha wühlte in ihrer Strickjacke herum und beförderte ein zerknülltes Taschentuch zu Tage. Damit wischte sie liebevoll die Tränen aus seinem Gesicht. Alle schluckten gerührt von dieser liebevollen Geste.

»Das weiß ich doch, Holger. Ist schon in Ordnung. Sie war wirklich komplett verrückt.

Hast du ihr gesagt, dass Saphira evangelisch war?«

»Ich kann mich nicht mehr an alles erinnern, was ich gesagt habe, aber das weiß ich bestimmt. Sie sah erschrocken aus.«

»Dann wird mir alles klar.« Martha setzte sich sehr aufrecht auf ihrem Stuhl zurecht.

»Sie hat den vergifteten Kaffee absichtlich getrunken. Es war für sie wohl so eine Art Gottesurteil, weil sie falsches Zeugnis gegen ihren Nächsten gesprochen hat. Sie hat überall über die arme Saphira als Jüdin gelästert. Lügen war für sie eine Todsünde und sie hat über deine Frau Lügen erzählt. Es war kein Unfall, es war Selbstmord. Sie war richtig krank im Kopf.« Martha seufzte. »Sie hat viel Leid und Unglück verbreitet. Es ist gut so, dass es vorbei ist.«

Waterson zuckte mit den Schultern. »Holger wird seine Aussage noch offiziell machen müssen. Für mich fügt sich nun alles zusammen, auch dass dort so ordentlich geputzt war. Sie wollte wohl nicht, dass jemand ihr einen schlampigen Haushalt nachsagt, wenn sie tot ist. Aber du hättest es wirklich schon früher sagen müssen!«

»Und mich hast du auch noch reinziehen wollen.« Herrchen schnaubte empört.

»Ich hab das nur für Martha gemacht. Es war mir doch klar, dass du nicht wirklich in Schwierigkeiten kommen würdest. Falls doch, wäre ich natürlich auch mit meiner Geschichte zur Polizei gegangen. Sei nicht böse. Ich wollte nur dem Johannes zeigen, dass es mehrere Möglichkeiten gab, nicht nur Martha.«

Herrchen brummelte irgendetwas Unverständliches, ein bisschen beleidigt war er schon.

»Wie passt aber nun der Tod vom Erwin in die Geschichte?« Markus sagte selten etwas, aber dieses Mal meldete er sich zu Wort.

Waterson sah ein wenig ratlos aus. »Keine Ahnung, aber die Aufklärungsquote zwei von drei ist für einen Abend wirklich beachtlich. Ich weiß ja nicht, wie es euch geht, aber ich habe inzwischen richtig Hunger und es wäre doch eine Schande, wenn Marlenes Köstlichkeiten hier verkommen würden. Heute Abend feiern wir Miros Geburtstag und zwei gelöste Fälle.« Er wandte sich an Jackie. »Du bekommst deinen Schmuck wieder. Auch wenn es schwer für dich ist, dass es deine eigene Schwester war. Es ist endlich vorbei.«

Jackie schmiegte sich wieder an ihn. »Ich werde schon darüber hinwegkommen, solange du bei mir bist.«

Glücklich küsste Waterson sie auf die Nasenspitze. Der Abend wurde nun doch noch sehr gemütlich und vor allem lang. Für mich gab es aber neuen Denkstoff. Maurice war noch einmal im Nachbarhaus gewesen und hatte alles miterlebt. Kein Wort hatte er darüber verloren. Warum nur?

- 33 -

Der nächste Morgen brachte eine Menge Arbeit für Herrchen und Frauchen mit sich. Die beiden räumten das Haus auf. Herrchens Eltern waren noch über Nacht geblieben und halfen kräftig mit.

»Und ich dachte, hier auf dem Land ist alles ruhig und idyllisch. Fühlst du dich wirklich sicher hier? Möchtest du nicht lieber wieder zu uns ziehen?«, wollte die Mutter wissen. »Wir werden sicher ein nettes Haus für euch alle und die Tiere finden.« Die Eltern kamen aus einer großen Stadt, mehrere Stunden von hier entfernt. Seine Mutter war immer sehr besorgt um ihren Miro. »Raub und Mord …«

»Bisher nur ein Diebstahl innerhalb einer Familie und ein Selbstmord aus religiösem Wahn. Der zweite Todesfall ist noch nicht geklärt. Jetzt erklär mir doch nicht, dass bei euch zuhause in Frankfurt alles Friede, Freude, Eierkuchen ist. Hier kennt man sich halt, es betrifft uns mehr. Aber es ist durchaus belebend für das Dorfleben. Endlich passiert hier mal was außer Schnee im Winter und Heuernte im Sommer.«

Seine Mutter schüttelte missbilligend den Kopf. »Und wenn es dich oder Marlene oder die Kinder trifft?«

»Jetzt beruhig dich mal. Es ist ja nicht so, dass hier ein wahnsinniger Killer herumläuft, der wahllos arme Knieslinger abmurkst.«

Er zwinkerte Frauchen zu, die gerade dazu gehumpelt kam. »Todesfälle werde hier anscheinend durch massenhaft Mäuse angekündigt. Solange wir keine Mäuseplage haben, scheinen wir sicher zu sein. Außerdem besitzen wir kein uraltes Rattengift und haben auch noch keine Tiere gequält. Es scheint ja doch irgendwie alles zusammenzuhängen. Nein, Mama«, er legte den Arm um Frauchens Schulter, »ich werde hier bleiben. Oder willst du etwa nach Frankfurt?«

Frauchen schüttelte lächelnd den Kopf. »Ich weiß deine Sorge um uns zu schätzen, aber hier ist unser Zuhause. Und ehrlich gesagt, seit Gundula tot ist, fühle ich mich, vor allem wegen der Tiere, hier wieder deutlich sicherer.«

»Du hast ja Recht. Ihr habt wirklich nette Nachbarn und Freunde hier. Wir haben uns sogar schon überlegt, hierherzuziehen. Wegen der Kinder und der schönen Landschaft und nicht zuletzt um bei euch zu sein. Nur solange hier noch ein Mörder frei herumläuft, mache ich mir so meine Gedanken.«

»Tja, dann werde ich Johannes bitten, den Täter bald zu fassen. Wir hätten euch so gerne bei uns in der Nähe!« Frauchen drückte Miros Mutter herzlich.

»Hat da jemand meinen Namen gesagt?« Waterson steckte den Kopf zur Haustür herein. Die Tür stand offen, damit Herrchen die ganzen Getränkekisten ins Auto laden konnte. »Ich wollte mal schauen, ob ich beim Aufräumen helfen kann.«

Herrchen atmete erleichtert aus. »Gerne, hilf mir mal mit den Kisten.«

Waterson packte zu und bald waren die beiden Männer fertig und brachten die leeren Flaschen zum Getränkemarkt. Herrchens Eltern und Frauchen spülten fröhlich plappernd das Geschirr und putzten Küche und Treppenhaus. Bald blitzte alles frisch poliert und die Kaffeemaschine stotterte und spuckte, damit alle Helfer sich bei einer frischen Tasse erholen konnten. Die beiden Männer kamen zurück, alle versammelten sich am Esstisch. Wie üblich lag ich im Küchenkörbchen, um nichts vom Gespräch zu verpassen. Waterson lehnte sich wohlig seufzend auf der Eckbank zurück. »Es ist einfach gemütlich bei euch. Warum habt ihr vorhin von mir gesprochen?«

Frauchen fasste kurz die Unterhaltung zusammen. »Du musst den Täter fassen, damit Miros Eltern hierherziehen können. Das wäre schön für uns alle. Miro meint aber, dass wir in Sicherheit sind, weil Mäuse die Todesboten sind und altes Gift im Haus sein muss. Wir haben beides nicht.«

Waterson lachte. »Na, wenn das kein Grund ist. Aber im Ernst, Miro hat schon Recht, erst die Mäuseplage, dann das alte Gift. Junge Leute haben so ein Zeug nicht im Haus. Die moderneren Gifte sind für Menschen bei einmaliger Einnahme nicht lebensgefährlich. Nur die alten Älbler, die aus Gewohnheit nichts wegwerfen, besitzen so etwas Hochgiftiges noch. Ganz klar, dass der zweite Todesfall mit dem ersten irgendwie in Zusammenhang steht. Jemand hat das nachgeahmt mit den Mäusen und die Folgen waren dieselben. Die vorhersehbare Reaktion alter Leute auf Mäuseplagen: Gift. Gift, das plötzlich, wie auch immer, im Kaffee landet. Unfall? Zufall? Absicht? Der Nachahmer konnte überhaupt nicht wissen, dass Gundula sich selbst umgebracht hat. Das kam ja erst nach dem Tod von Herrn Lorenz heraus. Er wollte den Verdacht in der Annahme, dass es vorsätzlicher Mord war, auf Gundulas vermeintlichen Killer lenken. Oder fand er nur einfach die Idee gut? Ein schwer nachweisbares Verbrechen ist es allemal. Die Opfer haben ja immer ihr Gift selbst vor Jahrzehnten besorgt und praktischerweise auch selbst in die Küche, den Tatort, gebracht. Der Weg in den Kaffee war nicht weit und unauffällig machbar. Nur wenige Augenblicke waren nötig, um ein Leben auszulöschen. Ich habe das Gefühl, dass der Tod von Herrn Lorenz definitiv ein vorsätzlicher Mord war. Einen weiteren Selbstmord schließe ich aus. Herr Lorenz war nicht wahnsinnig wie Gundula. Er war grausam zu seinen Tieren, aber selten in der Kirche anzutreffen, keine Wahnvorstellungen oder Depressionen bekannt. Ich vermute ganz stark, dass der unglückliche Selbstmord von Frau Bächle den Täter auf die Idee gebracht hat, es auch einmal zu probieren. Ich zerbreche mir schon die ganze Zeit den Kopf, wer es – außer einer Horde Katzen – fertigbringt, so viele Mäuse in ein Haus zu treiben.«

Schlauer Kopf, mein Kumpel, wir waren das bei Gundula, aber bei dem Lorenz? Das Motiv musste der Schlüssel sein.

»Wir finden einfach niemanden, der ein Motiv hatte, er war zwar nicht beliebt bei seinen Nachbarn, galt als Eigenbrötler. Aber er hatte keinen Streit. Seine Nachbarin schräg gegenüber mochte ihn nicht, weil er immer die Katzenbabys seiner armen Katze in den Bach warf. Als Motiv reichlich dünn, außer man ist eine Katze.«

Die Erkenntnis traf mich wie ein Blitzschlag, ich schoss aus dem Körbchen hoch. Nur eine Katze kann so viele Mäuse bringen, eine Katze hätte ein Motiv. Eine Katze, deren Mutter viel leiden musste, eine Katze, deren Geschwister alle ertränkt wurden, grausam zu Tode kamen. Eine Katze, die miterlebt hat, wie Gundula Bächle vergiftet wurde. Ein Kater. Maurice!

Waterson sah auf mich herunter. »Verflixt, du siehst aus, als ob du schon wieder einen Fall gelöst hast, und du kannst nicht sprechen.« Er streichelte mir den Kopf, den ich ihm tröstend in seine große Hand schob.

Nein, diesen Fall würde ich nicht für ihn aufklären.

Epilog

Einige Tage später fand ich endlich die Gelegenheit, allein mit Maurice zu sprechen. Ich konfrontierte ihn direkt mit meinen Schlussfolgerungen. Er versuchte gar nicht, es abzustreiten.

»Ja, ich gebe zu, dass ihr mich auf den Gedanken gebracht habt. Rache für mich zu nehmen, was für eine wundervolle Idee. Mäuse, Gift und eine Tasse Kaffee. Gundula starb von eigener Hand, ich war aber lange der Ansicht, dass Holger ihr das Zeug in den Kaffee geschüttet hat. Das konnte ich auch. Der alte Lorenz hat es verdient, es tut mir nicht leid. Alle meine Geschwister sind jämmerlich ertrunken, er hatte kein Mitleid für sie. Ich fing also Mäuse in der Scheune, meinem Geburtsort. Es wimmelte nur so davon. Trotzdem war es ganz schön anstrengend, ich war völlig erschöpft und musste mich erst einmal kurz erholen und zu Kräften kommen. Dann brauchte ich nur abzuwarten. Er bemerkte die Mäuse nach kurzer Zeit, holte die Schachtel mit dem Gift aus dem Schuppen und stellte das Zeug auf das Bord oberhalb des Spülbeckens. Genau wie Gundula, die alten Häuser und die alten Leute haben viel gemeinsam. Ein offenes Fenster am Morgen, ein Toilettengang nach dem Kaffeeeinschenken, ein kurzer Schubs, die verstreuten Krümel vorsichtig mit der Tatze in den Ausguss vom Spülbecken schieben, fertig. Er bekam recht schnell Bauchkrämpfe, legte sich aufs Sofa und starb. Das war's. Was willst du jetzt unternehmen?«

Ich dachte nach. Was sollte ich schon machen? Nichts, ich konnte ihn verstehen, aber seine Tat war trotzdem schrecklich.

Er spürte meinen inneren Zwiespalt. »Wirst du es den anderen erzählen?«

Eigentlich waren wir alle gleichermaßen an der Geschichte schuld. Ich fühlte mich fast so schuldig wie der Kater. Aus unbedachter Rache war tödlicher Ernst geworden. Mein Entschluss stand schnell fest. »Nein, mein Freund, das bleibt unter uns.« Sollten sich die Menschen doch selber den Kopf darüber zerbrechen.

Die Todesumstände von Herrn Lorenz blieben somit ungeklärt. Im Frühjahr wagten es die Eltern von Herrchen, trotz allem zu uns nach Knieslingen zu ziehen.

Martha Bächles Anklage wurde fallengelassen und der Todesfall als Selbstmord aus religiösem Wahn eingestuft. Holger wurde nicht angeklagt.

Claudia wurde übrigens wegen Diebstahls zur Ableistung von Sozialstunden verurteilt und musste nicht in Gefängnis. Sie blieb, dem großen Mops sei's gedankt, in Wiesbaden und kam nicht in den Süden.

Jackie bekam nicht nur ihren Schmuck zurück, sondern auch noch Waterson dazu. Die beiden waren sehr verliebt, aber Waterson vernachlässigte mich trotzdem nicht. Er holte mich, sofern es seine Zeit zuließ, mindestens einmal in der Woche zu herrlichen Spaziergängen ab und besprach seine aktuellen Fälle mit mir. Manchmal gingen Frauchen und Herrchen mit Mama und Papa auch mit. Frauchen konnte endlich wieder laufen.

Mein Leben war perfekt, ein richtiger Mopshimmel auf Erden. Noch …

Figuren

- Holmes: beigefarbener Mops, brillanter Schatzsucher und Detektiv
- Nelly: Mama von Holmes, schwarze Mopshündin, gute Mama und sehr temperamentvoll
- Marquez: Papa von Holmes, beigefarbener, stattlicher Rüde, herzensgut, liebevoller Vater, manchmal nicht der Hellste
- Maurice: ausnehmend schöner Tigerkater, Freigeist und nach eigener Auffassung ein halber Mops
- Murpsel: klein, schwarz, flauschig und süß, das Nesthäckchen unter den Katzen
- Marlon: ein bisschen eingebildet, weil er aus gutem Hause stammt, weiß mit roten Punkten, super Mäusejäger und eigentlich ein guter Kumpel, wenn er nicht gerade angibt
- Frauchen: heißt eigentlich Marlene Schuster, lebt für ihre Familie und ihre Tiere, leidenschaftliche Mopszüchterin
- Herrchen: heißt eigentlich Miroslav Dobric, Frauchens liebevoller Partner und von uns geliebter Gassigeher
- Hanne und Dragomir Dobric: Herrchens Eltern
- Frauchens Kinder: spielen keine Rolle
- Jacqueline »Jackie« Seger: Opfer des Schmuckraubes und beste Freundin von Frauchen, hat eine Katzenpension
- Claudia Seger: Schwester von Jackie

- Ludwig Gerlach: Chefkommissar, älteres Baujahr, humorlos, aber effizient
- Johannes Waterson: Kommissar, Junior des Ermittlergespanns, liebt Holmes und vielleicht auch Jackie?
- Holger Treder: netter und sehr hilfsbereiter Nachbar, Herrchen von Hund Frieda und Kater Bernd, dem Bruder Murpsels
- Saphira Treder: verstorbene Frau von Holger
- Gundula Bächle: Opfer, unsympathische Nachbarin
- Martha Bächle: Mutter von Gundula Bächle
- Frau Gerst: schafft versehentlich die Gelegenheit, die Diebe macht
- Freya, Frigga, Odin, Thor und Rigani: die Götterkinder, Holmes' jüngere Geschwister
- Erwin Lorenz: Opfer und Katzenmörder
- Edeltraud und Markus Schweigle: Nachbarn von gegenüber

Liebe Leserinnen und Leser,

ich freue mich, dass Sie »Mopshimmel« gelesen haben und hoffe sehr, dass es Ihnen gefallen hat.

»Ein Leben ohne Mops ist möglich – aber sinnlos« Dieser Satz von Loriot hat wohl nicht nur mein Leben entscheidend verändert. Ich bin ihm unendlich dankbar, dass er mich auf diese Hunderasse gebracht hat. Die logische Konsequenz aus diesem Satz war für mich die Anschaffung eines Mopses. Und noch eines. Und dann noch eines. Ich weiß, dass es eine Sucht ist. Na und? Sie lieber Leser, sind wohl auch um diese spezielle Hundeart nicht drum herum gekommen? Falls doch, dann schätze ich, sind es ab jetzt Ihre letzten mopsfreien Momente gewesen. Sie glauben mir nicht? Lesen Sie Mopskrimis und fragen danach einen Mopsbesitzer oder besser noch: kaufen Sie sich einen! Ihr Leben wird einen völlig neuen Sinn bekommen. Versprochen!

Falls Sie jedoch aus verschiedenen Gründen: Uneinsichtiger Vermieter, Ehemann, Ehefrau, Partner, Partnerin, Allergien, akutem Zeitmangel oder sonstigen Gründen nicht in der Lage sein sollten, sich einen Mops anzuschaffen, so vergnügen Sie sich doch einfach mit Holmes, einem überaus typischen Vertreter seiner Rasse und seinen Abenteuern.

In der nächsten Folge »Mopswinter« geht es wieder einmal kriminell zu im kleinen Albdorf Knieslingen. Heimtückische Anschläge auf unbescholtene Langläufer und eine Menge Schnee verlangen dem Ermittlerduo Waterson und Holmes alles ab. Geheimnisvolle Hinweise die der Täter hinterlässt, verwirren zuerst mehr, als das sie zur Aufklärung beitragen. Sie sind neugierig geworden? Blättern Sie um und tauchen sie ein in die Intrigen und Morde des Knieslinger Winters …

Rezensionen sind für mich ein wichtiges Feedback und auch für LeserInnen sehr hilfreich bei der Wahl ihres nächsten Buches. Wenn Sie Ihren Eindruck von meinem Buch zusammenfassen und mit anderen teilen, freue ich mich sehr. Ob positiv oder negativ spielt keine Rolle – ich freue mich über jede Rückmeldung! Ich bin auf twitter, auf meiner Facebook-Seite (Martina Richter Mopskrimis) oder über meine email ric.mar75@gmail.com für Sie da.

Ich wünsche Ihnen viel Spaß beim Stöbern und Lesen und wer weiß? Vielleicht begegnen wir uns ja einmal beim Gassi-Gehen mit ihrem Mops!

Ihre
Martina Richter

Martina Richter

Mopswinter

Holmes und Waterson ermitteln in ihrem neuen Fall

Kriminaloman

Wer diesmal mitmischt

- Holmes: beigefarbener Mops, brillanter Schatzsucher und Detektiv
- Nelly: Mutter von Holmes schwarze Mopshündin, gute Mutter und sehr temperamentvoll
- Marquez: Papa von Holmes, beigefarbener, stattlicher Rüde, herzensgut, liebevoller Vater, manchmal nicht der Hellste
- Maurice: ausnehmend schöner Tigerkater, Freigeist und nach eigener Auffassung ein halber Mops
- Murpsel: klein, schwarz, flauschig und süß, das Nesthäkchen der Katzen
- Marlon: ein bisschen eingebildeter Kater, weil er aus gutem Hause stammt. Weiß mit roten Punkten, super Mäusejäger und eigentlich ein guter Kumpel, wenn er nicht gerade angibt
- Frauchen: heißt eigentlich Marlene Schuster, lebt für ihre Familie und ihre Tiere, leidenschaftliche Mopszüchterin
- Herrchen: heißt eigentlich Miroslav Dobric, Frauchens liebevoller Partner und von uns geliebter Gassigeher
- Frauchens Kinder: spielen keine Rolle
- Jacqueline »Jackie« Seger: Freundin von Frauchen, hat eine Katzenpension, Lebensgefährtin von Johannes Waterson
- Ludwig Gerlach: Chefkommissar, älteres Baujahr, humorlos, aber effizient

- Johannes Waterson: Kommissar, Junior des Ermittlergespanns, liebt Holmes und Jackie
- Thorsten Behring Sabrina Hauser, Bernd Sittler: Soko Loipe
- Renate Schmieder: Wirtin des Bären, Schwester von Josef Schmieder
- Markus Schweigle, Holger Treder: Nachbarn von Herrchen und Frauchen
- Herrmann Tröster: Besitzer einer Firma für Softwareentwicklung, verheiratet mit
- Renate Tröster, wohlhabende Unternehmergattin
- Helga Gerster, Witwe, Besitzerin von Emmi, Marlons Mutter und Trösters Geliebte
- Josef Schmieder, Ortspolizist
- Siegfried Häslach: Metzgermeister
- Joachim Stenz: Förster
- Mathilda, Förtstershündin
- Gisela Stenz, Mutter von Joachim
- Ludwig Hubertus: Maurer
- Kurt Ganter Ehemann von
- Marianne Ganter: neugierige Nachbarin der Trösters
- Gernot Tuffner Langläufer, Bankangestellter
- Sophia Tuffner, Mutter von Gernot
- Michael Balz, Langläufer und Mathelehrer
- Lisa Balz, Ehefrau von Michael Balz
- Ferdinand Kerner, Jagdpächter

Prolog

Kraftvoll schoben sich die Langlaufskier durch die frisch gespurte Loipe. Sie ratschten und knirschten bei jedem Schritt durch den verharschten Schnee. Der kondensierte Atem des Langläufers mischte sich mit den Dampfwolken aus Schweiß, die in der eiskalten Luft seinen Körper umwaberten. Die Sonne ging langsam über der stillen Hochfläche der Alb auf und ließ die Schneekristalle in ihrem Licht funkeln. In den Tälern lag noch der Frühnebel, ein perfekter Morgen im Winter. Am Horizont schmiegten sich die Häuser von Knieslingen an die Hänge, aus den Schornsteinen stieg der Rauch senkrecht auf, die schneebedeckten Dächer verliehen dem Örtchen das Aussehen eines verträumten Märchendorfes. Der Skiläufer hob kurz den Kopf, um den Anblick zu genießen, bevor er sich wieder dem Rhythmus seiner Schritte widmete. Er näherte sich nun dem Waldrand, sofort wurde es wieder um einige Grad kälter. Die Sonne hatte schon Kraft Anfang Februar, im Schatten spürte man den Unterschied deutlich. Er nahm schnell an Fahrt auf, es ging nun leicht bergab. In wenigen Minuten wollte er am Parkplatz sein und sich wieder in den gepflegten Bankangestellten verwandeln.

Ein scharfer Knall durchschnitt die eisige Luft. Er zuckte zusammen und sah irritiert auf die roten Spritzer, die plötzlich im Schnee vor ihm aufgetaucht waren. Als ihm klar wurde, dass es Blut aus seiner Brust war, wollte er schreien, aber es war keine Luft mehr in seiner Lunge. Er stürzte auf den Rücken. Der stahlblaue Himmel über der Alb war das Letzte, was der verblüffte Langläufer in seinem Leben sah.

- 1 -

Das Dilemma bei uns Möpsen ist, dass wir Schnee lieben, aber unsere Beine leider für Schneehöhen über zehn Zentimeter völlig ungeeignet sind. Dieser Winter war einer der längsten, die Knieslingen, mein beschauliches Heimatdorf auf der Schwäbischen Alb, je erlebt hat. Der erste Schnee kam im Oktober. Seither blieb die Kälte hartnäckig und es schneite immer wieder. Der Winter vergönnte uns keine Pause. Der Schnee lag mittlerweile weit über einen Meter hoch. Die ersten Tage im Februar machten uns Hoffnung auf ein baldiges Ende. Die ewigen Wolken der letzten Monate waren verschwunden und die kräftige Sonne erwärmte tagsüber die Luft auf ein paar Grad über null. Die klaren Nächte waren eisig kalt, aber das war uns egal. In unserer Küche brannte seit Herbst ein gemütliches Holzfeuer im Ofen und wir blieben nachts im Haus.

Da fällt mir ein, ich muss mich all denen, die mich noch nicht kennen, kurz vorstellen: Mein Name ist Holmes. Ich bin der Erstgeborene meiner wunderbaren Mutter Nelly. Sie ist schwarz, aber ich bin beige mit einem schwarzen Gesicht und schwarzen Ohren, so wie mein Papa Marquez. Ich durfte als einziger Nachkomme bei meiner Familie bleiben, weil ich im Bauch von Mama komisch gelegen habe und meine Beine daher etwas zu krumm geraten sind. Frauchen züchtet uns Möpse und jedes Jahr im Winter bekomme ich neue Geschwister. Mama meint zwar, dass sie auch zweimal im Jahr Babys kriegen kann, und ist immer sehr enttäuscht, weil Frauchen da anderer Meinung ist. Die ist aber in dieser Beziehung sehr streng.

Durch eine Reihe von Ereignissen hat sich ergeben, dass ich meinem Namen alle Ehre mache und gewisse Qualitäten bei der Aufklärung von Verbrechen entwickelt habe. Inzwischen bin ich zwei Jahre alt und ein stattlicher Mopsrüde geworden, meine krummen Beine behindern mich überhaupt nicht. Im Gegenteil, ich bin überglücklich deswegen, denn meine Familie ist wirklich einmalig. Sie besteht – außer uns drei Möpsen – noch aus unserem Frauchen namens Marlene Schuster, ihrem Lebensgefährten Miroslav Dobric, genannt Miro, und den drei Katzen Murpsel, Marlon und Maurice. Außerdem gibt es zwei Töchter von Frauchen und eine Menge Hühner. Wir alle leben in Knieslingen, einem hübschen Dorf auf der Schwäbischen Alb, in einem alten Bauernhaus mit großem Garten.

Entgegen der landläufigen Meinung vieler ahnungsloser Menschen brauchen wir Möpse viel frische Luft und Bewegung. Es gab in diesem Winter in unserem Dorf nur noch einen einzigen geräumten Wanderweg, den Spaziergänger und alle Hunde nutzen mussten. Die Räumfahrzeuge hatten genug mit den ständig zugeschneiten Straßen zu tun. Das hieß für uns aber, nur an der Leine zu laufen, denn leider sind nicht alle so freundlich veranlagt wie wir Möpse. Herrchen und Frauchen hatten auch keine Lust, ständig nur zwischen den mächtigen Schneehaufen, die der Schneepflug links und rechts des Weges aufgeschoben hatte, auf immer die gleichen Leute zu treffen. Sie fanden das genauso langweilig wie wir.

Eine Idee musste her. Mein guter Kumpel, Kriminalkommissar Johannes Waterson, mit dem ich meinen ersten Fall gelöst habe, kam abends auf ein Gläschen Wein mit seiner Freundin Jackie vorbei. Jackie ist eine enge Freundin von Frauchen und hat Waterson im vorigen Herbst kennengelernt, als dieser mit meiner Hilfe den Diebstahl ihres Familienschmucks aufgeklärt hat. Mittlerweile wohnen beide gemeinsam hier in Knieslingen, nur ein paar Minuten zu Fuß entfernt.

Gemeinsam beratschlagten sie, was zu tun sei. Meine schöne schwarze Mama bekam bald wieder Babys und musste sich schonen.

»Im Wald oben liegt weniger Schnee, das meiste haben die Bäume abgefangen. Dort sind inzwischen viele Skifahrer und Wanderer gewesen. Der Schnee ist zertrampelt, da könnten sie laufen«, schlug Waterson vor.

»Wie kommen wir dahin? Der Weg ist zwar nicht weit, aber für die Hunde nicht zu schaffen, und wir können unmöglich alle drei tragen. Wir sinken ja selbst bis zu den Knien ein.« Frauchen schüttelte den Kopf. »Das geht nicht.«

»Doch, das geht!« Waterson schaute begeistert in die Runde. »Wir basteln auf euren Schlitten einen Korb, in dem die drei sitzen können. Ihr kauft ein paar Schneeschuhe und zieht gemeinsam den Hundeschlitten den Berg hoch, im Wald können sie dann ein wenig herumschnüffeln und ein Stück rennen. Die Nelly könnt ihr jederzeit wieder warm einpacken, dann kann sie auch mit.«

»Ich dachte zwar, in einem Hundeschlitten sitzen Menschen und die werden von Hunden gezogen und nicht umgekehrt«, lachte Jackie. »Aber das klingt wunderbar.«

Die Männer machten sich gleich ans Werk und wir Mopsmänner, also mein Papa Marquez und ich, gingen vorsichtshalber mit. Unser großer Weidenkorb, mit dem Frauchen und Herrchen normalerweise das Brennholz in die Küche tragen, wurde zweckentfremdet und mit Spanngurten auf dem Holzschlitten festgezurrt. Frauchen brachte ein dickes Kissen und eine kleine, warme Decke und fertig war unser Mopsschlitten. Wir durften schon mal Probe sitzen und ich muss sagen, das haben die Männer wirklich gut gemacht. Am nächsten Tag brachte Herrchen, als er abends von der Arbeit nach Hause kam, zwei Paar Schneeschuhe mit. Wir waren schon sehr aufgeregt, am nächsten Morgen sollte es losgehen. Die Aussicht auf einen Spaziergang ohne Leine war herrlich.

Es war ein wunderschöner Morgen, die Sonne schickte die

ersten warmen Strahlen über die gefrorene Schneefläche. Diese war nahezu unberührt, nur die Loipe unterbrach mit ihren Spuren die weiße Pracht. Herrchen und Frauchen schnallten am Ortsrand die Schneeschuhe fest. Wir wurden in den Korb verfrachtet und los ging es. Wir blinzelten in die Sonne, die Vorderpfoten auf den Rand unseres Gefährtes gestützt. So konnten wir was sehen. Schnaufend zogen uns unsere beiden Besitzer den leichten Hang hinauf. Wir überquerten die Loipe und endlich war der Waldrand erreicht. Tatsächlich lag der Schnee hier lange nicht so hoch wie auf den Wiesen und Feldern, wir konnten rennen, wenn auch nicht besonders schnell, aber immerhin. Mama blieb nach wenigen Metern plötzlich stehen.

»Kannst du nicht mehr?«, wollte ich besorgt wissen.

»Riechst du das nicht?« Ihr Fell sträubte sich und sie fing an zu knurren.

Ich glaubte zuerst, dass schwangere Möpse ein wenig empfindlich sind, aber dann erwischte ich auch eine Nase voll. Es roch nach Eisen. Auch Papa blieb stehen, er begann ebenfalls drohend zu knurren.

»Was ist das für ein Geruch?«, wollte ich wissen.

»Es riecht nach kaltem Blut, nach sehr, sehr viel kaltem Blut. Nach dem Tod eines großen Tieres oder eines Menschen«, erklärte Mama.

Daher kam mir der Geruch bekannt vor. Warmes Blut kannte ich schon, kaltes roch ähnlich, aber metallischer, nicht ganz so appetitlich.

Herrchen und Frauchen blieben verwundert stehen.

»Was haben die denn? Ich dachte, die drei geben nach all den Wochen an der Leine richtig Gas, jetzt stehen sie nur herum und knurren.« Herrchen schüttelte den Kopf.

Frauchen verstand uns etwas besser. »Hier stimmt was nicht, sie haben irgendetwas entdeckt. Lass uns mal nachsehen.«

Entschlossen stapfte Frauchen los, immer gegen den leichten Wind. Am Waldrand schob sie sich durch ein paar Büsche und blieb abrupt stehen. »Schau mal, da vorne stecken ein paar Skier im Schnee.«

Wir hielten uns dicht hinter ihr. Der Geruch war mit jedem Schritt stärker geworden.

»Und es hängt auch noch ein Fuß dran. Da liegt jemand. Bleib hier!« Herrchen marschierte entschlossen los.

Frauchen blieb ihm dicht auf den Fersen. Ein »bleib hier« kann sie von gar nichts abhalten. Am Waldrand kamen wir Möpse nicht mehr weiter, der Schnee ließ uns nicht durch. Wir konnten aber sehen, dass Herrchen auf einmal schwankte und sich wegdrehte. Er begann zu würgen und das gute Frühstück lag im Schnee. Frauchen war auf die Knie gesunken und zog ihre Handschuhe aus. Sie legte ihre Hand auf den Bauch des Skifahrers und lauschte angestrengt, ob er noch atmete, den Kopf über seinen gebeugt.

»Er ist tot. Da ist ganz schön viel Blut. Wir rufen die Polizei. Am besten versuchen wir gleich Gerlach und Waterson im Kommissariat zu erreichen. Das war kein Skiunfall.« Sie richtete sich auf. »Gib mir mal dein Handy und dann schau nach den Hunden.«

Herrchen war dankbar, dass er ein bisschen Entfernung zwischen sich und den Toten bringen konnte, und lief, so schnell er konnte, zu uns zurück. Wir waren zwischen Enttäuschung über den verpatzten Spaziergang und Neugierde hin- und hergerissen.

»Kennst du den?«, wollte Herrchen wissen. Er klang noch ein wenig zittrig.

»Ich bin nicht sicher, aber ich glaube, er hat hier bei der Bank gearbeitet. Also nicht bei unserer, sondern bei der Konkurrenz.« Sie hielt das Handy ans Ohr.

»Hallo Johannes, Marlene hier. Wir haben am Tobel oben einen toten Skifahrer gefunden. Ich denke, er wurde erschossen … Ja, außer unseren Spuren ist hier nichts, deswegen … Er hat stark geblutet. Zu viel für einen Skiunfall, auch das große

Loch in der Brust spricht dagegen … Ja, ich warte hier. Miro bringt die Hunde nach Hause.«

Ich erschrak, ich wollte doch nicht nach Hause! Aber Frauchen redete schon weiter.

»Miro wartet unten an der Straße auf euch und ihr nehmt dann Holmes wieder mit hoch, er führt euch dann zu mir. Nein, ich glaube, ohne Pistenraupe oder Motorschlitten kommt ihr nicht hier rauf. Wir haben Schneeschuhe an, klar, Skier gehen auch. Okay, so machen wir es.«

Sie legte auf und lief zu uns. Dann zog sie ihre Schneeschuhe aus und gab sie Herrchen.

»Hier, nimm die auch mit. Waterson und Gerlach kommen unten zum Parkplatz an der Schule und leihen sich dann unsere Schneeschuhe aus. Sie nehmen Holmes auf dem Schlitten mit hoch. Er wird sie wieder zu mir führen. Hier sind zu viele Ski- und Schneeschuhspuren, das dauert sonst ewig. Die Loipe macht um den Wald einen großen Bogen, es geht schneller, wenn sie mittendurch gehen. Die Spurensicherung und die Sanitäter kommen mit dem Motor- und dem Rettungsschlitten vom Skilift rüber. Ich nehme dann Holmes, Schlitten und Schneeschuhe wieder mit nach Hause.«

Frauchen hatte alles fest im Griff. Sie nahm mich kurz auf ihren Arm. »Du zeigst den anderen den Weg hierher, ich versuche so lange andere Langläufer fernzuhalten. Gut, dass heute Morgen auf der Loipe noch nichts los ist. Ich verlasse mich auf dich. Ab dem Waldrand finden die mich ja von alleine, durch das Gebüsch musst du ihnen den Weg weisen.«

Ich kläffte einmal, das heißt bei uns: »Ja, ich habe kapiert.« Aber es gefiel mir ganz und gar nicht.

Sie setzte mich wieder in den Schlitten zu meinen Eltern und Herrchen machte sich mit uns im Schlepptau auf den Weg. Frauchen blieb allein im Wald zurück. War ich eigentlich der Einzige hier, der sich darüber Sorgen machte? Immerhin lief hier jemand mit einer Waffe herum. Ich wurde unruhig.

»Papa, du musst bei Frauchen bleiben und sie warnen, wenn jemand kommt!«

Er schrak auf. »Du hast recht, warum hab ich nicht daran gedacht? Ich muss sie beschützen!«

Er sprang aus dem Korb und trabte durch den Wald zu Frauchen zurück. Herrchen bemerkte nichts davon, er lief, so schnell er konnte, ins Dorf zurück.

- 2 -

»Wo ist denn jetzt Marquez?« Besorgt sah Herrchen sich nach allen Seiten um. »Ich hoffe, er ist zu Marlene gelaufen und steckt jetzt nicht irgendwo im Schnee fest. Da kommen die anderen ja schon.«

Das Polizeiauto schoss mit Blaulicht und Sirene über den Marktplatz, bog auf den kleinen Parkplatz, auf dem wir standen, ein, und kam schlitternd vor uns zum Stehen. Die Begrüßung fiel sehr knapp aus, die Männer nickten sich kurz zu. Herrchen wies mit der Hand die Richtung. Mama wurde vorsichtig aus dem Korb gehoben, die Schneeschuhe wechselten den Träger und schon ging es wieder den Berg hinauf auf den Wald zu. Ich zappelte mittlerweile unruhig im Schlitten hin und her. Es ging mir nicht schnell genug.

»Ist ja gut, Kumpel, wir laufen ja schon, so schnell wir können. Du bist gleich wieder bei Marlene«, versuchte Waterson mich zu beruhigen.

Die beiden Männer japsten wirklich schon ganz schön. Aber ihr lautes Atmen konnte den Schuss nicht übertönen. Die beiden Polizisten erstarrten, ich jaulte vor Schreck laut auf. Für kurze Zeit war es danach ganz still. Ich konnte mein Herz schlagen hören. Dann begann Frauchen zu schreien.

Die Männer rannten, so schnell es mit den Schneeschuhen möglich war, auf den Wald zu. Ich wurde ordentlich hin und her geschleudert, war aber wild entschlossen, nicht aus dem Schlitten zu fallen.

»Wohin jetzt?«, keuchte Gerlach, am Waldrand angekommen. »Welchen Spuren müssen wir folgen?«

»Holmes weiß es, los geht's. Vielleicht kommen wir noch rechtzeitig!«

Waterson hob mich aus dem Schlitten, ich rannte schon los, noch bevor meine Füße den Boden berührten. Der kurze Weg quer durch den Wald erschien mir endlos. Ich hörte Frauchen schluchzen und hinter mir die rennenden Männer schnaufen. Noch ein paar Meter, dann durchs Gebüsch. Da waren sie.

Frauchen schien unverletzt, sie kauerte im blutigen Schnee und hielt meinen Papa fest im Arm. Oh nein, Papa! Er rührte sich nicht mehr und hing schlaff in Frauchens Armen. Mein wundervoller, mutiger Vater. Das durfte nicht wahr sein. Ich hatte ihn in sein Verhängnis geschickt.

Vor ihr stand ein Mann, ganz in Weiß gekleidet, mit einem Gewehr in der Hand. Bevor noch irgendeiner etwas sagen konnte, warf sich Waterson auf den Schützen und drückte ihn in den Schnee. Gerlach riss ihm die Waffe weg, die Handschellen klickten. Verzweifelt versuchte ich, mich durch den tiefen Schnee zu kämpfen. Irgendwie schaffte ich es.

»Papa?« Ich rieb meinen Kopf an seiner Flanke. Sie hob und senkte sich gleichmäßig, er lebte, immerhin.

Ich bekam kaum noch Luft. Ich schaute zu Frauchen auf. Die erhob sich langsam und würdevoll mit dem ohnmächtigen Mops im Arm. Sie ging auf den inzwischen sitzenden Mann zu, und was nun kam, hätte meinem liebevollen und freundlichen Frauchen niemand zugetraut. Bevor noch irgendjemand eingreifen konnte, holte sie kurz mit ihrem Fuß aus und trat dem Mann mit aller Kraft zwischen die Beine, dahin, wo es am meisten wehtut. Jetzt jaulte und schrie der Mann auf.

Erbarmungslos zog ihn Waterson am Kragen auf die Füße. »Ich verhafte Sie hiermit wegen Mordes!«

»Wegen Mordes? Ich hab ihn doch nur gestreift, ich dachte, es sei ein Karnickel!«

»Die haben lange Ohren, Sie Vollidiot«, fauchte Frauchen und kam schon wieder bedrohlich näher.

Der Jäger suchte hinter Gerlach Schutz. »Halten Sie mir die Verrückte da vom Leib! Die zeig ich an, ich werde ja nie wieder ein Kind zeugen können!«

Gut so, dann gibt's wenigstens nicht mehr von der Sorte. Ich kam langsam wieder zu Atem und begann ihn anzuknurren.

»Jetzt beruhigen wir uns alle erst einmal wieder. Durch die dicke Schneehose haben Sie das doch kaum gespürt.« Gerlach wandte sich an Frauchen. »Wie geht's ihm?«

»Er hat einen Streifschuss am Kopf. Nicht tief, aber er ist ohnmächtig. Ich muss so schnell wie möglich in die Tierklinik mit ihm. Er hat sicher einen Schock.«

»Verstehe. Johannes, ruf doch mal deine Jackie an. Die soll die beiden fahren, so kann Frau Schuster ja nicht Auto fahren.«

Waterson nickte und suchte in seiner Daunenjacke nach seinem Handy.

»Und wo ist die Leiche?«, wollte Gerlach wissen.

Wieder mischte sich der Jäger ein. »Was für eine Leiche? Der Hund schnauft doch noch. Es tut mir leid, aber der hüpfte so durch den Schnee, da hab ich ihn halt für ein Kaninchen gehalten.«

»Sie haben offensichtlich auch noch einen Skilangläufer erlegt.« Gerlach bewegte sich nun vorsichtig auf die Loipe zu, in der immer noch die Skier steil in die Luft ragten.

Der Jäger sah ihm nach und wurde weiß wie sein Jagdanzug. »Das ist unmöglich, ich habe heute nur einmal geschossen und das war auf das Kanin …, ich meine, auf den Hund.«

»Das können Sie nachher alles auf dem Revier erklären. Wie ist Ihr Name?«

»Ich heiße Ferdinand Kerner, ich bin hier der Jagdpächter.«

»Also, Herr Kerner: So oder so sieht es nicht gut für Sie aus. Sie wissen doch ganz genau, dass sie nicht schießen dürfen, wenn Menschen in der Nähe sind. Ihren Jagdschein können Sie vergessen. Und die Ballistik wird klären, ob sie schon einmal so sagenhaft getroffen haben«, grollte Waterson, der inzwischen sein Telefonat beendet hatte.

Ein tiefes Brummen kam langsam näher, die Spurensicherung tuckerte auf der Pistenraupe heran, im Schlepptau einen Akia, den Rettungsschlitten, auf dem später der tote Langläufer mit dem verblüfften Gesichtsausdruck ins Dorf gebracht werden würde.

»Jackie kommt zum Parkplatz, ich helfe dir mit den Hunden.« Waterson nahm mich hoch und ging hinter Frauchen her zum Schlitten. Vorsichtig deckte er den leblosen Körper mit der Kuscheldecke zu.

»Du musst ihn warm halten, Holmes. Er darf nicht auskühlen. Er ist stark, er wird es schaffen.« Er strich mir kurz über den Kopf. »Ich melde mich nachher bei euch.«

Frauchen nickte wortlos, nahm ihre Schneeschuhe, die Leine vom Schlitten und stapfte den Berg mit uns hinunter. Unten konnte ich schon das Auto von Jackie sehen. Auf der kurzen Fahrt drückte ich mich so eng wie möglich an meinen Papa, um ihn zu wärmen.

Jackie kam uns, so weit sie es durch den Schnee schaffte, entgegen, nahm Frauchen tröstend in den Arm. »Ich hab das Auto so warm gemacht, wie es ging. Wir kriegen ihn schon wieder hin.«

Jackie hatte nicht nur eine Katzenpension, sondern arbeitete seit Kurzem auch in einer großen Tierklinik, nicht weit von hier. Sie half uns allen in ihr Auto und sauste los. Frauchen hatte immer noch kein Wort gesprochen. Jackie ließ sie in Ruhe und konzentrierte sich auf die Straße. Ich saß im Fußraum, eng an Frauchens Beine gedrückt, und mein Papa lag immer noch merkwürdig still auf ihrem Schoß. Immerhin hörte ich seinen gleichmäßigen Atem. Es klang, als würde er schnarchen. Wenn die klaffende Wunde an seinem Kopf nicht gewesen wäre, hätte man denken können, er schliefe tief und fest. Er blutete auch nicht mehr. War das jetzt gut oder schlecht?

- 3 -

»Miro, wir sind in der Klinik. Nein, nicht im Krankenhaus, in der Tierklinik. Marquez wurde angeschossen.« Frauchen hielt das Handy erschrocken weit weg vom Ohr. »Miro, beruhige dich.« Frauchen nahm das Telefon vorsichtig wieder näher an ihren Kopf. »Wenn du so ins Telefon brüllst, muss ich auch noch zum Arzt mit geplatztem Trommelfell. Ja, er wird gerade genäht. Er war die ganze Zeit ohnmächtig. Ich hoffe, er hat keine Hirnverletzung. Ich hab jetzt keine Lust auf deine blöden Witze, natürlich hat er ein Hirn. Warte mal, da kommt die Tierärztin.«

Frauchen sprang auf, mein Herz klopfte mir bis zum Hals. Ich lief hinter ihr her, der Ärztin in einem langen grünen Kittel entgegen.

Die lächelte uns an. »Alles okay, er hat nur einen Streifschuss abbekommen. Eine Narbe bleibt, er wird in Zukunft einen Mittelscheitel tragen.« Sie zwinkerte Frauchen zu.

Die wurde blass und schwankte ein wenig. Jackie sprang hinzu und half ihr zurück auf einen Stuhl.

»Ist doch nicht schlimm mit der Narbe.« Sie streichelte den Arm ihrer Freundin.

Die schüttelte den Kopf. »Oh nein, das macht mir gar nichts, ich bin nur so erleichtert. Ich dachte, er stirbt mir unter den Händen weg. Er ist doch noch so jung …«

»Und topfit. Wir haben ihn vorsichtshalber mal komplett durchgecheckt. Alles bestens.« Die Ärztin setzte sich neben uns.

Frauchen schüttelte den Kopf. »Warum war er dann so lange weggetreten?«, wollte sie wissen.

Jetzt lachte die Frau im grünen Kittel herzhaft. »Typisch Mops. Er ist einfach eingeschlafen. Klar, nach dem Schrecken war er sicher kurz ohnmächtig, aber die Verletzung ist nicht sehr schmerzhaft und ich glaube, nach all der Aufregung hat er sich ein Nickerchen gegönnt. Jetzt ist er wach und wartet auf Sie.« Sie stand auf und fuhr erschrocken zusammen, als etwas in Frauchens Hand anfing zu quäken.

»Ups, hab ich ja völlig vergessen.« Sie hielt sich das Handy wieder ans Ohr. Herrchen war immer noch dran und rief sich ihr lautstark in Erinnerung. »Alles okay, wir holen ihn jetzt und kommen dann nach Hause.«

Sie legte auf und wir folgten der netten Ärztin ins Behandlungszimmer. Eigentlich kann ich keine Tierärzte leiden, aber diese hier machte keine Anstalten, mich zu piksen. Nadeln mag ich überhaupt nicht. Sie beachtete mich kaum und das machte sie mir sehr sympathisch. Am Ende des Gangs angekommen, hörte ich schon ein vertrautes Geräusch, Papa mopperte zufrieden vor sich hin.

Moppern ist unsere Spezialität, ein tiefes und sehr beruhigendes Geräusch, entfernt verwandt mit dem Schnurren einer Katze. Wir Möpse sind auf diese Fähigkeit sehr stolz, sogar unseren Namen verdanken wir der liebevollen Bezeichnung für unser einmaliges Brummen. Ich bin froh, dass es die Holländer waren, die uns benannten. Mopperen oder moppern ist holländisch und bedeutet eigentlich so viel wie motzen, murren, meckern. Eine völlige Fehlinterpretation der Absicht, die von unserer Seite dahintersteht, allerdings ist unser Rassename sehr hübsch. Man stelle sich nur vor, die Deutschen hätten uns benannt, dann hießen wir jetzt Motze, Murrs oder gar Mecks. Nicht auszudenken.

Aus Papas behaglichem Moppern wurde sehr schnell ein begeistertes Bellen, als er uns sah. Er ließ die Tierarzthelferin, die ihn gerade noch gekrault hatte, einfach stehen und tapste uns fröhlich entgegen. Ein wenig wackelig war er schon noch, aber als Frauchen besorgt darauf hinwies, meinte die Tierärztin, das sei noch von der leichten Narkose, die er für die Behandlung bekommen hatte. Frauchen nahm ihren Marquez in die Arme und er zwinkerte mir zu.

»Alles okay«, sollte das heißen. Großer Mops sei Dank! Das ist noch einmal glimpflich ausgegangen.

Nachdem ich beruhigt hatte aufatmen können, begann mein Detektivgespür wieder zu arbeiten. Zuerst musste ich meinen Papa befragen. Hoffentlich konnte er sich noch an irgendetwas erinnern. War es womöglich so einfach? Ein halbblinder Jäger, der Kaninchen und Möpse verwechselt, schießt auf einen harmlosen Langläufer, weil er ihn für ein Reh oder ein Wildschwein hält? Das erschien mir unwahrscheinlich. Leider ist es durchaus ohne böse Absicht möglich, uns mit einem Kaninchen zu verwechseln. Wir können beinahe so gut hüpfen und springen, die Eleganz ist uns nicht abzusprechen. Aber einen Skiläufer, der sich zudem in der gespurten Loipe bewegt, mit einem Tier zu verwechseln? Der Bewegungsablauf ist komplett anders. Ich hatte schon damals das Gefühl, dass da mehr dahintersteckte. Leider sollte ich recht behalten.

- 4 -

»Ich geh mit Johannes noch auf ein Bier in den Bären, kommst du mit?« Herrchen zog sich seine abgetragene Lieblingslederjacke an.

Frauchen streckte den Kopf zur Wohnzimmertür heraus. »Nein, ich bin echt fertig. Geh nur. Ich bleibe lieber auf dem Sofa bei den Viechern. Mir reicht's für heute.«

»Ist das wirklich okay für dich?« Herrchen zögerte.

»Ja, ich brauche einfach Ruhe. War für mich ein bisschen viel. Ich möchte mal wissen, warum immer ausgerechnet unsere Tiere was abkriegen, wenn es hier im Dorf kriminell wird. Erst Maurice und jetzt Marquez.« Frauchens Stimme zitterte ein bisschen.

Herrchen nahm sie fest in den Arm. »Ein blöder Zufall, weiter nichts. Bist du sicher, dass ich nicht doch lieber bei dir bleiben soll?«

»Ja, geh nur, ich bin froh wenn ich meine Ruhe hab.« Sie knuffte ihn liebevoll in die Seite. »Ab mit dir.«

Ich sauste die Treppe runter, in den Bären durfte ich mit. Die Wirtin Beate hatte immer was Feines für mich aus der Küche. Herrchen zog mir mein Hundegeschirr mit der Aufschrift »Polizeimops« an, ein Geschenk von Waterson. Im Dorf lief ich grundsätzlich an der Leine. Mit elegant gerolltem Schwänzchen trabte ich voran, den Weg kannte ich in- und auswendig.

Am Stammtisch wurden wir wie immer lauthals empfangen. Üblicherweise mit immer demselben Spruch. »Na, da isch ja der Neigschmeckte mit dem Polizeimops.« Nicht zu ändern, man gewöhnt sich dran.

Herrchen war erst vor ein paar Jahren nach Knieslingen gezogen, doch auch in zwanzig Jahren würde er der »Neigschmeckte« – der Zugezogene – bleiben. Das ist wohl hier so üblich. Ich dagegen bin gebürtiger Knieslinger und wurde durch meinen Beitrag bei der Aufklärung eines frechen Schmuckdiebstahls im Dorf bekannt, um nicht zu sagen, berühmt.

Beate kam und kraulte mir die Ohren. »Na, Lust auf einen kleinen Gruß aus der Küche?«

Aber immer! Ich wedelte sie überschwänglich an. Wohlerzogen setzte ich mich auf die Schwelle zur Küche, weiter durfte ich nicht. Sie brachte mir meinen eigenen kleinen Teller mit einer Portion Nudeln und kleinen, delikaten Fleischklößchen. Zufrieden mampfte ich meinen Snack und hörte mit einem Ohr dem Tischgespräch zu.

Außer Waterson und meinem Miro saßen am Stammtisch noch unsere Nachbarn Holger Treder und Markus Schweigle. Der etwas ältere Jahrgang wurde durch Herrmann Tröster, dem eine erfolgreiche Firma für Softwareentwicklung gehörte – irgendwas mit Autos –, vertreten. Siegfried Häslach, der örtliche Metzgermeister und von mir hochverehrt, saß bereits vor einem großen Weizenglas. Gelegentlich stießen noch der Förster Joachim Stenz und der Maurer Ludwig Hubertus hinzu, so auch heute Abend.

Alles drehte sich natürlich um den erschossenen Langläufer. Inzwischen war auch sein Name bekannt: Gernot Tuffner. Angestellter der örtlichen Sparkasse.

»Der hat bestimmt Dreck am Stecken gehabt. Die bescheißen uns doch, wo sie nur können. Das machen die Banker ja alle.« Hubertus war wie immer schnell fertig, mit seinen Mauern wie mit seinem Urteil. Die anderen verdrehten genervt die Augen.

»Wenn einer alle Banker mit Dreck am Stecken erschießen will, dann ist er aber eine Weile beschäftigt.« Häslach, der Mann, der immer so verführerisch duftete, war der Pragmatiker in der Runde. »Meinst du wirklich, dass er sich das Geld von irgendeiner Erbtante unter den Nagel gerissen hat und aus Rache vom geprellten Neffen erschossen wurde? Ich denke eher an den Jagdpächter Kerner, der auch den armen Hund …«, an dieser Stelle deutete er mit seinem sauber rasierten Kinn in meine Richtung, »also unseren Meisterdetektiv hier beinah zur Halbwaisen geschossen hätte. Also vielleicht hat der Kerner nicht auf den Tuffner gezielt, aber an einem Reh oder was vorbeigeschossen und den armen Kerl versehentlich erwischt. Ich hab gehört, dass das schon den besten Jägern passiert ist.«

Alle schauten nun auf Waterson. Der zuckte unbestimmt mit den Achseln. »Da darf ich jetzt nichts dazu sagen.«

Der Förster Stenz, wie immer in Dunkelgrün gekleidet, brummelte etwas in seinen dichten, dunklen Vollbart.

»Du musst schon den Mund aufmachen.« Das kam ausgerechnet vom schweigsamen Markus. Alle lachten.

»Das musst du gerade sagen.« Stenz räusperte sich vernehmlich und nahm erst mal einen Schluck Bier. »Gar nichts darf der grad schießen, nur Fuchs und Kaninchen. Der Tuffner wurde aber in Brusthöhe getroffen, da hätte er das Gewehr ja ganz schön verreißen müssen. Der arme Kerl war ja nicht gerade winzig.«

Das stimmte, Tuffner war über 1,90 Meter groß gewesen. Ich hatte meinen Teller sorgfältig sauber geschleckt und war jetzt ganz bei der Sache.

»Woher weißt du das? Ich meine das mit dem Treffer in der Brust?« Waterson hob fragend die Augenbrauen.

»Hab ich vom Meier gehört, der hat die Pistenraupe gefahren. Brauchst dir gar nicht einzubilden, du hättest mich überführt«, parierte Stenz.

»Jetzt rutscht mal ein Stück.« Beate quetschte sich neben Holger auf die Holzbank und stellte ein großes Glas Apfelschorle vor sich.

»Hast ja nicht so viel zu tun heute Abend. Was ist los?« Holger machte der Wirtin bereitwillig Platz.

»Meine Gäste sind abgereist. Die waren zum Langlaufen hier, aber das war ihnen jetzt zu gefährlich. So was tut dem Tourismus nicht gut. Mir auch nicht. Nach dem langen Winter hätte ich jetzt gern über Fasching ein paar Euro verdient.« Beate seufzte frustriert.

»Das wird schon wieder, die Leute vergessen das schnell wieder. Vielleicht kommen ja auch ein paar Sensationshungrige. Die bezahlen genauso gut.« tröstete Holger seine Sitznachbarin und legte ihr den Arm um die Schultern.

Beate schien nicht überzeugt. »So was schadet dem ganzen Dorf und seinem Ruf. Erst letztes Jahr der ungeklärte Tod vom Erwin Lorenz und nun das. Wir entwickeln uns ja zu einer richtigen Verbrechenshochburg.«

»Jetzt übertreib mal nicht. Beim Erwin weiß man gar ja nicht, ob es nicht ein Unfall war.«

Ich wusste es schon. Es war keiner, aber das ist eine andere Geschichte. Ich hörte weiter aufmerksam zu. Das blieb nicht unbemerkt.

»Dein superschlaues Hundchen ermittelt schon wieder«, höhnte Tröster.

Den mochte ich nicht so sehr, der war immer so überheblich. Hundchen. Ich sagte ja auch nicht Männchen zu ihm, nur weil er bloß knapp 1,75 Meter groß war. Ansonsten war er ein gut aussehender Kerl, sportlich, mit kantigem Gesicht und dichten braunen Haaren, die einen starken Kontrast zu seinen hellblauen Augen bildeten. Die anderen Männer überragten ihn um mindestens einen Kopf. Vielleicht musste er sich deshalb immer so aufblasen. Wir Möpse haben es jedenfalls nicht nötig, auch wenn wir klein sind. Wir besitzen innere Größe. Ich ignorierte ihn und legte meinen Kopf auf Herrchens Füße. Das gehört zu meinen wichtigsten Mopsaufgaben. Wir sind immer darauf bedacht, dass unsere Lieblingsmenschen warme Füße haben, dann sind sie sehr dankbar und gut gelaunt. Keiner mag kalte Füße. Aber ich schweife schon wieder ab.

»Ja und? Vielleicht ist der schlauer als du! Was heißt vielleicht, ganz sicher sogar.«

Herrchen lachte. Der gute Miro nahm mich wie immer in Schutz.

Im Laufe der Zeit habe ich die Erfahrung gemacht, dass die meisten Menschen nicht mal im Ansatz eine Ahnung haben, wie und vor allem dass wir Tiere denken. Der Vorteil daran ist, dass sie uns nichts zutrauen und deshalb in unserer Gegenwart sehr unvorsichtig sind mit dem, was sie sagen und tun. Nur Frauchen, Herrchen und Waterson sind da eine Ausnahme.

Waterson besprach bespricht seine Kriminalfälle bei unseren ausgedehnten Spaziergängen mit mir und versteht hin und wieder sogar meine Kommentare dazu. Leider hatten wir schon lange keine Gelegenheit mehr dazu gehabt. Der Schnee ließ es einfach nicht zu.

Also machte ich es mir gemütlich auf Herrchens Füßen. Hören konnte ich dort genauso gut, ich musste nur aufpassen, nicht versehentlich einzuschlafen.

Tröster wollte noch etwas sagen, aber die Tür des Bären öffnete sich erneut und mit einem Schwall kalter Luft kam Marianne Ganter in die warme Gaststube gestolpert.

Tröster verdrehte genervt die Augen und murmelte: »Die schon wieder. Überall steigt sie mir nach. Nicht auszuhalten.« Und laut fügte er hinzu: »Was treibt dich aus dem Haus, Marianne? Nichts zum Ausspionieren heute bei uns daheim?«

Die frisch angekommene Frau schüttelte sich den Schnee aus den dunklen, glatten Haaren. Ein Hauch von Vanille und Sandelholz stieg mir in die Nase.

»Ich darf gehen, wohin ich mag, so wie du auch.«

Na, das schien ja eine nette Nachbarschaft zu sein. Marianne setzte sich an den Nebentisch. Am Stammtisch saßen selten Frauen. Beate brachte ihr die Speisekarte und eine Cola. So wie ich auch interessierte sie sich offenbar für das Gespräch über den Mord, sie mischte sich aber nicht ein, hörte nur zu.

Ich betrachtete sie kurz: eine gut aussehende Frau, schlank, mit langen, duftenden Haaren, dunklen, hellwachen Augen, vielleicht vierzig Jahre alt, vielleicht ein bisschen jünger. Um die Augen war ein verbissener Ausdruck eingegraben, das ließ sie älter und weniger hübsch erscheinen. Sie trug einen schlichten goldenen Ring an der linken Hand. Frauchen hatte mal erwähnt, dass Witwen so was machen.

Im Moment war sie aber uninteressant für mich. Ich konzentrierte mich wieder auf den Stammtisch. Der Förster Stenz hing mit seinen Blicken nun am Nebentisch und beobachtete Frau Ganter. Er kam mir auf einmal irgendwie komisch vor, seine Augen hatten sich verändert und erinnerten nun fast an unsere Mops-Mandelaugen. Warum nur? Wir Möpse setzen diesen speziellen Blick nur ein, wenn wir etwas wollen oder etwas ausgefressen haben. Ob Menschen das auch so handhaben? Und wenn ja, was wollte der Stenz von der Ganter oder was hatte er angestellt? Ich musste mal meine Freundin Mathilda, die Förstershündin, fragen.

Die Männer und Beate diskutierten immer noch über den möglichen Täter und das Motiv. Alles Schüsse ins Blaue. Waterson hielt sich zurück. Er durfte zu den Spekulationen nichts beitragen. Aber auch er hörte aufmerksam zu. Die Theorien wurden immer verwegener, von betrügerischen Bankgeschäften über blöden Zufall und den Nebenbuhler der geliebten Ehefrau bis zum Auftragskiller der konkurrierenden Bankinstitute, alles war dabei. Leider lullte mich das Geplapper doch nach und nach ein. Erst als ich sanft von Herrchen geschüttelt wurde, wachte ich wieder auf. Verflixt, das passierte mir immer wieder. Hin und wieder verpasste ich dadurch wichtige Informationen.

Ich gähnte herzhaft und auf einmal fingen alle an, mit den Händen zu wedeln und »Puuh« zu machen. Eine merkwürdige Reaktion, immer wieder beobachte ich dieses Benehmen, wenn wir Hunde gähnen. Ob das wohl so eine Art Höflichkeitsritual ist, etwa wie das »Gesundheit« nach dem Niesen? Keine Ahnung. Aber irgendwann werde ich diesem Verhalten auf den Grund gehen.

Waterson begleitete uns auf dem Heimweg noch ein Stückchen.

»Der Kerner war es nicht, oder was meinst du? So blöd kann nicht mal der sein, ich mein, dass er den Tuffner erschießt und gleich hinterher noch beinahe den armen Marquez.« Herrchen schüttelte den Kopf.

Waterson schnaubte und bei der kalten Luft sah es aus, als ob er Dampf aus den Nasenlöchern ausstoßen würde. Wie bei dem Drachen, den ich mal im Fernsehen gesehen habe.

»Es ist beinah unmöglich, dass er es war. In seinem Magazin fehlte nur eine Patrone. Außer natürlich, er hat noch ein anderes dabeigehabt. Das haben wir aber nicht gefunden. Genaues werden wir natürlich erst von der Ballistik erfahren, aber du hast recht. Es ist sehr unwahrscheinlich. Holmes, was meinst du dazu? Fall schon gelöst?« Waterson kicherte auf einmal albern und schubste mich leicht mit dem Fuß.

Was sollte das denn jetzt? Ich glaube, das waren ein paar Bierchen zu viel. Ich mag es gar nicht, dass sich jemand über mein Verständigungsproblem lustig macht, und geschubst werden mag ich auch nicht. Und woher sollte ich wissen, was passiert war? Der tödliche Schuss wurde offensichtlich aus großer Entfernung abgegeben. Durch den Schnee konnte ich leider nicht bei der Spurensuche helfen. Das musste die Polizei jetzt mal ohne mich schaffen.

Waterson bemerkte meine Verstimmung. »Sorry, Kumpel, war blöd von mir, ich verspreche dir, alles über den Fall zu erzählen. Und ich hoffe sehr, dass wir ihn wieder gemeinsam lösen können.« Er hockte sich vor mich in den Schnee und hielt mir seine Hand hin. »Wieder Freunde?«

Gnädig legte ich meine Pfote in seinen Handschuh und kläffte einmal. Das hieß so viel wie »ja, klar«. Oh Mann, der roch wirklich heftig nach Bier. Das war ungewöhnlich bei ihm. Ich legte den Kopf schräg und schaute ihn im Licht der Straßenlaterne fragend an. Er strich mir über den Kopf. Mit den dicken Handschuhen nicht dasselbe Gefühl, aber eine nette Geste. Er schluckte vernehmlich.

»Was ist denn mit dir los?« Auch Miro, mein Herrchen, merkte endlich, dass etwas mit Waterson nicht stimmte.

»Jackie ist wahnsinnig sauer auf mich, sie hat gesagt, ich brauche gar nicht wiederzukommen.«

»Na dann komm erst mal mit zu uns. Hier ist es zu kalt zum Reden. Holmes zittert schon wie Espenlaub.«

Das stimmte, die Luft war eiskalt. Dem wolkenlosen Tag folgte eine sternenklare Nacht, die Temperaturen fielen schon wieder unter minus 20 Grad.

Mit Waterson im Schlepptau kämpften wir uns über die glatten, vereisten Gehwege den Berg hinauf bis zu unserem gemütlichen und vor allem kuschelig warmen Haus.

Frauchen Marlene war noch wach.

»Ich konnte einfach nicht einschlafen. Johannes, komm doch rein. Wie wär's mit einem Gläschen Rotwein und du schläfst heute Nacht im Gästezimmer?« Sie gab Herrchen einen Kuss und nahm mich auf den Arm. Sie war warm und weich. Ich drückte ihr meinen Kopf an den Hals. »Hör auf, das kitzelt.«

Kurze Zeit später waren alle im Wohnzimmer auf unseren beiden Sofas verstaut: die drei Katzen Maurice, Marlon und Murpsel, Mama Nelly und Marquez mit der frischen Scharte auf seinem Kopf. Der Rotwein funkelte in den Gläsern, Frauchen hatte wie immer ein paar Kerzen angezündet und kuschelte sich an Miro.

Waterson sah jetzt wirklich jämmerlich aus. Er deutete auf Marquez. »Wie geht es ihm?«

»Alles bestens, er hat bloß einen Streifschuss abbekommen. Es wird nur eine kleine Narbe bleiben. Aber was ist denn mit dir los?«

»Sag bloß, Jackie hat noch nicht bei dir angerufen.« Er sah Frauchen an, die mit dem Kopf schüttelte.

»Nein, ich habe ihr allerdings auch gesagt, dass ich heute früh ins Bett möchte. Ich bin wieder aufgestanden, weil ich nicht einschlafen konnte. Sie wollte mich wohl nicht wecken. Also, was ist bei euch los?«

»Sie hat mir vorgeworfen, dass ich schuld daran sei, dass Marquez angeschossen wurde, weil ich die Idee mit dem Schlitten hatte. Da habe ich mich natürlich aufgeregt, so ein Blödsinn. Ich bin doch kein Hellseher, wie hätte ich denn so was ahnen können? Mit Miro war sie auch ganz schön ungnädig, weil er Marlene allein da draußen gelassen hat. Aber er musste ja die Hunde zurückbringen. Vor allem weil Nelly nicht so lange da draußen bleiben sollte. Ich kenne Jackie so gar nicht, sie ist doch sonst nicht so unfair. Jedenfalls gab dann ein Wort das andere und am Schluss hat sie mich vor die Tür gesetzt und geschrien, ich brauche mich gar nicht wieder blicken zu lassen, wenn ich mich so verantwortungslos aufführen würde. Was ist denn bloß mit ihr los?«

»Jackie hat geschrien? Das glaub ich ja nicht. Sie wird sicher noch nicht schlafen. Ich ruf sie mal an.«

Herrchen reichte ihr das Telefon und legte seinen Arm auf ihre Schultern.

»Nichts da, das mache ich allein. Lasst mir noch was vom Wein übrig.« Sie machte sich von Miro frei, schnappte sich das Telefon und ging in die Küche rüber.

Kurz darauf hörten wir ihre Stimme. Sosehr sich die Männer auch anstrengten, sie verstanden kein Wort. Ich schon, aber ich konnte mir keinen Reim darauf machen.

Frauchen kehrte zurück. »Sie kommt gleich rüber. Sie muss dir was sagen.«

Waterson sackte noch weiter in sich zusammen und stöhnte, ein Bild des Jammers. Hilfesuchend sah er Frauchen an. Die drückte ihr Gesicht in das Fell der flauschigen Murpsel, die sofort anfing zu schnurren.

Herrchen legte seine Hand auf Watersons Schulter. »Das wird schon wieder.«

Hatte eigentlich niemand außer mir das verschmitzte Grinsen in Frauchens Gesicht gesehen? Und was zum Teufel sind denn »andere Umstände«?

- 5 -

Als Jackie bei uns eintraf, wollte Herrchen ihr wie üblich ein Glas Wein in die Hand drücken, aber Frauchen ging dazwischen und nahm ihn mitsamt dem Wein mit in die Küche. »Wir machen mal einen kleinen Mitternachtsimbiss zurecht. Essiggurken für dich, Jackie?«

Waterson schaute verdutzt zu Jackie, die wie so oft einen roten Kopf bekam, wenn sie verlegen wurde. »Was ist hier los? Jackie, es tut mir leid wegen vorhin, aber ich konnte doch wirklich nicht ahnen, was passieren würde.«

»Es tut mir auch leid. Ich bin, glaube ich, nicht ganz ich selbst. Ich fürchte, wir werden kein Mopsbaby nehmen können. Wir werden bald nicht mehr zu zweit sein.«

»Willst du mich wirklich wegen dieser Sache verlassen?« Waterson ließ den Kopf hängen, dann stutzte er. Endlich sprang sein Polizistengehirn wieder an. »Moment, mal, Essiggurken? Du wirst auf einmal launisch? Bekommen wir ein Baby?«

Sie nickte und schaute ihn mit glänzenden Augen erwartungsvoll an. »Freust du dich?«

Das war jetzt eine blöde Frage. Waterson war aufgesprungen und hüpfte wie verrückt im Wohnzimmer herum. Es sah aus, als ob ihn eine Wespe gestochen hätte, zumindest bin ich letzten Sommer mal so gehüpft, als mich so ein blödes Vieh erwischt hat.

Er riss Jackie vom Sofa hoch und wirbelte sie herum, erstarrte und setzte sie dann vorsichtig wieder auf die weichen Kissen. Dann küsste er sie und nahm sie in den Arm. »Genügt dir das als Antwort? Mann, hast du mir einen Schrecken eingejagt. Holmes!« Jetzt war ich dran, Waterson warf mich in die Luft und knuddelte mich heftig. »Wir bekommen ein Baby!«

Aha, das hatte ich inzwischen auch mitgekriegt. Gut, dass meine Eltern nicht jedes Mal so ein Theater machen. Mama bekommt ja mindestens fünf Kinder auf einmal, da wäre einiges los bei uns. Aber ich freute mich auch, obwohl ich ein wenig enttäuscht war, dass keines meiner Geschwister bei meinem Kumpel bleiben konnte. Vielleicht war das Baby ja auch ein netter Spielkamerad. Als sich die beiden endlich wieder ein bisschen beruhigt hatten, trauten sich Herrchen und Frauchen auch wieder ins Zimmer. Frauchen balancierte eine große Platte mit belegten Broten und Herrchen stellte grinsend ein großes Glas Essiggurken vor Jackie auf den Tisch. »Wohl bekomm's!«

Ich bilde mir zwar ein, schon viele Verhaltensweisen der Menschen studiert und verstanden zu haben, aber es gibt immer wieder ungewöhnliche Rituale, deren Sinn mir noch verborgen ist. Essiggurken scheinen den Menschen geeignet, eine Schwangerschaft zu feiern. Offensichtlich sind sie ein Ersatz für den Wein, der normalerweise bei festlichen Anlässen gereicht wird, den Jackie aber jetzt nicht mehr trinken durfte. Sehr merkwürdig.

Die anderen stießen immer wieder auf das Baby an, mittlerweile hatte Jackie doch noch etwas zu trinken bekommen: Fruchtsaft. Der Abend wurde zunehmend entspannt und gemütlich, aber irgendwann wollte Waterson dann doch nach Hause.

»Ihr braucht euren Schlaf und ich ehrlich gesagt meinen auch.« Zärtlich legte er den Arm um Jackie und wollte ihr die steile Holztreppe hinunterhelfen.

»Lass den Blödsinn, im Gegensatz zu dir bin ich noch nüchtern. Ich glaub, ich muss eher dir helfen.«

Waterson und Jackie kicherten glücklich, als sie Arm in Arm durch die kalte Nacht davongingen.

- 6 -

Es war wieder ein herrlicher Wintertag. In seinen Augen verloren sie nichts von ihrer Schönheit, nur weil es schon so viele in Folge davon gab. Jeder einzelne war für ihn ein Genuss. Er lud seine Skier ins Auto und winkte seiner Frau Lisa zu, die ein wenig besorgt am Fenster stand. Er wollte sich nicht zu Hause verkriechen, nur weil ein Langläufer erschossen worden war, es war einfach sein Sport. Sein Zugeständnis an ihre Besorgnis war lediglich, nicht die Knieslinger Höhenloipe über den Tobel zu nehmen, sondern ein Stück weiter zur Ruinenloipe zu fahren. Die Höhenloipe war gestern wieder freigegeben worden, die Blutspuren hatte der Bauhof mit frischem Schnee beseitigt, aber jeder hier wusste natürlich, wo es passiert war.

Nach ein paar Minuten erreichte er den Parkplatz der Ruine Hohenknieslingen am Fels und schnallte sich die Skier unter. Los ging es. Schnell fand er nach dem anfänglichen Anstieg seinen Rhythmus und genoss die milder werdende Luft. Der Schnee knirschte und glitzerte nach dieser extrem kalten Nacht. Plötzlich zuckte er zusammen. Irritiert schaute er auf seinen rechten Arm. Das Blut schoss in Stößen heraus und färbte den Schnee dunkelrot. Die Winterpracht begann sich um ihn zu drehen. Hätte ich nur auf Lisa gehört, dachte er. Dann wurde es schwarz.

Ein grelles Licht blendete ihn und verwirrte ihn gründlich. Er wollte noch nicht ins Licht gehen und irgendwie hatte er sich das auch nicht so stressig und vor allem nicht so schmerzhaft vorgestellt. Schmerzen, das deutete darauf hin, dass er noch am

Leben war. Und was schüttelte ihn so dermaßen durch? Mit einiger Anstrengung riss er die Augen auf.

»Herr Balz, können Sie mich hören?« Wieder wurde er geschüttelt. »Herr Balz, halten Sie durch, wir sind gleich im Krankenhaus. Wir haben es gleich geschafft, versuchen Sie bei Bewusstsein zu bleiben.«

Kein Problem, die Schmerzen waren heftig, der Lärm der Sirenen infernalisch und der Krankenwagen ratterte und wackelte wild. Er versuchte zu fragen, was eigentlich los sei, aber eine Maske auf seinem Gesicht hinderte ihn daran.

Lisa, wenn er sich jetzt anstrengte, würde er sie wiedersehen. Er konzentrierte sich darauf zu atmen, und um nicht wieder einzuschlafen, begann er im Geist Primzahlen aufzuzählen. Er kam bis 487, dann war die Notaufnahme erreicht. Endlich nutzte ihm sein Beruf als Mathelehrer mal was.

Die Sanitäter rannten mit der Trage durch die Gänge, die Deckenleuchten flitzten über seinen Kopf hinweg und zeigten ihm an, wie zügig er unterwegs war. Immer noch hatte er keine Ahnung, was eigentlich passiert war. Eine letzte Tür, dann war er in einem OP.

Ein Arzt in grünem Kittel und mit freundlichen Augen beugte sich über ihn. »Keine Sorge, wir flicken Sie wieder zusammen. Sie haben es geschafft. Jetzt dürfen Sie schlafen.«

Na endlich, alles würde gut werden und er war echt müde.

Als er wieder zu sich kam, erblickte er als Erstes Lisas Gesicht. Sie sah blass aus. Er räusperte sich. »Wie geht's dir? Du siehst ein bisschen käsig aus.«

Sie fing an zu lachen, gleichzeitig liefen ihr die Tränen. »Ich seh käsig aus? Du bist beinahe erschossen worden, da kann einem schon ganz anders werden. Hast du Schmerzen?«

»Es geht. Was ist eigentlich passiert? Ich weiß gar nichts mehr. Doch, ich glaube, ich war langlaufen, an der Ruinenloipe. Und dann bin ich hier aufgewacht. Was war denn los? Du sagst, ich bin angeschossen worden?«

Er begann unkontrolliert zu zittern, der Schock schlug nachträglich mit voller Wucht zu. Lisa sprang auf und drückte den Notfall-Knopf. Der Arzt und eine Schwester kamen im Rekordtempo angerannt.

»Ganz ruhig, wir geben Ihnen noch was zum Entspannen.«

»Sagen Sie mir erst, was passiert ist. Bitte!«

Die Schwester schaute fragend zum Arzt, der leicht nickte. Während der Arzt das Sedativum in den Tropf spritzte, legte sie ihm beruhigend die Hand auf die Schulter.

»Sie hatten wahnsinniges Glück. Der Schuss hat sie am Arm erwischt und die Vena cephalica zerfetzt. Sie haben viel Blut verloren, aber der kalte Schnee hat sie so weit heruntergekühlt, dass die Blutung schon fast aufgehört hatte, als ein anderer Skifahrer sie gefunden hat. Und der hat mit einem Handschuh und seinem Schal einen passablen Druckverband angelegt und Hilfe geholt. Der Akia vom Skilift hat Sie zum Krankenwagen gebracht und der wiederum hierher. Sie sind in Mursingen im Kreiskrankenhaus und haben die Not-OP gut überstanden. Jetzt schlafen Sie erst mal.«

Das Zittern hatte merklich nachgelassen, Klaus entspannte sich wieder. Seine Hand suchte die von Lisa und dann schlief er ein.

Hauptkommissar Gerlach und sein engster Mitarbeiter Waterson warteten auf dem Gang vor dem Krankenzimmer auf Lisa und den behandelnden Arzt.

»Wie geht es ihm? Kann er eine Aussage machen?« Gerlach trat unruhig von einem Fuß auf den anderen. Er wusste, je schneller er eine Spur ausmachen konnte, desto größer war die Chance, den Täter zu fassen.

Der Arzt schüttelte den Kopf. »Kommen Sie morgen wieder. Er schläft jetzt noch ’ne Weile.«

Gerlach wandte sich an die Ehefrau. »Haben Sie kurz Zeit? Wir hätten da ein paar Fragen.«

Lisa sah erschöpft aus, rang sich aber ein Lächeln ab. »Sind Sie nicht der Polizist mit dem Polizeimops? Der Kleine ist ganz entzückend, ich seh Sie ab und zu an unserem Haus vorbeilaufen.«

Waterson nickte. »Ja, er ist wirklich was ganz Besonders.«

Gerlach verdrehte genervt die Augen. Schon wieder dieser Mops. »Hat Ihr Mann Feinde? Können Sie sich vorstellen, wer auf ihn geschossen haben könnte?«

»Nein, er ist niemand, der sich Feinde macht. Er ist nicht unbeliebt bei seinen Schülern, soweit man das von einem Mathelehrer behaupten kann. Aber kein Schüler lauert seinem Lehrer wegen einer Sechs in Mathe auf und versucht ihn einfach abzuknallen.« Wieder liefen ihr verzweifelte Tränen übers Gesicht. »Wer macht so was bloß? Er hat mit niemand Streit, wir sind ganz normale Leute.«

Gerlach und Waterson wechselten einen unbehaglichen Blick. Nun waren es schon zwei Langläufer, ganz normale, unbescholtene Knieslinger. Das wurde eine Nummer zu groß, sie brauchten Unterstützung.

- 7 -

Das Tauwetter setzte plötzlich und heftig ein. Ein warmer Wind brachte mit Sturmböen kräftigen Regen mit. Der Schnee wich bereits an einigen Stellen so weit zurück, dass braune Stellen sichtbar wurden. Das hieß für uns Möpse: endlich Gassi ohne Schlitten.

Waterson hatte am Nachmittag angerufen und gemeint, er brauche ein wenig frische Luft. So richtig begeistert war ich zwar nicht, Gassi hin oder her, es war ekelhaft nass. Aber für einen Freund muss man sich schon einmal aufopfern, also stieg ich, wenn auch ein wenig missmutig, in seinen Wagen.

Aber gleich bei seinem ersten Satz besserte sich meine Laune erheblich.

»Keine Sorge, wir gehen nicht so weit durch dieses Sauwetter. Ich brauche deine Hilfe. Wir haben keine vernünftigen Spuren gefunden und vorgestern ist ein weiterer Langläufer angeschossen worden. Der zweite Anschlag auf einen Langläufer ist eine echt harte Nuss. Gerlach und ich sind nicht mehr allein verantwortlich. Wir haben Verstärkung aus Reutlingen erhalten und sind nun Teil der Soko ›Loipe‹. Nette Kollegen, Bernie, Thorsten und Sabrina sind erfahrene Ermittler. Ich nehm dich mal mit aufs Revier, du wirst sie mögen. Wir gehen jetzt am Tatort vorbei und schauen uns um. Der Heckenschütze muss einfach irgendetwas hinterlassen haben. Die Stelle, an der der erste Schuss abgegeben wurde, war genau wie beim zweiten Mal schlau gewählt. Eine lichte Stelle am Waldrand, viele Fuß-, Ski- und Schneeschuhspuren durcheinander, da findet die Spurensicherung rein gar nichts. Aber du bist ein Schatzsucher-Mops. Vielleicht gibt es da doch noch was.«

Na, das waren ja Neuigkeiten. Noch ein Langläufer. Das entwickelte sich ja zu einem Risikosport hier in Knieslingen. Wie schon in unserem ersten Fall besprach Waterson seine Fälle mit mir. Er ist eben schlau, mein Kumpel. Ich war schon sehr aufgeregt. Endlich durfte ich wieder aktiv bei der Aufklärung helfen.

Wie eine Rakete schoss ich aus dem Auto, als wir den Parkplatz am Ortsrand erreichten, den Ausgangspunkt der Tobelloipe. Waterson schlug den Weg hoch zum Waldrand ein und dank der Schneeschmelze konnte ich ihm problemlos folgen. Nach kurzer Zeit erreichten wir eine Stelle auf der Anhöhe, von der aus selbst ich aus meiner geringen Augenhöhe auf die Loipe schauen konnte. Waterson hatte recht. Der Platz war wirklich gut gewählt. Es war ein herrlicher Aussichtspunkt, den viele in den letzten Wochen besucht hatten. Wenn dann die Sonne schien, war man selbst im Schatten des Waldes so gut wie unsichtbar.

»Hier muss der Schütze gestanden haben. Der Tote war Gernot Tuffner, Banker von Beruf. Herr Balz, das zweite Opfer, ist Mathelehrer. Die beiden kannten sich nur flüchtig und haben laut unseren Recherchen nichts miteinander zu tun. Herr Balz ist Kunde bei einer anderen Bank, Herr Tuffner hat keine Kinder, die bei Herrn Balz in die Schule gingen, keine gemeinsamen Freunde, keine gemeinsamen Vereine. Nur das Langlaufen haben sie beide geliebt. Die Soko ›Loipe‹ versucht noch mehr herauszufinden, aber wir befürchten alle, dass hier völlig wahllos auf Langläufer geschossen wurde. Gut, dass der Schnee schmilzt. Also, Holmes, unsere Aufgabe ist es, irgendetwas zu finden, was hier nicht hingehört, aber die Spurensicherung im Schnee nicht gefunden hat. Los geht's.«

Das ließ ich mir nicht zweimal sagen. Ich sauste los und schnüffelte alles ab. Die Spurensicherung ist gut, aber eine Hundenase ist besser. Etwas, das hier nicht sein sollte. Eine schwere Aufgabe lag vor mir. Von wegen, wir würden nicht so lange draußen bleiben. Nach einer halben Stunde hatte ich noch gar nichts entdeckt. Oder zu viel, je nachdem, wie man es betrachten wollte. Eine Wolke aus tausend Gerüchen umgab den Tatort, der Südwind brachte zudem ständig neue mit und wehte alte davon. Ein einziges Chaos umgab mich nach einer Weile. Ich wollte aber keinesfalls aufgeben und meinen Freund enttäuschen.

Waterson sah – ebenso wie ich – aus, als ob man uns mit dem Gartenschlauch abgespritzt hätte, tropfnass. Er schaute auf mich herunter und zuckte resigniert mit den Schultern. »Komm, kleiner Freund, es war ein Versuch, der zu nichts führte außer zu einer laufenden Nase. Lass uns aufhören und ins Trockene zurück.«

Er trottete enttäuscht Richtung Auto, als eine Böe plötzlich einen neuen Geruch in meine Nase wehte. Der gehörte hier nicht hin, er war mir fremd und ich hielt Waterson mit einem kurzen Kläffen zurück. Er drehte sich sofort um, aber ich achtete nicht mehr auf ihn. Ich brauchte meine ganze Aufmerksamkeit, um den Geruch wiederzufinden und zu orten.

Da! Eine neue Brise brachte ihn wieder mit. Ein kleiner Hauch nur, fremdartig. Ich zitterte mittlerweile vor Anstrengung am ganzen Körper, aber Waterson griff nicht ein. Guter Mann! Und plötzlich hatte ich es vor der Nase. Enttäuscht ließ ich den Kopf hängen. Ich hatte eine Vogelfeder gefunden. Na toll. Immerhin war sie recht hübsch, braun mit schwarzen Streifen, und sehr lang.

»Was haben wir denn da?« Waterson hatte mich inzwischen erreicht und schob mich sanft auf die Seite. »Du bist ja der Hammer, unglaublich, das haben die tatsächlich übersehen.«

Wollte er mich auf den Arm nehmen? Vogelfedern im Wald, wie ungewöhnlich. Ich schüttelte leicht den Kopf. Okay, sie roch komisch. Ich kannte diesen Vogel nicht, obwohl ich viel im Wald unterwegs bin. Waterson jedenfalls schien begeistert. Er holte einen seiner Beweismittelbeutel aus der Jackentasche und nahm damit die Feder vorsichtig hoch. »Endlich eine Spur!«

Er merkte wohl, dass ich noch immer keine Ahnung hatte, warum er so begeistert war. »Das ist eine Fasanenfeder. Die gibt es hier nicht wild lebend. Die hat hier jemand verloren und wohl noch nicht vor allzu langer Zeit. Die sieht aus wie neu. Und kaum jemand trägt heutzutage noch so etwas, schon gar nicht hier auf der Alb. Ich kenne diesen Federschmuck nur bei Trachtenhüten von Frauen.« Er hielt sich meinen Fund direkt vor die Nase. »Schau mal, da am Kiel ist sogar noch ein wenig Klebstoff, mit der die Feder am Hut fixiert war. Das hast du wieder mal super gemacht. Jetzt aber ab mit uns ins Trockene.«

Schwungvoll nahm er mich hoch und knuddelte mich herzhaft, bevor wir uns endgültig auf den Heimweg machten. Immer noch war ich ein wenig verdattert. Eine Feder sollte eine Spur sein? Na, meinetwegen. Ich wollte jetzt nur noch ins Auto. Durch die Reste der hohen Schneeverwehungen trug mich Waterson, aber den größten Teil der Strecke konnte ich schon wieder laufen.

Am Auto angekommen, verharrte mein Kumpel und dachte nach. Hoffentlich darüber, wie wir möglichst schnell nach Hause kämen. Natürlich Fehlanzeige. Nach ein paar Minuten nahm er mein Schmuddelhandtuch aus dem Kofferraum und rubbelte mich trocken. Dann stieg er ein und blieb einfach hinter dem Lenkrad sitzen, ohne den Motor zu starten, und dachte erneut nach.

»Du weißt ja schon, dass Detektivarbeit nicht nur bei Sommersonne stattfinden kann?«, sagte er dann.

Ich hatte schon so etwas geahnt. Wir fuhren nur ein kurzes Stück zum anderen Parkplatz unterhalb der Ruinenloipe und wieder ging es in den Wald. Der Wind trieb den Regen in dichten Vorhängen über die Ebene, innerhalb weniger Sekunden waren wir beide wieder pitschnass. Immerhin wusste Waterson genau, wohin wir mussten – die Stelle, von der der Schuss abgegeben worden war, lag ein Stück oberhalb der Fundstelle des Herrn Balz.

Erwartungsvoll sah er mich an. »Kannst du noch einmal suchen? Du bekommst auch eine Riesenbelohnung, wenn du noch einmal helfen kannst. Von hier aus muss der Täter auf Herrn Balz gefeuert haben. Er hat ihn am Arm getroffen. Er wird wieder gesund. Aber es stellt sich natürlich die Frage, warum hier ein Verrückter auf harmlose Menschen beim Langlaufen ballert.« Waterson schüttelte verständnislos den Kopf. »Wir müssen etwas finden, brauchen mehr Hinweise als diese Feder, denn sie könnte genauso gut nur ein blöder Zufall sein. Gib alles, kleiner Freund!«

Leichter gesagt als getan. Der Wind war inzwischen auf Sturmstärke angewachsen. Ich schlotterte vor Kälte und Erschöpfung und meine Nase begann zu triefen. Ich musste mich beeilen, wenn ich mir keine Lungenentzündung einfangen wollte. Die Chancen, dass Waterson plötzlich Mitleid mit mir bekäme, standen denkbar schlecht. Also übernahm ich zum zweiten Mal an diesem Tag den Auftrag »Finde etwas, das hier nicht hingehört«. Zugegeben, ohne rechte Lust. Auf der anderen Seite: Je schneller ich fündig würde, desto eher ging es nach Hause zurück. Ich ergab mich also in mein Ermittlerdasein und senkte die Nase auf den schlammigen und schneematschigen Boden.

Wieder umgab mich eine Fülle von Düften und Gerüchen. Ich versuchte, mir den Duft der Fasanenfeder wieder ins Gedächtnis zu rufen. Eigentlich konnte mir Waterson da ja ein bisschen helfen. Ich sprang an seinem Hosenbein hoch und kläffte.

»Was ist los?« Wunschgemäß beugte er sich herunter und ich kratzte mit meiner Pfote an seiner Jackentasche. Er begriff und zog den Beutel mit der Feder hervor und ließ mich daran riechen.

Dankeschön, Kumpel, wedelte ich und mein Ehrgeiz, den ich kurz im Dauerregen verloren hatte, erwachte zu neuem Leben. Den Duft einmal aufgenommen, begann ich systematisch den

Waldboden abzusuchen. Wieder einmal zog sich das Ganze in die Länge. So eine Fährte ist nach Schneeschmelze, heftigem Regen und Wind nicht einfach zu finden. Da bedurfte es schon an einiger Ausdauer. »Das Glück ist mit dem Tüchtigen«, sagt Frauchen immer und auch dieses Mal behielt sie recht.

Wieder fand ich einen ungewöhnlichen Duft, erhaschte ihn erst kurz, dann noch einmal etwas stärker und dann hatte ich es gefunden. Allerdings war es dieses Mal keine Feder, sondern es waren ein paar Zähne. Besonders hässliche noch dazu. Sie waren dunkel verfärbt und rundlich. Diese Zähne rochen genauso wie die Feder, was ich sehr merkwürdig fand, denn welcher seltsame Vogel hatte so lange, hübsche Federn und dazu derart hässliche Zähne?

Waterson schaute auch irritiert auf den kleinen braungelben Fund. »Okay, ein paar Zähne und eine Feder. Das wird ja beinahe eine Schnitzeljagd.«

Schnitzel war das Stichwort. Das hatte ich mir jetzt ja wohl mehr als verdient. Ich kläffte laut und so nervtötend, dass Waterson aus seinen Gedanken hochschreckte und endlich zur Tat schritt. Er nahm die Zähne mit einer von seinen Beweismittel-Tütchen hoch und steckte sie zu der Feder in die Tasche.

»Ab ins Warme, mein Held – aber nicht, ohne vorher beim Häslach eine Leckerei für dich zu besorgen.«

Das ließ ich mir nicht zweimal sagen und rannte, so schnell ich konnte, Richtung Auto, Waterson schnaufte hinter mir her.

Satt, halbwegs trocken und vor allem sehr zufrieden lieferte mich Waterson wieder zu Hause ab. Frauchen murrte zwar ein bisschen, von wegen »der arme kleine Hund so lange bei diesem Wetter da draußen«, aber Waterson kannte sie inzwischen sehr genau und wedelte ihr mit den Plastikbeuteln vor der Nase herum.

»Schau mal, was wir …«

Ich knurrte vernehmlich.

»Also, ich meine natürlich, was Holmes gefunden hat. Die

Spurensicherung hielt das wohl für normales Waldzeugs, aber das ist es nicht. Zumindest bei der Feder bin ich sicher. Die lag allerdings – zur Ehrenrettung der Spurensicherung – ein ganzes Stück weg vom vermutlichen Abschussort. Der Wind wird sie weggetragen haben, sie lag unter einem Busch, gut getarnt.« Waterson war richtig aufgeregt. »Was meinst du, was das für Zähne sein könnten?«

Frauchen sah sich die kleinen Dinger sehr genau an. »Ich hab so was schon mal gesehen. Ich habe eine Tante in Oberstdorf, die hat so was an ihrem Trachtenhütchen, zusammen mit so einer Fasanenfeder. Da kleben auch so Zähnchen an dem Hut. Frag doch mal den Förster Stenz. Vielleicht weiß der, ob sie von einem heimischen Tier stammen oder zu der Feder passen.«

Waterson drückte Frauchen einen lauten Schmatz auf die Wange. »Du bist die Beste. Ich zieh mich kurz um, sag Gerlach Bescheid und mach dann einen Termin im Forsthaus. Mal sehen, was dabei herauskommt. Ihr seid die Ersten, die das erfahren werden.«

Er rumpelte die steile Holztreppe hinunter und für heute konnte ich endlich Feierabend machen. So eine Ermittlung ist ganz schön anstrengend und das Schnitzel in meinem Bauch verlangte nach etwas Ruhe.

- 8 -

Alle Hoffnungen, der lange Winter sei nun vorbei, zerschlugen sich am nächsten Morgen. Der Südwind hatte auf Nordost gedreht und brachte nun statt warmem Regen eiskalte Luft und neue Schneeberge mit sich. Über Nacht war alles weiß geworden und Herrchen rief bei seinem Chef an und teilte ihm mit, dass heute ein idealer Tag für die Arbeit von zu Hause aus sei. Wir Hunde konnten kaum unser Geschäft im Garten erledigen und beneideten die Katzen sehr um ihr Klo im Treppenhaus. Die Kinder blieben daheim, der Schulbus schaffte es nicht mehr, sich durch die Schneemassen zu kämpfen. Autos und Lastwagen blieben liegen und versperrten dem Schneepflug den Weg. Wir beobachteten das Schauspiel vom Küchenfenster aus, denn von dort konnten wir auf die Straße unten im Tal schauen. Dicke Flocken fielen ohne Pause aus dem bleigrauen Himmel. Keine Spur mehr von Frühling. Der Winter konnte hart sein auf der Alb. Wohl dem, der ein gemütliches Haus und eine ausreichende Menge Brennholz sein Eigen nennt.

Maurice lag behaglich vor dem knisternden Feuer in der Küche und gähnte herzhaft. »Meinst du, wir dürfen dann endlich die Hühner essen, wenn wir eingeschneit sind?«

Murpsel schüttelte den flauschigen schwarzen Kopf. »Keine Chance. Frauchen und Herrchen haben den ganzen Keller voll Katzenfutter und Hundefutter. Ich hab's gestern gesehen.«

»Schade, aber die Eier sind auch nicht schlecht.« Er gähnte wieder und streckte sich, so lang er sich machen konnte. »Was kannst du erzählen, Holmes, vertreib uns die Langeweile mit einer deiner Detektivgeschichten, die dir Waterson immer erzählt. Mäusejagen ist heute nicht drin.« Genüsslich rollte er sich zusammen und blinzelte mich mit seinen grünen Augen an.

Marquez, der immer noch sehr verwegen mit seiner Scharte auf dem Kopf aussah, schaute mich erwartungsvoll an. »Ja, mein Junge, lass mal hören, du bist gestern ja gleich im Land der Träume verschwunden.«

Gerne kam ich der Bitte meiner Hausgenossen nach und erzählte von meinen Funden. Aufmerksam verfolgten die anderen meinen Bericht, der ja leider endete, bevor ich das Rätsel um die Herkunft der komischen Zähne anbieten konnte.

Unzufrieden murrte der verwöhnte Marlon vor sich hin.

»Du brauchst gar nicht zu meckern. Du hast sicher auch keine Idee, wie die zwei Sachen zusammenhängen, oder?«, wies ich ihn zurecht.

»Doch, die habe ich«, lautete die überraschende Antwort.

Sofort hatte er meine ungeteilte Aufmerksamkeit. »Lass mal hören ...«

Marlon genoss sichtlich, im Mittelpunkt zu stehen. »Wie ihr ja wisst, stamme ich aus gutem Hause.«

Alle verdrehten genervt die Augen. »Jaja, wir haben schon davon gehört, komm zur Sache.« Murpsel war noch nie für ihre Geduld bekannt gewesen.

Marlon zuckte kurz unwillig mit der Schwanzspitze, gab aber dann doch der Versuchung nach, sich in den Vordergrund zu spielen.

»Ich war ja, wie euch bekannt ist, schon drei Monate alt, als ich hierherzog. Ich kann mich durchaus noch an einiges aus meiner frühesten Kindheit erinnern. Unter anderem daran, dass die Besitzerin meiner Mutter Emmi Hobbyjägerin war. Um das alle Welt wissen zu lassen, trug sie gerne mal ziemlich ungewöhnliche Kleidung. Einen schweren dunkelgrünen Mantel und dazu einen farblich passenden, ulkigen Hut. Der Hut von Helga, also Emmis Besitzerin, war besonders reizvoll für uns kleine Kätzchen. Es hingen daran eine lange Fasanenfeder und sogenannte Grandeln oder Urgroßvaterzähne. So wie du deine Funde beschreibst, passt das genau zu so einem Hutschmuck. Er gehört vermutlich einer Jägerin. Niemand sonst setzt hier so einen albernen Hut auf den Kopf.«

»Was sind Grandeln?«, wollte ich wissen. »Womöglich echte Urgroßvaterzähne am Hut? Nicht wirklich, oder?«

Marlon lachte. »Das haben wir Mama Emmi auch gefragt. Sie wusste, dass es Eckzähne vom Rothirsch sind. Die gibt es ja hier nicht, genauso wenig wie Fasanen. Traditionell trugen die jungen Mädchen in Bayern die Dinger als Schmuck zum Dirndl, und um sie zu ärgern, hat man ihnen diesen Unsinn von den Urgroßvaterzähnen erzählt. Je mehr braune Verfärbungen so ein Hirschzahn aufweist, desto wertvoller ist er wohl. Menschen haben schon komische Bräuche. Na ja, jedenfalls hört es sich für mich so an, als ob der Schütze, der auf die Langläufer schoss, an jedem seiner Verstecke einen Teil von seinem oder besser gesagt von ihrem Hutschmuck zurückließ. Absichtlich oder nicht, es bleibt euch Detektiven überlassen, das herauszufinden.«

»Wow, Marlon, unglaublich, dass du so was weißt.« Ich hatte keine Ahnung gehabt, dass der rot-weiße Kater außer Mäusefangen und Angeben noch mehr auf dem Kasten hatte. Endlich gab es eine Spur, wenn auch nur eine sehr vage.

Eine Jägerin, die auf Langläufer statt auf Wild schoss. Warum aber war sie so sorglos mit den Spuren, die sie hinterließ? Und warum schoss sie überhaupt auf die beiden Männer, die sich vermutlich kaum kannten. Verband die beiden Opfer doch irgendeine gemeinsame Geschichte? Ich war sicher, dass Waterson in dieselbe Richtung dachte. Inzwischen dürfte er ebenfalls herausgefunden haben, dass die beiden Funde zusammengehörten. Es würde auch nicht mehr lange dauern, bis das Polizeilabor herausfand, ob sie vom selben Hut stammten.

Tatsächlich brauchte ich nicht lange zu warten. Es klingelte an der Tür und ein Schneemann stand draußen. Frauchen lachte und half Waterson erst einmal, sich abzuklopfen.

»Du hast aber Mut, mein Lieber, bei dem Wetter draußen herumzustapfen.«

»Nicht ganz freiwillig. Jackie hat Appetit auf Brathähnchen – wo sie doch eigentlich lieber vegetarisch isst. Jedenfalls habe ich eins im Bären bestellt und kann es in einer halben Stunde abholen. Da dachte ich, ich schau mal kurz vorbei.«

»Wie schön, komm rein. Was gibt's Neues?«

»Der Gemeinderat hat überlegt, ob die Loipen noch einmal gespurt werden sollen, wenn der Schneesturm vorüber ist. Die einen befürchten einen weiteren Anschlag, die anderen hoffen auf ein gutes Faschingsgeschäft für die Gastronomie. Das Geld hat sich durchgesetzt. Sobald der Schneefall aufhört, fährt das Spurgerät wieder los.«

Inzwischen hatte ich mich durch die angelehnte Küchentür gearbeitet und begrüßte meinen Kumpel stürmisch.

Er ging auf die Knie und knuddelte mich ordentlich durch. »Na, mein Superschnüffler. Du hast da wirklich was gefunden.«

Er richtete sich wieder auf und ich setzte mich gespannt vor ihn und sah ihn fragend an. Frauchen platze fast vor Neugierde.

»Die Spurensicherung hat denselben Klebstoff an der Feder und den Zähnen gefunden. Die Teile passen wie Puzzlestücke zusammen. Ich geh nachher beim Förster Stenz vorbei und frag mal nach, ob er uns da weiterhelfen kann. Wir müssen uns in diesem Fall im Jägermilieu umschauen. Alle Indizien deuten in diese Richtung. Aber ich muss los. Das Hähnchen ist gleich fertig.«

Ich stand bei seinen Worten bereits unten an der Haustür. Ich wollte unbedingt mit zum Förster. Erstens wollte ich hören, was er zu sagen hatte, und zweitens lebte bei ihm seine entzückende Mischlingshündin Mathilda. Sie war einfach wunderschön. Kurz gesagt, trotz Schneesturm musste ich ja schließlich mal raus.

Waterson schaute fragend zu Frauchen.

Sie nickte: »Pass halt auf, dass er bei dem Sturm nicht davonfliegt. Sag Jackie liebe Grüße.«

»Mach ich, bis später!« Er legte mir mein Geschirr an und nahm mich auf den Arm. »Da draußen kannst du nicht laufen. Ich trag dich lieber.«

Er stopfte mich vorne in seine Jacke und zog den Kopf ein, als wir in den Sturm hinaustraten. Mir blieb erst mal die Luft weg. Das war ja heftiger als ich dachte. Der kräftige Waterson stapfte geduckt die Straße hinunter und brachte uns wohlbehalten in den Bären.

Dieses Mal gab es keine Nudeln für mich, Beate steckte mir ein kleines Stückchen Wurst zu und drückte Waterson die Tüte mit dem köstlich duftenden Hähnchen in die Hand. »Lasst es euch schmecken, ich hab noch eine Portion Pommes dazugetan. Die gehen aufs Haus.«

Waterson bedankte sich, bezahlte und wir kämpften uns wieder durch den Schneesturm. Bei dem Haus von Jackie und Waterson angelangt, schüttelten wir den Schnee ab und gingen die Treppe hoch ins warme Wohnzimmer. Jackie lag fest schlafend auf dem Sofa.

Mein Kumpel sah mich hilflos an. »Soll ich sie jetzt wecken oder nicht?«

Ein Hund kann nicht wirklich mit den Schultern zucken. Es sieht aus, als würden wir hüpfen. Das hatte zur Folge, dass Waterson mich falsch verstand und dachte, ich würde zustimmen. Dabei weiß doch jeder, dass man schlafende Hunde nicht wecken soll. Das gibt immer Ärger, so auch hier.

Jackie knurrte wütend meinen armen Kumpel an, er solle sie in Ruhe lassen. Das Hähnchen als Friedensangebot kam auch nicht gut an. »Tu das weg, das riecht ja ekelhaft.«

Waterson und ich traten den geordneten Rückzug an. In der Küche packte er das köstlich duftende Brathähnchen aus und legte es mit den gespendeten Pommes auf einen Teller. Wieder stellte er mir so eine blöde Frage. »Meinst du, ich kann das jetzt essen?«

Ich hätte es nicht gewagt. Dieses Mal musste ich mich eindeutiger äußern, um ihn zu retten. Ich schüttelte energisch den Kopf, das verstand er dieses Mal richtig und schob den Teller von sich fort. Keine Sekunde zu früh, denn Jackie hatte sich doch noch aufgerappelt und erschien in der Küchentür. Wortlos stürzte sie sich auf die Köstlichkeit. Bin ich froh, dass Hundemütter sich nicht so merkwürdig aufführen. Meine Mama ist eigentlich nur immer ein wenig ruhiger, aber kein bisschen zickig, dabei bekommt sie nicht nur eins wie Jackie.

Die hatte inzwischen wieder beinahe Normalzustand erreicht und drückte abwechselnd mich und Waterson dankbar an ihre Brust. »So lieb von euch beiden, für mich durch den Schneesturm zu laufen. Ihr seid echte Schätzchen.«

»Da bin ich froh, dass es dir schmeckt. Ich muss jetzt noch zum Förster Stenz rüber, ich muss ihn wegen der Funde von Holmes befragen.«

Jetzt wurde Jackie dramatisch: »Passt aber auf euch auf. Dieser Sturm ist gefährlich. Niemand würde euch finden, wenn du stürzt und dir ein Bein brichst. Holmes, du kommst dann sofort wieder hierher, wenn was passiert. Ich werde dann Hilfe holen.«

Ich schaute sie verwundert an. Vor ein paar Minuten hatte sie noch keine Hemmungen gehabt, Waterson durch den Sturm zu schicken, um ihr Hähnchen zu holen.

Waterson schien inzwischen an ihre Launen gewöhnt zu sein. Ernsthaft versicherte er, auf sich und mich aufzupassen, und wickelte sich wieder in Jacke, Schal und Mütze. Am Schluss steckte er mich vorne in die Jacke und wieder ging es hinaus in das Unwetter.

- 9 -

Ein paar Minuten später standen wir vor dem Forsthaus. Stolz reckte sich der spitze, holzverzierte Giebel in den verschneiten Himmel. Das Haus wurde nur noch von den mächtigen Fichten überragt, so wie es sich für ein Forsthaus gehört. Herr Stenz erwartete uns schon gespannt. Er war noch nie bei einer Polizeiermittlung um Rat gebeten worden. In seiner guten Stube brannte ein schönes Kaminfeuer und Mathilda lag in ihrer ganzen Herrlichkeit davor. Sie wedelte träge mit ihrer langen Rute und lud mich ein, auch ein bisschen vor dem Feuer zu dösen. Nichts lieber als das. Ich durfte bloß nicht schon wieder was verpassen, indem ich einschlief. Also kuschelte ich mich zwar an das flauschige Fell von Mathilda, verbot mir aber, den Kopf auf meine Vorderfüße zu legen. Herr Stenz schaute sich meine Funde aufmerksam an. Waterson sagte kein Wort und ließ den Förster in Ruhe nachdenken. Nach einer Weile stand Herr Stenz auf und kam mit einer Flasche Rotwein und zwei Gläsern zurück. Immer noch wortlos entkorkte er die Flasche und schenkte beide Gläser ein. Die Männer hoben die Gläser und ließen den Wein im Licht funkeln. Nachdem beide einen Schluck genommen hatten, räusperte sich Herr Stenz.

»Ich nehme an, du weißt, das die Stücke zu einem Trachtenschmuck gehören, da erzähle ich dir nichts Neues. Schmuck hat aber eine Bedeutung, vor allem bei der Tracht, es sind Symbole.«

»Deswegen bin ich hier. Was weißt du über die Fasanenfeder?«

»Du wirst staunen, die Federn sind zweifelsohne hübsch. In der Kunst wird der Fasan als Vogel der Auferstehung dargestellt, ein Phoenix-Ersatz, wenn du so willst. Auch wird er oft dem Pfau als Symbol für Liebe, Wollust und Hochmut gleichgesetzt. Als Hinterlassenschaft an einem Tatort ziemlich aussagekräftig, finde ich.«

»Okay, was bedeuten dann die Zähne am zweiten Tatort?«

»Du kennst die Geschichten von den Urgroßvaterzähnen? Ein Bluff, weiter nichts. Ein dummer Scherz, den man sich mit leichtgläubigen Mädchen erlaubt«

»Wenn ein Täter einmal etwas am Tatort verliert, ist es oft aus Versehen, zweimal ist Absicht. Er oder sie will uns etwas sagen. Leider deutet das auf einen Serienkiller hin, einen Psychopathen. Das macht mir Angst. Die Loipen werden wieder gespurt, sobald der Sturm aufhört. Die Langläufer sind dann wieder bewegliche Zielscheiben. Und wir haben keine Ahnung, durch wen oder warum sie abgeschossen werden. Ich hoffe nur, die Leute werden vernünftig sein und zu Hause bleiben.«

Stenz schüttelte den Kopf. »Das denke ich nicht. Jeder glaubt doch immer, dass es ihn nicht treffen kann. Hoffen wir einfach, dass der Mörder sein Ziel erreicht hat und aufhört.«

»Oder, dass wir rechtzeitig den Fall lösen. Kennst du jemanden, der auf Trachtenschmuck steht?«

Der Förster trank einen Schluck Rotwein und hielt das Glas wieder gegen das Licht, um die herrliche Farbe zu bewundern. Nachdenklich wiegte er seinen Kopf hin und her. »Es gibt in der Jägerszene hier schon ein paar, die sich sehr – ich sag mal – bayerisch geben. Aber das sind meist ältere Herrschaften, die kaum noch auf ihren Hochsitz kommen. Die jüngeren Jäger kleiden sich oft eher militärisch, mit Tarnfarbe und so. Nein, da kann ich dir nicht helfen. Frag doch deinen kleinen Detektiv, ob er Witterung aufnehmen kann.«

Er deutete auf mich. Ich schüttelte den Kopf.

Stenz schaute mich irritiert an. »Macht er das öfter? Ich meine, dass er einem das Gefühl gibt, dass er auf die Frage antwortet?«

Waterson zuckte mit den Schultern – er konnte das schließlich. »Man gewöhnt sich daran. Aber ich fürchte, nach diesem Sturm kann auch der beste Spürhund nichts mehr ausrichten. Ich war schon beeindruckt, dass er die beiden Dinge gefunden hat. Möpse sind ja eigentlich nicht für ihre gute Nase bekannt.«

Ich schniefte ein wenig beleidigt. Immerhin habe ich den Schmuckdiebstahl bei Jackie dank meiner Nase aufgeklärt.

Mathilda schnupperte an mir. »Ich denke schon, du riechst gut«, grinste sie doppeldeutig. Da war die Schmach gleich vergessen.

Da die beiden Männer jetzt zufrieden und entspannt über die Vorzüge des Rotweines plauderten, konnte auch ich mich den angenehmen Seiten des Lebens zuwenden, besser gesagt, meiner hübschen Freundin.

»Dankeschön, egal für welches Kompliment. Ich habe die beiden Sachen gefunden, weil sie anders rochen als das, was sonst so im Wald liegt. Beide Teile riechen genau gleich. Es ist möglich, dass ich die Frau erschnuppern kann, wenn sie vor mir steht, aber eine Spur konnte ich nicht finden.«

Mathilda hob interessiert den Kopf. »Eine Frau? Bist du sicher?«

»Ganz sicher, es roch nach Haarspray, nach Lavendel. Männer benutzen das meines Wissens nicht.«

»Junge Frauen aber auch nicht. Lavendel ist eher bei älteren Frauen beliebt. Die, die meinen Stenz früher immer besucht hat, roch nach Vanille und Sandelholz. Aber die Mutter von meinem Herrchen riecht nach Lavendel. Sie war übrigens früher einmal eine gute Schützin, aber nach dem tödlichen Jagdunfall ihres Mannes hat sie ihre Waffe im Keller in den Schrank geschlossen. Ich kann mir beim besten Willen nicht vorstellen, dass sie sich die Waffe klaut und Langläufer abknallt.«

»Was ist mit ihrem Mann passiert?«

»Ein Wildschwein hat bei den Bauern ständig viel Schaden angerichtet und kam bis auf die Höfe, um dort Essbares zu finden. Der alte Herr Stenz war hier früher der Förster. Eines Morgens stellte er das Tier am Aussiedlerhof Richtung Vorderlingen und schoss auf den kapitalen Eber. Der rührte sich nicht mehr, aber als der Stenz zu ihm ging, sprang er hoch und ging auf ihn los. Der alte Mann starb vor Schreck an einem Herzinfarkt. Der Eber rannte über die Felder in den Wald und wurde seither nicht mehr gesehen. Eine traurige Geschichte. Mama Stenz leidet heute noch unter seinem Tod, sie hat ihn wohl sehr geliebt. Sie kümmert sich seither liebevoll um den Joachim und mich. Ihr Sohn ist das Wichtigste in ihrem Leben. Sie kann nur glücklich sein, wenn er glücklich ist. Dafür würde sie alles tun, sagt sie immer wieder. Sie kommt jeden Tag her und kocht und putzt. Ich hab sie sehr gern. Sie wünscht sich so sehr ein Enkelchen, das fände sie schön und würde sie von ihrem Kummer ablenken.«

Mathilda seufzte melancholisch. Ich schubste sie zärtlich und tröstend mit meiner Schnauze an.

»Gibt es hier irgendwas, das nach ihr riecht? Nicht, dass ich sie verdächtige, ich würde nur gerne mal schnuppern, ob der Geruch in die Richtung geht.«

»Kein Problem. Komm mit.« Sie rappelte sich hoch und führte mich in die Küche. An der Wand hing eine Schürze. Mathilda deutete mit dem Kopf darauf. »Die hat sie immer an, wenn sie hier für ihren Sohn die Küche aufräumt oder kocht.«

Tja, ein Mops ist ein kleiner Hund. Egal, wie sehr ich mich auch streckte und reckte, ich kam nicht einmal in die Nähe der Schürze. Von hier unten roch sie vor allem nach leckerem Essen, ich musste näher ran.

»Kannst du sie herunterholen?«

Mathilda wiegte ihren hübschen Kopf. »Ich kann es versuchen, ich werde keinen großen Ärger kriegen. Herrchen ist nicht sehr streng.«

Sie stellte sich auf ihre Hinterbeine und stützte sich mit den Vorderbeinen an der Wand ab. Mit den Zähnen zog und zerrte sie an der Schürze. Es half nichts, sie blieb stur an ihrem Haken hängen. Nun versuchte Mathilda es mit wellenartigen Bewegungen. Nichts zu machen. Sie resignierte und kam wieder mit allen vieren auf den Boden.

»Es reicht doch, wenn du dran riechen kannst. Ich schieb dich hoch!«

Es blieb mir ja nichts anderes übrig. Eine verwegene Idee, aber warum widersprechen? Ich stellte mich auf die Hinterbeine und Mathilda schob ihren Kopf unter meinen Bauch. Mit den Vorderpfoten trippelte ich die Wand hoch. Mathilda drückte und stemmte mich immer höher. Endlich kam ich mit der Nase dran. Ich nahm einen tiefen Atemzug und …

»Was wird das denn?« Stenz stand im Türrahmen, die Arme in die Seiten gestemmt. Mathilda erschrak und sprang zurück, was zur Folge hatte, dass ich ziemlich unsanft mit dem Bauch auf den Boden klatschte.

»Alles okay?« Mathilda schaute besorgt auf mich herunter.

Unter dem lauten Gelächter von Stenz rappelte ich mich verlegen hoch. »Nichts passiert, nur peinlich ist es mir.«

Der Förster schüttelte immer noch lauthals lachend den Kopf und rief: »Johannes, dein Detektiv geht in meiner Küche die Wände hoch. Hat das was zu bedeuten?«

»Wie soll denn das gehen? Er ist doch keine Spinne.«

»Das glaubst du nicht.« Er ging feixend ins Wohnzimmer zurück und erzählte Waterson, was er zu sehen bekommen hatte.

Gerne wäre ich jetzt weit weg gewesen.

Mathilda schubste mich zart in die Seite. »So schlimm war es doch gar nicht. Außerdem haben die beiden schon eine ganze Flasche Wein intus und mein Herrchen hat gerade die zweite geholt. Wenn die auch noch leer ist, werden beide es vergessen haben. Viel wichtiger ist, hat es geklappt? Konntest du dir den Geruch einprägen?«

Sie hatte recht, ein guter Detektiv muss sich notfalls auch zum Gespött machen. Entscheidend ist das Ziel: die Aufklärung eines feigen Verbrechens. Schon fühlte ich mich wieder gut und konnte mich konzentrieren.

»Ja, einen kurzen Moment konnte ich die Witterung aufnehmen und es roch wirklich sehr ähnlich. Nicht gleich, aber ganz nah dran. Die menschliche Note war nicht eindeutig bestimmbar, aber das Haarspray ist möglicherweise das gleiche. Weißt du zufällig, wie das heißt?«

»Nein, aber am Sonntag sind wir zum Essen bei ihr eingeladen, ich werde mich ins Bad schleichen und dir dann später die Spraydose beschreiben.«

»Das würdest du für mich tun? Wunderbar, ich bin dir für deine Hilfe sehr dankbar.«

»Mach ich doch gerne! Komm, wir legen uns wieder vor das Feuer, wir haben genug für heute getan und du musst bald wieder hinaus in den Schneesturm.«

Wir machten es uns vor dem Kaminfeuer bequem und bald war ich eingedöst. Ein wirklich gelungener Abend, ich hätte ewig bei Mathilda liegen können.

Plötzlich fiel mir aber wieder etwas ein: »Mathilda, weißt du, was dein Herrchen mit der Frau Ganter zu tun hat? Als wir neulich im Bären waren, kam sie dazu und er schaute ganz komisch.«

Mathilda hob den Kopf. »Frau Ganter? Du meinst die Marianne. Tja, die beiden …«

Leider klingelte es genau in diesem Moment.

»Das wird meine Mutter sein. Sie kommt immer nach ihrem Jägerinnenstammtisch im Bären auf dem Heimweg hier vorbei, um noch zu plaudern«, meinte Stenz.

Mathilda sprang freudig wedelnd zur Tür und begrüßte Frau Stenz. Jetzt lernte ich sie endlich auch einmal kennen. Sie war schlank und hochgewachsen, die dunklen Augen hatte der Förster wohl von ihr geerbt. Das bildete einen interessanten Kontrast zu ihren weißen Haaren, die stark nach Lavendel dufteten. Sie begrüßte mich freundlich, strich mir über den Kopf und gab ihrem Sohn einen Kuss. Dann wendete sie sich ein wenig nervös Waterson zu. »Ich hoffe, es ist nichts Dienstliches? Störe ich?«

»Ich wollte sowieso gerade aufbrechen. Ich möchte euch nicht länger stören. Danke für den Wein und die Auskünfte, Joachim. Bis bald.« Er verabschiedete sich von Mutter und Sohn und wir mussten wieder in den Schneesturm hinaus.

Zu Hause wurden wir warm von Frauchen empfangen. Ihre Wangen leuchteten rot und ihre Augen strahlten. »Kommt herein. Ich habe große Neuigkeiten. Nelly hat ihre Babys bekommen. Alles ist gut gegangen. Ihr dürft sie anschauen.«

Wie der Blitz sauste ich ins Wohnzimmer. Zu schnell, wie sich herausstellte. Ich hatte die Wurfbox vergessen und konnte auf dem glatten Boden nicht mehr bremsen. Mit voller Wucht knallte ich gegen das Holz und landete unelegant auf meinem Hinterteil. Der angesäuselte Waterson kicherte kindisch.

»Der junge Mann hier ist heute ein richtiger Komiker.« Lachend wedelte er mit dem Zeigefinger in meine Richtung.

Oh nein, jetzt kam meine Klettereinlage in der Küche doch noch heraus. Ich zog den Kopf ein, legte die Ohren kleinlaut nach hinten und fiepste vor Verlegenheit.

»Stell dir vor, er ist …«

Weiter kam er nicht. Meine Mama hatte mein Fiepen gehört und knurrte laut.

»Schscht!«, zischte Frauchen. »Nicht so laut, du störst die Nelly. Sei leise und schau dir an, was die frischgebackene Mama für entzückende Kinder gekriegt hat!«

Waterson gehorchte brav und beugte sich über die Holzabtrennung.

»Wow, sind die winzig.« Drei beigefarbene und zwei schwarze Kinder. »Jungs oder Mädchen?«

»Alles Mädchen, es wird wohl nichts aus dem Wunsch von Miro, sie nach Fußballern zu benennen.« Frauchen lachte.

Ich zog die Stirn kraus. Hoffentlich waren das nicht so Weicheier wie meine Schwester Miss Watson. Das war eine richtige

Memme. Ich wollte jetzt auch mal gucken und sprang aufs Sofa. Von dort aus konnte man in die große Kiste schauen. Papa saß schon da und blickte verwundert auf seine Nachkommen hinunter.

»Ich weiß auch nicht, wo sie die immer herkriegt.« Er schüttelte ratlos den Kopf. Mein Papa ist der liebste Mops der Welt, aber nicht immer der schlauste. Er kümmert sich liebevoll um seine Kinder, weiß aber nie, dass er sie selbst gemacht hat. Ist schon zu lange her für ihn.

Ich stellte meine Vorderpfoten auf die Trennwand und linste auf das weiche Kissen, auf dem meine Mama lag. »Hallo Mama. Danke fürs Helfen eben.«

Sie unterbrach das Putzen der Kleinen und lächelte mich erschöpft, aber sichtlich zufrieden an. »Du erzählst mir sicher demnächst, warum Waterson so über dich gelacht hat. Heute bin ich zu müde dafür. Sind deine Schwestern nicht niedlich?«

Ich wollte sie keinesfalls beleidigen und so nickte ich heftig. »Zuckersüß sind sie.«

Für mich sahen sie im Moment noch wie haarige Würmer aus, aber aus Erfahrung wusste ich, dass es nicht lange dauerte, bis sie als Möpse zu erkennen waren. Ich musste auch noch eine ganze Weile warten, bis ich mit ihnen spielen durfte.

Miro und die Katzen waren mittlerweile auch zu uns gestoßen. Die drei Katzen beugten sich ebenfalls neugierig vom Sofa aus über die Wurfbox, um einen Blick auf die Neuankömmlinge zu werfen.

»Klein wie die leckeren Mäuse«, gurrte Marlon und schleckte sich das Maul.

Ein wütender Blick von Maurice brachte ihn gleich zum Schweigen. »Lass die Witze. Du weißt, dass man seine Familie nicht frisst.«

»War doch nur Spaß, klar weiß ich das«, nuschelte der weiß-rote Kater etwas eingeschüchtert.

»Wie willst du sie dieses Mal nennen?«, fragte Miro. Den

ersten Wurf hatte Frauchen nach Figuren aus den Sherlock-Holmes-Krimis benannt, den zweiten nach germanischen Göttern.

»Sie werden Baby, Posh, Scary, Sporty und Ginger heißen«, grinste Frauchen.

Keine Ahnung, was das für merkwürdige Namen waren.

Miro klärte mich auf. »Die Spice Girls, na, ich hoffe, die Möpse versuchen nicht, ›Wannabe‹ zu singen.«

Eine Art Chor also. Frauchen hatte immer sehr originelle Ideen.

Watersons Handy summte. Er drehte sich zur Seite, aber ich konnte natürlich trotzdem hören, dass Gerlach dran war. »Tut mir leid, dass ich so spät noch störe, aber ich habe ein etwas ungewöhnliches Anliegen …«

»Was gibt's, Chef?«

»Die Mutter des ersten Opfers, Frau Tuffner, möchte nur mit uns sprechen, wenn der Mops mitkommt. Sie ist sehr instabil und Tiere wirken beruhigend auf sie. Kannst du das arrangieren?«

»Ich frag mal nach, aber ich denke, das wird kein Problem sein, bleib kurz dran.«

Er drehte sich zu Frauchen um.

»Darf Holmes zu der Vernehmung von Frau Tuffner mit? Sie will nur mit uns reden, wenn er mitkommt.«

»Natürlich darf er, wenn er mag. Hier langweilt er sich eh bloß, weil ich mich um den Nachwuchs kümmern muss.« Sie nahm mich auf den Arm. »Wie sieht's aus, kleiner Detektiv?«

Ich kläffte einmal, das heißt bei uns »Ja«. Ich zappelte vor Aufregung auf dem Arm herum und Frauchen setzte mich vorsichtshalber wieder auf den Fußboden. Sofort sprang ich zu Waterson und kläffte vorsichtshalber noch einmal.

»Also dann ist es abgemacht. Ich hole ihn morgen früh so gegen neun ab. Jetzt geh ich erst mal schauen, was Jackie macht.«

»Du kannst auch hier übernachten, das Gästezimmer ist immer bereit für dich.«

Immer noch tobte der gewaltige Schneesturm draußen.

»Nein, es ist ja nicht weit, danke für das Angebot, aber ist es ungefährlicher für mich, wenn ich nach Hause gehe.«

Mein Kumpel ist schon ein tapferer Kerl.

- 10 -

Pünktlich um neun klingelte es am nächsten Morgen an unserer Haustür. Ich hüpfte aufgeregt die Treppe runter und ließ mir dann mein Polizeimops-Geschirr anziehen.

Waterson hob mich hinten ins Polizeiauto.

»Morgen, Kollege«, grüßte mich Kommissar Gerlach vom Vordersitz und nickte mir zu. »Ich habe Schneeketten aufgezogen, wir hoffen mal, dass wir durchkommen.«

Es schneite nach wie vor ohne Unterbrechung. Das war mir völlig egal. Gerlach hatte mich »Kollege« genannt. Ich war glücklich.

Das große Polizeiauto kämpfte sich durch die verschneiten Straßen und bald standen wir im Nachbarort Vorderlingen an der Haustür von Frau Tuffner.

Gerlach klingelte und kurze Zeit später öffnete eine kleine ältere Dame in Tiefschwarz gekleidet. Sie wirkte wie aus einer anderen Zeit, mit einem zarten Spitzentaschentuch betupfte sie ihre rot geweinten Augen.

»Guten Tag, haben Sie Ihren Mops dabei?«

Gerlach trat einen Schritt zur Seite und ich wedelte höflich, aber nicht übertrieben.

Sie beugte sich zu mir herunter und sofort wurde ich von einer Wolke aus Haarspray mit Lavendelduft umhüllt. Erschrocken sprang ich einen Schritt zurück. Derselbe Duft wie an den Grandeln und der Fasanenfeder. Wie konnte das sein? Die eigene Mutter? Oder benutzten alle Frauen in fortgeschrittenem Alter das gleiche Haarspray? Denselben Friseur?

»Was hat er denn? Hat er Angst vor mir? Wie schrecklich!«

Schon wieder schossen ihr Tränen in die Augen. Na, das hatte ich ja prima hingekriegt. Ich sollte doch beruhigend auf sie wirken. Egal wie sie roch, ich musste meinen Job professionell erledigen. Ich riss mich zusammen und wedelte wieder freundlich und ging langsam auf sie zu.

Waterson half mir aus der Patsche, allerdings nicht sehr galant. »Er ist nicht der Schnellste und erschreckt sich leicht bei plötzlichen Bewegungen.«

Ausnahmsweise ließ ich ihm das durchgehen, einen strafenden Blick warf ich ihm trotzdem zu. Er grinste mich verstohlen an, wurde aber gleich wieder ernst, dem Anlass entsprechend.

Erneut beugte sich Frau Tuffner zu mir herab, ganz langsam, und diesmal blieb ich brav stehen. Sie kraulte mich hinter den Ohren, das hatte sie echt drauf. Ich begann genüsslich zu moppern und tatsächlich hörte sie auf zu weinen.

»Was für ein hübscher Mops, er macht ja ganz wundervolle Geräusche. Aber bitte, kommen Sie doch herein, wo sind nur meine Manieren.« Mühsam richtete sie sich wieder auf und führte uns in ihr Wohnzimmer. Auch das Haus vermittelte den Eindruck, als ob hier die Zeit stehen geblieben wäre. Die schweren, dunklen Vorhänge waren zugezogen, die Lampen mit schwarzen Tüchern abgehängt. Eine bedrückende Atmosphäre beherrschte das Zimmer. Tagelang waren die Fenster nicht geöffnet worden, keine frische Luft hatte die verbrauchte ersetzt. Ich konnte kaum atmen, die Trauer war greifbar. Sie war echt.

Sie führte uns zu den dunkelroten Samtsofas und bat die Herren, Platz zu nehmen. Wieder zückte sie ihr Spitzentaschentüchlein und holte tief Luft, um Fassung ringend.

Waterson zwinkerte mir zu, mein Einsatz: Ich lief zu ihr hinüber, bettete meinen Kopf auf ihre knochigen Knie und legte so viel Gefühl, wie ich konnte, in meinen Blick, »Mandelaugen« nannten wir Möpse das. Vielseitig einsetzbar und selten verfehlen sie ihren Zweck.

Sie wandte ihre Aufmerksamkeit mir zu. »Du bist ja ein ganz Braver. Ich habe schon viel von dir gehört, du bist ein kluger Hund. Du wirst der Polizei helfen, das Ungeheuer, das meinen Gernot kaltblütig erschossen hat, dingfest zu machen. Das weiß ich!«

Ihr trüber Blick wurde plötzlich klar und fest. Meine Nackenhaare sträubten sich und ich knurrte. Dieses Mal erschrak sie nicht, sondern verstand meine Reaktion richtig. Sie tätschelte mir den Kopf und wandte ihre Aufmerksamkeit den Polizisten zu. Entschlossen richtete sie ihren Rücken gerade auf.

»Danke, dass Sie Holmes mitgebracht haben, ich liebe Tiere, vor allem so entzückende Kerlchen, wie er es ist. Was möchten Sie von mir wissen? Ich hoffe, ich kann helfen.«

Gerlach räusperte sich. »Es ist leider notwendig, Ihnen ein paar Fragen zu stellen. Die wichtigste Frage lautet natürlich: Hatte Ihr Sohn Feinde? Können Sie sich vorstellen, wer so etwas tun könnte?«

Erwartungsgemäß schüttelte sie ihren zarten Kopf, ein erneuter Einsatz des Taschentuches folgte. Sie krallte ihre Hand in meinem Fell im Nacken fest.

Ich riss mich zusammen, nur nicht jaulen, Holmes!

»Er war ein guter Junge. Er wohnte noch bei mir, aber nicht im ›Hotel Mama‹, wie es heute heißt. Im Gegenteil, er kümmerte sich um alles, bezahlte mir eine Putzfrau, machte die Einkäufe, fuhr mich mit dem Auto zum Arzt oder zum Friseur.«

Manchmal reagiere ich instinktiv schneller, als ich selbst erwarte: Bevor ich mich bremsen konnte, kläffte ich sofort einmal laut. Frau Tuffner zuckte zusammen. Der Friseur! Der Geruch! Die Frauen rochen alle nach dem gleichen Haarspray, Frau Tuffner, Frau Stenz und die Mörderin.

Waterson und Gerlach schauten mich verwundert an. Gerlach schüttelte missbilligend den Kopf, doch mein Kumpel schaltete schnell: »Er möchte uns was sagen, leider versteht man ihn nicht immer gleich. Mal überlegen, was ihn so aufgeregt hat.«

Ich hüpfte mittlerweile aufgeregt hin und her und konnte nicht mehr still halten. Ich hasse mein Sprachproblem, es macht mich ganz verrückt.

Immerhin begriff Waterson ab und zu, was ich wollte, und seit unserem ersten Fall nahm er mich ernst. Er überlegte laut: »Was haben Sie gesagt? Ihr Sohn kümmerte sich rührend um Sie, er bezahlte eine Putzfrau …«

Waterson sah mich an, ich zeigte keine Reaktion, schaute ihn ruhig und konzentriert an.

»Okay, die Einkäufe?« Ich blieb still. Waterson probierte es weiter: »Auto?« Nichts. »Arzt?«

Ich wartete auf meinen Einsatz. Aus dem Augenwinkel sah ich Gerlach gespannt mit offenem Mund staunen. Er war noch nie Zeuge unseres Zwiegesprächs gewesen.

Waterson lehnte sich triumphierend zurück. »Der Friseur!«

Jetzt legte ich los und kläffte, hüpfte und vergaß mich sogar so weit, dass ich einen Sprint um den Couchtisch hinlegte.

»Das ist ja ganz erstaunlich.« Frau Tuffner schüttelte den Kopf. »Aber was hat das zu bedeuten?«

Erwartungsvoll sah ich Waterson an.

»Tja, das kann ich noch nicht sagen. Es muss etwas mit dem Friseur, zu dem Sie gehen, zu tun haben. Holmes arbeitet für gewöhnlich mit seiner ausgezeichneten Nase. Er hat am Tatort einen Hinweis aufgespürt. Ich muss kurz nachdenken, bitte fahren Sie einfach fort.«

Frau Tuffner sammelte sich, Waterson schaute mich nachdenklich an und hielt sich in den nächsten Minuten zurück. Gerlach übernahm die Befragung erneut.

»Mit wem war er befreundet, gab es eine Frau in seinem Leben?«

Frau Tuffner seufzte »Er hatte nicht viele Freunde, aber in letzter Zeit kam er abends oft spät nach Hause, ich habe gehofft, dass er endlich die richtige Frau kennengelernt hat. Ich hätte so gerne ein Enkelchen gehabt.« Wieder füllten Tränen ihre Augen.

Sie tat mir furchtbar leid. Ich wurde mutig und sprang aufs Sofa, um auf ihren Schoß zu gelangen. Sie legte abwesend ihre knochige Hand auf meinen Rücken und begann mich zu kraulen. Ich durfte wohl bleiben.

»Haben Sie eine Idee, mit wem er sich getroffen haben könnte?« Gerlach blieb bemerkenswert geduldig.

»Ich habe natürlich gefragt, aber er wollte nichts darüber sagen. Im Nachhinein eigentlich merkwürdig, aber ich wollte mich ihm nicht aufdrängen. Ich habe ihm gesagt, wenn er es mir erzählen wolle, wäre ich neugierig genug, ihm zuzuhören.«

Klang nach einem wirklich guten Mutter-Sohn-Verhältnis.

Gerlach bohrte weiter. »Haben Sie gar keine Vermutung? Wir brauchen eine Spur, einen Hinweis, irgendetwas.«

Frau Tuffner senkte den Blick und knüllte wieder ihr Taschentuch zusammen. Sie wusste wohl etwas, aber wollte nicht so recht damit herausrücken. Etwas Hilfestellung konnte da nicht schaden. Ich drückte ihr meinen Kopf in die Hand, sie musste ihr Taschentuch loslassen und begann mich zu streicheln. Gerlach wartete ab, langsam verstand er, dass ich mitdachte und mitarbeitete. Er nickte mir kaum merklich zu.

Mit großen Augen sah ich sie direkt an, Frau Tuffner erwiderte den Blick und sprach endlich weiter.

»Er war ein guter Junge«, wiederholte sie. »Aber wenn alles mit rechten Dingen zugegangen wäre, hätte er mir die Frau vorgestellt und auch mit hierhergebracht – über Nacht, meine ich. So wie davor. Er sah gut aus, war sportlich, er kam an bei den Frauen. Dieses Mal hielt er alles geheim.«

Ich stupste sie freundlich an. Sie holte tief Luft.

»Ich glaube, er hatte ein Verhältnis mit einer verheirateten Frau.«

Waterson erwachte aus seinen Gedanken und mischte sich wieder ein. »Möglicherweise hat sie denselben Friseur wie Sie. Oder sie benutzt dieselben Haarpflegeprodukte wie Sie. Irgendetwas in dieser Richtung hat Holmes bemerkt.«

»Ich gehe in Knieslingen zum Friseur, Der goldene Schnitt heißt der Salon. Diese Namen heutzutage. Jedenfalls benutzen die dort Naturprodukte, ein bisschen teurer als üblich, dafür aber gehobene Qualität, die verwende ich auch zu Hause. Ob das dann eine Spur ist? Es gehen ja viele Frauen dorthin …«

»Immerhin ein Anfang. Woher weiß der Hund das bloß?« Gerlach starrte mich durchdringend an.

»Er hat doch die Feder und die Grandeln gefunden – mit seiner Nase. Diese Sachen werden oft als Hutschmuck für Frauen verwendet und ein Hut sitzt auf einem frisierten Kopf, also riecht er danach«, erklärte Waterson.

»Ist das nicht ein bisschen viel Kombinationsgabe für einen Mops?«

Waterson zuckte mit den Schultern. »Er heißt schließlich Holmes, oder? Man gewöhnt sich daran.« Er wendete sich Frau Tuffner zu. »Sie sagten gerade, dass er vermutlich eine verheiratete Frau traf, haben Sie eine Vermutung, wer sie sein könnte?«

Wieder Kopfschütteln. »Nein, leider nicht, aber ich hatte den Eindruck, dass es in letzter Zeit nicht mehr so gut lief, er war wieder häufiger zu Hause. Da er gute Laune hatte, denke ich, dass es für ihn so in Ordnung war. Er hatte keinen Liebeskummer, das hätte ich bemerkt. Er war so ein guter Junge …«

Sie begann wieder zu weinen. Ich drückte ihr tröstend meinen Kopf an ihre Halsbeuge und wurde ein bisschen nass geregnet. Sie drückte ihr Gesicht in mein Nackenfell und sammelte sich erneut.

»Ich fürchte, ich kann Ihnen nicht mehr darüber sagen. Ich respektierte seine Privatsphäre, wartete immer, bis er von sich aus erzählte.«

»Ich denke, wir haben Sie nun genug gequält. Könnten wir noch einen Blick in sein Zimmer werfen?« Waterson und Gerlach erhoben sich.

»Und würde es Ihnen etwas ausmachen, wenn wir Holmes mitnehmen?«, ergänzte Waterson. »Er hat eine gute Nase und vielleicht findet er noch etwas, das wir übersehen könnten.«

»Natürlich, dafür ist er ja extra mitgekommen, nicht war, Holmes?« Sie hob mich vorsichtig von ihrem Schoß und stellte mich auf den dicken Teppich. »Folgen Sie mir, ich war seither nicht mehr in seinem Zimmer, alles ist so, wie er es verlassen hat.«

Sie führte uns die Stufen hinauf in den ersten Stock. Am Ende der Treppe blieb sie zitternd stehen. »Ab hier gehen Sie besser alleine weiter, das schaffe ich noch nicht.« Mit einer Hand umklammerte sie das Treppengeländer, mit der anderen deutete sie auf eine der Zimmertüren. »Ich erwarte Sie unten. Sehen Sie sich in Ruhe um.«

Sie tastete sich die Stufen wieder hinunter, wir gingen auf die angewiesene Tür zu. Gerlach öffnete sie und ließ uns eintreten. Ich blieb vorsichtshalber dicht bei Waterson, unsicher, was von mir erwartet würde. Die beiden Polizisten blieben erst einmal stehen und sahen sich um. Das Zimmer war gemütlich und sauber. Ein großer Kleiderschrank mit grau schimmernder Oberfläche nahm eine ganze Wand ein. Ein breites Bett, ein Schreibtisch mit einem Lederstuhl und ein Ledersofa, alles in verschiedenen Graustufen, dazu ein kleines dunkelgraues Schränkchen. Der Boden war von einem weißen, sehr flauschigen Teppich bedeckt. Aber das Zimmer wirkte nicht trist, einige sehr schöne farbenfrohe Gemälde schmückten die Wände. Ein großes Fenster brachte viel Licht in den Raum. Alles war sauber und sehr ordentlich, eine hübsche Zimmerpalme rundete das harmonische Bild ab. Nachdem wir uns umgeschaut hatten, begannen die beiden Männer die Schränke und die Schubladen zu öffnen. Vorsichtig, um nichts unnötig durcheinanderzubringen, durchsuchten sie die persönlichen Sachen.

Nach einer ganzen Weile richtete sich Waterson auf. »Nichts, gar nichts Ungewöhnliches. Keine Drogen, keine unanständigen Bücher oder Hefte, keine Briefe, kein Computer, kein Notebook. Ich sehe mich mal im Badezimmer um.«

Eine schmale Tür führte rechts neben dem Bett in das eigene

Bad von Herrn Tuffner. Auch hier war alles sauber, nicht mal eine Socke lag herum. Im Spiegelschrank fand mein Kumpel Rasierzeug, Herrenparfüm, Gesichtscreme und Haargel. Das kannte ich alles von Herrchen, auch nichts Besonderes.

Die beiden Polizisten sahen sich frustriert an. Gerlach fasste als Erster zusammen: »Er war ein ganz normaler junger Mann, ein liebevoller Sohn, ein diskreter Liebhaber. Nichts zu machen. Wir müssen herausfinden, wer die Frau ist, mit der er liiert war. Der Ehemann könnte …«

»Könnte er! Aber wie passt der Mathelehrer dazu? Meinst du, diese Frau hatte auch ein Verhältnis mit Herrn Balz? Das Ehepaar Balz schien einander sehr zugetan, keine Anzeichen für Ehebruch im Verhalten der beiden.«

»Ja. Aber stell dir vor, der Ehemann, Herr Balz, erfährt irgendwie von seinem Nebenbuhler, rastet aus, schnappt sich ein Gewehr und erschießt Tuffner. Frau Balz sinnt auf Rache und will mit derselben Waffe ihren Mann töten und trifft nicht richtig? Sie bekommt Angst vor der eigenen Courage und nun versöhnen sich die beiden wieder.« Gerlach begann offensichtlich Gefallen an seiner Theorie zu finden.

Waterson bremste ihn aus: »Er schnappte sich welches Gewehr? Überleg mal, Gerlach, Balz ist Mathelehrer! So was haben die nicht einfach so zu Hause herumstehen. Die Kollegen von der Soko ›Loipe‹ haben bereits alles beim Ehepaar Balz durchsucht und keinen Hinweis auf eine Waffe gefunden, auch die Befragungen der Kollegen haben immer wieder dasselbe Bild ergeben: Die beiden waren gesellig, zufrieden und glücklich verheiratet, Kinder in Planung. Erscheint mir eher unglaubwürdig. Was meinst du, Holmes, finden wir hier noch irgendwas?«

Ich hatte nicht untätig herumgestanden, sondern alles abgeschnüffelt, aber es roch alles gleich, alles roch nur nach Herrn Tuffner und seiner Mutter, ein strenger Geruch nach Desinfektionsmitteln mischte sich mit dem Geruch einer dritten Person, der Putzfrau. Das wusste ich, denn ich habe diesen Duft überall im Haus an den verschiedenen Reinigungsmitteln wahrgenommen. Die Geliebte würde wohl kaum das Haus durchputzen. Ich ließ die Ohren und meinen Ringelschwanz hängen. Das brachte die beiden Ermittler wieder zum Lachen.

»Ich denke, dass soll wohl ›Nein‹ heißen … Quälen wir die alte Dame nicht länger, wir müssen eben woanders weitersuchen. Irgendeine Verbindung außer dem Jagdschmuck muss es geben. Komm, Kumpel, wir verabschieden uns und hoffen, dass wir nicht im Schnee stecken bleiben.«

Waterson ging energisch voraus, Gerlach und ich schauten uns ein wenig verwundert an. Seit wann war Waterson denn so forsch? Bisher hatte immer Gerlach das Tempo angegeben.

Der imposante Schnurrbart des älteren Kommissars zitterte ein wenig amüsiert. »Du hast gehört, was der Chef gesagt hat. Ich werde wohl langsam alt …«

Gemächlich gingen wir hinter Waterson her und verabschiedeten uns von Frau Tuffner.

»Sie wollen schon gehen? Entschuldigung, natürlich, wie dumm von mir. Sie müssen ja noch arbeiten. Ich bin noch nicht gewohnt, alleine zu leben. Kommst du mich mal wieder besuchen, kleiner Mops?«

Ich schaute hilfesuchend zu Waterson hoch. Mir tat die Frau so leid, aber Vorderlingen war für mich zu weit weg. Mir wurde ganz elend zumute, wenn ich daran dachte, wie einsam sie sein würde. Sie brauchte unbedingt Gesellschaft, am besten natürlich einen Mops. Moment mal, ich hatte doch gerade erst fünf Schwestern bekommen. Ich fing an, aufgeregt herumzuhüpfen.

»Was hat er denn? Hab ich ihn wieder erschreckt?« Frau Tuffner sah mich ängstlich an.

»Nein, keine Sorge. Er will uns irgendetwas mitteilen. Ich verstehe ihn leider nicht immer, aber er mag Sie und möchte Sie aufmuntern. Gibt es jemand, der sich um Sie kümmert?«

Sie schüttelte traurig den Kopf.

»Sie sollten mal über ein Haustier nachdenken.«

Das kam von Gerlach. Da wurde ja der Hund in der Pfanne verrückt. Ich erstarrte erst mitten im Hopser, dann brach ich in begeistertes Gebell aus. War das möglich? Gerlach verstand mich besser als mein Kumpel? Das Vaterwerden schien ihn zu verändern, während mein bisheriger Skeptiker immer freundlicher und verständiger wurde.

Endlich schaltete auch Waterson. »Jetzt weiß ich, was er meint. Er hat erst gestern fünf Schwestern bekommen. Vielleicht möchten Sie die Kleinen einfach mal anschauen, ich meine, wenn Sie in ein paar Wochen wie Hunde aussehen.«

»Da muss sie aber lange warten, die sehen nie wie Hunde aus.« Gerlach fand zu seiner alten Brummigkeit zurück. Irgendwie beruhigend.

Mir entging nicht, dass Frau Tuffners Wangen rosig wurden und ihre Augen lebhafter blickten. Es wirkte: ein kleiner Lichtblick in ihrem zukünftigen Leben, das bisher nur einsam und düster vor ihr lag. Ein kleines Mopsmädchen würde ihr weniger Zeit für Trauer lassen, ihr Dasein mit Leben füllen. Es musste klappen, Ginger würde vielleicht schon von ihrem Namen her in dieses Haus passen. Ein Haus, das wie ein englisches Landhaus wirkte. Ich würde mit Mama sprechen, damit sie die richtige Wahl für Frau Tuffner treffen würde. Sie kann sehr subtil sein, wenn es darum geht, ihre Meinung bei der Vermittlung ihrer Kinder in eine neue Familie durchzusetzen.

»Das würde ich gerne. Bitte richten Sie Frau Schuster aus, dass ich mich bald bei ihr melden werde.« Sie wandte sich zu mir. »Ich danke dir für das Vertrauen, mir deine Schwestern anzubieten. Es scheint mir wirklich, als ob es deine Idee gewesen wäre.«

War es ja auch. Im Laufe der Zeit habe ich mich immer besser daran gewöhnt, dass mich die Menschen selten bis überhaupt nicht verstehen. Deshalb ist es für mich immer eine angenehme Überraschung, wenn ich doch einmal richtig interpretiert werde – so wie jetzt.

Mit dem wohltuenden Gefühl, eine gute Tat angezettelt zu haben, verließ ich hoch erhobenen Hauptes das Trauerhaus. Eine schlechte Idee! Vor lauter Stolz übersah ich eine der Stufen unter einer Schneewehe und purzelte sehr unelegant in den fluffigen Schneehaufen, der sich mittlerweile dort angesammelt hatte. Ich war ganz darin verschwunden, bis Watersons Hände mich wieder heraushoben. Ich konnte gar nicht mehr aufhören, mich zu schütteln und zu niesen. Der feine Schnee kitzelte mich in den Ohren und in der Nase. Ich muss nicht erwähnen, dass ich Anlass zu großer Heiterkeit bei Gerlach und Waterson war.

Sogar auf Frau Tuffners Gesicht erschien ein Lächeln, wie ein Sonnenstrahl, der durch eine Wolkendecke lugte. »Ja, kleiner Holmes, ich brauche wirklich einen Mops. Ich werde euch bald besuchen.« Der Sonnenstrahl verschwand so schnell aus ihrem Gesicht, wie er gekommen war. »Ich hoffe, Sie finden den Mörder meines Sohnes, bevor er noch einmal zuschlägt.«

Sie drehte sich abrupt um und verschwand in ihrem einsamen Haus.

- 11 -

»Ich geh jetzt. Mach nicht so ein Theater. Du kannst mich nicht aufhalten!« Herrmann Tröster schnappte sich wütend seine Langlaufskier. »Ich muss einfach mal raus. Du kannst dir gar nicht vorstellen, was für ein Stress die Arbeit zurzeit ist. Ich muss mich bewegen.«

Wie in einer Schmierenkomödie rang Frau Tröster ihre plumpen Hände und rollte theatralisch mit ihren Kuhaugen. »Aber der Attentäter ist noch nicht gefasst. Was, wenn er …«

»Ach was. Ich geh die Tobelrunde, da war er ja schon. Mir passiert schon nichts.«

Ungeachtet der Proteste seiner jammernden Frau warf Tröster seine Skier in seinen alten Geländewagen und brauste schlingernd vom Hof. Die Gardinen am Nachbarhaus bewegten sich wie üblich. Die neugierige Marianne Ganter ergötzte sich wie immer an den dramatischen Eheszenen der Trösters.

Als er hinter der ersten Kurve verschwunden war, ging Frau Tröster eilig ins warme Haus zurück. Kaum, dass die Haustür hinter ihr ins Schloss gefallen war, durchlief Frau Tröster eine verblüffende Verwandlung. Sie hörte auf zu wehklagen, straffte ihre Schultern und atmete tief durch. Aus der nörgelnden, verhärmten Ehefrau wurde binnen Sekunden eine attraktive Frau mit glänzendenAugen. Ein feines Lächeln umspielte ihre Lippen.

Sie eilte ans Telefon. »Er ist endlich weg«, hauchte sie in den Hörer, kaum dass auf der anderen Seite abgehoben wurde. »Wir treffen uns in fünf Minuten an unserem Platz.«

Offensichtlich war sie mit der Antwort zufrieden, schlüpfte in einen warmen Mantel und verließ das Haus ungesehen durch die Hintertür.

Im Rückspiegel beobachtete Tröster, wie seine Frau ihm nachsah. »Eigentlich eine gute Ehefrau. Sieht für ihr Alter noch passabel aus, kümmert sich um alles. Nur ihr Quengeln geht mir auf die Nerven«, brummelte er vor sich hin. »Ein bisschen Spaß muss schon manchmal sein.«

Er bog auf der Hauptstraße nach links statt rechts zum Tobel ab. Nach wenigen Minuten hatte er sein Ziel rreicht. In dem kleinen Haus brannte Licht. Helga wartete schon auf ihn.

Etwa eine halbe Stunde später saß er ziemlich genervt wieder im Auto. Dieses Mal war das Treffen mit seiner Geliebten nicht zu seiner Zufriedenheit verlaufen. Helga hatte ihn nicht rangelassen, sondern wieder einmal nur reden wollen. Wie schon bei den beiden vorherigen Treffen verlangte sie, dass er seine Frau verließe und zu ihr käme. Bisher konnte er sie immer besänftigen und hinhalten. Zum Ziel kam er sonst immer, aber diesmal hatte es nicht geklappt.

Er hatte sie erst ausgelacht, dann war er ungehalten geworden. »Spinnst du jetzt? Was erwartest du von mir? Renate und ich sind jetzt fast fünfzehn Jahre verheiratet, es ist alles geregelt, wir sind aneinander gewöhnt. Ich habe dir nie mehr versprochen als ein wenig Spaß. Den hattest du doch, oder etwa nicht? Von Liebe und so war nie die Rede!«

Das kam nicht so gut bei ihr an. Jetzt musste er noch kurz in die Loipe. Zum einen, damit seine Sachen nass und voller Schnee waren, sodass Helga nichts merkte, zum anderen, um seine Energie loszuwerden. Er parkte an der Schule und trug die leichten Skier das kurze Stück bis zum Einstieg in die Tobelloipe. Ein Witzbold hatte auf das Hinweisschild mit dem Namen und der Karte der Loipe »Vorsicht Lebensgefahr – frei laufende Killer« gekritzelt.

Tröster ignorierte den Hinweis und schnallte die Bretter unter. Der gleichmäßige Takt seiner langen Schritte, die frische Luft und die tanzenden Schneeflocken entspannten ihn zusehends. Seine Frauengeschichten und diese ganzen Probleme verblassten vor der grandiosen Winterkulisse auf dem Tobel. Er umrundete den Berg und passierte die Todesstelle von Gernot Tuffner. Die Gedanken schweiften ab, als er an den armen Kerl dachte. Er hatte Tuffner flüchtig gekannt, er war Kunde bei der Bank, in der er gearbeitet hatte.

Eine Schande, so ein junger Kerl, dachte er gerade, als er aus dem Rhythmus kam und strauchelte. In diesem Moment pfiff ein Schuss an seinem Ohr vorbei. Er ließ sich vor Schreck fallen, blieb regungslos im Schnee liegen. Stell dich tot, beweg dich nicht, zuckten die Gedanken durch seinen Kopf. Flucht war auf der weiten, offenen Fläche völlig ausgeschlossen. Er wäre eine wunderbare Zielscheibe. Der kleine Ausrutscher hatte ihn vorerst gerettet. Ewig konnte er aber hier auch nicht liegen, der kalte Schnee fraß sich bereits durch den dünnen Stoff seiner Langlaufhose, er war durch den Lauf verschwitzt und fror nun erbärmlich.

Die Minuten zogen sich in zäher Langsamkeit dahin. Er zitterte mittlerweile heftig er musste sich bewegen, wenn er nicht erfrieren wollte. Da hörte er, wie sich eine neues paar Skier durch den Schnee schoben. Seine Rettung. Vorsichtig rappelte er sich bibbernd auf die Knie. Bis auf die sich von hinten nähernden Schritte blieb es still. Er stand auf und drehte sich um.

»Hä?«

Im Gegensatz zur landläufigen Meinung sind letzte Worte nicht immer geistreich.

- 12 -

An den überfüllten Schreibtischen im Reutlinger Polizeirevier steckten die drei im Büro verbliebenen Ermittler der Soko »Loipe« ihre Köpfe zusammen. Die Luft war überheizt und muffig, die Fenster zu öffnen hieße aber, sein eigenes Wort nicht mehr zu verstehen. Das altehrwürdige Gebäude stand an einer viel befahrenen Straße.

Im Moment bemerkte jedoch niemand die misslichen Arbeitsumstände. Besorgte Knieslinger Einwohner hatten Schüsse gemeldet. Gerlach und Waterson waren im Aufbruch, die Kollegen in Uniform suchten bereits die Loipen rund um den kleinen Ort mit Skiern ab. Die anderen warteten, ungeduldig um das Telefon gedrängt, auf Nachrichten. Sie hofften inständig, dass es wieder einmal nur falscher Alarm war. Ein paar Jugendliche hatten es zu ihrem Lieblingssport erkoren, Knaller loszulassen und damit die sowieso schon verängstigte Knieslinger Einwohnerschaft in den Wahnsinn zu treiben. Acht Mal waren sie bereits ausgerückt, immer waren sie zwar genervt, aber auch erleichtert ins Revier zurückgekehrt.

Bisher hatten sie noch rein gar nichts in den Händen. Die beiden Anschläge standen in keinem offensichtlichen Zusammenhang und doch stellten die von dem Mops gefundenen Gegenstände eine Verbindung dar. Es wurmte die Ermittler, dass ein Schoßhund ihnen die einzigen Hinweise aufgetan hat, das durfte nie und nimmer an die Presse gelangen.

Kommissar Thorsten Behring brach als Erster das bedrückte Schweigen. »Also Leute, das bringt ja jetzt gar nichts, wenn wir alle auf das Telefon starren. Wir arbeiten weiter, bis wir Nachricht bekommen. Auf geht's. Bernie, hat die Analyse von der Spurensicherung bei dem komischen Hutschmuck schon was ergeben?«

Bernd Sittler zuckte zusammen. Der gut aussehende Blondschopf hatte die Stille genutzt, um sich den Abend, den er mit seiner neuen Flamme verbringen wollte, auszumalen. Ruckartig kam er wieder auf dem Boden der Tatsachen an. Er räusperte sich: »Also, es scheint, dass dieser Hunde-Detektiv recht hatte. Sie stammen beide vom selben Hut, die Klebstoffreste passen genau zusammen und sie sind beide mit dem gleichen Haarspray in Verbindung gekommen. Das Haarspray stammt mit einiger Sicherheit aus dem Knieslinger Salon Der goldene Schnitt. Wieder hat uns dieser Mops auf die Spur gebracht. Unglaublich. Na ja, zurück zum Haarspray. Es heißt Lavender Shining Dreams und wird ausschließlich in einer kleinen Manufaktur hergestellt. Nur wenige Friseure vertreiben es exklusiv. Hier in der Region ist es nur der aus Knieslingen und einer Richtung Sigmaringen. Wir haben den Chef befragt und er benutzt es als Finish bei allen Kundinnen. Einige kaufen es dort auch für zu Hause. Es ist also unser erster Ariadne-Faden, den wir greifen können.«

»Tu nicht immer so gebildet.« Genervt hob Sabrina Hauser die Augenbrauen. »Ich habe die Ergebnisse von der Ballistik endlich vorliegen. Die Geschosse sind aus derselben Waffe, einem Jagdgewehr der Firma Haenel. In Jägerkreisen sehr weit verbreitet. Es ist der ›Juniorjäger‹, der vor allem von Frauen bevorzugt wird, da die Waffe leicht und trotzdem sehr präzise ist. Es ist also eine Täterin …«

»Oder ein Täter, der uns auf eine falsche Fährte locken will. Eine Waffe, die bei Frauen beliebt ist, ein bisschen Haarspray und den Hut von der Oma geplündert und – tadaah! – wir glauben an eine Täterin. Falls der Täter ein Mann ist, ist er damit auf der sicheren Seite, wenn wir von einer Frau ausgehen«, brummte Gerlach.

Von den anderen unbemerkt waren Waterson und Gerlach wieder ins Revier gekommen.

»Was macht ihr denn noch hier?«, wunderte sich Thorsten.

»Wir kommen nicht durch, es schneit schon wieder. Wir müssen auf den Geländewagen warten. Die Kollegen von der Streife sind glücklicherweise zufällig auf der Alb oben gewesen. Sie sind schon vor Ort. Wir warten auf den Jeep und nehmen die ›Spusi‹ gleich mit, falls es kein Fehlalarm ist.«

Wie auf Kommando begannen gleichzeitig das Diensttelefon und Watersons Handy zu klingeln.

Gerlach nahm das Festnetztelefon ab und wurde blass. »Er oder sie hat wieder zugeschlagen, wieder ein Toter. Herrmann Tröster liegt tot in der Tobelloipe.«

Waterson legte auf. »Wir können los, der Jeep ist vom Einsatz zurück.«

Die Männer machten sich erneut auf den beschwerlichen Weg auf die Alb.

Entsetzt blieben die anderen zurück. »Das darf doch nicht wahr sein, ein Serienkiller auf der Alb und unsere einzigen Ergebnisse hat ein Hund angeschleppt.« Sabrina schüttelte den dunklen Pagenkopf.

»Wenigstens heißt er Holmes.«

- 13 -

Im Dienstjeep der Polizei war es sehr eng, da sie die Kollegen von der Spurensicherung gleich mitgenommen hatten. Nur drei hatten mit ihrem Equipment Platz gefunden, aber besser, als im Schnee stecken zu bleiben, war es allemal. Gerlach hatte vor lauter Konzentration eine steile Falte zwischen den Augen und sein prächtiger Schnurrbart zitterte. Er lenkte den schweren und voll besetzten Jeep im Slalom um die liegen gebliebenen Kleinwagen und kriechenden Autos, die mit Schneeketten gerade noch vorwärts kamen.

Überhaupt herrschte gespanntes Schweigen. Alle lauschten dem Ortspolizisten Josef Schmieder. Waterson hatte sein Handy auf Lautsprecher gestellt.

»Diesmal ist es anders. Der Täter hat einen aufgesetzten Schuss abgefeuert, mitten durchs Herz. Es hat ihn ganz schön zerfetzt. Und in der Wunde, da steckt was drin. Mit einer Sicherheitsnadel an der Haut befestigt, es ist ekelhaft …« Schmieder räusperte sich und rang um Fassung.

»Was ist es? Können Sie es erkennen?«

»So was wie Federn, ganz flaumig, im Kreis angeordnet. Mehr kann sicher die ›Spusi‹ sagen, ich will's gar nicht so genau anschauen. Ich kannte Herrmann seit der Schule. Nicht so einfach, wenn man jemanden kennt. Ich hoffe, ihr versteht das.«

»Klar, wir sind bald da. Sonst noch was?«

»Nein, ich warte auf euch, wir haben alles abgesperrt. Doch, halt! Die Renate, also ich meine, Frau Tröster, ist da und verhält sich richtig hysterisch. Der Arzt ist verständigt, aber sie beharrt darauf, hier zu bleiben. Sie wimmert immer wieder etwas davon, dass alles ihre Schuld sei. Ich bin froh, wenn sie hier weg ist.« Seine Stimme wurde brüchig.

»Sie machen das gut. Wir kommen in ein paar Minuten. Wir sind schon auf dem Marktplatz von Knieslingen.«

Gerlach lenkte plötzlich den Geländewagen in letzter Sekunde in eine steile kleine Straße. Die Kollegen von der Spurensicherung wurden unsanft durchgeschüttelt und murrten. »Mach mal wieder ein Fahrtraining, Gerlach!«

Waterson sah seinen Kollegen verwundert an, blieb aber stumm. Als der Wagen zum Stehen kam, sprang er hinaus und klingelte ungeduldig an der Haustür. Auf dem Klingelknopf stand »Schuster und Dobric«. Hundegebell ertönte und kurz darauf öffnete Marlene Schuster die Tür.

»Es ist kein Fehlalarm? Ich hol ihn.«

- 14 -

»Dein Einsatz, Kollege.« Marlon räkelte sich genüsslich schnurrend auf der Ofenbank.

»Was meinst du?«, wollte ich wissen.

»Na, den Schuss hast du ja wohl auch gehört, und wenn ich mich nicht irre, kommt jetzt das Geländeauto, mit dem du letztens nach Vorderlingen gefahren bist.«

Wie peinlich, die Katze hatte tatsächlich bessere Ohren als ich. Es klingelte und Nelly fing sofort an zu bellen. Sie ist eigentlich sehr schlau, aber wenn es klingelt, dann weiß doch jeder, dass jemand an der Tür ist. Da braucht man eigentlich nicht noch mal zu melden, dass jemand an der Tür ist. Als ich sie mal darauf angesprochen habe, meinte sie nur, dass Menschen das erwarten und dann beruhigt sind, weil wir so gut auf sie aufpassen. Ich bin da nicht so sicher.

Waterson stand an der Tür und Marlene suchte schon mein Polizeimops-Geschirr aus dem Wirrwarr unserer Leinen und Halsbänder heraus. Ich sprang mit geübten Bewegungen in die Riemen, Waterson knipste den Verschluss zu. Er hob mich hoch, denn ich durfte auf seinem Schoss sitzen.

Die Rückbank war voll besetzt. Die drei Männer starrten erst mich und dann Gerlach entgeistert an: »Er wird uns die Spuren kontaminieren. Spinnst du jetzt?«

»Du meinst die Spuren, die ihr nicht gefunden habt?«

Das saß offensichtlich. Die drei drehten die Köpfe synchron beleidigt zur Seite und schauten aus dem Autofenster in das dichte Schneetreiben.

Gerlach wendete und fuhr vorsichtig den steilen Berg wieder hinunter. »Okay, das war nicht fair. Entschuldigt, Leute. Aber er hat uns bisher gute Dienste geleistet. Dinge aufgestöbert, die ihr nicht finden konntet. Ihr habt nun mal keine Hundenase. Außerdem wirkt er extrem beruhigend auf hysterische Damen. Wenn Frau Tröster ihn sieht, wird sie sich um ihn kümmern und uns nicht im Weg herumstehen.«

Wieder drehten sich die drei Köpfe gleichzeitig zurück. Fast wie bei einem dreiköpfigen Wesen. Jetzt nickten sie auch noch im Gleichtakt. Ich musste lachen, wie üblich hielten das alle für Niesen.

Waterson schaute mich besorgt an. »Alles okay?«

Ich wedelte ihn freundlich an, stellte meine Vorderpfoten auf seine Schultern und schleckte ihm herzhaft die Nase. Waterson schüttelte sich angeekelt und alle grinsten schadenfroh. Eines unserer größten Talente ist es, immer für aufgelockerte Stimmung zu sorgen, sogar in ernsten und traurigen Momenten. Die Kollegen waren sich alle wieder grün, und als wir kurze Zeit später ankamen, war die Atmosphäre konzentriert, die Unstimmigkeiten vergessen.

Gerlach hatte es geschafft, mit dem Auto ziemlich nah an den Tatort heranzukommen. Als erfahrener Polizeimops blieb ich hinter Waterson und hüpfte von einem seiner Fußstapfen in den nächsten. So konnte ich keine Spuren verwischen. Und außerdem war es leichter für mich, als mir selbst eine Spur durch den Schnee zu stapfen.

Alle hörten das schreckliche Wehklagen der frischgebackenen Witwe und Schmieders erfolglose Versuche, sie von der Leiche ihres Mannes wegzubekommen. Der gestandene Dorfpolizist war sichtlich erleichtert, uns zu sehen.

»Schau mal, Renate, sogar der Polizeimops ist mitgekommen, jetzt wird alles gut.«

Zuviel der Ehre, ich konnte Tröster ja nicht wieder zum Leben erwecken. Trauernde jedoch glauben solchen Blödsinn offensichtlich, krallen sich daran wie Ertrinkende an ein Stück Treibholz. Sie hob tatsächlich ihren Kopf und schaute mich mit ihren rot geweinten Augen an. Jetzt hieß es für mich tapfer sein – nicht weil ich so viel Mitleid mit ihr hatte, nein, es ging vielmehr um körperliche Schmerzen. Sie stürzte sich förmlich auf mich und umarmte mich mit ihrer ganzen Kraft. Ihr verheultes Gesicht hinterließ unappetitliche Spuren in meinem Fell, als sie es tief hineindrückte. Aber als wahrer Menschenfreund muss man da durch. Ein Fiepser entwich mir dann doch, als es zu wild wurde, und Waterson eilte zu meiner Rettung.

Sanft legte er ihr seine Hand auf ihre Schulter: »Vorsicht, er ist noch sehr jung. Drücken Sie ihn nicht kaputt!«

Ich weiß zwar nicht, was das jetzt wieder mit meinem Alter zu tun hatte, aber immerhin half es. Wenn auch nicht ganz so wie gewünscht. Im hohen Bogen warf sie mich erschrocken in den Schnee, in dem ich prompt ganz versank.

»Oh nein, ihn nicht auch noch!« Sie legte ihre Hände vors Gesicht und begann wieder zu schluchzen.

Waterson war hellhörig geworden. »Wie meinen Sie das? Wissen Sie was über den Tod Ihres Mannes? Wo waren Sie …«

Weiter kam er nicht, Schmieder ging dazwischen: »Lass gut sein, Kollege. Sie hat ein Alibi.«

»So? Welches denn?«

Schmieder wurde puterrot und das offensichtlich nicht wegen der Kälte. Er nuschelte etwas, das nicht einmal ich verstand.

Waterson beugte sich vor. »Wie bitte?«

»Sie war bei mir. Wir, wir … wir trafen uns hin und wieder. Ich …«, stammelte Schmieder.

Bei Waterson fiel der Groschen. »Du meinst, ihr beiden hattet ein Verhältnis?«

Schmieders Gesichtsfarbe tendierte nun zu einem dunklen Violett. »Ja, seit ein paar Wochen. Sie, also ich meine Renate, und Hermann Tröster waren schon ein bisschen eingefahren und sie suchte Abwechslung. Er hatte wohl auch was am Laufen, da …«

»Aber mein Mann und ich haben uns geliebt, alles andere war nur so zum Spaß«, schluchzte Frau Tröster.

Gerlach war inzwischen hinzugestapft. »Nichts für ungut, Kollege, gib mir mal kurz deine Dienstwaffe.«

Schmieder erschrak, riss sich aber gleich wieder zusammen. »Ich bin jetzt verdächtig?«

»Jetzt gib halt her, das haben wir gleich.«

Der Dorfpolizist zuckte resigniert mit den Schultern und gab Gerlach seine Waffe. Der nahm sie vorsichtig und schnupperte am Lauf. »Das war's schon. Sie ist nicht abfeuert worden.«

»Die hätte auch nicht so einen Schaden angerichtet.« Gut getarnt in seinem weißen Schutzoverall, war einer der Spurensicherer hinter Gerlach aufgetaucht. Er sah aus wie ein wandelnder Schneemann. »Es war ein Gewehr, keine Pistole. Genaueres sagen uns dann die Ballistiker, aber Schmieder ist es zumindest nicht mit der Dienstwaffe gewesen.«

»Das kann er ja auch gar nicht. Wir waren doch zusammen, als der Anruf kam.«

»Ein gegenseitiges Alibi ist nicht viel wert, Renate. Wenn wir ihn hätten loswerden wollen …«

»Dann hätte ich mich halt scheiden lassen. So ein Unfug, als ob mein Josef so was tun würde. Und kommen Sie mir ja nicht mit Geld und so.« Jetzt geriet sie richtig in Fahrt und fuchtelte Waterson mit ihrem Zeigefinger vor der Nase herum. Die Drohung wurde dadurch abgemildert, dass der Finger in einem rosa Plüschhandschuh steckte. »Ich komme aus gutem Hause, mit meinem Geld hat Hermann sein Unternehmen aufgebaut! Mein armer Hermann.«

Der Schneemann von der Spurensicherung mischte sich wieder ein. »Der Gerichtsmediziner hat auf den ersten Blick zwei Verletzungen gefunden. Eine am linken Ohr und die in der Brust. Allerdings liegt die Kugel, die das Ohr verletzt hat, ein ganzes Stück weiter weg. Wir gehen davon aus, dass dieser Schuss zuerst abgegeben wurde und Herr Tröster daraufhin stürzte und liegen blieb. Der Täter kam dann näher und vollendete sein Werk.«

»Dann machen wir wohl noch einen kleinen Spaziergang«, meinte Waterson. Er wandte sich an Frau Tröster: »Jetzt bringt Sie der Josef, also ich meine, der Herr Schmieder, erst einmal nach Hause. Dort wartet schon der Arzt auf Sie und gibt Ihnen notfalls etwas zur Beruhigung. Wir kommen dann später vorbei, um mit Ihnen zu sprechen.«

Sie nickte ergeben. »Ist mit dem Mops alles in Ordnung? Erst habe ich ihn fast zerquetscht und dann in den Schnee geschmissen. Das arme Tier!«

»Der ist hart im Nehmen«, brummte Gerlach.

Na danke schön. Ich wollte ihn mal hören, wenn man das mit ihm machen würde.

»Ein guter Polizeimops steckt das weg.«

Andererseits hatte Gerlach selbstverständlich recht, wir von der Truppe sind harte Kerle. Nur fror ich mittlerweile erbärmlich und zitterte heftig. Das ruinierte wohl das Bild eines eisenharten Mopses ein wenig.

Waterson hob mich aus meinem Schneeloch, in dem ich immer noch feststeckte, und packte mich vorne unter seine Jacke. »Auf geht's, Kollege, wir gehen mal hoch zum Waldrand und schauen nach, ob wir noch was finden können. Bevor der Schnee wieder alles zudeckt. Es wirkt beinahe so, als ob das Wetter ständig auf der Seite des Mörders wäre.«

Wir, also vielmehr Waterson, Gerlach und einer der Schneemänner von der Spurensicherung, stapften zum Wald hinauf. Es war dieses Mal einfach, die Stelle zu finden, von der der Schütze herkam. Es gab eine gut erkennbare Skispur, die vom Tatort weg und hinauf zum Waldrand führte. Oben angekommen, war mir wieder warm und ich wollte runter. Waterson setzte mich auf den Boden und sofort machte ich mich auf die Suche.

»Weiß er, was er da tut? Wenn er überall durchrennt, verdirbt er uns die Spuren!«

Der »Spusimann« beschwerte sich schon wieder über mich. Ich konnte es langsam nicht mehr hören. Auch bei einem Mops ist die Geduld irgendwann am Ende. Ich hob kurz meinen Kopf und knurrte ihn an.

»Versteht der mich etwa?«

Waterson und Gerlach lachten gleichzeitig laut los. Der verdutzte Gesichtsausdruck des Kollegen in Weiß war auch wirklich zu komisch. »Na klar tut er das. Jetzt lassen wir ihn erst mal machen. Und ganz im Ernst, viel zu zerstören ist hier nicht.«

Waterson deutete auf den Boden. Ein Wirrwarr von Fußstapfen und Skispuren, teilweise zugeweht, bedeckten den Waldboden. Ich konzentrierte mich und gleich verwandelte sich die reale Welt um mich herum zu einem undeutlichen Hintergrund. Nur die Düfte und Gerüche erschienen wie leuchtende Bänder und schwebten umher. Ich musste nur das richtige Band finden und es bis zu seinem Ursprung zurückverfolgen. Es dauerte nicht lange, da kam mir ein vertrauter Geruch in die Nase. Lavendel – der intensive Duft des Haarsprays erschlug jeden anderen Beigeruch, so stark war er. Ich lief los.

- 15 -

»Die sind jetzt aber schon lange draußen.« Marlene schaute immer wieder besorgt aus dem Fenster. Wie in letzter Zeit üblich, war der Schneefall wieder stärker geworden. »Du kannst bald schon wieder schaufeln«, wandte sie sich an Miro.

Der versuchte sich irgendwie unsichtbar zu machen und versank so tief wie möglich in der Couch. »Ja, mach ich später. Versprochen. Wie geht's dir, Jackie? Ist dir noch übel?«

Jackie blies in ihren heißen Kakao mit Sahnehäubchen, den Marlene für sie gekocht hatte. »Kein Problem, nur meine Launen sind für den Johannes ganz schön schwer zu ertragen. Ich merke es meist erst hinterher, wie zickig ich mich schon wieder aufgeführt habe. Und dann hat er noch diese Langläufer-Geschichte am Hals. Er ist schon ein lieber Kerl, so geduldig, ich habe ihn gar nicht verdient.«

Jackie begann zu schniefen und Marlene guckte Miro strafend an. »Jetzt schau, was du angerichtet hast. Geh jetzt lieber Schnee schaufeln und nimm Nelly und Marquez mit raus.«

Die beiden hoben entsetzt die Köpfe. »Meint Frauchen das ernst? Bei dem Wetter? Du hast ja wenigstens Fell am Bauch, aber mit meinem Gesäuge kann ich doch nicht in den Schnee.« Nelly war schnell an ihrer Wurfbox, sprang an der Holzwand hoch und winselte.

Miro nahm sie hoch und setzte sie zu den vor Freude wild durcheinanderpurzelnden Spice Girls. »Komm, Marquez, richtige Männer müssen da durch.«

Mit einem letzten verständnislosen Blick auf die weinende

Jackie stapfte er mit Marquez die Treppe hinunter, um sich seinem Schicksal zu ergeben. Aus Erfahrung wusste er, wann man besser nicht mit Frauen diskutiert.

»Was ist los mit dir? Wieder eine Stimmungsschwankung? Möchtest du noch ein Stückchen Apfelkuchen?«

Jackie schüttelte den Kopf. »Ich muss wegen jedem Quatsch heulen. Aber ich mache mir immer schreckliche Sorgen, wenn Johannes da draußen herumläuft. Wer weiß denn schon, was im Hirn von dem Verrückten vor sich geht. Nachher schießen die noch auf ihn. So wie der depperte Jäger auf den armen Marquez. Ich weiß ehrlich gesagt nicht, ob ich mein ganzes Leben so verbringen will, immer in Angst um ihn.«

»Jetzt mach aber mal halblang. Einen Besseren findest du nicht«, rückte Marlene Jackie den Kopf mit einem Blick aus dem Fenster auf ihren kräftig schaufelnden Miro zurecht. »Den anderen Besten habe ich mir schon geschnappt. Was willst du? Einen Bankbeamten? Einen Lehrer? Die hat es doch auch erwischt. Er passt auf sich auf und Holmes ist ja auch noch da, und Gerlach natürlich. Sein Job ist auch nicht gefährlicher als andere. Und außerdem hättest du dir das früher überlegen müssen. Jetzt wird er für immer mit dir verbunden sein. Er ist der Vater deines Kindes und wird sich toll darum kümmern. Hast du mit ihm schon über deine Ängste gesprochen?«

»Nein, er wäre so traurig darüber und würde sich wahrscheinlich mir zuliebe in den Innendienst versetzen lassen. Aber das ist nichts für ihn, irgendwann würde er mir das vorwerfen. Du hast recht, er ist es wert, sich um ihn Sorgen zu machen, und vielleicht gewöhne ich mich daran.«

»Spätestens, wenn euer Zwerg da ist, hast du eh keine Zeit mehr für so dumme Gedanken. Jetzt komm, wir lassen die Spice Girls raus, Frau Tuffner kommt gleich und will sie sich anschauen. Ich hoffe, sie nimmt einen. Das hilft ihr ein wenig beim Trauern. Die kleinen Wesen können einen ganz schön auf Trab halten.«

Marlene breitete eine große Decke auf dem Boden aus, damit die Möpschen nicht auf dem glatten Parkett ausrutschten, und bald tobte eine wilde Bande durch das Wohnzimmer. Für Trübsal und Sorgen gab es keinen Platz mehr.

Als Miro und Marquez kurze Zeit später dazukamen, fanden sie die beiden Frauen kichernd zwischen den Hundewelpen. Marquez sprang vorsichtshalber aufs Sofa, er schätzte es gar nicht, wenn er in die Beine gezwickt wurde, war aber zu gutmütig, um sich zu wehren. Er ging der Rasselbande lieber aus dem Weg.

Nelly gesellte sich kurze Zeit später hinzu. »Gut, dass wir solche Probleme wie Jackie nicht haben. Wir sind die Lösung dafür. Der Part gefällt mir deutlich besser. Was meinst du, welche unserer Töchter ist am besten für Frau Tuffner geeignet?«

»Wieso unsere Töchter? Es sind doch deine! Na, egal. Hm, ich glaube Ginger. Sie ist etwas ruhiger und gelassener, nicht ganz so wild. Das ist für die alte Dame besser als so ein Wirbelwind wie Baby oder Posh. Scary und Sporty sind zu ängstlich.«

Nelly nickte. »Ja, du hast recht, mein Lieber. Ich werde es ihr sagen. Es ist immer wieder lustig, dass die Menschen glauben, der junge Hund würde sich seine neuen Besitzer aussuchen. Dabei ist das die Aufgabe der Eltern.«

Sie sprang vom Sofa und erklärte Ginger und den anderen, was sie zu tun hatten. Als kurze Zeit später Frau Tuffner dazukam, rannte Ginger auf ihren kurzen Beinchen zielstrebig auf sie zu. Alle anderen Babys ignorierten wunschgemäß den Neuankömmling.

»Schaut mal, sie hat sich schon für mich entschieden.«

Nelly schloss zufrieden die Augen und döste ein wenig.

- 16 -

»Jetzt schauen wir mal bei Frau Tröster vorbei. Vielleicht ist sie heute vernehmungsfähig.« Waterson band sich seinen Schal um. Die anderen von der Soko »Loipe« nickten einträchtig. »Habt ihr schon herausgefunden, was das für ein Federding in der Schusswunde war?«

Thorsten Behring suchte aus dem Papierberg den Laborbericht heraus. »Hier ist es ja. Also, es ist Adlerflaum. Er passt zu den Grandeln und der Fasanenfeder. Die drei Teile zusammen ergeben einen kompletten Hutschmuck. Ich hoffe, das ist ein gutes Zeichen. Es könnte ein Hinweis sein, dass es nun vorbei mit den Anschlägen ist. Findet ihr den Hut, habt ihr den Täter.«

»Hat der Adlerflaum auch so eine symbolische Bedeutung wie die Feder?«, wollte Bernie wissen. Er interessierte sich immer besonders für versteckte und geheimnisvolle Botschaften. Ein angenehmer Nebeneffekt seiner Vorliebe war, dass er damit auf Partys oft im Mittelpunkt stand.

»In der Tat steht der Adlerflaum für Reichtum und Wohlstand. Je größer der Flaumfächer, desto mehr Geld und Besitztümer hat der Träger zu bieten. Hier haben wir wohl ein sehr großes Exemplar davon gefunden.« Wieder wühlte Thorsten auf seinem Schreibtisch herum. Er hielt Gerlach ein Tütchen mit dem blutverschmierten Adlerflaum hin. »Am besten nehmt ihr das mal mit und lasst euren Mops daran schnüffeln.«

Sabrina schnaufte höhnisch. »Im Ernst jetzt? Er ist doch nur ein Mops, die gelten ja nun nicht gerade als besonders schlau.«

Das reichte Waterson. Er war sowieso angespannt und die

herablassende Art seiner Reutlinger Kollegin nervte ihn gerade ganz gewaltig. »Jetzt hör mal gut zu! Nur weil Möpse friedfertig und freundlich sind, sind sie noch lange nicht dumm. Intelligenz hat nichts mit Aggressivität zu tun. Schäferhunde zum Beispiel gelten als intelligent, dabei führen sie nur einfach Befehle, die sie vorher gelernt haben, aus und denken nicht darüber nach. So etwas würde einem Mops nicht passieren. Er denkt mit. Und wenn er etwas für völlig sinnfrei hält, dann tut er es einfach nicht. Das ist nicht stur, das ist clever! Oder wie kannst du dir erklären, dass er gestern wieder die richtigen Spuren gefunden hat?«

Sabrina hob die Hände. »Gewonnen! Ich kann es ja nicht abstreiten. Ich kann mich nur nicht so schnell an den neuen Kollegen gewöhnen. Ich trau mich kaum, es meinen Freunden zu erzählen, die fangen alle immer an zu lachen. Es ist irgendwie peinlich.«

»Ich bringe ihn heute oder morgen mit. Er wird dir schon zeigen, wie peinlich er ist.« Waterson war noch nicht ganz besänftigt. »Wie lange hättest du gebraucht, in diesem Spurenchaos die kleinen Löcher von den Skiern des Täters im Schnee zu finden? Er oder sie hat sie mit den Enden in den Schnee gerammt und sich daneben zum Schuss aufgestellt. Wir haben die Abdrücke der Langlaufschuhe. Eine fantastische Leistung!«

So leicht gab sich die Kollegin trotzdem nicht geschlagen. »Und woher willst du wissen, dass es die richtigen Abdrücke sind?«

»Weil ein Gewehrschütze beim Anlegen ein Bein vorstellt. So steht doch sonst niemand! Das weißt du doch selbst. Thorsten, findest du in deinem Chaos auch noch den Bericht über die Schuhe?«

»Logisch.« Behring begann wieder zu wühlen. »Es sind ziemlich neue Schuhe der Firma Salomon. Das Bindungssystem ist erst diesen Winter auf den Markt gekommen. Größe 38, ein Damenmodell. So, jetzt macht was draus und hört auf, euch über den Hund zu zanken. Mir ist völlig egal, wie wir die Täterin fassen, mit oder ohne Mops, Hauptsache schnell!«

Gerlach und Waterson machten sich zügig auf den Weg. Die Stimmung unter den Kollegen der Soko »Loipe« drohte immer wieder zu kippen. Der Druck war immens.

»Langsam kommen wir voran. Jagdschmuck, Jagdgewehr, seltenes Haarspray, Schuhgröße 38, Salomon, neuestes Modell. Die Schlinge beginnt sich zuzuziehen. Und ich verwette meinen Schnurrbart, dass die ganze Sache mit Eifersucht, verschmähter Liebe oder so etwas zu tun hat. Das ist kein Verbrechen aus Gewinnsucht, kein Auftragsmord, das ist Rache. Zumindest in zwei Fällen haben wir es mit Ehebruch zu tun. Nur der Mathelehrer Balz passt nicht rein.« Gerlach dachte auf dem Weg zum Parkhaus laut vor sich hin.

»Das ist es!« Waterson war abrupt stehen geblieben und schlug sich mit der flachen Hand vor die Stirn.

»Was meinst du?«

»Na überleg doch mal. Die Fasanenfeder – Symbol der Liebe, der Wollust, des Hochmuts. Das erste Opfer Tuffner: tot! Die Grandeln – damit hat man früher die leichtgläubigen Mädchen auf den Arm genommen. Ein übler Scherz, weiter nichts. Dem Opfer wird in den Arm geschossen: Balz überlebt. Der Adlerflaum – Symbol für Reichtum, eine Angeberei, etwas zum Protzen. Das Opfer ist nach dem ersten Schuss nur leicht verletzt. Aber das war nur ein Versehen! Im Gegensatz zu dem Anschlag auf Herrn Balz war die Täterin nicht mit einer Verletzung zufrieden und hat ihr Werk vollendet. Ein Schuss ins Herz. Den Adlerflaum platziert sie in der Wunde, überlässt es nicht dem Zufall, dass wir ihn finden. Der dritte Anschlag ist der Kern der Sache. Sie hat uns eine Geschichte erzählt. Herr Balz war nur ein ›Spaß‹. Sie wollte ihn nicht töten. Die anderen beiden schon.«

Gerlach starrte Waterson an. »Du hast recht! Jetzt hoffen wir mal, dass die Anschläge damit aufhören. Nicht, dass unser nächstes Opfer den Hut trägt, zu dem der ganze Trachtenschmuck gehört.«

»Wir müssen einfach schneller sein und den blöden Hut finden. Ich lass Holmes gleich am Adlerflaum schnuppern. Wenn dann der Hut in der Nähe ist, wird er ihn finden.«

Mittlerweile hatten sie den großen Geländewagen im Polizeiparkhaus erreicht und Waterson drückte den Startknopf. »Lass uns Holmes holen und dann Frau Tröster befragen.«

Mit tiefem Gebrumm startete der kräftige Motor und wieder einmal ging es die gewundene Steige auf die Alb hinauf.

- 17 -

Frau Tröster öffnete so schnell die Tür, dass die beiden Beamten vor Schreck zusammenzuckten – im Gegensatz zu mir natürlich, ich hörte ihr heftiges Atmen bereits einige Meter vor der Haustür. Sie stand direkt dahinter und wartete auf unser Klingeln.

Ihr Blick ging wutentbrannt zum Nachbarhaus. Sie drohte mit der geballten Faust und schrie zu der rasch herabfallenden Gardine: »Jetzt machen wir 'nen flotten Dreier, wennst es genau wissen willst, du damische Kuah!«

Gerlach räusperte sich: »Ähm, wenn Sie das bitte richtigstellen könnten, Frau Tröster, wäre ich Ihnen sehr verbunden. Wir geraten sonst …«

»Ach was, die soll doch ruhig rote Ohren kriegen. Den ganzen Tag hängt sie am Fenster und glotzt, bildet sich ein, ich merke nichts davon. Aber die Gardine bewegt sich ständig. Es war meine gute Tat für heute, jetzt spart sie Heizkosten.«

Gerlach und Waterson schauten sich verständnislos an.

»Na, wegen der warmen Gedanken, die sie sich jetzt macht, natürlich, jetzt kommen's halt rein.« Frau Tröster schnaufte immer noch heftig.

»Sie klingen ja fast ein wenig bayerisch vom Dialekt her«, bemerkte Waterson stirnrunzelnd.

»Meist hört man es nicht, aber meine Mutter stammt aus dem Chiemgau, ab und zu schlägt es durch, vor allem, wenn ich wütend bin. Bayerisch eignet sich prächtig zum Schimpfen. Treten Sie ein, bevor es noch in meine Diele schneit.«

Hinter ihr erschien ein weiteres Frauengesicht – Frau Stenz. »Hallo Herr Waterson, hallo Holmes, so trifft man sich wieder. Ich habe nur Renate mein Beileid ausgesprochen. Ich muss gleich weiter.« Sie nickte uns kurz zu, hastete eilig an uns vorbei und ging dann Richtung Forsthaus davon.

Wir traten ein und schüttelten uns den Schnee von den Stiefeln beziehungsweise Pfoten. Frau Tröster führte uns in ein großes, gemütliches Wohnzimmer. Es stand so voller Krimskrams, dass es eine Weile dauerte, um alles zu erfassen. Den Mittelpunkt bildete ein mächtiger Eichentisch mit vier wuchtigen Stühlen drum herum. Auf dem Tisch lag eine fröhlich rot-weiß karierte Tischdecke, darauf in der Mitte ein Krug mit frischen Blumen. Auf den Stühlen und auf der Couch und den beiden Sesseln, die vor der großen Fensterfront standen, lagen dicke Kissen. Alle in unterschiedlichen Formen, Farben und Mustern, an manchen hingen Kordeln mit bunten Perlen oder Knöpfen. Meine Katzenfreunde hätten eine Mordsfreude daran gehabt. Die Wände hingen voller Gemälde. Sie zeigten üppige Blumen, röhrende Hirsche und Berge mit Schnee auf den Gipfeln. Neben dem Sofa war ein offener Kamin, in dem ein munteres Feuer brannte und knackte. Auf dem Boden davor lag ein dickes braunes Fell. Wenn ich hier wohnen würde, wäre dies wohl mein Lieblingsplatz. Auf allen Fensterbänken wimmelte es von Blumentöpfen, kleinen, geschnitzten Figuren, Herzchen aus Holz, Stoff oder Metall und glitzernden Steinen. Auch von den riesigen Deckenbalken hingen Ketten mit Herzchen und Glassteinen und Blumentöpfe mit langen Ranken herab.

Als ich mich staunend um die eigene Achse drehte, stieß ich gegen eine fast lebensgroße Figur eines kleinen Jungen, der eine große Glocke um den Hals trug. Die Figur schwankte und die Glocke schepperte laut. Ich erschrak furchtbar darüber.

Frau Tröster nahm mich hoch und streichelte mir über den Kopf. »Nichts passiert. Ich weiß, es ist ein bisschen voll hier, aber ich mag es so. Das erinnert mich an die gute Stube meiner

Mutter. Der Knabe mit der Glocke, den du gerade angestoßen hast, ist ein Erbstück von ihr. Nehmen Sie Platz, meine Herren und Mops. Du darfst gerne auch aufs Sofa.«

Das ließ ich mir nicht zweimal sagen und sprang neben das Kissen, das am stärksten nach der Hausherrin roch.

»So ein kluger Hund, er weiß, dass das mein Lieblingsplatz ist, und hat ihn mir frei gelassen.« Wieder streichelte sie mir den Kopf.

Eine meiner leichtesten Übungen. Menschen sind doch immer wieder einfach zu beeindrucken.

Meine beiden Kollegen ließen sich auf den beiden Sesseln gegenüber dem Sofa nieder und seufzten behaglich. »Schön haben Sie es hier. Wirklich sehr gemütlich. Machen Sie die Kissen selbst?« Waterson räkelte sich genüsslich.

Frau Tröster nickte. »Ich geh ja nicht arbeiten, da kann ich mir die Zeit mit Handarbeiten vertreiben. Im Sommer mach ich viel im Garten und spiel Golf in Vorderlingen. Im Winter mach ich dann Kissen, Quilts und diese Deko-Ketten.«

Sie zeigte auf die Teile, die von der Decke hingen. Die Wärme des Feuers brachte sie zum Drehen. Das Licht brach sich in den funkelnden Steinen und machte den Raum mit seinen Reflexen noch lebendiger, die waren wirklich hübsch.

Gerlach kam zur Sache, er mochte dieses Drumherumgeschwätz nicht so gerne. »Also, Frau Tröster, Sie wissen natürlich, dass wir nicht wegen Ihrer Handarbeiten gekommen sind. Können Sie sich vorstellen, wer Ihrem Mann so etwas angetan haben könnte?«

Tränen quollen aus den bereits verweinten Augen, die kurze Abwechslung durch die Nachbarin war vorüber. »Ich weiß, dass er nicht überall beliebt war. Er galt als harter Geschäftsmann und strenger Arbeitgeber. Er war aber nicht unfair. Wenn er jemanden entließ, dann weil derjenige Mist gebaut hatte.«

»Gab es in letzter Zeit einen Vorfall dieser Art?« Waterson lümmelte zwar immer noch im Sessel, beteiligte sich aber aufmerksam am Gespräch. »Jemand, der wütend genug war, ihn zu erschießen?«

»Hat er leiden müssen?« Sie schluchzte jetzt heftig und drückte mich an sich.

Schon wieder dieses Lavendel-Haarspray. Ich musste kräftig niesen und das rettete vorerst meine Rippen. Sie ließ mich wieder los.

»Entschuldige. Du bist einfach zum Knuddeln.«

Na, der würde ich keine meiner Schwestern anvertrauen, zumindest nicht, bis sie groß genug zum Wegrennen waren, wenn Frau Tröster ihre Drückattacken bekam.

Sie kam zum Thema zurück. »Also in letzter Zeit, nicht, dass ich wüsste.«

»Hass kann einen langen Atem haben, Frau Tröster. Gibt es eine Auseinandersetzung, die schon länger zurückliegt? Egal, wie belanglos Ihnen das inzwischen erscheint, es kann wichtig sein.« Gerlach blieb am Ball.

»Nun, es gab da mal was. Es hatte mit unserer Nachbarin, Frau Ganter, und deren Mann zu tun. Wie Sie ja schon mitbekommen haben, ist unser Verhältnis nicht das beste. Früher waren wir mit den Ganters befreundet. Kurt, der inzwischen geschiedene Mann von Marianne …«

Ich merkte auf. Geschieden? Der Ring deutete doch auf Witwe hin.

Frau Tröster sprach weiter. »… der Kurt war ein hochgeschätzter Programmierer bei meinem Mann. Wir freuten uns, als sie das Häuschen neben unserem kauften, und wir verbrachten viele schöne Abende zusammen. Dann behauptete Kurt auf einmal, mein Mann würde der Marianne nachsteigen. Marianne schürte diesen Verdacht ständig und erzählte überall herum, dass sie bald Chefin würde. So ein Blödsinn. Herrmann und ich sind uns nicht immer treu gewesen, aber ich habe das Geld. Niemals hätte er mich verlassen. Ich ließ ihm alle Freiheiten und nahm sie mir selbst. Wir waren zufrieden so. Aber sie gab nicht auf. Sie war neidisch auf unser großes Haus, die Jagdhütte in den Alpen, den Golfclub, das große Auto. Es kam zum Streit und Herrmann entließ Kurt, weil er auch vor den Mitarbeitern immer wieder damit anfing.«

»Wo lebt Kurt Ganter heute?«, wollte Gerlach wissen.

»Keine Ahnung, Marianne behauptet, er ist tot, und macht einen auf tragische Witwe. Ich glaube, sie tut das nur, um sich interessant zu machen. Ich kann mir vorstellen, dass er einfach woanders neu angefangen hat.«

»Sie haben eine Jagd in den Alpen?«

»Ja sicher. Ich schieße zwar nicht auf Tiere …«

Hier wechselten die beiden Ermittler einen alarmierten Blick.

»… aber ich bin Bayerin. Wir mögen das ganze Drumherum, sie wissenscho. Die Tracht, das gute Essen, das Bier, die Natur. Ich habe sogar auch hier in Knieslingen einen Jägerinnen-Stammtisch gegründet, aber es schießt keine von uns aktiv. Wir treffen uns halt auf ein Glaserl im Bären. Meinem Mann gefiel es, in der Früh mit meinem Vater anzusitzen. Sie tranken meistens nur Schnaps und schossen daneben, aber schön war's trotzdem.«

»Können wir die Jagdgewehre mal anschauen?«

Frau Tröster schüttelte den Kopf. »Naa, die sind doch nit hier. Die soan beim Vadder dahoim.« Wieder fiel sie in den hübschen, runden Dialekt.

»Hat Ihr Mann denn mal ein Verhältnis mit Frau Ganter gehabt?«, wollte Waterson wissen.

Frau Tröster zuckte gleichgültig mit den Schultern. »Ich denke schon, aber nicht so, wie sie sich das vorgestellt hat. Er ließ keine Gelegenheit aus. Sie wissen ja, dass er eher klein war, er brauchte das wohl für sein Selbstwertgefühl. Sein Geld und sein geschäftlicher Erfolg öffneten da wohl die ein oder andere Tür, die sonst verschlossen geblieben wäre, aber er wusste auch, wo er hingehörte.«

Waterson wurschtelte in seiner Jackentasche herum und zog

eine kleine Plastiktüte und ein paar Fotos heraus. »Kennen Sie solche Gegenstände?«

Neugierig reckte sie den Kopf vor. Sie zeigte auf das erste Foto. »Ja sicher, jede Trachtlerin kennt das. Eine Fasanenfeder.« Sie schaute auf das zweite Bild. »Und das da sind Grandeln, Rothirschzähne. Was soll das alles, was hat das Zeug mit dem Tod meines Mannes zu tun?« Irritiert deutete sie auf den Beutel. »Und was soll das sein?«

Waterson beschloss, diplomatisch zu sein. »Das haben wir bei Ihrem Mann gefunden.«

Sie wurde blass, riss sich aber zusammen und nahm die Tüte mit spitzen Fingern. »Adlerflaum, alles zusammen ergibt einen Hutschmuck, aber was hat das mit dem Mord an meinem Herrmann zu tun? Sie haben mir meine Frage noch nicht beantwortet! Ging es schnell? Musste er leiden?«

Wieder wich Waterson geschickt aus. Die Zeit, die der arme Herr Tröster in Todesangst im Schnee liegend verbrachte, ließ er einfach weg. »Nein, der erste Schuss war nicht schmerzhaft, der zweite ging direkt ins Herz und war sofort tödlich.«

Irgendwann würde Frau Tröster von selbst merken, dass die Zeit zwischen den Schüssen schrecklich gewesen sein musste, aber im Moment schien sie die Aussage von Waterson zu beruhigen.

Waterson setzte gerade wieder zum Sprechen an, als sein Handy klingelte. »Entschuldigen Sie mich bitte einen Augenblick«, murmelte er und zog sich an das andere Ende des Zimmers zurück. Das Gespräch wurde immer lauter und mit einem Blick auf Gerlach öffnete er die Tür zur Diele und ging hinaus.

Die kühle Luft, die in den warmen Wohnraum drang, brachte einen Geruch mit, den ich mir erst ein paar Minuten, bevor wir hier eintrafen, hatte einprägen sollen. Der Duft von Lavender Shining Dreams, eine menschliche Note, Blut von Herrn Tröster, Klebstoff, der Geruch des Adlerflaums. Wie von der Tarantel gestochen schoss ich hoch und purzelte dabei vom

Sofa auf das weiche Fell vor dem Kamin. Ich hasse es, wenn ich in dramatischen Momenten so putzig wirke. Der Fluch meiner Rasse. Egal, ich musste meine Mission erfüllen: Finde den Hut. Im Vollsprint sauste ich los. In der Diele lagen glatte Fliesen, gut zu reinigen, schlecht für meine Kurvenlage. Ich schlitterte unkontrolliert gegen einen kleinen Schrank und knallte unsanft dagegen. Die Tür des Schränkchens sprang durch den Schlag auf. Und heraus fiel: der Hut!

Ich hob ihn triumphierend an der Krempe auf, drehte mich um und sah in drei völlig entgeisterte Gesichter. Ups, keine Beweismittel kontaminieren, wie dumm von mir. Ewas kleinlaut legte ich das grüne Ungetüm aus Filz wieder auf den Boden und trat einen Schritt zurück. Immer noch regte sich keiner der drei Menschen vor mir. Was war denn noch?

Gerlach fasste sich als Erster. »Frau Tröster, ist das Ihr Hut?«

»Ja, ich habe ihn schon ewig gesucht. Wie kommt der dahin?« Sie trat einen Schritt näher und wollte ihn aufheben.

Waterson war schneller. »Bitte nicht berühren, es reicht schon, dass Holmes ihn im Maul hatte.«

Also das war jetzt wirklich undankbar. Er hätte ihn nie im Leben gefunden und jetzt hielt er mir meinen kleinen Aussetzer vor. Ich schmollte und bedachte ihn keines Blickes, als ich mich ins Wohnzimmer zurückzog. Gut, dass die Tür offen blieb, sonst hätte ich womöglich was verpasst.

Waterson holte seine Latexhandschuhe aus der Jackentasche und streifte sie über. Danach hob er den Hut auf und hielt ihn Frau Tröster vor die Nase.

»Was soll das alles, was ist das für ein Theater um meinen Hut?« Sie betrachtete ihn genauer und zeigte dann auf eine Stelle an der Seite. »Er ist ja ganz kaputt. Es fehlt der ganze Schmuck. Oh mein Gott.« Sie torkelte auf einmal wie die Stammtischler, die am späten Abend aus dem Bären kamen. Sie wurde käseweiß und suchte Halt an der Wand. »Die Fotos, die Sie mir gezeigt haben, der Adlerflaum, es … es sind Beweismittel bei den

Loipen-Anschlägen. Der Hut gehört der Täterin, denken Sie, aber ich …« Sie schluchzte verzweifelt auf. »Aber ich weiß nicht, wie das blöde Ding in den Schrank gekommen ist. Ich war doch beim Josef, als mein Herrmann, ach herrje …«

Sie rutschte mit dem Rücken an der Wand langsam auf den Boden und vergrub ihr Gesicht in den Händen. Waterson und Gerlach schauten sich ratlos an. Den Moment nutzte ich, um noch einmal vorsichtig an dem Hut zu schnuppern. Er roch tatsächlich nach den Dingen, die ich gefunden hatte, auch nach dem Adlerflaum. Er roch nach dem Lavendel-Haarspray, aber – und da war ich ganz sicher – er roch nicht nach Frau Tröster. Ein anderer oder vielmehr eine andere hatte den Hut zuletzt in der Hand gehabt. Woher kannte ich den Geruch bloß?

- 18 -

»Frau Tröster, Sie haben ein gutes Alibi, Herr Schmieder hat es unter Eid bestätigt. Aber eine Erklärung für den Hut hier bei Ihnen brauchen wir halt schon.«

Waterson wirkte gleichzeitig beruhigend und streng. Eine gute Mischung, Frau Tröster riss sich zusammen.

Gerlach reichte ihr galant die Hand und half ihr wieder auf die Beine.

»Ich hab keine Ahnung. Seit mein Herrmann nicht mehr da ist, sind unentwegt Leute ein und aus gegangen. Die Tür war die ganze Zeit angelehnt, damit ich nicht immer aufstehen und sie einlassen musste. Der Doktor hatte mir was zur Beruhigung gegeben, da war ich schon recht schlapp davon. Es gab die ganze Zeit Hefezopf und Kaffee, immer wieder schleppten meine Nachbarinnen und Freundinnen, entfernte Bekannte und Leute, die ich nur vom Sehen kenne, neue Hefezöpfe an. Ich glaube, ich habe noch wochenlang genug für eine ganze Fußballmannschaft davon.«

»Alter Brauch hier, kenne ich«, meinte Gerlach dazu. »An wen können Sie sich denn erinnern? Oder besser noch, machen Sie uns eine Liste und fragen Sie Ihre Nachbarn und Freunde, an wen sie sich erinnern. Dann kriegen wir eine relativ vollständige Aufstellung zusammen.« Waterson machte ihm ein Zeichen. Gerlach hatte verstanden. »Wir müssen los. Bitte bleiben Sie hier zu unserer Verfügung. Verreisen Sie vorerst nicht. Wir melden uns wieder.«

Sie nickte und wir oder vielmehr die beiden Männer wickelten sich in ihre warmen Jacken, Schals und Mützen und stiegen ins inzwischen verschneite Auto.

»Was ist denn so Dringendes passiert? Wir müssen eigentlich noch die Nachbarn und vor allem Frau Ganter befragen.« Gerlach zog fragend die Augenbrauen hoch.

»Der Förster Stenz war dran, er war ziemlich aufgeregt. Ich hab erst gar nicht kapiert, was er mir mir sagen wollte. Offensichtlich war jemand an seinem Waffenschrank. Er meint, eins seiner Gewehre sei abgefeuert worden, ein ›Juniorjäger‹. Mensch, Gerlach, es könnte sein, dass wir endlich die Tatwaffe haben.«

Das waren ja mal Neuigkeiten.

»Wieso hat er nie vorher erwähnt, dass er so ein Gewehr hat?«

»Na, wir haben ihn nicht gefragt«, lautete die lapidare Antwort von Waterson.

Ich merkte ihm an, dass er sich darüber ärgerte, also stellte mich auf die Hinterbeine und legte ihm tröstend von der Rückbank aus meinen Kopf auf die Schulter.

Er drehte sich zu mir um: »Du hast ja recht, bei einem Förster erwartet man keinen ›Juniorjäger‹, eher einen ›Hirschtöter‹. Bin ja mal gespannt, was er uns zu erzählen hat.«

Gerlach nickte nur und fuhr konzentriert los. Wir waren schon nach ein paar Minuten am Ziel, dem stattlichen Knieslinger Forsthaus. Kaum, dass wir auf den Hof rollten, wurde schon die Haustür aufgerissen und Mathilda stürmte uns entgegen. Sie war ungewöhnlich nervös.

»Kommt rein, mein Herrchen ist völlig aufgelöst, ich kann ihn kaum beruhigen. Es ist eine Katastrophe für ihn, womöglich in die Morde verwickelt zu werden.«

Sie rannte wieder in den Flur, wo uns ein blasser Förster wortlos zunickte. Er ging voran in den Keller und schloss eine Tür auf. Hier war ich noch nie gewesen. Der Raum, den wir nun betraten, war mit einem dicken, verschlissenen Teppich ausgelegt. In der Mitte des Raumes standen ein alter, sehr stabiler

Holztisch und ein passender Stuhl. Eine Wand nahm ein großer grauer Stahlschrank mit einem Sicherheitsschloss ein. Es roch durchdringend nach dem Waffenöl, das auf dem Tisch stand, einige Lappen lagen daneben.

Waterson legte seinem Freund beruhigend die Hand auf die Schulter – wie sich unsere Gesten glichen! »Jetzt erzähl mal. Wie hast du das gemerkt?«

Stenz seufzte tief. »Ich reinige meine Waffen nach jedem Abschuss gründlich. In diesem Winter also quasi nie. Aber gestern ist dem Maurer Hubertus ein Wildschwein in seinen Pritschenwagen gerannt und lag schwer verletzt am Straßenrand. Er hat mich angerufen, damit ich es erlöse, und ich bin los. Als ich zurückkam, war der Teppich vor dem Schrank nass, es lag auch noch ein bisschen Schnee davor. Da bin ich misstrauisch geworden und hab die anderen Gewehre durchgeschaut. Das Gewehr von meiner Mutter war abgefeuert worden. Vor Kurzem. Ich … ach, sieh selbst.«

Er nahm das Gewehr aus dem Schrank und reichte es Waterson. Der hatte mittlerweile seine Gummihandschuhe angezogen und nahm es Stenz ab. Er schnupperte am Lauf, nickte und hielt es Gerlach unter die Nase. Der nickte ebenfalls. »Wir nehmen es mit in die Ballistik. Erst dann wissen wir Genaues. Ist das Schloss am Schrank in Ordnung?«

»Ja, es ist nicht aufgebrochen worden.«

»Wer hat noch einen Schlüssel dafür?«

»Niemand. Ich habe ihn immer an meinem Schlüsselbund. Ich kann es mir einfach nicht erklären.«

Mittlerweile wurde ich immer ungeduldiger. Ich hüpfte ständig an Watersons Hosenbein hoch, und als er mich weiter ignorierte, fing ich an zu kläffen. Das wirkte.

Er sah zu mir herunter: »Was ist denn los?«

Was für eine dämliche Frage: Ich wollte am Gewehr schnuppern, das lag aber für mich unerreichbar auf dem Tisch. Also entweder ich hoch oder Gewehr runter!

Verständnisloses Kopfschütteln von Stenz. »Muss er raus?«

Aarrgh! Nein, natürlich nicht! »Mathilda, hilf mir, ich muss am Gewehr schnuppern.«

Sie nickte und schob den Stuhl zurück – ganz schön kräftig, meine Schöne.

Die drei Männer sahen uns verwundert zu. Als die Position stimmte, sprang ich drauf und nun kam ich ran.

»Was?« Stenz wollte mich wegschieben, aber meine beiden Kollegen hielten ihn zurück.

»Lass ihn machen. Meistens ergibt es Sinn!«

Danke schön. Jetzt musste ich mich konzentrieren, mir den Ölgeruch wegdenken, den Restgeruch herausfiltern. Die Welt versank, es blieb der Geruch nach Lavender Shining Dreams und … Vor Schrecken fiel ich vom Stuhl und schlug mit dem Kopf gegen eines der Tischbeine. Alles wurde schwarz.

- 19 -

»Holmes, wach auf! Komm schon!«

Langsam kam ich wieder zu mir. Mein Kopf brummte wie verrückt. Ich hatte keine Ahnung, wo ich war, alles drehte sich. Ich wurde festgehalten, unter das Brummen in meinem Kopf mischte sich das Gebrumm des Motors. Vorsichtig öffnete ich meine Augen. Ich saß wieder im Polizeiwagen, dieses Mal aber vorne auf dem Schoß von Waterson.

Gerlach schaute kurz zu mir rüber. »Er ist wieder wach. Ich glaube, wir können erst zum Revier und dann sehen wir, ob er einen Tierarzt braucht.«

Hier, muss ich gestehen, wurde mir das erste Mal im Leben im Auto so richtig schlecht und ich erbrach mein ganzes Frühstück auf Watersons Hose. Wie peinlich. Danach ging es mir deutlich besser. Waterson schaute entsetzt auf die Bescherung. Ich wedelte ihn vorsichtig an und machte Mandelaugen. Gerlach fuhr rechts ran und Waterson reinigte notdürftig die Hose im Schnee. Ein wenig kleinlaut saß ich neben ihm.

»Schon okay, kleiner Freund, das oder so was Ähnliches wird mir in naher Zukunft wohl des Öfteren blühen. Babys sind auch nicht immer nur süß, da gibt es auch oft Flecken. Geht's dir besser?«

Puh, er war nicht böse auf mich.

Er tastete auf meinem Kopf herum. »Na, da hast du dir ja 'ne ordentliche Beule eingefangen. Aber das wird schon wieder.«

Er nahm etwas Schnee und kühlte mir den Kopf damit. Das tat gut. Die Schatten verzogen sich langsam aus meinen Gedanken. Ich erinnerte mich an den Keller von Herrn Stenz, das Gewehr, den Stuhl. Aber warum war ich heruntergefallen? Ich konnte mich nicht mehr entsinnen, verflixt.

»Du schaust ja wirklich noch ein wenig deppert. Warum auch immer du plötzlich so zusammengezuckt bist, dass es dich vom Stuhl gehauen hat. Du bist doch sonst nicht so schreckhaft.« Waterson schaute mich prüfend an. »So wie ich dich kenne, muss es was Schlimmes gewesen sein, was du an dem Gewehr bemerkt hast.«

Ah, da dämmerte mir doch was. Das Gewehr und sein Geruch! Da war was. Aber was denn bloß? Ich konnte es noch nicht richtig greifen. Was hatte mich nur so aufgeregt? Das Klingeln von Watersons Handy riss mich aus meinen Gedanken.

Nachdem er mehrmals genickt und zustimmend gebrummt hatte, wandte er sich an Gerlach. »Das waren die Kollegen vom Revier. Alle Steigen sind gesperrt, es herrscht wieder einmal Sturmwarnung und die Räumfahrzeuge kommen nicht mehr durch. Wir können nicht nach Reutlingen runter. Ich schlage vor, wir verschieben das mit der Ballistik und befragen erst mal die Nachbarin von Frau Tröster, die Frau Ganter. Sollen wir dich nach Hause bringen oder geht's wieder?«

Ich wedelte, so schnell ich konnte, auf gar keinen Fall wollte ich etwas verpassen. Waterson verstand, ich durfte mit.

Auf der kurzen Fahrt zurück verdüsterte sich der Himmel. Der Winter holte noch einmal mit aller Macht aus, um zum Ende richtig zuzuschlagen. Der Wind brauste und pfiff um den schweren Geländewagen und schüttelte ihn kräftig durch. Gerlachs Schnurrbart zitterte wie üblich, wenn er sich konzentrierte. Wir schafften es ohne Rutschpartie, standen bald bibbernd vor Frau Ganters Tür und klingelten. Auch hier wurden wir offensichtlich bereits erwartet. Die Tür öffnete sich schon, bevor der Gong verstummt war.

Frau Ganter hatte rote Wangen, ihre Augen blitzten aufgeregt. Sie genoss es sichtlich, die Polizei im Haus zu haben.

Sie winkte uns herein. »Kommen Sie, ich habe gerade Kaffee gemacht. Darf ich Ihnen einen anbieten? Erst dachte ich, Sie wollen zu mir, nachdem Sie bei der Nachbarin waren, dann sind Sie aber ganz schnell weg und nun kommen's doch.« Sie plapperte hastig und trippelte voran in die warme Küche. Der Esstisch war bereits für drei gedeckt, ein Marmorkuchen stand in der Mitte.

»Erwarten Sie Besuch?«, wollte Gerlach wissen. »Wir stören hoffentlich nicht?«

Sie lachte: »Nein, das hab ich doch für Sie gemacht! Die Polizei befragt doch immer die Nachbarn von Mordopfern, oder nicht? Da dachte ich mir, ich back mal was, wo ich doch sonst nie die Gelegenheit dazu hab! Setzen Sie sich. Milch, Zucker?«

Meine beiden Kollegen nahmen Platz und ließen sich Kaffee und ein großes Stück Kuchen servieren. An mich hatte sie nicht gedacht, aber auf Kuchen steh ich eh nicht so. Ich setzte mich auf Watersons Füße und lauschte aufmerksam dem Kaffeekränzchen.

Marianne Ganter stützte das Kinn auf ihre Hände. »Haben Sie Frau Tröster denn noch nicht verhaftet? Ist doch meistens die Frau, gell? Und so oft, wie die fremdgegangen ist, hätte sie doch auch ein Motiv. Hat sie ein Alibi? Wissen Sie, der Herrmann …«

Gerlach hob abwehrend die Hände. »Jetzt mal langsam, Frau Ganter. Es ist schon üblich, dass die Polizei die Fragen stellt. Zuerst einmal: Wieso denken Sie, Frau Tröster hat ihren Mann getötet?«

»Na, das liegt doch auf der Hand, sie wollte ihn loswerden. Sie hat doch das Geld und will bestimmt nicht teilen bei der Scheidung.«

»Wieso glauben Sie, Frau Tröster wollte sich scheiden lassen? Nach ihren Angaben waren die beiden durchaus zufrieden mit ihrem Arrangement.«

»Ja, aber der Herrmann wäre bestimmt wieder zu mir gekommen, wenn er erst einmal die Helga …«

»Stopp! Welche Helga denn?«

»Na, die Helga, seine Sekretärin. Helga Gerster.«

Helga Gerster, den Namen kannte ich. Ihr gehörte Emmi, die Mutter von unserem Kater Marlon.

Waterson nickte Gerlach zu. »Frau Gerster werden wir nachher noch befragen.« Er wandte wieder der aufgeregten Marianne zu. »Wir bleiben jetzt erst einmal bei Ihnen. Wie kommen Sie darauf, dass Herr Tröster sich von seiner Ehefrau und der angeblichen Geliebten trennen würde, um Sie zu heiraten?«

Marianne Ganter wurde schwammig. »Wir Frauen spüren so etwas. Er wollte sicher wieder zu mir zurück. Ich habe sogar meinen Mann für ihn verlassen. Wir waren so ein tolles Paar.«

»Das klang aber neulich im Bären ganz anders«, meinte Waterson streng.

Marianne zuckte zusammen. »Oh! Sie saßen am Stammtisch? Da hab ich gar nicht mehr dran gedacht. Ja, ich gebe zu, dass wir in der Öffentlichkeit eher distanziert wirkten, um nicht zu sagen feindlich. Das gehörte zu unserem Plan.«

»Ich denke, Frau Ganter, Sie versuchen der armen Frau Tröster die Schuld in die Schuhe zu schieben. Aus Eifersucht vielleicht?«

»Das muss ich mir nicht bieten lassen!« Empört schob sie den Stuhl zurück über den Fliesenboden und sprang auf. Sie zuckte zusammen und griff sich mit schmerzverzerrtem Gesicht ans rechte Knie. »Verflixtes Knie. Ich hab mich immer noch nicht daran gewöhnt, dass es nicht mehr so richtig will.«

»Jetzt setzen Sie sich erst einmal wieder hin. Wäre doch schade um den guten Kuchen.« Gerlach hob beruhigend die Hände und schob sich dann demonstrativ ein großes Stück unter den Schnurrbart.

Marianne blieb erst einmal unentschlossen stehen. Ihre dramatische Szene war ins Leere gelaufen. Unbehaglich setzte sie sich schließlich wieder hin – nun deutlich kleinlauter.

Waterson nahm den Faden wieder auf. »Also jetzt noch mal und dieses Mal bitte ohne den ganzen Firlefanz. Sonst begleiten Sie uns morgen mal aufs Revier. Frau Tröster hat für den Zeitpunkt des Mordes an ihrem Mann ein sicheres Alibi. Die können Sie also schon mal vergessen.«

»Wir möchten wissen, ob Sie als Nachbarin etwas zur Aufklärung beitragen können. Sie verfügen ja über eine gute Beobachtungsgabe.« Der Gerlach konnte ja richtig schleimen.

Es wirkte, Frau Ganter entspannte sich wieder. »Na ja, an dem Nachmittag hab ich eigentlich nur gesehen, dass Frau Tröster nicht wollte, dass ihr Mann langlaufen geht. Sie machte ihm eine richtige Szene auf dem Hof. Sie hatte wohl Angst wegen den Anschlägen auf Herrn Balz und den armen Gernot. Dann ging sie wieder ins Haus. Ob sie noch das Haus verlassen hat, kann ich nicht wirklich sagen. Sie kann ja auch hinten raus. Muss sie ja dann wohl auch, wenn sie ein Alibi hat.«

»Moment mal, warum nennen Sie Herrn Tuffner mit Vornamen?«

Beide Beamten und ich waren aufmerksam geworden. Sollte das endlich die fehlende Verbindung sein?

»Gernot half mir über die Trennung von Hermann hinweg. Wir waren nur eine kurze Zeit zusammen, er war ein netter Kerl, aber er wollte eine Ehefrau und Kinder und so. Er lebte noch bei seiner Mutter, ein schönes Haus, aber er wollte dann ausziehen, er mit seinem kleinen Gehalt. Mit mir in mein Häuschen hier neben den Trösters. Ich bitte Sie! Aus so einem schönen Haus ausziehen, das geht gar nicht. In letzter Zeit haben wir uns wieder ab und zu getroffen, aber ich hatte das Gefühl, dass aus Herrmann und mir doch noch was wird. Und jetzt ist der Arme tot und der Gernot auch.«

Frau Ganter war also das fehlende Puzzleteil. Das verband

die beiden Mordopfer: die Affäre mit Marianne. Wie passte da das Gewehr von Stenz mit rein?

Aber da redete unsere Gastgeberin schon weiter und tupfte sich dabei an den Augen herum. Echte Trauer sieht bei mir anders aus. Das dachten sich offenbar auch Gerlach und Waterson, sie wechselten einen ungläubigen Blick.

»Anscheinend bringe ich meine Männer in Lebensgefahr. Sie müssen mir aber glauben, mit Herrn Balz hatte ich nichts. Ich kenne den gar nicht.«

»Der lebt ja auch noch«, bemerke Gerlach trocken.

»Gibt es da noch einen Mann in Ihrem Leben, in letzter Zeit, meine ich?«

Marianne wand sich ein wenig. »Ja, ich habe einen Verehrer. Wir hatten eine kurze Affäre. Aber das war ein Fehler von mir und jetzt ist er wirklich unglücklich wegen mir.«

»Können Sie das zeitlich einordnen? Wer kam nach Ihrem Ehemann?«

»Nach Kurt war ich, nein, also eigentlich während der Zeit mit Kurt war ich mit Herrmann Tröster zusammen. Als ich mich dann von meinem Mann getrennt habe, wollte Herrmann nichts mehr von mir wissen. Ich ließ mich von Gernot trösten, aber das ging ja auch schief …«

»Wo ist eigentlich Ihr Exmann? Tot ist er jedenfalls nicht, oder?« Waterson stützte seinen Kopf auf die Hände auf, die Ellenbogen auf dem Tisch.

»Er lebt in Cuxhaven und hat dort wieder geheiratet. Er ist mittlerweile als Softwareentwickler sehr erfolgreich und hat eine schöne Villa. Ich …« Sie wurde rot. »Ich habe geschwindelt und so getan, als ob er tot wäre. Ich wollte nicht, dass jemand erfährt, dass er jetzt reich ist und ich immer noch hier sitze, in diesem kleinen Häuschen.«

»Okay. Wer kam danach?«

»Na, mein unglücklicher treuer Verehrer, der Joachim.«

»Joachim wer?« Waterson saß plötzlich kerzengerade.

Auch ich hatte Angst vor dem, was sie als Nächstes sagen würde.

»Joachim Stenz, der Förster.«

Mir fiel wieder die Szene im Bären ein. Der Stenz war sehr still geworden, als Marianne auftauchte, und er hatte Mandelaugen gemacht. Ich begann zu winseln, mein Kopf fing wieder an zu dröhnen. Ich wollte mich unbedingt erinnern, was ich an dem Gewehr erschnuppert hatte. Der Geruch war mir bekannt vorgekommen, ich hatte ihn schon früher im Forsthaus wahrgenommen. Wo bloß? Am Förster vielleicht? War das mit dem Hut nur eine raffinierte Finte, die Spuren der Langlaufskier und -schuhe falsch? Ich strengte mich wirklich an. Der einzige Effekt war, dass mir wieder übel wurde. Ich begann zu würgen. Waterson erkannte die Zeichen und nahm mich schnell hoch und rannte mit mir vor die Haustür, froh, seinen Schock so verbergen zu können.

Als ich endlich den Kopf wieder hob, sah ich meinem Freund ins Gesicht. Der war sehr blass.

Er schüttelte ungläubig den Kopf. »Das glaub ich einfach nicht, Holmes. Er ist doch mein Freund und er hat mir geholfen bei dem blöden Hutschmuck. Aber jetzt hat er auf einmal ein Motiv und die Waffe.« Wieder schüttelte er den Kopf. »Das macht doch alles keinen Sinn! Er hat uns doch geholt, wir hätten die Waffe nie gefunden. Nein, das stimmt einfach nicht!«

Gerlach gesellte sich zu uns, sein Schnurrbart sträubte sich unwillig. »Ich hab gesagt, dass sie sich zu unserer Verfügung halten soll. So was von Geldgier hab ich selten erlebt. Sie will ihre Schäfchen ins Trockene bringen, bevor ihr Aussehen sie im Stich lässt. Von echten Gefühlen keine Spur, richtig skrupellos.« Ein richtiger Wortschwall, der da aus Gerlachs Mund strömte. Er war wirklich angespannt. »Wie geht's unserem Junior?«

Viel besser! Waterson trug mich durch den hohen Schnee zum Auto. Es stürmte nach wie vor heftig.

Gerlach legte im Auto seine Hand auf Watersons Schulter.

»Ich glaube auch nicht, dass er es war. Aber du weißt, dass wir ihn überprüfen müssen. Heute reicht's uns allen und er kann eh nirgends hin bei dem Wetter. Wir schlafen erst mal eine Nacht drüber, dann besprechen wir morgen mit den Kollegen, wie wir weiter vorgehen.«

- 20 -

Es tat nach diesem chaotischen Tag richtig gut, in unser gemütliches, warmes Haus heimzukommen. Die Spice Girls hatten wieder einmal Besuch von Frau Tuffner. Ich erkannte die alte Dame kaum wieder, als sie da völlig zerzaust und mit roten Wangen auf dem Boden unseres Wohnzimmers saß, umringt von lauter tobenden Möpschen.

Gerlach fuhr gleich weiter, aber Waterson kam noch kurz mit rein. Frauchen überließ Frau Tuffner meinen kleinen Schwestern und ging auf ein Zeichen meines Kumpels hin mit ins Esszimmer rüber.

Dort plumpste er erst einmal auf unsere Eckbank und seufzte tief. »Ich weiß nicht mal, ob ich das erzählen darf. Es sieht fast so aus, als ob Joachim, unser Förster, in den Fall verwickelt wäre. Es deutet sogar einiges darauf hin, dass er unser Täter ist.«

»Spinnst du jetzt? Der Joachim? So einen Blödsinn hab ich ja schon lange nicht mehr gehört. Und wo hat denn Holmes diese riesige Beule her?« Frauchen war richtig in Fahrt. Sie sprang auf und holte einen kleinen Eisbeutel aus dem Kühlschrank, den sie mir auf dem malträtierten Kopf legte. Dann geriet Waterson wieder in ihr Visier: »Erklär mir mal, wie ihr auf so einen Quatsch kommt! Aber ihr zweifelt selber noch, oder? Sonst hättet ihr ihn ja schon verhaftet. Also was ist jetzt?«

»Ich komm ja gar nicht zu Wort! Holmes ist vom Stuhl gefallen, als er an der mutmaßlichen Mordwaffe schnüffeln wollte, die beim Förster auf dem Tisch lag.« Frauchen holte schon Luft, aber Waterson brachte sie mit einer kleinen Handbewegung zum Schweigen. »Joachim hatte uns angerufen und gemeldet, dass das Gewehr seiner Mutter abgefeuert wurde. Er hat uns freiwillig geholt. Entweder ist er strunzdumm und denkt, wenn er uns auf die Fährte lockt, schließen wir ihn automatisch als Täter aus, oder er war es nicht und hat wirklich keine Ahnung. Gerlach und ich tendieren zu letzterer Auffassung. Morgen bringen wir das Gewehr zur Ballistik und dann sehen wir weiter. Vielleicht ist alles falscher Alarm.«

Wir wussten alle, wie unwahrscheinlich das war. Ich legte meinen Kopf tröstend auf seinen Schenkel. Was für eine vertrackte Situation. Wieder einmal versuchte ich mich zu erinnern. Hatte ich mich womöglich darüber erschrocken, dass das blöde Gewehr nur nach Joachim roch? Dass es niemand anders in der Hand gehabt hatte? Ein abgebrühter Killer, der eiskalt seine Widersacher erschoss, einen sogar von Angesicht zu Angesicht? Und den armen Mathelehrer beinahe, und das nur so zum Scherz? Ich schüttelte meinen Kopf. Nein. Das ergab keinen Sinn.

Waterson beobachtete mich aufmerksam. Dann legte er seine Hand vorsichtig auf meinen verbeulten Kopf. »Du zweifelst daran. Hilf mir, seine Unschuld zu beweisen. Oder besser noch, hilf mir, die Wahrheit herauszufinden.«

Wenn ich das nur könnte. Frauchen holte ein Glas Rotwein für den gestressten Waterson und bat auch Frau Tuffner hinzu. Bald drehte sich das Gespräch um angenehmere Dinge. Waterson eröffnete den Damen, dass er im Sommer Vater eines Mädchens werden würde, und überlegte sofort, welcher Name wohl der schönste wäre.

Ich zog mich in mein Körbchen zurück, in dem Murpsel, die kleine schwarze Katze, genüsslich schnurrte. »Na, sieht man dich auch mal wieder? Du bist ja kaum noch zu Hause. Was gibt's Neues?«

Es tat gut, mir mal alles von der Seele zu reden. Die schwarze

Schönheit hörte aufmerksam zu, von den grünen Augen waren nur noch Schlitze sichtbar.

Papa Marquez kam auch in die Küche, wie immer auf der Suche nach etwas zu fressen. Nachdem er seinen Napf gründlich ausgeschleckt und ihn anschließend noch geräuschvoll über den Fliesenboden geschoben hatte, sah er kurz auf: »Und dann legt er den Hut in Frau Trösters Schrank? Warum das denn? Roch denn der Hut nach dem Stenz?«

Lieber, guter Papa. Manchmal sieht man den Wald vor lauter Bäumen nicht, pflegt Frauchen zu sagen. Richtig! Der Hut war niemals in der Hand des Försters gewesen. Er roch ausschließlich nach Frauen, vor allem nach dem Lavendel-Haarspray und der Mörderin. Die Person, die den Hutschmuck an den Abschussorten und an der Leiche hinterlassen hatte, war weder Marianne Ganter noch Renate Tröster. Wer dann?

Murpsel beäugte nun interessiert meine dicke Beule. »Ich kann sie dir wegmassieren, tut kaum weh. Vielleicht kommt dann die Erinnerung zurück.«

Ich nickte ergeben und die Katze machte sich mit ihrer rauen rosa Zunge ans Werk. Wider Erwarten tat es gut und der pochende Schmerz verschwand langsam. Es war wirklich ein langer Tag gewesen und ich schlief schließlich entspannt ein.

Ich wurde noch einmal geweckt als kurze Zeit später unsere Gäste gingen.

Waterson strich mir kurz über den Kopf. »Ruh dich aus, mein kleiner Freund! Morgen früh sehen wir weiter. Ich hole dich ab.«

- 21 -

Am nächsten Morgen sah die Welt ganz anders aus. Die Frühlingssonne strahlte von einem wolkenlosen Himmel und dieses Mal schien sie entschlossen, den Winter zu besiegen und sich nicht wieder verjagen zu lassen. Der Schnee türmte sich zu meterhohen, bizarren Gebilden, die in den Sonnenstrahlen funkelten und blitzten. Nicht mehr lange und der kleine Bach Knies, der durch unser Dorf fließt, würde ganz schön viel Arbeit bekommen.

Die Katzen räkelten sich glücklich auf der Fensterbank. Maurice brummte laut und vergnügt vor sich hin: »Bald gibt's wieder Mäuse, ich kann es kaum erwarten. Die Jagd fehlt mir am meisten im Winter. Apropos Jagd: Murpsel hat mir erzählt, dass der Förster unter Verdacht steht? Wie geht es nun weiter?«

Ich gähnte erst einmal herzhaft und warf Murpsel einen dankbaren Blick zu. »Deine Massage gestern hat ja Wunder gewirkt. Es tut gar nicht mehr weh. Danke schön. Waterson holt mich bald ab. Ich darf heute mit aufs Revier nach Reutlingen.«

»Vielleicht triffst du dort auf das Frauchen von meiner Mama Emmi«, mischte sich Marlon ein. »Sie will da heute hin und eine Aussage machen. Sie weiß angeblich was, meint meine Mama.«

»Wie heißt sie noch mal?«, wollte ich wissen.

»Helga Gerster. Sie hat beim Tröster als Sekretärin gearbeitet. Jetzt ist sie viel zu Hause, Frau Tröster hat ihr gekündigt, als sie die Firma übernommen hat.« Marlon gähnte herzhaft, sein rotweiß geringelter Schwanz bewegte sich träge auf und ab.

»Mein lieber Marlon, du schwindelst, dass sich die Balken

biegen. Du kannst gar nicht mit deiner Mutter geredet haben. Wir kommen doch nicht durch den tiefen Schnee«, murrte Murpsel verächtlich.

Der rot-weiße Kater grinste: »Doch, ich weiß es. Ich war mit Frauchen vor ein paar Tagen in der Tierklinik zum Impfen und Emmi war auch da. Wir haben uns im Wartezimmer unterhalten.«

Ich war empört. »Und da sagst du nichts?«

»Ich dachte nicht, dass ich eine Impfung erwähnen muss.«

»Haha, du weißt genau, dass ich das nicht meine. Helga will eine Aussage machen. Da bin ich ja mal gespannt.«

Wie aufs Stichwort klingelte es an der Haustür. Waterson kam, um mich abzuholen. Mein erster Besuch bei der Soko Loipeim Revier. Ein bisschen aufgeregt war ich schon.

»Na, ist dein Kopf wieder okay? Man sieht ja kaum noch etwas. Dann kann's ja losgehen.«

Endlich waren die Straßen wieder frei und die Luft war mild. Waterson und Gerlach, der wie üblich fuhr, trugen dunkle Sonnenbrillen. Das Licht war ganz schön grell. Ich musste die Augen zusammenkneifen, sonst tat es weh.

»Hier, Kumpel, die lag noch im Handschuhfach.«

Waterson setzte mir eine Sonnenbrille auf die Nase und schon war es besser. Ich durfte mich nur nicht bewegen, sonst rutschte mir das Ding runter. Also saß ich möglichst unbewegt am Fenster. Als wir endlich durch die Straßen von Reutlingen fuhren, blieben die Menschen stehen, zeigten auf mich und lachten. Ein Mops verbreitet eben oft gute Laune.

»Also, Holmes, du hältst dich am besten zurück, denn unsere Kollegen sind eher skeptisch, was deine Fähigkeiten angeht. Biete ihnen bloß keine Angriffsfläche.«

Als ob ich nicht wüsste, wie ich mich zu benehmen hatte. Aber ich kläffte nur einmal kurz, er war sehr angespannt. Das konnte ich spüren. Joachim war sein Freund, es fiel ihm schwer, was er heute Nachmittag tun musste.

»Wann hast du Herrn Stenz einbestellt?«, wollte Gerlach wissen.

»In einer Stunde. Ich wollte noch einmal kurz alles mit den Kollegen durchgehen, was wir bisher haben. Das Treffen findet jetzt gleich im oberen Besprechungsraum statt.«

Das Auto stellten wir in der Tiefgarage ab, ich ließ mir brav die Leine an mein Polizeimops-Geschirr anklicken und dann fuhr ich das erste Mal in meinem Leben mit einem Aufzug. Mein Magen hüpfte kurz nach oben und dann – als das Ding bremste – wieder nach unten, zumindest fühlte es sich so an. Das kitzelte im Bauch, ein lustiges Gefühl. Schade, dass wir das zu Hause nicht hatten. Wohlerzogen trippelte ich neben meinen Kollegen durch die langen, kahlen Gänge. Der Fußboden war hässlich gelb, glänzte frisch geputzt und war furchtbar glatt. Ich musste wahnsinnig aufpassen, dass ich nicht ausrutschte und auf den Bauch platschte. Dann wäre es mit meinem guten Eindruck gleich vorbei. Ich wurde von den vorbeigehenden Beamten freundlich begrüßt und schaffte es auch die rutschig gebohnerte Holztreppe ohne Zwischenfälle hinauf.

Es waren nur noch wenige Meter bis zum Besprechungsraum, als mehrere Dinge gleichzeitig geschahen. Eine Tür kurz hinter uns öffnete sich und ein infernalisches Gebell ertönte. Ein großer, langhaariger Schäferhund schnauzte mich äußert unhöflich an. »Hey, du mickrige Töle, was hast du denn hier zu suchen? Mach, dass du hier wegkommst.«

Mit diesem Ausbruch überraschte er seinen Hundeführer, riss ihm die Leine aus der Hand und stürmte auf uns zu. Im letzten Moment tat ich einen Schritt zur Seite, der Angreifer konnte auf dem glatten Boden nicht mehr bremsen, landete auf dem Hinterteil und schlitterte, sich um die eigene Achse drehend, weiter. Gleichzeitig öffnete eine Frau die Tür zum Besprechungszimmer, um zu sehen, was da für ein Lärm herrschte. Der blöde Köter rammte sie. Die Leine verhedderte sich in ihren Beinen, und als der Hund wieder zum Stehen kam und wieder auf mich losging, riss er die arme Frau um. Der Besitzer eilte mit hochrotem Kopf auf das Knäuel zu und schnappte sich die Leine. Anschließend half er seiner Kollegin auf die Beine. Der Schäferhund bekam einen ordentlichen Rüffel und zog kleinlaut den Schwanz ein. Gerlach und Waterson hatten ebenfalls rote Köpfe, und als sie sahen, dass der Frau nichts passiert war, gab es für die beiden kein Halten mehr. Sie lachten, bis sie keine Luft mehr bekamen.

»Sehr witzig.« Die Frau stemmte empört die Arme in die Hüften. »Kaum ist euer Mops hier, bricht schon das Chaos aus.«

Das musste Sabrina Hauser sein. Da half nur eins: Ich ging vorsichtig auf sie zu, setzte mich vor sie auf den Boden, zog meine Stirn in möglichst viele Knautschfalten und sah so mitfühlend und fürsorglich, wie ich konnte, zu ihr auf.

Gerade schaute sie noch sehr streng auf mich herunter, im nächsten Moment kniete sie vor mir auf dem Boden und kraulte mich hinter den Ohren. »Du kannst ja gar nicht dafür, der böse Hektor ist ja auf dich losgegangen. So ein ungezogener, großer Polizeihund. Du bist aber hübsch.«

Ich warf meinen immer noch kichernden Freunden einen triumphierenden Blick zu. So erobert man Frauenherzen, meine Lieben! Nicht mit Gelächter.

Sabrina nahm mich auf den Arm und drückte mich an sich. »Der arme Kleine, er hat sich sicher furchtbar erschreckt.«

Sie drehte sich um und ließ die verdutzten Kollegen auf dem Gang stehen. Die beiden zuckten mit den Schultern und folgten uns in den großen, hellen Raum.

In der Mitte stand ein mächtiger Holztisch, auf dem das Gewehr, der Hut und die drei Teile des Hutschmucks lagen. Wieder einmal unerreichbar für mich. Ich musste dringend noch mal daran riechen, dann fiele mir sicher wieder ein, was mich daran so schockiert hatte. Im Moment hieß es aber abwarten, bis sich die passende Gelegenheit ergeben würde.

Auf den steif wirkenden Stühlen saß ein blonder, gut aussehender Mann, Bernd Sittler. Außerdem der seriös wirkende, etwas ältere Thorsten Behring. Das wusste ich aus den Berichten von Waterson. Irritiert schauten die beiden auf meine neue Freundin und mich, begrüßten dann Waterson und Gerlach mit einem freundlichen Nicken.

»Setzt euch! Sabrina, hast du dein Herz für Hunde entdeckt?«, eröffnete Thorsten die Besprechung.

»Nur für diesen einen. Waterson, warum hast du ihn denn nicht schon früher mal mitgebracht? Der ist ja zuckersüß!«

»Hast du nicht das letzte Mal gesagt … ach, ist ja egal. Also, ich bringe euch jetzt mal auf den Stand der Dinge.«

Waterson berichtete, was wir gestern alles erfahren hatten. »Offensichtlich hängt alles irgendwie mit Marianne Ganter zusammen. Eine weitere Verbindung haben wir bisher nicht ermitteln können. Das Gewehr ist tatsächlich die Tatwaffe. Die Ballistik hat das bestätigt. Wir haben Joachim, also Herrn Stenz, einbestellt, er wird bald hier sein. Das Problem ist nur, dass mein Gefühl mir ganz klar sagt, dass er nicht der Typ für solche Hinterhalte ist. Indizien hin oder her, es passt nicht zu ihm.«

Thorsten Behring sah ernst zu ihm rüber. »Du weißt, dass wir uns nicht von unserem Bauchgefühl leiten lassen dürfen. Wir ermitteln hier die Beweise und die Staatsanwaltschaft entscheidet, ob sie ausreichen oder nicht.«

»Natürlich weiß ich das. Das musst mir nicht extra sagen, trotzdem stimmt da was nicht. Wir haben immer noch die Fußabdrücke, die Holmes gefunden hat. Wie passen die ins Bild?«

»Bei allem Respekt, Johannes, aber er ist nur ein Mops, kein richtiger Polizeihund!«

Also manchmal bin ich mit meiner Geduld wirklich am Ende. Wer hatte denn das ganze Zeug gefunden? Der blöde Hektor und ihre tolle Spurensicherung jedenfalls nicht. Ich knurrte gereizt und bekam aus einer unerwarteten Ecke Rückendeckung.

»Na, was soll das denn jetzt heißen? Seit wann machen wir hier denn Unterschiede zwischen Rassen? Er hat sein Können schon mehrfach unter Beweis gestellt!« Als Thorsten noch was sagen wollte, hob meine charmante Fürsprecherin Sabrina abwehrend die Hände: »Lass uns einfach mal so tun, als ob er recht hätte. Was dann?«

Es klopfte und eine junge Beamtin in Uniform meldete, dass Herr Stenz, seine Mutter und eine ziemlich aufgeregte Frau Gerster unten im Gang warten würden.

Ich nutzte die kurze Ablenkung und sprang beherzt von Sabrinas Schoß auf den riesigen Tisch.

»Was soll das werden?« Sie versuchte mich wieder einzufangen, aber ich war wild entschlossen, an den Hut und das Gewehr zu kommen.

Waterson fiel ihr in den Arm. »Warte, er will nur die Witterung aufnehmen. Er macht nichts kaputt. Lass ihn einfach machen.«

Sabrina und die anderen standen gebannt um den Tisch. Vorsichtig, um nicht wieder irgendwo herunterzufallen, näherte ich mich den Gegenständen und konzentrierte mich. Wieder traf mich die Erkenntnis wie ein Schlag. Hilflos sah ich zu Waterson auf. Es war einfach zu schrecklich. Ich konnte es nicht fassen, aber es gab keinen Zweifel. Ich wusste nun, wer es war.

Deprimiert schlich ich mit hängenden Ohren und Schwänzchen an den Rand des Tisches zurück, wo mich Waterson mit einem besorgten Blick in Empfang nahm.

- 22 -

»Wie teilen wir uns auf? Ich würde vorschlagen, Gerlach und Waterson, ihr vernehmt die Frau Gerster im kleinen Zimmerchen und Sabrina den Herrn Stenz gerade hier im Raum. Bernd und ich sprechen noch einmal mit der Spurensicherung und dem Rechtsmediziner, damit wir nichts übersehen. Auf geht's!« Thorsten Behring übernahm das Kommando.

Ungefragt ging ich hinter meinen Kumpeln her in das sogenannte Zimmerchen, einen der Vernehmungsräume.

Kurze Zeit später kam Frau Gerster aufgebracht herein. »Ich weiß, wer es war. Ich hab es genau gesehen.«

»Das ist ja interessant, warum kommen Sie erst jetzt damit zu uns?«

»Na, der Anschlag auf den Lehrer hat mich irritiert, aber nachdem mein geliebter Herrmann erschossen worden war, wurde mir klar, was passiert ist.« Sie tupfte an ihren Augen herum und schluchzte ein bisschen.

Waterson und Gerlach wechselten einen genervten Blick. Schon wieder eine Tröster-Geliebte, die gab es ja wie Sand am Meer.

»Dann erzählen Sie mal, Frau Gerster. Soll Ihnen Herr Waterson ein Glas Wasser bringen?«

»Danke, Herr Gerlach, es geht schon wieder.« Sie riss sich zusammen, setzte sich aufrecht hin und ließ ihre Bombe platzen. »Die Marianne war es. Ganz sicher, die wollte den Herrmann für sich allein, und als sie ihn nicht bekam – wegen mir –, da hat sie ihn erschossen. Und den Gernot wollte sie loswerden, weil er ihr gedroht hat, dem armen Herrmann alles zu erzählen. Und dann hätte er sie womöglich nicht mehr gewollt.«

»Und was genau haben Sie gesehen?«

»Die Marianne war Ski fahren, bei jedem Anschlag war sie draußen!«

»Das ist jetzt mal noch kein Beweis, das trifft auf viele Menschen in den letzten Wochen zu.«

»Ja, aber sie hatte doch ein Motiv!«

»Jetzt hören Sie mal zu, Frau Gerster. Was Sie da machen, ist höchst strafbar. Sie verschwenden unsere Zeit und lenken einen völlig unhaltbaren Verdacht auf Frau Ganter. Wir wissen nämlich, dass auch Sie durchaus infrage kämen, denn Frau Tröster hat uns berichtet, dass ihr Mann an seinem Todestag vorm Skilaufen zuerst zu Ihnen gefahren ist. Ihre Nachbarn haben das bestätigt. Wir haben nämlich nicht untätig herumgesessen und gewartet, ob Sie zu uns kommen. Sie hatten einen kurzen und heftigen Streit mit Herrn Tröster, der nach ein paar Minuten Ihre Wohnung wieder verlassen hat. Sind Sie ihm gefolgt? Hat er Sie abserviert, so wie die anderen vor Ihnen? Aus der Traum vom Leben an der Seite des reichen Chefs!«

Hui, da war der Gerlach aber in Fahrt gekommen.

Frau Gerster war blass geworden. »Wieso hätte ich denn auf die anderen schießen sollen?«

»Was weiß ich? Zu Übungszwecken? Weil Sie die Männer in ihrem Langlaufdress verwechselt haben? Da gibt es viele Möglichkeiten.«

Sie begann zu zittern.

Waterson legte beruhigend seine Hand auf ihre. »Jetzt wissen Sie, wie es sich anfühlt, zu Unrecht verdächtigt zu werden. Wir können Ihnen versichern, dass wir alle Möglichkeiten in Betracht ziehen. Bitte überdenken Sie jetzt Ihre Aussage noch einmal. Was genau haben Sie gesehen?«

Jetzt wand sich Helga Gerster unbehaglich auf ihrem Stuhl hin und her. »Ich weiß, dass Marianne und Herrmann kein gutes Verhältnis mehr hatten, weil sie wollte, dass er sich von seiner Frau trennte. Aber er wollte das nicht. An dem Tag, als er starb, da, nun ja, da hatten wir einen Streit, weil ich das auch wollte. Wenn ich damit nicht angefangen hätte, würde er vielleicht noch leben.« Wieder begann sie zu weinen, dieses Mal wirkte es aber echt.

»Und warum sind Sie hergekommen?« Gerlach war immer noch sehr streng, es fehlte nur noch der erhobene Zeigefinger. Den kannte ich von Frauchen nur zu gut, wenn ich mal wieder was ausgefressen hatte, natürlich nur aus Versehen und als ich noch ein junger Hüpfer war.

»Ich dachte, wenn ich Ihnen helfe, die Mörderin zu finden, kann ich mein Gewissen etwas beruhigen. Ich bin immer noch davon überzeugt, dass Marianne was damit zu tun hat.«

Das hatte Marianne irgendwie tatsächlich, aber anders, als Helga sich das ausgemalt hatte.

Die wollte aber noch nicht aufgeben. »Woher wollen Sie denn wissen, dass es nicht stimmt?«, fragte sie ein wenig aufmüpfig.

»Ganz einfach, Frau Ganter kann aufgrund eines Skiunfalls, den sie vor einem Jahr hatte, das rechte Knie nicht mehr belasten. Man sieht es im Alltag kaum, aber sie konnte uns die Röntgenbilder vorweisen und hat uns die Erlaubnis erteilt, bei ihrem Arzt nachzufragen. Er hat es uns eindeutig bestätigt. Die Strecke bis zum Tatort hätte sie nicht geschafft, es geht bis dorthin die ganze Zeit bergauf. Sie sehen also, es wäre besser, wenn Sie keine offizielle Aussage darüber machten. Das würde nicht gut für Sie ausgehen.«

Das Gespräch war beendet und alle standen auf und gingen zur Tür.

Waterson hielt Helga noch einmal kurz zurück. »Ich weiß zwar nicht, ob Sie das tröstet, aber der Mörder oder die Mörderin hätte einfach einen anderen Tag genommen. Alle drei Opfer sind sehr regelmäßig zum Langlaufen gegangen. Es kam wohl nicht auf einen Tag mehr oder weniger an.«

Helga sah dankbar zu ihm auf. »Meinen Sie? Dann wäre ich nicht schuld daran?«

»Nein, schuld ist die Person, die geschossen hat. Sonst niemand.«

Sie nickte den beiden Männern noch einmal zu und verließ das Revier.

- 23 -

Jetzt war es so weit. Wir gingen zu Sabrina hoch. Alles hing von mir und meinem Wissen ab, ich konnte den Fall heute endgültig aufklären.

Auf dem Gang vor dem Besprechungszimmer saß Frau Stenz. Sie begrüßte uns freundlich und offensichtlich nicht ahnend, dass ihr Sohn der Hauptverdächtige war. Sie schüttelte Waterson und Gerlach die Hand. »Ich war schon so lange in Knieslingen eingeschneit, da dachte ich, ich nutze die Gelegenheit und mache mit Joachim im Anschluss an seine Aussage gleich einen kleinen Stadtbummel. Dauert es wohl noch lange hier?«

»Keine Ahnung … Was ist denn jetzt mit dir wieder los?«

Waterson schaute irritiert zu mir herunter. Ich kratzte wie wild an der Tür, ich musste in das Zimmer. Hoffentlich kapierte er, was ich wollte. Er zögerte aber. Zum Glück öffnete sich die Tür und Sabrina streckte den Kopf heraus, um zu schauen, was das schon wieder für ein Lärm war. Bevor sie noch etwas sagen konnte, drückte ich mich an ihr vorbei durch die Tür.

Joachim saß mit einem trostlosen Gesichtsausdruck am Tisch. Auch bei ihm konnte ich mich nicht mit irgendwelchen Höflichkeiten aufhalten. Ich hüpfte auf seinen Schoß, von dort auf den Tisch und schnappte mir den Hut. Ich schaffte es, wieder über Joachim als Zwischenstation herunterzuspringen. Alle sahen mich erstaunt an. Und alle waren so verblüfft, dass mich keiner aufhielt. Vorsichtig trug ich den Hut in den Gang hinaus und legte ihn vor Frau Stenz auf den Boden. Er roch nach ihr, ebenso wie das Gewehr. Es gab keinen Zweifel.

Joachim war hinter mir her in den Gang gekommen. »Was hat das zu bedeuten, Mama? Warum trägt Holmes den Hut zu dir? Das verstehe ich nicht.«

Da erging es ihm im Moment nicht besser als den übrigen Anwesenden. Waterson schaltete als Erster und ging vor mir in die Hocke. »Mein Gott, hat dich das so erschreckt? Dass der Hut nach ihr riecht?«

Ich kläffte einmal.

»Der Hut riecht nach mir? Der gehört doch Renate«, protestierte Frau Stenz.

»Woher wissen Sie das? Ich glaube, das müssen Sie uns erklären.«

Frau Stenz zuckte mit den Schultern. »Ich war ja mit der Renate ab und zu beim Jägerinnen-Stammtisch, wahrscheinlich habe ich ihn da mal gesehen.«

Waterson gab aber nicht nach. Er zog einen Stuhl heran und setzte sich dicht vor Frau Stenz. Ich konnte ihren Angstschweiß riechen, traute mich kaum zu atmen.

»Ich frage mich, woran Sie den Hut erkennen. Es fehlt doch der Schmuck!«

Sie wurde zusehends nervöser. »Ich weiß auch nicht. Ist das so wichtig?«

»Das ist es in der Tat, Frau Stenz. Nur Frau Tröster und der Mörder oder vielmehr die Mörderin können wissen, wem der Hut gehört. Sie haben den Hut bei einem der Jägerinnen-Treffen mitgehen lassen und vermutlich beim Kondolenzbesuch schnell in das Schränkchen im Flur gesteckt. Habe ich recht?«

Joachim begann zu schwanken und stützte sich mit der Hand an der Wand ab. Seine Stimme war brüchig. »Mama, sag, dass das nicht wahr ist, sag bitte, dass das alles nicht stimmt!«

Gerlach räusperte sich. »Wir werden eine DNA-Analyse machen, dann wird klar werden, ob Sie den Schmuck vom Hut entfernt haben.«

Frau Stenz warf einen flehenden Blick auf ihren Sohn, der sie entsetzt anstarrte. Sie senkte den Kopf und begann zu weinen. »Ich weiß, wann ich verloren habe. Ich hab es für dich getan, Joachim. Ich konnte es nicht mehr mit ansehen – mit dir und der Marianne, wie sehr du darunter gelitten hast …« Der Rest ihres Satzes ging in einem haltlosen Schluchzen unter.

Waterson stand auf und nahm Frau Stenz am Arm, um ihr hochzuhelfen. »Wenn Sie mir bitte folgen würden.«

Joachim liefen die Tränen übers Gesicht und tropften dann aus seinem Bart. Es brach mir fast das Herz, ihn so zu sehen.

Epilog

Jackie und Waterson stapften fröhlich und mit roten Wangen unsere Treppe herauf. Ich hechelte etwas erschöpft, aber ebenso zufrieden hinter ihnen her. Wir hatten einen langen und schon fast schneefreien Spaziergang hinter uns und Frauchen hatte die beiden noch auf einen Kaffee eingeladen.

»Endlich ist dieser Spuk vorbei«, begrüßte sie uns.

»Meinst du den Schnee oder die Langlaufmorde?«, wollte Jackie wissen.

»Beides. Kommt rein. Ich habe Apfelkuchen gebacken. Das müsste als Bestechung hoffentlich reichen, damit mir Johannes endlich alles erzählt. Holmes hüllt sich ja leider wie üblich in Schweigen.«

Ich protestierte laut kläffend und alle lachten. Ja, der Spuk war vorbei.

»Okay, Marlene, für deinen Kuchen tu ich alles. Frau Stenz hat ein volles Geständnis abgelegt. Den Waffenschrankschlüssel hat sie sich heimlich nachmachen lassen, ihre Salomon-Langlaufschuhe der Größe 38 standen noch im Heizkeller zum Trocknen.«

Frauchen schüttelte den Kopf. »Warum hat sie das bloß getan? Sie wirkte immer so herzlich und freundlich. Eine richtig nette alte Dame. Das hat niemand erwartet.«

»Mutterliebe kann seltsame Auswüchse haben. Autsch!« Jackie knuffte Waterson liebevoll mit dem Ellbogen in die Seite. »Bei dir natürlich nicht.« Er küsste sie auf die Nasenspitze und fuhr dann fort. »Joachim liebt Marianne abgöttisch. Es wird wohl nie eine andere für ihn geben. Sie hat ihn erst wegen Gernot Tuffner und dann wegen Herrmann Tröster verlassen. Frau Stenz dachte wohl, wenn sie alle anderen Männer aus dem Weg räumt, wird Marianne zu ihrem Joachim zurückkehren. Sie wollte ihren Sohn glücklich machen damit. Ein abwegiger Gedanke, aber das hat sie so ausgesagt.«

»Und der Hut? Was sollte das alles mit der Feder und dem Rest?«

»Tja, das sollte uns verwirren und das hat sie ja auch geschafft. Es sollte so etwas wie ein ›Bruch‹ sein. Ein Jagdzeichen, das aus Respekt vor dem ausgelöschten Leben auf das Wild gelegt wird. Normalerweise verwenden Jäger dazu kleine Zweige. Sie hat den Hut wie vermutet bei einem Treffen vom Jägerinnen-Stammtisch mitgehen lassen und ihn beim Trauerkaffee wieder zurückgelegt. So wollte sie den Verdacht auf eine andere Frau lenken, damit ihrem Sohn nichts passieren kann.

Ich glaube nicht, dass wir den Fall ohne Holmes gelöst hätten. Vielleicht hätte sie gestanden, wenn wir Joachim verhaftet hätten, aber dazu hatten wir nicht genug gegen ihn in der Hand. Sie hat sich das mit dem Hut so raffiniert ausgedacht und genau das wurde ihr zum Verhängnis. Huch, was war das denn?«

Jackie war zusammengezuckt, legte die Hände auf ihren inzwischen runden Bauch und strahlte uns an: »Sie hat mich getreten, das erste Mal!«

Liebe Leserinnen und Leser,

ich freue mich, dass Sie »Mopswinter« gelesen haben und hoffe sehr, dass es Ihnen gefallen hat. Tja, wie die Zeit vergeht: Unser Holmes aus dem ersten Teil »Mopshimmel« ist erwachsen geworden Ein richtiger Prachtkerl ist er geworden, finden Sie nicht?

»Ein Leben ohne Mops ist möglich – aber sinnlos« Dieser Satz von Loriot hat wohl nicht nur mein Leben entscheidend verändert. Ich bin ihm unendlich dankbar, dass er mich auf diese Hunderasse gebracht hat. Die logische Konsequenz aus diesem Satz war für mich die Anschaffung eines Mopses. Und noch eines. Und dann noch eines. Ich weiß, dass es eine Sucht ist. Na und? Sie lieber Leser, sind wohl auch um diese spezielle Hundeart nicht drum herum gekommen? Falls doch, dann schätze ich, sind es ab jetzt Ihre letzten mopsfreien Momente gewesen. Sie glauben mir nicht? Lesen Sie Mopskrimis und fragen danach einen Mopsbesitzer oder besser noch: kaufen Sie sich einen! Ihr Leben wird einen völlig neuen Sinn bekommen. Versprochen!

Falls Sie jedoch aus verschiedenen Gründen: Uneinsichtiger Vermieter, Ehemann, Ehefrau, Partner, Partnerin, Allergien, akutem Zeitmangel oder sonstigen Gründen nicht in der Lage sein sollten, sich einen Mops anzuschaffen, so vergnügen sie sich doch einfach mit Holmes, einem überaus typischen Vertreter seiner Rasse und seinen Abenteuern.

Mit »Mopshimmel« und »Mopswinter« oder mit dem dritten Roman, den ich gerade schreibe. In »Mopsfluch« erreicht ein Hilferuf aus Frankreich Holmes und seine Familie. Frauchens Schwester ist verzweifelt, denn ihr wertvoller Zuchtstier Georges ist wie vom Erdboden verschluckt. Kurzerhand reist Marlene mit den drei Möpsen in die französischen Alpen um dem Entführer auf die Schliche zu kommen. Und natürlich sind auch Waterson und Jackie wieder mit von der Partie. Dann verschwindet plötzlich Nelly und Holmes steht vor einer schier unlösbaren Aufgabe. Wird er rechtzeitig die richtige Spur finden?

Rezensionen sind für mich ein wichtiges Feedback und auch für LeserInnen sehr hilfreich bei der Wahl ihres nächsten Buches. Wenn Sie Ihren Eindruck von meinem Buch zusammenfassen und mit anderen teilen, freue ich mich sehr. Ob positiv oder negativ spielt keine Rolle – ich freue mich über jede Rückmeldung! Ich bin auf twitter, auf meiner Facebook-Seite (Martina Richter Mopskrimis) oder über meine email ric.mar75@gmail.com für Sie da.

Ich wünsche Ihnen viel Spaß beim Stöbern und Lesen und wer weiß? Vielleicht begegnen wir uns ja einmal beim Gassi-Gehen mit ihrem Mops!

Ihre
Martina Richter

FSC www.fsc.org
MIX
Papier aus verantwortungsvollen Quellen
FSC® C083411

Originalausgabe bei Midnight.
Midnight ist ein Digitalverlag
der Ullstein Buchverlage GmbH, Berlin
April 2016

Umschlaggestaltung:
ZERO Werbeagentur, München
Titelabbildung: © FinePic®
Druck und Bindearbeiten: CPI books GmbH, Leck
ISBN 978-3-95819-901-9

HEYNE BÜCHER

Von Cornell Woolrich ist als
Heyne-Taschenbuch erschienen:

Schatten der Nacht · Band 1/7693

CORNELL WOOLRICH

AM ENDE DIESER LANGEN NACHT

Roman

WILHELM HEYNE VERLAG
MÜNCHEN

HEYNE ALLGEMEINE REIHE
Nr. 01/7774

Titel der amerikanischen Originalausgabe
DEADLINE AT DAWN
Deutsche Übersetzung von Rosmarie Kahn-Ackermann

Der Titel erschien bereits als Heyne-Krimi
mit der Band-Nr. 02/1936

Printed in Germany 1989
Umschlagfoto: Photodesign Mall, Stuttgart
Umschlaggestaltung: Atelier Ingrid Schütz, München
Gesamtherstellung: Presse-Druck Augsburg

ISBN 3-453-02911-9

1
Zehn Minuten vor eins

Für sie war der Mann nichts weiter als ein rosa Ticket, ein abgenutztes, halb entzweigerissenes Tanzticket. Zweieinhalb Cents sprangen dabei heraus. Nichts weiter als zwei Füße, welche die ihren bedrängten, ein Nichts, eine Nummer, von der sie hin und her geschoben wurden, bis die fünf Minuten um waren. Fünf Minuten Zurufe, das Niederprasseln des Zweivierteltakts vom Podest der Band, wie ein Sandsturm, der gegen leere Blechbüchsen trommelt – und dann plötzliche Stille, so als sei alles abgeschaltet worden. Ein paar erleichterte Atemzüge, die Rippen vom Arm des Fremden befreit. Und dann alles wieder von vorne – erneuter Sandsturm, ein weiteres rosa Ticket, wieder ein paar Füße, die hinter den ihren herjagten, ein neuer Gesichtsloser, der sie dorthin lenkte, wohin es ihm paßte.

Mehr bedeuteten sie alle nicht für sie. Ja, sie liebte ihren Job, sie liebte das Tanzen. Vor allem, wenn sie dazu angeheuert werden konnte. Manchmal wünschte sie, sie wäre mit einem Hinkefuß geboren worden. Oder taub, daß sie niemals wieder das Geschmetter einer zur Decke gerichteten Zugposaune hören müßte. Dann hätte es all das hier für sie nicht mehr gegeben. Wahrscheinlich hätte sie statt dessen dreckige Hemden gewaschen oder schmutziges Geschirr in einem Restaurant gespült. Was nützen also all die Wünsche? Es kam nichts Besseres nach. Aber was schadete das schon? Man hatte nichts zu verlieren.

In dieser ganzen Stadt hatte sie nur einen einzigen Freund. Er tanzte nicht, er war immer am selben Ort,

Nacht um Nacht, und schien zu sagen: »Nur Mut, Kleines, es dauert nur noch eine Stunde, du hältst schon durch, du hast immmer durchgehalten.« Und dann eine Weile später: »Nur noch eine halbe Stunde, Kleines – ich arbeite für dich.« Und dann endlich: »Nur noch eine Runde, Kleines, dann bist du für heute nacht befreit. Wenn du wieder an mir vorbeikommst, stehe ich auf ein Uhr!«

Ja, der einzige Freund, der sie nicht im Stich ließ. Der einzige in New York, der ihr eine Chance gab. Der einzige, der auf ihrer Seite stand, wenn auch nur passiv.

Sie konnte die Uhr nur durch die beiden letzten Fenster links sehen, die zur Seitenstraße lagen, und nur dann, wenn sie dort vorübertanzte. Die übrigen Fenster gaben lediglich den Blick auf andere Gebäude frei; sie standen immer einen Spaltbreit offen, damit Luft hereinkam und der Musiklärm auf die Straße hinausdrang und vielleicht Passanten anlocken würde.

Die Uhr war ziemlich weit entfernt, aber das Mädchen hatte gute Augen. Sanft leuchtend hoben sich die Zeiger gegen den schwarzen Taft der Nacht ab. Ein Kreis aus zwölf glänzenden Kerben und zwei beleuchtete Stäbe, die stetig vorrückten. Strich um Strich, und dafür sorgten, daß sie schließlich von hier wegkam. Es war die Uhr auf dem Turm des Paramount-Gebäudes, es war das Gesicht eines Freundes. Ein seltsamer Freund für ein schlankes, rothaariges Mädchen von zweiundzwanzig Jahren, aber er überbrückte die Spanne zwischen Durchhalten und Verzweiflung.

Und noch etwas – sie konnte die Uhr auch von dem Zimmer ihrer Pension aus sehen, in der sie hauste, obwohl sie dort noch weiter entfernt war und sie sich auf die Zehenspitzen stellen mußte. Dort war sie allerdings nichts weiter als eine unbeteiligte Zuschauerin – nur hier war sie ihr Freund.

Sehnsüchtig blickte das Mädchen jetzt über die anonyme Schulter hinüber. »Noch zehn Minuten«, sagte die Uhr. »Das Schlimmste ist vorbei, Kleines. Beiß die Zähne zusammen!«

»Ziemlich voll hier heute abend.«

Für einen Augenblick wußte sie gar nicht, woher die Stimme kam, so sehr hatte sie sich in einem Vakuum der Selbstvergessenheit befunden. Dann erkannte sie, daß die Worte von der körperlosen Nummer stammten, die sie vor sich her schob.

Ah so. Er wollte sich also unterhalten? Nun, damit wurde sie fertig. Er hatte ohnehin diesen Punkt wesentlich später erreicht als die anderen. Er hatte sie bereits zum dritten oder vierten Mal hintereinander geholt. Und vor der letzten Pause hatte sie nur vage die gleiche Anzugfarbe wahrgenommen; sie unterzog sich niemals der Mühe, einen Tänzer vom anderen zu unterscheiden.

»Mhm.« Einsilbiger ging es nicht.

Er versuchte es erneut: »Ist es immer so voll wie heute abend?«

»Nein, wenn geschlossen wird, ist es leer.«

Schon gut, sollte er sie ansehen, wie er Lust hatte. Sie war nicht verpflichtet, zugänglich zu sein, sie mußte lediglich mit ihm tanzen. Seine zehn Cents deckten die Fußarbeit, keine verbalen Bemühungen.

Für diesen letzten Tanz war das Lokal verdunkelt worden. Das war immer so. Die direkte Beleuchtung wurde ausgeschaltet, die Gestalten auf dem Tanzboden bewegten sich wie raschelnde Gespenster. Es war dafür gedacht, die Gäste dahinschmelzen zu lassen, so daß sie mit dem Gefühl auf die Straße hinausgingen, dort oben ein privates Tête-à-tête gehabt zu haben. Und das alles für zehn Cents und einen Pappbecher voll künstlicher Orangeade.

Sie spürte, wie er den Kopf ein wenig zurücklegte und

sie schärfer anblickte, so als wolle er herauskriegen, was sie zu ihrem Verhalten bewog. Sie richtete die Augen ausdruckslos auf die silbernen Lichtflecken, die unentwegt über die Wände kreisten.

Warum starrte er sie an? Er würde in ihrem Gesicht keine Begründung für ihr Benehmen finden. Warum blickte er nicht in all die Agenturen hinein, in denen ihr Geist noch herumlungerte – auf dem Stuhl neben der Tür. Warum sah er nicht in die Garderobe dieses schäbigen Bumslokals hinein, in dem sie schließlich einen Job bekommen hatte, in die Garderobe, aus der sie noch vor Beginn der Proben hatte fliehen müssen, nur weil sie einfältig genug gewesen war, auf Vorschlag des Besitzers dort zu warten, nachdem die anderen schon gegangen waren? Oder warum warf er nicht einen Blick in den Geldschlitz des Automaten an der Siebenundvierzigsten Straße, in dem das letzte Fünfcentstück verschwunden war, das sie an jenem unvergeßlichen Tag besessen hatte. Oder warum schaute er nicht in den abgenutzten Koffer unter ihrem Bett? Er wog nicht viel, aber er war gefüllt. Gefüllt mit abgestandenen Träumen, die zu nichts mehr taugten.

An all diesen Orten hätte er eine Antwort bekommen, aber nicht in ihrem Gesicht. Was hatte es also für einen Sinn, hineinzustarren? Gesichter waren ohnehin Masken.

Er versuchte erneut sein Glück. »Es ist das erstemal, daß ich hier bin.«

Sie wandte die Augen nicht von den Silberflecken an den Wänden. »Wir haben Sie sehr vermißt.«

»Ich glaube, Sie haben die Tanzerei satt. Vermutlich geht sie Ihnen jetzt, am Ende des Abends, auf die Nerven.« Er versuchte eine Erklärung für ihr mürrisches Verhalten zu finden, um damit seine Selbstachtung aufrecht erhalten zu können; er wollte sich einreden, daß es nicht an ihm lag. Das wußte sie. Sie wußte genau, wie Männer reagierten.

Diesmal richtete sie die Augen mit vernichtendem Ausdruck auf ihn. »O nein. Ich habe es niemals satt. Ich kann gar nie genug kriegen. Wenn ich nachts in mein Zimmer zurückkehre, übe ich noch Sprünge und Stepptanz.«

Er senkte flüchtig den Blick und hob ihn dann wieder. »Sie sind über irgend etwas verärgert, nicht wahr?« Es klang nicht wie eine Frage, sondern wie eine Feststellung.

»Ja. Über mich.«

Er gab nicht auf. Begriff er keine Andeutungen, bedurfte es eines Schlages mit dem Hammer? »Gefällt es Ihnen hier nicht?«

Das war nun die Krönung der ganzen Serie alberner Bemerkungen, mit der er sie aus Konversationsgründen bedacht hatte. Sie spürte, wie sich ihre Brust vor Wut zusammenkrampfte. Mit Sicherheit wäre ein explosiver Ausbruch erfolgt, hätte nicht die Band in diesem Augenblick mit einem klirrenden Blechbüchseneffekt das Stück beendet und wäre nicht die direkte Beleuchtung an der Decke wieder aufgeflammt. Eine Trompete gab einen letzten gellenden Schrei von sich.

Ihre erzwungene Intimität war zu Ende. Seine zehn Cents hatten ihren Zweck erfüllt. Sie ließ die Hand aus seiner Armbeuge fallen, als sei sie etwas längst Abgestorbenes; gleichzeitig gelang es ihr unauffällig aber wirksam, seinen Arm von ihrer Taille zu schieben.

Sie versuchte den Seufzer der Erleichterung, der sich ihr entrang, gar nicht erst zu unterdrücken. »Gute Nacht«, murmelte sie tonlos. »Wie schließen hier jetzt.« Sie wandte sich um und wollte weggehen.

Aber bevor es so weit war, ließ sie der Ausdruck von Überraschung auf seinem Gesicht innehalten. Halb abgewandt blieb sie stehen. Er fummelte in seinen verschiedenen Taschen herum und förderte schließlich eine Handvoll zusammengerollter Tickets zutage.

»He, ich glaube, die hätte ich wohl nicht alle zu kaufen brauchen«, murmelte er bedrückt, mehr an sich selbst als an sie gerichtet.

»Was hatten Sie denn vor – wollten Sie die ganze Woche über hier kampieren? Wie viele haben Sie da überhaupt?«

»Ich weiß nicht mehr. Ich glaube, so für zehn Dollar.« Er hob den Blick. »Ich wollte einfach hier rein, und ich habe mich gar nicht damit aufgehalten...«, begann er und brach dann ab.

Sie begriff jedoch. »Sie wollten nur einfach hier rein?« sagte sie, und ihre Stimme hob sich. »Das sind ja hundert Tänze! So viel gibt es an einem Abend gar nicht.« Sie warf einen Blick zum Vorraum hinüber. »Und ich weiß auch nicht, was Sie da tun können. Der Kassier ist schon heimgegangen, und Sie können sich für die Dinger jetzt gar nichts zurückerstatten lassen.«

Er hielt die Tickets noch immer eher hilflos als über den Verlust bestürzt in den Händen. »Ich möchte gar nichts erstattet haben.«

»Dann werden Sie morgen abend wieder herkommen müssen und den Abend darauf, so lange, bis Sie sie aufgebraucht haben. Sie verlieren ihre Gültigkeit nicht.«

»Ich fürchte, das kann ich nicht«, sagte er ruhig. Er streckte ihr die Tickets zögernd hin. »Hier – wollen Sie sie haben? Sie bekommen doch einen Anteil, oder nicht?«

Ihre Hände zuckten unwillkürlich in Richtung der Zettel, dann brachte sie sie schnell unter Kontrolle. »Nein«, sagte sie trotzig. »Danke nein.«

»Aber mir nützen sie nichts mehr. Ich werde nie mehr hierherkommen. Sie können sie wirklich nehmen.«

Es wäre leicht verdientes Geld gewesen. Aber sie hatte

es sich seit langem zur Regel gemacht – aus bitterer Erfahrung heraus –, nirgendwo bei irgend etwas nachzugeben, selbst wenn nicht erkennbar war, was für den anderen dabei herausspringen konnte. Wenn man in einer Sache, ganz gleich welcher, nachgab, war die Gefahr zu groß, daß man den nächsten Schritt noch leichter tat.

»Nein«, sagte sie energisch. »Vielleicht bin ich blöde, aber ich möchte keine Provision bekommen, wenn ich nicht dafür getanzt habe. Weder von Ihnen noch von sonst jemand.« Und damit verließ sie ihn wirklich, drehte sich vollends auf dem Absatz um und ging über die verlassene Tanzfläche.

Vor der Garderobentür auf der anderen Seite des Tanzsaals warf sie fast automatisch noch einmal einen Blick zu ihm zurück. Seine Hände kneteten das Bündel Tickets noch fester zusammen. Dann warf er das Papierknäuel gleichgültig weg, so daß es am Rand der Tanzfläche niederfiel, drehte sich um und schlenderte auf den Ausgang im Foyer zu.

Insgesamt hatte er ungefähr sechsmal mit ihr getanzt. Und jetzt hatte er Tickets im Wert von über neun Dollar weggeworfen. Und es war nicht geschehen, um sie zu beeindrucken, sie hatte gesehen, daß er gar nicht bemerkt hatte, wie sie ihn beobachtete.

Er ging ziemlich leichtfertig mit seinem Geld um, so als wüßte er nicht, was er damit anfangen sollte, als ob er es nicht schnell genug loswerden könnte. Das bedeutete – wenn überhaupt etwas –, daß er nicht daran gewöhnt war, welches zu haben. Denn sie war intelligent genug, um inzwischen begriffen zu haben, daß diejenigen, die immer über ausreichend Geld verfügten, niemals in Verlegenheit gerieten, wenn es sich darum drehte, was sie damit tun sollten.

Sie zuckte mit einer Schulter, trat in die Garderobe und schloß die Tür hinter sich.

Den nächsten Schritt, das Verlassen des Gebäudes, bezeichnete sie immer als ›Spießrutenlaufen‹, aber es verursachte ihr kein wirkliches Entsetzen mehr. Es war, als ob man über eine Pfütze mit Schmutzwasser stieg, die im Weg war – unangenehm, aber schnell überwunden.

Die Beleuchtung war wieder erloschen, diesmal endgültig, als sie aus der Garderobe trat. Nur ganz hinten brannte noch eine Lampe, damit die Putzfrau etwas sehen konnte. Sie ging durch den düsteren, höhlenartigen Saal, ihre Schritte wurden durch den Teppichbelag an der Seite gedämpft. Draußen war es nun heller als in der Tanzhalle. Sie kam an den beiden letzten Fenstern vorbei, und ihr Freund, ihr Verbündeter und Komplize, zeichnete sich wie immer leuchtend gegen den Nachthimmel ab. Falls sie ihm einen Dankesblick zuwarf, blieb es ein Geheimnis zwischen ihr und der Uhr.

Sie teilte die Flügel der Schwingtür und trat in den noch erleuchteten Vorraum hinaus, der zur Treppe führte.

Draußen standen zwei Männer. Jemand war immer da, lungerte herum, und wenn man bis zum Tagesanbruch wartete. Einer hockte auf einer der Rattanbänke und wartete offenbar auf jemand anderen, ein Mädchen, das noch im Haus war; er warf ihr nur einen flüchtigen Blick zu. Der andere, der oben an der Treppe stand, war derjenige, der sie für das letzte halbe Dutzend Tänze engagiert hatte.

Er blickte jedoch angestrengt die Teppe hinab in Richtung zur Straße und keineswegs erwartungsvoll auf die Tür, durch die sie soeben gekommen war. So als ob er eher durch seine Unentschlossenheit, wohin er sich wenden sollte, aufgehalten worden sei als durch die Absicht, mit jemand zusammenzutreffen. Tatsächlich verriet ihr sein überraschter Blick, als sie vorüberging, daß er sie gar nicht hatte kommen sehen.

Sie wäre wortlos vorübergegangen, aber seine Hand fuhr zum Hut – er hatte jetzt einen auf –, und er sagte: »Gehen Sie jetzt nach Hause?«

War sie drin abweisend gewesen, so war sie hier draußen im Vorraum ausgesprochen giftig. Dies hier war feindliches Territorium. Es gab keinen Rausschmeißer, der einen beschützen konnte, man war auf sich selbst angewiesen. »Nein, ich komme gerade herein. Ich steige rückwärts die Treppe hoch, damit niemand mein Gesicht erkennt und weiß, wer ich bin.«

Sie ging die mit Gummimatten belegten Stufen hinab und trat ins Freie. Er blieb oben stehen, so als wisse er nicht, was er tun sollte. Und er wartete auch auf niemand, denn im Haus war nur noch ein einziges Mädchen, und das war bereits mit Beschlag belegt. Erneut zuckte sie leicht mit einer Schulter. Was kümmerte sie das schon? Was kümmerte sie überhaupt irgendein Mensch?

Die frische Luft tat gut. Wie immer holte sie tief Luft, teils aus Erleichterung, teils aus Erschöpfung.

Die eigentliche Gefahrenzone lag auf der Straße. Dort trieben sich zwei undeutlich erkennbare Gestalten herum, in einigem Abstand vom Ausgang, Zigaretten im Mundwinkel. Sie trat vollends hinaus und ging in entgegengesetzter Richtung den Gehsteig entlang. Es standen dort immer irgendwelche Burschen herum, wie Kater, die ein Mauseloch beobachteten. Diejenigen, die sich oben im Vorraum herumtrieben, warteten in der Regel auf ein bestimmtes Mädchen; die anderen hier unten warteten auf irgendein Mädchen.

Sie kannte dieses riskante Spiel auswendig. Sie hätte ein Buch darüber schreiben können, aber sie hätte das gute weiße Papier damit nicht beschmieren mögen. Es gab immer eine Verzögerung, bevor die direkte Herausforderung erfolgte. Nie fand sie in unmittelbarer Nähe des Ausgangs statt, sondern dann, wenn sie sich schon in einiger Entfernung befand. Manchmal dachte sie, das hätte mit Mut zu tun. Lieber als der Maus von Angesicht zu Angesicht gegenüberzutreten, warteten die heldenhaften Kater, bis sie ihnen den Rücken zukehrte. Wie dem auch war, es handelte sich um die Pfütze schmutzigen Wassers, die übersprungen werden mußte.

Heute nacht erfolgte die Herausforderung in Form eines Pfiffs. Das war häufig so. Es handelte sich nicht um einen ehrlichen schrillen Pfiff, er war gedämpft und verstohlen. Sie wußte, daß er ihr galt. Dann das verbale Postskriptum: »Warum eilt's denn so?« Sie beschleunigte ihren Schritt nicht einmal; damit hätte sie der Sache mehr Bedeutung zugemessen, als sie wert war. Wenn die Kerle sich einbildeten, sie hätte Angst . . .

Eine Hand legte sich um ihre Armbeuge. Sie versuchte nicht, sich loszureißen. Sie blieb kurz stehen und blickte auf die Hand. »Nehmen Sie sie weg«, sagte sie kalt.

»Was ist los, kennst du mich nicht? Du hast wohl'n kurzes Gedächtnis, was?«

Ihre Augen wurden zu schmalen Schlitzen. »Hören Sie – ich habe jetzt frei. Es ist schon schlimm genug, daß ich mit Kerlen wie Ihnen reden muß . . .«

»Ich war aber gut genug für dich, als ich vor zwei Nächten dort oben war, wie?« Er war jetzt vor sie getreten und blockierte den Weg.

Sie wich weder zurück noch tat sie ihm die Ehre an zu versuchen, um ihn herumzugehen. »Der großzügige Spender«, sagte sie gelassen. »In einer Nacht sechzig Cents verpulvert und nun wollen Sie hier auf dem Gehsteig den Bonus kassieren.«

Ein Taxi war langsam vorgefahren, angezogen durch irgendein unauffälliges Zeichen des Burschen, das ihr entgangen war. Die Tür stand einladend offen.

»Na schön, du bist schwer zu kriegen. Nun hast du

deine Schau abgezogen, ich glaub dir ja. Komm, das Taxi wartet!«

»Ich würde noch nicht mal um fünf Cents in einen Straßenbahnwagen mit Ihnen steigen, geschweige denn in ein Taxi.«

Er versuchte, sie seitlich darauf zuzuschieben. Es gelang ihr, die Taxitür hinter sich zuzuschlagen, die nun als Wall diente, gegen den er sie preßte.

Ihnen gegenüber war ein Mann stehengeblieben. Es war der, der im Vorraum gestanden war, als sie herauskam. Sie konnte ihn über die Schulter des Burschen weg sehen. Um Hilfe wollte sie ihn nicht bitten. Bei derartigen Gelegenheiten bat sie niemals jemand um Hilfe. Auf diese Weise konnte man sicher sein, nicht enttäuscht zu werden. Das Ganze war ohnehin unwichtig; in einer Minute würde alles vorbei sein.

Der andere Mann kam näher und sagte in unsicherem Ton: »Soll ich was unternehmen, Miß?«

»Stehen Sie nicht einfach rum! Was glauben Sie, worum sich's hier handelt, um die gute Tat des Tages? Wenn Sie selbst einen Muskelkater haben, rufen Sie wenigstens einen Polizisten.«

»Oh, das wird nicht nötig sein, Miß«, sagte er in einem seltsam bescheidenen Ton, der unter diesen Umständen ganz unangemessen wirkte.

Er zog den anderen Mann auf sich zu, und sie hörte den Schlag nur, ohne ihn zu sehen. Er verursachte einen Laut, der klang, als sei ein nur wenig durch Fleisch gepolsterter Körperteil getroffen, also mußte es sein Kinn gewesen sein. Der Mann taumelte gegen das Schutzblech des Taxis, kippte nach hinten und rutschte über das gebogene Blech auf die Straße, wo er halb ausgestreckt, halb auf einen Ellbogen gestützt liegen blieb.

Eine Zeitlang rührte sich keiner der drei.

Dann raffte sich der Bursche mit seltsam unzusammenhängenden Bewegungen vom Boden auf, wobei er sich zuerst mit den Beinen nach hinten schob, um vor weiteren Schlägen sicher zu sein. Als er aufgestanden war, drehte er sich um, ohne Drohungen auszustoßen oder seine Feindseligkeit durch sonst etwas zu erkennen zu geben – wie jemand, der zu praktisch veranlagt ist, um mit solchen Mätzchen die Zeit zu vergeuden –, und machte sich davon.

Der Taxifahrer entschied, daß für ihn hier nichts mehr herauszuholen war, und verzog sich, nachdem er dem Mädchen einen kurzen, fragenden Blick zugeworfen hatte, um herauszufinden, ob sie die Absicht hegte, mit ihrem neuen Partner seine Dienste in Anspruch zu nehmen.

Ihr Dank war nicht gerade überschwenglich. »Warten Sie immer so lang?«

»Ich konnte ja nicht wissen, ob er nicht ein spezieller Freund von Ihnen war«, murmelte er mißbilligend.

»Ihnen zufolge haben spezielle Freunde wohl das Recht, einen auf dem Heimweg zu überfallen. Pflegen Sie so was zu tun?«

Er lächelte ein wenig. »Ich habe keine speziellen Freunde.«

»Das gleiche trifft für mich zu«, sagte sie energisch. »Und Sie können versichert sein, daß ich auch keine haben möchte.« Sie warf ihm einen Blick zu, der die persönliche Bedeutung der Bemerkung unterstrich.

Er merkte, daß sie im Begriff war, sich umzudrehen und ohne weitere Umschweife ihren Weg fortzusetzen. »Ich heiße Quinn Williams«, platzte er heraus, so als könne er sie auf diese Weise noch einen Augenblick länger aufhalten.

»Sehr erfreut.« Aber es klang gar nicht so, sondern eher wie ein Bleigewicht, das gegen einen Zinkeimer schlägt.

Sie drehte sich vollends um.

»Vielleicht sollte ich besser ein oder zwei Häuserblocks weit mit Ihnen kommen?« meinte er.

Sie akzeptierte das Anerbieten weder, noch lehnte sie es ausdrücklich ab. »Er wird schon nicht zurückkommen«, sagte sie lediglich. Er nahm ihre vage Äußerung als Zustimmung und ging neben ihr her, wenn auch in formellem Abstand von einem halben Meter.

Einen ganzen Häuserblock weit wanderten sie beide schweigend dahin; sie, weil sie entschlossen war, sich gar nicht erst der Anstrengung zu unterziehen, etwas zu sagen, er – eingedenk seiner bisherigen vergeblichen Bemühungen –, weil er der Situation nicht gewachsen war und nicht wußte, was er reden sollte.

Sie überquerten eine Kreuzung, und sie sah, daß er einen Blick nach hinten warf. Aber sie äußerte sich nicht.

Den zweiten Block brachten sie im gleichen steinernen Schweigen hinter sich. Sie blickte starr geradeaus, als ob sie allein wäre. Sie schuldete ihm nichts, schließlich hatte sie ihn nicht aufgefordert, mit ihr zu kommen.

Sie erreichten die zweite und letzte Kreuzung. »Von hier aus gehe ich nach Westen«, sagte sie kurz und bog ab, als wolle sie ihn ohne weiteres verlassen. Er begriff nicht, sondern bog verspätet ebenfalls ab, holte sie ein und murmelte irgend etwas Undeutliches wie: nun könne er ebensogut vollends mitgehen.

Sie hatte gesehen, wie er erneut einen Blick nach hinten geworfen hatte. »Machen Sie sich keine Sorgen«, sagte sie bissig. »Der ist ein für allemal fort.«

»Wer?« fragte er verdutzt. Und dann, als ob er begriffe, was sie meinte: »Oh, an den habe ich nicht gedacht.«

Sie blieb schlagartig stehen und stellte ihr Ultimatum: »Hören Sie – ich habe Sie nicht gebeten, mich den ganzen Weg zu begleiten. Wenn Sie es trotzdem tun wollen, ist das Ihre Sache. Nur eines – setzen Sie sich keine Flausen in den Kopf!«

Er nahm es schweigend hin, protestierte in keiner Weise, daß sie ihn falsch beurteilte. Das war eigentlich das erste, was ihr an ihm gefiel, seit er vor ein oder zwei Stunden in ihren Dunstkreis getreten war. Aber sie hegte Vorurteile gegen alle, die auf die gleiche Weise wie er in ihr Leben eindrangen, denn ihre Erfahrung hatte sie gelehrt: Je weniger unangenehm man diese Männer anfangs fand, um so vorsichtiger mußte man sein, da sie sich am Ende, sobald man einen Teil seiner Rüstung abgelegt hatte, meistens als noch viel abscheulicher herausstellten.

Sie gingen beide weiter, nach wie vor im Abstand von einem halben Meter voneinander. Die Gemeinsamkeit lag lediglich in der gleichzeitigen Fortbewegung. Es war die seltsamste Begleitung, die sie je gehabt hatte; aber wenn sie schon unvermeidbar war, dann zog sie sie allen übrigen Möglichkeiten vor.

Sie schritten eine tunnelartige Seitenstraße entlang, über die einmal die Hochbahn in Richtung Neunte Avenue geführt hatte. Sie existierte nun nicht mehr, aber die Straße war für alle Zeiten in ihrer Entwicklung gehemmt durch die sechzig Jahre Zwangsjacke, die sie erduldet hatte: fensterlose Flächen von Lagerhausmauern, die geschwungene Rückseite einer bekannten Eislaufbahn, die wie ein Betontank aussah, Lücken zwischen den Gebäuden, die als Parkplätze dienten.

Das Licht der Straßenlampen – nur wenige und weit auseinanderstehend – bedeckte sie beide flüchtig wie mit einer dünnen Puderschicht, bevor sie wieder vom Dunkel aufgesogen wurden.

Schließlich sagte er doch etwas. Sie wußte es nicht genau, aber sie glaubte, daß es die erste Bemerkung war, die er seit dem Zwischenfall vor dem Taxi machte. »Soll das heißen, daß Sie in allen anderen Nächten allein hier durchgehen?«

»Warum nicht? Es ist hier nicht schlimmer als dort hinten. Wenn sich hier einer auf Sie stürzt, dann geschieht es nur des Geldbeutels wegen.« Es drängte sie hinzuzufügen: »Wieso – haben Sie Angst?« Aber sie unterließ es. Vielleicht hauptsächlich deshalb, weil er nichts getan oder gesagt hatte, was einen solchen Hieb verdient hätte, wenigstens bis jetzt noch nicht, und sie war es müde, ewig die Krallen zu zeigen und sprungbereit zu sein; im Augenblick war es eine Wohltat, sie eingezogen zu lassen.

Er blickte erneut zurück. Es geschah jetzt zum zweiten- oder drittenmal. Selbst wenn es hinten etwas zu sehen gegeben hätte, wäre das in der Dunkelheit unmöglich gewesen.

Diesmal konnte sie eine Bemerkung nicht unterdrükken. »Wovor fürchten Sie sich – daß er mit dem Messer hinter Ihnen herjagt? Keine Sorge, das tut er bestimmt nicht.«

»Ach, *der«,* sagte er. »Sie meinen diesen Burschen.« Er warf ihr einen überraschten Blick zu, als hätte sie ihn aus weit entfernten Gedankengängen zurückgeholt. Er lächelte ein bißchen einfältig und fuhr sich mit der Hand über den Nacken. Dann murmelte er: »Ich wußte gar nicht, daß ich das tue. Muß eine neue Angewohnheit von mir sein.«

Er hat etwas auf dem Herzen, sagte sie sich. Man blickt nicht auf diese Weise alle paar Schritte zurück. Und seltsamerweise glaubte sie ihm, daß es nichts mit der Sache vorhin zu tun hatte. Sein Mißtrauen bezog sich nicht unmittelbar auf den Gehsteig hinter ihnen und darauf, daß sich dort jemand an ihn heranschleichen könnte, es war mehr allgemein, umfassender, bezog sich auf die gesamte nächtliche Dunkelheit hinter ihm.

Und nun fiel ihr auch dieser absurde Erwerb von Tikkets ein, dort im Tanzlokal, die er hinterher so gleichgültig weggeworfen hatte, als ob sie für heute nacht ihren Zweck erfüllt und damit ihren Wert eingebüßt hätten, so als ob er sie zu einem späteren Zeitpunkt doch nicht mehr benutzen könnte.

Sie dachte auch noch an etwas anderes. »Als ich herauskam und Sie da im Vorraum standen, oben an der Treppe – warteten Sie da auf jemand?"

»Nein«, erwiderte er.

»Warum standen Sie dann dort, obwohl das Lokal schon geschlossen war?« Sie wußte im übrigen, daß er auf niemand gewartet hatte, denn er hatte ja die Treppe hinabgeblickt und nicht auf die inneren Türen.

»Ich weiß nicht«, sagte er. »Ich glaube, ich – wußte nicht, wohin ich gehen oder was ich tun sollte, nachdem das Lokal geschlossen worden war. Ich – ich glaube, ich habe versucht, mich zu entscheiden, wohin ich mich nun wenden sollte.«

Warum war er dann nicht draußen gestanden, vor dem Eingang – das wäre doch der passende Ort zum Überlegen gewesen. Aber das fragte sie ihn nicht. Die Antwort war sowieso klar. Weil man so von unten, vom Eingang her, nicht gesehen werden konnte, falls jemand nach einem suchte.

Aber sie stellte auch noch aus einem anderen Grund keine Fragen. In ihrem Innern war ein Fallgitter heruntergegangen: Was geht *dich* das an? Warum willst du das wissen? Soll er seine Angelegenheiten für sich behalten. Bist du vielleicht eine Gemeindeschwester? Kümmert sich um *dich* jemand?

Schweigend und verbittert tadelte sie sich selbst. Du hast noch immer nichts dazugelernt, was? Sie schlagen dich grün und blau, und du streckst noch immer dem nächsten, der daherkommt, die offene Hand hin.

Braucht es vielleicht Prügel mit dem Bleirohr, bis das endlich in deinen Kopf geht?

Er blickte erneut zurück, und sie schwieg.

Sie waren an der Neunten Avenue angelangt, breit und trostlos in ihrer schmutzigen Düsternis, woran all die roten und weißen Lichter der Autos nichts ändern konnten.

Einen Augenblick lang blieben sie am Randstein stehen. Dann betrat sie die Straße. Er zuckte flüchtig zurück. »Kommen Sie schon, es ist Grün«, sagte sie. Er folgte ihr sogleich, aber das unerwartete Zögern war aufschlußreich gewesen. Es mußte irgendwo eine Ursache dafür geben. Dann erkannte sie, daß es nicht an der Ampel gelegen hatte, sondern an der einsamen Gestalt auf der anderen Seite drüben, die sich jetzt gelassen entfernte; an diesem Streifenbeamten, der seine Runde machte.

Sie sah, wie ihm die Augen ihres Begleiters folgten und dann erst zum Ampellicht schweiften, angeregt durch ihre Bemerkung.

Ihr Fallgitter blieb eigensinnig geschlossen.

Sie erreichten den gegenüberliegenden Gehsteig und wanderten weiter, tauchten im Rachen des westwärts gelegenen Häuserblocks unter. Drei bläßliche Straßenlampen, die weit auseinanderstanden, trugen kaum dazu bei, die anscheinend ins Endlose führende Dunkelheit zu erhellen. Sie betonten sie lediglich durch den Kontrast. So als wollten sie sagen: Schaut her, wie das Licht ist – wenn es welches gibt. Die Luft hatte jetzt etwas Klammes, wie in der Nähe von Wasser. Trostlos jaulte irgendwo vor ihnen die Sirene eines Schleppers. Eine zweite antwortete, irgendwo drüben auf der Jersey-Seite.

»Jetzt bin ich bald da«, sagte sie.

»Ich bin noch nie so weit draußen gewesen«, gestand er.

»Für fünf Dollar pro Woche kriegen Sie weiter stadteinwärts nichts.« Und dann, obwohl ihr bewußt war, daß er keinerlei Einwand erhoben hatte, konnte sie nicht umhin, hinzuzufügen: »Sie können jederzeit umkehren, wenn Sie erschöpft sind.«

»Ich bin nicht erschöpft«, murmelte er.

Sie öffnete ihre Handtasche und suchte vorzeitig nach dem Hausschlüssel – eine vorbereitete Maßnahme, um ganz sicher zu sein, daß er da war.

Sie hielt inne, als sie beide im Strahlenkreis einer Straßenlampe angekommen waren; die herabstiebenden Lichtstäubchen schienen sie mit Leuchtpuder zu überziehen, so daß sie einander wieder sehen konnten. »So, hier ist es«, sagte sie.

Er sah sie nur an. Sie fand seinen Blick fast einfältig – so als versuchte er, die Tatsache innerlich zu verarbeiten, daß sie sich nun trennten und er wieder auf sich selbst angewiesen wäre. Zumindest fiel der übliche Quatsch weg – keine amourösen Ambitionen.

Auf der gegenüberliegenden Straßenseite befand sich der Eingang, dessen Bedrohlichkeit durch den flackernden, tief aus dem Innern dringenden zitronengelben Widerschein eines Lichts gemildert war, der jedoch nicht ganz bis zur Tür reichte, so daß dort nur eine Zwielichtzone entstand. Immerhin, es war besser als nichts. Früher war es dort völlig dunkel gewesen, und sie hatte einen Abscheu davor gehabt, spät in der Nacht durchzugehen. Dann war dort jemand in der Finsternis niedergestochen worden, und seither brannte am Fuß der Treppe ein Licht. Nun konnte man wenigstens erkennen, wer einen niederstach, dachte sie grimmig.

Sie machte es kurz mit dem Abschied; ein paar letzte Worte, um Abstand herzustellen, außer Reichweite zu kommen. Erfahrung hatte sie diese Technik gelehrt – keinesfalls durfte sie stehenbleiben, um sich Einwände und einschmeichelnde Gegenargumente anzuhören.

»Machen Sie's gut«, sagte sie. Und plötzlich war sie bereits drüben vor dem Eingang, und er stand allein auf dem Gehsteig. »Vielleicht treffen wir uns irgendwann mal wieder.« Damit war genau das Gegenteil gemeint; sie würde ihn nie wiedersehen, ebensowenig wie er sie. Die Sache hatte damit ihr Ende.

Aber bevor sie im Eingang verschwunden war, hatte sie gesehen, wie er erneut den Kopf wandte und nach hinten ins Dunkel blickte, aus dem sie soeben gekommen waren. Furcht überwog in seinem Innern bei weitem das Bedürfnis nach Flirt.

Was ging er sie an? Er war für sie nichts weiter als ein rosa Tanzticket, halb entzweigerissen. Zweieinhalb Cents Verdienst. Ein Paar Füße, ein Nichts, eine Null.

2

Viertel nach eins

Drin ging sie den Gang entlang. Nun war sie allein. Zum erstenmal seit acht Uhr abends. Sie war ohne einen Mann. Keine Männerarme, die sie umschlangen, kein Männeratem in ihrem Gesicht. Sie war mit sich selbst allein. Vom Himmel hatte sie keine sehr lebhaften Vorstellungen, aber wenn man starb und wirklich in den Himmel kam, dann mußte es so sein – allein, ohne einen Mann. Sie kam unter einer vereinzelten Lampe im Hintergrund vorbei, ihr Gesicht wirkte im Licht weiß und müde. Dann stieg sie zwei Treppen empor und lehnte sich oben gegen die vordere Tür, das Gesicht gesenkt, so als suchte sie angestrengt nach etwas, das auf dem Boden lag. Aber sie suchte nichts – sie war nur müde.

Nach einer Weile bewegte sie sich wieder. Nur eine

winzige Kleinigkeit war noch zu tun, dann war alles vorüber. Vorüber bis morgen nacht um die gleiche Zeit, Sie zog den Schlüssel heraus und steckte ihn, den Kopf nach wie vor gesenkt, ins Schloß. Sie stieß die Tür auf, nahm den Schlüssel heraus und machte hinter sich mit der Schulter zu.

Das war es nun. Ihr Heim. Das hier – das war der Ort, um dessentwillen sie ihren Handkoffer gepackt hatte und hergekommen war. Das war es, wonach sie sich mit siebzehn gesehnt hatte. Das war es, um dessentwillen man hübsch und anmutig geworden war. Überall in diesem Raum lagen Scherben, zwischen denen man sich kaum bewegen konnte. Knöcheltief, knietief. Sie waren unsichtbar. Scherben von Träumen, zerstörten Hoffnungen, geborstenen Plänen.

Hier weinte sie manchmal leise vor sich hin, tief in der Nacht. Aber die anderen Nächte, in denen sie mit trockenen Augen dalag und nichts empfand, vollkommen gleichgültig war, die waren noch schlimmer. Nächte, in denen sie sich fragte, ob es sehr lange dauern würde, alt zu werden, zu . . Nein, hoffentlich nicht.

Sie löste sich schließlich von der Tür, zog den Mantel aus und warf sich in einen Sessel. Sie zog mühsam die Schuhe aus – das war immer das erste, was sie nach dem Heimkommen tat – und schlüpfte in ausgetretene Pantoffeln. Füße waren nicht dazu geschaffen, das zu tun, was sie mit ihnen trieb. Wenn sie tanzten, dann sollte das freiwillig geschehen, zur Freude, nur eine kleine Weile. Sie sollten nicht endlose Stunden aufs unerträglichste dazu gezwungen werden.

Ihr Blick fiel auf den Tisch mit dem geradlehnigen Stuhl davor. Ein Umschlag lag auf ihm, mit Briefmarke und Adresse versehen, fertig bis auf den Brief, der noch hineingeschoben werden mußte. ›Mrs. Anna Coleman, Glen Falls, Iowa‹. Und daneben lag eine Seite Briefpapier, leer bis auf drei Worte: ›Dienstag. Liebe Mammi...‹, weiter nichts.

Sie hätte ihn mit geschlossenen Augen weiterschreiben können, so geläufig war ihr der Inhalt. ›Mir geht's gut. Das Stück, in dem ich jetzt auftrete, ist ein großer Hit und immer ausverkauft. Es heißt...‹ Dann suchte sie sich einen Namen aus der Zeitung heraus und setzte ihn ein. ›Ich habe nicht viel darin zu tun, muß nur ein bißchen tanzen, aber es wird bereits davon geredet, daß man mir in der nächsten Spielzeit eine Sprechrolle geben wird. Wie Du siehst, Mammi, gibt es keinen Grund zur Sorge...‹ Und so weiter. ›Und frage mich bitte nicht, ob ich Geld brauche – das ist einfach lächerlich. Ich schicke statt dessen Dir eine Kleinigkeit. Eigentlich sollte es wesentlich mehr sein, man zahlt mir genügend Gage, aber leider bin ich ein bißchen extravagant gewesen, man muß in meinem Job auf das Äußere achten, und diese Wohnung, so hübsch sie ist, kommt ziemlich teuer – mit Putzfrau und so. Aber ich werde versuchen, daß es in der nächsten Woche mehr wird.‹ Und dann wurden zwei Dollarscheine beigelegt.

Vielleicht würde sie den Brief morgen zu Ende schreiben, nachdem sie aufgestanden war. Er lag inzwischen schon seit drei Tagen da. Aber heute nacht nicht mehr. Es gab einfach Zeiten, in denen sie zu müde und niedergeschlagen war, um auch nur zu lügen. Und etwas von ihrer Stimmung hätte zwischen den Zeilen durchsickern können.

Sie stand auf und ging zu einer Art Küchenecke. Auf einem Regal stand ein kleiner Gaskocher. Sie zündete ein Streichholz an, und eine müde, kleine, bläuliche Flamme wurde lebendig. Sie stellte einen mitgenommen aussehenden Kaffeetopf darauf, den sie früh am Tag vorbereitet hatte, als es sie noch nicht so viel Mühe gekostet hatte, sich zu bewegen.

Dann fuhr sie sich mit den Händen zu den Schultern, um das Kleid zu öffnen und auszuziehen. Sie stockte und blickte zum Fenster hinüber, dessen Jalousien noch nicht herabgelassen waren. Auf der anderen Straßenseite drüben waren nur Dächer zu sehen, aber manchmal kletterte dort irgendwelches Gesindel hinauf. Einmal, während des Sommers, war ein spöttisch anerkennender Pfiff von drüben zu ihr hereingedrungen, um sie davon in Kenntnis zu setzen. Das hatte sie seither nie mehr vergessen.

Sie ließ das Kleid vorläufig noch an und ging zum Fenster, um die Jalousie herunterzulassen. Dann, die Hand an der Kordel, blieb sie stehen.

Er stand noch immer dort unten, direkt bei ihrem Haus – der Mann, der sie heimbegleitet hatte. Die Straßenlampe beleuchtete ihn deutlich, es konnte kein Zweifel bestehen. Er stand unten am Randstein, so als wüßte er nicht, wohin er sich nun wenden sollte. Im Stich gelassen und gestrandet. Ohne sich vom Platz zu rühren, bewegte er sich ein wenig hin und her wie eine Kompaßnadel.

Daß nicht sie es war, die ihn dazu bewog, war seinem Verhalten nicht zu entnehmen. Sein Rücken war ihr zugewandt, zumindest teilweise; sein Profil war halb erkennbar. Er blickte nicht zu ihr hinauf, um sie hinter einem der Fenster ausfindig zu machen. Er warf auch keine Blicke zum Eingang ihres Hauses zurück, durch den sie verschwunden war. Er tat das, was er schon getan hatte, als sie noch beisammen gewesen waren: Er starrte intensiv und fast unbewegt die Straße hinab in die Ferne, in die Richtung, aus der sie gekommen waren. Ängstlich, besorgt, ja voller Furcht – das war seiner Körperhaltung selbst hier, vom dritten Stock aus, deutlich zu entnehmen. Ja, er fürchtete sich.

Obwohl sie eindeutig erkannte, daß das Ganze nichts

mit ihr zu tun hatte, irritierte es sie. Was wollte er dort unten? Warum ging er nicht woanders hin, um sich mit seinen Schatten herumzuschlagen? Wozu hing er ausgerechnet vor *ihrer* Tür herum? Sie wollte allein sein, sie wollte all diejenigen vergessen, die mit ihrer Tretmühle zu tun hatten. Warum verschwand er nicht dorthin, wohin er gehörte?

Ihr Mund wurde schmal und mürrisch, und ihre Hände tasteten nach den Vertiefungen im unteren Fensterrahmen. Sie war im Begriff, das Fenster nach oben zu schieben, sich hinauszubeugen und zu ihm hinunterzuschreien: »Hauen Sie jetzt ab! Kümmern Sie sich um Ihre eigenen Angelegenheiten! Worauf warten Sie noch? Verduften Sie, oder ich rufe die Polizei!« Und andere Fischweib-Redewendungen, die ihr geläufig waren und die ihn mit Sicherheit dazu bewogen hätten, sich zu verziehen.

Aber bevor es so weit war, geschah etwas.

Er wandte den Kopf und blickte in die andere Richtung, zur Zehnten Avenue. Und plötzlich sah sie, wie er zusammenfuhr und sich halb duckte, noch eine Sekunde länger angestrengt auf irgend etwas starrte und dann blitzschnell direkt unterhalb ihres Ausgucks verschwand. Der Richtung nach zu schließen, hatte er unten im Eingang ihres Hauses Zuflucht gesucht.

Einen Augenblick lang war nichts zu sehen, was seinen hastigen Rückzug hätte verursachen können. Unter ihr erstreckte sich leblos die Straße, metallgrau bis auf den Lichtkreis der Laterne.

Sie blieb stehen, das Gesicht gegen die Scheibe gepreßt, wartete und beobachtete. Dann plötzlich, ohne warnenden Laut, tauchte etwas Weißes, geformt wie ein umgekehrtes Boot, aus der Flut nächtlicher Dunkelheit auf. Es dauerte einen Augenblick, bevor sie begriff, worum es sich handelte. Das Ding kam so merkwürdig angeschlichen. Es war ein kleiner Streifenwagen, der seine späte Runde fuhr. Ohne Licht und ohne Lärm näherte er sich, um Missetäter unversehens zu erwischen.

Der Wagen hatte kein Ziel, er verfolgte niemanden, das merkte sie an dem gemäßigten Tempo. Er fuhr nur einfach aufs Geratewohl dahin.

Inzwischen war er schon fast vorüber. Einen Augenblick lang spielte sie mit dem Gedanken, das Fenster nun doch hochzuschieben und das Fahrzeug durch Zuruf aufzuhalten: »Da unten im Eingang treibt sich ein Mann herum. Fragt ihn, was er da zu suchen hat.« Aber sie unterließ es. Warum auch? Er hatte ihr nichts getan, und so weit sie wußte, auch sonst niemandem. Sie hatte seine Sache ebensowenig zu vertreten wie die der Polizei. Er war nicht ihr Bruder, aber sie war auch nicht seine Hüterin.

Der Wagen war ohnehin weg. Wer immer drin gesessen war, hatte keinen Blick auf den Eingang unten geworfen.

Sie wartete einen Augenblick, um zu sehen, ob der Mann wieder herauskommen würde, aber die Straße unten blieb leer, als ob er niemals dagewesen wäre.

Schließlich ließ sie die Jalousie herab und drehte sich um. Aber ihr Kleid zog sie trotzdem nicht aus. Statt dessen ging sie durchs Zimmer und blieb lauschend an der Tür stehen. Langsam öffnete sie sie und trat hinaus in den kahlen Flur, die weichen Sohlen der Pantoffeln dämpften ihre Schritte.

Kein Laut wies darauf hin, daß sich im Treppenhaus außer ihr etwas bewegte, das nicht hierhin gehörte. Sie schlich bis vorne an den Treppenschacht und beugte sich vorsichtig übers Geländer, um hinabzusehen.

Und dann konnte sie ihn erkennen. Er saß zusammengekauert auf dem untersten Treppenabschnitt, gegen das Geländer gelehnt. Den Hut hatte er abgenommen; er mußte neben ihm auf der Stufe liegen, aber sie konnte ihn nicht sehen. Das einzige, was sich an ihm bewegte, waren die Hände, sonst saß er völlig still. Sie sah, daß er sich durch das Haar fuhr, immer wieder, so als ob ihn seine mißliche Lage zutiefst bedrückte.

Aber er konnte nicht die ganze Nacht dort unten im Treppenhaus sitzenbleiben. Als sie sich gleich darauf bemerkbar machte, geschah es nicht, wie sie vorhin am Fenster beabsichtigt hatte, um ihn zu verjagen. Irgend etwas hatte sie bewogen, ihre Ansicht zu ändern. Vielleicht lag es an der hoffnungs- und hilflosen Art, wie er dort unten zusammengekauert saß – sie wußte es selbst nicht. Jedenfalls machte sie sich ihm so bemerkbar, daß sie dabei seine Anwesenheit den anderen im Haus nicht verriet.

Sie gab einen Zischlaut von sich, leise, aber deutlich hörbar, um seine Aufmerksamkeit zu erregen.

Er hob den Kopf zu ihr empor, erschreckt und bereit aufzuspringen, bis er weit oben im Treppenschacht ihr Gesicht ausmachen konnte.

Sie machte ein paar heftige seitliche Kopfbewegungen, um ihn pantomimisch aufzufordern, zu ihr heraufzukommen. Er stand gehorsam auf, und sie hörte, wie er hastig die Treppe emporeilte, wobei er zwei oder drei Stufen auf einmal nahm. Dann tauchte er auf dem obersten Abschnitt auf und blieb schwer atmend neben ihr stehen. Fragend blickte er sie an – auch hoffnungsvoll, so als ob für ihn zu diesem Zeitpunkt jede Aufforderung ein Wink des Himmels sei.

Er kam ihr jünger vor als vorhin – jünger als auf der Tanzfläche.

»Was ist mit Ihnen los, he?« fragte sie bewußt energisch und in barschem Ton. Wenn sie schon gegen einen ihrer Grundsätze verstieß, dann wenigstens so mürrisch wie möglich.

»Nichts«, sagte er. »Ich – ich weiß nicht, was Sie meinen.« Er stotterte. »Ich habe mich dort unten nur eine Minute ausgeruht.«

»Natürlich«, bemerkte sie bissig. »Alle Leute pflegen sich um zwei Uhr früh auf Treppen in fremden Häusern auszuruhen, wenn sie nichts Besseres vorhaben. Hören Sie, es läßt sich alles ganz leicht zusammenreimen. So wie Sie die ganze Zeit über nach hinten gesehen haben – glauben Sie vielleicht, ich habe es nicht bemerkt? Wie Sie sich in der Ecke herumgetrieben haben, als ich aus dem Tanzsaal kam ...«

Er starrte auf das Geländer neben sich, als sähe er es jetzt zum erstenmal, und drehte die Hand, die es umfaßt hielt, vor und zurück, so als müsse er eine bestimmte Stelle sauber polieren.

Ja, er kam ihr von Sekunde zu Sekunde jünger vor. Jetzt schien es ihr, als könne er allenfalls dreiundzwanzig sein, was vermutlich etwas zu nieder gegriffen war. Auf der Tanzfläche war ihr vorgekommen, als sei er – nun ja, diese Kerle hatten alle kein Alter, zumindest erkundigte man sich nicht danach.

»Wie, sagten Sie noch, heißen Sie? Ich habe es vergessen.«

»Quinn Williams.«

»Quinn? So einen Namen habe ich noch nie gehört.«

»Es war der meiner Mutter, bevor sie heiratete.«

Ihre Brauen zuckten. Nicht des Namens, sondern der vorangegangenen Unterhaltung wegen. »Na schön«, sagte sie kurz. »Das ist schließlich Ihre Sache.«

Ein leichtes Klappern drang aus ihrem Zimmer heraus, ein seit langem vertrauter Laut. Hastig wandte sie sich ab, ging hinein und drehte das Gas ab. Dann nahm sie den Kaffeetopf und trug ihn zum Tisch. Die Tür hatte sie offen gelassen. Sie ging hinüber, um sie zu schließen.

Er stand nach wie vor draußen, oben an der Treppe,

da wo sie ihn verlassen hatte, und strahlte einen seltsamen Fatalismus aus. Nach wie vor knetete er an dem Geländer herum und starrte auf seine Hand.

Sie verharrte an der Tür. Trottel, schalt sie sich selbst. Wirst du nie dazulernen? Kannst du dir nicht was Besseres einfallen lassen als das, was du vorhast? Dann tat sie es trotzdem – mit einer Beschönigung: ›Ich habe nur noch diesen einen letzten freundlichen Impuls in mir. Den muß diese Stadt übersehen und mir gelassen haben. Vielleicht ist es das Beste, wenn ich ihn auf diese Art loswerde, dann habe ich meine Ruhe.‹

Erneut machte sie eine kurze seitliche Kopfbewegung. »Ich habe Kaffee gekocht. Kommen Sie einen Augenbick rein, dann trinken wir eine Tasse zusammen.«

Er kam voller Eifer auf sie zu, ebenso wie er die Treppe emporgeeilt war. Er bedurfte einer Aufmunterung, das merkte sie; vielleicht brauchte er jemand, mit dem er reden konnte.

Aber ihr Arm versperrte ihm den Weg. »Aber machen Sie sich eines klar«, warnte sie ihn kalt, »das ist nur eine Einladung, mit mir eine Tasse Kaffee zu trinken, sonst nichts. Zucker gehört nicht dazu. Wenn Sie mir ein einziges Mal zuviel zublinzeln...«

»Ich denke gar nicht an so was«, sagte er mit einer Sprödigkeit, die sie bisher noch nie bei einem Mann wahrgenommen hatte. »Als Mann kann man doch sofort sehen, ob das eine oder andere gemeint ist.«

»Sie wären erstaunt, wenn Sie wüßten, wie viele Männer da erst zum Optiker gehen müßten«, bemerkte sie mürrisch.

Sie ließ den Arm sinken, und er trat ein. Dann schloß sie die Tür hinter ihm. »Sprechen Sie leise«, sagte sie. »Im Nebenzimmer haust eine alte Schachtel... Sie können den Stuhl dort nehmen. Ich setze mich auf den hier – falls er nicht zusammenbricht.«

Er ließ sich steif und höflich nieder.

»Sie können Ihren Hut auf das Bett dort drüben werfen«, fuhr sie in herablassendem Ton fort. »Sofern Sie es treffen.«

Er versuchte es ungeschickt über den Tisch mit dem Kaffeetopf weg und schaffte es.

Beide beobachteten, wie der Hut auf dem Bett landete und lächelten dann einander zaghaft an. Dann faßte sie sich schnell, und ihr Lächeln schwand, ebenso wie seines, nachdem es keine Resonanz mehr fand.

Sie brachte ihm eine Tasse und Untertasse. »Schenken Sie sich ein.« Sie trat an den Ausguß, um ihre eigene Tasse abzuwaschen. Er gehorchte und stellte mit einem Ruck den Kaffeetopf wieder hin. »Was ist?« fragte sie. »Haben Sie sich verbrannt?« Sie drehte sich zu ihm um.

Ihr schien, als sei er ein bißchen blässer geworden. Er schüttelte den Kopf. Seine eine Hand hielt noch immer den Kaffeetopf fest, in der anderen hielt er den an ihre Mutter adressierten Umschlag. Er starrte darauf – wie benommen.

Sie kehrte zum Tisch zurück und fragte: »Was ist los?«

Den Umschlag nach wie vor in der Hand, sah er sie an. »*Kennen* Sie dort jemand? In Glen Falls, Iowa? Schikken Sie das hier dorthin?«

»Ja – warum?« sagte sie energisch. »Die Adresse steht ja drauf, oder nicht? Es ist meine Mutter, an die ich schreibe. Was ist damit los?«

Er schüttelte den Kopf. Dann traf er Anstalten aufzustehen, änderte aber seine Absicht und sank wieder auf den Stuhl zurück. »Das ist doch nicht zu fassen«, keuchte er und griff sich an die Stirn. »*Ich* stamme von dort! Das ist meine Heimatstadt. Ich bin erst vor einem guten Jahr hierhergekommen.« Seine Stimme hob sich ungläubig. »Soll das heißen, daß Sie auch von dort sind? Daß wir beide – bei den ungezählten kleinen Städten, die es im Land gibt – ausgerechnet ...«

»Ich stamme ursprünglich von dort«, pflichtete sie vorsichtig bei und ließ das ›auch‹ weg. Sie ließ sich ihm gegenüber nieder. Das Mißtrauen knisterte in ihrem Innern wie elektrischer Strom, bereit, sich beim ersten Wort, das er äußern würde, zu entladen. Sie war so eingestellt. Sie hatte gelernt, niemand zu glauben, zu keinem Zeitpunkt, unter keinen Umständen. Das war die einzige Möglichkeit, nicht hereingelegt zu werden. Was bezweckte er überhaupt damit? Offenbar war das ein neuer Trick, und sie hatte geglaubt, alle zu kennen.

Moment mal, sie würde ihn schon drankriegen. »Sie sind also aus Glen Falls.« Sie sah ihn forschend an. »In welcher Straße haben Sie denn dort gewohnt?«

»In der Anderson Avenue, gleich bei der Pine Street. Das zweite Haus zwischen Pine und Oak, gleich hinter der Ecke ...« Sie hatte sein Gesicht eindringlich beobachtet. Er hatte überhaupt nicht überlegt, die Antwort war völlig spontan gekommen, so wie das bei geläufigen Namen üblich ist.

»Sind Sie je im Bijou Kino gewesen, unten am Courthouse Square, als Sie noch dort waren?«

Diesmal erfolgte die Antwort nicht gleich. »Als ich dort war, gab es kein Bijou«, sagte er verdutzt. »Es gab nur zwei, das ›State‹ und das ›Standard‹.«

»Ich weiß«, murmelte sie und blickte auf ihre Hand. Sie zitterte ein bißchen, also ließ sie sie über den Tischrand hinabgleiten. »Bei welcher Straße überquert die eiserne Fußgängerbrücke die Eisenbahnschienen – Sie wissen schon, damit man von einer Seite des Bahngeländes auf die andere kommt?«

Nur jemand, der von dort stammte, der sein halbes Leben da verbracht hatte, konnte das beantworten.

»Wieso – sie führt bei keiner Straße hinüber«, antwortete er schlicht. »Es ist eine komische Stelle, mitten zwischen zwei Straßen, Maple und Simpson, und wenn man sie überqueren möchte, muß man einen ganz schmalen Pfad entlanggehen, um überhaupt hinzukommen. Die Leute haben sich seit Jahren darüber beschwert, das müssen Sie doch selbst wissen.«

Ja, das wußte sie. Aber es drehte sich darum, daß er es ebenfalls wußte.

»Himmel«, sagte er. »Sie müßten Ihr Gesicht sehen, es ist ganz blaß. Ich habe mich vorhin selbst so gefühlt.«

Es stimmte also wirklich, es gab so verrückte Dinge.

Sie setzte sich, die Arme gegen die Seitenlehnen gepreßt. Als sie wieder sprechen konnte, flüsterte sie: »Wissen Sie, wo ich gewohnt habe? Wollen Sie's wissen? An der Emmet Road. Wo das ist, wissen Sie doch? Das ist die nächste Straße hinter der Anderson Avenue. Sie ist nie ganz durchgebrochen worden. Mein Gott, die Rückseiten unserer Häuser müssen einander gegenübergelegen haben, wenn auch vielleicht nicht ganz genau! Hat man je so was gehört?« Dann hielt sie inne. »Wieso haben wir uns dann dort nie kennengelernt?«

»Ich bin vor einem Jahr hierhergekommen.«

»Und ich vor fünf.«

»Wir sind erst nach dem Tod meines Vaters in die Anderson Avenue gezogen, das ist jetzt ein bißchen über zwei Jahre her. Vorher haben wir auf einer Farm in der Nähe von Marbury gelebt.«

Sie nickte schnell. »Daran lag's also. Als Sie in die Stadt zogen, war ich schon weg. Aber jetzt – in dieser Minute – kennen meine Leute vielleicht schon Ihre Leute. Sozusagen als Nachbarn.«

»Ganz sicher«, sagte er. »Ich sehe sie richtig vor mir. Mom war immer eine große ...« Er hielt inne. »Sie haben mir noch gar nicht erzählt, wie Sie heißen. Meinen Namen kennen Sie.«

»Ach ja – ich heiße Bricky Coleman. Mein wirklicher Name ist Ruth, aber alle nennen mich Bricky, sogar in der Familie. Oh, als Kind habe ich das so gehaßt, aber jetzt – irgendwie vermisse ich es. Sie nennen mich so wegen…«

»Ich weiß, wegen des ziegelroten Haars«, unterbrach er sie.

Seine Hand schob sich über die Tischplatte weg auf sie zu, die Handfläche nach oben gekehrt – ein bißchen zögernd, so als sei er bereit, sie wieder zurückzuziehen, wenn sie ignoriert würde. Ihre Hand rückte von der anderen Seite her vor, gleichermaßen zögernd. Beide trafen sich, umklammerten sich und lösten sich wieder voneinander. Sie lächelten sich über den Tisch weg verlegen zu.

»Hallo«, murmelte er schüchtern.

»Hallo«, erwiderte sie zaghaft.

Dann verflüchtigte sich dieser kurze Augenblick der Formalität wieder, und beide waren erneut fasziniert von dem, was sie verband.

»Ganz sicher haben sie sich dort inzwischen kennengelernt, meinst du nicht?« fragte er.

»Warte einen Augenblick – Williams, das ist ein häufiger Name, aber hast du vielleicht einen Bruder mit einer Menge Sommersprossen?«

»Ja, das ist mein jüngerer Bruder, Johnny. Er ist noch ein Junge – achtzehn.«

»Dann ist er ganz bestimmt der, mit dem meine Nichte geht – Millie. Sie ist selbst erst sechzehn oder siebzehn. Sie hat mir hin und wieder über ihren Herzallerliebsten geschrieben, einen Jungen namens Williams, an dem alles prima sei außer seinen Sommersprossen. Sie hofft, daß sie mit der Zeit verschwinden.«

»Hockey?«

»Im Jefferson High Team!« Ihre Stimme klang schrill vor Aufregung.

»Das ist Johnny. Das ist er – klar!«

Sie konnten nur beide den Kopf schütteln, starr vor Erstaunen.

»Ist das eine kleine Welt!«

»Kann man wohl sagen!«

Nun war sie diejenige, die ihn ansah – und wie sie ihn ansah, sie lernte ihn völlig auswendig! Er war einfach ein Junge, ein ganz durchschnittlicher Junge, nichts Auffälliges, nichts Hinreißendes an ihm. Eben der Junge von nebenan. Der, den es im Leben jedes Kleinstadtmädchens gibt. Das war er hier. Ihr Nachbarsjunge – oder wenigstens der, der es hätte sein sollen, wäre sie ein bißchen länger zu Hause geblieben.

Es war nichts Besonderes an ihm. Am Jungen von nebenan war nie etwas Besonderes. Er war einem zu vertraut, als daß man ihn deutlich gesehen hätte. Nichts Aufregendes, nichts Romantisches. Das gab es immer nur aus der Entfernung. Aber er sah gut aus, das war der Punkt. Wie hatte sie das im Tanzsaal übersehen können, als er hereinkam, auch wenn sie da noch nicht Bescheid gewußt hatte? Nun ja, wenn sie alle nichts weiter als ein rosa Ticket und zwei Füße für sie waren, wie hätte sie da irgend etwas sehen können?

Sie unterhielten sich eine Weile mit leiser Stimme und träumerisch halbgeschlossenen Augen über ihre Heimatstadt. Sie brachten sie sich nahe, zogen sie förmlich durchs Fenster zu sich herein. Sie schoben New York, das draußen in der Nacht lauerte, von sich weg, weit weg. Die Paramount-Uhr, die irgendwo draußen jenseits des Fensters in der Nacht schwebte, wich zurück, und statt dessen konnten sie fast die Turmuhr der kleinen weißen Kirche beim Platz unten hören, weich, sanft, wie sie die Stunde anschlug. Wie sie sagte: »Schlaft. Ihr seid sicher. Ihr seid zu Hause, wo ihr hingehört. Ich halte Wache.«

Eine Zeitlang redeten sie, zögernd und verlegen zuerst, dann schneller und flüssiger, sie vergaßen, wer sie waren und was sie waren, sie redeten nicht mehr für den anderen, sondern jeder für sich selbst, bis es schließlich nur noch ein einziger dahinfließender Bach war, ein einziger Fluß der Erinnerungen, zu dem sie abwechselnd beitrugen.

»Diese Holzbrücke vor Marcus' Warenladen, mit dem Brett, das immer in die Höhe schnellte, wenn man zu nahe am Rand ging. Ich wette, sie haben's bis jetzt noch nicht in Ordnung gebracht.«

»Und Pop Gregorys Süßigkeitenladen, erinnerst du dich? Die Namen, die er sich immer für seine Spezialitäten ausdachte – ›De Luxe Oriental Delight Sundae‹...«

»Der Elite Drugstore an der Unteren Hauptstraße, das war noch so was Grandioses...«

»Die Winden an den Schuppen unter den Veranden...«

»Und die Hängematten, die wir alle im Sommer auf unserer vorderen Veranda hatten. Wie man sich hin und her gewiegt hat, ein Glas Limonade unter einem auf dem Boden...«

»Bei dir war's Limonade? Bei mir war's immer...«

»Und nachts keine Musik. Es war so still, daß man eine Nadel hätte fallen hören.«

»Und Jefferson High, geschniegelt und gebügelt, einen Häuserblock weit nichts als Granit. Ich glaubte immer, es sei das größte Gebäude der Welt. Bist du in die Jefferson High School gegangen?«

»Na klar, jeder geht in die Jefferson High, nehme ich an. Diese polierten Steinflächen entlang der Treppe vorne. Ich bin jedesmal, wenn ich rauskam, darauf hinuntergeschlittert.«

»Ich auch. Ich wette, du hattest Miß Elliot in der Oberstufe in Englisch. Das ist gar nicht anders möglich.«

»Na klar, jeder hatte Miß Elliot in der Oberstufe in Englisch. War gar nicht zu umgehen.«

Eine Minute lang schmerzte es ein bißchen. Der Junge von nebenan – und ich habe ihn hier kennengelernt, dreitausend Kilometer entfernt und fünf Jahre zu spät. Der Nachbarsjunge, den ich eigentlich hätte kennen sollen. Aber es war nicht so.

»Und die Leute sagen einander immer guten Morgen, auch von der anderen Straßenseite herüber, selbst wenn man sich nie im Leben gesehen hat.«

»Und keine Musik nach Einbruch der Dunkelheit. Keine Zugposaunen, kein Lärm. Nur Zikaden und so was. Keine Musik. Niemals Musik.«

»Im Winter dicken, tiefen, flaumigen Schnee, der alles überzieht wie Zuckerguß.«

»Aber im Frühjahr –! Ach, auf den Winter, den Herbst und sogar den Sommer hätte ich verzichten können. Aber das Frühjahr! Diese blaßrosa Dinger, die auf den Bäumen wuchsen, und man konnte die Straße hinuntergehen, immer im Duft von Dorothy Grays Apfelblüten...«

»Leute, die einen von kleinauf kannten – die sich für einen interessierten. Wenn man krank war, brachten sie einem Gelee. Sie hätten einem sofort Geld geliehen, wenn man einmal ein bißchen älter war und keines hatte...«

»Aber schau uns jetzt an!« Ihr Kopf fiel plötzlich auf die Arme auf der Tischplatte hinab, als ob ihr das Genick gebrochen worden wäre.

Ihre Faust schlug zwei-, dreimal leicht auf die Tischplatte, in vergeblicher Verzweiflung. »Heim«, hörte er sie mit unterdrückter Stimme sagen. »Nach Hause, wohin ich gehöre – ich möchte meine Mammi wiedersehen.«

Als sie den Kopf hob, stand er neben ihr. Er hatte sie

nicht berührt, aber sie wußte, daß er es hatte tun wollen, als sie nicht herblickte. Aber dann hatte er nicht gewußt, wie er es hätte anstellen sollen, und hatte die Idee aufgegeben. Sie sah es an der Art, wie er seine Hand hielt. Sie lächelte und blinzelte, um zu verbergen, daß ihre Augen naß waren.

»Wie wär's mit einer Zigarette?« sagte sie heiser. »Wenn ich geweint habe, rauche ich immer eine. Ich weiß gar nicht, was in mich gefahren ist. Wenn jemand anderer dabei ist, hab' ich seit Jahren nicht mehr so geheult.«

Er wollte nichts davon hören. Er hatte nicht vor, ihr eine Zigarette zu geben, ihr dabei behilflich zu sein, wieder die Hartgesottene zu spielen. »Warum gehst du nicht zurück?« fragte er. Er schien ihr jetzt wieder ein bißchen älter zu sein. Vielleicht war nur auch sie selbst zur Abwechslung ein bißchen jünger geworden. Die Stadt machte einen alt. Zu Hause, zu Hause blieb man jung. Allein der Gedanke daran machte einen für eine kleine Weile ein bißchen jünger.

Sie antwortete nicht. Er beharrte – sie merkte, daß er stur sein konnte, wenn er einmal etwas angefangen hatte. »Warum nicht? Warum gehst du nicht nach Hause zurück?«

»Glaubst du, ich habe es nicht versucht?« fragte sie ihn verdrossen. »Ich kenne den Fahrplan auswendig. Es geht nur ein Bus am Tag, und der fährt um sechs Uhr morgens. Man kann auch einen am Abend nehmen, aber dann muß man in Chicago übernachten. Und in der Nacht – in Chicago oder sonstwo – verliert man die Nerven. Man dreht um und kommt wieder zurück. Frag mich nicht warum, ich *weiß* es. Einmal bin ich sogar bis zum Busbahnhof gekommen, hatte mein ganzes Gepäck bei mir und wartete bloß darauf, daß die Barrieren geöffnet wurden. Ich habe es nicht geschafft. In letzter Minute bin ich abgehauen. Ich habe meine Fahrkarte zurückgegeben und mich hierher zurückgeschleppt.«

»Aber warum? Warum fährst du nicht, wenn du es so gern möchtest? Was hält dich zurück?«

»Weil ich's nicht geschafft habe. Sie halten mich dort für einen großen Broadway-Star. Ich bin aber nichts weiter als ein Taxigirl – nichts als ein gemieteter Rucksack, den man auf der Tanzfläche herumschiebt. Siehst du das Papier hier auf dem Tisch, auf dem nichts weiter als ›Liebe Mammi‹ steht? Das ist ein Teil des Grundes – all das Zeug, das ich nach Hause geschrieben habe. Und jetzt habe ich nicht den Mut zurückzukehren, ihnen ins Gesicht zu sehen und zuzugeben, daß ich ein Versager bin. Dazu gehört viel – und ich hab's nicht.«

»Aber es sind doch deine Leute. Sie werden es verstehen, sie werden die ersten sein, die es dir leicht machen, die dich aufmuntern.«

»Ich weiß. Ich könnte Mammi alles erzählen. Das ist es nicht. Es sind all die Freunde und Nachbarn. Mammi hat wahrscheinlich seit Jahren mit mir geprahlt, ihnen meine Briefe vorgelesen, du weißt doch, wie das ist. Klar, Mammi und die anderen Mädchen würden zu mir stehen und kein Wort sagen. Aber verletzt wären sie trotzdem. Ich will das nicht. Ich wollte immer heimkommen und ihnen Grund geben, stolz auf mich zu sein. Nun würde ich nach Hause gehen und ihnen leid tun. Das ist ein großer Unterschied.« Sie blickte zu ihm auf und schüttelte den Kopf. »Aber das ist noch nicht einmal der Hauptgrund.«

»Was dann?«

»Ich kann's dir nicht sagen. Du würdest mich bloß auslachen. Du würdest es nicht verstehen.«

»Warum sollte ich lachen oder dich nicht verstehen? Ich bin ja auch von dort, oder nicht? Ich bin hier in der Stadt, genau wie du.«

»Na gut«, sagte sie. »Es ist die Stadt selbst. Du findest, sie sei nichts weiter als ein Punkt auf der Landkarte, nicht wahr? Ich halte sie für meinen persönlichen Feind, und ich weiß, daß ich recht habe. Die Stadt ist schlecht; sie macht dich fertig. Sie hat mich im Augenblick im Nelson. Das ist der Grund, weshalb ich nicht wegkomme.«

»Aber Häuser, Steine und Zement haben keine *Arme*, die sie ausstrecken könnten, um dich zurückzuhalten, wenn du wirklich gehen willst.«

»Ich sagte dir ja, du würdest es nicht verstehen. Sie brauchen keine Arme dazu. Wenn so viele zusammengeballt dastehen, dann geben sie etwas von sich in die Luft ab. Ich kann mich nicht so chic ausdrücken. Ich weiß nur, daß über dieser Stadt hier ein Geist liegt, der aus ihr selbst aufgestiegen ist. Er ist bösartig und teuflisch, und wenn du zuviel von seiner Atmosphäre einatmest, durchdringt er dich – du versinkst, und die Stadt verschluckt dich. Und dann verwandelst du dich in etwas, das du niemals sein wolltest, von dem du dir nicht einmal vorstellen konntest, daß du es je sein könntest. Dann ist es zu spät. Dann kannst du hingehen, wohin du willst – nach Hause oder sonstwohin –, du wirst das bleiben, wozu du geworden bist.«

Diesmal sah er sie lediglich an, ohne zu antworten.

»Ich weiß, das klingt gespenstisch für dich. Ich weiß, du glaubst mir nicht. Aber ich weiß, daß ich recht habe. Ich habe es gespürt, das sage ich dir. Über der Stadt hier lauert etwas wie eine selbständige Intelligenz. Sie beobachtet dich, spielt mit dir wie eine Katze mit der Maus. Sie läßt dich ein kleines Stück weit entkommen – so wie damals, als ich zum Busbahnhof ging – und dann, wenn du glaubst, du hast es geschafft und seist entkommen, streckt sie die Krallen aus und zerrt dich zurück. Du bildest dir ein, das sei dein eigener freier Entschluß, aber das stimmt nicht. Du glaubst, deine Ansicht geändert zu haben, aber so ist es nicht. Es liegt an der Ausdünstung, an – es gibt ein bestimmtes Wort dafür, vielleicht fällt es mir ein – am Miasma, das die Stadt ausströmt, das dich bereits angesteckt hat, das das in dir bewirkt. Man könnte auch sagen, es ist, wie wenn du in einen Strudel gerätst. So lange du still in seinem Zentrum sitzt und nicht versuchst, ihm zu entkommen, empfindest du nichts. Aber wenn du zu nahe an den Rand gerätst, versuchst, dich ihm zu entziehen, saugt er dich wieder ein. Ich weiß, was ich sage. Es hat Zeiten gegeben, da konnte ich diesen Sog beinahe spüren. Es ist dann so, als ob man schwimme und in eine Unterströmung geriete. Man kann nichts sehen, aber man spürt, wie man abgetrieben wird. Du bist die einzige, die weiß, daß die Strömung da ist, und so ist es auch gedacht. Du bist es, die hinabgezerrt wird. Du kannst das nicht aus eigener Kraft verhindern. Verstehst du jetzt, was ich meine?«

Sie streckte die Hand aus, wischte beiseite, was er gar nicht gesagt hatte, aber was er möglicherweise hatte sagen wollen. »Oh, ich weiß. Tausende wie wir kommen jedes Jahr hierher. Sie gelangen sofort an die Oberfläche. Sie sind überall anzutreffen. Alle New Yorker stammen von woanders her, wird behauptet. Aber das spricht nicht gegen das, was ich sage, es beweist es nur. Die Stadt ist böse. Wenn du eine von tausend bist, die ein bißchen schwächer ist als die übrigen, ein bißchen langsamer, ein wenig mehr der Hilfe bedarf, eine Spur mehr Ansporn, um über die Hürden zu gelangen – dann erwischt sie dich, dann zeigt sie ihr wahres Gesicht. Die Stadt ist feige. Sie schlägt dich, wenn du zusammengebrochen bist, und nur dann. Ich sage, die Stadt ist bösartig – und wenn sie für alle anderen gut sein mag, ich bin ich, und deshalb bleibt sie für mich doch böse. Ich hasse sie. Sie ist mein Feind. Sie wird mich nicht loslassen – und deshalb weiß ich das.«

»Warum gehst du nicht zurück?« fragte er erneut. »Warum um Himmels willen nicht?«

»Weil ich nicht stark genug bin, um den Würgegriff zu lösen, in dem sie mich hat. Ich dachte, ich hätte dir das klargemacht. Ich habe es an diesem frühen Morgen begriffen, als ich im Busbahnhof wartete, damals habe ich es verstanden. Je heller es draußen wurde, desto stärker wurde der Sog, der mich zurückgeschwemmt hat. Die Stadt hat sich in der Maske des ›gesunden Menschenverstands‹ an mich herangeschlichen. Als die Sonne über den Häusern aufging, als die Menge in der 34. Straße dichter wurde, hat sie mir vorgegaukelt, dies sei etwas Vertrautes für mich, etwas, woran ich gewöhnt sei, das mir nicht schaden könne, etwas, wovor ich keine Angst zu haben bräuchte. Sie flüsterte, ich könnte ja immer noch morgen früh fahren. Warum sollte ich nicht noch eine Nacht warten – eine Woche –, warum sollte ich mir nicht noch einmal eine Chance geben? Und als der Bus dann schließlich ausgerufen wurde, ging ich wie eine Schlafwandlerin in anderer Richtung davon, meinen Koffer in der Hand – langsam wie ein geprügelter Hund. Im Ernst, als ich hinaustrat, konnte ich irgendwo über den Dächern Posaunen und Saxophone hören, die sich über mich lustig machten: ›*Wir* haben's geschafft! Wir wußten ja, daß *du* es nicht schaffen würdest!‹«

Sie stützte den Kopf in die Hand und starrte gedankenvoll nach unten ins Leere. »Vielleicht ist es mir nur nicht gelungen, mich aus dem Würgegriff zu befreien, weil ich allein war. Vielleicht, wenn jemand mit mir zusammen nach Hause zurückgekehrt wäre, wenn mich jemand am Arm gepackt hätte, als ich mich zu lösen versuchte, dann wäre ich nicht schwach geworden, dann hätte ich es geschafft.«

Sein Gesicht wurde starr. Sie sah es. Sie sah die imaginäre Grenzlinie, die er mit der Handkante über den

Tisch zog. Als ob er eine Sache von einer anderen trennen wollte. Vielleicht die Vergangenheit von der Gegenwart. »Ich wollte, ich hätte dich schon gestern kennengelernt«, hörte sie ihn sagen, mehr zu sich selbst als zu ihr. »Ich wollte, ich hätte dich gestern abend getroffen statt heute.«

Sie wußte, was er meinte. Er hatte inzwischen etwas getan, das er nicht hätte tun sollen, und nun konnte er nicht zurück. Er sagte ihr damit nichts Neues. Sie hatte die ganze Zeit über gewußt, daß ihn etwas bedrückte.

»Na ja, ich glaube, ich verdrücke mich besser«, murmelte er.

Er ging zum Bett hinüber, wo sein Hut lag. Sie sah, wie er das Kopfkissen an der einen Ecke etwas anhob, wie seine andere Hand auf die Innentasche seiner Jacke zufuhr, so als wollte er etwas herausholen, das sie nicht sehen sollte.

»Steck es zurück«, sagte sie mit metallisch klingender Stimme. »Kommt nicht in Frage.« Dann wurde ihr Ton etwas milder. »Ich habe das Fahrgeld sowieso. Ich habe es seit über acht Monaten zurückgelegt – bis zum letzten Nickel für einen Hamburger beim Aufenthalt. So was wie ein Nest-Ei. Ein Nest-Ei, das so alt ist, daß es schon bald vergammelt ist.«

Er kam zu ihr zurück, den Hut jetzt auf dem Kopf. Aber er hielt sich nicht am Tisch auf, sondern ging auf die Tür zu – nicht schnell, eher ziellos. Als er an ihr vorüberkam, streifte seine Hand über ihre Schulter in einer Berührung des Abschieds, die stumm, aber genau das ausdrückte, was sie ausdrücken sollte: ihr beiderseitiges Leid, Mitgefühl ohne die Möglichkeit, einander zu helfen; zwei Menschen, die im selben Boot saßen.

Sie ließ ihn bis zur Tür gehen, seine Hand nach dem Knauf ausstrecken. »Sie sind aus irgendeinem Grund hinter dir her, nicht wahr?« sagte sie dann ruhig.

Er drehte sich um und sah sie an, ohne Überraschung oder Verwunderung über ihr Einfühlungsvermögen. »Sie werden es jedenfalls spätestens um acht oder neun Uhr heute früh sein«, antwortete er sachlich.

3
Ein Uhr vierzig

Er löste die Hand vom Türknauf und kehrte zu ihr zurück. Ohne etwas zu sagen, drehte er seine Jacke nach außen und fummelte am Futter in der Nähe des Saums herum. Durch einen Schlitz, der aussah, als sei er absichtlich mit einem Messer oder einer Rasierklinge gemacht worden, holte er etwas heraus. Plötzlich lag ein Stapel mit Gummiband umwickelter Banknoten auf dem Tisch. Die oberste war ein Fünfziger. Er wandte sich der anderen Seite der Jacke zu, und gleich darauf lag ein zweites Päckchen Papiergeld neben dem ersten. Diesmal lag ein Hunderter obenauf.

Es dauerte noch eine Weile, bis er fertig war. Er hatte die Stapel gleichmäßig entlang dem Jackensaum verteilt, damit sie sich nirgendwo auffällig wölbten. Andere steckten in seinen verschiedenen Taschen, einer sogar seitlich im Strumpf. Am Ende lagen sechs gebündelte Banknotenpäckchen auf dem Tisch, und dazu der Rest eines siebten, bereits angebrauchten. Ihr Gesicht blieb ausdruckslos. »Wieviel ist es?« fragte sie tonlos.

»Ich weiß nicht mehr genau. Aber es müssen noch über zweitausendvierhundert sein. Es waren genau zweitausendfünfhundert.«

Ihr Gesicht verriet nach wie vor nichts. »Woher hast du das?«

»Von irgendwoher, wo ich nichts zu suchen hatte.«

Danach schwiegen alle beide ein paar Minuten lang. Es war, als ob das Geld für sie beide gar nicht zu sehen wäre.

Dann schließlich, ohne dazu gedrängt worden zu sein, begann er darüber zu reden. Vielleicht lag es daran, daß sie aus seinem Heimatort stammte und er einfach mit jemand sprechen mußte. Sie war das Mädchen von nebenan, dem er von seinen Sorgen erzählt hätte, wenn sie beide noch zu Hause gewesen wären. Obwohl er ihr dort bestimmt nichts dergleichen zu sagen gehabt hätte.

»Ich hatte bis vor kurzem Arbeit bei einem Elektriker – ich war so was wie ein Lehrling oder Assistent, wie man's nennen will. Es war nichts Gewaltiges, aber es war immerhin was. Wir machten von allem ein bißchen, reparierten Radios, Staubsauger, Bügeleisen, legten Leitungen und bauten Türklingeln ein – na, du weißt schon, was so anfällt.

Es war nicht gerade das, weshalb ich hierhergekommen war, aber es war verdammt viel besser als in den ersten Wochen, als ich noch auf Parkbänken schlief. Ich habe mich also nicht beklagt.

Dann, vor ungefähr einem Monat, verlor ich den Job. Ich wurde nicht gefeuert – aber der alte Bursche kriegte eine Herzattacke, und der Arzt sagte ihm, er müsse kurztreten, also gab er das Geschäft auf. Er hatte niemand, der es übernehmen konnte. Ich war nicht mit ihm verwandt, also machte er den Laden zu. Ich hing wieder in der Luft wie vorher. Ich konnte nichts Neues kriegen, jedenfalls nichts für die Dauer – 1939 ist ein mieses Jahr, das weißt du selbst. Als ich merkte, daß ich wieder auf den Abfallhaufen zusteuerte, hätte ich eigentlich nach Hause fahren sollen, so lange ich noch das Fahrgeld hatte. Oder ich hätte der Familie schreiben und um Geld bitten sollen, sie hätte es geschickt. Aber ich glaube, es ging mir wie dir – es war mir zuwider, zugeben zu müssen, daß ich geschlagen war. Ich war aus freiem Willen hierhergekommen und wollte aus eigener Kraft was werden. Klugscheißer, der ich bin.« Er ging jetzt langsam auf und ab, die Hände in den Taschen vergraben, den Kopf gebeugt. Sie saß seitlich auf ihrem Stuhl und lauschte aufmerksam.

»Nun muß ich weiter zurückgehen und etwas erwähnen, das im letzten Winter geschah, mehrere Monate bevor ich meinen Job verlor. Was ich jetzt erzähle, klingt ziemlich fragwürdig, aber es hat sich tatsächlich so ereignet. Wir erhielten, wie auch sonst gelegentlich, einen Spezialauftrag. Unser Geschäft war an der Dritten Straße, aber ziemlich nah am Rand der ›Goldküste‹ – du weißt schon, diese schicke Gegend an der East Side. Mein Boß hatte einen guten Ruf, was gründliche und methodische Arbeit betraf. Du wärst überrascht, wie oft ihn die Leute dort holten. Wir kamen wirklich in die feinsten Häuser der Stadt.

Na schön, dieser spezielle Anruf kam von einem luxuriösen Privathaus an der Siebzigsten Ost. Der Kerl dort hatte eine Ultraviolett-Höhensonne gekauft, um sich den Winter über den Anstrich von Fitneß zu geben, ohne nach Florida gehen zu müssen. Nun brauchte er einen Spezialanschluß im Badezimmer dafür. Der Mann hieß Graves – sagt dir das was?«

Sie schüttelte den Kopf.

»Mir auch nicht. Besagt mir übrigens nach wie vor nichts, genaugenommen. Mein Boß behauptete, die Leute stünden dauernd in den Gesellschaftsklatschspalten, es sei eine alte und bekannte Familie. Der Auftrag selbst war einfach, aber da wir jeweils nur ungefähr eine Stunde pro Tag arbeiteten, um die Leute nicht zu sehr zu stören, dauerte das Ganze drei Tage. Wir mußten ein etwa faustgroßes Loch in die Badezimmerwand schlagen, dann eine Leitung mit einer anderen verbinden, die dort schon lag und ins Zimmer darüber führte, um dann im Bad den Lampenanschluß zu machen. Na schön, es war ein altes Haus, die Wände waren gut und dick. Einmal, als mein Chef weggegangen war, um etwas zu holen, und ich allein weiterarbeitete, stieß ich auf Holz. Ich wußte nicht, was es war, aber ich rückte ein Stück weg, um es nicht zu beschädigen.

Dann, am nächsten Tag, trat jemand ins Zimmer nebenan, es war so eine Art Bibliothek oder Arbeitszimmer. Der Betreffende war nur ein paar Minuten dort drin und ging dann wieder hinaus.

Ich hörte, wie sich in der Wand neben mir etwas rührte. Die Zwischentür stand offen, ich beugte den Kopf nach hinten, um ins Zimmer nebenan zu spähen. Gegenüber befand sich ein Spiegel, in dem konnte ich ihn sehen – er stand auf der anderen Seite derselben Wand, an der ich arbeitete. Er hatte einen Einsatz aus der Täfelung genommen und drehte am Einstellkranz eines kleinen Wandsafes. Der Deckel schwang auf, er zog eine kleine Schublade heraus, und ich sah, wie er ihr Geld entnahm; dann schob er sie zurück. Ich wandte mich sofort wieder meiner Arbeit zu, das Ganze interessierte mich nicht. Ich hatte lediglich wissen wollen, was die Vibration in der Wand verursacht hatte. Hinterher entsann ich mich, daß ich am Tag vorher auf Holz gestoßen war, also war anzunehmen, daß ich an die Rückwand oder an die Seite der Holzfassung geraten war, in die der Safe eingelassen war. Danach dachte ich nicht mehr an das Ganze – auch wenn ich dir's nicht verdenken kann, wenn du mir das nicht glaubst.«

Sie sagte lediglich: »Ich habe dir zuerst auch nicht geglaubt, daß du aus meiner Heimatstadt stammst. Aber wenn das nun wahr ist, warum sollte das andere nicht auch stimmen?«

»Was ich dir als nächstes erzähle, ist noch schwerer zu

glauben. Ich weiß selbst nicht, wie es geschehen ist, und ich hatte nichts damit zu tun. Die Leute hatten unten neben der Eingangstür einen kleinen Tisch stehen, auf dem ich mehrere Male meinen Werkzeugkasten offen hatte stehenlassen, während wir oben arbeiteten. Er enthielt Dinge, die wir nicht ständig brauchten. Dann, als wir fertig waren und zum letztenmal ins Geschäft zurückkehrten, leerte ich den Kasten und fand etwas darin, das irrtümlich hineingekommen sein mußte. Entweder hatte jemand es aus Versehen hineinfallen lassen, oder ich selbst hatte es, ohne das zu bemerken, mit meinen eigenen Sachen eingepackt. Ich schwöre dir jedenfalls, daß ich das Ding zum erstenmal in meinem Leben sah, als ich ins Geschäft zurückgekehrt war. Ich habe wirklich keine Ahnung, wie es dorthin gekommen war.«

»Was war's denn?«

»Es war der Schlüssel für das Schnappschloß zum Vordereingang des Hauses – oder zumindest einer von den vorhandenen.«

Sie sah ihn lange schweigend und eindringlich an.

»Ich weiß wirklich nicht, wie er da hineingeraten war«, versicherte er ihr erneut. »Ich weiß nur, daß ich es nicht getan hatte. Ich wußte nichts davon, bis ich ihn sah.« Er ließ die Arme schlaff seitlich herabfallen. »Ich kann ja wohl nicht erwarten, daß mir irgend jemand das glaubt.«

»Vor einer Stunde hätte ich es auch noch nicht geglaubt«, gab sie zu. »Jetzt bin ich nicht mehr so sicher. Weiter.«

»Mit dem Rest kann ich's wohl kurz machen, den kannst du dir selbst denken. Ich hätte natürlich meinem Chef davon erzählen und ihm den Schlüssel geben müssen. Das hätte ich auch getan, aber er war schon nach Hause gegangen und hatte es mir überlassen, das Geschäft abzuschließen. Das Nächstbeste wäre gewesen, in das Haus zu gehen und dort den Schlüssel abzugeben.

Aber es war schon spät, und ich war hungrig und müde, schließlich hatte ich den ganzen Tag gearbeitet. Also ließ ich das Ding über Nacht liegen, wo es war, und beschloß, es am nächsten Tag sofort wieder hinzubringen. Aber dazu kam es dann auch nicht. Ich wurde von acht Uhr früh bis in die Nacht hinein in Trab gehalten und hatte keine Gelegenheit dazu. Am übernächsten Tag hatte ich das Ganze schon fast vergessen, und schließlich dachte ich überhaupt nicht mehr daran.

Dann verlor ich den Job, wie ich dir ja schon erzählt habe, und ich war arbeitslos. Mein Geld ging schließlich zu Ende und – nun ja, kurz gesagt, gestern holte ich meinen Werkzeugkasten heraus, um nachzusehen, ob ich auf der Pfandleihe etwas versetzen könnte. Alles andere, was ich entbehren konnte, war schon dorthin gewandert. Ich durchsuchte den Kasten, dabei geriet mir der Schlüssel zwischen die Finger, und ich erinnerte mich, woher er stammte.

Ich steckte ihn in die Tasche, machte mich ein bißchen ordentlich zurecht und ging damit zu dem Haus. Alles, was ich vorhatte, war, mich bei den Leuten zu erkundigen, ob sie vielleicht Arbeit für mich hätten – und wenn es nur eine Steckdose war, die ich richten konnte.

Ich ging hin und klingelte, aber niemand kam an die Tür. Ich klingelte immer weiter, aber keiner öffnete. Es war am frühen Nachmittag. Eigentlich wollte ich weggehen, aber dann trieb ich mich doch noch ein bißchen vor dem Haus herum und überlegte, was ich nun tun sollte. Ein Botenjunge kam aus einem der Häuser in der Nähe und sah mich da stehen, wie ich darauf wartete, daß mir jemand aufmachen würde, und ohne daß ich ihn danach gefragt hätte, erklärte er mir, es sei niemand im Haus, sie seien vor einer Woche über den Sommer zu ihrem Landhaus hinausgefahren. Ich fragte ihn, wieso man dann nicht die Tür und die unteren Fenster mit Läden verschlossen habe, wie das üblich sei. Der Junge antwortete, so viel er gehört habe, sei ein Familienmitglied zurückgeblieben, um irgend etwas Geschäftliches zu erledigen; wahrscheinlich würde das Haus erst richtig verschlossen, wenn der Betreffende fertig sei und den anderen nachfolgen würde. Ich fragte ihn, ob er eine Ahnung habe, wann ich diese Person am ehesten antreffen würde, aber darüber wußte er nichts – ich sollte es am besten einmal abends versuchen. Also kehrte ich in mein Zimmer zurück und wartete auf den Abend. Und dabei kam mir zum erstenmal die Idee – du weißt schon, welche.«

»Ja, ich weiß es«, bestätigte sie.

»Sie kam mir, ohne daß ich mir eigentlich dessen bewußt wurde – sie war wie Unkraut. Es ist schwer auszureißen, wenn es einmal Wurzeln geschlagen hat. Und alles trug dazu bei – um es zu begießen, könnte man sagen. Ich war bei meinen letzten zehn Cents angelangt, ich konnte mir nicht einmal mehr ein Abendessen leisten. Wenn man nur noch so wenig Geld hat, kann man es nicht ausgeben, noch nicht einmal für eine Tasse Kaffee und ein Brötchen, weil man es vielleicht am nächsten Tag noch dringender braucht als im Augenblick. Man hat einfach Angst, es zu verlieren. Zwei Wochen lang hatte ich verhindern können, aus meinem Zimmer hinausgeworfen zu werden, aber die Kündigung konnte jeden Augenblick erfolgen. Na ja, der Gedanke wucherte nun wie eine Quecke in mir, während ich den ganzen Nachmittag über auf dem Bettrand saß und den Schlüssel zwischen den Fingern drehte.

Gegen sieben – es war gerade dunkel geworden – ging ich fort und machte mich zum zweitenmal zu dem Haus auf.« Er lächelte düster. »Nun sind die Ausreden zu Ende, und du kannst dir den Rest der Geschichte anhören, ohne nachsichtig mit mir zu sein. Ich bog um die

Ecke und sah, daß in den unteren Fenstern des Hauses Licht brannte, also war ich rechtzeitig zurückgekehrt – sofern ich gekommen war, um die eine Person, die noch da war, anzutreffen. Vor dem Eingang stand ein wartendes Taxi. Während ich noch hinsah, ging das Licht aus, und eine Minute später traten ein Mann und eine Frau aus dem Haus und gingen zum Taxi. Sie hatten es nicht eilig, ich hätte auf sie zurennen oder sie rufen können, und sie hätten auf mich gewartet.

Aber ich stand wie angewurzelt da, beobachtete, wie sie weggingen. Ich hatte keine Ahnung, wer von den beiden wirklich ins Haus gehörte oder wer den anderen abgeholt hatte. Aber ich merkte, daß sie für längere Zeit ausgingen – sie hatte ein langes Kleid und er einen Smoking an, das konnte ich erkennen. Innerhalb der nächsten Stunde würden sie also bestimmt nicht zurückkehren.

Sie stiegen ins Taxi und fuhren weg. Ich ging ebenfalls fort – einmal um den Häuserblock herum, während ich mit der Hand nach dem Schlüssel in meiner Tasche tastete und gegen meine eigenen Gedanken ankämpfte. Als ich von der anderen Seite her wieder bei dem Haus angelangt war, drehte ich mich um und ging noch einmal um den Block herum. Ich kämpfte wirklich hart mit mir, aber vielleicht doch nicht hart genug. Mein Magen war leer, da kämpft sich's nicht so gut. Ich hatte meinen Kasten nicht mitgebracht, trug aber ein bißchen leichtes Werkzeug bei mir, so das, was man im allgemeinen braucht. Diesmal brauchst du deine Fantasie nicht anzustrengen – natürlich waren die Sachen nicht zufällig in meine Tasche geraten, ich hatte sie extra ausgesucht und eingesteckt.

Als ich wieder um die Ecke bog, marschierte ich ohne weitere Umstände auf den Eingang zu. Ich hatte die Schlacht verloren. Und das war anfangs nicht einmal ein schlechtes Gefühl, mach dir da keine Illusionen.« Er lachte kurz und freudlos. »Den Rest kannst du dir ja wohl denken. Ich klingelte ein letztesmal, um den Anschein zu wahren. Natürlich wußte ich, daß keiner da war. Dann trat ich in den Vorraum und machte mich mit dem Schlüssel an der Tür innen zu schaffen. Sie ließ sich sofort öffnen. Die Trottel hatten nicht einmal das Schloß ändern lassen. Vielleicht hatten sie den Schlüssel gar nicht vermißt – ich habe keine Ahnung.

Ich brauchte kein Licht, um den Weg zu finden. Ich ging sofort die Treppe hinauf, wie das mein Boß und ich schon vorher so oft getan hatten, und trat in dieses Arbeitszimmer oder was immer es war – es lag hinten im ersten Stock. Im Badezimmer knipste ich Licht an, denn es hatte kein Fenster nach außen. Ich holte die Sachen heraus, die ich mitgebracht hatte, und ging den Safe von hinten her an. Ich bohrte erneut das Loch, das wir in die Badezimmerwand gemacht hatten, nur zielte ich diesmal geradewegs auf die Rückseite des Safes. Und ich machte das Loch auch größer diesmal, so daß ich ein Stück der Täfelung herausstemmen konnte, in die der Safe eingelassen war.

Es war der verrückteste Safe, den ich je gesehen habe. Nur Tür und Rahmen waren aus Stahl, der Rest bestand aus Holz. Und wenn man den hinteren Teil herausriß, so war alles offen. Man konnte schlicht hineingreifen und die Kassetten nach hinten herausziehen. Vermutlich leistete das Ding nach vorne zu mehr Widerstand, aber damit, daß man es von hinten aufreißen könnte, hatte offenbar niemand gerechnet.

Der Safe war voller Papiere und solchem Zeug, aber ich hielt mich lediglich ans Bargeld. Das räumte ich heraus und ließ allen Schmuck und alle Erbstücke und dergleichen zurück. Dann schob ich die Kassetten wieder hinein und brachte alles in Ordnung. Ich kehrte all den

Mörtel und den Verputz vom Boden auf und zog den Duschvorhang ein bißchen weiter auseinander, so daß er das große Loch verdeckte, das ich gemacht hatte. Wenn der Mann – ich glaube, er ist derjenige, der im Haus wohnt – heute spät in der Nacht heimkehrt und ins Badezimmer geht, wird er wahrscheinlich nichts bemerken. Erst morgen wird er dahinterkommen, wenn er den Vorhang zuzieht, um sein Morgenbad zu nehmen.

Na ja, und das war alles. Ich knipste das Licht aus, ging zum Eingang hinab und spähte eine Weile hinaus, um zu sehen, ob niemand da war. Dann trat ich hinaus, schloß die Tür hinter mir ab und verschwand schnell.«

Er schwieg eine Weile. »Und dann mußte ich sofort für alles bezahlen – und wie. Bisher hatte ich mich frei in den Straßen bewegt, zwar hungrig und arbeitslos, aber ich hatte jedem offen ins Gesicht sehen können, ich hatte hingehen können, wohin ich wollte. Nun waren mir die Straßen plötzlich genommen, es war gefährlich geworden, sich zu lange in ihnen aufzuhalten. Die Gesichter der Leute, die mir begegneten, schienen mich scharf anzustarren, wurden zu etwas, wovor man sich vorsehen mußte. Und wenn Leute hinter mir gingen – dann zuckte meine Schulter, so als erwartete ich, daß sich eine Hand auf sie legen würde.

Aber das Schlimmste war – nun, da ich das Geld hatte, wußte ich nicht, was ich damit anfangen sollte. Eine halbe Stunde früher hätte ich hundert Dinge sagen können, die ich mir so dringend wünschte, daß ich meinen rechten Arm dafür geopfert hätte. Und nun fiel mir nicht das geringste mehr ein. Ich hatte gedacht, ich sei hungrig, und tatsächlich hatte ich seit einer Woche nicht richtig gegessen, aber jetzt stellte ich fest, daß nicht einmal das noch stimmte. Ich ging in das phantastischste Restaurant, das ich finden konnte, und bestellte alles, was es gab, der Reihe nach – so wie ich mir das immer erträumt hatte –, aber als das Zeug dann auftauchte, war irgendwas nicht in Ordnung. Ich schien einfach nicht richtig schlucken zu können. Ich versuchte es in mich hineinzustopfen, ertappte mich aber immer wieder dabei, daß ich dachte: ›Das ist nun deine eigene Zukunft, die du hinunterschlingst, Jahre und Jahre ...‹ Und es blieb mir im Hals stecken. Ich stand schließlich auf, ging hinaus, nachdem ich eine Fünfdollarnote auf dem Tisch gelassen hatte, und verzichtete auf den Rest.«

Er schwieg eine Weile. »Ich weiß nicht – ich nehme an, entweder ist man von Natur aus ehrlich oder von Natur aus ein Gauner. Jedenfalls kann man nicht einfach vom einen zum anderen überwechseln, ohne daß man gewaltig darunter leidet. Vermutlich muß man das langsam machen, vielleicht dauert es Jahre.

Dann hinterher, als ich wieder durch die Straßen ging, hörte ich aus einer Reihe geöffneter Fenster auf der anderen Seite drüben Musik herausdringen. Da war so ein Bursche, der mir allzu beharrlich seit einigen Häuserblocks zu folgen schien. Als er gerade mal nicht hersah, rannte ich hinüber und verschwand in dem Haus. Es schien mir eine gute Idee zu sein, eine Weile dort drinnen zu bleiben, mich von der Straße fernzuhalten. Ich kaufte also eine halbe Wagenladung Tickets, um sicher zu sein, daß sie für eine Weile reichten, und dann sah ich mich um, und das allererste Mädchen, das ich erblickte, warst du.«

»War ich«, wiederholte sie nachdenklich und fuhr langsam mit der Hand zum Tischrand und zurück, wieder und wieder.

Sie schwiegen beide. Er hatte so stetig gesprochen, daß die Stille länger zu dauern schien als in Wirklichkeit.

»Was willst du jetzt tun?« fragte sie und sah zu ihm auf.

»Was kann ich schon tun? Einfach abwarten, vermutlich. Darauf warten, daß sie mich schließlich erwischen, wie immer. Der Mann wird heute gegen neun oder zehn, wenn er ins Bad geht, herausfinden, was passiert ist. Und wahrscheinlich wird sich dieser Botenjunge erinnern, daß am Nachmittag zuvor irgendein Kerl an der Tür geklingelt hat. Dann wird ihnen mein alter Boß erzählen, wer ich bin und wo ich zuletzt gewohnt habe. Das wird nicht lange dauern. Sie werden mich erwischen – morgen oder übermorgen oder auch am Wochenende. Was spielt das schon für eine Rolle? Sie erwischen einen immer. Nur denkt man vorher nicht daran. Das fällt einem hinterher ein. Für mich ist jetzt hinterher, und ich denke daran.«

Er zuckte die Schultern. »Es hat keinen Sinn zu versuchen, aus der Stadt zu fliehen, sich irgendwo zu verstekken. So was klappt auch nie. Jedenfalls nicht bei so kleinen Lichtern wie bei mir, die in dieser Branche neu sind. Die Polizei hat einen langen Arm. Also ist es vermutlich das Beste, wenn ich irgendwo herumhänge und abwarte.« Er saß da und starrte mit einem bestürzten, verzweifelten Lächeln auf dem Gesicht zu Boden. So als fragte er sich, wieso es überhaupt zu dem Ganzen gekommen sei.

Irgend etwas an seinem Aussehen rührte sie – eine Art Hilflosigkeit, man konnte sagen, resignierte Hilflosigkeit. Der Junge von nebenan, dachte sie bitter. Das ist er, nichts anderes. Er ist kein Gauner, kein schmieriger Kerl, der sich in Tanzsälen herumtreibt. Er ist ganz einfach der Junge von nebenan, dem man zuwinkt, wenn man aus dem eigenen Gartentor geht. Oder der manchmal sein Fahrrad gegen den Zaun lehnt und sich eine Weile mit dir unterhält. Es ist hierhergekommen, um Großes zu vollbringen, um die Stadt zu besiegen, aber nun hat ihn die Stadt untergebuttert. Sie konnte sich genau vorstellen, was in ihm vorging, denn bei ihr war es ja nicht anders. Zu Hause glaubten die paar Leute, die ihm wirklich nahestanden, ihm ginge es gut und er sei ein wunderbarer Bursche. Und das Seltsame daran war, mit letzterem hatten sie recht und der Rest der Welt, der das nicht glaubte, hatte unrecht. Zu Hause lasen sie wahrscheinlich über den Zaun weg den Nachbarn aus seinen Briefen vor, prahlten damit, wie gut er seine Sache machte. Genau wie ihre eigenen Leute.

Sie wußte ebensowenig wie er, warum alles falsch gelaufen war, warum sich alles so entwickelt hatte wie jetzt. Sie wußte nur, daß er nicht auf diese Weise enden durfte – daß er nicht so um die Ecken schleichen, sich verstecken und die Straßen entlanggejagt werden durfte. Der Junge von nebenan.

Sie hob den Kopf und rückte mit ihrem Stuhl ein klein wenig vor, so als ob sie damit die Grenze zwischen passiver Zuhörerin und aktiver Teilnehmerin überschritte. »Hör zu, ich mache dir einen Vorschlag. Was hältst du davon, wenn wir beide dorthin zurückkehren, wohin wir gehören, nach Hause? Vielleicht haben wir dort noch einmal eine Chance? Wir könnten beide in den Sechsuhr-Bus steigen, was ich allein nie geschafft habe.«

Er antwortete nicht. Sie beugte sich eindringlich über den Tisch. »Begreifst du nicht, daß es jetzt sein muß – oder nie? Verstehst du nicht, was diese Stadt hier uns antut? Siehst du nicht, wie es jetzt in einem Jahr sein wird, vielleicht schon in einem halben? Dann ist es zu spät, dann ist nichts mehr zu retten. Wir sind einfach zwei andere Leute, mit unseren Namen, aber wir sind nicht mehr *wir* ...«

Seine Augen glitten zu den Banknotenstapeln auf dem Tisch, dann wieder zu ihr zurück. »Es ist jetzt schon zu spät für mich. Nur ein paar Stunden zu spät, eine halbe Nacht zu spät, aber es ist so viel wie ein ganzes Leben.« Er wiederholte, was er schon einmal gesagt hatte. »Ich wollte, ich hätte dich gestern abend statt heute kennengelernt. Jetzt nützt es nichts mehr. Sie würden nur darauf warten, mich zu packen, wenn ich aus dem Bus stiege. Bis dahin werden sie wissen, wer ich bin, woher ich komme. Wenn sie mich hier nicht finden, werden sie zu Hause suchen. Wenn ich mit dir ginge, würde ich dich nur in die Sache hineinziehen. Die Leute dort, genau die, von denen ich nicht möchte, daß sie etwas erfahren, würden zusehen, wie sich das alles unter ihren Augen abspielt ...« Er schüttelte den Kopf. »Geh du. Du hast noch eine Chance. Geh allein, fahr gleich heute nacht. Du hast recht, hier ist es schlecht. Geh sofort, bevor du wieder schwach wirst. Ich werde dich zum Bus begleiten, wenn du das möchtest ...«

»Das schaffe ich nicht, habe ich dir das nicht gesagt? Allein kann ich es nicht. Die Stadt ist zu stark für mich. Ich würde an der nächsten Haltestelle wieder aussteigen und zurückfahren. Ohne dich schaffe ich es nicht, so wenig wie du es ohne jemand wie mich fertigbringst. Wir brauchen unsere gemeinsame Kraft. Du bist mein letzter Strohhalm, und ich bin deiner. Wir sind einander begegnet und wissen das nun. Wir dürfen diese Chance nicht verspielen. Es ist wie sterben, während man noch lebt...« Ihre Stirn war in verzweifeltem Flehen gerunzelt, ihre Augen hielten durch ihre Eindringlichkeit seinen Blick fest.

»Sie warten dort nur auf mich. Ich weiß, was ich sage. Sie werden mich festnehmen, bevor ich auch nur den Fuß auf den Boden gesetzt habe.«

»Nicht, wenn nichts fehlt, wenn nichts weggenommen worden ist. Wozu sollten sie dich dann festnehmen?«

»Aber das Geld liegt hier auf dem Tisch vor uns!«

»Ich weiß, aber es ist immer noch Zeit, es ungeschehen zu machen. Das ist ja mein Vorschlag. Du sollst es nicht mitnehmen. Das hieße, die ganze Bösartigkeit der Stadt hier mitnehmen.«

»Du meinst, ich könnte ...« Sein Gesicht hatte einen ängstlichen Ausdruck, so als sehnte er sich nach einem Funken von Hoffnung, getraute sich jedoch nicht, an die Möglichkeit zu glauben.

»Du sagtest, der Mann sei dort allein im Haus. Er sei im Smoking weggegangen und würde erst spät zurückkommen. Du meintest, vor dem Morgen würde er nichts bemerken ...« Sie sprach weiter, ohne Atem zu holen. »Hast du den Hausschlüssel noch?«

Seine Hände fuhren in die Taschen, schossen von einer zur anderen, ebenso schnell wie sie gesprochen hatte. »Ich erinnere mich nicht, ihn weggeworfen zu haben – es sei denn, ich habe ihn im Schloß stecken lassen.« Er stand auf, um sich ungehinderter bewegen zu können. Plötzlich atmete er tief und gepreßt aus, ein Zeichen, daß er den Schlüssel gefunden hatte. »Ich habe ihn.« Er zog ihn heraus. »Hier. Hier ist er.«

Sie staunten beide flüchtig, daß er tatsächlich aufgetaucht war.

»Merkwürdig, daß ich ihn überhaupt bei mir behalten habe, nicht? Es ist wie ein – so was wie ein ...«

»Ja.« Sie wußte, was er meinte, auch wenn ihr das Wort nicht einfiel, nach dem er suchte.

Er steckte den Schlüssel ein. Sie sprang ihrerseits auf. »Wenn du also wieder in das Haus hineinkommst, bevor er zurückkehrt – nur einfach rein und raus, eben lang genug, um das Geld dorthin zu legen, wo du es geholt hast – mehr brauchst du nicht zu tun. Niemand wird hinter dir her sein, nur weil du ein Loch in die Wand geschlagen hast, so lange nichts fehlt ...«

Sie sammelte hastig die Banknotenbündel ein und stapelte sie aufeinander, um sie ihm zu geben. Dann kam ihnen gleichzeitig ein Gedanke, sie hielten inne und starrten einander bedrückt an. »Wieviel hast du schon ausgegeben? Wieviel hast du weggenommen?«

Er preßte einen Augenblick lang die Handfläche gegen die Stirn. »Ich weiß nicht. Warte mal, vielleicht kann ich – fünf Dollar für die Mahlzeit, die ich nicht gegessen habe. Und in deinem Club muß ich für rund fünfzehn Dollar Tanztickets gekauft haben. Also insgesamt zwanzig. Mehr können es nicht gewesen sein.«

»Warte einen Augenblick. Ich habe das hier«, sagte sie energisch. »Ich werde es dir dazugeben.«

Sie rannte zu ihrem Bett und schlug das Laken an der einen Seite zurück. Dann hob sie die Matratze an, schob die Hand darunter und zog ein kleines Bündel Papiergeld heraus, zusammengepreßt wie Blumen in einem Herbarium.

»Nein!« protestierte er. »Ich will nicht – das kann ich nicht zulassen. Es ist *meine Sorge,* warum solltest *du* die Differenz ausgleichen?«

Sie zog ihre beste Tanzhallen-Rüstung über, hielt ihm frontal die Handfläche entgegen. »Nun hör zu, ich *werde* das tun, und ich möchte keinen Widerspruch hören. Es muß alles zurückgebracht werden. Wenn auch nur ein Dollar fehlt, handelt es sich um Diebstahl und du kannst verhaftet werden. Außerdem, was spielt es schon für eine Rolle? Betrachte es als geliehen, wenn dich das glücklich macht. Du kannst es mir zurückzahlen, wenn wir zu Hause sind und du Arbeit gefunden hast. Ich habe immer noch genug, um die Busfahrt für uns beide zu bezahlen. Auch das kannst du mir später zurückgeben, wenn du möchtest.« Sie schob ihm das Geld in die Hand. »Hier, bewahre es für uns beide auf. Das Geld gehört jetzt dir und mir.«

»Ich weiß nicht, was ich sagen soll ...«

»Dann sag gar nichts.« Sie warf sich in den Stuhl zurück, in dem sie vorher gesessen war. »Das Wichtigste ist, daß wir heute nacht noch aus der Stadt verschwinden. Warte eine Minute, bis ich meine Schuhe angezogen habe. Ich möchte auch noch ein paar Sachen in den Koffer packen – viel ist es nicht ...« Dann, als sie sah, daß er Anstalten traf, zur Tür zu gehen, und sie dabei fragend anblickte: »Nein, bleib so lange hier bei mir, warte nicht draußen – ich fürchte, ich werde dich sonst verlieren, und du bist meine einzige Chance, heute nacht noch heimzukommen ...«

»Du wirst mich mit Sicherheit nicht verlieren«, versprach er fast unhörbar.

Sie sprang wieder auf und schlüpfte in ihre Schuhe. »Es ist komisch, aber ich bin gar nicht mehr müde.«

Er sah zu, wie sie auf gut Glück Sachen in den abgenutzten Koffer warf, den sie unter dem Bett hervorgezogen hatte. »Aber falls er nun schon zurückgekommen ist, wenn ich dort eintreffe?«

»Sicher nicht. Das müssen wir uns immer wieder vorsagen. Du bist nicht erwischt worden, als du es genommen hast, warum sollst du ertappt werden, wenn du es zurücksteckst? Er ist mit dieser Frau ausgegangen, die du gesehen hast – es ist durchaus möglich, daß er nicht vor halb vier oder vier Uhr zurückkommt; er muß sie noch nach Hause begleiten, wo immer sie wohnt, und ..«

Sie ging zum Fenster, schob es hoch und beugte sich hinaus.

»Wonach schaust du da?«

Sie zog den Kopf wieder herein. »Das ist das einzig Anständige in dieser Stadt. Jede Nacht, wenn ich glaube, es keine Minute länger mehr auszuhalten, nimmt sie sich meiner an. Es ist die Uhr am Paramount Building, dort drüben. Komm schon, Quinn, sie sagt, wir schaffen's noch. Bisher hat sie mich noch nie im Stich gelassen.«

Sie ging zum Koffer und drückte den Deckel zu. Er griff danach und hielt ihr dann die Tür auf. »Hast du auch alles? Ist nichts mehr da, was du mitnehmen möchtest?«

»Mach die Tür zu«, sagte sie müde. »Ich möchte nicht wieder hineinsehen. Laß den Schlüssel stecken, ich brauche ihn nicht mehr.«

Sie gingen die wackligen Treppen hinunter, einer hinter dem anderen, er trug ihren alten Koffer. Er wog nicht viel. Er enthielt ja auch kaum etwas – in der Hauptsache enttäuschte Hoffnungen. Sie traten beide leise auf, weniger aus Furcht, die anderen Hausbewohner zu wecken, als aus dem instinktiv leisen Verhalten heraus, das nächtliche Abreisen mit sich bringen

Er sah, wie sie an einer Stelle die Hand ausstreckte, um ein sternförmiges Loch in der Wand des Treppenhauses zu berühren.

»Was machst du da?«

»Das war früher meine Glücksstelle«, flüsterte sie. »Ich habe sie immer berührt, wenn ich von hier wegging. Vor einem Jahr, als ich noch die Agenturen abklapperte – man wird so, weißt du, wenn man kein Glück hat. Es ist lange her, seit ich es zum letztenmal berührt habe. Es hat sich nie ausgezahlt. Aber heute nacht vielleicht – hoffentlich. Wir brauchen es.«

Er war, ein paar Stufen hinter ihr, bereits an der Stelle vorbeigegangen. Flüchtig blieb er stehen und zögerte. Dann kehrte er wieder um und legte die Hand auf das Loch, genau wie sie das getan hatte.

Unter der Haustür blieben sie beide einen Augenblick lang stehen; dann legte sie die Hand auf den Knauf, und er tat fast im selben Moment das gleiche. Seine Hand ruhte auf der ihren. Eine Sekunde lang verharrten sie so. Dann blickten sie einander an und lächelten plötzlich unbefangen, ohne jede Koketterie, so wie Kinder. »Himmel«, sagte er, »bin ich froh, daß ich dich heute nacht kennengelernt habe, Bricky.«

»Ich auch, Quinn«, sagte sie.

4
2 Uhr

Sie traten hinaus in die Einsamkeit der frühen Morgenstunden, eilten unter dem bleichen Schein der Straßenlampe weg und wurden von der Dunkelheit aufgeschluckt. Es war, als gingen sie durch eine massive, aus Monolithen gebaute Gruft. Niemand war unterwegs, nichts rührte sich. Noch nicht einmal eine Katze stöberte zwischen den Mülltonnen herum. Die Stadt war tot, hier in ihren Außenbezirken, und wie alles Tote war sie starr und klamm, sie verängstigte die beiden ein bißchen. Sie drängten sich enger aneinander, und plötzlich hängte sie sich bei ihm ein, während er ihren Arm beschützend gegen sich drückte. Schulter an Schulter gingen sie weiter. Ihre Schritte hallten dumpf, als sei die Straße eine einzige lange, aus Brettern bestehende Brücke, die über eine riesige Leere unter ihnen wegführte.

Er hob mit gespielter Feierlichkeit, die nur schlecht seine Angst verbarg, den Hut. »Leb wohl, Manhattan.«

Sie legte schnell die Hand auf seinen Mund, mit abergläubischer Eindringlichkeit. »Scht – nicht so laut! Berufe es nicht, das bringt Unglück, wie du weißt.«

Er sah sie an und lachte ein bißchen. »Du nimmst das so halb und halb ernst, wie?«

»Mehr als du glaubst«, sagte sie düster. »Und ich habe damit auch mehr recht, als du glaubst.«

An der Ecke blieb er stehen und stellte den Koffer für einen Augenblick ab. Hier, auf der Avenue, herrschte noch Betrieb im Gegensatz zu der Seitenstraße, aus der sie soeben aufgetaucht waren. Aber der Verkehr war dünn geworden, die Kette der roten und weißen Wagenlichter wie abgerissen.

»Du gehst am besten zum Busbahnhof und wartest auf

mich. Ich werde – die andere Sache erst allein erledigen, dann treffen wir uns dort.«

Sie umklammerte seinen Arm krampfhaft, so als fürchtete sie ihn zu verlieren. »Nein, nein. Wenn wir uns trennen, sind wir verloren. Dann zerstört die Stadt mit ihrem Dreck wieder alles. Ich werde denken: ›Kann ich ihm trauen?‹ und du wirst denken: ›Kann ich ihr trauen?‹ Und bevor wir uns versehen ... Nein, nein. Wir bleiben beisammen, bei jedem Schritt. Ich gehe mit dir dorthin. Ich warte vor der Tür, während du hineingehst.«

»Aber wenn er nun inzwischen doch zu Hause ist? Du wirst dann nur – sie werden dich als Komplizin festnehmen.«

»Das ist ein Risiko, das wir auf uns nehmen müssen. Sieh, ob du irgendwo ein Taxi auftreiben kannst. Je länger wir warten, desto gefährlicher wird es sein.«

»Für dein Geld?«

»Ich zahle gern für ein anderes Leben«, antwortete sie.

Sie erwischten schließlich ein Taxi, indem sie langsam nordwärts wanderten, stehen blieben und die Arme in die Luft warfen, wann immer ein Paar Wagenlichter auftauchten. Ein Scheinwerferpaar schwenkte ein, als wolle es über den Randstein rasen und sie niedermähen, aber dann hielt das Auto, und es war ein Taxi. Sie stiegen hastig ein.

»Bringen Sie uns zur Siebzigsten, East Side«, sagte er. »Ich werde Ihnen dann mitteilen, wann Sie halten sollen. Beeilen Sie sich, fahren Sie durch den Park, das geht schneller.«

Sie rasten nordwärts davon, überquerten die Siebenundfünfzigste und bogen dann in die Siebente Avenue ab, nur jeweils aufgehalten durch das rote Licht der Ampeln, die sich auf perverse Art zu vermehren schienen.

Die beiden sprachen nicht miteinander, bis er sie, als

sie einmal hielten, fragte: »Warum sitzt du so in die Ecke gedrückt, den Kopf nach hinten?«

»Sie beobachtet uns – die Stadt. Sie hat tausend Augen. Jedesmal wenn wir an einer Straße vorbeikommen, ist es so, als ob tief in ihr drinnen ein Auge ist, das wir nicht sehen, das uns beobachtet. Wir haben sie nicht hereinlegen können. Sie weiß, daß wir versuchen, ihr zu entkommen. Wenn sie kann, stellt sie uns eine Falle.«

»Du lieber Himmel, du bist aber wirklich abergläubisch, was?« bemerkte er nachsichtig.

»Wenn du einen Feind hast und das weißt, dann bist du nicht abergläubisch, sondern ganz einfach vorsichtig.«

Sie spähte durch das Rückfenster des Wagens, zurück zum westlichen Horizont, wo Hochbauten wie drohende schwarze Kakteen sich gegen den das Licht reflektierenden Himmel abhoben.

»Schau – sieht sie nicht grausam aus? Heimtückisch und hinterhältig, so als lauerte sie nur darauf, sich herabzustürzen und ihre Klauen in jemand zu schlagen, in irgend jemand ...«

Er lachte wieder leise, aber es klang nicht ganz überzeugend. »Alle Städte sehen bei Nacht so aus, anrüchig und düster, verschlagen und unfreundlich ...«

»Ich hasse sie«, flüsterte sie wild. »Sie ist schlecht. Und sie ist lebendig, sie hat ihre eigene Willenskraft, niemand kann das bestreiten.«

»Sie hat mir auch nie einen Gefallen erwiesen«, gab er zu. »Ich glaube, ich empfinde ähnlich wie du. Nur habe ich an sie niemals als Person gedacht, so wie du das tust. Ich habe mehr an – verpaßte Chancen gedacht.«

Vor ihnen ragte nun ein neuer Horizont auf. Die große Lücke inmitten der Stadt, der Central Park, verschwand hinter ihnen, sie waren in East Side – East Side, die ›Goldküste‹ mit dem dünnen Firnis dessen, was die Victorianer als ›Eleganz‹ zu bezeichnen pflegten und die modernen Leute als ›smart‹ empfinden. Aber alles höchstens drei Häuserblocks tief, und dahinter bis zum Fluß auch nichts weiter als das gleiche trübselige Häusergedränge wie sonst überall in der Stadt.

Quinn stoppte den Fahrer Ecke Fünfte Avenue und Neunundsechzigste Straße – ein Block weiter als nötig, damit der Mann nicht zu genau feststellen konnte, wohin sie wollten. »Von hier aus gehen wir zu Fuß«, sagte er energisch.

Sie stiegen aus und zahlten, den kleinen Koffer zwischen sich wie eine Art Anker; dann blieben sie wartend stehen, bis der Fahrer Gas gegeben hatte und über die Fünfte Avenue davonstob.

Danach wanderten sie bis zur nächsten Ecke, zur Siebzigsten Straße. Sie bogen ein und blieben in der schützenden Dunkelheit der ersten Seitenstraße stehen, um sich dort zu trennen.

Bricky gefiel das nicht. Sie hätte es vorgezogen, sich überhaupt nicht von Quinn zu trennen, nicht einmal für so kurze Zeit. Aber sie drängte ihn nicht, ihr zu erlauben, mit ihm zu gehen, weil sie wußte, daß er davon nichts hätte hören wollen. Es hätte auch tatsächlich das Risiko erhöht. Auf diese Weise konnte sie als eine Art Späherin dienen. Aber es gefiel ihr nicht, es gefiel ihr ganz und gar nicht.

»Du kannst das Haus von hier aus sehen. Es ist auf unserer Seite, die mit den geraden Nummern, gleich hinter der zweiten Lampe dort unten«, sagte er leise und sah sich um, ob sie nicht beobachtet würden. »Komm in keinem Fall näher heran, bleib mit deinem Koffer hier. Ich werde ganz schnell zurück sein. Hab keine Angst.«

Sie hatte bereits Angst, aber sie wäre eher gestorben, als ihn das wissen zu lassen. Außerdem war es nicht so, wie er glaubte – sie hatte keine Angst um sich selbst. Etwas war geschehen, das sie nie zuvor gekannt hatte – sie fürchtete für jemand anderen. Für Quinn.

»Nimm kein Risiko auf dich«, sagte sie. »Wenn du irgendwelche Lichter siehst, wenn es den Anschein hat, als sei er schon zu Hause, dann geh nicht hinein – leg das Geld einfach innen hinter die Tür. Er kann es am Morgen selbst aufheben. Es muß nicht unbedingt wieder im Safe sein. Und sei vorsichtig – er könnte ja auch schon im Bett liegen und die Lichter ausgemacht haben, ohne daß du das weißt.«

Er zog seinen Hut mit einem entschiedenen Ruck weiter ins Gesicht und ging die stille Straße entlang. Sie sah ihm nach. Seine Gestalt schien kleiner zu werden, zusammenzuschrumpfen. Sie rührte sich nicht – sie wirkte wie ein Jagdhund in Lauschstellung, nur ohne erhobene Pfote.

Flüchtig fiel das Licht der zweiten Straßenlampe auf Quinn, dann verschwand er wieder im Dunkel. Sie sah, wie er vorsichtig Umschau hielt, und sie wußte, daß er nun ins Haus hineinging. Von ihrem Standpunkt aus wirkte es wie eine schmale Steinplatte, eingequetscht zwischen den anderen Gebäuden, ein Vordach über der Außentreppe. Er stieg sie jetzt empor. Eine Schwingtür öffnete sich, sank wieder zurück. Er war drin.

Im Augenblick, als er verschwunden war, ergriff sie ihren Koffer und ging langsam hinter Quinn her, obwohl er sie gedrängt hatte zu bleiben, wo sie war. Sie wollte so nahe bei ihm sein wie nur möglich, ihm innerlich beistehen.

Ihre Lippen bewegten sich lautlos wie die einer Sizilianerin, die den bösen Blick abwehrt. »Wenn sie etwas merkt, wird sie ihm eine Falle stellen, ihn hereinlegen. Sie wird alles tun, damit er der Verbrecher bleibt, zu dem sie ihn gemacht hat.«

›Sie‹ war für Bricky immer derselbe Feind – die Stadt.

Unwillkürlich hatte sie zwei Finger ihrer freien Hand überkreuzt und preßte sie starr gegen ihre Seite.

»Laß ihn in Ruhe, hörst du?« flüsterte sie durch drohend verzogene, halb geöffnete Lippen – so ähnlich wie sie es zu tun pflegte, wenn sie allzu aufdringliche Gäste in der Tanzhalle abschrecken wollte. »Halt dich da raus. Er muß es schaffen.«

›Sie‹ schielte schläfrig zu ihr hinab durch die lange tunnelartige Schlucht rußigen Graus, dunklen Blaus und tiefster Schwärze, die Farben ihrer nächtlichen Palette.

Bricky war inzwischen am Haus angelangt. Sie ging daran vorbei, um durch Stehenbleiben kein Aufsehen zu erregen. Der Eingang, der Vorraum zwischen der gläsernen Schwingtür außen und der eigentlichen Tür innen – dem tatsächlichen Bollwerk – wirkte leer im reflektierten Licht der Straßenlampe, als sie mit gespieltem Desinteresse einen Blick darauf warf. Er war hineingegangen, in der Tiefe verschwunden, hatte die Tür hinter sich geschlossen.

Angenommen, dieses eine Familienmitglied, das noch nicht verreist war, schlief doch schon oben? Angenommen, Quinn bemerkte das nicht rechtzeitig? Damit hatte er sich dann selbst den Rückzug abgeschnitten, wenn die Tür hinter ihm geschlossen war. Wenn nun dieser Bewohner aufwachte, ihn entdeckte ...

Sie versuchte, die erschreckende Vorstellung aus ihrem Innern zu verbannen. Beim erstenmal, als er in unredlicher Absicht eingedrungen war, hatte alles geklappt. Warum sollte diesmal, wenn er die Sache wieder gutmachen wollte, etwas schiefgehen?

Die Stadt – das würde der Stadt ähnlich sehen.

»Laß ihn in Ruhe, hörst du? Laß ihn ja in Ruhe, kapiert?«

Sie war jetzt schon in einiger Entfernung von der Haustür. Nichts war bis jetzt geschehen. Keine Aufschreie, kein plötzlich eingeschaltetes Licht im oberen Stockwerk, also war er noch nicht entdeckt worden.

Ihre Finger waren lahm vom ewigen Übereinanderpressen. Sie kam sich vor wie ein Wächter, der hier aufgestellt war, um ihn zu beschützen. Wie ein Streikposten, der die Stadt fernhielt. Zuverlässig, trotzig, ohne jede Waffe, mit Ausnahme ihres leichten Koffers. Und nach einer Weile brauchte sie ihren Mut auch für sich selbst.

Sie tat ihr Bestes, ruhig zu bleiben, aber in ihrem Innern herrschte Tumult, während sie so zaudernd, so ziellos dahinschlenderte. Es dauerte alles schon länger als es dauern sollte, oder nicht? Selbst ohne Licht hätte er nicht so viel Zeit brauchen dürfen, um in den ersten Stock eines Hauses hinaufzusteigen und wieder herunterzukommen. Er hätte längst da sein müssen!

Selbst wenn er das Geld nur zurückbringen wollte, handelte es sich um so was wie einen Einbruch. Und wenn er dabei erwischt wurde, wie er es zurücklegte, wie sollte er dann beweisen, daß das seine Absicht gewesen war? Vielleicht wäre es besser gewesen, es per Post zurückzuschicken. Daran hatten sie beide nicht gedacht...

An der Ecke vor ihr, auf der anderen Seite, tauchte plötzlich eine Gestalt auf. Sie entfernte sich nicht weit von der Hausmauer, sondern blieb dort stehen. Sie hob sich kaum von der Kante des Eckhauses ab, ihr Rücken war ihr, Bricky, zugewandt. Ein Streifenbeamter bei seiner Runde. Sie huschte schnell in einen der dunklen Eingänge auf ihrer Straßenseite. Sie hätte allzu verdächtig gewirkt, so wie sie sich zu dieser Nachtstunde mit einem Koffer in der Hand auf dem Gehsteig herumtrieb.

Wenn er hierher kam – wenn Quinn zufällig aus dem Haus trat, während der Mann noch dort an der Ecke stand ... Ihr Herz klopfte nicht nur, es tobte wie ein verrückt gewordenes Pendel förmlich hin und her.

Ein metallisches Klicken ertönte, als er eine Meldebox öffnete – deshalb stand er dort, den Rücken ihr zugewandt. Selbst der verschwommene Klang seiner Stimme drang in der stillen Nachtluft bis zu ihr herüber: »Meldung von Larsen, zweifünfundfünfzig« oder so ähnlich. Die Box schlug wieder zu. Sie preßte sich gegen die Wand und fürchtete sich hinzublicken – fürchtete, daß er in ihre Richtung kommen würde. Sie hörte seine Schritte, er überquerte die Straße dort unten, auf ihre Seite herüber. Dann verhallten sie.

Schließlich wagte sie hinüberzuspähen, er war verschwunden, offenbar in gerader Richtung weitergegangen. Langsam atmete sie aus und trat wieder auf den Gehsteig hinaus. Sie kehrte um, und ihr Blick glitt besorgt über die Fassade des Hauses, in dem Quinn verschwunden war. Was war aus ihm geworden? Was war schiefgelaufen, was hielt ihn so lange dort auf?

Als sie gerade an der Vorderseite angekommen war, teilte sich die Schwingtür lautlos, und er tauchte auf. Die Tür schwang zurück, aber er rührte sich nicht sofort. Er stand da und starrte auf sie herab, so als sähe er sie gar nicht wirklich. Oder als kenne er sie nicht.

Dann trat er oben an die Treppe und kam herab. Aber irgend etwas war nicht in Ordnung. Er ging nicht schnell genug, er war zu langsam; und dann war da noch etwas – so als ob er blöde wäre, als ob er nicht wüßte, wo er war. Oder nein, das wars nicht. Als ob – ja, das wars – als ob es keine Rolle spielte, ob er herauskäme oder drin bliebe.

Mit zwei schnellen Schritten war sie bei ihm und blieb dicht vor ihm stehen. Selbst im tiefen Dämmerlicht wirkte sein Gesicht bleich und angespannt.

»Was ist los? Weshalb siehst du so erschrocken drein?« flüsterte sie heiser.

Er starrte sie benommen und völlig verständnislos an.

Im Augenblick sah es so aus, als wäre nichts aus ihm herauszukriegen. Was immer geschehen war, er schien innerlich einfach blockiert zu sein. Sie stellte den Koffer hin und schüttelte ihn leicht an beiden Schultern.

»Du mußt es mir sagen. Starr nicht so vor dich hin. Was ist denn passiert?«

Er kam langsam zu sich, aber ihre Berührung schien geholfen zu haben. »Er ist umgebracht worden. Er ist tot. Er liegt dort drinnen – tot.«

Sie holte zitternd Luft. »Wer, der – Mann, der hier im Haus wohnt?«

»Ich nehme an. Der Mann, den ich früher am Abend habe ausgehen sehen, der, von dem ich dir erzählt habe.« Er strich sich mit der Hand unter dem Hutrand über die Stirn.

Flüchtig war sie nun die Bestürztere, in jedem Fall die Frustriertere, denn sie wußte, wer der Feind war, er nicht.

Sie lehnte sich schlaff gegen die Seitenmauer der Treppe. »*Sie* hats getan«, sagte sie dumpf und starrte blicklos über seinen Kopf weg. »Ich wußte es doch. Ich wußte, sie würde uns das nicht ausbügeln lassen. Das läßt sie niemals zu. Jetzt sind wir schlimmer dran als vorher. Sie hat uns da, wo sie uns haben will.«

Aber die Apathie dauerte nur kurz. Die Stadt hatte einem eine Menge schlimmer Dinge beigebracht, aber ein Gutes hatte das, man hatte gelernt zu kämpfen. Es blieb einem gar nichts anderes übrig, sie trachtete einem ständig nach dem Leben.

Sie machte eine plötzliche Bewegung, als wollte sie die Treppe hinaufsteigen. Er griff hastig nach ihrem Arm und drehte sie wieder um. »Nein, *du* gehst da nicht hinein!« Er versuchte sie den Gehsteig entlangzuziehen. »Mach, daß du von diesem Haus wegkommst. Ich hätte dich von vornherein gar nicht hierher mitnehmen sollen.

Geh, besorg dir deine Fahrkarte, steig in den Bus und vergiß, daß du mich jemals kennengelernt hast.« Sie wehrte sich gegen seinen Griff. »Bricky, hörst du? Verzieh dich, hau ab, bevor sie ...«

Er versuchte, sie leicht von sich wegzuschubsen, damit sie sich auf den Weg machte. Sie entwand sich ihm lediglich und kehrte zu ihm zurück, trat näher an ihn heran als vorher. »Ich möchte nur eines wissen. Eines mußt du mir sagen: Du warst das doch nicht – ich meine, als du das erstemal im Haus warst? *Du* hast es doch nicht getan, oder?«

»Nein! Ich habe nur das Geld genommen, das war alles. Er war nicht da. Ich habe ihn überhaupt nicht zu Gesicht bekommen. Er muß inzwischen nach Hause gekommen sein. Bricky, du *mußt* mir glauben!«

Sie lächelte ihn im Halbdunkel traurig an. »Schon gut, Quinn. Ich weiß, daß du's nicht getan hast. Ich weiß es, ich hätte es wissen können, ohne dich zu fragen. Der Junge von nebenan bringt niemand um.«

»Ich kann jetzt nicht mehr zurück«, murmelte er. »Ich bin erledigt. Fertig. Man wird glauben, ich hätte es getan. Es paßt zu gut zu dem, was ich wirklich getan habe. Wenn ich nach Hause fahre, werden sie dort am Bus auf mich warten. Und wenn es schon geschehen muß, dann lieber hier als dort, wo mich jeder kennt. Ich bleibe jetzt da. Es hat keinen Sinn, sich dagegen aufzulehnen. Dann soll es eben geschehen. Ich werde warten. Aber du...« Erneut versuchte er sie fortzuschieben. »*Bitte*, geh! *Bitte*!«

Diesmal war sie überhaupt nicht fortzubewegen. »Du hast es schließlich nicht getan, oder? Dann laß mich in Ruhe, schubs mich nicht weg, Quinn. Ich gehe mit dir.«

In einer Aufwallung von Trotz trat sie dicht neben ihn. Aber es war nicht gegen ihn gerichtet. »Die Stadt, die Stadt«, flüsterte sie rachsüchtig. »Wir werden es ihr schon zeigen. Sie hat uns noch nicht fertiggemacht. Die Frist ist noch nicht abgelaufen. Wir haben Zeit, bis es hell wird. Bis jetzt weiß noch niemand etwas, sie haben ihn noch nicht gefunden, sonst würde es hier schon von Polizisten wimmeln. Niemand weiß etwas – außer uns und dem, der es getan hat. Gib nicht auf, Quinn, gib ja nicht auf. Es ist nie zu spät – wir haben Zeit bis zur letzten Sekunde der letzten Minute der letzten Stunde.« Sie schüttelte ihn flehend am Arm.

»Komm, wir gehen dort hinein und sehen nach, was wir tun können. Wir müssen – es ist unsere einzige Hoffnung. Wir wollen beide nach Hause, das weißt du. Es geht um unser Glück, Quinn, um unser Leben. Und wir haben bis sechs Uhr Zeit, um den Kampf zu gewinnen.«

Sie konnte ihn kaum hören. Aber er hatte sich der Treppe zugewandt, die zur Haustür führte. »Komm, Kumpel«, sagte er leise.

5

Zwei Uhr dreiundzwanzig

In der sargartigen Enge des Vorraums klirrte der Schlüssel unverhältnismäßig laut, als er ihn zum drittenmal in dieser Nacht ins Schloß steckte, unsicher und ungeschickt. Aber das war Tapferkeit, dieses leichte Zittern, dachte Bricky. Er ging hinein, nicht hinaus – auf das zu, was ihnen bevorstand, nicht weg. Und ein Mann, der behauptete, niemals Furcht gehabt zu haben, war ein Lügner. Also bewunderte sie dieses Zittern seiner Hand – es war ehrlich, und er war tapfer.

Die Tür ging auf und schloß sich leise hinter ihnen, nachdem sie eingetreten waren. Ein verschwommenes, graues Lichtoval blieb, es war der Schein der Straßenlampe draußen, bemüht, ihnen zu folgen, aber gezwungen aufzugeben, nachdem es bis hierhin gedrungen war.

Die Luft in der Diele – sie mußten sich in einer Art Diele befinden, das bemerkte Bricky – war muffig wie in einem ständig geschlossenen Raum. Sie versuchte sich durch ihren Geruchssinn eine Vorstellung von dem Haus zu machen. Abgesehen von der Muffigkeit roch es irgendwie nach Luxus, nach teurem Leder und edlem Holz. Es war nicht deutlich wahrnehmbar, nur eben ein sinnlicher Eindruck.

»Er liegt hinten, im oberen Stock«, flüsterte Quinn. »Ich möchte hier unten kein Licht machen, man könnte es von draußen sehen.«

Sie merkte, daß er in seiner Tasche nach etwas suchte. »Nein«, flüsterte sie, »auch keine Zündhölzer. Geh voran, ich kann dir schon folgen. Ich halte dich am Ärmel fest. Warte, ich möchte erst das hier irgendwo abstellen.«

Sie tastete sich ihren Weg zur Wand und stellte den Koffer unmittelbar neben die Bodenleiste, so daß sie ihn nachher leicht wieder finden konnte. Dann kehrte sie zu Quinn zurück und griff nach seinem Ärmel. Sie bewegten sich in einer Art schwimmender Finsternis fort, die so dicht war, daß sie den Eindruck von etwas Flüssigem vermittelte.

»Stufe«, flüsterte er gleich darauf.

Sie spürte, wie er nach oben trat, hob den Fuß und tastete mit der Schuhspitze nach der untersten Stufe. Der Rest war dann nicht mehr schwierig. Die Stufen knarrten ein-, zweimal unter ihrem gemeinsamen Gewicht. Bricky fragte sich, ob sich vielleicht sonst noch jemand im Haus aufhielt, jemand, der noch lebte – woher sollten sie das wissen? Mancher nächtliche Mörder wurde nicht vor dem darauffolgenden Tag entdeckt.

»Biegung«, flüsterte Quinn. Sein Arm schwang nach

links von ihr weg. Sie behielt den Kontakt bei, drehte sich gehorsam mit. Sie befanden sich jetzt auf einem Treppenabsatz. Sie machten beide eine kurze Halb-Pirouette, wie ein Tanzpaar, das einen gespenstischen Kotillon im Finstern vollführt.

Sie spürte, wie sich sein Arm erneut aufwärts bewegte, fand die unterste Stufe wieder und stieg nun in entgegengesetzter Richtung weiter nach oben. Dann befanden sie sich im ersten Stock.

»Biegung«, flüsterte er erneut. Diesmal drehte sich sein Arm nach rechts, sie gingen einen Korridor entlang.

Der Duft nach Leder und Holz bekam jetzt etwas leicht Persönliches. Ein Hauch von Zigarrengeruch vermischte sich damit, kaum auszumachen. Und dann noch etwas Süßeres, noch kaum als Hauch zu bezeichnen, etwas, das eine Erinnerung wachrief, eine lang zurückliegende Erinnerung, etwas längst Vergessenes. Vielleicht ein Stäubchen Gesichtspuder oder ein vereinzelter Tropfen Parfüm ...

Sie spürte, wie sie über eine leicht erhöhte Türschwelle wegtrat.

Die Luft veränderte sich kaum merklich. Es war außer ihnen jemand im Zimmer und doch auch wieder nicht. Angeblich konnte man den Tod nicht riechen – zumindest nicht den erst kürzlich eingetretenen. Und doch war da eine Reglosigkeit in der Luft, etwas, das mehr war als nur einfach Leere.

Sie war froh, daß sie nun nicht weitergingen. Sein Arm bewegte sich nicht mehr nach vorne. Sie blieb gleichfalls stehen. Er griff hinter sie und tat etwas mit seinem anderen Arm, sie spürte den leichten Luftzug, als eine Tür an ihr vorbeischwang. Sie schloß sich unmittelbar hinter ihnen.

»Bereite deine Augen darauf vor, ich mache Licht«, warnte er.

Sie blinzelte unwillkürlich. Mit unbarmherzigem Glanz nach der langen Wanderschaft im Dunkeln flammte nun das elektrische Licht auf. Der Tote war das Auffallendste im Raum; das Licht schien eine Gloriole um ihn zu bilden.

Das Zimmer selbst schien allen möglichen Zwecken zu dienen. Es gab ein Regal mit zwei oder drei kurzen Reihen von Büchern, also konnte es sich nicht um eine ausgesprochene Bibliothek handeln. Außerdem stand ein Sheraton-Schreibtisch darin, also wurde es möglicherweise gelegentlich als Arbeitszimmer benutzt. Mehrere bequeme Ledersessel standen da, ein Barschränkchen, Aschenbecher. Vielleicht war das Ganze am ehesten die maskuline Ausgabe eines Salons – ein Wohnzimmer im ersten Stock, mehr für eine Person gedacht als für die ganzen Bewohner.

Die Wände waren lindgrün, aber so hell, daß sie im elektrischen Licht fast weiß wirkten. Die Täfelung aus Walnußholz, Teppich und Rückenlehnen der Stühle von einem dunklen, erdigen Braun, die beiden vorhandenen Lampenschirme aus Pergament. Der Raum war länglich. Abgesehen von der Tür, durch die die beiden eingetreten waren, gab es auf der gegenüberliegenden Seite zwei weitere, wovon die eine zu einem Schlafzimmer führte, die andere in ein Bad. Quinn ging ins erstere, und Bricky konnte im dort herrschenden Halbdunkel undeutlich seine Gestalt erkennen, als er die schweren Vorhänge zuzog, damit kein Licht zu den Fenstern nach hinten hinausdrang. Das Zimmer, in das sie eingetreten waren, verfügte über keinerlei Fenster, keine Balkontür, nichts dergleichen. Da Quinn sich nicht um das Bad kümmerte, gab es dort offensichtlich auch nichts dieser Art.

Sie war sich Quinns bewußt, nahm seine Bewegungen wahr, aber nur vage, wie etwas außerhalb ihres unmittelbaren Gesichtskreises, am Rand ihres Bewußtseins.

Nie zuvor hatte sie einen Toten gesehen. Der Gedanke verließ sie während des ganzen Tumults in ihrem Innern nicht. Sie stand da und starrte auf ihn hinab, aber nicht mit gierigem, makabrem Interesse, sondern mit bestürzter, nachdenklicher Ehrfurcht. Das war nun das, wovor sich alle fürchteten. Das war, was uns allen einmal zustößt, dachte sie, mir, Quinn ... Allan. Das war es, worauf meine Tanzerei zuführt, mein Zusammenkratzen von Pennies; all mein Fauchen und Krallenzeigen, wenn es sich um lästige Männer dreht, all meine Vorstellung von menschlichen Idealen. Nichts kann das fernhalten – das ist es also.

Sie hatte geglaubt, alles gesehen zu haben, alles zu kennen, aber dieses eine war ihr entgangen. Eines Abends war ein Mädchen mitten in ›Begin the Beguine‹ wie vom Blitz getroffen zu Boden gestürzt. Hinterher wurde gemunkelt, sie hätte etwas eingenommen, niemand wußte Genaues. Bricky hatte nur gesehen, daß sie flach auf dem Boden lag und ein bißchen zuckte. Hinterher waren alle ans Fenster gestürzt, so sehr der Manager sie beschimpft hatte, und hatten zugesehen, wie das Mädchen unten in den Ambulanzwagen getragen wurde, schrecklich klein und flach auf der weißen Bahre. Es kam nie wieder in die Tanzhalle.

Aber das damals war vor dem Tod gewesen. Dies hier war hinterher.

Sie blickte in sein Gesicht, versuchte es wiederherzustellen, es mit Leben zu erfüllen. Es war, als ob man einen Brief läse, dessen Schrift bereits verblaßt, verschwommen, verzerrt war – wie ein mit Tintenschrift versehenes Blatt, das in den Regen gekommen ist. Alles war noch da, wirkte aber wie unscharf eingestellt. Die Linien, die einmal charakteristisch für die Gesichtszüge gewesen waren, schienen jetzt Nähten zu gleichen. Der Mund, der entweder stark oder schwach, bitter oder gutgelaunt gewesen war, bildete nun einen Spalt, eine Stelle, an der das Gesicht geöffnet war. Die Augen, die entweder freundlich oder grausam, klug oder dümmlich dreingeblickt hatten, waren jetzt nichts weiter als kalte, leblose Intarsien.

Sein Haar war gut gepflegt und noch voller Licht und Leben, denn es starb ja zuletzt – oder vielmehr es starb nicht gleichzeitig mit dem Körper, es wuchs auch hinterher noch. Er hatte schöngezeichnete dunkle Brauen, wie Streifen feinen Seehundfells – nicht besonders dick, aber kräftig. Sie waren jetzt völlig gerade: der Tod hatte alle Bestürzung genommen und jede Notwendigkeit, sie hochzuziehen oder zu runzeln.

All dem konnte sie kaum entnehmen, wie er gewesen war. Er sah aus, als wäre er Mitte dreißig gewesen, aber das Alter der Männer war schwerer zu bestimmen als das der Frauen. Er konnte dreißig oder auch vierzig gewesen sein. Bis vor einer Stunde hatte er sicher gut ausgesehen – oder wann immer er umgebracht worden war. Die Maske, die übriggeblieben war, verriet ihr das. Aber das war von allem das am wenigsten wichtige Merkmal eines Menschen. Engel und Teufel können gleichermaßen gut aussehen.

Er hatte das Leben zu schätzen gewußt, zumindest was die angenehmeren Freizeitbeschäftigungen betraf. Selbst im Tod war sein Abendanzug makellos, die gestärkte Hemdbrust kaum zerknittert, die Blume im Knopfloch steckte noch.

Die Sohlen seiner Schuhe glänzten vorne leicht von Bohnerwachs, also hatte er vor noch nicht langer Zeit getanzt. Die Ränder waren nicht abgescheuert oder eingekerbt, also war er ein guter Tänzer gewesen, der anderen ausweichen und dafür sorgen konnte, daß auch sie ihn nicht behelligten. Was nützte es, das jetzt zu wissen? Er würde nie wieder tanzen.

Quinn war wieder zu ihr zurückgekehrt. Er stand neben ihr, ohne sie anzusehen, und sie war froh, ihn bei sich zu haben. Ihre Schultern berührten sich leicht.

»Sollten wir nicht – seine Augen schließen? Es ist so, als beobachteten sie einen, wenn man selbst nicht hinsieht.«

»Nein, rühr sie nicht an«, flüsterte er. »Ich weiß sowieso nicht, wie man's macht – du?«

»Ich glaube, man drückt einfach die Lider herunter.«

Aber keiner von ihnen tat es.

»Weißt du, wie – wie es geschehen ist?« fragte sie mit verhaltenem Atem. »Und womit?« Sie kauerte, wie von einem unwiderstehlichen Zwang getrieben, neben dem Toten nieder. Er blieb noch ein paar Sekunden lang aufrecht stehen, dann kauerte er ebenfalls nieder.

»Man muß es doch irgendwie an ihm feststellen können.«

Er sah, wie ihre Hand zaghaft über den Knopf glitt, der das Jackett in der Taille zusammenhielt. Ihre Finger spreizten sich, so als wollte sie außer mit dem Stoff mit nichts anderem in Berührung kommen.

»Warte, laß mich das machen«, sagte er schnell. Geschickt löste er den Knopf, und das Jacket klaffte auseinander.

»Da ist es.« Sie holte tief Luft.

Ein kleiner, rötlich-schwarzer Fleck war sichtbar, auf dem Träger der weißen Piquéweste waren Spritzer. Der Fleck lag ziemlich weit unterhalb der Achselhöhle, genau über dem Herzen.

»Es muß eine Pistole oder so was gewesen sein«, sagte er. »Ja, eine Kugel. Das Loch ist rund und ausgefranst. Mit einem Messer hätte es einen Schlitz gegeben.«

Er knöpfte die Weste auf und zog sie auseinander. Das Hemd hatte das Blut aufgesogen wie ein Fließblatt. Quinn versuchte Bricky daran zu hindern, allzuviel zu sehen, indem er die beiden Westenteile nach oben hielt wie Flügel. Dann klappte er sie wieder übereinander.

»Es muß ein ganz kleines Geschoß gewesen sein«, sagte er. »Ich bin kein Experte, aber es ist ein winziges Loch.«

»Vielleicht sind sie alle so.«

»Vielleicht.« Dann gestand er: »Ich habe noch nie zuvor so was gesehen, ich weiß es also nicht.«

»Das einzige, was wir wissen, ist demnach, daß außer ihm zu dem Zeitpunkt niemand im Haus war, sonst hätte der Betreffende den Knall gehört.«

Er sah sich im Zimmer um. »Die Waffe wurde mitgenommen. Hier liegt sie nirgendwo herum.«

»Wie, sagtest du, heißen die Leute, die hier im Haus wohnen?«

»Graves.«

»Ist das hier das Familienoberhaupt – der Vater?«

»Es gibt keinen Vater; er ist schon seit zehn oder fünfzehn Jahren tot. Da ist die Mutter, sie spielt in der hiesigen Gesellschaft eine Rolle, glaube ich. Dann gibt es zwei Söhne und eine Tochter. Das hier ist der ältere Sohn. Der andere ist Student, irgendwo auf einem College. Die Tochter ist das, was man eine Debutantin nennt, du weißt schon, sie schreiben eine Menge über sie in den Zeitungen.«

»Wenn wir herausbekommen könnten, warum das geschehen ist, wenn wir ein Motiv finden würden ...«

»In zwei Stunden? Wenn die Polizei manchmal Wochen dazu braucht? Und die kennen sich bei solchen Dingen aus.«

»Fangen wir einmal bei den einfachen Dingen an. Er selbst kann es nicht getan haben, sonst läge die Waffe hier noch irgendwo herum.«

»Das ist wohl ziemlich sicher«, sagte er zögernd. Aber es klang nicht einmal allzu überzeugt.

»Raub oder Einbruch ist vermutlich der häufigste Grund. Ist aus dem Safe irgendwas herausgenommen worden, das beim erstenmal noch dort war? Ist dir das jetzt, als du wieder dran warst, aufgefallen?«

»Ich weiß nicht« gestand er. »Ich habe beim Hereinkommen kein Licht angemacht. Ich bin über ihn gestolpert und fiel auf Hände und Knie.«

Sie sog mitfühlend die Luft zwischen den Zähnen ein.

»Es war wie ein elektrischer Schlag. Nachdem ich dann ein Streichholz angezündet und gesehen hatte, was los war, bin ich nur zum Safe hinübergetaumelt – ich meine um ihn herum – und habe das Geld hineingestopft. Danach bin ich schnell hinausgelaufen.«

»Dann laß uns jetzt nachsehen«, sagte sie. »Glaubst du, daß du dich erinnern kannst, ob etwas verschwunden ist, was zuerst da war?«

»Nein«, sagte er offen. »Ich war auch beim erstenmal ziemlich aufgeregt, vergiß das nicht. Aber ich werd's versuchen.«

Sie standen auf und gingen ins Badezimmer, Quinn voran, weil er wußte, wo der Lichtschalter war.

Das plötzlich aufflammende Licht wirkte wie eine kleine, blendende Explosion auf den weißen Fliesen. Der Spiegel des Wandschränkchens auf der anderen Seite erweckte den entnervenden Eindruck, als träten gleichzeitig mit ihnen von der anderen Seite her zwei weitere Leute in den Raum. Wer waren diese verängstigt aussehenden Jugendlichen, die so jung, so hoffnungs- und so hilflos dreinblickten?

Bricky verschwendete darauf keine Zeit.

Das viereckige Loch, das Quinn in die Wand geschlagen hatte, fiel sofort ins Auge. Es schien unglaublich, daß es in einem Haus solch dicke Innenwände geben konnte.

Beim erstenmal hatte er den Duschvorhang so hingezogen, daß das Loch verdeckt war, das hatte er ihr erzählt. Aber nun, beim zweitenmal, hatte er ihn in Angst und Hast beiseitegezerrt und es dabei belassen.

Was das Loch betraf, so hatte er saubere Arbeit geleistet, aber darauf war sie nicht stolz – und er auch nicht, das wußte sie. Sie sah es seinem Gesicht an. Es war beinahe, als hätte er ein Lineal benutzt, so gerade waren die Kanten, die Wand rundherum war kaum von Rissen durchzogen. Das Mauerwerk, das er herausgeholt hatte, mußte er mit dem Fuß unter die Wanne geschoben haben. Sie fragte ihn nicht danach, aber auf dem Boden war nichts zu sehen, und bei der Wanne handelte es sich um eines dieser altmodischen Dinger auf Löwenfüßen. Hinten in der Öffnung schimmerte von Verputz weißbestäubtes Holz. Er streckte die Hand hinein und zog mit bereits geübtem Griff den Teil der Täfelung heraus, in dem der Safe eingelassen war.

Danach holte er langsam den stählernen Kasten hervor und behielt ihn in den Händen. Das war der ganze Safe – eine gewöhnliche Stahlkassette, noch nicht einmal mit einer Sperrvorrichtung versehen, in eine getäfelte Wandhöhle eingelassen. Sicher, auf der dem anderen Zimmer zugewandten Seite hatte er eine kleine Stahltür mit einem Kombinationsschloß. Aber von hinten war es nicht schwieriger, an das Ding heranzugelangen, als durch Butter zu schneiden.

»Nichts Tolles, wie?« bemerkte sie.

»Vermutlich ist es schon vor Jahren eingebaut worden, als die Verbrecher noch keine solchen Experten waren wie heute. Als man noch nicht erwartete, daß da welche einfach ins Haus kommen...«

Er hielt inne und wurde ein bißchen rot. Sie sah, daß er sich dessen, was er getan hatte, schämte. Er war selbst ein Verbrecher, zumindest was diesen speziellen Safe betraf. Im Grund sträubte sich alles in ihm gegen das, was er angestellt hatte, und das war gut so. Das war genau das, was der Junge von nebenan bei so etwas empfinden mußte.

Er angelte mit dem Fuß einen Badehocker herbei und legte den schweren Kasten darauf. Dann zog er ein Fach heraus.

Das Geld lag obenauf. Sie legten es beiseite und gruben sich durch die Stapel von Papieren durch. Gelb waren sie, unglaublich alt, die meisten älter als sie selbst.

»Hier ist ein Testament – glaubst du, das könnte etwas damit zu tun haben?«

»Hoffentlich nicht – wenn ja, können wir innerhalb der Zeit, die wir noch haben, nichts herausfinden.«

Er kramte weiter, während sie innehielt, um hier und dort etwas daraus vorzulesen. »Es ist das Testament des Vaters. *Er* wurde zum Vollstrecker ernannt...« Sie wies mit dem Kopf in Richtung des Wohnzimmers. »Heißt er nicht Stephen?« Dann: »Ich glaube nicht, daß es etwas mit dem Ganzen zu tun hat. Alles ist seiner Frau Harriet hinterlassen worden. Die Kinder erben erst nach ihrem Tod. Und *sie* ist schließlich nicht ermordet worden, sondern der Sohn.« Sie legte es beiseite.

»Das ist sowieso kein Motiv, von dem wir ausgehen können. Es ist Raub oder Einbruch.«

»Du sagtest, es sei Schmuck in dem Safe gewesen. Wo ist er, ich sehe gar keinen?« Flüchtig war sie von Hoffnung erfüllt.

»Hinter dem ersten Fach ist noch ein zweites. Der Schmuck ist nicht sehr wertvoll. Ich meine, in gewisser Weise ist er es schon, aber keine Diamanten oder so was.«

Er legte das zweite Fach frei. Sie nahmen eine Reihe altmodischer, mit Plüsch bezogener Schachteln heraus, von verschiedenen Formen, alles sehr verblaßt. Eine Perlenkette. Ein Halsband mit Topasen. Eine altmodische Amethystbrosche.

»Diese Perlen müssen ein paar Tausend wert sein.«

»Es ist alles da, was ich beim erstenmal auch gesehen habe. Es ist nichts herausgenommen worden, seit ich...« Erneut hielt er inne, und obwohl er diesmal nicht rot wurde, senkte er doch flüchtig die Augen. Sie war nicht erfreut. »Dann war es also kein Einbruch«, sagte sie sachlich. »Demnach wird es etwas für uns Schwierigeres sein...«

Sie legten hastig alles wieder zurück, das Geld zuletzt. Er bedachte es mit einem haßerfüllten Blick. Sie konnte ihn begreifen und es ihm nicht verdenken.

Danach hob er den Safe an und schob ihn wieder in die Öffnung zurück. Das Loch hinterher mit dem Duschvorhang zu verdecken, versuchte er gar nicht erst mehr. Sie wußte auch hier, was er dachte. Wenn im Zimmer ein Toter lag, was nützte es dann schon, die Spur eines weiteren Verbrechens zu vertuschen? Es hatte keinen Sinn zu versuchen, beide voneinander zu trennen.

»So, das wäre erledigt«, sagte er niedergeschlagen.

Sie kehrten ins Zimmer zurück, nachdem er das Licht hinter sich ausgeknipst hatte. Dann blieben sie stehen und starrten einander hilflos an. Was war jetzt zu tun?

»Es gibt natürlich andere, ebenso einfache Motive«, sagte sie. »Nur vielleicht persönlichere: Haß und Liebe. – Als nächstes müssen wir...«

Er wußte, was sie meinte. Resolut ging er zu dem Toten hin und kauerte erneut neben ihm nieder.

»Du hast noch nicht...Oder?« fragte sie.

»Nein, ich habe nur ein Streichholz angezündet, nachdem ich über ihn gefallen war. Dann bin ich zurückgekrochen und habe ihn an der Stirn berührt, aber das war alles.«

Sie schluckte ihren Widerwillen hinunter und kauerte neben dem Toten nieder. »Na, dann werden wir die Taschen ausleeren«, sagte sie. »Ich helfe dir.«

»Du brauchst nicht hineinzugreifen. Ich nehme die Sachen heraus. Du kannst dir alles ansehen, was ich dir gebe.«

Sie lächelten einander trübe zu und taten so, als machte ihnen das, wie sie zu tun hatten, gar nichts aus.

Die Brusttasche. Sie enthielt nichts weiter als ein feines Leinentaschentuch, zu einer Art Fächer gebügelt, so daß der oberste Teil über den Rand herauslugte.

Bricky faltete es auf. »Schau her, die Kugel ist durch das hier durchgegegangen – nur ein kleines Loch, hier unten am Rand. Wenn man das Tuch auseinanderzieht, gibt es drei voneinander getrennte Löcher, wie ein Muster. Es ist so, wie wenn man als Kind ein Papier zusammenfaltet und mit der Schere ein Spitzenmuster ausschneidet.« Sie lächelten beide nicht; es war ein zu grausiger Vergleich.

Quinn zog die linke Jackentasche, die sich ein bißchen unter dem Toten verklemmt hatte, heraus. »Sie ist leer – noch nicht einmal ein Schnitzelchen ist drin.« Er stülpte das schwarze Satinfutter heraus.

»Und die rechte?«

Er wiederholte den Vorgang. »Da auch nichts.« Die nach außen gestülpten Taschen sahen wie kleine schwarze, halb entleerte Luftballone rechts und links der Hüften des Toten aus. Quinn ließ sie einstweilen so.

»Jetzt in die Innentasche.«

Diesmal mußte er mit dem Unterarm über die Brust der Leiche fahren, um hineinzugelangen. Sein Gesicht blieb unbewegt. Immerhin lag eine Schicht steifgestärkten Stoffs dazwischen.

»Nimm alles heraus«, flüsterte sie. »Ganz gleich, was es ist.«

Sie machte eine Art verbale Bestandsaufnahme, während die Dinge aus der Tasche in seine Hand, von da in ihre und dann auf den Boden neben Bricky wanderten.

Auf groteske Weise glichen sie zwei zu groß geratenen Kindern, die an einem Sandhaufen Kuchenbacken oder dergleichen spielten. Quinn sagte gar nichts, aber sie sah seinem Gesicht an, daß er nicht an ihre Chance glaubte – jedenfalls nicht in der kurzen Zeit, die ihnen zur Verfügung stand.

Hinter ihnen auf dem Bücherregal stand eine Uhr. Sie vermieden, darauf zu blicken, aber sie konnten sie hören. Sie zerhackte die Stille – tick-tack, tick-tack, spöttisch, erbarmungslos, schnell. Sie hörte nicht auf, gab nicht nach, ging, ging, ging...

»Ein Zigarettenetui. Silber. Von Tiffany. Geschenk von jemand mit der Initiale B. ›Für S. von B.‹ Drei Zigaretten sind drin – Dunhills.« Sie schloß es wieder und legte es hin.

»Brieftasche. Zwei Fünfdollarnoten und ein Einer. Zwei Eintrittskartenabschnitte von der Show heute abend im Winter Garden. C-112, 114. Muß die dritte Reihe im Orchestersitz sein. Na, zumindest wissen wir, wo er heute abend zwischen acht Uhr vierzig und elf Uhr war.«

»Zweieinhalb Stunden von schätzungsweise fünfunddreißig Jahren«, sagte er düster.

»Wir brauchen nicht sein ganzes Leben aufzurollen. Wir müssen nur alles über die Zeit nach dem Theaterschluß herausbringen, zwei oder zweieinhalb Stunden. Im Winter Garden ist er nicht umgebracht worden; er lebte noch, als er dort wegging. Das schränkt den Abend schon erheblich ein.«

»Ist sonst noch was drin?«

»Geschäftskarten. Stafford – wer immer das ist. Holmes – Ingoldsby... Ich glaube, das ist alles. Nein, wart mal, hier ist noch was, in dem zweiten kleinen Fach hier. Ein Schnappschuß. Ein blondes Mädchen in Reitkleidung und er selbst, beide zu Pferd.«

»Laß mich sehen.«

Er betrachtete das Bild und nickte. »Das ist die, mit der er heute am frühen Abend das Haus verlassen hat. Sie steht auch in seinem Schlafzimmer in einem Silberrahmen. Ich habe es gesehen, als ich vorhin hineinging. Das Foto ist mit ›Barbara‹ unterschrieben.«

»Dann hat sie's bestimmt nicht getan. Sonst würde ihr Bild nicht mehr dort drin stehen – der Rahmen vielleicht, aber nicht das Foto. Niemand mit gesundem Menschenverstand würde so was tun.«

»Das ist alles, was in dieser Tasche war. Nun noch die vier in der Hose, zwei seitliche, zwei hinten. Links hinten nichts, rechts hinten ein Taschentuch – aus. Linke Seite nichts, rechte Seite sein Hausschlüssel und ein bißchen Kleingeld.«

Sie zählte es lustlos, als wisse sie, wie unwesentlich es war. »Achtundvierzig Cents«, sagte sie.

»Das war alles, was die Taschen und seine Kleidung betrifft. Und wir sind nicht weiter gekommen als vorher.«

»Doch, Qinn, sag das nicht. Schließlich haben wir ja nicht erwartet, einen Zettel vorzufinden, auf dem ›Soundso hat mich umgebracht‹ steht, oder? Wir wissen einen Namen – Barbara – wir wissen, wie Barbara aussieht, daß sie am Abend mit ihm ausgegangen ist. Wir wissen außerdem, wo sie zusammen waren. Für einen Tascheninhalt ist das schon eine ganze Menge.«

Tick-tack, tick-tack, tick-tack ...

Sie blickte auf den Boden. Dann streckte sie die Hand aus und legte sie einen Augenblick lang auf die seine. »Ich weiß«, sagte sie fast unhörbar. »Schau nicht hin, Quinn. Wir *können* es schaffen. Das mußt du dir immer wieder sagen.«

Sie stand auf.

»Soll ich das Zeug wieder in die Taschen stopfen?« fragte er.

»Laß es einstweilen liegen. Es spielt keine große Rolle.« Er stand ebenfalls auf.

»Durchsuchen wir als nächstes das Zimmer hier«, sagte sie. »Vielleicht finden wir etwas, womit wir was anfangen können.« Sie trennten sich, der Tote bildete so etwas wie eine Achse zwischen ihnen. »Fang du dort drüben an – ich hier.«

»Und wonach suchen wir?« fragte er dumpf, den Rükken ihr zugewandt.

Ich weiß es nicht – am liebsten hätte sie gejammert. O Gott, ich weiß es ja selbst nicht!

Tick-tack, tick-tack, tick-tack ...

Sie senkte den Blick, um das Zifferblatt nicht zu sehen. Wie ein Vogel Strauß, der den Kopf in den Sand steckt, dachte sie. Und das war gar nicht einfach – die Bücher auf dem obersten Regal waren geteilt worden, damit die Uhr dazwischen Platz hatte.

»›Grünes Licht‹«, murmelte sie laut, während sie langsam weiterging. »›Öl für die Lampen Chinas‹ – ›Nach Norden in den Orient‹ – ›Die Tragödie des X‹ – er war kein begeisterter Leser«, bemerkte sie.

»Woher willst du das wissen?« fragte er neugierig von der anderen Seite des Zimmers her.

»Ich habe nur so eine Ahnung. Wenn ein Mensch viel liest, dann sind die Bücher auf den Regalen meistens irgendwie vom selben Typ. Hier ist mal von dem was, mal von dem. Wahrscheinlich hat er nur so alle halbe Jahre was gelesen, wenn er nachts nicht schlafen konnte.«

Sie war die erste, die es entdeckte, und sie stutzte: »Quinn ...«

»Ja?«

»Ein Mann, der Zigaretten raucht – würde der im allgemeinen auch was für Zigarren übrig haben?«

»Eine Menge Leute rauchen beides. Warum – hast du da einen Zigarrenstummel gefunden?«

»Meinst du, er würde auch *zwei* rauchen? Ganz allein für sich? Hier auf dem Aschenbecher liegen zwei Stummel.«

Er kam herüber und blickte darauf.

»Ich glaube, er hatte jemand hier bei sich«, sagte sie. »Irgendeinen Mann. Der erste Stummel liegt auf der einen Seite des Aschenbechers, der zweite auf der anderen.«

Er beugte sich nieder und betrachtete das Ganze genau. »Er hat nicht alle beide geraucht. Es sind zwei verschiedene Sorten, das tut keiner. Da war wirklich jemand bei ihm oben. Und noch was – sie müssen sich gestritten haben. Zumindest war einer wegen irgendwas aufgeregt, selbst wenn es der andere nicht war. Sieh dir den Stummel auf der einen Seite an. Das Ende, das im Mund gesteckt hat, ist ganz glatt, ein bißchen durchweicht, aber intakt. Und schau dir das andere an – völlig zerkaut – direkt ausgefranst. Einer von den beiden war wegen irgendwas wütend, das sieht man.« Er blickte zu ihr auf. »Das ist das Beste, was wir bisher haben.«

»Wer war der Aufgeregte, und wer war der Ruhige? Graves oder der andere Mann? Das wissen wir nicht.«

»Nein, aber das spielt auch keine solche Rolle. Jedenfalls wissen wir, daß ein anderer Mann hier war, das ist wichtig. Die Tatsache, daß zwei verschiedene Sorten Zigarren geraucht wurden, beweist, daß es sich nicht um eine freundschaftliche Unterhaltung gehandelt hat. Einer der beiden hat sich geweigert, vom anderen eine Zigarre anzunehmen – oder er ist gar nicht dazu aufgefordert worden –, und hat seine eigene geraucht. Sie haben gleichzeitig geraucht, aber nicht *zusammen,* du verstehst schon, was ich meine. Es hat da irgendeine Spannung gegeben, oder einen Streit.«

»Das ist gut, aber es reicht noch nicht«, pflichtete sie bei. »Wir wissen nicht, wer der andere Mann war.«

Er ging zu dem einen Stuhl hin. »Da steht ein Glas direkt daneben auf dem Boden.«

»Beim anderen auch?«

Er trat neben den anderen Stuhl und sah sich um. »Nein.«

Sie holte tief Luft. »Dann beweist das, daß sie sich tatsächlich nicht freundschaftlich unterhalten haben. Ich glaube auch, daß es Graves gewesen sein muß, der dort drüben saß, wo das leere Glas steht. Er war der Gastgeber. Er hat sich selbst etwas zu trinken eingeschenkt, aber dem Besucher nichts angeboten. Oder wenn er's getan hat, hat es der andere abgelehnt.«

»Ja. Das ist kein hundertprozentiger Beweis, aber ziemlich einleuchtend. Es hätte auch umgekehrt sein können, aber das ist unwahrscheinlich. Ein Gastgeber, der unfreundliche Gefühle für den Besucher hegt, fordert ihn kaum zu einem Drink auf, um dann seine Feindseligkeit dadurch zu zeigen, daß er selbst nichts trinkt. Das Normale ist, daß er dem anderen von vornherein nichts anbietet. Also nehmen wir mal an, Graves ist auf dieser Seite dort gesessen.«

»Es dreht sich ja nicht darum, *wo* er gesessen ist, sondern mit *wem*«, murmelte sie bedrückt.

»Wart mal, hier ist was ...« Er fuhr mit der Hand in die Spalte zwischen Armlehne und Sitz des zweiten Stuhls, der, auf dem seiner Ansicht nach der Besucher gesessen war. Ihre Gesichter wurden lang, als er herausholte, was er erspäht hatte.

»Ein Zündholzmäppchen«, sagte sie niedergeschlagen.

»Ich dachte für einen Augenblick, es sei was anderes«, gestand er. »Graves hatte sein eigenes bei sich, ich habe es vorhin herausgenommen. Das hier muß dem anderen Mann gehört haben. Wahrscheinlich ist es ihm in seiner Aufregung hineingerutscht.« Er öffnete das Mäppchen. »Hm – er muß aber wirklich aufgeregt gewesen sein.

Sieh mal, wie viele Zündhölzer er auf diese eine Zigarre verwandt hat. Sicher ist sie ihm immer wieder ausgegangen.«

»Das Mäppchen kann auch schon halb aufgebraucht gewesen sein, bevor er sich seine Zigarre angezündet hat«, wandte sie ein.

Aber diesen Punkt hatte er offensichtlich schon hinter sich gelassen. Er starrte noch immer das Mäppchen an.

»Komm mal her«, sagte er, ohne den Blick davon zu wenden. »Was verrät dir das? Ich möchte wissen, ob du dasselbe siehst wie ich.«

»Doublemint Kaugummi?«

»Nicht der Deckel. Die Zündhölzer innen.«

Ihr Kopf war dicht neben dem seinen. Sie hielten das Mäppchen fest wie einen wertvollen Talisman. »Augenblick – gewöhnlich sind zwanzig Zündhölzer in solch einem Ding. Jeweils zehn vorne in einer Reihe, zehn hinten. Da sind – nimm deinen Daumen weg – fünf übrig, zwei vorne, drei hinten«, sagte sie. »Das bedeutet, daß er fünfzehn auf diese eine Zigarre verschwendet hat, meinst du das?«

»Nein, du begreifst nicht, was ich denke. Gut, sieh her. Die fünf noch vorhandenen sind jeweils die letzten in ihrer Reihe, rechts drüben.«

»Ja, klar. Das habe ich gleich gesehen.«

»Nun wart mal. Hier, das ist ein Mäppchen aus meiner eigenen Tasche.« Er reichte es ihr. »Reiß ein Streichholz heraus, zünd es an und blas es aus. Überleg dir gar nicht, was du tust. Zünd es einfach an, so wie du das immer tun würdest.«

Sie tat es und sah ihn dann unsicher an.

»Schau es dir an. Merkst du, was dabei herauskommt? Du hast ein Zündholz von der rechten Seite genommen. Jeder Mann, jede Frau, jedes Kind fängt rechts an und nimmt dann eines nach dem anderen in Richtung linke

Seite. Bei seinem Mäppchen ist es umgekehrt geschehen. Begreifst du jetzt, was ich meine? Der Bursche, der Graves heute nacht gegenübersaß, war *Linkshänder*!«

Sie öffnete verblüfft den Mund und beließ es dabei.

»Ich weiß nicht, wer er war, wie er aussah, ob er ihn umgebracht hat oder nicht. Aber Verschiedenes weiß ich doch über ihn: Er war aus irgendeinem Grund aufgeregt oder aus der Fassung geraten, hat fünfzehn Streichhölzer einer einzigen Zigarre wegen verbraucht und sie zudem völlig zerkaut. Er stand schlecht mit Graves und war Linkshänder.«

Sie hatte nach dem Mäppchen gegriffen, und er hatte es ihr geistesabwesend überlassen. Auf ihrem Gesicht lag ein seltsamer Ausdruck. »Du täuschst dich«, sagte sie schließlich, fast mit einem Unterton des Mitleids.

»Was meinst du damit?«

»Es war eine Frau.« Sie griff nach seiner Hand und legte mit der anderen das Mäppchen hinein. »Riech mal. Halt es an die Nase.«

Er widersprach, bevor er es tat. »Eine Frau soll diese Zigarre zu Spinat zerkaut haben?« Er wies heftig hinter sich. »Eine Frau soll auf diesem Stuhl gesessen haben?«

»Über die Zigarre oder den Stuhl weiß ich nichts. Ich bitte dich lediglich, das Ding einmal unter die Nase zu halten.«

»Es riecht nach Schwefel und solchem Zeug, wie Zündhölzer immer.«

»Schnuppere mal ein bißchen länger. Das überdeckt den anderen Geruch. Jetzt!«

Er verzog plötzlich das Gesicht. »Parfum«, sagte er in gepreßtem Ton. »Ein schwacher Parfumgeruch.«

»Er stammt aus einer Handtasche. Das Ding muß den ganzen Tag über in einer Tasche herumgetragen worden sein, die nach Parfum riecht. Die Frau, der sie gehört, muß sie ein-, zweimal aufgemacht haben, während sie hier war, der Geruch liegt noch in der Luft. Ich habe es gleich draußen im Flur bemerkt, im Dunkeln, als wir hereinkamen. Es muß heute nacht eine Frau in diesem Zimmer gewesen sein.«

Er wollte es nicht zugeben. »Was ist mit der Zigarre? Wer hat die beiden Zigarren geraucht, die eine stark, die andere schwach? Der eine Raucher war gelassen, der andere aufgeregt? Vielleicht Graves allein und alles gleichzeitig?«

»Vielleicht war ein Mann dagewesen, bevor die Frau hier hereinkam. Oder er ist nach ihr eingetroffen. Vielleicht waren auch beide gleichzeitig da.«

»Nein, ausgeschlossen«, sagte er eigensinnig. »Der Zigarrenstummel weist darauf hin, daß der Mann auf dem Stuhl Graves gegenüber saß. Das Mäppchen deutet auf eine Frau hin. Sie können nicht beide gleichzeitig da gewesen sein.«

»Wenn die Nerven des Betreffenden so zum Bersten gespannt waren und er alle seine eigenen Zündhölzer aufgebraucht hatte, so könnte er sich leicht welche von ihr geborgt haben. Er saß hier auf dem Stuhl und sprach mit Graves, und sie hielt sich irgendwo im Zimmer auf und hörte zu.«

Er tat das mit einer ruckartigen Kopfbewegung. »Das paßt nicht zusammen. Graves saß rauchend ihm gegenüber, in jedem Fall näher, als die Frau hätte stehen können. Es gibt keinen dritten Stuhl. Der Mann hätte sich von Graves Zündhölzer geben lassen.«

»Aber wenn sie miteinander gestritten haben?«

»Ein Zündholz zu geben, gilt nicht als Freundschaftstat. Nicht wie ein Drink oder etwas zu rauchen. Der Betreffende hätte fast unbewußt die Hand danach ausgestreckt, ohne darum zu bitten. Außerdem müßte, wenn er es doch getan hätte, hier irgendwo ein leeres Mäppchen herumliegen. Und es ist keines da.« Er schlug mit den Fingerknöcheln auf die Stuhllehne. »Sie waren nicht zusammen da.«

»Na schön, dann also nicht. Aber das nützt uns nicht viel. Wer kam zuerst? Denn wer als letzter gekommen ist, war der Mörder.«

»Einen Schritt vor, zwei zurück«, sagte er düster.

Tick-tack, tick-tack, tick-tack ...

Sie starrten auf den Boden, wandten der Uhr den Rükken zu.

Sie standen dicht bei den beiden Stühlen. Mit ihnen hatte alles angefangen.

Es war wirklich kaum zu sehen. Bricky folgte plötzlich ihrem eigenen Blick, legte sich fast auf den Boden – sie stützte sich nur noch mit einem Knie und einer Handfläche ab. Ihre freie Hand schob sich ein Stückchen weit unter den zweiten Stuhl, dann richtete sie sich auf, wobei sie etwas in der Hand hielt und mit einem Finger dagegen stupste.

»Sag bloß, da ist noch was«, keuchte er ungläubig.

»Sieh es dir selbst an.«

Es war ein kleiner Gegenstand – von der Größe eines Fünfcentstücks, braun, halbmondförmig. Er enthielt zwei kleine, intakte Löcher und die Reste zweier weiterer am geraden Rand. Ein korkenzieherartig gewundener, brauner Faden hing noch von den beiden kompletten Löchern herab.

»Ein zerbrochener Knopf«, murmelte er fast ehrfürchtig.

»Von einer Weste?«

»Nein, unten vom Jackettärmel. Die, mit denen man nicht knöpft. Sie sind zu klein für irgendwas anderes.«

»Er muß schon seit einiger Zeit zerbrochen sein, vielleicht ist es beim Reinigen des Jacketts passiert, und er ist dann heute nacht vollends abgefallen. Vielleicht hat er die Hand zu viel bewegt.«

»Aber wie kommt er *unter* den Stuhl?«

»Vermutlich ist er über die Seite herabgefallen. Vielleicht ist er im Zorn aufgestanden und hat dem Stuhl einen Schubs gegeben, so daß der Knopf unter ihn zu liegen kam.«

»Woher wollen wir wissen, ob er nicht Graves gehört hat? Er kann seit Tagen dort gelegen haben.«

»Das können wir zum Glück feststellen. Der Knopf stammt von einem braunen oder beigen Anzug. Ich brauche kein Mann zu sein, um zu wissen, daß blaue und graue Anzüge keine braunen Knöpfe haben. Und Graves liegt in einem Smoking da, von dem stammt er also nicht.«

Sie ging ins Schlafzimmer, riß den Kleiderschrank auf und zog an einer Lichtschnur. »Ist mit den Fenstern alles okay?«

»Ja, ich habe sie verdunkelt.« Seine Augen weiteten sich in naivem Staunen. »Schau dir das an? So viel kann ein Kerl ja in seinem Leben gar nicht auftragen!«

Sie dachten im gleichen Augenblick dasselbe, ohne es auszusprechen: ›Nun ja, er hat es auch nicht getan.‹

Die braunen und beigen Anzüge waren in der Minderheit. »Hier ist so ein senffarbenes Ding, zu dem könnte er passen.« Sie nahm den Bügel heraus, untersuchte erst den einen Ärmel, dann den anderen. »Es sind alle dran.« Sie hängte den Anzug zurück. »Hier ist ein brauner.« Sie betrachtete ihn prüfend.

»Vergiß nicht die Knöpfe an der Gesäßtasche, dort gibt es die meisten ruinierten Knöpfe, zumindest bei mir.«

»Nichts.« Sie hängte den Anzug zurück. »Das ist alles. Nein, warte, hier ist noch ein Sportsakko, auch so was wie braun.« Sie betrachtete es prüfend. »Nein.«

Sie schloß die Schranktür. »Ihm gehört er also nicht. Er muß von dem anderen Mann stammen, dem Zigarrenkauer, der eine Wut auf Graves hatte und vielleicht ein Linkshänder war – oder auch nicht.«

Sie kehrten wieder ins Wohnzimmer zurück. »Zwei weitere Dinge wissen wir nun über ihn, Quinn, ist dir das klar? Er muß einen braunen oder bräunlichen Anzug getragen haben, und ein Knopf fehlt am Ärmel oder ist nur noch halb da. Mein Gott, wenn wir Detektive wären, weißt du, was wir dann mit all dem anfangen könnten? Oder auch nur mit der Hälfte?«

»Aber wir sind keine«, sagte er und fuhr sich mit der Zungenspitze über die Unterlippe, als sei dort etwas, das ihm nicht sonderlich schmeckte.

»Aber heute nacht müssen wir welche sein.«

»Das hier ist die größte Stadt der Welt.«

»Das erleichtert uns die Sache vielleicht sogar. Wenn es ein kleines Nest wäre, so wie zu Hause, würde der Täter das Risiko kennen, entdeckt zu werden. Er würde Vorsichtsmaßnahmen ergreifen, wir könnten *niemals*... Hier fühlt er sich sicher, wenn es auch vielleicht eine falsche Sicherheit ist. Möglicherweise versteckt er sich nicht einmal...« Sie hielt inne und sah seinen Gesichtsausdruck. »Nun ja, so könnte man's doch ansehen, oder nicht?«

»Ah, es hat keinen Sinn, Bricky«, stöhnte er. »Warum sollen wir uns was vormachen? Es ist wie in diesen Märchen für Kinder, wo mit einem Zauberspruch alles in Ordnung kommt.«

»Nicht«, sagte sie mit erstickter Stimme. »Bitte nicht. Ich kann doch nicht alle Arbeit für uns beide tun...« Ihr Kopf senkte sich.

»Ich bin feige«, sagte er. »Tut mir leid.«

»Nein, du bist nicht feige, sonst wäre ich nicht hier in diesem Zimmer mit dir.«

Tick-tack, tick-tack, tick-tack...

»In einer Minute werde ich mich umdrehen und sie

ansehen, und du auch«, sagte sie. »Und *dafür* werden wir Mut brauchen. Aber vorher müssen wir planen. Da sind zwei Leute. Zwei Schatten, aber sie sind Realität. Einer von ihnen, aber in keinem Fall beide, haben ihn umgebracht. Wir müssen den Täter finden, wir müssen, sonst wirst *du*...«

Er wollte etwas sagen.

»Nein, laß mich ausreden, Quinn. Ich plane ebensosehr für mich wie für dich. Mit anderen Worten, wir müssen von hier weg, die beiden ausfindig machen und sie irgendwie zwingen, die Wahrheit zu sagen. Und es muß geschehen, so lange es in New York noch dunkel ist. Wenn es hell wird, ist der Bus, der nach Hause fährt. Der *letzte* Bus, Quinn, vergiß das nicht. Mir ist es gleichgültig, was auf dem Fahrplan steht, für uns ist es der letzte Bus auf der Welt.«

»Ich begreife schon. Es gehen noch viele – aber nicht für uns. Wir müssen bei Tagesanbruch von hier wegfahren.«

Sie nickte. »Und nun zu dem, was wir tun müssen. Wir können uns nicht gemeinsam um beide kümmern.«

Er begriff, worauf sie hinauswollte, und sah entsetzt drein. »Ich dachte, wir wollten beisammen bleiben? Das war doch der Grund, weshalb du mitgekommen bist, statt zum Busbahn...«

»Wir haben keine Zeit mehr dazu. Wir müssen uns trennen, ob es uns gefällt oder nicht. Hör zu, es ist doch so: Wir haben jetzt diese zwei Möglichkeiten, ein Mann und eine Frau, die zu verschiedenen Zeiten heute nacht hierherkamen. Einer von beiden ist unschuldig, der andere hat Graves umgebracht. Die Frage ist, wer ist wer? Wir haben nicht die Zeit, es darauf ankommen zu lassen; wir können nicht gemeinsam nur jeweils einem folgen, wir müssen sie beide gleichzeitig suchen. Damit haben wir eine Chance fünfzig zu fünfzig. Einer von uns beiden ist natürlich hinter dem Falschen her, aber der andere nicht. Darin liegt unsere Hoffnung. Du übernimmst den Mann, ich die Frau.

Nun hör gut zu. Wir haben verdammt wenig, worauf wir uns stützen können. Du mußt nach einem Mann in braunem oder bräunlichem Anzug suchen, an dessen Jacket ein halber oder ein ganzer Knopf fehlt, der möglicherweise Linkshänder ist, vielleicht aber auch nicht. Und das ist so ziemlich alles, was du weißt. Ich muß nach einer Frau fahnden, die mit Sicherheit linkshändig ist und die ein schweres Parfum benutzt. Was für eines weiß ich jetzt nicht, aber ich werde es wiedererkennen, wenn ich es rieche.«

»Du hast noch nicht einmal so viel wie ich«, protestierte er. »Praktisch hast du überhaupt nichts.«

»Ich weiß, aber ich bin ein Mädchen und damit gleicht sich das aus. Ich brauche nicht so viel zu wissen, wir können mit weniger mehr anfangen.«

»Aber wie kannst du überhaupt etwas unternehmen – selbst wenn du sie finden solltest? Du bist unbewaffnet – du weißt gar nicht, was dir da bevorstehen kann!«

»Wir haben nicht mehr genug Zeit, um uns zu fürchten. Wir haben nur die Zeit, die Sache irgendwie durchzustehen, ob nun gut oder schlecht. Also: wir treffen uns wieder hier – ja, hier in diesem Haus, in dem Graves liegt – und zwar nicht später als Viertel vor sechs, mit den beiden oder ohne sie, mit leeren Händen oder erfolgreich. Wir müssen hier sein, wenn wir den Bus um sechs noch erwischen wollen.« Sie ging zu dem Toten hinüber, bückte sich, griff nach etwas und kam zu Quinn zurück. »Ich werde den Hausschlüssel benutzen, der in seiner Tasche war, um hereinzukommen. Du behältst den, den du hast.« Sie holte tief Luft. »Und jetzt wollen wir uns umdrehen und ...«

Tick-tack, tick-tack, tick-tack ...

»O Gott.« Sie zog eine klägliche Grimasse. »Drei Stunden . . .!«

»Bricky«, sagte er heiser, im Augenblick völlig mutlos. Aber sie war bereits hinausgegangen und stand oben an der dunklen Treppe.

Er ging hinter ihr her. Sie hatte schon die ersten Stufen hinter sich.

»Mach die Lichter aus«, sagte sie leise.

Er kehrte zurück und knipste die Lichter aus. Dann ging er hinter ihr her.

Sie war bereits an der Haustür angelangt, hatte sie geöffnet und wartete auf ihn.

»Bricky . . .«

»Was ist?«

»Ich wollte dir nur sagen – wieviel Mumm du hast, wie prima du bist – das ist alles. Wir werden's schaffen.«

Er ging an ihr vorbei, dann hielt er inne und kehrte wieder zurück.

»Was ist los?«

»Bricky, wahrscheinlich wirst du nicht – könntest du mir einen Kuß geben – nur so – damit ich Glück habe?«

Ihre Lippen berührten sich einen Augenblick, es war nur sozusagen der Entwurf eines Kusses. »Damit du Glück hast«, murmelte sie.

6

Vier Minuten vor drei Uhr

Nachdem er sie verlassen hatte, und die nachtschwarze Straße entlangging, dachte er: ›Es ist hoffnungslos. Es hat keinen Sinn. Warum will ich mir das nicht zugeben?‹ Wäre Bricky nicht gewesen, so wäre er in den Park hinübergegangen, hätte sich auf eine Bank gelegt und darauf gewartet, daß es Tag würde. Oder er hätte sich vielleicht noch vorher aufgemacht und sich selbst beim nächsten Polizeirevier gemeldet. Aber Bricky steckte nun mit ihm in dieser Sache, und so ging er weiter. Es tat ihm leid, daß er sie mit hineingezogen hatte. Das war nicht recht, das war nicht fair. Fast bedauerte er, überhaupt in diese Tanzhalle gegangen zu sein. Aber das hätte bedeutet, sie nicht kennengelernt zu haben. Und das konnte ihm nun nicht leid tun, so selbstlos war er nicht.

Na schön, sagte er zu sich selbst, mach dich an die Arbeit. Stell dir vor, du seist *er*. Also – ich bin hier weggegangen, nachdem ich gerade einen Mann umgebracht habe. Er liegt dort oben, hinter mir. Wohin gehe ich? Was tue ich nun?

Er blieb mit einem Ruck stehen, die Hand an der Stirn. Ich habe noch nie jemand umgebracht, woher soll ich's also wissen? Was tun solche Leute?

Er schüttelte heftig den Kopf und ging weiter, bis vor zur Ecke. Wohin gehe ich nun?

Dort ist ein Taxi. Nehme ich das? Hier ist eine Bushaltestelle. Steige ich in einen Bus? Zwei Häuserblocks weiter, an der Lexington ist die U-Bahn. Gehe ich hinunter? Oder wandere ich einfach immer weiter, benutze ich meine eigenen Füße als die sicherste und beste Fortbewegungsmöglichkeit? Aber vielleicht bin ich noch nicht einmal so weit gekommen. Vielleicht hatte ich einen eigenen Wagen unten auf der Straße stehen, ein oder zwei Gebäude vor oder hinter dem Haus, in dem ich ihn getötet habe. Es gibt ein wahres Labyrinth an Fluchtmöglichkeiten. Aber selbst wenn ich den richtigen Weg einschlagen würde, was würde mir das nützen? Ich wüßte ja doch nicht, wohin er führt, was mir an seinem Ende bevorsteht.

Aber ich *darf* nicht aufgeben. Ich möchte nicht, daß *sie* mich für einen Schlappschwanz hält. Also fang von vorne an.

Ich habe gerade einen Mann umgebracht und stehe jetzt an dieser Ecke, so weit bin ich gekommen. Ich muß versuchen, mir vorzustellen, was er empfunden hat. Vielleicht geht es so besser. Also, was *fühle* ich? Ich bin wahrscheinlich zittrig, innerlich und äußerlich – es sei denn, ich bin ziemlich abgebrüht. Die nervöse Reaktion hat eingesetzt, eben ungefähr hier; der Zorn oder was immer mich zu der Tat bewogen hat, ist verflogen, jetzt kommt die Nachwirkung.

Ich bin also ziemlich fertig.

Augenblick mal, dort drüben ist ein Drugstore, noch erleuchtet. Da ist ein Schild im Fenster, auf dem ›Die ganze Nacht geöffnet‹ steht. Wenn er jetzt offen ist, war er zu jenem Zeitpunkt mit Sicherheit auch geöffnet.

Nun ja, wenn ich also innerlich und äußerlich zittrig bin, dann gehe ich wohl dort hinüber und laß mir etwas geben, das mich stabilisiert: Aber das wäre gefährlich, nicht, gleich nachdem ein Mann in nächster Umgebung getötet worden ist? Der Verkäufer dort würde meinen Zustand bemerken, sich später daran erinnern und darüber reden. Aber vielleicht *müßte* ich einfach dorthin, vielleicht wäre ich so nervös, daß ich über all das nicht nachdenken würde! Ich gehe also doch hinein.

›Er würde sich später daran erinnern und darüber reden‹ – eben! Wollen mal sehen, ob er das tut.

Er ging hinein.

Drin war nur ein Mann. Er stand hinter dem Ladentisch. Quinn ging darauf zu, blieb davor stehen.

Er zögerte so lange, mit seinem Anliegen herauszurükken, daß der Mann schließlich mit einer Art unpersönlicher Schroffheit fragte: »Was kann ich für Sie tun, junger Mann?«

Quinn sprach ganz langsam. Er hatte sich jedes Wort eingeprägt und wollte, daß sie in der richtigen Reihenfolge kamen. »Mister, hören Sie – nehmen wir mal an, ich käme hier rein und wäre – na ja, irgendwie aufgeregt, zittrig, nervös – was würden Sie da empfehlen?«

»Das Beste, was ich kenne, ist ein bißchen Ammoniakgeist in einem halben Glas Wasser.«

Quinn rückte mit Teil zwei heraus. »Ist es das, was Sie gewöhnlich dagegen geben?«

Der Drugstorebesitzer kicherte mit einer Mischung aus Schroffheit und Freundlichkeit, die für ihn typisch zu sein schien. »Sie wollen wissen, was Sie kriegen, bevor Sie's trinken, wie? Klar, das gebe ich für gewöhnlich.«

Quinn hielt den Atem an.

Es kam. »Tatsächlich habe ich das einem Burschen verabreicht – vor ungefähr zwei Stunden. Sie sind der zweite heute nacht.«

Quinn atmete tief und sachte aus. So einfach war das. Er konnte es nicht fassen, daß er tatsächlich ins Schwarze getroffen hatte, gleich beim erstenmal. Vorsicht, warnte er sich selbst. Du mußt noch ein bißchen mehr herausfinden. Keine voreiligen Schlüsse.

»Da war also jemand in der gleichen Verfassung wie ich, wie?«

Darauf wurde ihm lediglich ein Nicken zuteil. »Wollen Sie also, daß ich Ihnen das gebe?«

»Ja, bitte.« Damit hatte er wenigstens einen Vorwand, zu bleiben und mit dem Mann zu reden.

Der Drugstorebesitzer füllte ein bißchen Wasser in ein Glas, dann ließ er etwas aus einer großen Flasche hineintropfen, das sich in einer Wolke auflöste, und rührte darin herum. Dann nahm er den Löffel heraus und reichte das Glas Quinn. »Versuchen Sie's mal«, sagte er. »Zehn Cents, bitte.«

Es roch nicht schlecht, aber es sah wie Seifenwasser aus.

Der Ladenbesitzer sah ihn aufmerksam an. »Eigentlich wirken Sie gar nicht so nervös. Mehr geistesabwesend.«

»Vielleicht haben wir nicht die gleichen Probleme, Ihr Kunde von vorhin und ich. Der war aber nervös, ja?«

Der Mann kicherte erneut auf seine schroffe Weise. »Na, der hatte wirklich Ameisen in den Hosen. Er konnte nicht stillstehen. Er ging von hier zum Eingang, sah auf die Straße hinaus, kam wieder zurück. Er konnte einfach nicht ruhigstehen, der Kerl.«

»Moment mal.« Quinn blickte zur obersten Reihe des Flaschenregals hinauf, um glaubwürdig zu wirken. »Das klingt direkt nach jemand, den ich kenne.« Er trank einen winzigen Schluck aus dem Glas. »Wie sah er denn aus?« fragte er rund heraus.

»Besorgt.« Der Mann lachte.

Quinn warf auf gut Glück einen Namen ins Gespräch, sozusagen als Anregung. »Ich wette, es war Eddie. Wie sah er aus?«

Diesmal klappte es. »So ein dünner Typ. Bißchen größer als Sie.«

Quinn nickte hingerissen. Er hätte auch genickt, wenn der Mann gesagt hätte, es sei ein Eskimo gewesen. »Bißchen größer als ich. Und ...« Er fuhr sich an sein eigenes Haar, ließ aber die Farbbezeichnung weg, die mit einer solchen Geste im allgemeinen verbunden war.

Der Drugstorebesitzer fiel darauf herein. »Ja, sandfarbenes Haar.«

»Sandfarbenes Haar, ganz recht.« Quinn nickte mit geheuchelter Bestätigung. Dann fügte er schnell hinzu: »Hatte er einen braunen Anzug an?«

»Wenn ich mir's recht überlege, ja, ich glaube schon. Ja, ganz recht, der war braun.«

»Dann war's Eddie, mit Sicherheit«, sagte Quinn. Er holte tief Luft. Nun war er in Fahrt. »Ja«, wiederholte er, »das war Eddie.«

Plötzlich kam noch etwas. So ähnlich wie ein Tropfen, der noch fällt, nachdem der Wasserhahn abgestellt ist.

»Er benahm sich so, als ob ihm kalt wäre«, sagte der Ladenbesitzer.

»Er hat gezittert, ja?« fragte Quinn.

»Nein, aber er hielt seine Jacke so zu, die ganze Zeit über, während er hier war.« Der Mann packte sein Revers mit einer Hand und zog es sich unter dem Kinn zusammen. »Vielleicht hat er eine Grippe ausgebrütet«, fügte er hinzu. »Obwohl's draußen gar nicht kalt ist, man könnte sich keine mildere ...«

Wenn du gerade einen Mord begangen hast, dachte Quinn, dann dürften so um Null Grad herum herrschen.

»Was hat er denn getan, ist er wieder gegangen?«

»Nein, er bat mich, einen Zehner in Fünfer zu wechseln, und ging dorthin.« Er wies auf einen Gang hinter dem Ladentisch. »Wahrscheinlich um zu telefonieren. Das Glas mit dem Ammoniakwasser nahm er mit.«

»Haben Sie ihn weggehen sehen?«

»Nein, das nicht. Vermutlich war ich zu dem Zeitpunkt mit jemand anderem beschäftigt. Aber er muß weggegangen sein, ohne daß ich's gemerkt habe.«

Qinn gab dem Mann das Glas zurück. Er hatte es ausgetrunken, ohne es wahrgenommen zu haben. Aber die Sache hatte sich gelohnt, selbst wenn es sich um Blausäure gehandelt hätte.

»Sie suchen ihn wohl?« fragte der Ladenbesitzer. »Das muß ja ganz dringend sein?«

»Ja, ziemlich«, erwiderte Quinn. Er wandte sich ab. »Ich glaube, ich geh selbst mal dorthin.«

Er trat in den kleinen Gang und entzog sich den Blikken des Mannes.

Es gab da zwei Zellen, beide auf derselben Seite. Beide enthielten Telefonbücher, die an einem Gestell hingen. Eines war aufgeschlagen. Auch das Glas stand da, das leere Glas, mitten auf der aufgeschlagenen Seite. Er hatte offenbar vergessen, es wieder zurückzubringen, als er ging.

Quinn starrte darauf wie auf eine Erscheinung, die sofort verschwinden würde, wenn er die Hand darauf legte. Dann kam ihm flüchtig eine Idee – Fingerabdrücke. Es mußten sich noch Fingerabdrücke darauf befinden. Einwickeln und es der Polizei bringen.

Dann sank die Hoffnung wieder in sich zusammen. Nein, das würde zu lang dauern. Die Nacht würde darüber vergehen. Der Bus würde abgefahren sein. Außerdem, was hätte es genützt, das Glas der Polizei zu übergeben? Sie suchten ja nach ihm selbst oder würden das zumindest demnächst tun. Außerdem würde es nicht beweisen, daß dieser Unbekannte der Mörder war. Nicht hier hatte das Verbrechen stattgefunden, sondern in dem Haus hinter der Ecke. Dort mußten Beweise gefunden werden, nicht hier in einer Telefonzelle. So weit bin ich ihm also gefolgt, grübelte er, und jetzt habe ich ihn wieder verloren. Hier hat er sich in Rauch aufgelöst, hier hinten in diesem Drugstore, und hat ein leeres Glas hinterlassen, das nach Ammoniakgeist stinkt.

Aber der Mann hatte jemand angerufen. Wen? Quinn trat in die erste Zelle, ohne die Tür hinter sich zu schließen. Er ließ sich auf dem kleinen Sims nieder und versuchte zu überlegen.

Wen ruft man an, nachdem man jemand umgebracht hat? Das kommt darauf an, was für ein Typ man ist. Der eine ruft an und sagt: »Ich habe getan, was Sie mich geheißen haben, Boß; die Sache ist erledigt.« Der andere ruft an und sagt: »Ich stecke in der Tinte, Kumpel, du mußt mir heraushelfen.« Wieder ein anderer erwähnt kein Wort von dem, was er getan hat und sagt: »Ich hab den Zaster, den ich dir schulde, egal wie ich dazu gekommen bin. Du kriegst das Geld, also blas die Jagd ab.« Oder einfach: »Ich weiß, es ist spät, Baby, wie wär's, wenn ich zu dir rüberkäme und wir heben noch ein paar? Ich muß mich ein bißchen entspannen.«

Nein, zu diesen letzten Typen gehörte er nicht. Nicht, wenn er in einen Drugstore gehen mußte, um etwas zur Beruhigung seiner Nerven zu sich zu nehmen.

Quinn blickte auf das Glas. Es stand auf einer aufgeschlagenen gelben Seite des Branchenteils. Schnell stand er auf und spähte darauf hinab. Die Überschrift der Seite lautete: *Hotels – Hospitäler.* Dann blickte er mitten durch das Glas hinab, so als sei es eine Art Visier. Dort stand: ›Sydenham Hospital Manhattan Ave.‹, ›York Hospital 119 East 74‹, ›Hospital für Tiere siehe *Hunde und Katzen*‹.

Krankenhäuser. Daran hatte er nicht gedacht. Wenn man jemand ermordet hatte, konnte auch noch eine andere Art Anruf erfolgen, wenn – Quinn entsann sich der Bemerkung des Ladenbesitzers draußen: »Er hielt die Jacke zu, die ganze Zeit über... So, als ob ihm kalt wäre...«

Der Mann hatte die Jacke zugehalten, nicht weil ihm kalt war, sondern aus einem anderen Grund.

Er zündete ein Streichholz an und beleuchtete den Boden der Zelle. Nichts, nur der übliche Unrat, der sich dort findet – Einwickelpapier von Kaugummi, das zerkaute Endprodukt desselben, zwei Zigarettenstummel. Erneut zündete er ein Streichholz an und suchte weiter. Und da war es – vier große, dunkle, glitzernde Tupfen, dicht beisammen; sie bildeten beinahe so etwas wie ein vierblättriges Kleeblatt. Und dort in der Ecke war das, was der Mann benutzt hatte, um das Blut zu stillen: ein gewöhnliches Papiertaschentuch, zusammengeballt und weggeworfen. Blutverschmiert. Nur ein Zipfel war noch einigermaßen weiß.

Wahrscheinlich hatte er es während seines Aufenthalts hier gegen ein frisches Tuch eingetauscht, und dabei waren die Tropfen auf dem Boden entstanden.

Deshalb hatte er sein Jackett so hoch über der Brust zusammengehalten. Und deshalb stand das verräterische

Glas auf der Seite des Branchenverzeichnisses, auf der die Krankenhäuser aufgeführt waren. Er hatte Graves umgebracht, aber dieser hatte ihn vorher verletzt.

Eine sehr große Wunde konnte es nicht sein, wenn er solange auf den Beinen geblieben war. Aber Graves' Verletzung war auch nicht groß gewesen, und wahrscheinlich hatte es sich um dieselbe Waffe gehandelt. Vielleicht war es einfach eine Fleischwunde oder ein Streifschuß gewesen. Andererseits konnte Graves seinem Gegner auch mit irgendeinem anderen Gegenstand eine Verletzung beigebracht haben, obgleich es in dem Zimmer oben keine Anzeichen für einen Kampf gegeben hatte. In diesem Fall war es viel unverfänglicher für den Mörder, sich einer Behandlung zu unterziehen. Schußwunden mußten gemeldet werden.

Aber wo hatte er angerufen, in welchem Krankenhaus? Wohin war er gegangen? Es gab so viele. Die Stellung des Glases bedeutete gar nichts, er hatte es sicher aufs Geratewohl abgestellt, um eine Hand frei zu haben, nachdem er seine Wahl bereits getroffen hatte.

Aber warum hatte er überhaupt telefoniert? Warum war er nicht einfach hingegangen? Andererseits – nichts wies darauf hin, daß er irgendwo angerufen hatte. Vielleicht war er lediglich in die Zelle gegangen, um den Notverband, den er sich angelegt hatte, zu wechseln. Möglicherweise hatte er im Telefonbuch lediglich die gewünschte Adresse herausgesucht und war dann wieder hinausgegangen.

Das Sinnvollste war, in das zunächst liegende Krankenhaus zu gehen. Aber er konnte jetzt nicht die ganze Rubrik durchgehen, er mußte das Verfahren abkürzen.

Er riß kurzentschlossen die Seite aus dem Telefonbuch, faltete sie zusammen und stopfte sie in die Tasche. Dann verließ er die Zelle.

Der Drugstorebesitzer spähte aus einem kleinen Vorratsraum hinter dem Ladentisch heraus. »Geht's jetzt besser?« rief er hinter ihm her.

Quinn konnte ein paar Sekunden lang nichts mit der Frage anfangen. Er hatte völlig den Vorwand vergessen, unter dem er hier hereingekommen war.

»Viel besser!« rief er dann über die Schulter zurück.

Er eilte, zwei Stufen auf einmal nehmend, die Eingangstreppe hinauf. Der Korridor im Erdgeschoß war matt beleuchtet, der Fußboden glänzte. Er ging zu dem Mädchen hinüber, das in der Empfangsnische saß, nur Kopf und Schultern waren hinter dem Schreibtisch sichtbar.

»Ist während der letzten paar Stunden ein Mann hier hereingekommen, um sich behandeln zu lassen?«

»Jemand, der mit dem Ambulanzwagen eingeliefert wurde?«

»Nein, er muß zu Fuß gekommen sein.«

»Nein, so jemand ist heute nacht nicht hierhergekommen.«

»Er trug einen braunen Anzug. Er hat ihn so zugehalten.« Er hielt sein Jackett vorne zusammen, um es ihr zu zeigen.

»Nein...«, begann sie. Dann: »Warten Sie mal, ich glaube, ich weiß jetzt, wen Sie meinen...« Sie lächelte ihm zu. »Er ist im dritten Stock. Er wartet dort darauf, daß seine...« Quinn hatte sich schon abgewandt, und sie rief hinter ihm her: »Rechts drüben, wenn Sie oben aus dem Aufzug steigen.«

Er fuhr nach oben und wandte sich nach rechts, ging einer dieser langen, kühlen, matt erhellten Korridore entlang. Niemand war zu sehen. Er kam an Türen vorbei, gelangte bis zu seinem Ende, dann kam eine Biegung, von der ihm nichts gesagt worden war. Der Flur verbreiterte sich zu einer Art Wartezimmer – und dort saß er.

Quinn sah ihn schon von weitem und wußte, daß er es war, noch bevor er sich ihm genähert hatte. Offenbar hatte man ihn noch nicht versorgt. Er mußte eben erst angekommen sein, wenn er jetzt noch hier draußen saß.

Zusammengekauert saß er auf einer Bank an der Wand, er wirkte trostlos und gequält. Sein Jackett hielt er noch immer krampfhaft über der Brust zusammen. Vermutlich hatte er erhebliche Schmerzen. Sein Kopf war gegen die Wand zurückgelehnt, so als starrte er zur Decke empor. Aber seine freie Hand lag über den Augen. Sein Mund war leicht geöffnet, und er atmete durch ihn.

Auf der Bank war noch Platz, und Quinn setzte sich neben ihn. Ein paar Sekunden lang herrschte Stille, nur Quinns hastiger Atem nach seinem eiligen Marsch durch den Korridor war zu hören.

Der Mann neben ihm blickte ihn nicht sofort an. Vielleicht hatte er zu große Schmerzen, war zu elend oder was auch immer.

Quinn holte eine Zigarette heraus und zündete sie an. Dann blies er den Rauch in Richtung des anderen, um dessen Aufmerksamkeit auf sich zu lenken. Es war gefühllos, das wurde ihm sofort bewußt. Aber er mußte den anderen wissen lassen, daß er da war.

Die Hand des Mannes sank herab, er löste den Kopf von der Wand und wandte ihn Quinn zu.

Quinn glaubte, niemals in seinem Leben einen Ausdruck solch hoffnungslosen Elends gesehen zu haben. Es durchfuhr ihn fast wie ein Schock. Aber nicht aus diesem Grund. Ein seltsames, fast verwandtschaftliches Gefühl hatte ihn erfaßt, und er begriff das nicht – nicht in einem solchen Augenblick. Der Mann sah nicht wie ein Mörder aus. Er sah aus wie – nun ja, eben wie irgend jemand, neben dem man sitzt. Eigentlich so wie ich selbst, dachte Quinn. Zumindest sieht er so aus, wie ich selbst meinem

Gefühl nach aussehe. Irgendwie harmlos, hilflos – und er ist nicht älter als ich.

Er blickte auf den Boden und sah ein blutbeflecktes Papiertaschentuch dort liegen. Genau wie das in der Telefonzelle.

Der Mann sprach zuerst. »Könnten Sie mir eine geben?« fragte er Quinn.

Quinn bot ihm eine Zigarette an. »Ja, ich kann mir schon vorstellen, daß jemand wie Sie dringend so was braucht«, sagte er trocken.

Der Mann neben ihm lächelte schwach. »Ja. Allerdings.«

Quinn wartete darauf, daß er seine Zigarette anzünden würde, aber statt dessen hielt er sie in Richtung seiner eigenen Zigarette, um sich von ihm Feuer geben zu lassen.

Der Mann sprach erneut. »Sind Sie aus demselben Grund hier wie ich?«

»Nein«, erwiderte Quinn grimmig. »Eigentlich im Gegenteil.« Er wartete einen Augenblick. Dann fügte er hinzu: »Ihnen sind vermutlich die Zigarren ausgegangen.«

»Ja«, sagte der Mann. »Ich hatte sowieso nur noch eine übrig, und die habe ich schon vor Stunden ...« Plötzlich begriff er. »Woher wissen Sie das?«

»Ich habe sie oben bei Graves gefunden, völlig zerkaut«, antwortete Quinn ruhig.

Der Mann sah ihn nur an. Als er nichts mehr sagte, fuhr Quinn fort. »Haben Sie sich nach dem Ammoniakgeist besser gefühlt, den Sie in dem Drugstore an der Madison Avenue bei der Siebzigsten Straße bekommen haben?«

Das Gesicht des Mannes nahm eine merkwürdige Farbe an. Sein Adamsapfel hüpfte ein bißchen. »Woher wissen Sie das?« flüsterte er.

»Ich habe das Glas gefunden. Auf dem Branchenverzeichnis in der einen Telefonzelle hinten.«

Die Zigarette, die Quinn ihm gegeben hatte, fiel zu Boden. Sein Mund war so schlaff geworden, daß sie herausgeglitten war, bevor er nach ihr greifen konnte.

Quinn sah ihn unverwandt an, und er blickte zurück.

»Tut es sehr weh?« fragte Quinn. Er fuhr mit den Fingerknöcheln über das hochgeschlagene Revers, ohne es wirklich zu berühren. »Haben Sie viel Blut verloren?« Dann griff er nach der Hand des Mannes und löste sie gewaltsam vom Jackett, versuchte dabei jedoch immer noch, vorsichtig zu sein.

Das Jackett klaffte auf – und da war nichts, nur glattes Weiß, unversehrtes Weiß bis hinab zum Gürtel.

Quinn setzte sich mit einem Ruck auf der Bank zurück.

Der Mann sagte: »Ich habe kein Hemd an. Ich bin nur mit der Jacke über meinem nackten Oberkörper hinausgelaufen.«

Er klappte das Revers wieder hoch.

Quinn beugte sich erneut vor. »Also hat er Sie nicht erwischt. Aber woher stammt das Blut?«

»Aus meiner Nase. Jedesmal, wenn ich mich aufrege, passiert das. Es hört überhaupt nicht auf, es war...«

»Eine schlechte Kombination«, sagte Quinn. »Ein Mörder mit chronischem Nasenbluten. Das ist ein Handikap.«

Der Unterkiefer des Mannes sank herab. »Was?« fragte er idiotisch, so als hätte er nicht richtig gehört.

»Sie wissen doch, daß Sie ihn getötet haben, oder nicht? Sie wissen, daß Sie ihn tot haben liegen lassen, wie?«

Der Mann versuchte von der Bank aufzustehen. Quinn legte ihm leicht die Hand auf die Schulter und drückte ihn wieder hinab. »Nein, bleiben Sie hier«, sagte er mit gespieltem Gleichmut.

Das Kinn des Mannes tanzte nun förmlich.

»Ich spreche von Graves«, sagte Quinn. »Bei ihm haben Sie Ihre Zigarre vollkommen zu Mus zerkaut, erinnern Sie sich? Siebzigste Straße.«

»Neunundsechzigste«, stammelte der Mann. »Und er sagte, er hieße – ich weiß es jetzt nicht mehr. Aber Graves war's nicht. Er hat die Wohnung unter mir, und ich ging nur hinunter, um dort für zehn Minuten eine Zigarre mit ihm zu rauchen, weil ich zu nervös war, um allein zu bleiben... Wenn ihn jemand umgebracht hat, dann muß das geschehen sein, nachdem ich von dort weggegangen war.«

Das Gesicht des Mannes wirkte wie betäubt. Es zuckte, obwohl es gleichzeitig wie erstarrt wirkte. »Es gefällt mir nicht, wie Sie reden. Ich werde jetzt gehen.«

»Da täuschen Sie sich in einer Hinsicht«, sagte Quinn steinern. »Ganz gewiß gefällt Ihnen nicht, wie ich rede, aber Sie werden mir nicht davonlaufen.«

Diesmal stand der Mann auf und nahm dabei Quinns Hand mit sich. Er versuchte sie abzuschütteln, deshalb stand Quinn auf und packte seine Schultern mit beiden Händen.

»Machen Sie, daß Sie fortkommen!« keuchte der andere hysterisch. »Weg!«

Sie begannen in einer Art Umarmung hin und her zu schwanken. Dabei stießen sie gegen die Kante der Bank, und die rutschte quietschend ein Stück weit den Boden entlang.

»Sie waren es, oder nicht?« sagte Quinn durch zusammengebissene Zähne hindurch. »Sie waren es, ja? Graves – Siebzigste Straße – ich werd's aus Ihnen herausbekommen und wenn ich...«

»Reicht es denn nicht, was ich in dieser Nacht durchgemacht habe... Sehen Sie, was Sie getan haben? Jetzt fängt es wieder an zu bluten, nachdem ich es endlich zum Stillstand gebracht hatte...«

Ein dünnes Blutrinnsal quoll unter dem einen Nasenloch hervor. Der Mann wand einen Arm frei, fuhr mit der Hand in die Tasche und brachte ein weiteres Papiertaschentuch zum Vorschein. Heftig drückte er es sich ins Gesicht. Dann ließ er es wieder sinken und starrte darauf. Der Anblick des Blutes schien ihn in Wut zu versetzen. Anstatt wie bisher passiv Quinns Zugriff zu widerstehen, holte er wild aus, schlug zu, verfehlte sein Ziel, ließ einen zweiten, aus der Panik geborenen Schlag folgen.

Die Tür öffnete sich plötzlich, und eine Krankenschwester starrte zornig zu ihnen heraus: »He – was geht hier vor?« fragte sie in scharfem Ton. »Aufhören! Was fällt euch ein?«

Die beiden beruhigten sich zögernd, hielten einander jedoch nach wie vor fest und atmeten schwer.

Sie warf ihnen einen vernichtenden Blick zu. »Unglaublich. So was habe ich überhaupt noch nie erlebt. Wer von Ihnen ist Mr. Carter?«

»Ich.« Das mitgenommene Individuum wand sich unter Quinns Zugriff. Die rote Linie hatte inzwischen sein Kinn erreicht; eine zweite begann parallel dazu herabzurinnen. Sein Jackett war aufgegangen, sein dünner, nackter Bauch hob und senkte sich.

»Ich hab' eine Neuigkeit für Sie. Wollen Sie sie nicht hören?« erkundigte sich die Schwester mißbilligend.

»Was ist es?« fragte er mit zitternder Stimme.

»Ein Sohn.«

Sie wandte sich schnell an Quinn. »Sie halten den Mann am besten einen Augenblick lang fest. Ich fürchte, er fällt in Ohnmacht. Diese angehenden Väter machen einem mehr Scherereien als die Mütter und die Babies zusammen.«

7
Drei Uhr

»Wohin, Lady?« Er riß die Wagentür auf.

Sie schloß die Tür wieder und blieb draußen. »Vielleicht könnten Sie mir helfen. Sind Sie die ganze Nacht über an dieser Ecke gestanden?«

»Von zwölf Uhr an, mehr oder weniger. Ich komme jede Nacht um zwölf hierher. Ich bin zwar nicht ständig da, aber es ist mein regulärer Stand. Ich fahre von hier weg und komme jedesmal hierher zurück.«

»Haben Sie eine Frau gefahren – allein –, die irgendwann nach zwölf hier gewesen sein muß?«

»Ja, stimmt. Vor zwei Stunden.« Dann fragte er: »Wieso? Suchen Sie jemand?«

»Ja.«

»Na, wenn Sie mir sagen, wie sie aussieht, kann ich Ihnen vielleicht helfen.«

»Ich kann Ihnen nicht sagen, wie sie aussieht.«

Er zuckte die Schultern. »Wie soll ich Ihnen dann helfen, Lady?« Er machte eine kurze Pause. »Ist es was Ernsthaftes? Dann versuchen Sie's doch mit der Polizei.«

»Nein, es ist nichts Ernstes. Nur eine persönliche Angelegenheit.« Sie überlegte einen Augenblick.« Hören Sie – erinnern Sie sich, wohin Sie sie gebracht haben?«

»Ja.«

»Und Sie erinnern sich, was sie Ihnen bezahlt hat?«

»Ja.«

»Aber als sie Sie bezahlt hat, erinnern Sie sich, ob sie – ob sie Ihnen das Geld so«, sie reichte ihm eine imaginäre Summe mit der rechten Hand, »oder so gegeben hat.« Sie tat dasselbe mit der Linken.

»Kapier ich nicht«, sagte er. »Machen Sie's nochmal.«

Sie wiederholte den Vorgang.

Er schüttelte den Kopf. »Alles was ich gesehen hab, war ihre Hand mit dem Geld drauf, dann hab ich ihr das Wechselgeld gegeben. Und sie hat mir wiedergegeben, was ich zusätzlich gekriegt hab.«

»Sie erinnern sich nicht, an welcher Seite ihr Daumen war?«

»M-m.« Er machte eine verächtliche Kopfbewegung. »Da drauf hab' ich nicht geachtet. Mir fiel bloß auf, daß sie nen Ring an der Hand gehabt hat, wenn Ihnen das was nützt. Nen Ehering.«

»Dann hat sie also die linke Hand benutzt.«

Er schien äußerst überrascht. »Das wollten Sie rauskriegen? Ich hab' gar nicht begriffen, was Sie meinen.«

Sie öffnete die Tür und stieg ein. »Bringen Sie mich dahin, wo Sie sie abgesetzt haben.«

Er fuhr, wie ihr schien, endlos die Madison Avenue entlang bis zum Square, bog dann nach rechts ab und die Zweiundvierzigste Straße hinunter bis zur Siebten Avenue. Dann wandte er sich wieder nach Süden, bis sie in die Nähe des Sheridan Square gerieten. Dann hielt er ruckartig an einer der kleineren Straßen gleich hinter der Vierzehnten. Er drehte sich um.

»Hier war's.«

»Hier? Welches Gebäude war es – hat sie Ihnen keine Nummer angegeben?«

»Nein. Sie hat mir nur auf die Schulter getippt und gesagt: ›Lassen Sie mich hier raus.‹ Sie ist da ausgestiegen, wo Sie jetzt auch aussteigen.«

»Aber wohin ist sie dann gegangen?«

»Ich hab' ihr nicht mehr nachgeschaut, sondern bin gleich weggefahren.«

Bricky stieg aus, schloß die Tür und sagte zum Fenster hinein: »Warten Sie – lassen Sie mich doch hier nicht einfach stehen. Fahren Sie nicht weg!«

Aber er fuhr bereits weg. Der Auspuff gab einen rülpsenden Laut von sich, und dann stand sie allein an der Kreuzung.

Sie sah sich um. An der Ecke, an der sie stand, befand sich ein Zigarrenladen. Er war verschlossen und dunkel. An der zweiten war ein Friseur, ebenfalls zu. An der dritten stand eine Tankstelle, die Ecke war durch die zementierte An- und Abfahrt gerundet. An der vierten befand sich eine ebenfalls geschlossene Wäscherei.

Das einzige, was noch in Betrieb war, war die Tankstelle, sie war erleuchtet. Bricky ging hinüber.

»Haben Sie die ganze Nacht über hier Dienst gemacht?« fragte sie den Tankwart.

»Ja, ich habe Nachtschicht.«

»Haben Sie zufällig ein Mädchen aus einem Taxi steigen sehen – allein – dort drüben an der Ecke? Es muß vor ungefähr einer Stunde gewesen sein?«

Er blickte hinüber. »Ja, stimmt. Ich hab' gesehen, wie sie in den Zigarrenladen ging.«

»Haben Sie sie wieder herauskommen sehen?«

»Nein. So lang hab' ich nicht hingeschaut.«

Bricky wandte sich ab, kehrte zu der Ecke zurück, an der sie ausgestiegen war, und sah sich um. Ein schmaler Lichtstreif fiel in einiger Entfernung aus einem Gebäude des Häuserblocks, an dessen äußerster Grenze sie stand. Zu dieser Nachtzeit fiel das auf.

Zumindest war hier noch irgend etwas offen. Sie ging darauf zu. Vielleicht war die Gesuchte in dieser Richtung gegangen. Aber die Hoffnungsfreude dauerte nur ein paar Schritt weit.

Die Öffnung, durch die das Licht drang, erweiterte sich vor ihrem Blick, als sie sich näherte. ›Lebensmittel‹ stand auf der Schaufensterscheibe.

Essen nach einem begangenen Mord? Dies hier schien ein kaum wahrscheinlicherer Aufenthaltsort als das Friseurgeschäft dort hinten. Bricky ging hinein, einfach weil ihr nichts anderes übrigblieb. Aber sie wußte, daß sie nur ihre Energie vergeudete.

»Ich suche jemand. Haben Sie ein Mädchen gesehen, blond, das vor ungefähr einer Stunde hier hereingekommen ist, allein?«

»Mit Pfandflaschen?«

»Nein.« Von einem Mord bringt man keine Pfandflaschen mit.

»Keine Ahnung.« Der Lebensmittelhändler ließ die Hand schwer auf den Ladentisch fallen.

Sein Gehilfe mischte sich ein. »Ich glaube, ich weiß, wen sie meint. Die, die immer so heikel ist. Sie wissen schon, ich mußte zu ihr sagen, sie solle keinen Strich mit dem Fingernagel ins Brot kratzen, um mir zu zeigen, wie dick sie's haben will, wenn sie schon nicht den ganzen Laib nehmen möchte. Schließlich will ihn vielleicht ein anderer Kunde haben. Wegen Salami und Landbrot für zehn Cents nimmt sie den ganzen Laib in die Hand – so.« Er nahm eines der Brote auf, um es zu zeigen, und strich mit dem Fingernagel über die weiche, weiß gemehlte Unterseite. „So hat sie's gemacht.«

»Du machst es jetzt selbst so«, knurrte der Besitzer.

»Na gut, aber ich arbeite ja hier.«

Der Besitzer erinnerte sich jetzt, wenn auch nur vage. »Ach, die meinst du. Ja, ganz recht.«

Bricky beugte sich eifrig über den Ladentisch. »Sie können mir nicht ihren Namen sagen, oder?«

»Den weiß ich nicht. Sie kommt dauernd hierher. Sie wohnt irgendwo nebenan.« Er deutete nachlässig mit dem Daumen auf die Wand hinter ihm – genau genommen auf eine Reihe Ketchup-Flaschen.

»Oh«, sagte Bricky verwirrt. Sie wich zum Ausgang zurück. »Dann werde ich sie schon finden. Ich wußte nicht – ich werde gehen und sie suchen.«

»Gleich nebenan«, wiederholte er.

Sie verschwand schneller, als sie aufgetaucht war. Diesmal war sie ihrem Ziel ein gutes Stück nähergekommen.

Sie trat unter den Eingang des Hauses nebenan. Sechs Reihen Briefkästen rechts an der Wand, sechs links. Welcher war nun der richtige? Selbst wenn dies hier vom Lebensmittelhändler aus gesehen ›nebenan‹ war – und er hatte mit dem Daumen in diese Richtung gedeutet –, welche von all diesen Wohnungen war die gesuchte? Sie kannte den Namen nicht. Sie kannte das Gesicht der Frau nicht.

Miller, Carroll, Herzog, Ryan, ein leeres Schild, Battipaglia. Sie stand weit vorgebeugt da, die Augen dicht an den Namensschildern. Dann wandte sie sich der anderen Seite zu. Newmark, Kirsch, Lopez, Simms, Barlow, Stern.

Einer davon mußte es sein. Einer von elf – sofern das hier überhaupt das richtige Gebäude war. ›Nebenan‹ war ein dehnbarer Begriff, es konnte auch zwei Häuser weiter sein, oder drei...

Sie trat vor den Eingang, um zu sehen, ob sie überhaupt hineinkäme, selbst wenn sie die richtige Wohnung nicht wußte. Der Türknauf war aus Messing und glänzend poliert. Es schien sich um ein überaus gepflegtes Haus zu handeln, auch wenn es von Leuten der unteren Einkommensklasse bewohnt wurde. Sie streckte die Hand aus, enthielt sich jedoch im letzten Augenblick, den Knauf anzufassen und zu drehen.

Es war nur eine Kleinigkeit – eigentlich nichts. Die Berührung ihrer Hand hätte ausgereicht, das Ganze wegzuwischen. Es handelte sich um einen winzigen Fleck auf dem glänzend glatten Messing, um einen weißen Fleck. Ein dünner Streif, halbmondförmig. So als ob jemand vor kurzem die Fingerspitzen in Kreide getaucht und dann den Knauf umgedreht hätte.

»Wegen Salami und Landbrot für zehn Cents nimmt sie den ganzen Laib in die Hand...« Der Mann im Lebensmittelladen. Ein mit stark haftendem Mehl bestäubtes Landbrot.

»Hier durch diese Tür ist sie gegangen«, sagte Bricky zu sich selbst. »Sie muß irgendwo in diesem Haus sein.«

Also geh rein, du Dummkopf, geh hinauf, geh von Tür zu Tür. Aber sie schüttelte den Kopf und blieb, wo sie war.

Ein winziger Fetzen Papier lag auf dem Boden. In diesem Eingang, der so peinlich sauber war, konnte er nur vor kurzem heruntergefallen sein. Er lag unter den sechs Briefkästen rechts, aber zu weit vorne, als daß man ihn einem von ihnen hätte zuordnen können.

Bricky hob den Fetzen auf und betrachtete ihn genau. Er war wirklich winzig, ihre beiden Finger, mit denen sie ihn festhielt, bedeckten ihn fast völlig. Sie rieb ihn leicht, und es stellte sich heraus, daß er geknickt und in Wirklichkeit doppelt so groß war. Es handelte sich um den Bestandteil eines Umschlags, oben, da wo Klappe und Vorderteil ineinander übergehen, offenbar beim hastigen Öffnen abgerissen.

Aber was nützte ihr das schon? Da der Brief hier geöffnet worden war, mußte er einem der Kästen entnommen worden sein. Einem aus der Reihe auf der rechten Seite. Sie öffneten sich nach unten wie Laufplanken bei Schiffen. Beim Aufmachen wurde nur der Schlüssel berührt. Aber beim Schließen, wäre es da nicht das Schnellste und Praktischste gewesen, die Fingerspitzen zu benutzen, um das Türchen zurückzudrücken?

Am Türknauf des Eingangs war ein weißer Fleck gewesen.

Sie brachte die Augen nahe an die Briefkästen, noch näher als zuvor, und betrachtete alle ganz genau – den Glaseinsatz, den Messingrand um ihn herum, den Namen auf dem Kärtchen unter dem Knopf zum Aufdrükken. Sie war so nahe an den Kästen, daß sie sich unter ihrem Atem beschlugen. Newmark, Simms, Lopez, Ki... Sie hielt schlagartig inne.

Da war er – ein vager, weißer Fleck außen im Kasten, so unauffällig, daß sie ihn, wäre sie nicht innerlich darauf vorbereitet gewesen, mit Sicherheit nicht gesehen hätte. Und der Name darüber war Kirsch. Im ersten Stock rechts.

All die kleinen Dinge, sie waren rund um einen herum, wenn man nur wußte, wie man sie benutzen mußte. Die kleinen Dinge, die einen vernichten konnten, wenn man nicht rechtzeitig an sie dachte, sich gegen sie schützte. Aber wie? Wenn man sich über sie klar wurde, war es meistens zu spät.

Der Kratzer eines Fingernagels auf einem Laib Brot, um anzuzeigen, wie dick das Stück sein sollte. Das Zumachen einer Briefkastenklappe, und das damit verbundene Hinterlassen eines weißen Flecks. Eine Rechnung, vielleicht eine Reklame, ganz gewiß nichts Wichtiges. Das hastige Aufreißen des Umschlags – was tut man sonst mit einem Brief? Schließlich das Umdrehen des Knaufs, um ins Haus selbst hineinzugelangen. Wie anders soll man hineinkommen, wenn man da wohnt? Kleinigkeiten. Und alle zusammengerechnet – die Katastrophe, Identifizierung, Konfrontation. Anschuldigung einer Sache wegen, die vermeintlich in sicherer Entfernung geschehen und von keinem menschlichen Auge gesehen worden war.

Bricky drückte auf einen Klingelknopf auf der linken Erdgeschoßseite drüben. Auf diese Weise würde niemand etwas durch das Haus zu ihr hinunterrufen. Die Tür summte mehrmals zum Zeichen, daß jemand auf den Öffner in der Wohnung gedrückt hatte. Bricky stieß sie auf und trat ein.

Ein Mann stand hinter einer spaltbreit geöffneten Wohnungstür im Erdgeschoß, als sie der Treppe zustrebte. Sie ließ ihm ein beruhigendes Lächeln zukommen, als sie vorübereilte ohne anzuhalten. »Entschuldigen Sie, das war ein Irrtum. Meine Hand muß ausgerutscht sein.«

Er war zu schlaftrunken, als daß sein Wahrnehmungsvermögen sonderlich scharf gewesen wäre. Er blinzelte lediglich benommen, und die Tür schloß sich wieder. Bricky war schon fast am ersten Treppenabsatz angelangt, und sie beeilte sich. Sie bog um das Geländer, und da war die Tür. Eigentlich sah sie aus wie alle übrigen.

Sie lauschte. Ein paar Sekunden lang war nichts zu hören. Dann plötzlich drang ihr das Klirren eines Tellers, der auf einen Tisch gestellt wird, ans Ohr. Schnelle Schritte, die sich entfernten. Schnelle Schritte, die sich wieder näherten. Das Geräusch eines weiteren Tellers, der hingestellt wird, diesmal offenbar auf einen anderen Teller. Oder vielleicht eine Tasse, die auf eine Untertasse klirrt. Wieder sich entfernende Schritte.

Bricky schauderte unwillkürlich. Der Tod war zu einem frühmorgendlichen Imbiß heimgekehrt.

Die Schritte näherten sich wieder. Eine Tüte raschelte laut, als ihr etwas entnommen wurde.

Wieder die eiligen Schritte, die sich entfernten. Himmel, sie wirkten so geschäftig, so munter, fast glücklich. In ein paar Sekunden würden sie das nicht mehr sein. Der Tod wußte nicht, daß ihm ein ungeladener Gast bevorstand.

Sie klopfte.

Die Schritte erstarben.

Sie klopfte erneut, schnell und eindringlich.

Die geisterhaften Schritte näherten sich der Wohnungstür.

»Wer ist draußen?«

Die Frau war ein bißchen verängstigt, das war der Stimme zu entnehmen.

»Ich möchte Sie sprechen.«

»Wer sind Sie?«

»Machen Sie auf, dann werden Sie's sehen.« Sie bemühte sich, ihre Stimme in keiner Weise bedrohlich klingen zu lassen, sondern im Gegenteil durch einen einschmeichelnden Klang dieses letzte Hindernis aus dem Weg zu räumen.

Der Knauf bewegte sich unentschlossen, aber die Tür blieb zu. »Sie sind das doch nicht, Ruth – oder?«

»Ich möchte mit Ihnen sprechen. Es dauert nur eine Minute.«

Ein Riegel wurde zurückgedreht, die Tür ging auf.

Sie war schätzungsweise Ende zwanzig – nun, schwer zu sagen, vielleicht auch sechsundzwanzig oder so. Sie war blond, ihr Haar war kurz und lockig. Das Blond war echt, die sandfarbenen Brauen und hellen Wimpern verrieten es. Ihr Gesicht war in einer gewissen Weise hart. Keine Härte aus ihrem Innern, eher eine Art Schutzschicht, eine Kruste. Darunter – das verrieten die Augen und die Mundwinkel – lag eine eher kindliche Vertrauensseligkeit, die sich nicht recht hervortraute, weil sie zu oft abgewiesen worden war. Sie hatte ihre Lektion gelernt, nicht nur einmal, sondern viele Male, und so verbarg sie sich jetzt vor der Welt.

Ihre Wangen waren dünn, jede mit einer leichten Mulde versehen. Sie hatte zuviel Rouge aufgelegt und es allzu großzügig verteilt, es wirkte, als ob sie Fieber hätte. Sie trug ein billiges, gestreiftes Baumwollkleid.

Die Frau war ein bißchen verängstigt wegen dieses Eindringens, aber sie hoffte offensichtlich, beschwichtigt zu werden.

»Ich möchte Sie sprechen.«

Brickys Fuß hatte sich vorgeschoben, die Tür konnte

nicht mehr geschlossen werden. Die Frau wußte das noch nicht, sie hatte nicht hinabgeblickt.

»Wer sind Sie?«

»Es ist für uns beide besser, wenn ich drin mit Ihnen rede. Lassen Sie mich nicht hier draußen stehen.«

Bricky schob sich an ihr vorbei. Die Tür schloß sich hinter ihnen.

Sie befanden sich in einem kleinen Wohnzimmer, gedrängt voll mit Möbeln. Ordentlich und sauber, aber in jeder Hinsicht billig. Durch das Fenster fiel ein Lichtviereck auf eine nahe, graue Mauer. Auf dem Tisch standen die Teller und die Dinge, die sie im Lebensmittelgeschäft erstanden hatte, außerdem eine Zeitung, ein ungeöffnetes Päckchen Zigaretten und ein Aschenbecher mit einem Mäppchen Zündhölzer.

Ein türloser Durchgang, durch den Licht fiel, auf der anderen Seite des Raums, mußte wohl ins Schlafzimmer führen.

Bricky sah das alles, aber es spielte keine Rolle. Selbst der Tod hat ein häusliches Dasein, er schlägt nicht irgendwoher aus dem Nichts zu.

»Was wollen Sie eigentlich? Ich lasse zu solch einer Nachtzeit keine Fremden in die Wohnung. Es gefällt mir nicht, wie Sie sich benehmen.«

Bricky antwortete ohne Umschweife. »Sie stiegen an der Kreuzung Siebzigste und Madison in ein Taxi, so gegen ein Uhr. Sie hatten jemand besucht, der dort um die Ecke wohnt. Stimmt's?«

Das Gesicht der Frau war Antwort genug. Es begann bleich zu werden.

»Der Mann, den Sie besucht haben, ist jetzt tot, ja?«

Die Augen der Frau schienen förmlich zu gerinnen. Ihr Gesicht fiel in sich zusammen. Es war kein hübscher Anblick.

»Sie haben ihn umgebracht, ja?«

»O mein Gott«, sagte die Frau leise. Ihre Augen rollten nach oben, die Pupillen verschwanden unter den Lidern. Eine ganze Weile lang war nur das Weiße zu sehen. Der Rand des Tisches hielt sie aufrecht, sie tastete mit den Händen danach.

Sie begann zu weinen. Die Tränen traten ihr in die Augen, aber es waren nicht genügend, als daß sie ihr über die Wangen gerollt wären. Sie blieben, wo sie waren, gaben ihrem Blick etwas Glasiges. »Wer sind Sie – eine Polizistin?«

»Es spielt keine Rolle, was ich bin. Wir sprechen von Ihnen. Sie sind eine Mörderin. Sie haben heute nacht jemand umgebracht.«

Die Hand der Frau hob sich zu ihrer Kehle. Ein Schluchzen entrang sich ihr, es klang fast wie Husten. »Ich muß einen Schluck Wasser trinken, ich bin ganz – schon gut, es gibt hier keinen anderen Ausgang.«

»Und holen Sie Ihre Sachen, wenn Sie schon drinnen sind«, sagte Bricky erbarmungslos.

Die Frau verschwand durch den erhellten Durchgang. Sie mußte sich an der einen Seite abstützen, um hindurchzugelangen.

Bricky stand da, den Blick zu Boden gewandt. Sie lauschte, sie dachte nicht nach. Ein Glas klirrte. Ihre Ohren verrieten ihr nichts. Irgendein Instinkt war es; sie machte einen schnellen Schritt nach vorne, folgte der anderen.

»*Trinken Sie das nicht!*« Bricky verpaßte ihr einen Schlag mit dem Handrücken. Das Glas wurde von den geöffneten Lippen weggefegt. Es zerbrach nicht, es war dick und billig. Es donnerte lediglich zu Boden, rollte weg und hinterließ eine dünne, wäßrige Spur.

Erst dann schweiften Brickys Augen zu der Flasche, die ohne Verschluß auf einem Regal über dem Ausguß stand. Braunes Glas, auf dem Etikett stand ›Lysol‹.

Die Frau hielt mit beiden Händen das Becken umfaßt, so als ob es ihr entfliehen wollte.

»Sie haben es also so gut wie zugegeben, nicht wahr?«

Die Frau schwieg. Ihre Hände am Waschbecken zitterten, das war alles.

»Sie brauchen es auch gar nicht zugeben. Ich weiß es sowieso.«

Die Frau schwieg.

»Sie kommen jetzt mit mir zurück. Hinauf – dorthin, wo es geschehen ist.«

Die Frau gab einen halberstickten, blökenden Laut von sich. »Nein! Dazu können Sie mich nicht zwingen. Ich weiß nicht, wer Sie sind, aber Sie können mich nicht zwingen. Sonst bringe ich Sie um. Ich muß nicht zweimal sterben – einmal war genug.«

Ihre Hand schoß auf eine Art Regal zu, das neben dem Ausguß hing. Etwas blitzte im Licht auf, ein kurzes Küchenmesser mit scharfer Klinge schwang hoch über die Schulter der Frau in die Luft, bereit, auf Bricky zuzufahren.

Es war keine Zeit mehr auszuweichen, der Raum war zu vollgestellt, Bricky warf sich auf die Andere. Sie erwischte sie am Handgelenk, versuchte die Waffe von sich abzuhalten. Die Arme der beiden ruderten durch die Luft, verschränkten sich dann, so daß sie einander praktisch mattsetzten.

Die Frau verfügte über die Kräfte selbstmörderischer Verzweiflung, Bricky über die Stärke der Selbsterhaltung. Für den Augenblick war ein Gleichgewicht hergestellt, das nicht andauern konnte. Die beiden schwankten leicht, bewegten sich kaum. Das Haar fiel ihnen ins Gesicht, sie schrien nicht, sie kreischten nicht. Dies hier war keine Katzbalgerei irgendeiner eingebildeten Kränkung wegen. Es war ein Kampf um Leben und Tod zwischen zwei Menschen.

Sie rotierten ein bißchen erst nach der einen, dann nach der anderen Richtung. Es war nichts weiter als ihr angestrengtes Atmen zu hören. Sie waren nun in Erschöpfung erstarrt, Bricky unfähig, das Messer abzuwehren, die andere ebensowenig in der Lage zuzustechen.

Ein Schlüssel rasselte im Schloß der Tür des anderen Zimmers.

Plötzlich, scheinbar zusammenhanglos, waren die Rollen der beiden vertauscht. Die Frau versuchte verzweifelt, das Messer wegzuwerfen, sich seiner zu entledigen. Bricky, die nicht begriff, hielt ihr Handgelenk eisern fest. Die Finger öffneten sich, das Messer fiel zu Boden. Die Frau stieß es mit dem Fuß unter den Ausguß. Es gab plötzlich nichts mehr, worum sie kämpfen konnten. Unsicher ließen sie einander los.

Die Frau sank neben Bricky auf die Knie und begann hektisch an deren Rocksaum zu zupfen. »Sagen Sie Harry nichts. O mein Gott, haben Sie Mitleid, sagen Sie ihm nichts.«

Die Tür im anderen Zimmer öffnete sich. Eine Stimme rief fröhlich: »Helen, bist du schon zurück?«

»Nicht – es ist mir gleich, was Sie mit mir machen, aber sagen Sie Harry nichts. Jedenfalls nicht jetzt. Ich liebe ihn so. Er ist alles, was ich habe. Ich werde alles tun, was Sie wollen – alles.«

Bricky beugte sich über sie, versuchte die Hände der Frau von ihrem Kleid zu lösen. »Werden Sie mit mir zurückkommen? Ganz ruhig, so wie ich das möchte?«

Die Frau nickte, gierig nach einer Gnadenfrist.

Der Schatten des Mannes bewegte sich bereits auf den Durchgang zu. Er mußte sich draußen einen Augenblick aufgehalten haben, um einen Mundvoll von dem bereitgestellten Essen zu sich zu nehmen.

»Gut«, murmelte Bricky. »Wenn Sie tun, was ich will, werde ich tun, was Sie wollen.«

Die Frau, die zu ihren Füßen kniete, konnte ihr nur noch einen Satz zuflüstern. »Überlassen Sie mir das Reden!«

Der Mann stand im Durchgang.

Ein Bursche wie jeder andere auch, fand Bricky. Nur die Augen der Liebe konnten ihn in das verwandeln, was er für diese Frau hier bedeutete.

Sie kniete noch immer auf dem Boden und schien ihn nicht zu sehen. Sie sagte: »Der Saum ist auf dieser Seite zu lang, daran liegt es. Deshalb zipfelt der Rock.« Sie hielt inne, als hätte sie den Mann jetzt eben erst gesehen. »O hallo, Harry«, sagte sie entzückt. »Ich hab dich gar nicht hereinkommen hören.«

»Wer ist das?« fragte er.

Sie raffte sich auf, ging zu ihm hin und küßte ihn. Er warf Bricky einen einfältig fragenden Blick über ihre Schulter zu.

Sie trat beiseite. »Mary, das ist mein Mann.«

»Mary Coleman«, sagte Bricky pflichtschuldigst.

Sie nickten einander reserviert zu. Er warf einen Blick über sein Jackett und die Hose, dann sah er zum Bett hinüber. Offensichtlich war er müde. Nach einem unbehaglichen Moment dreifachen Schweigens drehte er sich auf dem Absatz um und kehrte ins Wohnzimmer zurück. »Ich fang schon an zu essen«, sagte er ungastfreundlich.

Die beiden folgten ihm. »Hm, ich verziehe mich jetzt, nachdem Ihr Mann zurückgekommen ist«, sagte Bricky.

»Warten Sie einen Augenblick. Ich gehe mit Ihnen hinüber und richte das. Sie wissen schon – des Musters wegen.«

Er hatte sich hingesetzt und schob sich eine Serviette zwischen zwei Knöpfe seines Hemdes, so daß sie wie ein Fächer abstand. »Jetzt, zu der Zeit?« fragte er. »Kleider um drei Uhr früh«, brummte er vor sich hin.

»Ich bin in fünf Minuten wieder zurück. Sie wohnt gleich um die Ecke.«

»Soll ich auf dich warten?« fragte er mißmutig. »Ich bin müde.«

»Geh nur schon zu Bett. Ich bin gleich wieder zurück, ich zieh nicht mal den Mantel an.«

»Es ist besser, wenn Sie ihn doch mitnehmen«, sagte Bricky. »Um diese Zeit wird's immer ein bißchen kühl.«

Die Frau ging hinein und holte ihn. Ihre beiden Gesichter waren ein bißchen bleich. Bricky fragte sich, ob dem Mann das wohl auffiel. Er war aufgestanden und ihnen bis zur Tür gefolgt, während er an seinem Sandwich kaute. Die Frau küßte ihn erneut.

»Und Harry, verschließ nicht aus Versehen die Tür von innen, sonst kriege ich sie nicht mit dem Schlüssel auf. Ich möchte nicht läuten und dich wecken müssen, falls du doch schon schlafen solltest.«

»Bleib nicht zu lange weg. Ich möchte nicht, daß dir was zustößt.«

Sie küßte ihn ein drittes Mal.

»Du hast mir schon einen Kuß gegeben«, sagte er.

»Kann ich dich nicht mal extra küssen, wenn mir danach ist?«

»Doch, schon«, gab er zu.

Seine Hand war bereits am Knoten seiner Krawatte, und sein Mund öffnete sich zum Gähnen, als sie hinausgingen.

Die Frau begann zu weinen, kaum hatte sich die Tür hinter ihnen geschlossen. »Ich dachte, ich brech zusammen, bevor wir auch nur hinausgekommen sind. Er war müde, sonst hätte er mir alles an den Augen angesehen. Ich liebe ihn so sehr.«

»Schon gut«, sagte Bricky schroff.

Sie stiegen die Treppe hinab, Bricky voran. Sie traten in die blauschwarze Düsternis der Straße hinaus.

Helen Kirsch warf einen Blick über die Schulter weg auf den Eingang. »Ich werde wohl nicht zurückkommen, wie?« Sie biß sich auf die Lippen. »Ich war so gern da – mit ihm. Es war nicht viel, aber es war schön.«

»Warum haben Sie sich dann nicht daran gehalten, so lange Sie es hatten?« sagte Bricky steinern. »Lassen Sie den Sums mit Herz und Schmerz weg. Ich habe mich an meinen Teil der Abmachung gehalten, nun halten Sie sich an Ihren.« Das Leben ist wie eine Wippschaukel, dachte sie. Jedesmal wenn der eine oben ist, ist der andere unten.

Sie gingen bis zur Ecke. »Wir nehmen ein Taxi«, sagte Bricky. Sie sah in einiger Entfernung eines, winkte und rief, und es kam herüber.

Bricky machte eine auffordernde Handbewegung in Richtung ihrer Gefährtin, so als müsse die Angabe, wohin sie fahren sollten, spontan von ihr kommen.

»Ecke Siebzigste und Madison«, sagte Helen Kirsch mit erstickter Stimme.

Bricky nickte zustimmend, die Augen leicht zusammengekniffen, und schlug die Wagentür hinter ihnen zu.

Das Taxi fuhr los, legte Häuserblock um Häuserblock zurück.

Helen Kirschs Hände preßten sich verzweiflungsvoll geballt neben ihren Mund. »Wer schickt nun seine Hemden in die Wäscherei? Er denkt nie daran. Ich mußte das immer für ihn tun.«

Bricky antwortete nicht.

Die Häuserblocks flogen vorbei; Lichter blitzten im Wagenfenster auf und verschwanden.

»Ich frage mich, was er ohne mich an den Sonntagen tut. Das war sein einziger freier Tag. Nun ist er die ganze Zeit allein.«

Bricky blickte in anderer Richtung. »Warum steigern Sie sich so hinein?«

Weitere Häuserblocks. New York war eine so riesige Stadt, vor allem wenn man sie der Länge nach durchfuhr – auf das Ende aller Hoffnungen zu.

»Ihr seid so schnell bei der Polizei«, sagte Helen Kirsch. »Das hab' ich schon immer gehört, aber bis jetzt hab' ich's nicht geglaubt.«

Wir bei der Polizei, dachte Bricky niedergeschlagen. Wenn sie wüßte...

Helen Kirsch begann wieder ein bißchen zu weinen. »Ich kann's nicht glauben. Er ist doch nicht wirklich – es ist unmöglich...«

»Er ist tot«, sagte Bricky unerbittlich. »Mausetot.«

Helen Kirsch sank plötzlich nach vorne und vergrub den Kopf in den Händen auf ihren Knien. »Ich wollte es doch nicht«, schluchzte sie. »Ich hab's nicht – ich sag' Ihnen, ich hab's nicht tun wollen.«

»Waren Sie mit ihm allein im Zimmer?«

Bricky sah, wie Helen zögernd nickte.

»Hatten Sie eine Waffe in der Hand?«

Die andere nickte erneut, diesmal war die Reaktion noch langsamer.

»Haben Sie auf ihn geschossen?«

»Es ging los...«

»So ist es immer. Komisch, bei Mädchen wie Ihnen gehen sie immer von selbst los, aber getroffen wird trotzdem. Stürzte er hin, nachdem Sie geschossen hatten?«

»Ja.« Sie schauderte bei der Erinnerung. »Er fiel hin und riß mich mit hinunter. Eine Weile konnte ich mich nicht losmachen. Schließlich gelang es doch, und ich rannte davon.«

»Blieb er still liegen oder ist er aufgestanden und hinter Ihnen hergejagt?«

»Er – nein, er kam nicht hinter mir her.«

»Sie haben auf ihn geschossen. Er ist hingefallen. Er blieb liegen. Auch wenn Sie sich darum herumdrücken wollen, Kleine – Sie haben sich einen Mord auf den Hals geladen.«

Helen Kirsch quiekte wie ein angestochenes Schwein. Oder wie ein junger Hund, dem man aus Versehen auf die Pfoten getreten ist. Sie vergrub das Gesicht seitlich in das Polster des Taxis, und ihre eine Hand schlug protestierend auf den Sitz.

»Ich habe es doch nicht gewollt! O Gott – ich hab's wirklich nicht gewollt! Ich wollte schon gar nicht zu dieser Party gehen. Das andere Mädchen, mit dem ich zusammenarbeite, hat mich überredet. Ich hab so was noch nie vorher getan, schon gar nicht hinter Harrys Rücken. Und als ich dann hinkam und sah, daß wir nur zu viert waren, zwei Paare, da wollte ich gar nicht bleiben. Und dann war das andere Paar plötzlich verschwunden, ich habe gar nicht gemerkt, daß sie weggingen, und ich war allein mit ihm.«

Bricky versuchte sie aufzumuntern. »Warum haben Sie denn solche Angst?« fragte sie barsch. »Wahrscheinlich werden Sie gar nicht verurteilt. Sie haben in Notwehr gehandelt. In einem solchen Fall verlassen sie sich immer auf das Wort der Frau. Und diesmal haben sie ja überhaupt nur Ihre Aussage.«

Helen Kirsch hob den Kopf nicht, sondern vergrub ihn in äußerster Verzweiflung noch tiefer ins Polster.

»Das ist es doch nicht – das ist es nicht. Wie soll ich hinterher noch mit Harry zusammenleben? Er wird mich nicht mehr haben wollen.«

»Er wird Ihnen sicher vergeben, daß Sie auf eine Party gingen, die Sie für harmlos gehalten haben.«

»So was – *das* verzeihen sie niemals.«

Bricky begriff plötzlich.

»Oh – Sie haben auf ihn geschossen, nachdem ...«

»Ich habe *hinterher* auf ihn geschossen.«

Das Taxi hielt. Bricky bezahlte vom Hintersitz aus,

dann stiegen sie aus. Bricky ergriff Helen Kirsch am Handgelenk und sagte: »Bleiben Sie stehen, bis das Taxi weg ist.«

Sie verharrten bewegungslos; das Taxi verschwand, sein Geist blieb als blaue Auspuffwolke in der Nachtluft zurück.

»Was wollen Sie jetzt mit mir tun?« jammerte Helen Kirsch mit erbarmungswürdiger Hilflosigkeit.

»Zeigen Sie mir, wo Sie die Waffe hingesteckt haben. Das möchte ich als erstes wissen. Gehen Sie voran.«

Ihre Geisel ging die Straße in östlicher Richtung hinab, Bricky daneben wie ein Schatten. Sie hat erst einen Umweg gemacht, dachte Bricky. Sie ging dort hinüber, um die Waffe loszuwerden. Dann ist sie die gleiche Straße zur Avenue zurückgekehrt und dort ins Taxi gestiegen. Wie umständlich. Aber sie äußerte sich nicht, ging schweigend mit.

Sie überquerten die Park Avenue in ihrer öden Erhabenheit, scheinbar der Welt entrückt. Kaum ein Licht war in den Fenstern der rund zwanzig Häuserblocks zu sehen, die in Sichtweite waren. Sie gingen weiter, kamen zur Lexington Avenue, schmaler, menschlicher, zumindest lebendiger. Noch immer wanderten sie weiter, in Richtung Dritte Avenue. Sie überquerten auch sie.

»Wieso sind Sie so weit gegangen?« fragte Bricky schließlich.

»Ich hatte mich verirrt. Am Anfang wußte ich gar nicht, wo ich war. Ich war wie benommen, als ich herauskam.«

Ja, dachte Bricky, wer wäre das nicht, nachdem er gerade jemand umgebracht hat?«

Nach einer Weile sagte Helen Kirsch: »Es ist eine dieser Seitenstraßen zwischen den Gebäuden hier. Dort gibt es eine Reihe von Aschentonnen. Ich hab den Deckel der ersten aufgehoben und das Ding hineingesteckt.« Sie stockte. »Vielleicht sind sie aber inzwischen geleert worden.«

»Die Müllabfuhr kommt nicht vor Tagesanbruch«, erwiderte Bricky.

»Ich glaube, das dort ist sie. Da, in der ersten Tonne muß die Waffe liegen.«

»Bleiben Sie ja bei mir«, warnte Bricky. »Bleiben Sie neben mir, während ich danach suche.«

»Sie können sich auf mich verlassen. Sie haben mich zu Hause auch nicht im Stich gelassen.«

Sie wandten sich den im Dunkeln stehenden Mülltonnen zu. Der Deckel klirrte leise.

»Haben Sie's?«

Eine vorwurfsvolle Pause folgte. Dann fragte Bricky scharf: »Haben Sie wirklich die Wahrheit gesagt?«

»Jemand muß sie gefunden haben! Jemand muß sie herausgenommen haben!«

»Sind Sie sicher, daß es hier war?«

»Es war in dieser Seitenstraße, ganz bestimmt. Die Fenster dort drüben mit den kleinen, weißen Sprüngen in den Scheiben... Und es war diese erste Tonne hier. Sie ist voller Kapseln von Limonadeflaschen.«

Schweigen bei Bricky.

»Ich schwöre Ihnen, ich sage die Wahrheit. Warum sollte ich jetzt einen Rückzieher machen, nachdem ich Sie hierhergeschleift habe?«

»Es klingt so, als sagten Sie die Wahrheit. Lassen Sie's, bohren Sie nicht den ganzen Arm durch all das Zeug hier. Wenn die Waffe da wäre, würde sie obenauf liegen. Irgendein Straßenkehrer wird gleich nach Ihnen hierhergekommen sein und sie gefunden haben. Vielleicht hat Sie auch jemand beobachtet.«

Sie traten wieder auf den helleren Gehsteig hinaus.

»Nun gut, gehen wir hin«, sagte Bricky ruhig.

Das Mädchen blieb stehen und sah sie flehend an.

»Muß das sein?«

»Sie müssen dort hingehen. Deshalb habe ich Sie von zu Hause weggezerrt. Das ist das Wichtigste, nicht die Waffe. Die kann mir gestohlen bleiben.«

Sie kehrten zur Dritten Avenue zurück, die sie überquerten. Erneut blieb Helen Kirsch stehen. Sie zitterte am ganzen Körper, das konnte Bricky sogar in der Dunkelheit sehen.

»Nun nehmen Sie sich zusammen«, begann sie. »Was haben Sie denn jetzt schon...«

Ohne zu antworten wandte sich die junge Frau zur Seite und trat in den schmuddeligen Eingang, vor dem sie stehengeblieben waren. Flüchtig glaubte Bricky, sie versuchte ihr zu entkommen. Sie wollte den Arm ausstrecken, um sie zurückzuhalten. Aber dann ließ sie ihn herabfallen und unterdrückte den Ausruf, der sich ihr auf die Lippen gedrängt hatte. Ein seltsames, erschreckendes Gefühl von Kälte stieg in ihr hoch.

Sie ging hinter Helen Kirsch her. »Was tun Sie da – ist das Ihr Ernst?«

In dem trüben Licht des Vorflurs, dieses Tunnels, der – ja, wohin? führte, sah sie, wie die junge Frau sie verständnislos anstarrte.

Bricky wiederholte die Frage nicht. Helen Kirsch begann die Treppe emporzusteigen. Bricky folgte ihr auf dem Fuß. Sie hätte im Augenblick nicht sagen können, wer von ihnen beiden verängstigter war.

Auf halbem Weg hinauf hielt die Frau erneut inne. »Ich kann nicht – warum muß ich das tun?«

Bricky wies mit dem Zeigefinger nach oben. »Gehen Sie weiter.«

Ihre Schatten an den schmutzigen Wänden stiegen mit ihnen empor. Dann blieben sie vor einer Tür stehen. »Aufmachen«, sagte Bricky.

Helen Kirsch streckte die Hand aus, als fürchtete sie,

es würde stechen. Sie drehte schnell den Knauf um und zog die Hand zurück. Die Tür ging auf.

»Sie zuerst«, sagte Bricky.

Das Gesicht der jungen Frau wirkte wie das einer Verurteilten, als sie vor ihr in die Wohnung trat. Bricky fiel ein, was sie zuvor in ihrer eigenen Wohnung gesagt hatte – daß dies wie zweimal sterben sei. Aber sie starb nicht allein, etwas in Bricky starb mit ihr – schon draußen auf der Straße hatte es begonnen.

Ein Licht brannte. Zuerst kam ein schmaler, gefängnisartiger Flur, den sie entlanggingen, vorbei an einem offenen Durchgang, dahinter lag ein verdunkelter Raum. Weißgestrichenes Holz schimmerte schwach heraus. Wahrscheinlich eine Küche. Sie kamen an einem zweiten Zimmer vorüber, ebenfalls dunkel. Dann lag vor ihnen ein erhelltes Zimmer, sie betraten es und blieben stehen.

Es handelte sich um eine unpersönliche und unscheinbare Wohnung. Sie mußte einfach für die Party gemietet worden sein, nur für heute abend, zu diesem einen Zweck. Möbliert gemietet. Erweckte den Eindruck, als sei sie nicht permanent bewohnt.

Im Zimmer war niemand. Aber es mußte zuvor jemand dagewesen sein – und ziemlich wild gehaust haben. Gläser standen überall herum, sicher nur vier am Anfang, aber dann waren im Verlauf des Abends immer wieder neue dazugekommen. Eine zerbrochene Schallplatte lag auf einem der Stühle.

Helen Kirsch wies auf einen offenen Zugang, der zu einem anderen Zimmer führte. Sie blieb starr, wie angewurzelt stehen. Nichts hätte sie bewegen können weiterzugehen. Also trat Bricky vor und blieb auf der Schwelle stehen.

Die Jalousie vor dem Fenster war heruntergelassen. Im Zimmer selbst standen zwei weitere Gläser. Eines war noch voll, so als sei es jemand aufgedrängt worden, der es unberührt abgestellt hatte.

Der Mann lag auf der anderen Seite des Raums, ausgestreckt und unbeweglich. Bricky ging auf ihn zu, beugte sich über ihn. Dann zog sie hastig den Kopf zurück, wandte ihn ab und wedelte ein paarmal mit der Hand vor dem Gesicht hin und her wie mit einem Fächer. Sie richtete sich auf und stupste mit dem Fuß hier und dort gegen den Körper des Mannes, wie aus Neugierde.

Dann kehrte sie zu dem Durchgang zurück und blickte hinaus.

Helen Kirsch stand da wie gefroren, das Gesicht mit beiden Händen bedeckt, eine Pose abgrundtiefen Elends. Als sie spürte, daß Bricky sie anstarrte, ließ sie langsam die Hände sinken und blickte sie ihrerseits fragend an.

Stille.

Langsam entdeckte Helen Kirsch etwas auf Brickys Gesicht. »Warum starren Sie mich so an?«

»Kommen Sie eine Minute hier herein. Ich möchte Ihnen etwas zeigen.«

Helen Kirsch fuhr zurück, schüttelte den Kopf.

Bricky zerrte sie gegen ihren Willen zu sich her, hielt sie fest, zwang sie, ins Zimmer nebenan zu blicken.

Auf der anderen Seite drüben war ein Grunzlaut zu hören. Die Gestalt, die wie ein Klotz dort gelegen hatte, geriet jetzt in Bewegung. Sie bemühte sich mit den fahrigen Gesten des Betrunkenen, der sich lange Zeit in einem komaartigen Zustand befunden hat, aufzustehen.

»Er ist nicht tot«, sagte Bricky. »Nur stockbetrunken. Und selbst wenn er tot gewesen wäre, so wäre es der falsche Tote gewesen. Dort oben an der Wand ist das Loch, wo die Kugel hineingefahren ist.«

Ein unterdrückter Aufschrei Helen Kirschs veranlaßte

den Mann, seine Aufmerksamkcit auf die Frau zu richten. Er schien sie vage wiederzuerkennen.

»'s das deine Freun'in?« brabbelte er. »Trink'n wir noch was, du un' ich un' sie.«

Die beiden jungen Frauen standen da und starrten ihn wie versteinert an, bis er stand – wie ein Bär auf den Hinterbeinen.

»Raus hier«, sagte Bricky kurz.

Helen Kirsch wäre wohl die ganze Nacht über so stehengeblieben. Sie benahm sich, als ob irgend etwas sie völlig betäubt hätte. Bricky mußte sie vor sich herschieben, durch das Zimmer nebenan, durch den Flur draußen, hinaus ins Treppenhaus.

Hinter ihnen fiel etwas Schweres mit lautem Plumps zu Boden, dann herrschte Stille.

Bricky zog sicherheitshalber hinter ihnen die Tür ins Schloß.

»Kommen Sie«, sagte sie zu ihrer benommenen Gefährtin. »Weg von hier. Stehen Sie nicht so herum.« Dann rannten sie in einem Zug die Treppe hinab, die eine schluchzend vor Erleichterung, die andere in grimmiger Enttäuschung.

Sie stürzten ins Freie hinaus, und auf dem Gehsteig draußen blieb Bricky abrupt stehen. Sie wandte sich Helen Kirsch zu.

»Sie lieben diesen Mann dort in Ihrer Wohnung, diesen George oder Harry oder wie er noch heißt?«

Helen Kirsch brachte kein Wort heraus. In ihren Augen drohten schon wieder Tränen aufzusteigen.

»Worauf warten Sie dann, Sie dumme Pute?« Bricky hob den Arm, um ein ankommendes Taxi aufzuhalten. »Machen Sie, daß Sie dorthin zurückkommen, so schnell wie möglich.« Das Taxi bog in ihrer Richtung ab, hielt. »Steigen Sie ein!«

Bricky schlug die Wagentür hinter ihr zu. Ein bleiches

Gesicht starrte ein paar Sekunden lang stumm zu ihr heraus. Bricky gab dem Fahrer ein Zeichen mit dem Daumen, zu starten.

»Sie haben jetzt Ihr Happy End. Riskieren Sie nicht zu viel. Bleiben Sie bei Ihrem Harry, wo Sie hingehören – und halten Sie den Mund und lassen Sie in Zukunft die Finger von Schießeisen.«

8

Drei Uhr fünfundzwanzig

Seine Chance kam ganz plötzlich. Er kehrte dem Hospital den Rücken, sozusagen mit eingezogenem Schwanz, die Hände in den Taschen vergraben, den Hut über die Augen geschoben. Die Bars verfluchte er jetzt. Sie waren leicht ausfindig zu machen, die einzigen Stätten, die noch offen und erleuchtet waren und sich von ihrer Umgebung wie bunte Stecknadeln auf einer Karte abhoben. Er legte seinen Weg im Zickzack zurück, beschränkte sich systematisch auf eine Zone, die sich rund sechs Häuserblocks weit von Norden nach Süden erstreckte.

Einige der Bars betrat er und blieb dort für ein paar Sekunden, um seine Augen umherschweifen zu lassen. In andere streckte er lediglich den Kopf hinein und verschwand wieder. Das konnte er sich leisten; denn es gab gewisse Anzeichen, nach denen er Ausschau halten mußte. ›Hieroglyphen‹ hätte man sie nennen können, wenn man so wollte; das beschleunigte den ganzen Prozeß.

Quinn sagte sich: Wenn sich der Mann so lange nach dem, was in dem bewußten Haus vorgefallen war, noch irgendwo in einem dieser Lokale aufhielt, so würde er dort allein, wie in sein eigenes Schneckenhaus zurückgezogen sitzen. Niemand betrat, nachdem er jemand umgebracht hatte, eine Bar und sah sich nach Gesellschaft um. Wenn ein Mensch überhaupt dorthin ging, dann zur Beruhigung seiner Nerven. Er mußte also nach jemand Ausschau halten, der keinerlei Kommunikation suchte, sich dem Rest der Gäste fernhielt.

Er geriet schließlich in ein wahres Handtuch von einer Kneipe, schmal, die Bar selbst verlief genau in der Mitte des Raums, anstatt sich wie üblich an einer Seite zu befinden. Der äußere Gang, der für die Gäste freigelassen war, schien kaum größer als der Raum, der dem Barmann innen zugedacht war. Außerdem verfügte das Lokal nicht über die gewohnten Tische in Nischen oder innerhalb von Zwischenwänden, die sich dem Einblick entzogen. Er konnte von draußen aus alles überblicken.

Acht Leute saßen entlang der Bar. Sie waren erkennbar in drei nicht auf die anderen achtende Gruppen unterteilt, aber Quinn mußte scharf hinsehen, um die Trennungslinien auszumachen. Räumliche Entfernung hatte damit nichts zu tun. Die acht Gäste saßen alle nebeneinander in einer Reihe. Die Begrenzung jeder einzelnen Gruppe war durch die Schulterhaltung gekennzeichnet. Jeder letzte einer Gruppe wandte unwillkürlich dem ersten der nächsten den Rücken halb oder ganz zu. Die erste Gruppe bestand aus drei Leuten, die nächste ebenfalls, die letzte hingegen aus zwei, die einander vis-à-vis gegenüberstanden.

Es gab hier keine einsamen Trinker. Quinn wollte sich eben abwenden, als sein Blick auf etwas fiel, das ihn innehalten ließ. Automatisch hatte er die Gläser gezählt – es waren neun, bei nur acht Leuten. Er zählte erneut, um ganz sicher zu sein. Es gab wirklich ein Glas mehr, als Männer da waren. Und es handelte sich auch nicht um ein zusätzliches oder nicht mehr benutztes Glas eines der Gäste. Es stand vor niemand, sondern ganz für sich am anderen Ende der Bar. Der Platz, an dem sein Benutzer gestanden hatte, war leer.

Das war es, wonach Quinn gesucht hatte: das Merkmal des Einzelgängerischen, von allem übrigen Abgesonderten, nur daß es sich nicht um eine Person, sondern ein Glas handelte.

Die erste Hieroglyphe.

Er trat ein, ging an all den dort stehenden Männern vorbei bis zum Ende der Bar, wo das Glas stand. Zwischen dem Platz, wo es stand, und dem letzten Gast war ein erheblicher Zwischenraum. Quinn blieb dort stehen, nicht unmittelbar vor dem Glas, aber doch dicht daneben.

Er blickte darauf, und das zahlte sich in doppelter Hinsicht aus, auch wenn es sich lediglich um ein Bierglas handelte.

Die Dinger hatten Henkel. Quinn sah sich um. Die Henkel all der anderen wiesen in eine Richtung, weg von der Tür, hin zur Rückseite des Lokals; nur der Henkel dieses einen Glases zeigte zur Tür hin.

Die zweite Hieroglyphe.

Er bestellte sich selbst ein Bier, um zugleich den Barmann in ein Gespräch ziehen zu können. »Wem gehört das Glas hier?«

»Einem Burschen, der gerade mal nach hinten gegangen ist«, antwortete der Barkeeper.

Also war der Mann noch da. Daß das Glas unberührt dastand und zudem noch halb mit Bier gefüllt war, hatte ihn das ohnehin vermuten lassen.

Quinn hatte nicht viel Zeit. Er kam sofort zur nächsten Frage, ob sie nun seinem Informanten paßte oder nicht. »Was für eine Farbe hat sein Anzug?«

»Braun«, erwiderte der Barmann reserviert und warf ihm einen mißtrauischen Blick zu. Aber immerhin, er hatte ›braun‹ gesagt.

Die dritte Hieroglyphe. Alle zur gleichen Zeit, am selben Ort: ein isoliert dastehendes Bierglas, von einem Linkshänder benutzt, der einen braunen Anzug trug.

Quinn stellte eine dritte Frage. »Wissen Sie, wie lang er schon hier ist?«

Seine eingesetzten zehn Cents erschöpften sich offensichtlich. Eine Pause trat ein, bevor er eine Antwort erhielt. Sie kam langsam, so wie das Wasser eben nur noch tröpfelt, wenn der Inhalt eines Kruges zur Neige geht.

»Zwei oder drei Stunden, glaube ich.«

Das wäre so ungefähr der richtige Zeitpunkt gewesen.

Die vierte Hieroglyphe.

»Hat er sich die ganze Zeit über an Bier gehalten?«

Diesmal ging der Schuß nach hinten los. Er hätte sich mindestens einen Whisky bestellen müssen, um weitere Antworten zu erhalten.

»Was fällt Ihnen eigentlich ein, Sie Knabe, hier eine Volkszählung oder so was zu veranstalten?« zischte der Barkeeper und verzog sich weiter nach unten, wo es mehr Gewinn einzuheimsen und weniger Fragen zu beantworten gab.

Quinn hätte ohnehin keine weiteren Erkundigungen mehr einziehen können. Irgendwo hinter ihm ging eine Tür auf, und der Benutzer des Glases kehrte zurück.

Quinn wandte nicht den Kopf. Hinter der Bar gab es einen Spiegeleinsatz, und er hielt den Blick darauf gerichtet.

Zunächst sah er sich nur allein im Spiegel, dann tauchte von hinten ein Gesicht auf, um nicht weit von dem seinen zu verharren.

Ein mitgenommen aussehender Hut war tief in die Stirn gezogen, aber nicht weit genug, um es zu verbergen. Es war das Gesicht eines Mannes von Mitte vierzig, aber es wirkte, als ob es plötzlich um zwanzig Jahre gealtert wäre – vielleicht in dieser Nacht? –, um nun sozusagen sein eigenes Greisenalter vorweggenommen zu haben. Nur die Haarfarbe, die Halslinie und andere Anzeichen wiesen darauf hin, daß der Mann noch wesentlich jünger war. Das Gesicht wirkte hager, blaß und angespannt, da wo das elektrische Licht darauf fiel.

Irgend etwas war mit ihm nicht in Ordnung, das sah Quinn mit einem Blick. Jeder hätte es erkennen können.

Der Mann stand nicht aufrecht vor der Bar, sondern wie schutzsuchend gegen die Wand gedrückt, die dort anfing, wo die Bar endete. Er lehnte sich nicht gegen sie wie ein Betrunkener, seine Haltung hatte etwas ausgeprägt Hilfsbedürftiges. Selbst wenn er die Hand hob wie nun, um aus dem Glas zu trinken, wandte er sich ein wenig von den anderen ab, gegen die Wand zu, so als ob er sich verbergen wolle.

Ich habe ihn, sagte Quinn zu sich selbst. Und diesmal handelt es sich um etwas Gravierenderes, nicht um einen verängstigten Vater, der auf die Geburt eines Kindes wartet.

Der Mann hob erneut das Bierglas zum Mund, wieder mit der Linken, genau wie vorhin. Die Rechte war zwischen dem schützenden Körper und der Wand versteckt.

Hielt er damit die Waffe? fragte sich Quinn.

Was sah er, wenn er so in sein Bier starrte? Den Geist eines Toten vielleicht. Was war es, wovon er nicht den Blick wenden konnte, diesen starren, gehetzten Blick?

Ich werde seine Reaktion erproben, entschied Quinn. Ich kenne sie bereits, aber ich möchte die fünfte Hieroglyphe entziffern.

Er nahm sein Bierglas mit zu einem Zigarettenautomaten, der da stand. Auf diese Weise konnte er alle Gäste in einer Reihe von hinten beobachten. Er stellte das Glas oben auf den Automaten und verpaßte ihm dann unauffällig einen kleinen Schubs, so daß es auf den Boden fiel.

Solide wie es war, gab es lediglich einen dumpfen Schlag, keineswegs sonderlich erschreckend. Acht Köpfe drehten sich um, acht Gesichter blickten beiläufig herüber, um sich dann wieder ihren eigenen Angelegenheiten zuzuwenden.

Nicht so der neunte Gast. Seine Schulterblätter verkrampften sich, sein Kopf fuhr nach unten, als wolle er einem Nackenschlag ausweichen. Er wandte nicht den Kopf, um hinüberzublicken, das war ihm gar nicht möglich; der Schock wirkte vorübergehend wie das Anlegen einer Zwangsjacke auf ihn. Dann, als er sich einigermaßen entspannte, sah Quinn, wie sich seine Seiten schwer atmend hoben und senkten. Und als er einen Augenblick später die Hand hob, zitterte sie so, daß sie nur verschwommen wahrnehmbar war.

Reaktion positiv. Was anderes als Schuldgefühl konnte eine solche Wirkung hervorrufen? Und, so überlegte Quinn, es konnte noch andere, weit verräterischere Symptome gegeben haben, die ihm entgangen waren. Falls diese rechte Hand zum Beispiel mit der Waffe halb aus der sie verbergenden Tasche herausgefahren war und der Mann sich im letzten Augenblick noch unter Kontrolle gebracht hatte, dann blieb das ein Geheimnis, von dem nur die Wand wußte. Als Quinn hingeblickt hatte, war es in jedem Fall zu spät gewesen.

Er kehrte zu seinem Platz zurück, wobei er lässig zwei gewölbte Glassplitter beiseite stieß.

Aber nun hatten sie beide einander wahrgenommen, und ein unterschwelliges Duell scheinbarer Nichtbeachtung begann, das sich in kaum merklichen Bewegungen ausdrückte. Der Hutrand war tief ins Gesicht gezogen. Aber die geschützten, fiebrigen Augen darunter blickten, wie Quinn wußte, nicht auf die Bar, so wie es den Anschein hatte. Ebensowenig wie seine eigenen, die auf den Spiegel gerichtet waren, die nur dessen unpersönliche Oberfläche betrachteten. Es war, als ob jeder von ihnen über eine unsichtbare, aufs intensivste auf den anderen eingestellte Antenne verfügte.

Er spürt irgend etwas, sagte sich Quinn. Nichts, das ich getan habe. Es ist im Gegenteil meine Regungslosigkeit, mein Ihn-nicht-beachten, das ihm etwas verrät. Er hat angebissen – er fürchtet sich vor mir.

Immer tiefer wurde der Hutrand ins Gesicht gezogen. Sonst keine Bewegung. Und immer ausdrucksloser wurde Quinns starrer Blick in den Spiegel.

Um sie herum tranken und plauderten die anderen Gäste. Die beiden am Ende der Theke wirkten wie das Porträt zweier Männer an einer Bar, umgeben von der rastlosen, wirklichen Szene wie innerhalb einer Kneipe.

Es gab keine Vorwarnung. Plötzlich stand das Glas neben Quinn allein da. Es war beinahe wie ein Faust'sches Verschwinden, nur die Rauchwolke fehlte. Quinn war so verblüfft, daß er den Kopf in völlig falscher Richtung wandte, dahin, wo der andere eben noch gestanden hatte, und ihn dann in einem Halbkreis weiterdrehte, wobei er ihm mit dem Körper folgte, bis er die Tür sehen konnte. Der Mann eilte soeben durch sie hindurch.

Quinn hatte keine so ersichtliche, in keiner Weise kaschierte Flucht erwartet. Wenn überhaupt, so hatte er mit einem heimlichen, unauffälligen Verschwinden gerechnet. Aber dies war wirklich eine ganz unverhüllte Flucht, bevor noch irgend etwas zur Sprache gekommen war. Dies waren alle auf Schuld hinweisenden Hieroglyphen auf einmal: ›Ich bin schuldig, ich weiß es, warum also soll ich warten, bis du es entdeckt hast? Ich fliehe vor meiner eigenen Erkenntnis.‹

Quinn stieß einen unterdrückten Schrei der Erregung aus und stürzte hinter dem anderen her. Auf einen Zuruf des Barmanns hin zog er irgendeine Münze aus der Tasche und warf sie über seine Schulter zurück. Bevor sie noch auf dem Boden aufgeprallt war, war Quinn draußen.

Der andere war bereits in rasender Flucht weiter unten auf der Straße angelangt. Niemand konnte so rennen, ohne von einer völlig verrückten Furcht getrieben zu sein. Den rechten Arm hielt er nach wie vor gegen seine Tasche gepreßt, was sein Gleichgewicht störte, sein Körper war leicht zur Seite geneigt.

Er raste um eine Ecke und war verschwunden. Quinn folgte ihm, und da war er wieder, die Distanz zwischen ihnen war unverändert. Der Mann wechselte auf die andere, dunklere Straßenseite hinüber, Schatten schluckten ihn auf, wieder war er verschwunden. Quinn rannte weiter hinter ihm her und konnte ihn erneut erspähen.

Eine weitere Ecke, dasselbe Spiel. Diesmal aber war Quinn ihm nähergekommen. Er holte auf. Der andere floh vor ihm her, verzweifelt, schweigend. Aber Quinn war jünger und voller Entschlossenheit. Die Schritte des anderen wurden langsamer und kamen schließlich zum Stillstand. Der Mann lehnte gegen eine Mauer. Quinn holte ihn ein und wich dann ein bißchen zurück, immer noch mißtrauisch wegen des angepreßten rechten Arms des anderen.

Die Stimme des Mannes war ein rauhes Flüstern, es klang wie durch ein Sieb geschüttelter Sand. »Was ist? Was wollen Sie ...? Kommen Sie nicht näher.«

Quinns Atem kam zischend, aber er war so wild vor Entschlossenheit, daß ihn auch sechs hintereinander abgefeuerte Schüsse nicht hätten aufhalten können. »Ich komme aber näher. Ich werde Sie festhalten.«

Er trat dicht an den Mann heran, ihre Gesichter berührten einander fast. Beide hatten Angst, aber der eine mehr als der andere. Quinn war derjenige, der sich weniger fürchtete. Der Mund des anderen stand halb offen, ein seltsam aussehender, dünner Speichelfaden hing aus dem einen Winkel herab; er brach plötzlich ab, wie von einer Schere durchschnitten.

Seine Linke bewegte sich, bevor Quinn es wahrnahm. Die Linke, nicht die rechte. Hätte er einen Revolver darin gehabt, wäre es zu spät gewesen. Aber es war nicht so.

»Hier. Ist es das, was Sie wollen? Nehmen Sie es und lassen Sie mich in Ruhe.« Er hielt ihm etwas hin. »Nehmen Sie's. Ich werde nicht schreien. Ich werde nicht...«

Die Brieftasche fiel zu Boden, und Quinn stieß sie mit dem Fuß beiseite. »Warum sind Sie weggerannt?«

»Warum verfolgen Sie mich? Was wollen Sie mir antun? Ich kann es nicht aushalten. Habe ich nicht so schon genügend Angst? Ich habe Angst vor der Dunkelheit und Angst vor dem Licht, vor Geräuschen und vor der Stille. Ich habe Angst vor der Luft um mich. Lassen Sie mich in Ruhe!« schrie er Quinn an – oder vielmehr an seiner Schulter vorbei, hinaus in die gleichgültige Nacht.

»Nehmen Sie sich zusammen, Mister. Wovor haben Sie denn solche Angst? Weil Sie jemand umgebracht haben? Ist es das? Antworten Sie. Sie haben jemand getötet, ja?«

Der Kopf des Mannes knickte nach vorne wie ein Zündholz, das jemand entzweigebrochen hat.

»Viele. Zwanzig – ich weiß nicht, wie viele – ich habe versucht, sie zu zählen, aber ich kann nicht...«

»Und heute abend war einer...?«

Er weinte wie ein kleines Kind. Quinn hatte so etwas noch nie gesehen. »Lassen Sie mich jetzt gehen. Zwingen Sie mich nicht, hier stehen zu bleiben und Sie vor mir zu sehen. Um Himmels willen, lassen Sie mich gehen...«

»Was haben Sie da – einen Revolver?« Quinn griff plötzlich brutal nach dem unbeweglichen rechten Arm.

Seine Finger gruben sich allzu tief ein, mitten ins Knochenmark, wie ihm schien – nichts hielt sie auf. Der ganze Arm flog leblos aus der Tasche, aber nur seines, Quinns, Zugriff wegen, nicht aus eigenem Antrieb. Eine Rolle aus Zeitungspapier fiel aus dem leeren Ärmel, der nun schlaff herunterhing.

»Ja. Ich hatte einen Revolver«, sagte der Mann mit seltsam kindlicher Stimme. »Sie haben ihn mir weggenommen. Nachdem er seine Arbeit getan hatte. Und als ich ihn zurückgab, muß ich vergessen haben, die Hand wegzunehmen. Seither fehlt sie mir. Jedesmal, wenn ich hinschaue, ist sie nicht mehr da. Bis hier hinauf...«

Der Schock traf Quinn wie eine Nadel ins Herz. Er war jung und erholte sich rasch davon. Aber für ein paar Sekunden war er aus dem Gleichgewicht gebracht.

»Es tut mir leid, Mister«, war alles, was er stockend herausbrachte. Voller Mitleid wandte er den Kopf ab. »Was kann ich dazu sagen?«

»Lassen Sie mich jetzt gehen«, sagte der Mann mit einer Art ergebener Traurigkeit, wie ein Kind angesichts von Mächten, gegen die es sich nicht zu wehren vermag.

»Diese Morde«, sagte Quinn, »wann war das? Wann ist es geschehen?«

»In Spanien, vor zwei Jahren. Oder war es erst vor ein paar Minuten, vielleicht hinter der Ecke dort? Ich weiß es nicht mehr genau. Die Granaten explodieren noch immer – sie sind so hell und betäuben mich...« Quinn hob den mitgenommen aussehenden Hut des Mannes von der Straße auf, und wischte ihn ab, mitleidig, vorsichtig, langsam. Immer wieder. Es gab keine andere Möglichkeit, ihm zu zeigen...

9
Viertel vor vier

Die angenehm betäubende Wirkung, die Helen Kirschs Erlösung aus der Verdammnis auf sie gehabt hatte, war verflogen, und das dumpf pochende Bewußtsein ihres eigenen Dilemmas kehrte in doppelter Schärfe zurück. Das rote Rücklicht des Taxis verschwand, und sie war wieder allein. Vierzig, vielleicht fünfzig Minuten waren vertan, und der Erfolg weiter entfernt denn je.

Es blieb ihr nichts anderes übrig, als zum Graves'schen Haus zurückzukehren und wieder von vorne anzufangen. Sie hatte den Schlüssel bei sich, den sie aus Graves' Tasche genommen hatte, sie würde also keine Schwierigkeit haben, hineinzugelangen. Was sie sich davon versprach, wußte sie selbst nicht, und das Risiko war verdammt groß, davon war sie überzeugt. Aber es blieb ihr einfach nichts anderes übrig. Darüber hinaus empfand sie eine Art unwiderstehlicher Faszination, die sie zum Schauplatz des Verbrechens zurückzog – so wie das angeblich beim Mörder der Fall war. Aber sie wußte, woran es lag. Sie wollte sehen, sie mußte sehen, ob der Tote inzwischen entdeckt worden, ob die Polizei eingetroffen war. Ob die Lichter brannten, ob das Geheimnis dort oben nicht mehr ausschließlich ihres und das Quinns war.

Sie hatte jetzt die Madison Avenue erreicht und blickte quer hinüber zu der Ecke, von der aus sie angefangen hatte. Hier stand sie nun also wieder – mit leeren Händen. Ein Milchwagen rumpelte vorbei. Schon Zeit also für die Milchlieferungen. Der Tagesanbruch war nahe.

Sie überquerte die Madison Avenue und ging weiter. Sie näherte sich dem Haus.

Nie würde sie dessen Fassade vergessen. Noch in den Träumen würde sie sie ängstigen und verfolgen. Der

Zeitpunkt, an dem sie auf der anderen Seite drüben auf und ab gegangen war, während Quinn sich darin aufgehalten hatte, um das Geld zurückzubringen, schien unendlich lang zurückzuliegen. Das konnte doch gar nicht diese selbe Nacht sein, keine Nacht konnte so lange dauern.

Sie fragte sich, wo Quinn war, ob er Erfolg hatte. Hoffentlich mehr als ich, dachte sie. Und hoffentlich war mit ihm alles in Ordnung, und er steckte nicht irgendwo in der Klemme. Klemme war gut – welche Klemme konnte noch schlimmer sein als die, in der sie bereits steckten?

Sie stand jetzt dem Haus genau gegenüber und blieb stehen. Merkwürdig, dachte sie, daß ein Haus, in dem jemand ermordet wurde, sich durch gar nichts von anderen Häusern unterscheidet. Nur das Wissen darum verändert seinen Anblick.

Sie würde hineingehen. Das wußte sie, bevor sie noch eine entsprechende Bewegung gemacht hatte. Sie wußte nicht, was es nützen würde, aber was nützte es andererseits, hier auf der Straße zu stehen und das Haus anzustarren?

Also ging sie geradewegs hinüber und stieg die Außentreppe empor. Die Schwingtür schwappte hinter ihr zu, und der muffige kleine Vorraum – einem Sarg ähnlicher als je zuvor – umgab sie erneut. Der größte Teil ihres Muts – oder ihres Impulses, wenn es das war – schien draußen geblieben zu sein.

Das letztemal war sie mit Quinn hineingegangen. Es jetzt allein zu tun, war wesentlich erschreckender. Angenommen, jemand lauerte drin auf sie? Nicht die Polizei oder so was, sondern jemand, mit dessen Anwesenheit man nicht rechnen konnte, jemand, der kein Licht anzünden würde, damit sein Eindringen ebenso geheim bliebe wie jetzt das ihre. Jemand, von dem man nichts wußte, bevor es zu spät war.

Sie ging weiter. Was sonst? Zurückweichen löste das Problem in keinem Fall.

Sie steckte den Schlüssel ins Schloß. Die Tür ging auf.

Stille.

Sie kannte sich nun ein bißchen besser aus. Geradeaus, dann kam man direkt zur Treppe. Sie schloß die Tür hinter sich und machte sich auf den Weg. Sie hatte dabei dieses leicht unsichere Gefühl, als ginge sie auf einem Seil, so wie man es in völliger Dunkelheit oft hat, selbst wenn man die Richtung kennt.

Wieder der Geruch nach Leder und Holz.

Wie still es war. Wie konnte ein Haus so still sein? Es war fast, als übertriebe es die Lautlosigkeit aus irgendwelchen heimtückischen Gründen.

Ob ihr Koffer noch da war? Sie mußte nachsehen, dort an der Wand, wo sie ihn gelassen hatte. Das würde ein Zeichen dafür sein, ob jemand dagewesen war oder nicht.

Sie wußte, an welcher Seite sie ihn hingestellt hatte, aber natürlich nicht, wie weit entfernt von der Tür er war. Sie bog ab und ging hinüber. Sie fand die Wand und tastete sich mit den Händen daran entlang, weit unten, fast an der Leiste.

Nichts. Vielleicht ein bißchen weiter vorne.

Sie wich eine Spur von der Wand zurück und bewegte sich weiter. Hier mußte er sein, hier ungefähr. Mit ausgestreckten Händen tastete sie die Wand ab, hier irgendwo mußte der Koffer stehen...

Die Wand hatte sich verändert. Sie war nicht mehr kühl und glatt, nicht flach. Ihre Hand berührte etwas, das nachgab. Allerdings nur bis zu einem gewissen Punkt. Es war etwas Rauhes und doch Weiches – Pelziges. Der Stoff einer Jacke. Ein Jackett – und darunter ein Körper. Jemand, der eine Jacke trug.

Da stand jemand, flach gegen die Wand gepreßt, bemüht nicht entdeckt zu werden. Und sie stand unmittelbar vor ihm, so wie beim Blindekuh-Spiel, ihre Hände betasteten ihn.

Sie hörte, wie er hastig den Atem einzog, nein, es war nicht ihr eigener. Ihr Atem stockte völlig.

Jemand stand vor ihr, jemand, der lebte, aber totenstill verharrte, wie festgenagelt durch ihre Berührung.

Die Dunkelheit begann sich in einem Wirbel um sie zu drehen. Sie wollte zurückweichen, ein kleiner stöhnender Schrei entrang sich ihr. »Quinn, hilf mir...«

Ein Arm schlang sich um ihre Taille; sie war zu benommen, um erkennen zu können, ob es geschah, um sie zu stützen oder zu packen. Aber es bewahrte sie vor einer Ohnmacht.

»Bricky!« sagte Quinns Stimme. »Schon gut, Bricky!«

Sie machte einen Schritt nach vorne, ihr Kopf sank gegen seine Schulter. Sie lehnte sich gegen ihn und konnte eine ganze Weile nicht sprechen.

»Mein Gott«, sagte er. »Ich wußte nicht, daß du es bist. Ich war wie gelähmt, ich fürchtete mich...«

Sie konnte ein paar Sekunden lang nur keuchen. »Wenn mich das nicht umbringt, dann bringt mich gar nichts um...«

Er führte sie weg von der Wand, ins Dunkel hinein, seine beiden Arme hielten sie fest umschlungen. »Komm hier herüber, setz dich einen Augenblick auf die Treppe, da ist sie gleich.«

»Nein, ich bin schon okay. Laß uns hinaufgehen, damit wir ein bißchen Licht machen können, diese elende Dunkelheit macht mich einfach fertig.«

Sie stiegen die Treppe hinauf. Nun, da er bei ihr war, hatte sie keine Angst mehr.

»Seltsam, daß wir beide so zurückgekommen sind, fast gleichzeitig. Du hast auch kein Glück gehabt, hm?« fragte sie.

»Völlige Pleite. Ich bin zurückgekehrt, um von vorne anzufangen.

»Ich auch.«

Sie erkundigten sich nicht nach ihren Erlebnissen. Es hatte alles nicht geklappt, also kam nichts dabei heraus, wenn sie einander davon berichteten. Dazu war auch keine Zeit.

Als die Lichter angingen, warfen sie kaum einen Blick auf die Gestalt auf dem Boden oder aufeinander. Das lag alles hinter ihnen. Nur gerade ein Seitenblick auf etwas Schwarzes mit einer weißen Hemdbrust – er war also noch da. Wie schnell man sich an die Anwesenheit einer Leiche gewöhnen kann, dachte Bricky. Deshalb verziehen auch Leute, die Totenwache halten, nie eine Miene. Bisher hatte sie das nie begriffen.

Es war der erste Tote, den sie je gesehen hatte, und schon war jede Scheu verschwunden. Sie bewegte sich bereits unbefangen im Raum, wich nur dieser einen bewußten Stelle ein wenig aus, das war alles. So wie man darauf achtete, nicht auf einen schlafenden Hund zu treten.

Sie waren ratlos, am Ende. Das sahen sie einander an den Augen an, aber sie vermieden, es zuzugeben. Bei ihm äußerte sich die Hilflosigkeit in unruhigem Hin- und Hergehen, einmal wanderte er ins Schlafzimmer, um dort das Licht anzuknipsen und sich umzusehen, so, als versuchte er verzweifelt, etwas ausfindig zu machen, was ihm zuvor entgangen war. Dann wanderte er ins Badezimmer, um dort das gleiche zu tun.

Es war sinnlos. Sie wußten es beide. Sie hatten alles bis zum letzten Fäserchen untersucht.

Ihre Frustration äußerte sich passiver. Sie stand ganz still. Nur ihre Finger, die auf der Rücklehne eines Stuhls ruhten, trommelten leicht darauf wie die Finger einer maschineschreibenden Sekretärin. Plötzlich wurde die

Stille unterbrochen, ohne daß sie etwas unternommen hatten.

»Was ist das?«

Angst überflutete sie wie ein eisiger Wasserguß. Sie fühlten sich wie in einer Falle gefangene Mäuse.

Es handelte sich um das gedämpfte Klingeln einer Glocke, ein weiches ›T-t-t-ting, t-t-t-ting‹, wieder und wieder. Irgend etwas Unsichtbares, Verstecktes, das sich aber auf sie bezog, mit ihnen, mit diesem Haus hier zu tun hatte.

Nach dem ersten, nadelstichartigen Schock verharrten sie regungslos, nur ihre Augen glitten hierhin und dorthin, schienen jedesmal zu spät zu kommen. Es war wie eine Wespe, die um ihre Köpfe summte, während sie versuchten, sie ausfindig zu machen. Es war überall und nirgends. T-t-t-ting, t-t-t-ting, weich, samtig, unentwegt.

»Was ist das – eine Alarmanlage?« flüsterte Bricky. »Haben wir irgendwas berührt, das ...«

»Es kommt von dort – aus dem Schlafzimmer. Dort muß eine Alarmanlage sein ...«

Sie rannten auf die Tür zu. Auf dem Toilettentisch stand ein kleiner, zusammenklappbarer Wecker. Quinn nahm ihn, hielt ihn ans Ohr.

T-t-t-ting, t-t-t-ting – näher als zuvor, es war überall zugleich, ein Geistergeklingel.

Quinn stellte den Wecker hin, rannte wieder zurück. Bricky folgte ihm. Vielleicht die Haustürklingel. Mein Gott, was sollen wir tun?« Sie schauderte.

Er rannte auf den Flur hinaus, vor zur Treppe, lauschte.

»Nein. Es kommt aus zwei Richtungen zugleich. Es kommt von dort unten, aber auch von hier oben hinter uns ...«

»Es nützt nichts«, sagte sie. »Dort unten ist es dunkel, du würdest nichts finden. Komm zurück, wir versuchen's wieder hier oben.«

Sie rannten ins Schlafzimmer zurück, wie Mäuse, die am Ertrinken sind.

»Machen wir mal die Tür zu«, sagte Bricky. »Vielleicht bekommen wir dann heraus, welches Zimmer...«

Sie schlug die Tür zu. Sie lauschten. Das Geklingel ging weiter, unverändert, unbeeinflußt.

»Es ist hier bei uns im Schlafzimmer, so viel wissen wir nun. O Gott, wenn es doch einmal eine Minute aufhören würde.«

Er warf sich auf Hände und Knie, kroch hierhin, dorthin, wie ein Tier.

»Warte – hier unten ist ein Kästchen. An der Wand, unter dem Bett, weiß gestrichen. Ich kann es sehen. Ein Nebenanschluß. Aber wo ist der Apparat selbst?«

Er sprang auf, rannte ans Kopfende des Betts, schob es leicht von der Wand weg. Dann griff er dahinter, ungefähr in Matratzenhöhe, und holte den Apparat heraus.

»Er hängt hinten, so daß er über sein Kopfkissen weg den Hörer abnehmen kann, ohne aufstehen zu müssen.«

Er hielt den Apparat in den Händen. »Die Klingel ist gedämpft, damit es ihm nicht zu sehr in den Ohren gellt. Unten muß der Hauptapparat stehen, deshalb klingelt es überall.«

T-t-t-ting, t-t-t-ting. Kläglich, unermüdlich.

Er sah sie hilflos an. »Was soll ich tun?«

T-t-t-ting, t-t-t-ting – es war wie ein steter Stachel.

»Jemand, der nicht Bescheid weiß, versucht ihn zu erreichen. Und dringend. Ich versuch's und melde mich.«

Ihre Hand fuhr vor, umfaßte sein Handgelenk. »Vorsicht – du wirst uns die Polizei auf den Hals hetzen. Wer immer es ist, er wird wissen, daß es nicht seine Stimme ist.«

»Vielleicht schaffe ich es. Wenn ich leise und undeutlich rede, merkt er es möglicherweise nicht. Ich kann so tun, als sei ich er. Es ist unsere einzige Chance. Vielleicht erfahren wir was. Stell dich dicht neben mich.«

Er nahm den Hörer ab und hielt ihn so vorsichtig ans Ohr, als sei er elektrisch geladen. »Hallo«, sagte er mit summender, undeutlicher Stimme. Brickys Herz klopfte wie rasend. Ihre Köpfe waren dicht beisammen.

»Darling«, sagte eine Stimme, »hier ist Barbara.«

Bricky warf einen Blick hinüber auf das Foto auf dem Toilettentisch. Barbara, das Mädchen im Silberrahmen. Mein Gott, dachte sie bestürzt. Jeden kann man reinlegen, aber nicht die Freundin eines Mannes. Sie kannte ihn zu gut. Nie würde das...

Quinns Gesicht war weiß vor Anspannung.

»Steve, Darling, habe ich meine goldene Puderdose bei dir vergessen? Ich konnte sie nicht finden, als ich heimkam, und ich mache mir deswegen Sorgen. Sieh doch mal nach, ob du sie findest. Vielleicht hast du sie in deine Tasche gesteckt?«

»Deine Puderdose?« sagte er leise. »Wart mal.«

Quinn legte die Hand über die Sprechmuschel. »Was soll ich tun? Was soll ich sagen?«

Bricky riß sich plötzlich von ihm los, rannte ins Zimmer nebenan und kehrte zurück. Sie hielt etwas Glänzendes in der Hand.

»Sag ihr ja, und rede leise weiter. Bis jetzt ging's doch gut. Sie hat ihn bestimmt nicht deshalb angerufen. Wenn du geschickt bist, findest du vielleicht was heraus.«

Sie schmiegte sich wieder gegen ihn, das Ohr nahe dem Hörer. Er nahm die Hand von der Sprechmuschel.

»Ja«, flüsterte er. »Ich habe sie hier.«

»Ich konnte nicht schlafen. Deshalb habe ich dich eigentlich angerufen. Es hat sich nicht um die Puderdose gedreht.«

Quinn warf Bricky einen Blick zu, der besagte: »Du hattest recht.«

Die Stimme war abwartend verstummt; er war an der Reihe, etwas zu sagen. »Ich konnte auch nicht schlafen.«

»Wenn wir verheiratet wären, würde das alles so vereinfachen, nicht wahr? Dann hättest du das Ding einfach aus der Tasche geholt und auf unseren eigenen Toilettentisch in unserem eigenen Schlafzimmer gelegt.«

Bricky zuckte leicht zusammen. Ein Heiratsantrag an einen Toten.

»Wir haben uns noch nie so im Zorn voneinander getrennt wie diesmal.«

»Tut mir leid«, sagte Quinn halblaut.

»Vielleicht wäre es nicht passiert, wenn wir nicht in dieses Bums, dieses Perroquet gegangen wären.«

»Sicher nicht«, pflichtete er bei.

»Wer war sie?«

Diesmal antwortete er nicht.

Die Stimme ließ vorausahnen, was ihm sein vermeintlicher Eigensinn einbringen würde. »Wer war sie, Steve? Die große Rothaarige in dem hellgrünen Kleid.«

»Ich weiß es nicht.« Es war die einzige Antwort, die er geben konnte, und wie sich herausstellte, eine angebrachte.

»Das hast du vorher schon behauptet. Damit fing alles an. Wenn du sie nicht kennst, warum hat sie sich dann bei diesem Congatanz zwischen uns gedrängt?«

Er antwortete nicht, es blieb ihm nichts anderes übrig.

»Warum hat sie dir dann einen Zettel in die Hand gesteckt?«

Die Stimme verriet, daß sein Schweigen als fortwährendes Ableugnen aufgefaßt wurde.

»Ich habe gesehen, wie sie es getan hat. Mit eigenen Augen. Und nachdem wir an unserem Tisch zurück waren, warum hast du ihr da durch den ganzen Saal durch zugenickt? Ja, das habe ich auch gesehen. Im Spiegel meiner Puderdose. Du meintest, ich schaute gerade nicht her. Du hast genickt, als ob du sagen wolltest: ›Ich habe deine Botschaft erhalten, und ich tue, was du sagst.‹«

Eine Pause entstand, so als ob er Gelegenheit bekommen sollte, etwas zu sagen; es war ihm nicht möglich.

»Steve, ich habe meinen ganzen Stolz beiseitegeschoben, um dich anzurufen. Kannst du mir nicht auf halbem Weg entgegenkommen?«

Sie wartete. Er schwieg.

»Von diesem Augenblick an war deine ganze Stimmung verändert. Es war, als könntest du mich gar nicht schnell genug nach Hause bringen und dich verdrücken. Ich habe geweint, Steve. Ich habe geweint, als du gingst. Die halbe Nacht hindurch habe ich geweint. Steve, hörst du überhaupt zu? Bist du noch da?«

»Ja.«

»Du klingst so weitentfernt, so – liegt das am Telefon oder an dir?«

»Schlechte Verbindung vermutlich«, murmelte er mit fast geschlossenem Mund.

»Aber Steve, du bist so – so zugeknöpft, als ob du Angst hättest, mit mir zu reden. Ich weiß, es ist albern, aber ich habe den merkwürdigen Eindruck, als seist du nicht allein. Vor allem, was du sagst, machst du solch eine Pause, so als ob jemand neben dir stünde und dir alles einflüsterte.«

»Nein«, murmelte er mißbilligend.

»Stephen, kannst du nicht lauter reden? Du flüsterst ganz so, als hättest du Angst, jemand zu wecken. Und wenn du selbst wach bist, wer ist denn dann sonst noch im Haus, den du nicht wecken möchtest?«

Der Tote, dachte Bricky und zog im Geist eine Grimasse.

»Stephen, mir gefällt nicht, wie du dich verhältst. Was geht da bei dir vor? Das *ist* doch Stephen, oder nicht?«

Quinn bedeckte erneut die Muschel mit der Hand. »Sie fängt an zu begreifen. Ich bin erledigt.«

»Warte, warte, verlier nicht den Kopf. Ich werd dir aus der Patsche helfen. Dreh mir den Hörer ein bißchen zu.«

Plötzlich begann sie zu sprechen, mit voller Lautstärke, im weinerlichen Singsang der Betrunkenen. »Süßer, nun komm scho-on. Ich will nich' ewig wart'n. Ich möcht noch was zu trink'n. Wie lang willst du denn da noch quatsch'n?«

Der Schock am anderen Ende der Leitung war fast physisch spürbar. Die Stimme schien sich förmlich in sich selbst zurückzuziehen. Als sie wieder zu hören war, geschah es ohne Entrüstung. Nichts dergleichen – nicht einmal eisige Kälte, nur klassische, völlig neutrale Höflichkeit.

»Oh, es tut mir leid, Stephen.« Ein, zwei gequälte Atemzüge. »Entschuldige, das wußte ich nicht.«

Klicken und Stille.

»Das war eine Dame«, bemerkte Bricky mit bedrückter Bewunderung, als Quinn seinerseits aufgelegt hatte. »Eine Dame durch und durch.«

Er fuhr sich reuig mit dem Handrücken über den Mund. »Himmel, das war grausam. Ich wollte, wir hätten das nicht tun müssen. Schließlich war sie offenbar mit ihm verlobt – wer immer sie ist.« Dann sah er Bricky neugierig an. »Wieso warst du so sicher, daß der Trick wirken würde?«

»Ich bin schließlich selbst eine Frau«, antwortete sie mit leiser Wehmut. »Wir reagieren alle so ziemlich gleich.«

Beide blickten zu dem Bild im Silberrahmen hinüber. »Sie wird heute nacht nicht schlafen«, murmelte er. »Wir haben ihr wirklich das Herz gebrochen.«

»Das wäre so oder so passiert. Das Merkwürdige an

der Sache ist, daß sie auf diese Weise mehr leiden wird, als wenn sie herausfände, daß er tot ist. Frag mich nicht, warum.«

Danach kehrten sie zu ihren eigenen Problemen zurück.

»Nun ja, wir wissen wenigstens ein bißchen mehr als vorher«, bemerkte er. »Zumindest, was die Zeit betrifft. Sie gingen zuerst zu der Show im Winter Garden, Hellzapoppin, und hinterher in das Lokal, wo es den Ärger gab. Ins Piro – wie heißt es noch?«

»Perroquet.« Die Nachtlokale dieser Stadt, die sie haßte, hatte sie alle parat. »Ich weiß auch, wo es ist, an der Vierundfünfzigsten Straße.«

»Aber das führt uns noch nicht zu dem Zeitpunkt, als er hierherkam und es passiert ist. Da fehlt noch die Zeit zwischen dem Augenblick, als er sie an ihrer Haustür abgesetzt hat und ...«

Bricky grübelte.

»Genau da liegt der Hund begraben. Der wichtigste Hinweis, den wir heute abend bekommen haben. Er *muß* einen Zettel erhalten haben, es muß irgendwo einen geben.« Sie trat näher an das Foto heran. »Das ist nicht das Gesicht einer Frau, die sich solche Dinge einbildet, aus schierer Eifersucht. Sie ist zu hübsch und zu selbstsicher, um sich etwas auszudenken, das ihr nur Kummer bereitet. Wenn sie gesagt hat, sie hat es gesehen, dann hat sie es gesehen, verlaß dich darauf. Da gab es einen Zettel! Die Frage ist nur, was ist aus ihm geworden? Wenn wir nur wüßten, was er damit angefangen hat.«

»Vermutlich in tausend Fetzen zerrissen.«

»Nein, denn wenn er das getan hätte, solange sie noch bei ihm war, dann hätte er damit zugegeben, daß er einen erhalten hat, und das wollte er ja eben nicht. Und nachdem er sie verlassen hatte, bestand kein Grund mehr für ihn, ihn zu zerreißen. Die Frage ist, wo hat er den Zettel versteckt, während er noch mit ihr zusammen im Club saß? Irgendwo muß er ihn gehabt haben.«

»Wir haben all seine Taschen durchsucht, da ist nichts.«

Sie tippte sich nachdenklich auf die Unterlippe. »Versuchen wir's mal so, Quinn. Du bist ein Mann. Ich stelle mir vor, daß du in solch einer Situation ziemlich ähnlich reagieren würdest. Du bist mit deiner Verlobten in einem Club und hast gerade von einer Fremden einen Zettel bekommen, von dem du nicht möchtest, daß deine Freundin ihn sieht. Was würdest du damit tun, wo würdest du ihn dann verstecken? Antworte schnell, denk nicht zu lang darüber nach. Sonst wird alles gekünstelt. Also: Der Conga ist ein Reihentanz, du hättest den Zettel nicht einfach unbemerkt einstecken können, als er dir zugesteckt wurde. Deine Partnerin hat jederzeit die Möglichkeit, dich zu beobachten, du kannst das Ding weder wegwerfen noch in die Tasche schieben.«

»Er muß den Zettel zusammengefaltet flach in der Hand behalten haben.«

»Eben. Nun kommt der Punkt, weshalb ich dich frage. Der Tanz löst sich auf, er bringt sie zurück an ihren Tisch. Das ist der Augenblick, in dem er den Zettel irgendwo anders hinstopft, sobald der Tisch zwischen ihm und ihr ist. Nun versuch es erneut! Du sitzt mit ihr zusammen am Tisch, sie fängt bereits an, dir den Zwischenfall vorzuwerfen, du kannst also nicht einfach darüber weggehen. Bis hierhin bist du verdeckt – «, sie zog mit der Hand eine Linie in Höhe seines Gürtels. »Du hast den Zettel noch in der Hand und mußt dich nun seiner schnell entledigen. Deine oberen Taschen kannst du nicht benutzen, auch deine Brieftasche oder dein Zigarettenetui nicht, weil sie das alles sehen würde, es wäre sozusagen über der Wasseroberfläche.«

»Ich würde ihn unter den Tisch werfen.«

»Niemals. Du hast ihn keinesfalls richtig lesen können,

und das mußt du tun, bevor du dich entscheidest, was du unternehmen wirst. Nein, er hat ihn behalten. Aber wo hat er ihn aufbewahrt?«

»Verdammt, ich weiß nicht. Vielleicht würde ich mich daraufsetzen, aber wenn ich dann aufstehen würde ...«

»Schon gut, Quinn.« Sie schüttelte entmutigt den Kopf. »Du wirst für irgendeine Frau mal einen ehrlichen Ehemann abgeben. Für Intrigen taugst du ganz gewiß nicht.«

»Na ja, mir wurde noch in keinem Nachtclub von jemand ein Zettel zugesteckt, während ich mit einer anderen zusammen war«, murmelte er in entschuldigendem Ton.

»Ich glaube es dir aufs Wort«, sagte sie trocken.

Beide gingen wieder ins Wohnzimmer. Bricky blieb vor dem Toten stehen und starrte auf ihn hinab. Die ganze Nacht, so schien es ihr, hatten sie nichts anderes getan.

»Such mal in der kleinen Uhrentasche oder wie das heißt, nach. Haben wir das vorhin schon getan? Ich weiß es nicht mehr.«

Er kauerte sich nieder, zog die Tasche nach außen. »Leer.«

»Wozu taugen die überhaupt?« fragte sie trübe. Dann, bevor er antworten konnte: »Schon gut, jetzt ist nicht der Zeitpunkt, um in die Geheimnisse der Schneiderkunst eingeweiht zu werden.«

Er blieb kauern und trommelte mit den Fingern unentschlossen gegen die eigene Kniescheibe.

»Quinn, würdest du – würdest du ihn einmal umdrehen?« fragte Bricky zögernd.

»Umdrehen? Ganz umdrehen?«

»Wir haben schon so viel mit ihm gemacht, es kommt jetzt nicht mehr drauf an.« Er drehte den Toten um, so sanft er konnte. Beide zuckten unwillkürlich etwas zusammen.

»Weshalb willst du das?« fragte er und betrachtete sie.

»Das weiß ich selbst nicht«, sagte sie lahm.

Er stand auf. »Er trägt den Zettel nicht bei sich herum, das ist klar. Vielleicht hat er ihn nach seiner Rückkehr hier irgendwo versteckt. Der Schreibtisch ...«

»Das würde vollends die ganze Nacht dauern«, erwiderte sie. »Sieh dir an, wie vollgestopft er ist. Hör mal – geh du hinein und untersuche die Kommodenschubladen. Ich werde hier mal schnell nachsehen.«

Tick-tack, tick-tack, tick-tack – in der Stille, die während ihrer jeweiligen Beschäftigung herrschte, klang die Uhr besonders laut.

»Quinn!« rief Bricky plötzlich.

Er kam herbeigerannt. »Hast du ihn gefunden?«

Aber sie stand mit dem Rücken zum Schreibtisch.

»Nein, Quinn, er ist so gut angezogen. Ich habe mich gerade zufällig umgedreht und da fiel mir etwas auf. Er hat ein Loch in der Ferse seines einen Sockens, unmittelbar über dem Schuhrand. Das paßt nicht zu seiner sonstigen Aufmachung. Der linke, Quinn.« Er war bereits drüben.

Der Schuh fiel mit einem leichten Plumps auf den Boden. Das ›Loch‹ war gleichzeitig verschwunden.

»Der Zettel«, sagte er.

Er glättete ihn bereits und begann zu lesen, als sie zu ihm trat. Sie beugten sich gemeinsam darüber.

Der Text war hastig mit Bleistift hingekritzelt:

›Mr. Graves, wenn ich mich nicht irre? Ich möchte gern mit Ihnen unter vier Augen sprechen, bei Ihnen zu Hause, nachdem Sie die junge Dame heimgebracht haben. Und zwar nicht irgendwann, sondern wirklich heute nacht noch. Sie kennen mich nicht, aber ich fühle mich bereits wie ein Familienmitglied. Ich möchte nicht enttäuscht werden und Sie möglicherweise nicht antreffen.‹

Eine Unterschrift fehlte.

Bricky war auf hektische Weise hochgestimmt. »Siehst du, es stimmt! Sie ist wirklich hier oben gewesen. Sie war die Frau mit den Zündhölzern – da hatten wir recht.«

Aus irgendeinem Grund war er weniger positiv gestimmt. »Aber die Tatsache allein, daß er den Zettel erhalten und in den Schuh gesteckt hat, bedeutet noch nicht, daß sie wirklich hier aufgetaucht ist.«

»Sie war hier, verlaß dich drauf. Jeder, der schon einmal so weit gegangen ist, tut auch alles übrige. Das war kein zaghaftes Gänseblümchen. Eine Frau, die so was fertigbringt, setzt sich in jeder Hinsicht durch. Sie *war* hier, ganz sicher.«

»Schön, das heißt aber noch nicht, daß sie ihn auch erschossen hat. Sie kann sehr wohl hier gewesen und dann weggegangen sein. Und anschließend kam dieser zigarrenkauende Bursche, nachdem sie schon fort war.«

»Über den weiß ich nichts. Ich weiß nur, daß in diesem Zettel eine Menge Sprengstoff steckt, noch bevor sie persönlichen Kontakt mit ihm aufgenommen hat.«

»Er hat was von einem Drohbrief an sich«, gab Quinn zu.

»Es ist vom ersten bis zum letzten Wort ein Drohbrief. ›Mr. Graves, wenn ich mich nicht irre? Ich möchte nicht enttäuscht werden und Sie möglicherweise nicht antreffen.‹ Wie bezeichnet man so was sonst?«

Er las den Zettel noch einmal durch. »Es klingt nach einer Erpressung, findest du nicht auch?«

»Klar ist es Erpressung. Eine Drohung beinhaltet in solchen Fällen fast immer eine Geldforderung.«

»›Ich fühle mich bereits wie ein Familienmitglied‹ – was meint sie damit? Er war mit dieser Barbara verlobt. Es sieht eigentlich so aus, als habe er vorher mit jemand anderem etwas gehabt, und als die Betreffende von seiner Verlobung gehört hat – bloß eines paßt nicht…«

»Ja, daran habe ich auch gedacht, als ich es vorhin gelesen habe. Aber eines paßt nicht.«

»›Sie kennen mich nicht‹. Wie kann ein Mann mit jemand etwas gehabt haben, den er nicht kennt? Es sei denn, sie stellt sich vor eine andere Frau und will mit ihm verhandeln. So als eine Art – Mittelsmann, könnte man sagen. Vielleicht ihre Schwester oder so was.«

»Nein, bestimmt nicht«, wandte Bricky ein. »Du wirst niemals eine Frau finden, die eine andere als Mittelsmann in Erpressungsmanövern benutzt, die ihren Ursprung in Herzensangelegenheiten haben. Frag mich nicht warum, aber es ist so. Ein Mann kann so was tun, in Geschäften oder bei krummen Touren. Aber eine Frau würde das bei dieser Art Problem nie tun. Sie macht entweder die Dreckarbeit selbst oder das Ganze unterbleibt.«

»Dann hatte er also mit ihr nichts. Und doch weiß sie offenbar etwas von ihm.«

»Und er muß das auch gewußt oder zumindest geahnt haben. Sein Verhalten, nachdem er den Zettel bekommen hatte, beweist das. Um Barbaras Eifersucht zu beschwichtigen, hätte er ihr ja bloß den Zettel zu zeigen brauchen, damit sie sah, um was für eine Art Schreiben es sich in Wirklichkeit handelte. Aber er zog es vor, alles für sich zu behalten, selbst um den Preis, daß sie sich aufregte und sich von ihm im Bösen trennte. Warum wollte er ihr den Zettel nicht zeigen? Oder noch besser, warum ist er nicht einfach vom Tisch aufgestanden und hat die Frau zur Rede gestellt, bevor sie verschwand?« Sie schüttelte den Kopf. »Er muß mehr als nur einen leichten Verdacht gehegt haben, daß hinter all dem etwas steckte, das man besser mit Samthandschuhen anfaßte, das lasse ich mir nicht ausreden. Er muß begriffen haben, daß es sich hier nicht um einen Bluff gehandelt hat. Warum sollte er sich sonst so verhalten haben? Das tun Leute doch für gewöhnlich nicht. Oder würdest *du*...?« Sie korrigierte sich schnell. »Nein, du natürlich nicht. Du taugst für solche Dinge ja ohnehin nicht, das hab' ich ganz vergessen.«

Er hatte flüchtig Anstalten getroffen, geschmeichelt dreinzublicken; es verging ihm jedoch schnell wieder.

»Aber das bringt uns nicht weiter«, fuhr Bricky fort. »Die Hauptsache ist, wir haben sie jetzt. Oder vielmehr, ich bin sicher, daß wir sie kriegen werden. Und ich werde weggehen und sie finden.«

»Aber wir wissen weder ihren Namen, noch wie sie aussieht, noch wo sie sich aufzuhalten pflegt.«

»Wir können nicht erwarten, daß uns in solch einem Fall lebensgroße Fotos ausgehändigt werden. Ich finde, wir sind für das, was wir am Anfang hatten, recht gut weitergekommen. Zumindest ist sie jetzt zu einer lebenden Person geworden und nicht mehr nur solch ein Irrlicht wie bisher, ein Hauch von Parfum in einem Zimmer. Wir wissen, daß sie gegen Mitternacht im ›Perroquet‹ war. Man muß sie dort gesehen haben. Graves' Verlobte hat sie geschildert: eine große Rothaarige in einem hellgrünen Kleid. Sie hat beim Conga mitgetanzt.« Sie machte eine umfassende Handbewegung. »Schau, was wir alles haben!«

»Der Club wird inzwischen geschlossen sein.«

»Die Leute, die uns im Zweifelsfall wirklich helfen können, sind bestimmt noch da. Kellner, Garderobiere, Toilettenfrau, und so weiter. Ich werde sie ausfindig machen und wenn ich alle Haarbürsten im Ankleideraum einzeln nach ausgegangenen roten Haaren durchsuchen muß...«

»Ich gehe mit dir.« Er ging zum Schlafzimmer und knipste das Licht aus. Dann wandte er sich dem Bad zu.

»Augenblick mal«, sagte er. »Ich muß einen Schluck Wasser trinken, bevor wir gehen.«

Sie wartete nicht auf ihn, sondern ging hinaus zur Treppe, im Glauben, daß er ihr sofort folgen würde. Als er nicht kam, drehte sie sich um und kehrte wieder in den erleuchteten Raum zurück.

Sie konnte ihn regungslos unmittelbar hinter der Schwelle des Badezimmers stehen sehen. Noch bevor sie bei ihm war, wußte sie, daß er etwas gefunden oder zumindest gesehen haben mußte.

»Was ist?«

»Ich habe dich gerufen, aber du hast mich nicht gehört. Das hier lag in der Wanne. Dieser Duschvorhang muß es bisher verdeckt haben. Als ich Wasser trinken wollte, schob ich ihn zufällig mit dem Ellbogen zurück und sah das hier in der trockenen Wanne liegen.« Er hielt etwas Hellblaues zwischen den Händen.

»Ein Scheck«, sagte sie. »Laß mich sehen...«

Er war auf Stephen Graves ausgestellt, und es handelte sich um zwölftausendfünfhundert Dollar. Stephen Graves hatte ihn giriert, unterschrieben war er von Arthur Holmes. Diagonal waren die Worte aufgestempelt: ›Zurück an Einlöser – Scheck nicht gedeckt.‹

Die beiden sahen sich verblüfft an, sie hielt den Scheck am einen Ende, er am anderen. »Wie kommt so was in eine Badewanne?« fragte sie verwundert.

»Das ist nicht so wichtig. Wahrscheinlich war dieser Scheck ursprünglich in der Geldkassette. Das Loch, das ich in die Wand gebohrt habe, liegt in gerader Linie oberhalb der Wanne. Als ich die Kassette herauszog und öffnete, muß der Scheck herausgerutscht und ohne daß ich es bemerkt habe, in die Wanne geflattert sein. Danach hat der Duschvorhang ihn verdeckt, bis eben jetzt. Aber das ist nicht der springende Punkt. Verstehst du nicht, was das möglicherweise zu bedeuten hat?«

»Doch, ich glaube schon. Es besteht eine gute Chance, daß Holmes der nervöse Zigarrenraucher ist, meinst du nicht auch?«

»Ich wette, daß er's ist. Hier gibt es einen Grund, jemand umzubringen. Zwölftausendfünfhundert...«

»Dann ist dieser Holmes heute nacht hierhergekommen, entweder um die Sache in Ordnung zu bringen oder ihn zu bitten, ihn nicht gerichtlich zu verfolgen, bis er das Geld aufgebracht hat. Und da Graves den Scheck nicht finden konnte, als er nach ihm suchte, dachte Holmes vermutlich, er versuche ihn reinzulegen. Sie gerieten deshalb in Streit, und Holmes erschoß ihn.«

»Dann bin ich in gewisser Weise doch verantwortlich für seinen Tod.«

»Ach was. Holmes brauchte ihn nicht umzubringen, selbst wenn er glaubte, daß Graves ihm diesen Scheck vorenthielt. Holmes...«, fügte sie nachdenklich hinzu, »diesen Namen habe ich schon mal gehört oder irgendwo gelesen – irgendwann heute nacht. Wart mal – waren da nicht Visitenkarten in seiner Brieftasche? Ich glaube, das war's.«

Sie ging ins Nebenzimmer, kniete neben dem Toten nieder, nahm seine Brieftasche heraus und sah die zwei, drei Karten durch, an die sie sich vom erstenmal her erinnerte. »Na klar, ich wußte es doch. Holmes war sein Finanzmakler.«

Quinn kam zu ihr herüber. »Das ist merkwürdig. Ich verstehe nicht viel von solchen Dingen, aber pflegen Kunden die Schecks im allgemeinen nicht ihren Maklern zu geben und nicht umgekehrt? Und dann auch noch einen nicht gedeckten.«

»Dafür kann es einen Grund gegeben haben. Vielleicht hat sich Holmes irgendwelche Wertpapiere widerrechtlich angeeignet, oder er hat sie für Graves verwaltet, und dieser verlangte früher als erwartet eine Abrechnung, so daß Holmes Zeit zu gewinnen versuchte, indem er ihm einen ungedeckten Scheck aushändigte. Als das nun platzte und Graves drohte, ihn verhaften zu lassen ...«

»Steht eine Adresse auf der Karte?«

»Nein, nur der Name der Firma in der einen Ecke unten.«

»Na schön, dann kann ich an ihn herankommen. Und *ich* gehe«, fügte er energisch hinzu. »Komm, du kannst einstweilen zum Busbahnhof gehen und dort auf mich warten.« Dann, als er sah, daß sie nicht sofort reagierte: »Du bist doch auch meiner Ansicht, daß Holmes es war, oder?«

»Nein«, antwortete sie zu seiner Überraschung. »Eigentlich bin ich überzeugt, daß es die congatanzende Dame war.«

Er fuchtelte mit dem Scheck vor ihrem Gesicht herum. »Aber warum, wo das jetzt hier aufgetaucht ist?«

»Aus verschiedenen Gründen. Erstens – wenn Holmes Graves wirklich umgebracht hat, dann deshalb, weil er seinen Scheck wiederhaben wollte. Er wäre niemals weggegangen, ohne so lange nach ihm gesucht zu haben, bis er ihn aufgetrieben hätte. Denn er wußte, daß alles auf ihn hindeuten würde, wenn der Scheck später gefunden würde. Genau das, was nun passiert ist.«

»Angenommen, er hat danach gesucht, ihn aber nicht gefunden?«

»Du hast ihn jedenfalls gefunden«, erwiderte sie schlicht. »Und dann ist da noch was, das mich daran denken läßt, daß am Ende eine Frau da war – ich weiß, du wirst mich auslachen, aber: Graves hatte sein Jackett an, als er umkam.«

»Aber Bricky ...«, begann er zu protestieren.

»Ich wußte, daß du das nicht ernst nehmen würdest, aber dem Eindruck nach, den ich von ihm gewonnen habe, hätte er keine Frau in Hemdsärmeln empfangen, noch nicht einmal eine Erpresserin. Es war schon ziemlich spät, und er hatte das Jackett den ganzen Abend über angehabt. Ich glaube, daß wir ihn, wenn Holmes der letzte hier gewesen wäre, in Weste oder sogar Hemdsärmeln vorgefunden hätten. Aber das ist nur meine persönliche Meinung, ich verlange von niemand, daß er daraus irgendwelche Schlüsse zieht. Vielleicht ist es mehr eine Ahnung als sonst was. Jedenfalls, für mich spricht nach wie vor alles für eine Frau.«

Er lachte freudlos. »Zuerst hatten wir überhaupt nichts. Jetzt haben wir wieder viel zuviel.«

»Das, was ich früher gesagt habe, gilt noch immer. Einer von beiden ist der Falsche, einer der Mörder. Wir können uns nicht zu zweit der Reihe nach an sie heranmachen. Es ist einfach eine Zeitfrage. Wenn Holmes nun doch der Falsche ist, reichte es nicht mehr dazu, hinter der Frau herzujagen.«

»Aber er ist es, kein anderer, alles weist darauf hin.«

»Es gibt ausreichend Motive für Holmes, ihn erschossen zu haben«, pflichtete sie bei. »Aber wir wissen nicht einmal sicher, ob er heute nacht hier war. Der Scheck und all das, das sind nur – wie nennt man das noch?«

»Indizien«, antwortete er widerwillig.

Sie nickte. »Bei ihr handelt es sich ebenfalls nur um Indizien. Er bekam einen Zettel von einer Frau, auf dem stand, daß sie hierherkommen würde. Und eine Frau *war* hier. Aber das heißt noch nicht, daß diese Frau es gewesen sein muß. Ein Mann namens Holmes gab ihm einen ungedeckten Scheck. Und ein Mann war heute nacht hier und hat mit ihm gestritten. Aber es kann auch ein vollkommen anderer Mann gewesen sein.«

»Dann haben wir schon vier.«

»Nein, es sind nach wie vor zwei, einer für dich, eine für mich. Und Viertel vor sechs sind wir wieder hier, wie ausgemacht.«

Die Lichter gingen aus, der Tote verschwand erneut im Dunkeln. Sie gingen die Treppe hinab.

Diesmal trennten sie sich ohne Kuß. Das Versprechen der Beständigkeit war gegeben, es bedurfte keiner Erneuerung.

»Bis später, Quinn«, murmelte sie lediglich, als sie beide in dem düsteren Vorraum standen.

10

Vier Uhr neunzehn

Es hätte diesmal eigentlich leichter sein sollen als beim letztenmal, aber er hegte diesbezüglich seine Zweifel. Jetzt standen ihm immerhin ein Name und eine Berufsangabe zur Verfügung. Aber wenn er überlegte, wie wenig Zeit ihm blieb, dann schien das Ganze ziemlich hoffnungslos. Drei standen im Telefonbuch, die in Frage kamen. Aber das bedeutete gar nichts, denn es war lediglich das Telefonbuch des Stadtteils Manhattan.

Einer der drei hauste an der Neunzehnten, der zweite an der Sechzigsten und der dritte in einer Straße mit Namensbezeichnung, von der er noch nie etwas gehört hatte. Er schrieb sie der Reihe nach in sein Notizbuch.

Das Mädchen in der Vermittlung ließ noch und noch klingeln, Quinn erlaubte nicht, daß sie aufhörte. Niemand reagiert zu solch einer teuflischen Nachtstunde schnell.

Schließlich meldete sich doch eine Frauenstimme, völlig benommen vor Schlaf. Es handelte sich um die Adresse an der Neunzehnten Straße.

»Waasis?« fragte sie verdrossen.

»Ich möchte mit Holmes sprechen, mit Arthur Holmes.«

»Was, wirklich?« sagte die Stimme schroff. »Da sind Sie ein bißchen zu spät dran. Um zwanzig Minuten.«

Sie wollte auflegen, das hörte er der Stimme an. »Können Sie mir sagen, wo ich ihn erreichen kann?« Quinn stolperte vor Hast beinahe über seine eigene Zunge.

»Na, drüben auf der Polizeiwache. Dort können Sie ihn erreichen. Warum rufen Sie denn hier an?«

Er hatte also aufgegeben. Er war aus eigenem Antrieb dorthin gegangen. Vielleicht war alles schon vorbei. Vielleicht hatten sie sich die ganze Nacht umsonst gequält...

Aber er, Quinn, mußte es wissen. Aber wie? Vielleicht wußte selbst diese Frau nicht Bescheid. Die Stimme klang nicht wie... Vielleicht war sie eine Haushälterin oder ein Hausmädchen.

»Er – er ist doch Finanzmakler, nicht wahr? Sie wissen schon, an der Börse und...«

»Haha – der?« Fünfzehn Jahre unterdrückter Unzufriedenheit lagen in dieser Stimme. »Das wäre er wohl gern. Er ist Sergeant im zehnten Polizeibezirk an der Zwanzigsten Straße, und mehr wird er auch im Leben nicht, dazu reicht der Grips nicht aus. Und wenn Sie ihn sehen, dann richten Sie ihm aus, er soll sein Lügenmaul halten und die Sauferei lassen. Mal ist er Leibwächter beim Gouverneur, dann ist er wieder beim Geheimdienst, jetzt ist er Makler. Ich hab's satt, von diesen Saufbolden zu allen Nachtstunden angerufen zu werden.« Sie legte mit einem Knall auf.

Es kostete Quinn rund zwei Minuten, um das zu verdauen. Aber er mußte weitermachen, auch wenn er danach keine Lust mehr hatte. Die Sechzigste Straße.

Diesmal gab es keine Wartezeit. Eine junge, weibliche Stimme meldete sich sofort. Die Betreffende mußte neben dem Apparat gesessen sein, und sie barst offensichtlich vor Ungeduld. Ihr Redefluß war nicht zu hemmen, für sie bestand kein Zweifel über den Anrufer.

»O Bixy, ich dachte, du würdest überhaupt nicht mehr anrufen! Bixy, was hat dich so lange aufgehalten? Ich warte seit Stunden hier. Ich habe gepackt und sitze auf meinen Sachen! Ich habe zwei- oder dreimal versucht, dich anzurufen, und es gab da nur irgendein Durcheinander. Man schien nicht zu wissen, wen ich sprechen wollte. Ist das nicht lächerlich? Bixy, ich habe mir ein paar Minuten lang solche Sorgen gemacht, ich konnte nicht anders.« Die Stimme versuchte, über sich selbst zu lachen, nicht sehr überzeugend. »All mein Schmuck und so – was hätte ich tun sollen? Der Gedanke kam mir erst hinterher. Und ich habe ihm bereits das Telegramm geschickt, sobald ich dich verlassen hatte. Ich weiß, du hast gesagt, ich solle es nicht tun, aber es schien mir das einzig Faire zu sein. Nun müssen wir es also durchstehen...«

Der Redefluß stoppte. Die Frau hatte begriffen. Quinn wußte nicht wieso, er hatte keinen Laut von sich gegeben.

»Das ist doch...?« Die Stimme erstarb.

»Es tut mir leid, daß ich dazwischengekommen bin. Ich wollte – mit Arthur Holmes sprechen.«

Die Stimme war tot. Die tote Stimme sagte: »Er ist in Kanada beim Angeln. Er ist Dienstag vor einer Woche weggefahren. Sie können ihn in...«

»Dienstag vor einer Woche? Äh – schon gut.«

»Bitte legen Sie auf. Ich erwarte einen Anruf.«

Er legte auf. Die nächste Nummer war die in der Straße mit Namensbezeichnung.

»Es antwortet niemand«, sagte das Mädchen in der Vermittlung.

»Versuchen Sie's weiter.«

Dann, als er glaubte, sie hätte es aufgegeben, merkte er, daß am anderen Ende der Leitung der Hörer abgenommen worden war. Aber es meldete sich niemand.

Quinn wartete. Jemand mußte zuerst nachgeben. Er war es.

»Hallo«, sagte er leise.

Am anderen Ende räusperte sich jemand.

»Ja?«

Es war eine Männerstimme, sehr leise, sehr mißtrauisch.

»Spreche ich mit Mr. Arthur Holmes?«

»Wer ist am Apparat?«

Der andere hatte nicht zugegeben, daß er Holmes war. Quinn suchte sich zu vergewissern, indem er einfach annahm, es sei so.

»Mr. Holmes, Sie kennen mich nicht...«

Der Mann fiel nicht darauf herein. »Wer möchte mit Mr. Holmes sprechen?«

Quinn unternahm einen erneuten Versuch. »Der Name sagt Ihnen nichts, Mr. Holmes.«

»Ich habe nicht behauptet, daß ich Holmes bin. Ich habe Sie nach Ihrem Namen gefragt. Wenn Sie ihn mir nicht sagen, kann ich Ihnen auch nicht mitteilen, ob Sie ihn erreichen können oder nicht. Wahrscheinlich nicht, um diese Nachtzeit. Nun vergeuden Sie nicht länger meine Zeit, sagen Sie mir, wer Sie sind und was Sie wollen.«

»Nun gut«, erwiderte Quinn mit gespielter Bereitwilligkeit. »Ich heiße Quinn, und mein Name ist Mr. Holmes fremd. Was ich möchte, ist – ihm einen Scheck zurückzugeben, der ihm gehört.«

»Was?« sagte die Stimme schnell. »Was war das?«

»Ich sage, ich habe einen Scheck, der Mr. Holmes gehört. Aber ich muß wissen, ob es der richtige Holmes ist. Ist das die Wohnung von Arthur Holmes, der mit der Maklerfirma Weatherby und Dodd in Verbindung steht?«

»Ja«, sagte die Stimme schnell. »Ja, das stimmt.«

»Darf ich nun mit ihm reden?«

Die Stimme zögerte nur kurz. »Sie reden mit ihm«, sagte sie dann ruhig.

Die erste Runde hatte Quinn gewonnen. Er wiederholte, was er bereits zweimal gesagt hatte. »Ich habe einen Scheck, der Ihnen gehört.«

Der andere war sehr vorsichtig. »Ich verstehe nicht. Wie soll das möglich sein, wenn ich Sie nicht kenne.« Die Stimme wurde hastiger. »Ich fürchte, Sie irren sich.«

»Ich halte ihn hier in meiner Hand, Mr. Holmes.«

Die Stimme schwankte. »Auf wen ist er denn ausgestellt?«

»Augenblick mal.« Quinn ließ sich der größeren Wirkung wegen ein paar Sekunden Zeit. »Auf Stephen Graves«, sagte er dann auf die leicht gespreizte Weise, die mit lautem Vorlesen verbunden ist. Er wollte in diesem Stadium der Dinge den Eindruck erwecken, als sei er auf völlig harmlose, zufällige Weise in den Besitz des Schecks geraten. Die Stimme gab einen undefinierbaren Laut von sich. Eine Pause folgte, dann sagte Holmes: »Unsinn, ich habe keinen Scheck auf jemand dieses Namens ausgestellt. Hören Sie, mein Freund, ich weiß nicht, was Sie im Schild führen, aber ich rate Ihnen gut, nicht...«

Quinns Stimme blieb gelassen ausdruckslos. »Wenn Sie ihn mit Ihrem Abschnitt vergleichen, dann merken Sie, daß ich die Wahrheit sage. Die Nummer in der rechten Ecke ist zwanzig. Es ist der zwanzigste Scheck in dem betreffenden Heft. Er stammt von der Case National Bank, Datum 24. August. Die Höhe des Betrags ist zwölftaus...«

Am anderen Ende der Leitung gab es einen dumpfen Laut, so als ob Holmes der Hörer aus der Hand gefallen sei und er ihn erst wieder aufheben müßte.

Jetzt habe ich ihn, frohlockte Quinn. Er wartete.

»Und wie – wie sind Sie in den Besitz eines solchen Schecks gekommen?«

»Ich habe ihn gefunden«, antwortete Quinn sachlich.

»Würden – würden Sie mir bitte mitteilen, wo?«

Die Sache setzte Holmes sichtlich zu. Er atmete unregelmäßig, das war deutlich hörbar.

»Auf dem Sitz eines Taxis. Es sah so aus, als ob der Fahrgast vor mir im Dunkeln seine Brieftasche geöffnet hätte und der Scheck dabei herausgerutscht wäre.« Sollte er ruhig denken, es sei Graves gewesen.

»Wer war bei Ihnen, als Sie ihn fanden?«

»Niemand. Ich war allein.«

»Und wem haben Sie den Scheck hinterher gezeigt? Mit wem haben Sie in der Zwischenzeit darüber gesprochen?«

»Mit niemand.«

»Wer ist jetzt bei Ihnen?«

»Auch niemand.«

»Was hat Sie auf die Idee gebracht, mich deshalb um vier Uhr dreißig früh anzurufen?«

»Ich dachte, Sie würden ihn vielleicht gern zurückhaben«, erwiderte Quinn entwaffnend.

Der andere schien zu überlegen. Dann sagte er: »Ich möchte Sie zuerst etwas fragen. Angenommen – das ist rein theoretisch –, angenommen ich erkläre Ihnen, daß ich den Scheck nicht zurückhaben möchte, daß er für mich wertlos ist, was machen Sie dann damit? Werfen Sie ihn weg?«

»Nein«, sagte Quinn gelassen. »Dann werde ich ihn wahrscheinlich behalten und versuchen, denjenigen, auf den er ausgestellt ist, ausfindig zu machen – Stephen Graves.«

Das traf Holmes wie nichts zuvor. Quinn hatte den Eindruck, sein Herz bis zum Hals hinauf schlagen zu hören.

Dann gab es eine Unterbrechung. Das Mädchen in der Vermittlung sagte: »Ihre fünf Minuten sind um. Einen weiteren Nickel bitte.« Damit war Quinn gemeint.

Er blickte auf die Münze hinab, die er in seiner Hand bereithielt für den Fall, daß die Unterhaltung nicht die erhoffte erfolgreiche Wendung genommen hätte.

Aber er zögerte absichtlich, sie einzuwerfen.

»Warten Sie!« schrie die Stimme verzweifelt. »Unterbrechen Sie auf keinen Fall!« Quinn warf die Münze ein. Es gab ein Klicken, und das Gespräch ging weiter.

Holmes' Stimme hatte einen deutlich erschreckten Unterton. Er beschloß offensichtlich, von allzuviel Finten Abstand zu nehmen. »Na schön, ich – ich würde diesen Scheck gern sehen. Er ist im übrigen für niemand von Wert. Es handelte sich um einen Irrtum und ...« Quinn verpaßte ihm einen weiteren Schlag. »Er wurde von der Bank retourniert«, sagte er gleichmütig.

Holmes schluckte das – physisch sowohl wie psychisch. »Darf ich noch einmal fragen – Sie sagten, Ihr Name sei Flynn?«

»Quinn. Aber das spielt keine Rolle.«

»Erzählen Sie mir etwas über sich selbst. Wer sind Sie? Was tun Sie?

»Ich weiß nicht, was das mit dem Ganzen zu tun hat.«

Holmes versuchte es erneut. »Sind Sie verheiratet? Haben Sie eine Familie zu unterhalten?«

Quinn zuckte ein bißchen zurück. Weshalb fragte er das? Um sich auszurechnen, wie hoch die Summe sein mußte, mit der er zum Schweigen gebracht werden sollte? Nein, es mußte noch etwas anderes dahinter stecken.

»Ich bin ledig«, sagte er. »Ich wohne allein.«

»Noch nicht einmal ein Zimmerkollege?«

»Niemand.«

Der andere grübelte offenbar. Es war so, als ob ein Tier an einer Falle schnüffelt, verlockt vom Köder. Und der eigentliche Köder, das spürte Quinn, war nicht mehr der Scheck.

»Hören Sie zu, Quinn. Ich würde den Scheck gern sehen und – vielleicht kann ich auch für Sie was tun.«

»Akzeptiert.«

»Wo sind Sie jetzt?«

Quinn fragte sich, ob er ihm die Wahrheit sagen sollte, und entschloß sich dafür. »An der Neunundfünfzigsten Straße. Kennen Sie das Baltimore Café dort? Von da aus spreche ich.«

»Ich mache Ihnen einen Vorschlag. Sie müssen mir noch ein bißchen Zeit lassen, mich anzuziehen. Ich lag im Bett, als Sie anriefen. Gehen Sie ...« Holmes zögerte und schien zu überlegen. »Gehen Sie in Richtung des Columbus Circle. Sie wissen doch, wo der Broadway vom Central Park West abzweigt und einen kleinen, dreieckigen Häuserblock formt? Dort gibt es eine Cafeteria mit zwei Eingängen, die die ganze Nacht offen hat. Gehen Sie da hinein und – Sie haben wohl kein Geld bei sich, oder?«

»Nein.«

»Na gut, gehen Sie trotzdem hinein und sagen Sie, Sie warten auf jemand. Setzen Sie sich ans Fenster auf der Broadwayseite. In einer Viertelstunde bin ich auch dort.«

Warum bestellt er mich woanders hin? dachte Quinn. Warum kommt er nicht einfach hierher? Vermutlich wittert er eine Falle. Er wird mich erst beschnüffeln wollen, bevor er Kontakt aufnimmt. Na schön, das wird ihm nichts nützen.

Er spielte den Arglosen. »Gut«, sagte er.

»In einer Viertelstunde also«, sagte die Stimme.

Quinn verließ die Telefonzelle. Er ging in die Herrentoilette und zog einen Schuh aus. Dann nahm er den Scheck heraus, umgab ihn mit einem Bogen Papier, um ihn zu schützen, und legte ihn unten in den Schuh. Er nahm sich ein Beispiel an Graves und dem Zettel, den dieser erhalten hatte.

Nachdem er den Schuh wieder angezogen hatte, ging er hinaus und blieb dann neben dem Regal stehen, auf dem die Tabletts und das Besteck lagen. Außer ihm war niemand im Lokal, und die Bedienerin hinter der Theke achtete nicht auf ihn. Er griff nach einem der verchromten Messer. Es war ziemlich stumpf, aber irgend etwas brauchte er, wenn auch vielleicht nur der psychologischen Wirkung wegen. Er wickelte es in eine der Papierservietten und steckte es in die Innentasche seines Jacketts.

Innerhalb von zwölf Minuten hatte er das Café gefunden und setzte sich an einen Tisch neben dem Fenster auf der Broadwayseite.

Die Viertelstunde war vergangen, achtzehn Minuten, dann zwanzig.

Quinn begann unruhig zu werden. Vielleicht hatte er Holmes falsch eingeschätzt, vielleicht wollte der Mann nur Zeit für eine Flucht gewinnen. Vielleicht hatte er mehr Angst, ihm, Quinn, zu nahe zu kommen, als davor, den Scheck nicht zurückzuerhalten.

Er ist es, er ist es wirklich, dachte er. Und nun habe ich möglicherweise das Ganze verpfuscht, ihn mir aus den Händen gleiten lassen. Seine Stirn begann feucht zu werden.

Drüben an der Kasse begann das Telefon zu klingeln. Quinn sah hinüber, wandte den Blick wieder ab.

Jemand begann auf ein Glas zu klopfen. Quinn sah erneut zum Kassier hinüber, der winkte ihm zu.

Er ging hin, und der Mann sagte: »Da ist jemand, der mit einem Mann sprechen möchte, der allein am Fenster drüben sitzt. Hören Sie, normalerweise sollen Leute hier nicht anrufen.« Er reichte ihm trotzdem den Hörer.

Es war Holmes. »Hallo, Quinn?«

»Ja, was ist mit Ihnen?«

»Ich warte auf Sie in einem Lokal, das Owen's heißt. Dort bin ich in der Bar. Es ist an der Einundfünfzigsten.«

»Was soll das heißen? Sie sagten, ich solle hierherkommen. Soll ich vielleicht hinter Ihnen herjagen?«

»Ich weiß, aber – kommen Sie bitte hierher. Nehmen Sie ein Taxi. Ich bezahle, wenn Sie hier sind.«

»Ist das nun diesmal Ihr Ernst?«

»Ja, bestimmt. Ich bin schon hier, warte auf Sie.«

»Na gut, ich werde ja sehen, ob das stimmt.«

11

Vier Uhr achtundzwanzig

Sie ging vor dem Club auf und ab, die geballte Linke in die Handfläche der Rechten gepreßt. Man ließ sie hier nicht mehr herein. Die Leuchtschrift über dem Eingang war erloschen. Das Ganze hätte einen völlig toten Eindruck gemacht, wären nicht hin und wieder einzelne Gestalten herausgekommen, die sich auf den Heimweg machten, Leute, die drin arbeiteten, die eine andere Zeiteinteilung hatten, als der Rest der Welt.

Sie überlegte. Vielleicht hatte die Rothaarige, bevor sie Graves den Zettel zusteckte, jemand um Papier und Bleistift bitten müssen? Es waren schließlich Dinge, die ein Animiermädchen oder dergleichen nicht unbedingt mit sich herumtrug. In diesem Fall mußte sie es von jemand im Club ausgeliehen haben. Das Nächstliegende war – den Kellner darum zu bitten. Ja, ganz recht.

Sie wartete. Zwei Mädchen kamen heraus, sie ließ sie vorbeigehen. Dann ein Mann. Sie hielt ihn auf und fragte, ob ihn eine rothaarige Frau in hellgrünem Kleid früher am Abend um Bleistift und Papier gebeten hätte.

Er schüttelte den Kopf. »Auf meiner Seite der Bar nicht. Fragen Sie mal Frank, der arbeitet am anderen Ende.«

Gleich nach ihm erschien ein anderer Mann.

»Sind Sie Frank?« fragte Bricky.

Er blieb stehen, lächelte und versengte sie mit den Augen. »Nein. Ich bin Jerry, aber ich habe nichts vor. Lassen Sie sich durch den Namen nicht stören.«

Diesmal wandte sie sich ihrerseits ab und entfernte sich ungefähr zehn Meter weit, bis die Luft rein war. Inzwischen war wieder jemand herauskommen und ging bereits den Gehsteig entlang. Sie mußte hinter ihm herlaufen.

»Ja, ich bin Frank.«

»Hat heute abend ein Mädchen einen Bleistift von Ihnen geliehen? Ein großes Mädchen, rothaarig, sie trug ein hellgrünes Kleid. Es muß schon sehr viel früher am Abend gewesen sein, aber vielleicht können Sie sich erinnern...?«

Er nickte. »Ja, da war jemand. Ich erinnere mich. Es muß so gegen zwölf gewesen sein.«

»Sie wissen nicht zufällig ihren Namen?«

»Nein, das nicht. Ich habe so eine Ahnung, als arbeite sie in einem der anderen Clubs hier in der Gegend.«

»Aber Sie wissen nicht, in welchem?«

»Nein. Ich habe das auch nur gesagt, weil ich zufällig gehört habe, wie jemand anderer zu ihr sagte: ›Was tust du denn hier? Bist du in deinem eigenen Bums schon durch?‹«

»Aber Sie wissen nicht...?«

»Ich weiß nicht, wer sie ist oder wo sie arbeitet, ich weiß gar nichts über sie. Nur, daß sie einen Bleistift von mir geborgt, irgendwas unter vorgehaltenem Arm auf ein Papier gekritzelt hat und ihn mir dann wieder zurückgab.« Er blieb noch einen Augenblick stehen. Sie wußten beide nichts mehr zu sagen. »Ich wollte, ich könnte Ihnen helfen.«

»Das wäre zu schön gewesen«, sagte sie matt.

Er wandte sich ab und ging weiter. Sie blieb verloren auf dem Trottoir stehen. Dann hob sie den Kopf. Der Kellner kehrte um und kam zu ihr zurück.

»Das scheint Sie bekümmert zu haben.«

»Ja, sehr«, gab sie kleinlaut zurück.

»Ich kann Ihnen einen Tip geben. Ich weiß nicht, ob Sie selbst in einem Club arbeiten, aber dort haben sie komische Angewohnheiten. Es gibt da so einen Drugstore, in dem sie sich alle rumtreiben, wenn die Clubs geschlossen sind. Dort gefällt es ihnen, sie tun sich zusammen, trinken Malzmilch und ratschen. Versuchen Sie's mal da, es lohnt sich vielleicht.«

Es war nicht weit weg, nur zwei Häuserblocks entfernt, und sie rannte fast die ganze Strecke.

Der Drugstore war nicht gerade überfüllt, dazu war es vermutlich schon zu spät. Aber drei Mädchen saßen am anderen Ende des Raumes noch beisammen. Eine von ihnen hatte einen russischen Windhund bei sich, den sie wohl vor dem Schlafengehen noch ausgeführt hatte. Die drei fütterten ihn mit Resten von ihren Tellern und spielten mit ihm herum. Die Besitzerin hatte einen Umhang um die Schultern, unter dem die Hosen eines Hauspyjamas hervorlugten. Keine der drei hatte rote Haare.

»Sie meint wahrscheinlich Joanie«, sagte eine von ihnen auf Brickys Frage hin. »Meinen Sie die?«

Woher sollte ich das wissen? Offenbar wußten die drei ihren Nachnamen nicht.

»Ich kenne sie nur von hier«, sagte eine andere.

»Ich auch«, fügte die zweite hinzu.

»Heute abend ist sie nicht aufgetaucht«, bemerkte die dritte. »Gehen Sie doch in ihr Hotel, es ist nur ein Stück weiter unten an der Straße. Ich glaube, es heißt ›Concord‹ oder ›Compton‹ oder irgend so was.« Dann fügte sie hinzu: »Ich weiß nicht, ob sie noch dort ist, aber vor zwei Tagen habe ich sie mit Stalin dorthin begleitet, damit er ein bißchen Auslauf hat.« Damit wandten sie alle drei ihre Aufmerksamkeit wieder dem Barsoi zu.

Das Hotel verfügte über alle Kennzeichen einer fragwürdigen Unterkunft für Spieler, Trickschwindler und andere Nachtschattengewächse. Bricky schreckte das nicht ab. Sie hatte dergleichen Typen in jeder Ausgabe im Verlauf der letzten Jahre in ihrer Tanzhalle kennengelernt. Mit dem Selbstbewußtsein derjenigen, die nicht erwartet, abgewiesen zu werden, ging sie zum Empfang. Ein unangenehm aussehender Angestellter mit einem Hemd, das seit mindestens einer Woche nicht gewechselt worden war, und einer Schnapsfahne rutschte ein bißchen auf sie zu.

Sie lehnte sich lässig über den Tisch und stützte den Ellbogen auf, »Hallo.«

Sein Mund verzog sich in die Breite und entblößte eine Zahnlücke. Vermutlich sollte es ein Grinsen darstellen.

»Was für'n Zimmer hat meine Freundin?« fragte sie unbekümmert. »Ich möcht mal schnell zu ihr rauf, ich hab vergessen, ihr was zu sagen. Sie wissen schon – Joanie. Die in dem hellgrünen Kleid. Wir haben uns gerade erst im Drugstore getrennt, aber...« Sie kicherte. »Ich muß ihr's gleich sagen, es ist zu phantastisch!«

»Wen – die Joan Bristol?« fragte er mit dem albernen Grinsen, das zugleich eine Aufforderung war, ihm den Spaß mitzuteilen.

»Ja, ja, klar.« Kichernd stupste sie ihn in die Seite. »Wollen Sie mal was Komisches hören?« Sie beugte den Kopf in Richtung seines Ohrs, so als wolle sie ihm vertraulich etwas erzählen. Aber dann richtete sie sich schnell wieder auf. »Warten Sie nen Augenblick, ich muß ihr's doch erst selbst sagen. Sie kriegen's dann zu hören, wenn ich wieder runterkomm.« Sie trat einen Schritt vom Empfang weg, nicht ohne ihn erst mit der Faust unters Kinn geschubst zu haben. »Bleib ja da, Paps.« Dann, ganz nebenbei: »Wie war die Zimmernummer noch?«

»Viernullneun, Süße«, sagte er liebenswürdig.

Sie trat mit übertriebenem Hüftschwung in den altertümlichen Aufzug, und der ehrwürdige Käfig fuhr knarrend mit ihr nach oben. Nachdem sich die wacklige Tür hinter ihr geschlossen hatte, wandte sie sich auf dem Flur nach rechts und ging ihn auf einem fadenscheinigen Teppich entlang. Türen, Türen, Türen. Der Korridor schien endlos zu sein, aber vielleicht lag das nur daran, daß die Gedanken so schnell in ihrem Kopf herumwirbelten. Wie sollte sie in das Zimmer kommen? Und wenn das gelang, wie konnte sie herausfinden, ob sie Graves umgebracht hatte? So etwas pflegte man Fremden nicht zu erzählen. Und selbst wenn sie es tat, wie sollte man sie dazu bewegen, ohne Aufhebens in das Haus an der Siebzigsten Straße mitzugehen – ohne die Polizei zur Hilfe zu rufen und Quinn noch tiefer in die Sache hineinzuziehen?

Sie wußte es nicht. Sie wußte nur, daß es keinen Rückzug mehr für sie gab.

409, da war es. Die Tür sah so neutral, so unparteiisch aus – und doch lauerte dahinter ihr gesamtes Schicksal.

Sie blickte auf ihre Hand hinab, als wollte sie fragen: »Warst du das? Himmel, du hast aber Mut!« Sie hatte geklopft, ohne ihre eigene Zustimmung abzuwarten.

Die Tür ging auf, bevor sie Zeit hatte, sich einen Plan zurechtzulegen, und dann standen sie sich Auge in Auge gegenüber, diese unbekannte Frau und sie. Ein hartes, wie emailliertes Gesicht, sehr nahe dem ihren. Feindselige, mißtrauische Augen, so dicht bei den ihren, daß sie die roten Äderchen in den Winkeln erkennen konnte.

Der obere Flur des Graves'schen Hauses fiel ihr ein, die Erinnerung daran, wie sie mit Quinn durch die Dunkelheit geschlichen war, und sie wußte, daß dies von dem Parfum bewirkt worden war, das ihr in die Nase stieg.

»Na, was is'?« Eine heisere Stimme, die keinen Zweifel ließ, daß mit der Eigentümerin nicht gut Kirschen essen war. »Biste gekommen, um dir ne Tasse Zucker zu borgen oder haste dich in der Tür geirrt? Willste hier was Besonderes?«

»Ja«, sagte Bricky leise. »Das stimmt.«

Die andere mußte einen Zug an ihrer Zigarette gemacht haben, bevor sie die Tür geöffnet hatte, und den Rauch während des Sprechens im Mund behalten haben. Nun quoll er plötzlich in zwei bösartigen Strahlen aus ihren Nasenlöchern. Sie sah wie ein Teufel aus. Ihr Arm spannte sich, um Bricky die Tür vor der Nase zuzuschlagen.

Bricky hätte sich am liebsten umgedreht, um wegzurennen. Aber sie nahm sich zusammen. Sie wußte, sie mußte in das Zimmer hineingelangen, und wenn es ihre eigene Vernichtung bedeutete. Diese Tür mußte offen bleiben.

Sie sorgte mit Fuß und Ellbogen dafür.

Die Lippen der Frau wurden wie eine dünne, drohende Narbe. »Hau ab hier«, sagte sie mit tiefer, knurrender Stimme.

»Wir kennen einander nicht«, sagte Bricky, um ihren besten Tanzhallenton bemüht. »Aber wir haben einen gemeinsamen Freund, also gleicht sich's aus.«

Die Bristol warf den Kopf zurück. »Moment mal, wer bist'n du? Ich hab' dich nie im Leben gesehen. Was soll das heißen – 'n Freund?«

»Ich rede von Mr. Stephen Graves.«

Etwas wie Bestürzung zuckte über das Gesicht der

Frau. Aber sie hätte wohl auch auf diese Weise reagiert, wenn sie nur versucht hätte, Graves zu erpressen, so viel war Bricky klar. Bis jetzt war auf der Wand hinter der Frau nur ein vager Schatten erkennbar gewesen, verursacht durch irgendeine Lichtquelle auf der einen Seite des Zimmers. Nun bewegte er sich sachte, glitt seitlich weg, verschwand, so als ob das, was ihn geworfen hatte, die Stellung gewechselt, sich zurückgezogen hätte.

Die Augen der Frau glitten kurz in Richtung der Lichtquelle und kehrten dann sofort zu Bricky zurück, so als ob sie von dort ein nur für sie wahrnehmbares Zeichen bekommen hätte. Mit gespannter, drohender Stimme sagte sie: »Komm ne Sekunde rein und laß hören, was du willst.« Sie öffnete die Tür weiter. Es geschah nicht freundlich auffordernd, sondern mit einem gebieterischen Ruck, der zu besagen schien: »Komm aus eigenem Antrieb oder ich zerre dich hinein!«

Bricky schob sich langsam an der Frau vorüber und trat in einen schäbigen, nach Rauch stinkenden Raum. Hinter ihr schlug die Tür mit einer unheilvollen Endgültigkeit zu, die auszudrücken schien, daß es dabei auch bliebe. Ein Schlüssel wurde umgedreht.

Sie hat mich hier eingesperrt, dachte Bricky. Hinaus komme ich nicht mehr.

Der Kampf war eröffnet. Ein Kampf, bei dem sie als einzige Waffe ihre Geistesgegenwart, ihren Mut und die weibliche Intuition besaß, über die auch ein kleines Taxigirl immer verfügt.

Anscheinend war das Zimmer leer. Eine Tür, die vermutlich zum Badezimmer führte, war bereits zu, als ihr Blick darauf fiel, aber der Knauf hatte eben erst seine Drehung beendet, bewegte sich noch eine Spur. Wenn es den Anschein hatte, daß sie, Bricky, nicht allzuviel wußte, würde es dabei bleiben, die Tür würde sich nicht öffnen. Aber wenn sich herausstellte, daß sie zu viel wußte ... Danach mußte sie sich richten, erkennen, was sie wissen durfte und was zu viel war. Die Tür würde es ihr verraten.

Die Schubladen der abgenutzten Kommode waren verschieden weit herausgezogen, so als ob sie erst kürzlich geleert worden seien. Eine Reisetasche stand gefüllt am Fußende des Betts. Auf der Kommode lagen mehrere Dinge herum, eine Damenhandtasche, ein Paar Handschuhe, ein zerknülltes Taschentuch.

Joan Bristol zog einen Stuhl heran und drehte ihn so, daß er mit dem Rücken zur geschlossenen Tür stand. »Setzen Sie sich«, forderte sie Bricky auf. Selbst wenn diese sich lieber woanders niedergelassen hätte, machte ihre Gastgeberin das unmöglich, da sie selbst sich der einzigen anderen Sitzgelegenheit bemächtigte.

Sie fuhr sich mit der Zunge über die Lippen. »Wie heißt du noch?«

»Ich hab mich nicht vorgestellt, aber du kannst mich mit Caroline Miller anreden.«

Die andere lächelte ungläubig, äußerte sich aber nicht. »Du kennst also nen Burschen namens Graves, ja? Und wie kommst du drauf, daß ich ihn auch kenne? Hat er dir gegenüber meinen Namen erwähnt?«

»Nein«, erwiderte Bricky. »Er hat überhaupt niemand erwähnt.«

»Wie kommst du dann drauf, daß ich ...?«

Um aus dieser ständigen Wiederholung herauszukommen, sagte Bricky: »Du kennst ihn, nicht wahr?«

Joan Bristol fuhr sich erneut nachdenklich mit der Zunge über die Lippen. »Hör mal – hast du ihn erst vor kurzem gesehen?«

»Ziemlich kurz.«

»Wann?«

»Ich komme gerade von ihm«, sagte Bricky mit gespielter Gleichgültigkeit.

Die Bristol erstarrte innerlich. Es war ihr auch äußerlich anzumerken. Ihre Augen schweiften zu einem nicht näher bestimmbaren Punkt hinter Brickys Schultern, so als ob sie dort verzweifelt nach weiterer Anleitung suchte. Bricky vermied sorgfältig, den Kopf in dieselbe Richtung zu drehen. Es wäre ohnehin nur eine Tür zu sehen gewesen.

»Und wie hast du ihn angetroffen?«

»Tot«, sagte Bricky ruhig.

Die Bristol ließ nicht die richtige Art von Überraschung erkennen. Überrascht war sie, das schon, aber es war eine rachsüchtige, bösartige Form, keine Bestürzung. Mit anderen Worten, nicht die Nachricht war erstaunlich für sie, sondern deren Quelle.

Sie reagierte nicht sofort. Augenscheinlich wünschte sie mit dem im Badezimmer verschwundenen Schatten an der Wand zu konferieren. Oder er mit ihr. Hinter der geschlossenen Tür wurde kurz ein Wasserhahn aufgedreht und wieder abgestellt. Das war das Signal. »Entschuldige mich ne Sekunde«, sagte sie und stand auf. »Ich muß vergessen haben, den Hahn abzustellen.«

Sie schob sich an Brickys strategisch plaziertem Stuhl vorbei und verschwand im Badezimmer, dessen Tür sie hinter sich zumachte.

Damit hatte sie Bricky selbst eine Chance gegeben, nämlich das zu finden, was hier zu finden war – wenn es überhaupt etwas gab. Sie hatte nur bestenfalls eine halbe Minute Zeit, eben so lange, wie die geflüsterte Instruktion im Badezimmer dauern würde. Noch fast bevor die Tür ins Schloß gefallen war, sprang sie auf und ging zu der offenen Handtasche auf der Kommode. Es war das Nächstliegende, und darüber hinaus das für sie innerhalb dieser Zeitspanne einzig Mögliche. Daß ihr ein eindeutiges Beweisstück in die Hände fallen würde, war nicht zu erwarten. Aber etwas – irgend etwas. Lippenstift, Puderdose, das übliche. Unter ihren hastig tastenden Fingern raschelte Papier in einem der Seitenfächer. Sie zog es heraus, faltete es auseinander. Nichts – eine unbezahlte Rechnung über 17,89 Dollar, vom Hotel hier. Sie hatte jedenfalls nichts mit dem zu tun, weswegen sie hier war.

Und doch drängte sie ein unerklärbarer Instinkt, das Ding zu behalten. Sie warf sich auf ihren Stuhl zurück, fummelte an ihren Strümpfen herum, und das Papier war verschwunden.

Gleich darauf öffnete sich die Badezimmertür, und die Frau kam heraus, mit Instruktionen versorgt. Sie setzte sich und fixierte Bricky mit den Augen.

»Was hattest du'n dort oben bei Graves allein zu suchen? Oder hast du wen bei dir gehabt?«

Bricky warf ihr den wissenden Blick des Mädchens zu, das nicht von gestern ist. »Na klar. Du glaubst doch wohl nicht, daß ich bei so was meine Großmutter mitnehme?«

Ihre Gesprächspartnerin hatte aus ihr herausgeholt, was sie zu hören wünschte. »Ah – also bei ›so was‹.«

»Genau.«

»Ja, und ...«, sie bearbeitete wieder einmal ihre Lippen, »ist dann jemand an die Tür gekommen und hat dir Bescheid gesagt? Waren da Polypen draußen, und gab's großen Wirbel, weil du weißt, daß er tot ist?«

Bricky beantwortete die Fragen rein instinktiv, ohne zu überlegen. Wieder war es, als bewege sie sich auf einem Seil voran.

»Nein, es war niemand da. Bisher weiß es noch keiner. Glaubst du, sonst wär ich reingegangen? Wahrscheinlich war ich die erste, die ihn gefunden hat. Schau, ich hatte nen Schlüssel fürs Haus, den hatte er mir gegeben. Ich trat ein, nirgendwo brannte Licht. Ich dachte, er wär vielleicht noch nicht heimgekommen, und wollte auf ihn warten. Ich ging rauf, und da war er – erschossen.«

Joan Bristol knetete in fieberhaftem Interesse die Hände ineinander. »Und was hast du dann getan? Bist du abgehauen und hast Zetermordio geschrien?«

Die Asphaltpflanze auf Brickys Stuhl ließ ihrem Gegenüber einen weiteren erfahrenen Blick zukommen. »Wofür hältst du mich, du Einfaltspinsel? Ich bin abgehauen, und zwar schnell, aber ich hab' mich ruhig verhalten. Ich hab' die Lichter ausgemacht und die Tür hinter mir verschlossen. Du lieber Himmel, ich hab' kein Wort verlauten lassen. Meinst du vielleicht, ich will mich da reinziehen lassen? Das fehlt mir gerade noch.«

»Und wie lange ist es her, seit du dort warst?«

»Na, eben jetzt.«

»Dann weiß außer dir wahrscheinlich keiner...«

»Du und ich wissen's.«

Bricky spürte, daß sich hinter ihr etwas bewegte. Ein kaum merklicher Luftzug vielleicht, ein leises Knarren...

»Bist du allein hierhergekommen?«

»Klar. Ich tu immer alles allein. Wen soll ich schon haben?«

Im Spiegel am Toilettentisch konnte sie sehen, wie sich die Badezimmertür am hinteren Ende bewegte, die vordere Kante war für sie nicht sichtbar. Aber sie brauchte den Kopf nicht zu wenden. Sie konnte nur noch denken: Die Tür hat sich geöffnet. Jemand... Das war der Beweis, daß die beiden hier es getan haben. Ich hab' ins Schwarze getroffen. Meine Spur war heiß, die Quinns war die falsche.

Diese Erkenntnis nützte ihr jetzt gar nichts mehr.

Die Bristol stellte ihr noch eine Frage – mehr um sie noch einen Augenblick länger hinzuhalten, als daß sie die Antwort gebraucht hätte. »Und wie kommt es, daß du mich mit der Sache in Verbindung bringst? Wieso bist du hier aufgekreuzt?«

Sie brauchte keine Antwort mehr geben, es wurde keine erwartet. Auch ohne ihr Zutun hatten die beiden zwei und zwei zusammengezählt.

Etwas Dickes und Pickliges legte sich plötzlich von hinten her um Brickys Gesicht. Ein Frottiertuch schlang sich wie eine Bandage um sie. Sie griff krampfhaft nach oben, und sofort wurde ihr eines Handgelenk gepackt. Die Bristol war aufgesprungen und hielt ihr anderes fest. Die Hände wurden ihr auf dem Rücken über Kreuz fest mit irgendeinem langen Streifen gefesselt, möglicherweise dem Knopfband eines Kopfkissens oder einem auseinandergerissenen Handtuch.

Ein paar Sekunden lang konnte sie nicht atmen, das Frottiertuch preßte sich zu fest gegen ihr Gesicht. Der entsetzliche Gedanke kam ihr, daß sie vielleicht an Ort und Stelle erstickt werden sollte, aber dann kam ihr dumpf die Idee, daß die beiden in diesem Fall nicht die Mühe auf sich genommen hätten, ihre Hände zu fesseln. Allein das hielt sie davon ab, sich energisch zu wehren.

Eine derbe Hand, schwerer und größer als die der Frau, zupfte an dem Frottiertuch herum, schob es halb über ihr Gesicht, so daß Augen und Nase frei wurden. Doch es blieb so fest an ihrem Hinterkopf zugeknotet, daß sie das Gefühl hatte, der Druck würde ihren Unterkiefer zermalmen. Aber zumindest konnte sie Luft holen.

Die Bristol stand noch immer vor ihr und sprach mit jemand, der hinter ihrem Rücken stand. »Paß auf ihren Mund auf, Griff. Durch die Wände hier kann man alles durchhören.«

Eine Männerstimme brummte: »Kümmre dich um ihre Beine – die hohen Absätze schürfen mir die Schienbeine auf.«

Die Frau duckte sich – das Frottiertuch hinderte Bricky daran, nach unten zu sehen –, und dann wurden ihre Knöchel mit weiteren Streifen zusammengebunden.

Joan Bristol tauchte wieder auf. »Was jetzt?« fragte sie.

Die Männerstimme sagte: »Kannst du dir das nicht denken?« Der Blick auf das plötzlich verkrampfte Gesicht der Frau verriet Bricky, was damit gemeint war. Ihr wurde innerlich eiskalt. Er sprach so ruhig, als handle es sich darum, die Jalousie herunterzulassen.

Die Frau hatte Angst. Nicht um Bricky, sondern um sich selbst. Sie mußte den Mann besser kennen als irgend jemand sonst und wissen, wozu er fähig war.

»Nicht bei uns im Zimmer, Griff«, sagte sie düster. »Sie wissen, daß wir hier sind.«

»Ah, du kapierst nicht«, widersprach er. »Ich meine nicht direkt abmurksen.« Er ging zum Fenster und schob es hoch. Ein Fleck erleuchteter Backsteinmauer wurde draußen sichtbar. Er streckte den Kopf hinaus und blickte nachdenklich nach unten. Dann drehte er sich um. »Vier Stockwerke sollten ja wohl genügen.« Er machte eine ausdrucksvolle Handbewegung. »Wir drei haben hier was getrunken, sie ist ans Fenster gegangen, hat versucht, es aufzumachen um ein bißchen Luft zu schnappen, es hat geklemmt... Wie oft passiert so was.«

Brickys Herz fühlte sich in ihrer Brust wie eine brennende Fackel an.

»Schon, aber das dicke Ende kommt immer nach. Das ist diesmal schlecht für uns, Griff. Wir werden stundenlang hier festgehalten, müssen alle möglichen Fragen von den Polypen beantworten, und dann gehen sie der Sache vielleicht zu weit nach – und bevor du dich's versiehst, werden andere Sachen mit hineingezogen.«

»Und was sollen wir dann tun – sie hier lassen?« knurrte er.

Joan Bristol fuhr sich mit gespreizten Fingern durchs Haar. »Schau bloß, in was für eine Schweinerei du uns da reingeritten hast«, plärrte sie. »Warum zum Teufel hast du auch ...«

»Halt die Klappe«, sagte der Mann scharf.

»Sie weiß es doch schon. Warum ist sie sonst hergekommen?«

»Warum hast du zum Teufel die Sache nicht so gemacht, wie du solltest?«

»Ich bin nicht mit ihm fertig geworden. Ich bin nur runtergegangen und hab' dir die Tür aufgemacht, damit du ihn einschüchtern solltest. Das hat nicht heißen sollen, daß du ihn umbringst.«

»Was hast du denn erwartet, daß ich tun würde, als er mich gepackt und mir das Ding weggenommen hat! Du hast doch selbst gesehen, was passiert ist. Ich mußte ihn aus Notwehr fertigmachen. Außerdem hat's keinen Sinn, jetzt noch drüber zu reden. Du hast die Sache verpfuscht, und jetzt ist's schon passiert. Wir müssen jetzt nachdenken, was wir mit der hier machen. Ich glaube trotzdem, der Beste wäre ...«

»Nein! Ich sag dir nein, Griff! Das wäre das Allerblödeste. Soll sie doch singen, wenn wir weg sind. Da steht bloß ihre Aussage gegen unsere. Sie war schließlich auch oben im Haus, oder nicht? Sie kann's ebensogut getan haben wie wir. Sieh bloß zu, daß wir von hier wegkommen!«

Er riß die Tür einer Kleiderkammer auf der anderen Seite des Zimmers auf und sah hinein. »Wie wär's damit? Da können wir sie reinstopfen und den Schlüssel abziehen. Da drin hört sie keiner. Das reicht für'n guten Vorsprung. Es wird zehn Tage dauern, bis einer auf die Idee kommt, die Tür aufzubrechen.«

Sie schleppten Bricky zu zweit hinüber und stopften sie hinein wie einen mottensicheren Kleidersack.

»Wir binden sie besser irgendwo an«, sagte der Mann. »Sonst knallt sie womöglich mit ihrem ganzen Chassis gegen die Tür.« Er fertigte aus Leintuchstreifen eine Art Halterung an, zog sie unter Brickys Armen durch und befestigte sie an einem der Kleiderhaken hinter ihr. Auf diese Weise stand sie aufrecht auf dem Boden, konnte sich aber nicht von der hinteren Wand der Kleiderkammer fortbewegen.

»Kriegt sie da drin auch genügend Luft?« fragte die Frau. »Ich meine für den Fall, daß es ne Weile dauert.«

»Weiß ich nicht«, sagte er ungerührt. »Sie wird's rausfinden und es uns hinterher erzählen.«

Sie schlossen die Tür. Plötzliche Dunkelheit löschte alles um Bricky herum auf. Der Schlüssel wurde abgezogen. Vermutlich würden sie ihn draußen irgendwo wegwerfen. Sie konnte die beiden noch durch die Tür hindurch hören, als sie ihre letzten Vorbereitungen vor dem Weggehen trafen.

»Hast du die Tasche?«

»Was ist mit dem Kerl unten am Empfang? Er muß sie raufkommen gesehen haben.«

»Damit werd ich leicht fertig. Wo ist der Whisky, den ich heute nachmittag gekauft hab'? Ich werd' ihm einen Abschiedsschluck anbieten. Er geht immer hinter die Briefregale, wenn er was trinkt. Du gehst raus, während er sich dort hinten rumtreibt, und tust so, als wäre sie bei dir. Red mit dir selbst oder so was.«

»He – mir geht was ab – die Hotelrechnung. Das müssen wir in Ordnung bringen, bevor wir hier abhauen. Sie muß hier irgendwo auf den Boden gefallen sein.«

»Laß das jetzt. Er kann uns ne neue unten am Empfang ausstellen.«

Die Zimmertür fiel ins Schloß, und die beiden waren gegangen.

12
Eine Minute nach fünf Uhr

Während Quinn in einem Taxi zum dritten und endgültigen Treffpunkt fuhr, glaubte er zu verstehen, was sich hinter diesem komplizierten Manöver verbarg. Holmes wollte in keine Falle geraten. Um das zu vermeiden, hatte er Quinn aus dem ersten Café in ein zweites zitiert und ihn dort beobachtet, ohne sich selbst sehen zu lassen. Aber da noch immer keine absolute Garantie bestand, daß Quinn wirklich allein war, hatte er das Rendezvous an einen dritten Ort verlegt. Das gab ihm die Möglichkeit, als erster dort zu sein und sich so überzeugen zu können, daß die Luft rein war. Um Komplizen einzusetzen, hätte Quinn dies in voller Sichtweite seines Opfers tun müssen.

In sieben oder acht Minuten war er an dem verabredeten Ort. Owen's hatte viel von den Flüsterkneipen der Prohibitionszeit an sich. Es lag im Erdgeschoß eines Sandsteinhauses, und das Neonzeichen war bereits erloschen. Die meisten Gäste waren schon gegangen, aber Quinn ging trotzdem hinein.

In einer der Nischen saß ein Mann allein, das Gesicht dem Eingang zugewandt. Sein Haar war an den Schläfen grau, oben jedoch noch dunkel. Er trug eine randlose Brille, was ihm ein sehr gesetztes Aussehen verlieh. Viel zu gesetzt, um morgens gegen fünf Uhr mutterseelenallein in einem Bistro zu sitzen. Er trug einen hellgrauen Anzug, und ein gleichfarbiger Hut hing an einem Haken oberhalb des Tischs. Seine Hand umschloß einen Highball, ein weiteres Glas stand auf der anderen Seite drüben.

Als Quinn eintrat, hob der Mann unauffällig einen Finger. Quinn kam herüber und blickte auf ihn hinab. Der Mann sah zu ihm empor. Sie starrten einander ein paar

Sekunden lang an, dann sagte der Mann: »Sie sind vermutlich Quinn?«

»Ja. Und Sie sind Holmes.«

»Was kostet Ihr Taxi?«

»Sechzig Cents.«

»Hier ist das Geld.« Er ließ die Münzen aus der Hand gleiten, als sei Geld etwas Flüssiges.

Quinn kam sofort wieder zurück. Der andere hatte sich inzwischen nicht gerührt. Quinn blieb erneut am Tisch stehen.

Holmes machte eine flüchtige Handbewergung in Richtung der Bank ihm gegenüber. »Setzen Sie sich.«

Quinn ließ sich am äußersten Rand der Bank nieder. Wieder blickten sie einander an, der junge Brusche von Anfang zwanzig und der Mann von Ende vierzig oder Anfang fünfzig.

»Da ist ein Drink für Sie«, sagte Holmes schließlich. »Ich mußte im voraus bestellen, damit ich hierbleiben kann. An sich haben die hier schon geschlossen.«

Ob er was hineingetan hat? dachte Quinn. Aber er erwog es nicht ernsthaft.

Der andere schien seine Gedanken erraten zu haben. »Nehmen Sie ruhig mein Glas. Ich habe noch nicht daraus getrunken.« Er holte Quinns Drink zu sich herüber und trank.

Quinn sah sich um. Das ist nicht der richtige Ort, um ihn auszuholen, dachte er. Ich hätte ihm die Wahl des Treffpunkts nicht überlassen sollen.

Erneut schien Holmes zu erraten, was in ihm vorging. »Wollen Sie lieber mit mir hinaus zum Wagen gehen?«

»Ich wußte nicht, daß Sie einen haben. Warum haben Sie mich nicht gleich mit ihm abgeholt, statt mich hier durch die Gegend zu jagen?«

»Ich wollte erst etwas über Sie in Erfahrung bringen. Schließlich wußte ich nicht, womit ich es zu tun habe.«

Das weißt du immer noch nicht, dachte Quinn bitter.

Holmes trank sein Glas leer, stand auf, nahm den Hut und setzte ihn sorgfältig auf. Dann schritt er auf den Eingang zu, die unsichtbaren Zügel der Situation fest in der Hand.

Quinn stand auf und machte ein, zwei Schritte in derselben Richtung. Dann warf er einen Blick zurück auf das Glas. Er kehrte zurück und trank es mit zwei, drei tiefen Schlucken aus. Danach fühlte er sich wesentlich besser und der Situation seinerseits mehr gewachsen.

Der Wagen stand ein Stück weiter unten an der Straße. Holmes wartete bereits.

»Ich wollte Sie nicht drängen«, sagte er höflich und forderte Quinn mit einer Handbewegung zum Einsteigen auf.

Quinn duldete, daß er den Motor anließ. Dann sagte er in gepreßtem Ton: »Wohin wollen Sie?«

»Nur ein bißchen herumfahren. Wenn wir zu dieser Stunde am Straßenrand parken und uns unterhalten, kriegen wir einen Polizisten an den Hals.«

Quinn griff das auf. »Und was wäre dagegen einzuwenden?«

»Ich weiß es nicht«, erwiderte Holmes glatt. »Sie?«

»Ich habe *Sie* gefragt«, sagte Quinn.

Holmes lächelte den Asphalt an, der vor ihm unter der Stoßstange des Wagens verschwand, als fände er ihn belustigend. Sie fuhren langsam in westlicher Richtung davon, dann bog Holmes in die Sechzigste Straße ein. Er verfolgte kein festes Ziel, das merkte Quinn an der Art, wie er im letzten Augenblick wie auf eine Eingebung hin das Lenkrad herumriß. So fuhren sie eine Weile mehr oder minder kreuz und quer, bis Holmes zu einem Entschluß zu kommen schien. Er bog in eine Straße ein, die am East River endete. Dort blieb er stehen und schaltete die Scheinwerfer ab.

»Sie sind ziemlich nah ans Wasser rangefahren, nicht wahr?« bemerkte Quinn nach einer Pause.

»Die Bremse ist angezogen. Sie sind doch nicht nervös, oder?«

»Nein«, erwiderte Quinn sachlich. »Haben Sie das erwartet?«

Holmes wandte leicht den Kopf beiseite.

»Weshalb sehen Sie auf Ihre Uhr?«

»Ich habe versucht, mir auszurechnen, wie lange es her ist, seit wir uns bei Owen's getroffen haben.«

»Zwanzig Minuten«, sagte Quinn. »Und das Ganze sollte schon längst erledigt sein.«

»Es wird erledigt. Haben Sie den Scheck dabei! Wieviel wollen Sie dafür haben?«

Irgend etwas läuft schief, dachte Quinn. Ich verhalte mich nicht richtig. Er hat sich in die bessere Position hineinmanövriert.

Holmes beugte sich vor, etwas knisterte zwischen seinen Händen. »Hier sind zweihundert Dollar«, sagte er. »Nun geben Sie mir den Scheck.«

Quinn antwortete nicht.

Holmes wandte sich ihm zu. »Zweihundertfünfzig.«

Quinn schwieg noch immer.

»Wieviel wollen Sie haben?«

Quinn sprach leise und ruhig. Jetzt war er an der Reihe. »Wie kommen Sie darauf, daß ich Geld dafür haben möchte?«

Holmes sah ihn lediglich an.

»Ich will Ihnen sagen, was ich haben möchte: ein schriftliches Geständnis, daß Sie heute nacht Stephen Graves getötet haben. Wenn ich das nicht bekomme, werde ich sowohl Sie wie den Scheck zur Polizei bringen.«

Holmes' Unterkiefer sank herab. »Nun warten Sie...« Er wiederholte: »Nein – warten Sie...«

»Waren Sie vielleicht heute nacht nicht in Graves' Haus?«

Holmes' Mund klappte plötzlich zu und blieb zu – so fest, daß kein Wort herauskam.

»Er liegt tot dort oben. Und Sie sind derjenige, der ihn umgebracht hat. Sie haben doch nicht wirklich geglaubt, daß ich den Scheck rein zufällig in einem Taxi gefunden habe? Wo, meinen Sie, habe ich ihn entdeckt? Genau dort, wo Stephen Graves' Leiche ausgestreckt auf dem Boden lag.«

»Sie lügen, Sie versuchen mir etwas einzureden, das Sie unmöglich wissen können.«

»Ich war oben im Haus.«

»Sie waren da? Das ist eine Lüge.«

»Sie und er saßen einander gegenüber in diesen beiden Ledersesseln in dem Zimmer im ersten Stock, diesem Arbeitszimmer. Er trank etwas, bot Ihnen aber nichts an. Er rauchte eine Zigarre, gab Ihnen aber keine. Sie haben eine von Ihren eigenen in Fetzen gekaut. Ich kann Ihnen sogar die Marke sagen – Corona. Sie hatten einen braunen Anzug an. Um sich mit mir zu treffen, zogen Sie sich jetzt einen grauen an, aber der vorher war braun.

Am linken Ärmel fehlt ein halber Knopf. Glauben Sie mir jetzt, daß ich oben war? Glauben Sie jetzt, daß ich ihn tot habe liegen sehen – und weiß, daß Sie ihn umgebracht haben?«

Holmes antwortete nicht. Erneut wandte er den Kopf beiseite.

»Sie brauchen nicht auf Ihre Uhr zu sehen. Die kann Sie auch nicht retten.«

Holmes tat endlich den Mund auf. »Doch, das kann sie. Sie sind noch ein Junge, nicht? Lieber Himmel. Sie tun mir fast leid, mein Sohn. Ich wußte nicht, daß Sie so jung sind, als wir telefonierten!«

Quinn blinzelte.

»Sie haben Scherereien mit Ihren Augen, ja? Die Lichter am Armaturenbrett haben Ringe um sich herum, ja? Wie große Seifenblasen. Damit hat es sich.«

»Hat sich was?«

»Sehen Sie, Sie haben zuviel geredet. Wenn Sie den Mund gehalten hätten, dann hätte ich Ihnen wirklich geglaubt, daß Sie den Scheck im Taxi gefunden haben. Sie wären dann einfach im Wagen eingeschlafen. Und ein paar Stunden später wären Sie hier neben dem Fluß aufgewacht – ohne Scheck, aber sonst heil und ganz. Vielleicht sogar mit einer Zehndollarnote in der Tasche zur Versüßung des Erlebnisses. Ihr Kopf wiegt wohl zu viel – ich meine, für Ihren Hals? Er kippt dauernd nach vorne, als bestünde er aus solidem Stein.«

Quinn griff plötzlich nach seiner Stirn, drückte den Kopf hoch.

Holmes lächelte ein bißchen gönnerhaft. »Wenn Sie sich an Ihr eigenes Highballglas gehalten hätten, wäre Ihnen das nicht zugestoßen. Sie waren sehr mißtrauisch. Sie haben das falsche Glas genommen – meines. Ich bin Schachspieler – Sie offensichtlich nicht. Schachspielen bedeutet, den Zug des Gegners vorauszusehen, noch bevor er ihn macht.«

Er hielt inne und sah Quinn neugierig an. »Ist die Krawatte zu eng? Schon recht, ziehen Sie den Knoten nach unten. Aber es nützt nicht viel, wie? Sie werden schlafen. Hier im Wagen. Sie werden im Fluß verschwinden, ohne daß das geringste an Ihnen zu sehen ist. Ich werde Ihnen vorher den Scheck abnehmen, keine Sorge, ich finde ihn. Sie tragen ihn irgendwo bei sich. Sonst wären Sie nicht gekommen. Wahrscheinlich steckt er im Schuh. Das halten so Knaben wie Sie für ein raffiniertes Versteck.«

Quinn riß sich vom Sitz los, an dem er wie festgenäht zu haften schien, und fiel im Bemühen, den Türgriff zu packen, halb nach vorne. Holmes' Arm fuhr an seinem Magen vorbei, dann hievte er ihn auf den Sitz zurück.

»Wozu die Mühe? Selbst wenn es Ihnen gelingt, auszusteigen, werden Sie wahrscheinlich nicht mehr stehen können.« Er wandte sich mit einem Ruck Quinn zu und packte dessen in der Luft herumfuchtelnde Hand. »Was haben Sie denn da? Ein Tischmesser? Was wollen Sie damit? Sehen Sie nur, wie leicht ich es Ihnen aus der Hand winden kann. Sie sind völlig fertig vor Schläfrigkeit.«

Er schleuderte das Messer aus dem Seitenfenster. »Haben Sie's platschen hören? Das vor uns ist Wasser, diese gerade schwarze Linie, die Sie sehen.«

Holmes stützte einen Arm gegen die Wagenwand, in einer Haltung geduldigen Abwartens. Quinn entrang sich etwas wie ein zorniges Schluchzen.

»Jetzt können Sie sich gar nicht mehr bewegen, nicht wahr? Ganz recht, machen Sie eine Handbewegung, als ob Sie Mücken verscheuchen wollten. Das ist so ziemlich alles, wozu Sie noch in der Lage sind. In einer Minute werden Sie selbst das nicht mehr können.«

Eines habe ich wenigstens herausgefunden, dachte Quinn verschwommen. Ich war auf der richtigen Spur. Aber ich habe es zu spät herausgefunden...

»Sie werden nicht davonkommen, Mister«, murmelte er undeutlich, als sein Kopf zum letztenmal nach vorne sank. »Bricky weiß Bescheid. Wir sind zu zweit...«

13

Fünf Uhr einundzwanzig

Gefesselt und hilflos lehnte sie da im Dunkeln. Nie würden sie es nun zum Bus schaffen. Der arme Quinn würde im Grave'schen Haus auf sie warten, lediglich den Toten als Gesellschaft, bis es heller Tag war. Bis jemand zufällig bei ihm hereinplatzte und Alarm schlug. Dann würden sie ihn verhaften. Und das wäre das Ende. Nie würde er in der Lage sein, sich von dem Verdacht zu befreien. Schließlich hatten diese Bristol und ihr Mann oder Freund nicht halb so viel für sie Belastendes hinterlassen wie den aufgebrochenen Safe, für den er verantwortlich war. Sie, Bricky, konnte die beiden hinterher beschuldigen, soviel sie wollte – vorausgesetzt, sie kam lebend hier heraus –, das würde nichts mehr nützen. Sie war keine Augenzeugin von Quinns erstem Eindringen in das Haus gewesen, ihr Wort würde völlig wertlos sein.

Kostbare Minuten verstrichen. Es mußte jetzt bereits halbsechs sein. Spätestens in zehn Minuten hätten sie und Quinn zum Busbahnhof aufbrechen müssen. Keine Chance mehr. Sie hätte gleich wissen können, daß die Stadt sie überlisten würde – wie immer. Ein Kleinstadtjunge und ein Kleinstadtmädchen – was konnten sie gegen einen solchen Gegner ausrichten? Er würde auf den Elektrischen Stuhl wandern. Und sie würde sich zu einem abgebrühten Taxigirl in einem Tanzlokal entwikkeln, ohne Herz, Hoffnung und Träume.

Plötzlich öffnete sich die Tür draußen und jemand betrat das Zimmer. Flüchtig zuckte Hoffnung in ihr auf. Ah, das Happy End – wie in Romanen, wie im Film! Jemand, der im letzten Augenblick eintraf, um sie zu retten. Der törichte Angestellte am Empfang unten, mißtrauisch geworden, weil sie nicht bei der Bristol und ihrem Freund gewesen war? Oder vielleicht Quinn selbst, hergetrieben von irgendeinem sechsten Sinn...

Dann wurde eine Stimme hörbar, belegt von unterdrückter Wut, und die Hoffnung sank ins Bodenlose. Es war Griff, der Komplize der Bristol. Die beiden waren zurückgekehrt. Vielleicht, um sie nun an Ort und Stelle zu erledigen.

»Warum hast du daran nicht früher gedacht, idiotisches Frauenzimmer? Ist bei dir ne Schraube locker?«

»Ich werd' sie jetzt fragen«, antwortete die Stimme der Bristol grimmig. »Ich hätt's gleich getan, aber du kamst zu schnell raus. Durch irgendwas muß sie ja 'n Hinweis auf mich gekriegt haben. Klar, daß sie meinen Namen und die Adresse nicht einfach wie 'n Karnickel aus dem Hut gezogen hat.«

Die Tür der Kleiderkammer wurde aufgerissen, und blendendes Licht überflutete Bricky; sie schloß kurz die Augen. Sie merkte, daß sie von dem Haken losgebunden und hinausgeschleppt wurde. Der Frottiertuchknebel wurde so weit gelockert, daß sie sprechen konnte.

Joan Bristol hielt ihren Handrücken bedrohlich gegen Brickys Lippen gepreßt. »Wenn du schreist, schlag ich dir die Zähne ein.«

Das hätte Bricky ohnehin nicht können. Sie keuchte lediglich und lehnte sich erschöpft gegen den Mann, der sie aufrecht hielt.

Die Bristol packte sie am Haar und drückte ihr den Kopf zurück. »Keine krummen Touren jetzt. Was ich wissen möchte ist, was hat dich im Haus von Graves auf die Idee gebracht, daß ich dort war? Woher weißt du, daß ich ihn kenne, und wie hast du rausgefunden, wo ich wohne? Ich werd dir so lang Prügel verpassen, bis du mit allem rausrückst.«

Bricky antwortete mit erstickter Stimme, aber ohne zu zögern. »Du hast deine Hotelrechnung dort liegen lassen. Sie lag bei ihm im Zimmer.«

Der Schlag, der erfolgte, war bösartig und klang, als ob jemand eine mit Wasser gefüllte Tüte vom dritten Stock auf die Straße herunterfallen lassen hätte – aber es war nicht die Bristol, die ihn Bricky gab, er wurde ihr selbst von ihrem Partner verpaßt. Sie taumelte ein ganzes Stück weit zurück.

»Du, du...«, keuchte er. »Ich hätte ja gleich wissen können, daß du Quatsch machst. Ebensogut hättest du ne Visitenkarte in seiner Westentasche hinterlassen können! Ich sollte dich in Grund und Boden schlagen!«

»Sie lügt!« schrie Joan Bristol schrill, während sich ihre eine Gesichtshälfte kräftig rötete. »Ich könnte schwören, ich hab sie noch in meiner Handtasche gesehen, als ich schon hier war!«

»Hast du sie rausgenommen, um sie ihm zu zeigen? Antworte!«

»Ja, schon – ich – weißt du, das hat dazu gehört, ich wollte ihm zeigen, wie dringend ich das Geld brauche. Das war gleich am Anfang, bevor er grob wurde. Aber ich weiß bestimmt, daß ich sie wieder eingesteckt habe, Griff! Ich weiß, daß ich sie wieder hierher zurückgebracht habe!«

Bricky schüttelte den Kopf. »Sie ist rausgefallen. Es war eine Rechnung über siebzehn Dollar und achtundneunzig Cents. Sie hatte einen roten Stempel ›Überfällig‹ drauf. Und Ihre Zimmernummer.«

Griff schüttelte sie erbarmungslos. »Haben Sie sie mit hergebracht? Was haben Sie damit gemacht? Wo ist sie?«

»Ich hab' sie liegenlassen, wo sie war. Ich hatte Angst, irgendwas anzurühren.«

Joan Bristol mischte sich wieder ein. »Glaub ihr nicht, vielleicht hat sie sie doch mitgebracht.«

»Dann durchsuch sie. Du bist ein Frauenzimmer, du wirst wissen, wo du suchen mußt. Ich halte sie fest.«

Joan Bristols Hände waren flink und gründlich. Die Rechnung entging ihr um Haaresbreite. Außerdem waren Brickys Beine unten fest zusammengeschnürt. Die Rechnung steckte oben in den Strümpfen, an der Innenseite. Die Bristol steckte einen Finger in die Ränder, aber nur außen.

»Sie hat sie nicht bei sich.«

»Dann müssen wir dorthin zurück und sie holen. Wir können sie nicht einfach rumliegen lassen. Du blödes Stück, man sollte dir den Hals umdrehen!«

Die Beschimpfung prallte unbeachtet an seiner Partnerin ab. Sie überlegte. »Wart mal, Griff, ich weiß, was wir tun«, sagte sie dann schnell. »Wir nehmen *sie* hier mit zurück und lassen sie dort bei ihm. Wir richten alles so, daß es aussieht, als ob sie's gemacht hätte. Weißt du«, sie wies mit dem Kopf auf Bricky, »du tust das, was du ursprünglich tun wolltest, nur eben dort. Dann schlagen wir zwei Fliegen mit einer Klappe. Auf die Art sind wir fein heraus. Nichts weist auf uns hin.«

Er überlegte eine Weile, mit gereiztem Blick.

»Es ist der einzige Ausweg für uns, Griff.«

Er nickte, erst langsam, dann immer schneller. »Gut, sieh zu, wie du sie am Empfang unten vorbeischaffst. Ich lenke den Kerl ab, so wie ich dir schon gesagt habe. Sie ist betrunken, und wir helfen ihr nach Hause, das ist alles. Laß aber die Hände, wie sie sind, doch mach die Fesseln unten an den Füßen lockerer, damit sie gehen kann.«

Brickys Beine waren taub, zuerst konnte sie sie nicht richtig bewegen. Die Bristol nahm ihren eigenen Mantel und legte ihn um Brickys Schultern, um die Armhaltung zu kaschieren.

»Nimm ihr das Frottiertuch vom Gesicht«, sagte der Mann. »Darum kommen wir nicht herum. Hier, nimm das dafür.«

Er holte etwas hinten aus der Gesäßtasche und reichte es der Bristol. Etwas Schwarzes, Glänzendes. Wahrscheinlich die Waffe, mit der er Graves erschossen hatte.

Sie verschwand unter dem alles umhüllenden Mantel und bohrte sich hart in Brickys Rückgrat.

»Nun warte hier mit ihr. Ich gehe zuerst runter, hol den Wagen raus und befördere den Trottel am Empfang unten nach hinten. Laß mir zehn Minuten Zeit, die Garage ist zwei Häuserblocks weiter. Geh die Treppe hinunter!«

Die Tür schloß sich hinter ihm, die zwei Frauen blieben allein zurück. Sie sprachen kein Wort miteinander. Seltsam starr standen sie da, die eine unmittelbar hinter der anderen, der weite Mantel war zwischen ihnen, in der Mitte angehoben, um der Waffe in Joan Bristols Hand Zugang zu Brickys Rücken zu gestatten.

Nach einiger Zeit bewegte sich die Bristol ein bißchen. »Jetzt reichts«, sagte sie. »Geh zur Tür rüber. Und ich warne dich zum letzten Mal. Wenn du einen Pieps von dir gibst, auf der Treppe oder unten in der Halle oder draußen, wenn wir zum Wagen gehen, geht das Ding hier los. Glaub bloß nicht, daß es mir nicht ernst ist. Ich hab' überhaupt keinen Sinn für Humor.«

Bricky antwortete nicht. Sie verließen das Zimmer und wanderten den muffigen Korridor entlang. Hinter einer der Türen ertönte im Augenblick, als sie vorüberkamen, das blecherne Geklingel eines Weckers, und ein Schock übertrug sich auf merkwürdige Weise von einer der Frauen auf die andere, fast wie ein elektrischer Stromstoß. Sie gingen durch eine feuerfeste Tür mit einer rot erleuchteten Birne darüber und begannen die Treppe zum Notausgang hinabzusteigen. Der kleine Flur unten war matt vom aus der Halle fallenden Licht erhellt. Sie konnte bereits Griffs Stimme hören, die seltsam hohl widerhallte, bevor sie die letzten Stufen hinter sich hatten.

»Nimm noch einen. Nur zu, keine Angst, dafür ist's ja da.«

»Wart ne Minute«, flüsterte die Bristol Bricky zu. Sie blieben bewegungslos am Fuß der Treppe stehen. Der Empfang war von ihnen aus nicht zu sehen, er lag hinter einer Ecke. Trotzdem mußten sie vorne vorbei, um auf die Straße hinauszugelangen.

Ein erstickter Husten ertönte, dann wieder Griffs Stimme. »Immer sachte. Trink nicht die ganze Flasche leer.«

»Jetzt!« zischte die Bristol und drängte Bricky mit dem Pistolenlauf vorwärts.

Griff stand allein vor dem Empfangstisch, die Arme aufgestützt. Vor ihm war lediglich das Gestell mit den Schlüsselfächern zu sehen, die jede Sicht auf den Raum dahinter versperrten.

Das zweiköpfige, vierbeinige, seltsam bucklige Monstrum, zwei Frauen und eine Pistole, glitt eilig vorüber. Griff schien sie gar nicht wahrzunehmen. Er fuchtelte nur mit der Hand hinter seinem Rücken in Richtung des Ausgangs, wie ein merkwürdig wedelnder Schweif.

Sie saßen bereits im Wagen, als er sich zu ihnen gesellte. Das Auto war in einiger Entfernung vom Hotel geparkt, und die Bristol saß neben Bricky hinten auf dem Rücksitz.

Die Fahrt verlief schnell und schweigsam. Kurz bevor sie in die Siebzigste Straße einbogen, warnte Joan Bristol ihren Freund mit unterdrückter Stimme: »Vorsichtig! Halt nicht, bevor du ganz sicher bist.«

Das Haus schien sein Geheimnis bewahrt zu haben. Nirgendwo rührte sich etwas, weder drin noch draußen.

War Quinn schon zurückgekehrt? War er im Haus? O Gott – nun begann sich Bricky wirklich zu fürchten.

Griff hielt erst abrupt, als sie schon am Haus vorüber waren. Er wendete und fuhr zurück, parkte den Wagen aber ein paar Häuser weiter oben. Sie blieben alle drei sitzen und beobachteten eine Weile den Eingang.

Nichts.

»Los, gehen wir«, murmelte Griff.

Brickys Herz klopfte wie rasend, als sie sie aus dem Auto zerrten, sie zwischen sich nahmen und in der bleigrauen Düsternis schnell der Haustür zustrebten. Sie schoben sie die Stufen hinauf in den Vorraum.

»Wir haben's geschafft.« Joan Bristol atmete erleichtert aus.

»Wo ist dieser Schlüssel, den sie bei sich hatte? Los, schnell.«

Sie stießen sie ins Innere des Hauses und schlossen die Tür hinter ihr. Für Bricky zählte nun jede Sekunde. Wenn Quinn nun erst in fünf Minuten kam, so würde er fünf Minuten zu spät gekommen sein. Er würde sie – vorfinden wie Graves. Und selbst wenn er jetzt sofort zurückkehrte, würde das wahrscheinlich nicht mehr viel nützen. Es würde lediglich bedeuten, daß sie beide dran glauben müßten. Diese Leute hier waren bewaffnet – er nicht.

Vielleicht – vielleicht würde er überhaupt nicht zurückkommen. Vielleicht war auch ihm etwas Ähnliches zugestoßen, nur irgendwo anders.

Die Dunkelheit im Haus war ebenso undurchdringlich wie zuvor. Die Bristol warnte Griff genauso, wie sie, Bricky, zuvor Quinn gewarnt hatte. »Mach kein Licht an, bis wir oben sind.«

Griff entzündete ein Streichholz, die Flamme war in seinen gewölbten Händen zu Stecknadelgröße reduziert. Er ging den beiden voran, Bricky folgte ihm, die Arme unter dem weiten Mantel nach wie vor gefesselt, die Waffe noch immer im Rücken. Die Bristol kam als letzte. Die Stille um sie herum war überwältigend und schien, zumindest für Bricky, von knisternder Elektrizität geladen.

Angenommen, Quinn wartete dort vorne im Zimmer, mit abgeschalteten Lichtern? Angenommen, er hörte sie, kam nun auf sie zu und fragte: »Bricky, bist du's?« Sie würde ihm den Tod bringen. Und wenn er nicht da war, würde sie sich selbst den Tod bescheren. Aber von den beiden Möglichkeiten würde sie die letztere vorziehen. Außerdem, was spielte es für eine Rolle? Es war ohnehin zu spät, sie konnten den Bus nicht mehr erreichen. Die Stadt war Sieger geblieben. So wie immer.

Der Zugang zum Zimmer, in dem der Tote lag, wirkte schwarz und leer im Streichholzlicht. Griff löschte es, und ein paar Sekunden lang war da gar nichts. Dann knipste er das Oberlicht an, und die beiden stießen sie in den Raum hinein – ins Leere, wo kein Quinn auf sie wartete, um ihr zu helfen.

»Na schön«, sagte Griff, »schnell jetzt. Tun wir, was wir tun müssen, und machen wir, daß wir hier raus kommen.«

Joan Bristols Blicke schweiften über den Boden, dann wandte sie sich drohend an Bricky. »Na, wo ist die Rechnung? Ich kann sie nicht... Wo hast du gesagt, hast du sie liegen sehen?« Sie hielt noch die Pistole in der Hand, die sie inzwischen von Brickys Rücken weggenommen hatte.

»Dort drüben bei ihm«, antwortete Bricky matt. Dann fügte sie hinzu: »Und du hast mir geglaubt.«

»Dann hast du gar nicht...!« schrie die andere Frau. Sie fuhr zu ihrem Komplizen herum. »Siehst du, ich hab' dir's ja gesagt!«

Seine Hand knallte in Brickys Gesicht. »Wo hast du sie?«

Sie taumelte zur Seite, faßte sich wieder und lächelte düster. »Das ist Ihr Problem.«

Seine Stimme wurde plötzlich ruhig. Die gelassene Stimme eines Mörders. »Gib mir das Ding«, sagte er zu Joan Bristol.

Sie reichte ihm die Waffe.

»Geh von ihr weg. Weiter dort rüber.«

Bricky war plötzlich ganz allein.

Er kam auf sie zu; er wollte sie sicher aus unmittelbarer Nähe erschießen, damit hinterher ein Selbstmord wahrscheinlicher wirkte.

Es brauchte nur ein, zwei Sekunden, um auf sie zuzutreten, aber ihre Gedanken benötigten Stunden. Sie würde jetzt sterben. Vielleicht war es besser so. Zum Bus war es nun zu spät – zum Bus, der sie nach Hause gebracht hätte. Auf der Uhr war es ...

14
Viertel vor sechs

Es war das letzte, was sie sah. Sie schloß die Augen und wartete wie ein Gefangener auf das Erschossenwerden.

Beim explosionsartigen Knall der Waffe riß sie sie wieder auf. Sie hatte das Gefühl, noch nie etwas so Lautes gehört zu haben. Sie fragte sich, warum es nicht mehr schmerzte. Sie fragte sich, ob der Tod wohl immer so war, nichts als ein Gefühl der Betäubung.

Griff taumelte im Abstand von einem knappen Meter unstet hin und her. War er das selbst, oder lag es an ihr? Er hatte zu viele Arme, zu viele Beine, er wirkte zu massig ...

Die Pistole zuckte in seinen nach oben gestreckten Fingern. Eine andere Hand hielt sein Handgelenk umklammert, eine Ellenbeuge umfaßte seinen Hals. Das Gesicht darüber war verzerrt, aufgequollen von gestautem Blut. Und hinter ihm ein anderes Gesicht, ebenfalls verzerrt und gerötet, aber nicht so unkenntlich.

Der Junge von nebenan. Er kämpfte für sie – so wie man das von ihm erwarten konnte.

Plötzlich gab es einen Plumps, der den Boden erzittern ließ. Kein Griff mehr, keine doppelten Arme, Beine und Gesichter mehr, nur noch zwei Körper, die sich auf dem Boden wälzten.

Joan Bristol raste von irgendwo aus dem Hintergrund

des Zimmers an ihr vorbei, einen Feuerhaken vom Kamin hoch über den Kopf erhoben.

Brickys Hände waren gefesselt, sie konnte nicht nach ihr greifen. Aber wenn sich der Junge von nebenan mit bloßen Händen gegen eine Pistole wehren konnte, so konnte sie ohne Hände auch mit einem Feuerhaken fertigwerden.

Sie ließ ein Bein vorgleiten, bis die Wade fast den Boden berührte, und schob es geschickt zwischen die sich bewegenden Füße der Bristol. Joan Bristol stürzte bäuchlings zu Boden, der Feuerhaken flog durch die Luft und prallte gegen eine Wand.

Bricky warf sich auf sie, bevor sie wieder aufstehen konnte, und preßte sie mit den Knien zu Boden. Jedesmal, wenn die andere versuchte, sich freizuwinden und sie abzuwerfen, hob sie ein Knie leicht an und stieß es wieder kräftig nach unten.

Sie hatte keine Zeit, auf die Männer zu achten. Ein Arm schwang sich dort drüben hoch in die Luft und prallte wie ein Holzhammer gegen eine Schläfe, zwei-, dreimal. Plötzlich lösten sich die beiden voneinander, der eine kam taumelnd auf die Beine, der andere blieb flach liegen. Derjenige, der aufstand, hielt die Pistole in der Hand.

»Ich komme gleich, Bricky«, keuchte eine Stimme.

Sie blickte hinüber. Griff lag, das Gesicht nach unten, auf dem Boden. Er zuckte ein bißchen, griff benommen an seine Schläfe, aber er blieb liegen, wo er war. Quinn blieb noch eine Sekunde stehen und beobachtete ihn scharf. *Er* hielt die Waffe in der Hand.

»Ich kann sie nicht länger drunten halten«, keuchte Bricky.

Er eilte zu Graves' Schreibtisch, nahm von dort etwas, kam auf sie zu und schnitt von hinten ihre Fesseln durch. Beide atmeten zu hastig, um reden zu können.

Er nahm die Stoffstreifen, die er ihr gerade abgenommen hatte, knotete sie zusammen und band damit Joan Bristols Hände hinter ihrem Rücken zusammen.

»Mach's bei ihm auch«, keuchte Bricky.

»Verlaß dich drauf.« Er ging ins Schlafzimmer, kehrte mit einem Leintuch von Graves' Bett zurück, riß Streifen davon ab und machte sich an die Arbeit.

»Ich habe sie draußen von der Straße aus mit dir reingehen sehen. Ich habe es von einem der Vorderfenster hier oben aus beobachtet. Etwas an deinem Gang, so eine Art Steifheit, hat mir verraten, daß sie eine Waffe an deinen Rücken hielten. Ich verzog mich ins Badezimmer und lauerte ...«

»Die beiden haben es getan, Quinn. Jetzt haben wir doch die Richtigen erwischt.«

»Ich wußte, daß es nicht Holmes war. Verdammt, es wäre um Haaresbreite schiefgegangen, aber ...« Er stand auf und betrachtete sein Werk. »Das wird sie für eine Weile ruhig halten, wenn auch nicht für lang. Knebeln brauchen wir sie nicht. Sollen sie ruhig so viel Aufmerksamkeit auf sich ziehen wie möglich. Überhaupt, wenn sie's nicht tun, dann wir.«

»Quinn, was nützt uns das alles jetzt? Da haben wir sie, aber was spielt das für eine Rolle? Schau her.« Sie wies auf die Uhr. »Zwei nach sechs.«

»Versuchen wir's trotzdem. Wenn wir diesen Bus nicht schaffen, dann vielleicht einen später am Tag.«

»Es nützt nichts, Quinn. Wir haben darüber gesprochen. Wir werden nicht mehr die Kraft haben, den späteren zu nehmen. Die Stadt ist jetzt erwacht.«

»Die Polizei auch. Wenn wir einfach hier bleiben, hängen wir mittendrin. Komm, Bricky, versuch es!« Er griff nach ihrer Hand und zog sie aus dem Zimmer, die Treppe hinab.

»Nimm deinen Koffer. Mach die Tür auf und bleib dort

stehen. Ich telefoniere von hier unten aus, es dauert nur eine Minute.«

Er fand den Apparat. »Fertig?« Sie stand im Vorraum, den Koffer in der Hand, zur sofortigen Flucht bereit. »Also Achtung, fertig, los!«

Er sagte in die Sprechmuschel: »Die Polizei bitte.« Dann: »Hallo, ist dort die Polizei? Ich möchte einen Mord melden. In der Siebzigsten Straße Ost.« Er gab die Hausnummer an. »Hier liegt Stephen Graves tot im ersten Stock seines Hauses. Im selben Zimmer mit ihm finden Sie die beiden Leute, die ihn umgebracht haben. Sie sind gefesselt und warten auf Sie, sofern Sie nicht zu lange brauchen, bis Sie herkommen. Im Schreibtisch, ebenfalls in diesem Zimmer, werden Sie einen Eilbrief finden, in dem das Motiv enthalten ist. Oh, und noch was – die Pistole, mit der sie ihn erschossen haben, liegt unten in der Diele, unter der Fußmatte. Wie? Nein, das ist kein dummer Witz. Ich wollte, es wäre einer. Ich? Oh, nur – nur jemand, der da zufällig vorbeigekommen ist.« Er legte schnell auf.

»Raus!« rief er Bricky zu und rannte hinter ihr her. Vor der Fußmatte bückte er sich und schob die Pistole unter sie. Dann raste er hinter dem Mädchen her die Stufen hinab.

»Ihr Wagen!« rief sie über die Schulter weg und deutete mit dem Finger. »Er hat die Schlüssel stecken lassen.«

Hastig stiegen beide ein, er drückte auf den Anlasser und fuhr auf die Straße hinaus. Kaum waren sie um die Ecke, als sie das Sirenengeheul eines sich nähernden Streifenwagens hörten.

»Himmel, sind die schnell«, sagte er. »Wenn wir zu Fuß hätten laufen müssen, hätten sie uns inzwischen schon am Kragen.«

Sie rasten die Madison Avenue entlang, die zu dieser

Stunde fast leer war. Zweimal überfuhr Quinn ein Rotlicht, verlangsamte lediglich das Tempo, hielt aber nicht.

»Wir werden es niemals schaffen, Quinn!« rief ihm Bricky zu.

»Wir können's zumindest versuchen.«

Im Osten wurde der Himmel lichter. Ein neuer Tag, ein neuer New Yorker Tag begann. Nicht einmal die Morgendämmerung hatte in dieser Stadt etwas Gutes an sich.

Du hast gewonnen, dachte Bricky bitter. Bist du nun glücklich? Tut es dir wohl zu wissen, daß du uns ruiniert hast, einen kleinen Burschen und ein kleines Mädchen? Du verdammtes Loch, das nun versucht, in der frühen Morgendämmerung hübsch auszusehen!

Seine Hand löste sich für einen Augenblick vom Lenkrad und drückte die ihre so fest, daß es sie schmerzte. »Schon gut, Bricky.«

Die Gebäude vor ihnen wurden immer höher. Mit jedem Block schienen sie zusätzlich zu wachsen. Von acht Stockwerken zu zehn, zu fünfzehn, zu zwanzig, zu dreißig und mehr. Höher, immer höher ragten sie in den Himmel auf, verdrängten ihn mehr und mehr, manchmal war er nichts weiter als eine unregelmäßig gezackte Öffnung über ihnen. Hellblau.

Sie fuhren jetzt die Siebte hinunter, in Richtung der Dreißigsten. Times Square, das berühmteste Stück Asphalt der Welt. Palace und State Building lagen links von ihnen, der Times-Wolkenkratzer unmittelbar vor ihnen. Dann entstand zwischen all den hochragenden Gebäuden plötzlich eine Lücke, und der seltsam geformte Turm tauchte im blassen Mondlicht auf...

Bricky packte so unerwartet und heftig seinen Arm, daß das Lenkrad ein Stück weit herumgerissen wurde und sie beinahe gegen die Statue von Father Duffy geprallt wären. Das eine Vorderrad fuhr ein kleines Stück weit über den Gehsteig und holperte dann wieder auf die Straße hinunter.

Bricky kniete auf dem Sitz und starrte nach hinten. Ihre Hand hielt seinen Arm fest, dann trommelte sie vor Freude auf seine Schulter.

»Quinn, schau nur, schau! Die Uhr am Paramount hat erst fünf Minuten vor sechs! Die im Zimmer muß vorgegangen sein...«

»Vielleicht geht die hier nach.«

Sie warf ihr Handküsse zu. »Nein, sie geht immer richtig. Sie ist der einzige Freund, den ich je in dieser ganzen Stadt hatte. Ich wußte, die Uhr würde mich nicht im Stich lassen. Das bedeutet, daß wir noch eine Chance haben, daß wir's schaffen können!«

»Setz dich nun bitte wieder hin, ich muß hier einbiegen.«

Sie waren in der Vierunddreißigsten Straße. Und dort, beim zweiten Häuserblock, zwischen der Achten und Neunten – da war er, der große Überlandbus. Er fuhr bereits an. Er hatte schon die Rampe des Bahnhofs verlassen, als sie ankamen. Er gewann an Tempo, fuhr in westlicher Richtung davon, auf den Flußtunnel zu, zur Jersey-Seite hinüber – und nach Hause.

So nah und doch außer Reichweite. Bricky gab einen kleinen Wimmerlaut von sich. Sie fragte Quinn nicht, was sie nun tun sollten, und er ebensowenig sie. Statt dessen unternahm er, was erforderlich war.

Er raste mit dem leichteren und besser lenkbaren Fahrzeug hinterher. Sie holten den Bus ein. Er verlangsamte seine Fahrt, als er sich der Zehnten Straße näherte, um zur Tunneleinfahrt zu gelangen, und Quinn lenkte den Wagen geschickt neben ihn. Ein freundliches Rotlicht tat das seinige und sorgte dafür, daß das große und das kleine Auto gleichermaßen halten mußten, das eine wie ein Elefant, das andere wie ein Grashüpfer.

Sie waren in Windeseile draußen und klopften flehend an die Glasscheibe der pneumatisch betriebenen Tür.

»Machen Sie auf, lassen Sie uns rein! Nehmen Sie uns mit! Wir wollen mitfahren! Lassen Sie uns nicht hier ... Zeig ihm das Geld, Quinn, schnell, schnell!«

Der Fahrer schüttelte den Kopf, sah sie finster an und fluchte. Und das rote Licht wechselte und wechselte nicht auf Grün, er mußte in ihre verzweifelten Gesichter sehen. Offenbar hatte er doch so etwas wie ein Herz, das sein Blut durch die Adern pumpte. Er warf ihnen einen letzten finsteren Blick zu, sah sich um, ob jemand es zur Kenntnis nahm, dann legte er grollend einen Hebel um, und die Tür öffnete sich zischend.

»Warum können Sie nich' rechtzeitig da sein?« schnauzte er sie an. »Was glauben Sie, was das ist, ne Straßenbahn, die alle Naslang hält?« Und was eben Fahrer zu sagen pflegen, wenn sie befürchten, man könnte ein weiches Herz bei ihnen vermuten.

Sie gingen schwankend den Gang entlang nach hinten und fanden dort zwei leere Sitzplätze. Kaum hatte sich Quinn neben sie auf seinen Platz fallen lassen, verschwand auch schon der Wagen, den sie benutzt hatten, aus ihren Blicken. Krampfhaft hielten sie ihre Fahrkarten in der Hand – die Fahrkarten für die Reise nach Hause. New York lag bereits hinter ihnen, bevor sie sich genügend gefaßt hatten, um reden zu können.

»Quinn«, sagte Bricky leise, um nicht belauscht werden zu können, »ob das klappt? Ich meine, das, was wir getan haben? Glaubst du, die beiden werden sich herausreden können? Schließlich sind wir nicht da, um Bescheid zu sagen.«

»Das wird nicht nötig sein. Da sind noch andere, die so wirkungsvoll aussagen werden, daß sie sich nicht aus der Sache herauswinden können.«

»Andere? Du meinst Zeugen?«

»Für den Mord gibt es keine Zeugen. Niemand hat es gesehen. Aber da ist ein Mitglied aus Graves' eigener Familie, dessen Aussage ausreichen wird, um sie zu verurteilen.«

»Woher weißt du das?«

»Da ist ein Brief von dem jüngeren Bruder, Roger, in Graves' Schreibtisch. Ich habe der Polizei mitgeteilt, daß sie ihn an sich nehmen soll. Du weißt schon, es handelt sich um den Bruder, der irgendwo auf einem College war. Der Brief wurde per Eilpost geschickt, Graves muß ihn gestern bekommen haben. Ich fand ihn, als ich auf dich im Haus wartete. In dem Brief versuchte der Jüngere den Älteren vor der Bristol zu warnen, wenn sie versuchen sollte, ihn zu erpressen.«

»Woher wußte er davon?«

»Er war mit ihr verheiratet.«

Sie öffnete vor Erstaunen den Mund. Dann sagte sie: »Das erklärt, was uns an dem Zettel, den sie Graves zusteckte, so verblüfft hat. ›Sie kennen mich nicht, aber ich fühle mich bereits wie ein Familienmitglied.‹«

»Genau das ist es. Es hat sich um eine dieser im Suff erfolgten Heiraten eines blutjungen Studenten gehandelt. Nur war es noch nicht mal eine echte Eheschließung. Der Junge wurde ausgetrickst. Sie hat noch irgendwo einen Ehemann im Hintergrund, deshalb arrangierte sie eine gespielte Hochzeitszeremonie. Es ist das Widerwärtigste, was ich seit langem gehört habe.«

»Wie kam er dazu, sich mit solch einem Frauenzimmer einzulassen?«

»Sie war Animiermädchen in einer Kneipe in der Nähe seines College, und er pflegte am Samstagabend mit seinen Freunden dorthin zu gehen. Da hat er sie kennengelernt. Er ist noch schrecklich jung, was erwartest du? Er verknallte sich in sie, trank zu viel und machte ihr einen Heiratsantrag. Sie und dieser frühere Schauspieler vom

Burlesktheater stellten Nachforschungen an und brachten heraus, daß er aus einer prominenten Familie stammt. Das bedeutete Geld. Also veranstalteten sie dieses Theater und legten ihn herein.«

»Aber das klingt ja nach anno neunzehnhundert!«

»Es klappte jedenfalls. Manchmal hauen die abgedroschensten Dinge am besten hin. Hör zu: Ihr Partner hatte früher in irgendeinem Schwank einen Friedensrichter gespielt. Das brauchte er nur noch einmal zu tun, und der Junge glaubte wirklich, er sei mit ihr verheiratet. Ihr Partner installierte sich irgendwo, sie und der Junge fuhren mit ihren Zeugen an einem Samstagabend dorthin, und die vorgetäuschte Trauung wurde vollzogen. Vermutlich hat der Gin nachgeholfen.«

»Und er hat wirklich nicht gemerkt, daß ...?«

»Doch, aber erst zwei Monate später, seinem eigenen Brief zufolge. Die Heirat wurde im gegenseitigen Einverständnis geheimgehalten. Der Junge ging weiter auf sein College, und sie blieb Animierdame. Der Partner kam in die Stadt zurück und blieb natürlich im Hintergrund. Es waren zwei sehr gewinnträchtige Monate für die beiden.«

»Was für widerliche Schufte es doch gibt.«

»Der Junge und die Frau führten eine Wochenendehe, die einzige Zeit, in der er bei ihr sein konnte. Dabei holte sie aus ihm heraus, was nur eben ging.«

»Und dann ging der Krug vermutlich einmal zu oft zum Brunnen.«

»So ungefähr. Das Geld kam im Grund natürlich von Stephen Graves, nicht von dem Jungen. Als die Anforderungen dann schließlich ein bißchen überhandnahmen, drehte er den Geldhahn seines Bruders zu.«

»Und da kam die Sache zum Platzen.«

»Die Bristol und ihr Partner trauten einander nicht. Als das so leicht erworbene Geld knapp wurde, muß er gedacht haben, sie versuche ihn reinzulegen oder ihm etwas vorzuenthalten. Jedenfalls tat er das letzte, was er hätte tun sollen. Er kreuzte bei ihr auf, um herauszufinden, was los war. Den Rest kannst du dir selbst vorstellen.«

»So ungefähr.«

»Der Junge entdeckte ihn, als er sich in ihrer Garderobe herumtrieb, erkannte ihn und kapierte endlich, daß er hereingelegt worden war. Vermutlich hätte er die beiden umgebracht, wenn sie ihm nicht entwischt wären.«

»Kann ich mir vorstellen.«

»Aber die beiden waren noch nicht zufrieden. Der Erfolg mußte ihnen wohl zu Kopf gestiegen sein. Sie fanden, bei dem Trick könnte wenigstens noch eine letzte Zahlung herausspringen, bevor Roger seinen älteren Bruder über das, was geschehen war, aufklärte. Schließlich war da die Schwester im Debutantinnenalter zu berücksichtigen. Es tut auch Unbeteiligten nicht gut, wenn dergleichen Dinge ans Tageslicht kommen. Und so kam es dann zu der Schießerei. Der Eilbrief des Jungen traf ein paar Stunden vor dem Paar ein. Graves war auf sie vorbereitet, als sie auftauchten.«

»Den Rest kenne ich, den habe ich mehr oder weniger von den beiden selbst gehört. Anstatt sich bluffen zu lassen und es mit der Angst zu bekommen, wies er sie ab. Die Frau ging erst hinein, um die Sache zu erledigen, während der Mann vor dem Haus wartete. Graves sagte ihr, sie solle sich zum Teufel scheren, und drohte mit der Polizei. Sie verlor den Kopf, rannte zur Haustür hinunter und ließ ihren Komplizen herein. Er richtete die Pistole auf Graves, der griff danach und kam dabei um.«

»Und wir hätten bei dem Ganzen auch beinahe das Leben verloren.«

»Du meinst, als du dich vorhin auf die beiden gestürzt hast?«

»Nein, vorher. Bei Holmes.«

»Warum? Was geschah da?«

»Holmes war nicht der Mörder. Aber er hatte des Schecks wegen eine solche Todesangst, daß er, als er erfuhr, daß Graves tot war und er des Mordes an ihm beschuldigt werden könnte, den Kopf verlor und nahe daran war, genau das zu tun, dessen er ja eben nicht verdächtigt werden wollte. Und ich sollte das Opfer sein.«

»Er hat versucht...?«

»Mehr als nur versucht. Praktisch war schon alles geregelt. Er hatte etwas in meinen Whisky geschüttet und wollte mich in den Fluß werfen. Ich glaube, er hatte mich bereits aus dem Wagen gehievt; ich weiß es nicht mehr, ich war schon halb bewußtlos. Dein Name hat mich gerettet. Zufällig habe ich gemurmelt, daß du trotzdem wüßtest, daß er's getan hat, daß es ihn nicht retten würde, wenn er sich meiner entledigte. Das verdoppelte seine Angst zwar, aber er kam wenigstens zur Vernunft. Anstatt mich in den Fluß zu werfen, verbrachte er die nächste Viertelstunde damit, mir kaltes Wasser ins Gesicht zu schütten und mich zu zwingen, dauernd um seinen Wagen herumzugehen, damit das Sedativ seine Wirkung verlor. Dann fuhr er mich zu seiner Wohnung und füllte mich mit schwarzem Kaffee bis obenhin.

Als alles vorbei war – ich weiß nicht recht wieso –, glaubten wir einander. Frag mich nicht warum. Ich glaube, wir waren beide zu fertig, um noch mißtrauisch zu sein. Ich glaubte ihm, daß er nicht der Mörder war, und er kaufte mir ab, daß ich ihn nicht auf Grund des Schecks zu erpressen drohte.

Er erklärte mir, er hätte die ganze Sache nicht so geplant gehabt. Er sei einfach in Geldverlegenheit gewesen, und um wieder flüssig zu werden, habe er Graves den Scheck angedreht. Als er gestern nacht Graves aufsuchte, hatte er das Geld bereits aufgebracht, um die Sache in Ordnung zu bringen. Dann stellte sich heraus, daß das nicht ging, weil Graves das verfluchte Ding nicht finden konnte. Es war aus der Kassette geflattert, als ich den Safe aufgebrochen hatte, du erinnerst dich.

Er fühlte sich natürlich unbehaglich – oder war genau genommen höchst erregt über das Ganze. Aber er erkannte doch, daß Graves ein Gentleman war und den Scheck niemals zurückhalten würde, um dafür so etwas wie ein Lösegeld zu verlangen oder dergleichen. Graves war nach dem Vorgefallenen äußerst kühl ihm gegenüber, aber sie hatten keinen eigentlichen Streit. Holmes ging in der Überzeugung weg, daß Graves keine Anklage gegen ihn erheben würde. Er wollte ihn heute noch einmal aufsuchen, wenn Graves die Zeit gefunden haben würde, nach dem Scheck zu suchen. Holmes' unangekündigter Besuch hatte unmittelbar vor dem Auftauchen der Bristol stattgefunden.

Wie dem auch war, ich gab ihm den Scheck zurück. Er wäre nur in den Mordfall hineingezogen worden, wenn er hinterher aufgetaucht wäre – und ich war zu dem Zeitpunkt bereits völlig überzeugt, daß er damit nichts zu tun hatte. Er stellte unter meinen Augen einen neuen Scheck aus, datierte ihn vor, um ihn dem alten gleich zu machen, und steckte ihn in einen an Graves adressierten Umschlag. Er kann eingelöst werden.«

Quinn nahm etwas aus der Tasche und zeigte es ihr.

Sie wurde blaß beim Anblick des Geldes. Einen Augenblick lang dachte sie ...

»Nein, keine Angst«, beschwichtigte er sie. »Diesmal ist es ehrlich erworben. Holmes hat es mir gegeben. Er bestand darauf, daß ich es nahm, nachdem er unsere Geschichte gehört hatte. Ich erzählte ihm, wie dringend wir nach Hause wollten. Er sagte, er hege ein kameradschaftliches Gefühl für mich. Wir hätten beide in ein und derselben Nacht gravierende Fehler gemacht, die zu ernsten Konsequenzen hätten führen können, hätten aber alle zwei eine Chance und hätten vermutlich unsere Lektionen gelernt. Und er wollte mir aus Dankbarkeit und Erleichterung ein Geschenk machen – diese zweihundert Dollar hier. Er meinte, das käme uns gelegen, wenn wir zu Hause neu anfangen wollten. Später, sagte er dann, wenn mir danach zumute sei, könnte ich ihm das Geld ja ratenweise zurückzahlen.

Es reicht, um von vorne zu beginnen. Mit zweihundert Dollar kann man in unserer Stadt eine Menge anfangen. Wir könnten eine Anzahlung auf ein eigenes kleines Haus leisten und ...«

Sie hörte nicht mehr, was er sagte. Ihr Kopf war gegen seine Schulter gefallen, bewegte sich leicht im Rhythmus mit den Bewegungen des Busses. Ihre Lider senkten sich. Wir fahren heim, dachte sie schläfrig. Ich und der Junge von nebenan, wir kommen endlich heim.